마담 보바리
Madame Bovary

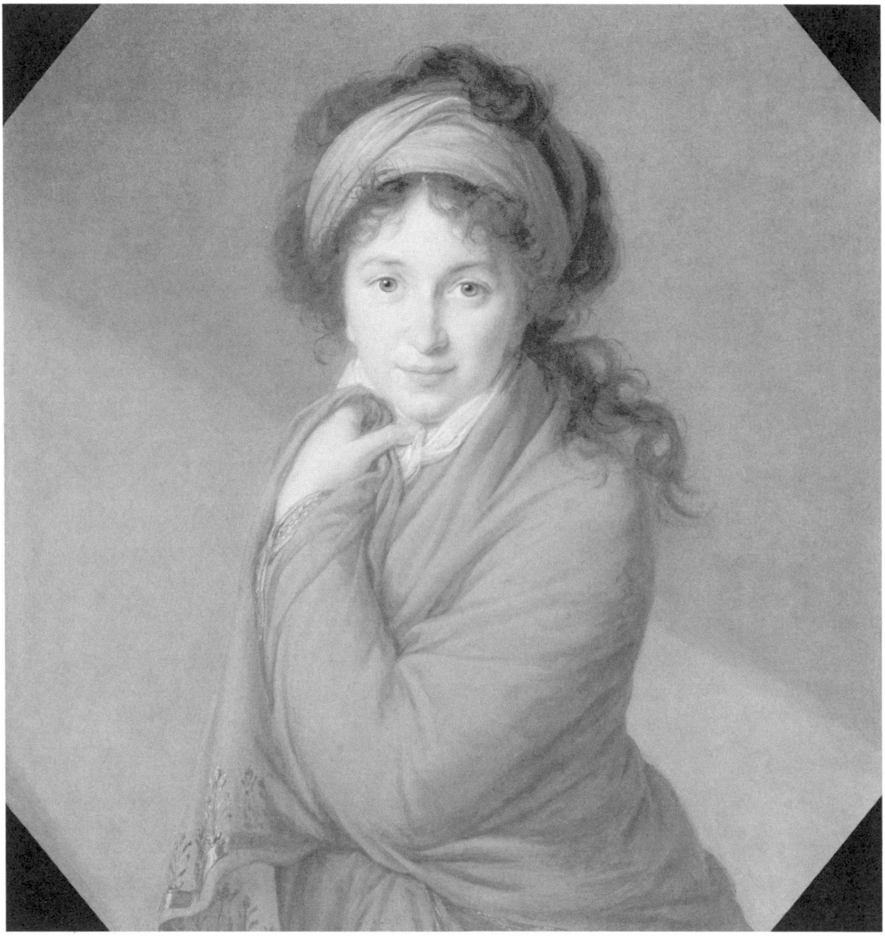

마담 보바리

Madame Bovary

귀스타브 플로베르 지음 | **김현식** 옮김

차례

제1부

1

우리들이 자습실에서 공부하고 있을 때 교장선생님이 평복을 입은 신입생과 큰 책상을 든 사환을 데리고 들어왔다. 졸고 있던 학생들은 번쩍 눈을 떴고, 모두들 공부를 하다가 갑자기 놀란 듯 자리에서 벌떡 일어났다.

교장선생님은 우리들에게 그냥 자리에 앉아 있으라고 손짓을 했다. 그리고 자습을 감독하던 선생님을 향해 나지막한 소리로 말했다.

"로제 선생님, 이 학생을 부탁합니다. 2학년 반에 들어왔어요. 봐서 성적과 품행이 훌륭하면 나이에 맞게 다시 상급반으로 올리도록 하지요."

문 뒤 구석진 곳에 서 있었기 때문에 보이지는 않았지만 그 신입생은 열대여섯 살쯤 돼 보이는 시골 아이로, 우리들보다 훨씬 키가 커보였다. 머리 모양은 마을 교회의 성가대 단원처럼 이마 위로 바싹 올려 깎고 무척 수줍어하는 표정이었다. 어깨는 넓지 않았지만 까만 단추가 달린 녹색 천으로 만든 윗도리는 소매통이 왠지 거북해 보이고, 소매 깃 사이로 빨간 손목이 드러나 보였다. 또 멜빵으로 바싹 추켜올린 누런 바지 밑으로 파란 양말을 신은 발이 쑥 나와 있었으며 제대로 닦지 않은 징 박은 구두를 신고 있었다.

우리는 교과서를 암송하기 시작했다. 신입생은 설교라도 듣는 것처럼 다리를 꼬지도, 팔꿈치를 짚어 턱을 괴지도 않고 단정한 자세로 열심히 듣고 있었다. 2시 종이 울렸을 때 선생님은 신입생에게 우리들과 함께 줄을 서라고 주의를 주었다.

우리는 교실에 들어갈 때 모자를 손에 들고 있는 것이 귀찮아 마루에 집어던지는 습관이 있었는데, 문에 들어서자마자 벽에 부딪혀 먼지가 날 정도로 의자 밑으로 힘껏 모자를 던지는 것이다. 그것은 무척 멋있어 보였고 이곳의 오랜 관습이었다.

그런데 신입생은 그러한 관습을 보지 못했는지, 아니면 그렇게 할 용기가 없었던지 기도가 다 끝날 때까지도 모자를 무릎 위에 얌전히 올려놓고 있었다. 그의 모자는 털모자, 창기병 모자, 둥근 모자, 수달피 모자, 나이트캡[1] 등 갖가지 종류가 혼합된 복잡하기 짝이 없는 것이었다. 볼품없는 그 모자는 말없이 입을 다물고 있는 멍텅구리의 심각한 표정 같은, 한심하고 불쌍한 느낌을 주는 그런 것이었다.

모양은 타원형으로 받침을 넣어 부풀리고, 아랫단에는 노끈 모양의 볼록한 줄이 석 줄 둘러져 있었다. 그리고 벨벳과 토끼털이 마름모꼴로 엇갈린 빨간 줄로 둘러 있고, 그 위 머리가 들어가는 부분은 자루처럼 되어 꼭대기에는 마분지가 받쳐져 있는 다각형이었다. 그 가장자리는 복잡한 장식 끈으로 테두리를 누볐는데 거기서부터 가는 줄이 하나 늘어져 있고, 가장자리 끝에는 금실로 된 작은 술이 매달려 있었다. 모자는 새것인 듯 차양에 반짝거렸다.

"일어섯!"

선생님이 말했다. 이내 신입생이 일어나자 모자가 떨어졌고, 모두들 깔깔거리며 웃어댔다.

---

1) 잠을 잘 때 머리가 흐트러지지 않도록 쓰는 그물 모양으로 뜬 모자이다 — 옮긴이

　신입생이 허리를 굽혀 모자를 주워올리자 옆에 있던 아이가 팔꿈치로 쳐서 다시 떨어뜨렸다. 신입생은 다시 손을 내밀어 모자를 주워올렸다.

“그 투구 좀 치워놓지 그래.”

　선생님의 재치 있는 말에 학생들이 또 와아 하고 웃음을 터뜨렸다. 가련한 소년은 너무나 당황한 나머지 모자를 손에 들고 있어야 할지 바닥에 놓아야 할지, 아니면 머리에 써야 할지 갈피를 잡지 못했다. 다시 자리에 앉은 신입생은 모자를 무릎 위에 올려놓았다.

“일어나!”

　선생님은 다시 말했다.

“이름이 뭐지?”

　신입생은 잘 알아들을 수 없는 빠른 목소리로 허둥지둥 이름을 댔다.

“다시 한 번 말해 봐.”

　당황한 목소리가 다시 입에서 새어나왔지만 학생들의 떠드는 소리에 파묻히고 말았다.

“좀 더 크게!”

　선생님은 소리쳤다.

“좀 더 크고 분명한 소리로!”

　그러자 신입생은 대단한 결심을 한 듯 있는 대로 한껏 입을 벌리고 누구를 부르기라도 할 것처럼 ‘샤를르 보바리!’ 하고 힘껏 소리쳤다.

　또다시 와아 하고 함성이 터졌다. 그 소리는 차츰 높아졌으며 모두들 떠들어대고 아우성치고 발을 구르며, ‘샤를르 보바리, 샤를르 보바리’ 하고 되풀이했다. 겨우 잠잠해졌는가 싶으면 또 여기저기에서 웅성대고, 꺼지지 않은 불꽃처럼 참으려던 웃음이 킥킥 하고 갑자기 터져나오곤 했다.

조용히 하지 않으면 벌로 숙제를 많이 내겠다고 선생님이 소리칠 때에서야 교실 안의 질서가 회복되었다. 마침내 샤를르 보바리라는 이름을 알아들은 선생님은 그것을 차근차근 발음하게 하고 철자법을 물은 다음 다시 한 번 말하게 했다. 그리고 공부를 못하는 아이들이 앉는 교단 옆자리에 가 앉으라고 했다. 신입생은 발걸음을 옮기려다가 잠시 머뭇거렸다.

"무얼 찾는거지?"

선생님이 물었다.

"제 모자……."

신입생은 겁먹은 듯 불안한 눈초리로 주위를 둘러보며 우물쭈물 대답했다.

"모두 시 5백행을 써."

무서운 선생님의 목소리는 마치 넵튠[2]의 질타가 거친 풍파를 가라앉히듯 다시 법석을 떨며 일어나려는 교실의 소란을 잠재웠다.

"모두들 조용히 하도록 해."

화가 난 선생님은 모자 속에서 손수건을 꺼내 이마를 닦으며 계속 말했다.

"신입생, 너는 리디쿨루스 숨[3]이란 낱말을 스무 번 쓰도록 해라."

선생님은 약간 누그러진 목소리로 말을 이었다.

"그리고 그 모자는 없어지지 않아. 누가 그걸 훔쳐가지는 않을 테니까 말이야!"

교실은 다시 조용해졌다. 모두 노트 위로 머리를 숙였고, 신입생은 두 시간 내내 모범적인 자세를 흐트러뜨리지 않았다. 이따금 펜

---

2) 로마신화에 나오는 바다의 신이다. 원래는 강의 신이었지만 그리스 신 포세이돈과 동격화되어 바다의 신이 되었다 - 옮긴이
3) ridiculus sum, 우스꽝스러운 놈이라는 뜻의 라틴어이다 - 옮긴이

축에 꽂아 던지는 종이뭉치가 얼굴에 맞아 잉크방울이 튀었지만 그는 손을 올려 슬쩍 닦을 뿐 눈을 내리깐 채 꼼짝도 하지 않았다.

오후 자습시간이 되자 신입생은 책상에서 사무용 토시를 꺼내 끼고는 자질구레한 물건들을 정리하고 종이에 정성스럽게 줄을 그었다. 우리가 보기에 그는 일일이 사전을 뒤적이며 단어를 찾아보면서 무척 열심히 공부했다. 이런 성실성 때문인지 하급반으로는 떨어지지 않았다. 그리고 문법은 한 번 일러주면 잘 기억했지만 세련되고 멋진 문장으로는 만들어낼 줄 몰랐다. 그의 부모가 학비를 절약하기 위해 늦게까지 학교에 보내지 않았고, 라틴어 기초는 마을의 신부님에게 배웠기 때문이다.

군의관 보(補)였던 그의 아버지 샤를르 드니 바르톨로메 보바리 씨는 1812년경 징병사건에 연루되어 군을 떠날 수밖에 없었다. 그러나 그의 타고난 풍채와 용모에 홀딱 반한 어떤 내복 상인의 딸에게서 6만 프랑의 지참금을 손에 넣을 수 있었다. 미남인 그는 박차를 요란하게 울리며 다녔고, 턱수염과 구렛나루를 기르고 손에는 언제나 반지를 끼고 있었으며 늘 화려한 옷만을 고집했다. 그는 상점의 판매원 같은 쾌활한 성격에 어딘가 늠름한 인상까지 풍겼다.

결혼 후 2, 3년은 아내의 재산으로 살면서 좋은 음식만 먹고 늦잠을 잤으며 커다란 도자기 파이프로 담배를 피웠다. 저녁이면 공연을 한 가지라도 구경하지 않고는 귀가하지 않았고, 뻔질나게 카페를 드나들었다.

그러던 중 장인어른이 돌아가셨는데 유산이라고는 아무것도 남기지 않았다. 이에 화가 난 그는 제조업에 뛰어들었으나 약간의 손해만 보았고, 다음에는 농촌에 틀어박혀 농장 경영을 하려 했다. 하지만 면직물 직조업이나 농사일이나 모르기는 매한가지였다. 농장에서 쓸 말을 자기가 타고 돌아다녔으며, 팔려고 만든 사과주는 통에 넣기 전에 자기가 다 마셔버렸고, 집에서 제일 살찐 닭도 자기가 먹고, 돼지를 길러 기름을 얻으면 사냥용 구두를 닦는 데 써버렸다. 얼마 지나지 않아 그는 모든 사업에서 아예 손을 떼는 편이 낫다는 것을 깨닫게 되었다.

그리하여 매년 2백 프랑을 지불하기로 계약하고 코 지방과 피카르디 지방 경계에 위치한 시골에 반 농가, 반 주택으로 된 집을 얻었다. 그곳에서 우울과 회한으로 신음하며 하늘을 원망하고 모든 사람들을 질투한 나머지 남은 여생이나마 조용히 지내겠다며 마흔 다섯의 나이에 외부와의 인연을 끊고 아예 틀어박혀 버렸다.

그의 아내는 처음에 그에게 홀딱 반해 있었다. 그녀는 무척이나 남편을 사랑한 나머지 무엇이든 그가 시키는 대로 따랐지만 그럴수록 남편의 마음은 점점 더 멀어져 갔다. 전에는 쾌활하고 명랑하며 애교도 있던 그녀가 나이를 먹어감에 따라(김빠진 포도주가 식초로 변하듯이) 까다로워지고 꽥꽥 소리나 지르고 신경질적으로 변해 갔다. 남편이 마을의 젊은 처녀를 따라다니는 것을 봐도, 밤마다 술집이며 좋지 못한 곳에서 술 냄새를 풍기며 뻔뻔스럽게 돌아와도 처음에는 불평 한마디 하지 않은 채 참아내며 혼자서 괴로워했다.

드디어 그녀의 자존심이 반항의 고개를 들기 시작했다. 그녀는 죽을 때까지 무서운 분노를 묵묵히 가슴에 간직한 채 절대로 입을 열지 않게 되었으며 일거리를 찾아서 쉬지 않고 뛰어다녔다. 소송 대리인과 재판장을 찾아가 약속어음의 지불기한을 알아내고, 또 그 기한을 연장받기도 했다. 집에 있을 때는 다리미질과 바느질, 빨래 등을 하고 고용인들을 부리며 장부 정리를 했다. 그런데 남편은 아무것도 모른다는 얼굴로 언제나 잠과 술에 반쯤 취하여 게슴츠레해 있었고 간혹 잠이나 술에서 깨어나면 그녀에게 욕지거리를 하거나 그렇지 않으면 재떨이에 침을 뱉어 가며 난롯가에서 담배를 피우기 일쑤였다.

　사내아이가 태어나자 유모에게 맡기지 않으면 안 되었다. 얼마 후 다시 부모의 손으로 돌아온 아이는 마치 왕자처럼 응석받이로 자랐다. 어머니는 잼만 먹여 기르려 했고, 아버지는 맨발로 뛰어다니게 했다. 진보파 사상가인 체하며 짐승새끼들처럼 벗고 다녀도 된다는 게 아버지의 주장이었다. 어머니의 생각과는 달리 아버지의 머릿속에는 일종의 남성적인 이상이 있어서 그에 따라 아들의 좋은 체격을 위해 스파르타식으로 단련시켜 키우려고 했다. 불도 피우지 않은 방에서 자게 하고, 럼주를 들이켜는 법을 가르치는가 하면 종교의 여러 의식을 멸시하도록 가르쳤다. 그러나 천성이 얌전한 아이에게 아버지의 노력도 별 효과를 거두지 못했다.

　어머니는 아이를 항상 옆에 바짝 붙여두었다. 마분지를 오려주고, 이야기를 들려주고, 우수에 찬 명랑함과 수다스러운 상냥함을 듬뿍 담은 끝없는 독백으로 아이를 이야기 상대로 삼았다. 고독하게 살던 그녀는 산산조각이 난 자신의 꿈과 허영심을 아이의 머릿속에 모두 심어주려 했다. 아이가 어른이 되었을 때 잘생기고 재주가 뛰어나 토목기사나 재판소의 공무원으로 성공하는 모습을 벌써부터 상상하곤 했다. 그녀는 아이에게 글 읽는 법을 직접 가르치고 집에 있는 낡은 피아노로 동요를 가르쳐주기도 했다. 그러나 학문 따위에는 거의 관심이 없는 보바리 씨는 모두 쓸데없는 짓이라고 말하곤 했다.

　"아이를 공립학교에 넣어 공무원으로 만든다거나 장사 밑천을 대줄 여유가 우리에게 있을 것 같은가? 남자란 뭐니뭐니 해도 그저 실력만 있으면 성공하는 거야."

　보바리 부인은 그때마다 입술을 지그시 깨물곤 했다. 이러한 부모의 생각과는 상관없이 아이는 제멋대로 마을을 어슬렁거리며 돌아다녔다.

그는 농부들을 따라다니고, 흙덩이를 던지며 날아가는 까마귀를 쫓으며 놀았다. 도랑가에 달린 오디를 따먹거나 막대기를 들고 칠면 조를 지키고, 수확기에는 건초를 말리거나 숲속을 뛰어다녔으며, 비 오는 날에는 교회 현관에서 돌차기를 하며 놀았다. 또한 축제일에는 성당지기를 졸라 종 치는 일을 대신 맡아서 밧줄에 매달려 밧줄과 함께 흔들흔들하며 재미있어 하기도 했다. 그는 잘 자라는 떡갈나무처럼 튼튼하게 자랐다. 팔 힘도 세어지고 혈색도 좋았다.

열두 살이 되자 그는 어머니의 소원대로 공부를 할 수 있게 되었다. 그 일은 신부님이 맡았는데, 수업시간도 짧고 게다가 드문드문해서 별로 도움이 되지 못했다. 신부님이 한가할 때나 세례와 장례식 중간에 약간씩 비는 틈을 이용해 선 채 서둘러 하는 수업이었다. 그렇지 않으면 저녁 기도가 끝난 다음 외출할 일이 없을 때 소년을 불렀다. 소년이 신부의 방에 들어가 자리에 앉으면 촛불 주위에 모기와 나방 같은 것들이 마구 달려들었다. 그는 더워서 곧잘 졸았다. 그러면 사제도 배 위에 손을 얹고 꾸벅꾸벅 졸다가 끝내는 입을 크게 벌리고 드르렁드르렁 코를 골곤 했다. 또 어떤 때는 신부가 근처에 사는 환자에게 임종의 성찬을 주러 갔다가 돌아오는 길에 들에서 장난을 하며 노는 샤를르를 보고 잠깐 설교를 한 다음, 그 기회를 이용해 나무 그늘 밑에서 동사의 변화를 가르치기도 했다. 비가 오거나 아는 사람이 지나가면 그마저도 방해가 되었다. 신부는 아이에게 언제나 만족해했으며, 어린 녀석이 꽤 기억력이 좋다고 칭찬하기도 했다.

어머니는 샤를르를 이대로 두어서는 안 된다고 완강하게 주장했다. 아버지는 창피해서라기보다 귀찮아서 별 반대도 하지 않고 아내가 하는 대로 내버려두었다. 어쨌든 아이가 첫 성체성사[4]를 받을 때

---

4) 성체를 받아 모시는 것으로, 성체란 성스럽게 된 빵과 포도주를 예수의 몸과 피에 비유하여 이르는 말이다 ─ 옮긴이

까지 1년만 더 기다리기로 했다.

그후 반년이 지났다. 이듬해 샤를르는 드디어 루앙에 있는 중학교에 들어가게 되었고, 10월 말경 생 로맹 장날에 아버지가 직접 아들을 데리고 갔다.

지금은 우리 동급생 중 어느 누구도 그에 대해 기억하는 사람이 없다. 그는 휴식 시간엔 놀고, 자습시간에는 공부하고, 교실에서는 열심히 듣고, 침실에서는 잘 자고, 식당에서는 잘 먹는 얌전한 아이였다. 강트리 거리의 한 철물 상인이 그의 보증인이었는데, 일요일만 되면 가게를 닫고 그를 기숙사에서 데리고 나가 배 구경을 시킨 다음 저녁 7시 식사 전에는 반드시 학교로 데리고 왔다.

매주 목요일 밤이면 그는 어머니에게 긴 편지를 썼다. 붉은 잉크로 쓰고 봉인표시를 세 군데나 했다. 그러고 나서 역사 노트를 다시 보거나 자습실에 굴러다니는 아나카르시스[5]의 낡은 책을 읽었다. 산책을 할 때에는 학교의 사환 아이와 이야기를 나누곤 했는데, 그 사환도 시골 사람이었다.

그는 열심히 공부했기 때문에 반에서 중간 정도는 되었다. 한번은 박물(博物) 과목에서 1등상을 타기도 했다. 그러나 4학년 말이 되자 부모는 그에게 의학공부를 시킬 생각으로 대학입학 자격시험 준비는 독학으로 해도 된다며 학교를 그만두게 했다.

어머니는 그에게 오드로베크 강가에서 염색업을 하는 친지의 집 5층 방을 하나 얻어주었다. 하숙비를 정하고 책상과 의자 두 개를 사 놓고 집에서 낡은 벚나무 침대를 옮겨온 다음 작은 쇠난로까지 하나 샀다. 그리고 아들이 따뜻하게 지내도록 장작을 잔뜩 준비해 놓았

---

5) 18세기 작가 장 자크 바르텔르미의 저서로, 스키타이의 전설적인 철학자 아나카르시스의 눈을 통해 그리스의 모습을 기행문 형식으로 서술한 당시 프랑스 학생들의 필독서로 통한다 — 옮긴이

다. 그리고 이제 혼자가 되었으니 더욱 행실을 잘하라고 아들에게
신신당부를 한 다음 주말에 집으로 돌아갔다.

　게시판에 붙어 있는 강의일람표를 본 그는 어이가 없었다. 해부
학, 병리학, 생리학, 약제학, 화학, 식물학, 임상학, 치료학, 게다가
위생학과 약물학까지 있었다. 어원조차 모르는 말들로 그 하나하나
가 장엄한 어둠 속에 도사린 묘(廟)의 문처럼 여겨졌다.

　강의는 무슨 내용인지 전혀 알 수가 없었다. 열심히 귀를 기울였
지만 뜻을 조금도 이해하지 못했다. 그래도 그는 열심히 공부했다.
노트를 들고 어느 강의에나 들어갔으며, 회진은 단 한 번도 빠진 일
이 없었다. 눈이 가려진 채 정해진 궤도를 빙빙 도는 연습장의 말처
럼 자기가 하고 있는 것이 무엇인지도 모르면서 매일 매일의 일과를
해나갔다.

　비용을 절약하기 위한 방편으로 어머니는 화덕에 구운 송아지 고
기 한 조각을 매주 심부름꾼을 통해 보내주었다. 그는 병원에서 돌
아오면 구두창을 벽에 문질러 발을 따뜻하게 하고 점심으로 고기를
먹었다. 그러고 나서 또 강의를 들으러 교실로, 무료병원으로 정신
없이 뛰어다녔다. 밤에는 하숙집의 변변치 않은 식사로 저녁을 때우
고, 자기 방에 올라가 벌겋게 달아오른 난로 앞에서 축축한 옷을 입
은 채 공부를 시작하면 온 몸에서 김이 피어오르곤 했다.

　맑게 갠 여름날 저녁, 서늘해진 거리에 하녀들이 나와 공치기를
할 때면 그는 창문을 열어 팔꿈치를 괴고 아래를 내려다보았다. 눈
아래로 루앙에서 가장 더러운 작은 베니스라고 할 수 있는 강물이
누런색과 보라색 게다가 푸른색까지 섞여, 다리며 철책 사이로 흘러
가고 있었다. 노동자들이 강가에 쭈그리고 앉아 팔을 씻고, 여기저
기 다락방에서 삐져나온 장대에서는 커다란 무명실꾸리가 널려 있
었다. 맞은편 지붕 너머로 맑은 하늘이 펼쳐져 있고, 저물어가는 붉

은 해가 보였다.

'저곳에 있으면 얼마나 기분이 좋을까! 너도밤나무 그늘 밑은 얼마나 시원할까!'

코를 벌름거리며 건너편 들판의 싱그러운 냄새를 들이마시려 했지만 그 냄새는 그가 있는 곳까지 미치지 못했다.

그는 야위고 키가 커졌으며 얼굴은 어딘지 모르게 나른한 게 생기가 없어 보였다. 하지만 오히려 그러한 모습이 사람들의 눈길을 끄는 매력을 풍겼다.

시간이 흐르자 학업에 대한 열의가 점차 식어가고 처음에 가졌던 확고한 신념은 점점 엷어져 갔다. 급기야 회진을 게을리하고 이튿날은 강의를 거르는 등 점차 게으름에 맛을 들이게 되자 학교에도 나가지 않게 되었다. 마침내 그는 술맛을 들이고, 도미노 게임에 열중했다. 매일 밤마다 지저분한 술집에 처박혀 까만 점이 박힌 작은 양뼈 패를 대리석 탁자에 던지는 것이 자기 자신의 품격을 높이고 진정한 자유를 실천하는 행위처럼 여기게 되었다. 마치 그것은 이 세상을 알아가는 깨달음이고 금지된 향락을 취하는 일 같았다. 때문에 출입문 손잡이를 잡을 때면 거의 육감적인 쾌락마저 느꼈다. 그 순간 만큼은 마음속 깊이 박혀 있던 많은 것들이 부풀어올랐다. 유행가를 배운 그는 만나는 여자들에게 들려주고 베랑제[6]에 심취했으며, 펀치[7] 만드는 법을 배우고 마침내는 여자까지 알게 되었다.

이런 쾌락적인 인생 공부 덕분에 그는 의사 시험에 보기 좋게 떨어지고 말았다. 그날 밤 집에서는 합격을 축하하기 위해 사람들이 기다리고 있었다.

---

6) 19세기 초의 프랑스 시인이며 샹송작가로 당시 자유주의적이고 애국적인 샹송을 다수 발표했다 — 옮긴이
7) 술에 설탕·홍차·레몬·계피 따위를 섞어 끓인 음료이다 — 옮긴이

그는 걸어서 마을 어귀까지 온 다음 어머니를 불러내어 모든 사실을 털어놓았다. 아들이 시험에 떨어진 것을 부당한 시험관의 탓으로 돌린 어머니는 그를 용서해 주었다. 그리고 뒷일은 알아서 하겠다며 아들을 격려해 주었다.

아버지는 5년 동안이나 그 사실을 알지 못했다. 사건의 진상을 알았을 때에는 이미 과거의 일이 되었고, 자기가 낳은 자식이 바보라서 떨어졌다고 생각하기 싫었기 때문에 그 일을 묵인하고 넘어갔다.

샤를르는 다시 시험 준비에 매달렸고, 모든 문제를 미리 외워두었다. 그 결과 꽤 좋은 성적으로 합격할 수 있었다. 이날 만큼 어머니에게 경사스러운 날이 없었다. 그녀는 성대한 잔치를 벌였다.

어머니는 아들이 어디에 개업을 하면 좋을지 생각했다. 토트 지방이 좋을 것 같았다. 지금 그곳에는 늙은 의사가 한 명 있을 뿐이다. 오래 전부터 보바리 부인은 그 의사가 죽기를 기다리고 있었다. 노인이 저 세상으로 떠나기 전에 샤를르는 내심 후임을 자처하면서 그 지방에 개업을 했다.

하지만 아들을 키워 의학 공부를 시키고 개업하기에 좋은 자리를 마련해 준 것만으로 어머니의 할 일은 끝나지 않았다. 아들에게는 아내가 필요했다. 보바리 부인은 며느리감을 골라 아들을 결혼시켰다. 그녀는 디에프에 사는 어느 집달리(執達吏)의 미망인으로 나이는 마흔다섯이었지만, 매년 1천 2백 프랑의 수입이 있는 여자였다.

비록 용모는 추하고 몸은 장작개비같이 말랐으며 봄 새싹처럼 여드름이 돋아난 여자였지만, 연금 덕분에 뒤뷔크 부인에게는 혼처 자리가 적지 않았다. 보바리 부인은 목적을 달성하기 위해 그녀에게 구혼할 마음이 있는 이들을 모조리 물리치지 않으면 안 되었다. 심지어 신부의 지원을 받고 있는 어느 푸줏간의 음모도 미리 알고 멋지게 해치웠다.

샤를르는 결혼을 하면 마음먹은 대로 자유롭게 행동할 수 있으며, 돈도 자기 멋대로 쓸 수 있겠다고 생각했다. 하지만 생각처럼 되지 않았다. 아내는 지배적이었다. 사람들 앞에서는 어떤 말은 해야 하고 어떤 말은 해서는 안 되었다. 금요일에는 육식을 금하고 옷은 그녀의 취미에 따라야 했으며, 돈을 안 내는 환자는 그녀의 명령에 따라 독촉을 해야 했다. 그녀는 남편에게 오는 편지를 일일이 뜯어보았고 뒤를 밟아 감시했으며, 여자 환자가 왔을 때에는 진찰실에서 하는 소리를 몰래 엿들었다.

아내는 매일 아침 코코아를 마셔야 했고, 요구사항은 끝도 없었다. 줄곧 신경이 어떠니, 기분이 어떠니 하고 앓는 소리를 해댔다. 발소리조차 그녀의 기분을 상하게 했다. 옆에 없으면 쓸쓸해 못견디겠다고 해서 옆에 가면 이번엔 또 죽는 걸 지켜보려 왔느냐고 잔소리를 했다. 밤에 샤를르가 돌아오면 그녀는 말라빠진 긴 팔을 시트 아래에서 꺼내 그의 목을 감싸고 침대 모서리에 앉힌 다음 넋두리를 늘어놓았다. 나를 잊고 다른 여자를 좋아하는 게 아니냐는 둥 어차피 자기는 불행한 여자라고 전 남편도 말했다는 둥 한참을 궁시렁대다가 결국에는 건강을 위해 약용시럽 조금과 좀 더 많은 사랑을 요구했다.

어느 날 밤 11시경, 두 사람은 바로 집 문앞에서 멈추는 말발굽 소리 때문에 잠에서 깨어났다. 하녀인 나스타지가 다락방 창문을 열고 길에 서 있는 남자와 뭔가 이야기를 주고받았다. 남자는 의사를 데려오라는 편지를 가져왔다고 했다. 나스타지는 추위에 벌벌 떨며 계단을 내려가 자물쇠를 열고 빗장을 하나하나 뽑았다.

남자는 말을 그냥 둔 채 하녀의 뒤를 따라 침실로 들어왔다. 그리고 회색빛 술이 달린 털모자 속에서 헝겊조각에 싼 편지를 꺼내 정중하게 샤를르에게 내밀었다. 샤를르는 베개에 팔꿈치를 괴고 편지를 읽었다. 나스타지는 침대 옆에서 등불을 들고 서 있었으며, 부인은 부끄러운 듯 벽 쪽을 향해 돌아누워 있었다.

조그맣게 푸른색 밀납 봉인이 찍혀 있는 편지는, 다리가 부러진 환자가 있으니 빨리 베르토 농장으로 와서 치료를 해달라는 내용이었다. 토트에서 베르토까지는 롱빌르와 생 빅토르를 지나 지름길로 간다고 해도 족히 60리는 되고도 남았다. 게다가 그날 밤은 매우 컴컴했기 때문에 부인은 무슨 사고나 생기지 않을까 걱정이 앞섰다. 그래서 심부름 온 마부를 먼저 보내고 샤를르는 달이 뜨기를 기다려

세 시간 후에 출발하기로 했다. 근처에 도착하면 심부름꾼을 보내어 샤를르를 농장으로 안내하고 울타리 문을 열어주기로 했다.

아침 4시경, 샤를르는 외투를 입고 베르토를 향해 출발했다. 아직 잠이 덜 깬 그는 꾸벅꾸벅 졸며 달리는 말에 몸을 맡긴 채 흔들리며 나아갔다. 가시로 덮인 논두렁 구덩이 앞에서 말이 멋대로 멈춰 서자 깜짝 놀라 눈을 뜬 샤를르는 환자의 부러진 다리를 생각하며, 알고 있는 골절상의 갖가지 경우를 머리에 그려보았다. 이미 비는 그쳐 있었다. 서서히 날이 밝아오고, 사과나무 가지에 앉은 새가 차가운 아침 바람에 귀여운 날개를 떨며 앉아 있었다. 벌판은 한없이 넓었고, 지평선 저쪽 하늘과 같은 색조의 음침한 평지에는 농장을 둘러싸고 있는 나무들이 짙은 보랏빛으로 점점이 흩어져 있었다.

샤를르는 이따금씩 눈을 떴지만 또다시 밀려오는 잠 때문에 정신이 흐릿하여 다시 꿈꾸는 듯한 기분이 되었다. 새삼 모든 감각이 예전의 기억과 하나가 되고, 자기 자신이 이중으로 느껴졌다. 학생이면서 아내가 있는 사람이기도 했으며, 조금 전처럼 침대 속에 누워 있었던 것 같기도 하고, 옛날처럼 외과 수술실 안을 돌아다니고 있는 것 같기도 했다. 이러한 의식 속에서 해열제의 뜨거운 냄새가 아침 이슬의 산뜻한 향기와 뒤섞여 풍겨왔다. 침대 커튼의 쇠고리가 쇠막대기 위에서 삐걱거리는 소리와 함께 잠든 아내의 숨소리가 들리는 것 같기도 했다.

브와송빌르로 들어섰을 때 도랑 가의 풀밭 위에 앉아 있는 소년이 보였다.

"의사 선생님이신가요?"

소년이 물었다. 샤를르의 대답을 듣기가 무섭게 소년은 나막신을 벗어들고 앞장서서 달리기 시작했다.

샤를르는 가는 길에 소년을 통해 루올이라는 사람이 이 근처에서 가장 부유한 농부라는 사실을 알게 되었다. 그는 어젯밤 옆집에서 열린 모레아[8] 축하를 끝내고 돌아오다가 다리를 다쳤다고 했다. 그는 2년 전에 아내와 사별하고 지금은 가사를 돌보는 딸과 단둘이 살고 있다고 했다.

수레바퀴 자국이 점점 깊어졌다. 베르토에 가까이 온 것이다. 소년은 울타리 구멍으로 미끄러지듯 들어가는가 싶더니 금세 다시 마당에 나타나 문을 열어주었다. 젖은 풀 때문에 말이 몇 번이나 미끄러졌다. 샤를르는 나무 밑을 지날 때 가지를 피하기 위해 몸을 구부려야 했다. 개집에서 개가 쇠줄에 당겨지며 짖어댔다. 베르토 농장으로 들어서자 말은 겁을 먹은 듯 한껏 뛰어올랐다.

농장은 훌륭한 외관을 갖추고 있었다. 마구간의 열린 문을 통해 경작용 말이 새로 만든 꼴시렁에서 조용히 꼴을 먹는 모습이 보였다. 건물 옆으로 늘어선 커다란 퇴비 더미에서는 무럭무럭 김이 올라오고 있었다. 닭과 칠면조에 섞여 코 지방의 양계장에서 기르기에는 사치스러운 공작 대여섯 마리가 모이를 쪼아 먹고 있었다. 양 우리는 길게 뻗어 있고, 곡식창고는 손바닥처럼 매끈매끈한 벽에 둘러싸여 높이 치솟아 있었다. 광에는 커다란 수레 두 대와 쟁기 네 개와 함께 채찍과 말목걸이며 용도를 알 수 없는 도구 한 벌이 놓여 있었다. 그중 파란 양 모피는 창고에서 떨어진 먼지에 더럽혀져 있었다. 경사진 뜰의 양쪽으로는 똑같은 간격으로 나무가 심어져 있었으며, 즐겁게 꽥꽥거리며 울부짖는 거위 떼 소리가 연못가에서 들려왔다.

밑단에 세 줄의 푸른 장식이 달린 메리노 옷을 입은 젊은 여자가 문간으로 나오더니 이내 샤를르를 주방으로 안내했다. 그곳에는 불이 활활 타오르고, 냄비마다 일하는 사람들의 아침식사가 끓고 있었다. 벽난로 안쪽으로는 젖은 옷들이 말라가고 있었다. 부삽과 부집

---

8) 그리스도 탄생일로부터 12일째 되는 기념일을 말한다 ― 옮긴이

게와 풀무의 주둥이가 어느 것이나 다 몹시 컸는데 그것은 마치 잘 닦은 강철처럼 번쩍거렸다. 벽에는 여러 종류의 냄비들이 걸려 있고, 난로의 밝은 불빛이 유리창 너머로 들어오는 아침 햇살에 반사되어 그 위를 환히 비춰주었다.

샤를르는 환자를 보기 위해 2층으로 올라갔다. 환자는 이불 속에서 땀을 흘리며 있었고 나이트캡은 저만큼 던져져 있었다. 쉰 살쯤 되어 보이는 땅딸막하고 작은 남자였는데, 살빛이 희고 눈은 푸르며 이마는 벗겨지고 귀걸이를 하고 있었다. 옆 의자 위에 큰 브랜디 병이 놓여 있는 걸로 보아 고통을 참기 위해 가끔 마시고 있던 모양이었다. 그러나 의사를 보자마자 흥분했던 마음을 가라앉히고, 12시간이나 온갖 쌍소리로 떠들어대던 방금 전 모습과는 달리 갑자기 힘없는 소리로 신음 소리를 내기 시작했다.

골절은 극히 단순한 것이었다. 샤를르는 이처럼 간단한 상처일 줄은 예상하지 못했다. 그러나 그는 자신의 스승들이 부상자의 침대 옆에서 취하던 태도를 떠올리면서 여러 가지 재미있는 말로 환자의 기운을 돋우어 주었다. 그것은 메스에 기름을 바르는 것과 같은 잠깐의 외과용 애무였다. 샤를르는 환부에 댈 받침대를 만들기 위해 창고에서 널빤지를 가져오라고 하고 그중 하나를 골라 가늘게 자른 다음 유리 파편으로 문질렀다. 그동안 하녀는 헝겊을 잘라 붕대를 만들고 환자의 딸인 듯한 엠마는 조그마한 베개를 몇 개 만들려고 했다. 그녀가 좀처럼 바느질 상자를 찾아오지 못하자 아버지는 화를 내며 소리쳤지만 그녀는 입을 다문 채 아무 말도 하지 않았다. 엠마는 바느질을 하는 동안 손가락을 찔리자 그 손가락을 입으로 가져가 쪽쪽 빨았다.

샤를르는 그녀의 손톱이 너무나 흰 데 대해 놀랐다. 끝이 가느다란 손톱은 반짝반짝 윤이 나고, 디에프산 상아 세공보다 더 곱게 다듬어져 둥글게 깎여 있었다. 그러나 손은 그다지 아름다운 편이 아니었다. 아주 희지도 않았고 손마디는 다소 꺼칠꺼칠했다. 게다가 좀 지나치게 긴 편이어서 선의 부드러움이 없었다. 그녀의 가장 아름다운 곳은 눈이었다. 눈빛은 갈색이었으나 속눈썹 때문에 검게 보였으며, 천진스럽고 대담한 눈초리는 겁 없이 사람의 눈을 똑바로 쳐다보았다.

치료가 끝나자 식사를 하고 가라는 루올 씨의 권유에 샤를르는 아래층 식당으로 내려갔다. 터키 사람들의 모습을 수놓은 인도산 옥양목이 덮인 커다란 침대 옆에 테이블이 있고, 그 위에 두 사람의 식기가 은잔과 곁들여져 놓여 있었다. 창문 맞은편에 위치한 높다란 떡갈나무 옷장에서는 붓꽃 냄새와 함께 축축한 시트 냄새가 풍겨왔다. 방 구석구석에는 밀가루 포대들이 가지런히 세워져 있었는데, 돌게단 세 개만 올라가면 있는 곡식 창고에 다 넣지 못하고 남은 것들이었다. 허옇게 벗겨져 얼룩이 진 벽에는 이 방의 유일한 장식인 듯 연필로 그린 미네르바[9]의 얼굴이 금박 입힌 액자에 끼워져 걸려 있고, 그 밑에는 고딕체로 '사랑하는 아버님께' 라는 글씨가 적혀 있었다.

먼저 환자에 대한 얘기를 하고 다음에는 날씨와 심한 추위와 밤이 되면 들판에 돌아다닌다는 이리 이야기를 했다. 엠마는 요즘 이 농가의 감독을 혼자 도맡아 하고 있기 때문에 시골은 조금도 재미있는 일이 없다고 했다. 식당 안이 몹시 추웠기 때문에 그녀는 식사하는 내내 덜덜 떨었다. 말을 하지 않을 때에는 지그시 깨물고 있는 도톰한 입술이 약간 벌어졌다.

그녀의 목은 접힌 하얀 깃 위로 솟아오른 듯 보였다. 머리칼은 가르마를 사이에 두고 양쪽으로 갈라졌고, 부드럽고 검은 머리는 양쪽으로 딱 붙어 머리 모양에 따라 가운데가 약간 움푹 들어가 있었다.

---

9) 로마 신화에 나오는 지혜의 여신이다. 그리스 신화의 아테네에 해당한다 ─ 옮긴이

그리고 귓불이 살짝 드러나며 볼 근처에서 부드러운 곡선을 이루었
고 뒤로 틀어 올려 한데 묶여져 있었다. 시골 의사인 그는 그런 머리
를 생전 처음 보았다. 뺨은 장밋빛이었으며 마치 남자처럼 가슴께의
단추 두 개 사이에 거북 껍질로 만든 코안경을 끼워놓고 있었다.

루올 씨에게 작별 인사를 하기 위해 2층으로 올라갔다 내려온 샤
를르는 떠나기에 앞서 식당으로 다시 들어갔을 때, 그녀는 들창에
이마를 댄 채 물끄러미 창밖을 내다보고 있었다. 뜰에는 완두콩덩굴
이 바람에 쓰러져 있었다. 그녀는 몸을 돌렸다.

“무얼 찾으세요?”

“제 채찍이요.”

샤를르가 대답했다. 두 사람은 침대 위와 문 뒤, 의자 밑을 살피기
시작했다. 채찍은 밀가루 자루와 벽 사이에 떨어져 있었다. 채찍을
발견한 엠마는 자루 위로 몸을 굽혔다. 동시에 샤를르는 남자답게 재
빨리 그녀 옆으로 달려가 팔을 내밀었다. 그 바람에 그는 자기의 가
슴이 밑에 숙이고 있는 처녀의 등에 스치는 것을 느꼈다. 얼굴을 붉
히며 일어난 그녀는 채찍을 내밀면서 어깨 너머로 그를 바라보았다.

3일 후에 다시 방문하기로 했지만 샤를르는 그 이튿날 다시 나타
났다. 그리고 그 후부터는 일주일에 두 번씩 꼬박꼬박 찾아왔다. 어
떤 때는 깜빡 잊었다는 듯 엉뚱한 때에 불쑥 찾아오기도 했다.

루올 씨의 상처는 순조롭게 치유되었다. 46일 만에 루올 씨가 집
안을 왔다갔다하자 사람들은 모두 보바리 선생의 솜씨가 대단하다
고 생각하기 시작했다. 이브토 지방이나 루앙 지방의 일류 의사도
이보다 치료를 잘하지 못했을 거라고 루올 씨는 말하곤 했다.

한편 샤를르는 자신이 왜 그토록 베르토에 오는 것을 좋아하는지
애써 생각하려 들지 않았다. 굳이 그 이유를 들자면 환자의 병이 그
만큼 중했기 때문이거나 아니면 사례금에 대한 기대 때문이라고 여

겠을 것이다. 하지만 과연 그 농장을 자주 찾아가는 것이, 그의 따분하고 보잘것없는 일상 속에서 하나의 색다른 즐거움이 된 것이, 단지 그런 이유뿐일까?

농장으로 가는 날이면 아침 일찍 일어나 바로 문 앞에서부터 말을 달리게 하고, 역시 서둘러 말에서 내려 풀에 구두를 문지르고, 안에 들어가기 전에는 꼭 장갑을 끼었다. 그 집 뜰에 들어갈 때 문이 어깨에 밀리어 빙글 도는 느낌은 무척 유쾌했다. 담 위에서 수탉이 울고 하인들이 그를 맞으러 나오는 것도 좋았고, 곡식 창고도, 생명의 은인이라며 손을 잡아주는 루올 노인도 좋았다. 그리고 깨끗이 닦은 부엌 바닥을 걸어다니는 엠마 양의 작은 나막신 소리도 즐거웠다. 그 신은 굽이 높기 때문에 그녀의 키도 어느 정도 커 보였다. 그녀가 앞장서서 갈 때는 나막신 밑의 가죽단화에 나무 바닥이 스치면서 끼익끼익 소리를 냈다.

엠마 양은 언제나 현관 제일 첫 계단 위에 서서 그를 배웅했다. 말이 나와 있지 않을 때에는 한참 동안 그곳에 서 있었다. 이미 작별 인사를 마쳤기 때문에 두 사람은 더 이상 아무 할 말이 없었다. 세찬 바람이 그녀의 몸을 휘감아 목덜미의 잔털을 날렸다. 또 어떤 때는 허리에 맨 앞치마 끈을 팔락팔락 날려 그것이 가는 깃발처럼 바람에 나부낄 때도 있었다.

뜰에서는 나무껍질이 물방울을 떨어뜨리고, 지붕의 눈이 줄줄 녹아내리던 어느 날이었다. 문턱에 서 있던 엠마는 양산을 가지고 와 펼쳐 들었다. 각도에 따라 색깔이 달라지는 비둘기색 비단 양산에 햇빛이 비쳐 하얀 그녀의 얼굴에 밝은 음영이 드리워지고 양산 밑에서 그녀는 화사하게 미소 지었다. 팽팽한 나뭇결 무늬의 양산에 물방울이 똑똑 떨어지는 소리가 들렸다.

샤를르가 처음 베르토에 다니기 시작했을 무렵 그의 아내인 엘로

이즈는 잊지 않고 환자의 용태를 물었고, 그녀가 따로 적는 이중장부에 루올 씨를 위해 한 페이지를 비워놓기까지 했다. 그러나 노인에게 딸이 있다는 사실을 알고 난 다음부터 그녀에 대해 백방으로 수소문하여 알아보기 시작했다. 그 결과 루올 양은 월실린느 수녀원에서 이른 바 훌륭한 교육을 받았고, 춤과 지리와 미술을 잘했으며, 자수도 조금 하고 피아노도 칠 줄 안다는 사실을 알게 되었다. 기가 막힌 그녀는 더 이상 내버려둘 수가 없었다.

"농장에 갈 때 그렇게 싱글벙글한 이유가 다 있었군. 비가 오는 것도 상관하지 않고, 새 조끼를 입고 가는 것도……. 아아, 그 여자, 그 여자!"

이후 엘로이즈는 본능적으로 그 여자를 증오하기 시작했다. 처음에는 말로 화풀이를 했으나 통하지 않았다. 다음에는 이야기하는 도중에 가끔 싫은 소리를 했다. 하지만 남편은 당황해하다가 귀찮다는 듯 흘려버렸다. 결국 그녀가 노골적으로 대놓고 들이대자 샤를르는 더 이상 할 말이 없었다.

"루올 씨는 벌써 다 나았고 또 계산도 다 끝났는데 아직도 가끔 베르토에 가는 이유는 뭐죠? 흥, 거기에 좋은 사람이 있나 봐요? 대화상대도 되고, 수도 잘 놓고 교양도 있는 여자 말이에요. 그 여자가 좋아서 가는 거죠? 당신은 도회지 여자가 필요한 거죠?"

엘로이즈는 계속 말을 이었다.

"루올 씨의 딸이 도회지 여자라고요? 천만에요! 그 집 할아버지는 양치기였어요. 그리고 사촌 하나는 말다툼을 하다가 사람을 심하게 때려 중벌을 받을 뻔한 일까지 있었다고요. 주제넘게 사치나 부리고, 일요일에는 백작부인처럼 비단옷을 차려입고 성당에 나오질 않나. 작년에 자기 아버지의 채소 씨앗이 안 팔렸더라면 빚도 못 갚았을 그런 주제에!"

끝없이 이어지는 아내의 잔소리에 샤를르는 베르토에 가는 것을 그만두었다. 아내가 애정을 듬뿍 담은 키스를 퍼부은 다음 두 번 다시는 그곳에 가지 않겠다고 성서에 손을 얹고 맹세를 시켰기 때문이었다. 샤를르는 복종했지만 마음속에서는 반항적인 욕망이 강하게 일어나고 있었다. 이러한 일종의 무의식적인 위선은, 그 처녀와 만나지 못하게 하는 것은 오히려 사랑할 권리를 준 것이나 마찬가지라고 자기만의 논리를 만들어냈다. 게다가 아내는 뻐드렁니에 몸은 빼빼 말랐고, 1년 내내 작은 검은 목도리를 두르고 있었으며, 그 끝은 항상 양 어깻죽지 사이에 늘어져 있었다. 또한 삐쩍 마른 탓에 옷을 입으면 마치 옷이 칼집처럼 보였는데, 그 길이가 엄청 짧아 큰 구두에 단 리본이 쥐색 양말 위에 교차되어 있는 것이 발목과 함께 훤히 드러나 보였다.

샤를르의 어머니는 때때로 그들을 방문했지만, 며느리의 서슬 퍼런 태도에 저절로 신경이 날카로워졌다. 그럴 때면 두 보바리 부인은 마치 두 개의 칼날이 쉴새없이 부딪히는 것처럼 샤를르를 몰아부쳤다. 그렇게 먹지 말아라, 아무것도 아닌 손님에게 왜 항상 술을 내느냐, 플란넬 내의를 입지 않겠다는데 그건 무슨 고집이냐, 하면서 사사건건 간섭이었다.

그런데 이른 봄에 하나의 사건이 발생했다. 엘로이즈의 재산을 관리하던 공증인이 위탁금 전부를 가지고 밀물 때를 맞춰 배를 타고 도망친 것이었다. 엘로이즈는 여전히 6천 프랑 상당의 선박주식 외에 생 프랑수와 거리에 집을 한 채 가지고 있었다. 하지만 결혼 전에 그토록 떠들어대던 재산 중 집에 들여온 것은 몇 벌 안 되는 옷과 가구류뿐이었다. 디에프에 있는 집은 이미 저당잡혀 있다는 사실을 뒤늦게야 알았다. 그녀가 공증인에게 얼마를 맡겼는지는 아무도 알 수 없었고, 선박주식도 3천 프랑 이상 되지 않았다. 엘로이즈는 이제껏 거짓말을 해왔던 것이다. 이 모든 사실을 안 샤를르의 아버지는 화가 벌컥 치밀어올라 의자를 돌바닥에 던져 부숴버렸다. 그리고 소중한 아들을 그런 말라빠지고 가죽 값도 안 되는 여편네에게 보내 그 꼴을 만들었다며 아내를 무섭게 나무랐다. 이내 두 사람은 토트로 향했다. 해명이 오가고 한바탕 싸움이 벌어졌다. 눈물을 글썽거리던 엘로이즈는 남편의 팔에 매달려 부모님을 말려달라고 애원했다. 샤를르가 아내를 위해 한마디하려고 했지만 이미 화가 난 부모님은 그대로 가버리고 말았다.

그 사건은 엘로이즈에게 깊은 상처를 남겼다. 일주일이 지난 어느 날, 그녀는 뜰에서 빨래를 널다가 피를 토했다. 그리고 다음 날 샤를르가 커튼을 치려고 몸을 돌린 순간이었다.

"아, 어떻게 한담!"

말을 마친 엘로이즈는 한숨을 한 번 쉬더니 그대로 정신을 잃고 말았다. 그런 다음 숨을 거둔 것이었다. 이 무슨 어처구니없는 일이란 말인가!

묘지에서 모든 의식이 끝나자 샤를르는 집으로 돌아왔다. 아래층에는 아무도 없었다. 그는 2층 침실로 올라갔다. 그곳에는 아내의 옷이 아직 침대 모서리에 걸려 있었다. 그는 책상에 기대어 날이 어두워질 때까지 괴로운 추억에 시달렸다. 어찌 되었건 아내는 그를 사랑하고 있었던 것이다.

            3

　어느 날 아침, 루올 씨가 다리를 낮게 해준 치료비를 가지고 방문
했다. 40수10)짜리 은화로 75프랑과 칠면조 한 마리였다. 노인은 샤
를르의 불행한 소식을 알고 있었기 때문에 진심으로 위로의 말을 건
넸다. 그리고 어깨를 두드리며 말했다.
　"그 기분, 나도 잘 알지요. 선생과 똑같은 처지였으니까. 집사람을
잃었을 때 혼자 있고 싶어 들로 나가곤 했지요. 그리고 나무 밑에 주
저앉아 한참을 울었죠. 하느님을 부르면서 넋두리를 늘어놓았어요.
그때는 차라리 나뭇가지에 걸려 있는 두더지나 되었으면 하는 생각
도 했답니다. 뱃속에 벌레들이 우글거리고 마침내 창자가 터지는 그
런 두더지 말이에요. 지금쯤 귀여운 마누라를 꼭 껴안고 있을 다른
놈들을 생각하면 복장이 터질 것 같아 나뭇가지로 땅바닥을 꽝꽝 쳤
습니다. 미칠 것 같아서 먹을 것도 넘어가지 않았어요. 술집에 간다
는 것은 생각만 해도 기분이 언짢았어요. 정말이에요, 선생. 그런데
차차 세월이 흘러 겨울이 지나고 봄이 오고, 여름이 가고 가을이 오
니까 서서히 잊혀지게 되더군요. 아주 사라졌어요. 아니, 아래로 쑥

---

10) 프랑스의 화폐 단위로, 1 수는 5 상팀이며 100 상팀이 1 프랑이다 ─옮긴이

내려가 버렸다는 말이 옳을 거예요. 그런데도 뭐랄까, 가슴 밑바닥에 언제까지나 남아 있는 것이 있어요…… 무거운 그 무엇이 마음속에 말이죠. 하지만 그것도 인간의 운명이려니 생각하고 그것 때문에 약해져서는 안 되죠. 용기를 내요, 보바리 선생. 그리고 우리 집에 한번 오세요. 제 딸이 선생 얘기를 곧잘 합니다. 선생님은 우리 같은 건 벌써 잊었다고 말이에요. 이제 얼마 안 있으면 봄입니다. 기분도 풀 겸 토끼가 잘 잡히는 데서 사냥이라도 실컷 해봅시다."

노인의 충고에 샤를르는 마음을 추슬렀다. 그리고 다섯 달 만에 다시 베르토에 가보니 모든 것이 예전 그대로였다. 배나무에는 벌써 꽃이 피고, 기운차게 돌아다니는 루올 노인의 모습이 농장에 활기를 주고 있었다.

슬픔에 젖은 의사를 위로해야 된다고 생각한 노인은 모자를 벗지 않아도 된다면서 마치 환자를 대하듯 작은 소리로 속삭이며 맞이했다. 크림이며 설탕을 넣고 찐 배 같은 약간 가벼운 음식을 특별히 장만하지 않았다며 하녀에게 화를 내는 모습까지 보였다. 그리고 흥을 돋우기 위해 여러 가지 재미있는 이야기를 들려주었다. 결국은 샤를르도 웃음을 터뜨렸다. 그러나 죽은 아내에 대한 생각이 문득 떠오르자 표정은 다시 우울해졌다. 커피가 나올 즈음 그는 더 이상 그 일을 생각하지 않았다.

홀아비 생활이 익숙해짐에 따라 점점 아내 생각을 하지 않게 되었다. 아무 구속도 받지 않는 새로운 즐거움이 고독을 한층 견디기 쉽게 만들었다. 이제는 식사 시간도 마음대로 바꿀 수 있었고, 구실을 대지 않고 술집을 드나들 수 있었으며, 피곤해지면 침대에서 팔다리를 뻗고 잘 수 있었다. 그는 편안히 지내며 남이 해주는 위로의 말도 즐거이 받아들였다. 또 아내의 죽음은 직업상에도 그렇게 나쁜 영향을 주지 않았다. 왜냐하면, 한 달 동안 모두들 "젊으신 데 안됐습니다." 하고 말해 주는 바람에 이름이 널리 알려져 환자가 더 늘었기 때문이다. 게다가 이젠 아무 염려 없이 베르토에 갈 수 있었다. 확실한 보장은 없지만 막연한 희망과 행복을 느끼고 있었다. 거울 앞에서 머리 손질을 할 때면 약간 남자다워진 듯한 기분이 들었다.

어느 날 샤를르는 3시쯤 농장을 방문했다. 모두 밭에 나갔는지 아무도 보이지 않았다. 부엌으로 들어간 그는 그곳에 엠마가 있는 것을 알지 못했다. 창문은 모두 닫혀 있었다. 판자 틈으로 햇빛이 흘러들어 돌바닥 위에 가느다란 선을 그렸고, 그 빛은 가구 모서리에 닿으면서 부서져내려 천장에서 흔들리고 있었다. 식탁 위에서는 마시다 만 유리잔을 따라 파리들이 기어 올라가기도 하고, 바닥에 남은 사과주스에 빠져 허우적대고 있었다. 굴뚝에서 비쳐 나오는 광선은 난로 뚜껑에 낀 그을음을 우단처럼 보이게 하고, 식은 재를 푸르스름한 색으로 보이게 했다. 엠마는 창과 벽난로 사이에 앉아 바느질을 하고 있었다. 숄을 걸치지 않고 있었기 때문에 드러난 어깨에 작은 땀방울이 맺힌 것이 보였다.

시골 풍습대로 엠마는 마실 것을 권했다. 샤를르가 사양하자 그녀는 자꾸 마시라고 했다. 그리고 함께 리큐르[11]를 한 잔 하자고 했다. 그녀는 찬장에서 쿠라사오[12] 술병과 작은 잔 두 개를 꺼내어 하나에는 가득 붓고 다른 하나에는 살짝 붓는 척만 하고 잔을 쨍그랑 부딪친 다음 입으로 가져갔다.

그녀는 머리를 한껏 뒤로 젖히고 입술을 내민 다음 목을 길게 빼내어 거의 빈 것이나 다름없는 잔을 마셨다. 입에 아무것도 들어가지 않았지만 멋쩍은 미소를 지었다. 그리고 아름다운 이 사이로 혓

---

11) 위스키, 브랜드 등의 증류주에 설탕, 시럽, 과실류, 약초류를 넣은 향기 높은 알코올 음료이다-옮긴이
12) 쿠라사오 섬에서 나는 초록빛 오렌지 껍질을 말려 그것으로 향기를 낸 리큐루의 일종이다-옮긴이

바닥을 낼름 내밀어 컵 밑바닥을 살짝 핥았다.

엠마는 다시 자리에 앉아 흰 목양말을 깁기 시작했다. 그녀는 고개를 숙인 채 아무 말 없이 계속 바느질을 했다. 샤를르도 묵묵히 앉아 있었다. 문 밑으로 스며든 바람이 바닥을 쓸며 가볍게 먼지를 일으켰다. 샤를르의 눈은 그 먼지의 움직임을 쫓고 있었다. 그의 귀에는 머릿속이 쾅쾅거리는 소리와 멀리 마당에서 알을 낳는 암탉의 울음소리만 들릴 뿐이었다. 엠마는 가끔 빨갛게 달아오른 뺨을 두 손바닥으로 지그시 누르고 그 손을 커다란 장작 받침쇠에 대어 식히곤 했다.

금년에는 이 계절이 시작되니까 벌써부터 현기증이 난다고 그녀는 중얼거렸다. 그리고 해수욕이 효과가 있느냐고 물었다. 그녀는 수녀원 시절의 이야기를, 샤를르는 중학교 때의 이야기를 시작하면서 두 사람의 대화가 점점 자연스러워졌다. 이내 두 사람은 엠마의 방으로 올라갔다. 그녀는 옛날에 보던 악보며, 상으로 받은 조그만 책이며, 옷장 밑에 처박아두었던 떡갈나무 잎으로 된 관 같은 걸 보여주었다. 그리고 어머니와 묘지에 대한 이야기도 했다. 정원의 화단을 손가락으로 가리키며, 매달 첫 번째 금요일에는 저기 있는 꽃을 꺾어 묘지로 간다는 것까지 일러주었다.

하지만 정원사의 솜씨가 신통치 않은데다 성의가 없어 아무 도움도 되지 않는다, 또 적어도 겨울 동안만이라도 읍내에 가서 살고 싶다, 여름에는 좋은 날씨가 오래 계속되므로 시골생활이 지루한지도 모르겠다고도 했다. 말하는 내용에 따라 그녀의 목소리는 명랑해지기도 하고 날카로워지기도 했으며, 갑자기 슬픔에 잠기기도 하고 혼잣말을 할 때에는 거의 속삭임에 가까웠다. 어떤 때는 순진한 눈을 뜨고 즐거워하는가 하면 또 금세 눈을 반쯤 감고 시름에 잠긴 눈빛으로 끝없는 생각에 잠기는 것 같은 표정을 지었다.

저녁 때 집으로 돌아오면서 샤를르는 그녀가 한 말을 하나하나 되새겨보았다. 그리고 그 의미를 깨달음으로써 아직 서로 알지 못하던 때의 그녀 생활을 그려보려고 애썼다. 그러나 처음 만났을 때의 모습과 방금 헤어지기 전에 본 모습 이외에는 아무것도 떠오르지 않았다.

장차 그녀는 어떻게 될까? 결혼을 할까? 그렇다면 누구와 할까? 아냐, 아냐. 루올 씨는 굉장히 부자인 것 같고 게다가 그녀는 저렇게 아름다운데!

샤를르의 눈에 엠마의 얼굴이 몇 번이나 떠올랐고, 팽이가 돌아갈 때 나는 윙윙 소리 같은 단조로운 울림이 귀에 계속 들렸다.

"하지만 나와 결혼한다면!"

그날 밤 샤를르는 잠을 이루지 못했다. 목이 메었고 자꾸 갈증이 났다. 자리에서 일어난 그는 주전자에 담긴 물을 마시고 나서 창문을 열었다. 하늘에는 별이 가득했다. 더운 바람이 불고 멀리서 개 짖는 소리가 들렸다. 그는 베르토 쪽을 바라보았다.

어쨌든 밑질 것은 없다고 생각한 샤를르는 기회가 있으면 구혼을 하리라고 결심했다. 하지만 기회가 올 때마다 적당한 말이 생각나지 않아 몇 번이나 말문이 막히곤 했다.

루올 노인의 입장으로서는, 딸을 시집보낼 기회가 생긴다면 싫어할 리 없었다. 노인은 농사일을 시키기에는 딸이 과하다고 생각해 관대하게 봐주고 있었다. 농사로 백만장자가 된 농사꾼은 하나도 없었다. 노인은 재산을 늘리기는커녕 해마다 손해만 보고 있었다. 거래에 능란하고 장사 수완에는 빈틈이 없기는 했지만 반면에 경작과 농장 살림에 대해서는 능숙하지 못했기 때문이다. 주머니에서 손을 꺼내기 싫어하고 맛있는 것을 먹고 따뜻한 것을 좋아하고 기분 좋게 자는 것을 좋아했기 때문에 자기 생활에 들어가는 돈이면 조금도 아끼지 않았다. 도수 높은 사과주, 피가 뚝뚝 떨어지는 양고기, 정성들여 만든 글로리아[13]를 좋아했다. 노인은 연극에 나오는 장면처럼 요리를 늘어놓은 작은 테이블을 가져오게 하여 부엌의 난로 앞에 앉아 혼자 식사를 했다.

엠마 옆에 가기만 하면 샤를르의 얼굴이 붉게 물드는 모습을 본 루올 노인은 가까운 장래에 그가 청혼할 것이 틀림없다고 생각해 만사를 빈틈없이 준비해 두었다. 우선 그는 다소 궁지가 있다고 생각했지만 백퍼센트 훌륭한 사윗감이라고는 여기지 않았다. 그러나 소문에는 품행이 단정하고 절약가이며 교육도 많이 받았다고 하니 적어도 지참금 때문에 시끄럽지는 않을 듯했다. 게다가 미장이와 마구상에게 적지 않은 빚이 있었고, 포도 압착기의 굴대도 바꾸어야 했기에 그의 소유지 22에이커를 팔아야 할지도 모르는 형편이었다.

"청혼이 오면 받아들이자."

루올 노인은 이렇게 결론을 내렸다.

생 미셸 축일[14]에 샤를르는 베르토에서 사흘을 묵었다. 하지만 마지막 날도 지난 이틀과 마찬가지로 우물쭈물 주저하는 사이에 지나가 버렸다. 루올 노인은 그를 배웅하러 나왔다. 울퉁불퉁한 길을 걸어 나온 두 사람이 거의 헤어질 무렵이었다. 샤를르는 울타리 모퉁이에 이르면 말하리라 결심했다.

'지금이다!'

마침내 그곳을 지나치려 할 때였다.

"루올 씨, 저…… 잠깐 드릴 말씀이 있는데요."

샤를르는 거의 중얼거리듯 입을 뗐다. 동시에 두 사람은 걸음을 멈추었다.

---

13) 브랜디를 넣은 커피나 홍차이다 — 옮긴이
14) 프랑스에서는 모든 직업에 수호신을 두고 매년 하루를 수호성인의 날로 정하여 그날을 기념했는데, 제과 분야에서는 13세기경 생 미셸을 수호성인으로 숭배하여 9월 29일을 축일로 정하였다 — 옮긴이

"자, 무슨 말이든 상관없으니 말하세요. 내가 아무것도 모르고 있는 줄 아십니까?"

노인은 빙그레 웃으며 말했다.

"루올 씨…… 사실은 루올 씨……."

샤를르는 더듬거렸다.

"나로서는 분에 넘칩니다."

노인은 말을 이었다.

"그 아이도 나와 똑같은 생각이겠지만, 그래도 일단 한 번은 물어봐야죠. 오늘은 그냥 가시는 것이 좋겠습니다. 나도 집으로 돌아갈 테니까요. 좋은 대답이면 좋겠는데……. 오늘은 되돌아오지 않는 게 좋을 거요. 다른 사람의 눈도 있으니 말입니다. 그리고 오늘은 딸아이도 무척 흥분할 겁니다. 하지만 당신도 궁금할 테니 딸이 좋다고 하면 내가 창의 덧문을 벽 쪽으로 열어놓죠. 울타리로 들여다보면 보일 거요."

그렇게 말하고 노인은 멀어져 갔다.

샤를르는 나무에 말을 매었다. 그리고 오솔길로 달려가 기다렸다. 반 시간이 지났다. 그가 시계를 들여다보며 열아홉까지 세었을 때, 갑자기 쾅 하고 벽에 뭔가 부딪치는 소리가 들렸다. 울타리로 들여다보니 덧문이 활짝 열려져 있었고, 아직도 쇠 문고리가 흔들리는 것이 보였다.

다음 날 샤를르는 9시가 되기도 전에 농장에 와 있었다. 그가 들어서자 엠마는 약간 웃는 듯하더니 곧바로 얼굴을 붉혔다. 루올 노인은 미래의 사위에게 키스를 건넸다. 금전상의 여러 가지 문제는 차후로 미루기로 했다. 샤를르가 상 중이기 때문에 체면상 내년 봄까지는 결혼식을 올릴 수 없으므로 서두를 필요는 없었던 것이다.

그렇게 기다리는 동안 겨울이 지나갔다. 엠마는 결혼 준비로 분주

했다. 가구의 일부는 루앙에 주문하고, 속옷과 나이트캡은 빌려온 도안을 보고 그녀가 직접 만들었다. 샤를르가 농장에 찾아오면 피로연은 어디에서 할지, 음식은 얼마나 차릴지, 안주는 무엇이 좋을지를 고민했다.

엠마는 한밤중에 횃불을 켜고 결혼식을 하기를 원했다. 루올 노인은 이런 생각을 전혀 이해하지 못했다. 결국 마흔세 명의 손님들이 몰려와 16시간 내내 식탁에 앉아 있고, 그다음 날도 또 그다음 날도 축하연을 되풀이하는 결혼식이 되었다.

4

아침 일찍부터 하객들은 말 한 필이 끄는 포장마차, 의자가 달린 이륜마차, 포장 없는 구식 마차, 가죽 커튼이 달린 승합마차 등 갖가지 마차를 타고 몰려들었다. 지척에 사는 동네 젊은이들은 짐마차를 이용했는데, 덜컥거리며 달리는 바람에 떨어지지 않으려고 난간에 바싹 붙어 한 줄로 늘어서 있었다. 그중에는 고데르빌르니, 노르망빌르니, 카니처럼 백 리나 떨어진 곳에서 오는 사람도 있었다. 양가 친척들이 모두 초대되었고, 사이가 좋지 않던 친구들은 이 기회를 통해 화해를 했으며, 오랫동안 만나지 못한 친지들에게도 서신을 띄웠다.

이따금 울타리 밖에서 말채찍 소리가 들리면 이내 문이 열리면서 포장마차가 들어왔다. 덜거덕거리며 현관 돌계단 밑까지 달려온 마차가 멈추자 여기저기에서 우르르 하객들이 밀려나왔고, 그들은 무릎을 문지르거나 기지개를 켰다. 보닛을 쓴 부인들은 읍내에서 유행하는 옷을 입고 금시계 줄을 늘어뜨렸으며, 짧은 외투자락을 허리띠로 이용하거나 조그맣고 화려한 목도리를 핀으로 등에 고정시켜 목덜미가 드러나 보이도록 했다. 아버지와 비슷하게 옷을 입은 개구쟁이들은 새로 입은 옷 때문에 거동이 무척 거북해 보였다(이날 처음으로 구두를 신었다는 아이도 적지 않았다). 그 옆에는 사촌누나나 친누이로 보이는 열대여섯 살 가량의 계집아이가 이 날을 위해 첫 영성체 미사 때 입었던 흰 옷을 늘여 입고 서 있었다. 상기된 표정의 그 소녀는 머리에 향료기름을 발라 번쩍번쩍하고 장갑이 더러워질까 몹시 걱정하는 얼굴이었다. 한쪽에서는 타고 온 마차에서 말을 떼어내는 데 마부들의 손이 모자라 소매를 걷어올린 남자 손님들이 돕고 있었다.

하객들은 각자의 신분에 맞게 연미복, 프록코트[15], 긴 윗저고리, 예복 비슷한 짧은 윗저고리를 입고 있었다. 온 집안의 존경을 받으며 의식을 치를 때 외에는 옷장에서 꺼내본 일이 없는 연미복, 칼라가 둥글고 긴 옷단이 바람에 펄럭이며 자루 같은 주머니가 달린 프록코트, 차양에 구리줄을 친 테 없는 모자에 어울리는 두툼한 나사천 윗저고리, 등에 달린 두 개의 단추가 한쌍의 눈처럼 가까이 붙어 있고 옷자락은 마치 목수가 도끼로 뚝 자른 것 같이 보이는 껑충하게 짧은 윗저고리 등이었다. 그중에는 ─ 이들은 분명 말석에서 식사를 해야 할 사람들로 보였지만 ─ 단벌 작업복을 입은 사람도 있었는데, 칼라가 어깨까지 접히고 등에는 작은 주름이 있으며 허리 훨씬 아래쪽에 띠를 꿰매달아 허리를 조인 사람들이었다. 또한 와이셔츠는 가슴께가 갑옷처럼 부풀려져 있고, 모두들 머리를 깎은 지 얼마 되지 않아 귀가 툭 튀어나올 것처럼 보였다. 그리고 아주 정성들여 수염을 깎고 온 듯했다. 해 뜨기 전부터 일어났기 때문에 얼굴이 잘 보이지 않아 코밑에 대각선의 상처를 낸 사람, 심지어 3프랑짜리 은화만한 크기로 살가죽이 벗겨진 사람도 있었다. 하얗고 커다란 그들의 얼굴에는 군데군데 장밋빛 반점이 얼룩져 있었다.

면사무소는 농가에서 5리밖에 떨어져 있지 않았기 때문에 모두들

____

15) 남자용 서양 예복의 하나로, 보통 검은색이며 저고리 길이가 무릎까지 내려온다 ─ 옮긴이

걸어갔다가 성당에서 식이 끝나자 다시 걸어왔다. 행렬은 푸른 밀밭 사이로 난 오솔길을 따라 긴 리본처럼 들판 사이를 누비고 움직였다. 하지만 얼마 후 몇 무더기로 끊기면서 서로 쑥덕거리며 이동했다. 악사가 리본을 단 바이올린을 들고 앞장서서 걸었다. 그 뒤로 신랑 신부가 따랐고, 친척과 친구들은 제멋대로 그 뒤를 이었으며, 맨 뒤에서는 아이들이 귀리 이삭을 쥐어뜯거나 몰래 장난을 치며 갔다.

옷 끝단이 너무 길어 땅에 살짝 끌렸기 때문에 엠마는 가끔 멈춰 서서 옷자락을 끌어올렸다. 그리고 장갑 낀 손끝으로 옷에 붙은 풀과 엉겅퀴의 작은 가시를 조심스레 살짝 뜯어냈다. 그동안 샤를르는 두 손을 내린 채 기다리고 있었다. 루올 노인은 새 실크모자를 쓰고 손톱 끝까지 내려오는 긴 연미복을 입고 신랑의 어머니와 팔장을 끼고 있었다. 단추가 한 줄 달린 군대식으로 된 프록코트를 입은 샤를르의 아버지는 이들 모두를 경멸하고 있었기 때문에 금발의 젊은 시골 아가씨를 보자 술집에서나 하는 농담을 던지고 있었다. 처녀는 인사를 하고 얼굴이 빨개져 변변히 말대답도 하지 못했다.

다른 손님들은 장사에 대한 얘기를 나누면서 서로 장난을 치며 벌써부터 흥을 내고 있었다. 저 멀리 벌판을 걸어가는 악사의 바이올린 소리가 아득히 들려왔다. 악사는 가끔 멈춰 서서 한숨을 돌리고, 줄이 잘 울리도록 송진을 먹인 다음 몸으로 박자를 맞추기 위해 바이올린 통을 올렸다가 내렸다. 새들이 악기 소리에 놀라 푸드득 날아올랐다.

짐수레 헛간에 식탁이 준비되어 있었다. 소 등심고기 네 조각, 병아리 프리카세[16] 여섯 접시, 송아지 스튜, 양 다리 세 조각, 그리고 한가운데 맛있게 구운 통돼지 한 마리가 놓여 있고, 미나리를 곁들인 순대가 네 개 있었다. 식탁 네 귀퉁이에는 통에 넣은 브랜디가 있

---

16) 닭고기나 쇠고기 등을 잘게 썰어 무친 요리이다―옮긴이

었으며, 달콤한 사과주가 병마개 언저리로 거품을 뿜어내고, 잔에는 벌써 포도주가 가득가득 담겨 있었다. 노란 크림을 담은 큰 접시 위에 작은 사탕과자로 신랑 신부 이름의 머리글자가 새겨져 있었는데, 식탁이 조금만 움직여도 흔들렸다. 투르트[17]와 과자를 만들기 위해 누가 일부러 이브토에서 기술자를 데려온 것이다. 처음 온 지방이기 때문에 기술자는 성심껏 일했다. 휴식 때에는 과자를 직접 가지고 왔는데, 모두들 깜짝 놀랄 만큼 훌륭했다. 맨 아래쪽에 네모난 푸른 마분지로 신전 모양을 만들었고 그 주위에는 복도와 기둥도 갖추어 놓았으며, 금종이 별을 뿌린 궤짝 속에 작은 석고상이 늘어서 있었다. 둘째 단에는 안젤리카[18]로 만든 조그마한 성(城)과 잘게 썬 은행, 건포도, 오렌지로 에워싼 사부아 지방의 고성(古城) 모양을 한 과자탑이 서 있었고, 제일 꼭대기에는 녹색 들판에 바위가 있고, 잼으로 만든 호수에는 개암껍질로 만든 배가 떠 있었다. 초콜릿 그네에는 큐피드가 타고 있고, 그네의 두 기둥 끝에는 둥근 공 대신에 진짜 장미꽃 봉오리가 꽂혀 있었다.

사람들은 밤이 될 때까지 먹고 마셨다. 앉아 있는 것에 지치면 뜰로 나가 거닐기도 하고, 헛간에서 병마개로 놀이를 하다가 다시 돌아왔다. 나중에는 앉아서 꾸벅꾸벅 졸거나 코를 고는 사람도 있었다. 그러나 커피가 나오자 다시 흥이 나서 노래를 하고 팔씨름을 했으며 엄지손가락으로 장난을 하기도 하고 짐마차를 어깨로 들어 보기도 했다. 또 상스러운 농담을 하고, 여자들을 덥석 껴안기도 했다. 마침내 돌아갈 때가 되자, 귀리로 배가 불룩해진 말들은 끌채 손잡이 사이로 들어가기가 힘들었다. 견디다 못한 말들이 뒷발질을 하며

---

17) 고기나 과일 따위를 넣은 파이이다 ― 옮긴이
18) 산형과의 두해살이풀로, 높이는 50센티미터 정도이며 잎은 어긋나고 깃 모양 겹잎이다. 전체에서 독특한 향내가 나며 뿌리와 열매는 약용한다 ― 옮긴이

뛰어오르자 마구가 부서지고, 주인은 고래고래 소리를 지르다 웃다 했다. 한밤 내내 달빛 휘황한 이 근처의 길 여기저기에서는 빨리 달리려던 포장마차가 시궁창에 빠지고, 쌓아 놓은 자갈을 뛰어넘기도 하고, 비탈을 간신히 올라가는 마차가 몇 대나 있었는데, 그때마다 말고삐를 잡으려고 마차 문 밖으로 몸을 내미는 여자들로 법석을 떨었다.

베르토에 머무는 사람들은 부엌에서 밤새도록 술을 마셨고, 아이들은 의자 밑에서 잠이 들어버렸다.

신부는 결혼식 때 관습적으로 행하는 여러 가지 장난을 못하게 아버지에게 단단히 부탁해 놓았다. 그런데 사촌인 생선장수─그는 결혼선물로 넙치 두 마리를 가지고 왔다─가 입에 물을 머금고 열쇠구멍으로 뿜어 넣으려 했다. 때마침 루올 노인이 와서 사위는 지체 높은 사람이니까 그런 무례한 짓을 해서는 안 된다고 일렀다. 그러나 사촌은 납득하지 못하고 루올 노인이 뻐긴다고 아니꼽게 생각하며 손님 대여섯이 몰려 있는 구석 자리로 갔다. 이들도 몇 번이나 질긴 고기만 먹게 되자 푸대접을 받는다고 생각하던 차여서 이 집 영감의 흉을 보며 은근히 쫄딱 망해 버렸으면 좋겠다고 쑥덕댔다.

샤를르의 어머니는 하루 종일 입을 꼭 다물고 있었다. 신부의 화장이나 잔치 순서에 대해 한마디 의논도 받지 못한 그녀는 일찌감치 방에 처박히고 말았다. 남편은 아내의 뒤를 따라 들어가지 않고 생빅토르까지 보내서 사온 여송연을 밤새도록 피우며 앵두주를 섞은 그로그[19]를 마셔댔다. 이 근처 사람들은 이런 술은 전혀 몰랐기 때문에 그는 한층 경이로운 사람으로 보였다.

샤를르는 장난을 좋아하는 성격이 아니었기에 피로연에서도 별로 두드러지지 않았다. 수프가 나올 때부터 모두가 던지는 농담이며 장

─────────────────

19) 럼주에 설탕, 레몬, 뜨거운 물 따위를 탄 음료수이다─옮긴이

난이며 야유며 놀림에도 지극히 맥없는 대답만 했다.

그런데 이튿날이 되자 지금까지와는 전혀 다른 사람으로 변한 듯했다. 어제까지 처녀였던 것은 오히려 샤를르인 것 같았고, 신부는 무엇 하나 변한 느낌을 주지 않았다. 그녀가 옆을 지나갈 때면 시끄러운 사람들도 잠시 말을 끊고 신경을 곤두세워 살펴보았다. 그러나 샤를르는 노골적으로 그녀를 마누라나 여보라고 부르며 그녀가 보이지 않으면 모두에게 물으며 찾으러 돌아다녔다. 그리고 가끔 그녀를 마당으로 데리고 나갔다. 그런 다음 아내의 허리를 안고 그녀 쪽에 몸을 기댄 채 자기 머리로 그녀의 레이스 칼라를 구기며 언제까지나 나무 사이를 걸어다녔다.

이틀이 지나자 부부는 떠났다. 샤를르의 환자 때문에 더 이상 병원을 비워둘 수가 없었다. 루올 노인은 마차로 두 사람을 보내고, 자기도 바송빌르까지 따라갔다. 그곳에서 딸에게 작별 키스를 하고 마차에서 내려 되돌아갔다. 백 걸음쯤 걸어가던 노인은 발걸음을 멈추었다. 마차가 점점 멀어지고 바퀴가 먼지 속에서 빙빙 도는 모습을 본 노인은 후우 하고 한숨을 쉬었다. 그리고 자기가 결혼할 때, 젊었을 때, 아내가 처음으로 임신했을 때의 일을 생각했다.

친정에서 처음으로 신부를 데려온 날, 아내를 말 뒤에 태우고 눈 위를 달려올 때에는 그도 즐거웠다. 마침 크리스마스 때였고, 들판은 온통 새하얀 색으로 뒤덮여 있었다. 아내는 한 손으로 그에게 매달리고 다른 한 손에는 바구니를 끼고 있었다. 코 지방의 풍습인 두건에 달린 긴 레이스가 바람에 날리고 때때로 입까지 와서 부딪혔다. 그가 고개를 돌리면 어깨 바로 옆에 장밋빛 조그마한 아내의 얼굴이 있었다. 그녀는 두건에 붙은 금배지 밑에서 조용히 웃고 있었다. 손가락이 시리면 그녀는 가끔 그의 가슴에 손을 넣었다. 이제는 모두, 모두 옛날 일이었다. 그때 낳은 아들이 죽지 않았다면 벌써 서른 살이 됐을 것이다.

루올 노인은 몸을 돌렸다. 길에 아무도 보이지 않자 문득 빈집처럼 쓸쓸한 기분을 느꼈다. 멍해진 머리에 우울한 생각이 달콤하고 그리운 추억과 뒤섞였다. 문득 성당 쪽으로 가보고 싶은 충동을 느꼈지만 성당을 보면 더 슬퍼질 것 같아 곧장 집으로 향했다.

샤를르 부부는 6시쯤 토트에 도착했다. 근처 사람들이 의사의 새 색시를 보려고 창가로 몰려들었다.

나이 먹은 하녀가 나와 부부에게 인사를 하고, 저녁식사 준비가 아직 안 되었다고 사과하면서 기다리는 동안 아씨는 집 안을 한번 돌아보시라고 권했다.

5

벽돌로 된 건물은 국도 쪽에 면해 있었다. 문 뒤에는 작은 깃이 달
린 외투, 말고삐, 까만 가죽의 테 없는 모자가 걸려 있고 한쪽에는
마른 흙이 묻은 가죽 각반이 놓여 있었다. 오른쪽에는 식당 겸 거실
로 쓰는 넓은 방이 있었다. 색깔이 연한 꽃다발 무늬에 약간 화려한
느낌을 주는 누런 벽지는 잘 발라지지 않은 바탕종이와 함께 너울거
리고 있었다. 빨간 테를 두른 하얀 무명 커튼이 창가에 무겁게 걸려
있고, 난로 위의 좁은 선반에는 의학의 아버지인 히포크라테스의 얼
굴을 넣은 시계가 타원형 유리덮개를 씌운 두 은촛대 사이에서 광채
를 발하고 있었다.

복도 반대편에는 샤를르의 진찰실이 있었다. 폭이 2미터 정도 되
는 자그마한 방으로 탁자 하나, 의자 셋, 사무용 안락의자가 하나 놓
여 있었다. 전나무로 된 여섯 단짜리 책장에는 여러 책방을 돌아다
니느라 가철(假綴) 겉장이 다 해진 의학사전이 가득 메우고 있었다.
환자가 진찰실에서 기침을 하고 병에 대해 얘기를 하는 소리가 부엌
에서 다 들리는 것처럼 밀가루와 버터를 볶는 냄새가 벽을 넘어 진
찰실까지 풍겼다. 다음에는 마구간이 있는 안뜰과 접한 헐어빠진 커

다란 방이 있었다. 그 방에는 아궁이까지 있었는데, 지금은 나무를 쌓아놓는 광으로, 허드레 창고로도 쓰여 고철이나 빈 나무통, 쓰지 않는 농기구며 그 밖에 용도가 분명치 않은 먼지투성이 물건들이 가득 차 있었다.

기다란 뜰은 살구나무에 덮인 흙벽에 둘러싸여 저쪽 가장자리 울타리가 있는 곳까지 뻗어 있고, 그곳에서부터 앞쪽은 밭으로 되어 있었다. 밭 한가운데는 슬레이트로 만든 해시계가 석대 위에 놓여 있었다. 초라한 들장미가 심겨진 네 개의 화단이 실용적인 야채만을 기르는 네모난 밭을 둘러싸고 있었다. 맨 안쪽 전나무 그늘에는 기도서를 읽는 신부의 석고상이 서 있었다.

엠마는 2층 방으로 올라갔다. 첫째 방은 텅 비어 있었다. 그러나 다음 부부 방에는 붉은 빛 휘장이 늘어진 마호가니 침대가 놓여 있었다. 자개를 박은 상자 하나가 옷장 위에 놓여 있고 창가 책장에는 흰 새틴 리본으로 맨 오렌지 꽃다발이 병에 꽂혀 있었다. 그것은 신부의 꽃다발로 바로 전처의 꽃다발이었다. 그녀는 가만히 그것을 쏘아보았다. 이를 눈치를 챈 샤를르는 재빨리 그것을 광으로 가져갔다. 그 동안 엠마는 팔걸이의자에 걸터앉아(그녀가 가져온 물건들이 벌써 주위에 놓여 있었다) 마분지 상자에 넣어 온 그녀의 꽃다발을 생각했다. 만일 자기가 죽으면 그 꽃다발은 어떻게 될까? 막연하게 그런 생각이 들었다.

처음 며칠 동안 엠마는 집 안을 어떻게 바꾸어야 할지 몰랐다. 촛대의 유리 갓을 벗기고 새 벽지를 바르고 정원에 있는 해시계 주위에 벤치를 놓아 보았다. 물고기를 기르는 분수가 있는 연못은 어떻게 만들어야 하느냐고 물어보기도 했다. 남편은 엠마가 마차로 산책하기를 좋아한다는 사실을 알고 중고 소형마차를 구해 램프와 피케[20] 가

---

20) 면직물의 한 가지로 가구장식에 쓰인다 — 옮긴이

죽 흙받이를 달았는데, 그렇게 해놓고 보니 꼭 이륜마차 같았다.

샤를르는 무엇 하나 부족함 없이 행복했다. 마주앉아 하는 식사, 저녁 산책, 머리를 쓰다듬는 아내의 손길, 커튼 고리에 걸린 아내의 밀짚모자, 그리고 지금까지 재미가 있으리라고는 상상도 하지 못했던 갖가지 일들이 이제는 그의 행복을 이어주는 고리가 되었다.

침대에 나란히 누워 그는 나이트캡의 끈에 반쯤 가려진 아내의 금빛 솜털에 햇빛이 비치는 것을 그윽히 바라보았다. 이렇게 가까이에서 보니 아내의 눈은 몹시 커 보였고, 더구나 잠이 깨어 눈을 깜빡깜빡할 때에는 유난히 더 커 보였다. 눈동자는 그늘이 지면 까맣게, 밝은 곳에서는 진한 파란색으로 시시각각 변했고, 안쪽은 짙은 에나멜 같았으며 바깥쪽으로 나올수록 차츰 색이 엷어졌다. 샤를르의 눈은 이 짙은 색에 깊이 빨려들었다. 그는 머리에 쓴 수건이며 앞가슴을 풀어헤친 잠옷까지 자신의 모습이 그 속에 조그맣게 비친 것을 볼 수 있었다.

샤를르가 일어나면 엠마는 창가로 가서 남편을 배웅했다. 그녀는 실내복 차림으로 제라늄 화분이 두 개 놓인 창가로 가 팔꿈치를 괴었다. 샤를르는 길로 나와 표석 위에 발을 올려놓고 박차끈을 조여 맸다. 그러면 엠마는 입으로 꽃이나 잎사귀를 뜯어 남편 쪽으로 불어 보냈다. 그것은 곧장 떨어지지 않고 바람에 날려 새처럼 공중에서 반원을 그리다가 문 앞에 서 있는 늙은 백마의 갈기에 부딪쳐 아래로 떨어졌다. 말 위에서 샤를르가 키스를 보내면 그녀는 손을 잠깐 흔들고서 창문을 닫았다. 그러고 나서 그는 출발했다.

샤를르는 끝없이 먼지가 일어나는 국도며, 터널 모양으로 가로수가 구부러진 움푹 패인 길이며, 무릎까지 닿는 밀밭 길을 지나 어깨에 햇볕을 받으며 아침 바람에 코를 벌름거리고 지난 밤의 기쁨으로 넘쳐 마치 식후에 마시는 송로(松露)의 맛을 음미하듯 하나 가득 행복을 음미했다.

지금까지 자신의 생활에 무슨 기쁨이 있었던가? 학생 시절이었을까? 높은 담에 갇힌 채 자기보다 돈이 많은 아이들이 시골뜨기라고 비웃고 옷 입은 것을 놀리던 그 시절? 그렇지 않으면 어머니들이 토시 속에 과자를 넣어가지고 만나러 오곤 하는 많은 친구들 틈에서 혼자 쓸쓸하게 지낸 중학교 시절이었나? 아니면 의학 공부를 할 때 애인이 될 뻔한 아가씨와 춤추러 갈 돈이 없어 쩔쩔매던 그때였었나? 그 후 침대 속에서도 발이 얼음덩이처럼 찬 그 과부와 1년 이상 산 그 시절이었나? 그런데 이제는 저 아름다운 여인을 일생 자기의 것으로 만들 수 있게 된 것이다. 그의 세계는 이제 아내의 그 보드라운 감촉으로 완전히 한정되었다. 아무리 해도 애정 표현이 부족한 것 같고, 몇 번이고 아내의 얼굴이 보고 싶었다. 그는 서둘러 다시 한 번 집으로 돌아가 두근거리는 가슴으로 계단을 올랐다. 엠마는 방에서 화장을 하고 있었다. 살그머니 다가가 등에 키스를 하자 그녀는 깜짝 놀라 ‘어머나’ 하고 소리를 질렀다.

샤를르는 아내의 빗이며 반지며 목도리를 끊임없이 만져보고 싶어 견딜 수가 없었다. 어떤 때는 뺨에 쪽 소리가 나도록 키스를 하고 또 어떤 때는 손끝에서 어깨 위까지 가벼운 키스를 연신 퍼부었다. 그녀는 매달리는 아이들에게 하듯 반쯤 웃으며 귀찮다는 듯 그를 밀쳐냈다.

결혼하기 전까지 엠마는 자신이 그를 사랑하고 있다고 생각했다. 하지만 그 사랑으로부터 당연히 느껴져야 할 행복이 없었기 때문에 자기의 생각이 틀렸나 하고 의문을 갖기 시작했다. 지극한 행복이라든가 정열이나 도취 등 책에서 읽고 그토록 아름답다고 생각했던 말들이 과연 세상에서는 정확히 어떤 것일까? 엠마는 그것을 알아내려고 애썼다.

6

　엠마는 예전에 〈폴과 비르지니〉[21]를 읽고 대나무로 만든 오막살이와 흑인 노예 도밍고며 개 피델르 등에 대해 공상한 일이 있었다. 하지만 그녀가 특히 꿈꾼 것은 종루보다 더 높이 치솟은 나무에 올라가 붉은 과실을 따준다든지, 맨발로 모래 위를 달려가 새 둥지를 가져다 주는 오빠 같은 다정한 남자의 우정이었다.

　열세 살 때 아버지는 그녀를 수도원에 보내기 위해 도회지로 데려갔다. 두 사람은 생 제르맹의 어느 여관에 묵었는데, 저녁식사 때 발리에르 아가씨[22]의 이야기가 그려져 있는 접시가 나왔다. 그림에 대한 설명은 칼자국 때문에 많이 지워져 있었지만 한결같이 종교와 미묘한 감정과 궁중의 화려함을 찬양하는 내용이었다.

　처음 얼마 동안 수도원은 지루하지 않았고 수녀들과 사는 것도 즐거웠다. 수녀들은 그녀를 위로하기 위해 곧잘 성당으로 데리고 갔다. 식당에서 긴 복도를 지나면 성당이 있었는데 엠마는 쉬는 시간

---

21) 프랑스 작가 베르나르뎅 드 생피에르(1737~1814)가 1787년에 지은 소설로, 자연미와 인간 사회의 조화를 그렸다. 도밍고와 피델르는 소설에 등장하는 인물과 강아지이다 – 옮긴이
22) 발리에르 공작부인(1644~1710)은 루이 14세가 매우 총애하던 부인으로 카르멜 수도원으로 물러나 만년을 보냈다 – 옮긴이

에도 놀지 않고 열심히 교리문답을 외웠기 때문에 보좌 신부가 어려운 질문을 할 때면 언제나 그녀가 맡아놓고 대답했다. 그녀는 기숙사의 따뜻한 분위기 속에서 좀처럼 밖으로 나오지 않고 구리 십자가가 달린 묵주를 가진 창백한 얼굴의 수녀들 사이에서 제단의 향기며 차디찬 성수반이며 촛불의 빛에서 풍기는 신비한 분위기에 황홀하게 잠겨 있었다. 어떤 때는 미사에도 참석하지 않고 책을 펼쳐놓고 앉아 짙은 청색으로 테를 두른 삽화를 들여다보았다. 그녀는 병든 어린 양과 날카로운 화살을 맞은 성스러운 심장이며 십자가를 짊어지고 가다가 쓰러진 가련한 그리스도의 모습을 좋아했다. 그녀는 고행을 하기 위해 하루 종일 금식을 하기도 하고 자신이 지켜야 할 맹세 같은 것을 머릿속에 그려보기도 했다.

고해를 하러 갈 때에는 작은 죄를 일부러 크게 만들었다. 어둠 속에 꿇어앉아 두 손을 모으고 신부님이 속삭이는 소리를 되도록 오래 들으려 했다. 설교에 간혹 등장하는 약혼자, 남편, 하늘의 연인, 영원한 결합 등의 비유는 그녀의 마음속에 더할 나위 없는 기쁨을 불러일으켜 주었다.

저녁 기도 시간 전에 자습실에서는 종교서 강의가 있었다. 평일에는 교회사의 개설이라든가 프레신느 신부[23]의 〈강론집〉을 읽고, 일요일에는 과외로 〈기독교 진수〉[24]를 몇 절씩 읽었다. 그녀는 처음에 낭만파 문학의 우울하고 애조 띤 울림이 지상과 영원에 메아리치는 것을 열심히 들었었다. 만일 그녀가 소녀 시절을 상점의 뒷방에서 지냈다면 이러한 때 보통은 문필가의 손끝에서 전해져오는 시적이며 자연의 서정적인 강렬한 이미지에 마음과 몸이 모두 도취되고 말

---

23) 왕정복고 후 종교 및 문교성 장관을 역임한 유명한 설교사이다. 그의 설교집은 1823년에 〈기독교의 옹호〉라는 제목으로 출간되어 큰 인기를 누렸다 - 옮긴이
24) 프랑스의 작가 샤토브리앙(1768~1848)의 유명한 저서로 제1 제정과 왕정복고 시대에 걸쳐 프랑스 가톨릭 부흥운동의 바탕이 되었다 - 옮긴이

았을 것이다. 그러나 엠마는 가축의 울음소리, 젖 짜는 방법, 밭갈이
등 시골생활에 대해 너무나 잘 알고 있었다. 조용한 생활에 익숙한
그녀는 변화에 마음이 끌렸다. 폭풍우가 있기 때문에 바다가 좋았
고, 푸른 초목은 오로지 폐허 속에 듬성듬성 살아 있을 때에만 사랑
스러웠다. 그녀는 사물에서 자기의 이익을 끄집어내지 않고는 성이
차지 않았다. 그리고 마음속에서 필요 없다고 생각한 것은 모두 버
렸다. 예술가적이라기보다 감상적인 기질을 가지고 있었던 탓에 풍
경보다는 정서를 구했다.

수도원에는 매달 한 주일씩 속옷을 꿰매러 오는 노처녀가 있었다.
프랑스 혁명 때 몰락한 귀족의 딸이라고 해서 대주교의 보호를 받고
있었는데, 수녀들과 같은 테이블에서 식사를 하고 일하러 가기 전까
지 한참 동안 잡담을 나누곤 했다.

기숙사 학생들은 틈만 나면 자습실을 빠져나와 처녀가 있는 곳으
로 갔다. 그녀는 옛날에 유행하던 사랑 노래를 외워 바느질을 할 때
모두에게 들려주곤 했다. 또 여러 가지 이야기와 세상 소식을 전해
주었고, 어떤 때는 거리로 심부름을 가주기도 했으며, 앞치마 호주
머니 속에 소설책을 숨겨 가지고 들어와 상급생들에게 빌려주기도
했다.

또 그녀 자신도 일하는 틈틈이 그 긴 문장을 몇 장씩 읽곤 했다.
그 내용은 언제나 사랑과 사랑하는 남녀, 쓸쓸한 외딴집에서 기절하
는 귀부인, 역에 도착하자마자 살해당하는 마부, 지쳐 죽는 말, 음산
한 숲, 산란한 마음, 사랑의 맹세, 또는 흐느낌, 눈물과 키스, 달빛에
비친 조각배, 풀숲에서 우는 꾀꼬리, 사자처럼 용맹하고 양처럼 유
순하고 상상할 수 없을 만큼 덕이 높고 항상 훌륭한 복장을 하고 그
러면서도 한없이 다정다감한 남자들에 관한 것이었다.

열다섯 살 때 엠마는 이 빌려온 책들에 쌓인 먼지로 반년 이상 손

을 더럽혔다. 그 후에는 월터 스콧[25]의 역사소설에 열중하고, 오래된 옷장과 무사의 대기실이며 방랑시인을 그리워했다. 중세풍의 아치형 문 아래에서 돌 위에 팔꿈치를 짚고 턱을 괸 다음 들판 저쪽에서 모자에 흰 깃털을 달고 검은 말을 타고 달려오는 기사를 매일 기다렸다. 그녀도 긴 가운을 걸친 왕비처럼 그런 오래된 저택에 살고 싶었다. 그 무렵은 마리 스튀아르[26]를 숭배하고 유명하거나 불행한 여자들에게 열렬한 존경심을 바쳤다. 잔 다르크, 엘로이즈[27], 아녜스 소렐[28], 모나리자, 클레망스 이조르[29] 같은 여자들은 역사의 어둠 속에서 마치 찬란한 혜성처럼 빛나고 있는 것 같았다. 또한 거기에는 떡갈나무 밑에 묻힌 성(聖) 루이[30], 죽어가는 바야르 장군[31], 루이 11세의 잔인한 행위, 성 바르톨로메오 축일의 학살[32]에 대한 이야기도 간간이 나오고, 앙리 4세가 썼던 투구의 앞 장식, 그 밖에 루이 14세를 찬양하는 그림 접시의 기억들도 어둠 속 여기저기에 아무런 연관도 없이 더욱 흐릿한 모습으로 떠 있었다.

음악시간에 엠마가 부르는 소곡에는 언제나 황금날개를 가진 어린 천사와 성모가 베니스에서 목욕하는 이야기며 곤돌라의 뱃사공

---

25) 1771~1832, 스코틀랜드의 소설가로 프랑스 현대소설의 성립에 지대한 영향을 끼쳤다. 작품으로는 〈로빈훗〉, 〈아이반호〉 등이 있다―옮긴이
26) 1542~1587, 프랑스 왕 프랑수와 2세의 미망인으로 영국 여왕 엘리자베스 1세의 명령에 의해 살해되었다. 참형을 당하는 순간 보여준 용기와 의연함, 미모와 교양, 낭만적인 일생 등에 관련된 많은 전설과 문학작품을 낳게 했다―옮긴이
27) 1101~1164, 가정교사인 철학자 아벨라르를 사랑한 여인이다―옮긴이
28) 1422~1450, 샤를르 7세의 총애를 받은 여인으로 미래의 루이 11세에 의해 독살된 것으로 추정된다―옮긴이
29) 14세기 툴루즈에 살았다는 전설적인 여인이다―옮긴이
30) 루이 9세(1214~1270)를 말한다. 프랑스의 역대 왕들 중 가장 모범적인 기독교도로 손꼽히며 프랑스 왕권의 초석이 되었다―옮긴이
31) 피에르 뒤 테라이(1475~1524)를 말한다. 그는 많은 전투에 참가해 용맹을 떨쳤고, 1524년 이탈리아 원정 중 중상을 입고 절명했다. 후에 '겁도 없고 흠도 없는 기사'라는 별명을 얻었다―옮긴이
32) 1572년 8월 23일 밤부터 그다음 날까지 파리에서 자행된 대대적인 청교도 학살극으로 샤를르 9세의 명령에 따른 것이다―옮긴이

이 나왔는데, 이런 평화로운 노래들은 졸렬한 문구와 우스운 음절로 되어 있으면서도 뭔가 감정의 매력적인 환상을 엿보게 해주었다. 친구들 중에는 신년 선물로 받은 책들을 수도원으로 가지고 오기도 했는데, 그 책들을 적당한 곳에 숨겨놓고 밤마다 몰래 읽었다. 엠마는 고운 비단으로 포장한 책 표지를 가만히 어루만지며 작품 끝에 대개는 백작이나 자작이라는 칭호와 함께 서명한 미지의 저자 이름을 경이에 가득 찬 눈으로 물끄러미 바라보곤 했다.

엠마는 삽화 위에 덮인 얇은 종이를 입으로 훅 불어 젖힐 때마다 몸을 떨었다. 종이는 반쯤 떠올랐다가 다시 펼쳐놓은 책장 위에 천천히 떨어졌다. 그 그림은 발코니 난간에서 짧은 외투를 입은 젊은 남자가 띠에 주머니를 단 백의의 여인을 껴안고 있는 모습이거나, 곱슬곱슬한 금발의 영국 부인이 둥근 밀짚모자를 쓰고 맑고 커다란 눈으로 이쪽을 보고 있는 것이었다. 때로는 마차를 타고 공원 한가운데를 보란 듯이 달리고 있는 여자 그림도 있고, 흰 바지를 입은 나이 어린 마부 둘이 끄는 마차 앞에 그레이하운드 개가 달리고 있는 것도 있었다. 어떤 귀부인은 봉함이 뜯긴 편지를 옆에 놓아둔 채 안락의자에 앉아 몽상에 잠겨 검은 커튼에 반쯤 가리워진 창문 너머로 달을 바라보고 있었다. 고지식한 귀부인들은 볼에 눈물방울을 매단 채 고딕식 새장 사이로 작은 비둘기에게 키스를 하는가 하면, 머리를 기울이고 미소 지으며 끝이 뾰족한 구두처럼 가는 손가락으로 데이지 꽃잎을 뜯고 있는 모습도 있었다.

또 어떤 그림에는 푸른 잎으로 뒤덮인 정자 밑에서 무희의 팔에 안겨 얼큰히 취해 긴 담뱃대를 물고 있는 술탄[33]이나 자우르[34]도 있

---

33) 이슬람 세계에서 나라를 다스리는 군주나 지배자를 칭하는 말이다 − 옮긴이
34) 터키어로 '신을 믿지 않는 사람' 이라는 뜻이다. 이슬람교도들이 기독교인을 가리킬 때 쓰는 멸시적 의미를 담고 있다 − 옮긴이

고, 이교도, 터키의 칼, 그리스식 모자도 그려져 있었다. 특히 황홀한 고장들의 아련한 풍경 속에는 야자나무와 전나무, 오른쪽에 호랑이, 왼쪽에 사자, 지평선에는 타르타르식 회교 사원의 탑, 전경에는 로마의 폐허, 웅크린 낙타들 등 이러한 모든 풍경은 씻은 듯 아름다운 원시림에 둘러싸여 있었다. 그리고 쏟아지는 햇볕은 물 위에서 흔들리고, 강철빛으로 빛나는 그 물 위를 백조들이 마치 손톱자국처럼 뚜렷한 자국을 남기며 헤엄쳐 다니고 있었다. 엠마의 머리 위쪽 벽에 걸린 램프 갓에 반사된 빛이 이러한 모든 풍경의 그림을 비춰주었다. 조용한 침실, 밤늦게 큰길을 지나가는 마차의 먼 울림 속에서 그 그림들은 차례로 그녀의 앞을 스쳐 지나갔다.

어머니가 돌아가셨을 때 엠마는 곧잘 울었다. 죽은 어머니의 머리카락으로 무언가를 만들어 달라고 하기도 했고, 집으로 보내는 편지에는 인생에 대한 허무를 꼼꼼히 적어 보내는가 하면, 또 자기도 언젠가 죽으면 어머니와 같이 묘에 묻어달라고 부탁하기도 했다. 딸이 병에 걸렸다고 생각한 아버지는 그녀를 찾아왔다. 엠마는 평범한 사람은 도저히 미칠 수 없는 이러한 우울한 생활이 갖는 귀중한 이상향에 단숨에 도달한 것을 대단히 만족해했다. 그녀는 라마르틴[35] 같은 마음의 미로에 스스로 미끄러져 들어가 호수 위의 하프 소리와 죽어가는 백조의 온갖 노래와 나뭇잎들의 속삭임과 승천하는 순결한 처녀와 계곡에서 가르침을 내리는 신의 소리에 귀를 기울였다. 그녀는 얼마 안 가 그 일에 싫증을 느꼈지만 습관과 허영심에 그것을 계속해 나갔다. 그러나 끝내 마음이 가라앉고 이마에 주름이 없는 것처럼 마음속 슬픔의 그림자가 사라진 것에 스스로도 놀랐다.

수녀들은 엠마 양의 두터운 신앙을 높이 사고 있었던 만큼 그녀가 점점 자기들 교육의 범주에서 빠져나가는 것을 보고 대단히 놀랐다.

---

35) 1790~1869, 프랑스의 시인으로, 낭만파의 대표적 시인으로 꼽힌다 ─ 옮긴이

사실 그녀들은 이 처녀에게 너무 지나치게 근면할 것과 정신 수양과 기도와 설교 등을 강요해 왔다. 또한 성자와 순교자들을 존경할 것과 육체를 가벼이 여기고 영혼을 구원하는 것이 중요하다는 충고를 해왔기 때문에 그녀는 마치 고삐 잡힌 말과도 같이 잠깐만 말을 멈추면 곧 재갈이 이빨에서 빠져나가곤 했다. 꽃의 아름다움에 이끌려 교회를 사랑하고, 연애의 속삭임을 이야기하는 가사 때문에 음악을 가까이 하고, 정열의 자극을 위해 문학을 사랑했지만 격정적인 데다 실제적인 이 처녀의 마음은 차차 신앙의 신비에 반항하고 동시에 철저하게 자기 기질에 맞지 않는 규율에는 화를 냈다. 아버지가 데리러 와서 마침내 기숙사에서 나오게 되었을 때 그녀가 떠나는 것을 슬퍼하는 사람이 아무도 없었다. 수녀원장까지도 요즘 그녀가 원내 사람들을 존경하지 않는다고 생각했다.

집으로 돌아온 엠마는 한동안 쾌활하게 하인들과 지냈지만 얼마 지나지 않아 시골생활에 싫증을 내고 차차 수도원을 그리워했다. 샤를르가 처음 베르토를 방문했을 때에는 그녀가 세상을 다 안다고 생각하여 어떤 것에도 새로운 것을 느낄 수 없었고 환멸에 빠져 있을 때였다.

그러나 새로운 생활에 대한 불안 때문인지 아니면 이 남자가 옆에 있음으로 해서 일어나는 자극 때문인지 아무튼 그녀는 지금까지 꿈꾸던 장밋빛 큰 날개를 퍼덕이며, 창공을 나는 새와 같은 멋진 정열이 드디어 자기 것이 되었다고 생각했다. 그러나 지금은 평범하기 짝이 없는 이 생활이 자신이 항상 꿈꾸어 오던 그 행복이라고는 도저히 생각되지 않았다.

7

그녀는 이따금, 지금이 자기 일생의 가장 좋은 때이며 세상 사람들이 흔히 말하는 밀월(蜜月)이라고 생각할 때가 있었다.

'밀월의 감미로움을 맛보기 위해서는 결혼 후의 나날을 좀 더 달콤한 권태를 느낄 수 있는 지방으로 여행을 떠나야 했는데!'

푸른색 비단 커튼이 드리운 마차에 앉아 마부의 콧노래에 귀를 기울이며 가파른 언덕길을 천천히 올라가다 보면 그 노랫소리는 산양의 방울 소리와 멀리 폭포 소리에 섞여 산 속에 메아리친다. 날이 저물면 굽이치는 냇가에서 레몬 향을 맡고, 밤이 되면 별장 전망대 위에서 손을 맞잡고 별을 바라보며 앞날의 계획을 이야기한다. 지상 어디에나 그 지방에서밖에 자라지 않는 식물이 있는 것처럼 행복을 낳는 그런 곳이 어디엔가 있을 것 같았다.

왜 자신은 옷자락이 긴 검은 벨벳 옷을 입고 우아한 장화에 끝이 뾰족한 모자와 소맷부리에 장식을 단 남편과 함께 스위스 산장 발코니나 스코틀랜드의 산골집에서 애수에 젖을 수 없다는 말인가?

그녀는 이 모든 것을 누구에겐가 털어놓고 싶었다. 그러나 뜬구름처럼 변화무쌍하고 빙글빙글 회오리치는 바람처럼 종잡을 수 없는 기분을 대체 뭐라고 표현하면 좋단 말인가! 적당한 말을 찾을 수 없는 그녀에게 기회도, 그만한 용기도 없었다.

그러나 샤를르에게 자신의 기분을 살필 여유가 있었다면, 단 한 번만이라도 자신이 생각하고 있는 것을 이해하려고 했다면 마치 과일나무에서 익은 과일이 떨어지듯 가슴에 넘치는 상념들이 쏟아져 나왔을 것이라고 그녀는 생각했다. 그러나 부부생활이 익숙해질수록 그녀의 마음은 남편에게서 점점 멀어져 갔다.

샤를르의 말은 밋밋한 길처럼 평범해서 지극히 상식적인 생각들이 평복을 입은 채 줄지어 지나칠 뿐 아무런 감동도, 웃음도, 꿈도 자아내지 못했다. 그는 루앙에 있을 때에도 파리에서 온 배우들을 보기 위해 극장에 간 일이 한 번도 없었다고 말했다. 그는 수영도 못했고 검술도 몰랐으며 권총도 쏘지 못했다. 어떤 날은 어느 소설에 나오는 마술에 관한 술어도 설명해 주지 못했다.

남자란 모름지기 모르는 것이 없고, 모든 것에 뛰어나며, 격렬한 정열이라든가 세련된 생활이라든가 모든 신비한 세계로 안내해 주는 안내자가 될 수 있어야 한다. 그런데 이 남자는 무엇 하나 가르쳐 주지 못하고, 아는 것이 하나도 없고, 아무것도 바라는 이상향이 없었다. 그는 아내가 행복해한다고 믿고 있는 것이다. 하지만 그녀는 남편의 침착성, 조그마한 불안도 없는 우둔함, 그리고 그녀 자신이 그에게 안겨준 행복까지도 원망스럽게 생각하게 되었다.

그녀는 가끔 그림을 그리곤 했다. 그러면 샤를르는 옆에 서서 그림을 잘 보려고 눈을 껌벅거리기도 하고 엄지손가락으로 빵 조각을 둥글게 말아주기도 하면서 스케치북 위에 몸을 숙이고 있는 아내의 모습을 재미있다는 듯 바라보았다. 피아노를 칠 때는 그녀의 손가락이 빨리 뛰면 뛸수록 그의 놀람은 점점 커져갔다. 엠마는 자신 있게 고음에서 저음까지 모든 건반을 쉬지 않고 내리쳤다. 그러면 선이 비뚤어진 낡은 피아노 소리는 열린 창 너머로 동네 끝까지 퍼지곤 했다. 어떤 때는 모자도 쓰지 않고 실내화를 신은 채 큰길을 지나가던 집달리의 서기가 발을 멈추고 서류를 손에 든 채 피아노 소리에 귀를 기울이기도 했다.

엠마는 집안일을 잘 처리해 나갔다. 일요일에 이웃집 사람들을 식사에 초대해서 정성들인 맛있는 음식을 내놓고, 포도나무 잎에 자두를 피라밋 모양으로 보기 좋게 쌓아올려 단지에 든 잼을 접시에 곁들여 내놓기도 했다. 식사 후에는 손을 씻는 핑거볼을 특별히 준비해 놓았다. 또한 그녀는 환자들이 계산서라고 생각하지 않도록 부드러운 내용으로 왕진비를 청구하곤 했다. 이런 모든 것은 남편인 보바리에 대한 존경심을 높이는 데 많은 도움이 되었다.

샤를르도 아내의 이러한 배려를 점점 자랑으로 여기게 되었다. 아내가 연필로 그린 작은 스케치를 커다란 액자에 끼워 끈을 매단 다음 파란 벽지로 꾸민 응접실에 걸어두고 사람들이 찾아올 때마다 자랑했다. 일요일 미사에서 돌아오는 사람들은 그가 여러 가지 색으로 짠 아름다운 실내화를 신고 문 앞에 서 있는 모습을 볼 수 있었다.

샤를르는 곧잘 집에 늦게 돌아왔는데 그럴 때면 밤참을 먹고 싶어 했다. 하녀는 일찍 잠자리에 들기 때문에 엠마가 시중을 들었다. 그는 프록코트를 벗고 편안하게 식사를 하며 오늘 만났던 사람에 대한 얘기, 다녀온 마을 얘기, 또 자신이 써준 처방에 대한 얘기를 했다. 그리고 아주 만족해하며 남은 스튜를 먹고 치즈의 껍질을 벗기고 사과를 먹고 물그릇을 비운 다음 침대로 들어가 반듯이 누워 이내 코를 골았다.

샤를르는 오랫동안 차양 없는 나이트캡을 써왔기 때문에 머플러로 머리를 감싸도 곧 귀에서 벗겨져 버렸다. 그래서 아침이 되면 마구 헝클어진 머리가 얼굴을 덮고, 밤새 끈이 풀린 베개에서 떨어진

털로 하얗게 뒤덮였다. 그는 언제나 튼튼한 장화를 신었다. 발목에
는 복사뼈 쪽으로 비스듬하게 굵은 주름이 있고 구두 등을 뺀 다른
부분은 마치 의족을 넣은 것처럼 뻣뻣하게 뻗쳐 있었다. 그리고 언
제나 시골길을 다니기에는 이런 것이면 충분하다고 말했다.

샤를르의 어머니는 아들의 검소함에 칭찬을 아끼지 않았다. 그녀
는 집에서 조금이라도 시끄러운 일이 생기면 예전처럼 아들을 만나
러 왔다. 하지만 며느리에게는 호의를 갖지 않았다. 며느리가 분에
넘치는 사치를 한다고 생각했던 것이다. 장작이든 설탕이든 양초든
뭐든지 부잣집처럼 씀씀이가 컸다.

'이 집 부엌에서 쓰는 불의 양이라면 25명의 음식은 충분히 장만
할 수 있을 텐데!'

시어머니는 직접 속옷을 정리하기도 하고, 고기장수가 고기를 가
져왔을 때 잘 지켜봐야 한다고 며느리에게 잔소리했다. 엠마는 시어
머니의 가르침을 얌전히 들었으며, 어머니는 몇 번이고 되풀이해 말
했다. 집 안에는 하루 종일 '아가야' 또는 '어머니' 라는 말이 오갔
으나 그때마다 두 사람의 입은 바르르 떨렸고, 양쪽 다 분노에 가득
찬 어조였으나 다정하게 가장하려고 애썼다.

첫 번째 며느리였던 뒤뷔크 부인 때 노부인은 아들에게 사랑을 받
고 있다는 자신감이 있었다. 그러나 지금은 샤를르의 엠마에 대한
사랑은 자기에 대한 애정을 버린 것이고, 엄연히 자기의 영역을 침
범한 것으로 생각되었다. 그래서 노부인은 마치 파산자가 옛날 자기
가 살고 있던 집 안에서 식탁에 둘러앉아 식사하고 있는 사람들을
창 너머로 들여다보는 것 같은 기분으로 아들의 행복을 슬픈 침묵에
싸여 지켜보았다. 그녀는 옛날 이야기를 하듯 슬쩍 자기의 오랜 고
생이며 희생을 아들에게 회상시키려고 했다. 그리고 그것을 엠마의
주책없는 행동과 비교하면서 그런 색시만을 귀여워하는 것은 큰 잘

못이라고 결론을 내렸다.

샤를르는 언제나 대답에 궁했다. 그는 어머니를 존경했고 아내 또한 더없이 사랑하고 있었던 것이다. 그는 어머니의 비평이 옳다고 생각하면서도 아내의 행동에 아무 불만이 없었다. 어머니가 돌아간 뒤 그는 자기가 들은 잔소리 중에 극히 사소한 것만을 골라 한두 가지 아내에게 말해 보았다. 그러나 엠마는 그의 잘못을 한마디로 짚어내고 곧장 진찰실로 쫓아버렸다.

그동안 엠마는 자기가 생각해 온 방식대로 사랑을 느껴보려고 애썼다. 정원에 나가 달빛을 받으며 정열적인 시구들을 읊어보기도 하고, 우수에 젖은 아다지오의 곡조를 한숨을 섞어가며 그에게 들려주기도 했다. 하지만 노래가 끝나면 그녀는 곧 냉정한 기분으로 되돌아왔다. 샤를르는 전혀 사랑을 자극받은 것 같지도, 감동한 것 같지도 않았기 때문이다.

남편의 가슴에 부싯돌을 그어보아도 불꽃 하나 피울 수 없다는 것을 알게 되었다. 게다가 자신이 실감하지 못하는 것은 이해하려 하지 않고, 모든 것이 판에 박은 듯 실제로 나타나지 않는 형상에 대해서는 믿으려 하지도 않는 그녀로서는 샤를르의 정열도 이미 색다른 것이 전혀 없는 평범하기 짝이 없는 것이라고 아주 깨끗이 체념하고 말았다. 그가 정열을 표현하는 동작은 늘 똑같았다. 그는 그녀를 일정할 때에만 포옹했다. 말하자면, 다른 모든 습관과 같이 단조로운 식사 뒤에는 반드시 디저트가 나온다는 것과 같은 식이었다.

폐렴을 치료받은 한 사냥터지기가 부인에게 보낸다며 이탈리아산 작은 그레이하운드를 선사했다. 엠마는 산책을 할 때마다 그 개를 데리고 다녔다. 잠시 혼자 있고 싶거나 변화 없는 집 정원에 싫증이 나면 밖으로 나가곤 했다. 그녀는 들판에 인접해 있는 반느빌르의 너도밤나무 숲까지 갔다. 그곳에는 사람이 살지 않는 외딴 집이 있었고, 잡초가 우거진 도랑과 그 잡초에 섞여 잎이 날카로운 긴 갈대가 어우러져 있었다.

그녀는 지난번에 왔을 때와 달라진 것이 없는지 주위를 한번 둘러보았다. 디기탈리스며 계란풀, 커다란 돌을 둘러싸고 있는 쐐기풀 덤불이며 세 개의 창에 낀 이끼 등 모두가 예전 그대로였다. 언제나 닫혀 있는 창의 덧문이 녹슨 쇠고리 위에서 썩어 떨어질 듯 걸려 있었다. 엠마는 한참 동안 그레이하운드가 들판에 원을 그리며 뛰어다니고, 노란 나비를 보고 짖어대고, 들쥐를 잡으러 쫓아가 보리밭 둔덕 위의 양귀비를 물어뜯는 것을 바라보며 하염없이 방황하고 있었다. 이윽고 생각은 조금씩 정리되었다. 그녀는 주저앉아 잔디를 양산 끝으로 콕콕 찍으며 중얼거렸다.

"아! 내가 왜 결혼 같은 걸 했을까?"

그녀는 우연한 인연으로 다른 남자를 만날 수 있지 않았을까 생각했다. 그리고 실제로는 일어나지 않은 일들과 지금과는 색다른 생활이며 알지 못하는 남편을 마음속에 그려보려 했다. 어떤 것이든 지금의 남편보다는 나았을 것이 틀림없었다. 어쩌면 미남에 재주와 품위도 있고 매력적이었을지 모른다.

'수도원 시절의 친구들은 틀림없이 그런 남자들과 결혼했겠지. 그녀들은 지금쯤 어떻게 살고 있을까? 도회지에 살면서 거리의 소음과 극장의 떠들썩한 분위기, 무도회의 휘황한 불빛 아래에서 마음이 부풀고 관능이 충족되는 생활을 하고 있겠지.'

그런데 지금 자신의 생활은 북쪽으로 난 창밖에 없는 창고처럼 쓸쓸하고, 권태라는 지긋지긋한 거미가 마음 네 구석에 거미줄을 치고 있다. 그녀는 상품 수여식이 있던 날을 떠올렸다. 상품으로 작은 관(冠)을 받으러 연단에 올라갔을 때 머리를 땋아 늘이고, 흰 옷을 입고, 검은 가죽 단화를 신은 무척 귀여운 모습이었다. 자리로 돌아오자 남자들은 그녀 쪽으로 몸을 구부려 축하의 말을 건넸다. 뜰에는 사륜마차가 가득 차 있고 계단 위에 서 있는 사람들은 모두 입을 모아 잘 가라고 인사했다. 바이올린 케이스를 들고 지나가던 음악 선생도 인사를 했다. 아, 그러나 그것은 이제 아득한 옛날 일이다. 너무도 먼 옛날 일이다!

엠마는 잘리를 불러 무릎 사이에 앉힌 다음 예쁘고 긴 머리를 손가락으로 쓰다듬었다. 천천히 하품하는 날씬한 개의 우울한 표정을 보자 어쩐지 가엾다는 생각이 들었다. 그리고 자기와 개를 비교하면서 괴로워하는 자를 위로하듯 소리를 내어 중얼중얼 말했다.

"자, 내게 키스를 해줘야지. 넌 슬픈 것이 아무것도 없지 않니."

때때로 돌풍이 불었다. 돌풍은 바다에서부터 코 지방의 고원지대를 단번에 휩쓸며 지나가는 바람으로 멀리 떨어진 들판에까지 소금기를 머금은 찬바람을 실어다 주었다. 동심초는 일제히 땅에 엎드려 휙휙 소리를 내고 너도밤나무 잎들은 요란한 소리를 내며 흔들렸다. 높은 나뭇가지도 와스스 흔들리며 크게 출렁거렸다. 엠마는 목도리를 꽉 여미고 자리에서 일어났다.

길에는 푸르게 물든 이끼가 햇빛을 받으며 조용히 발밑에서 부서졌다. 해는 벌써 저물고 있었다. 나뭇가지 사이로 하늘이 빨갛게 물들고, 한 줄로 늘어선 가로수가 황금색 하늘을 배경으로 우뚝 선 긴 기둥의 행렬처럼 보였다. 갑자기 무서움을 느낀 엠마는 잘리를 가까이 불러 재빨리 큰길로 빠져나왔다. 토트로 돌아온 그녀는 안락의자에 푹 파묻힌 채 그날 밤은 한마디도 하지 않았다.

9월도 다 지나갈 무렵의 어느 날이었다. 엠마의 생활에 한 가지 이상한 일이 일어났다. 보비에사르의 앙데르빌리에 후작 집에 초대를 받은 것이다. 왕정복고 시대에 국무장관을 지낸 일이 있는 이 후작은 다시 정계로 돌아가기 위해 선거운동을 하고 있었다. 겨울에는 여기저기 장작을 나누어주고, 지방의회에서는 자신이 속해 있는 도시에 새로운 도로를 만들도록 열렬히 요구했다. 한여름에 후작의 입에 난 종기를 샤를르가 마침 적당한 때 수술해서 기적적으로 고쳐주었다. 수술비를 지불하러 온 대리인이 의사의 집 안뜰에 훌륭한 벚나무가 있는 것을 보고 그날 밤 주인에게 이야기를 했다. 마침 보비에사르에서는 벚나무가 잘 자라지 않아 애쓰고 있던 참이었다. 후작은 샤를르에게 접붙일 나무를 몇 가지 달라고 부탁했고, 특별히 그 사례를 하러 직접 왔다가 엠마의 아름다운 모습을 보고 시골 여자답지 않은 자태에 마음을 빼앗겼다. 이런 연유로 이번 기회에 이 젊은 부부를 초대한다고 해도 그렇게 지나친 호의를 보이는 것도 아니고 우스울 것도 없다고 생각하게 되었다.

어느 수요일 오후 3시 보바리 부부는 자가용으로 쓰는 소형마차에 올라 보비에사르를 향해 출발했다. 마차 뒤에는 커다란 트렁크가 묶여 있고 앞에는 모자 상자가 놓여 있었다. 그리고 샤를르는 무릎 사이에 또 하나의 커다란 종이 상자를 끼고 있었다.

그들은 해가 다 질 무렵에 도착했다. 마침 정원에는 마찻길을 비추기 위해 불을 켜기 시작하고 있었다.

8

후작의 저택은 이탈리아식 근대적 건축물로 양쪽 날개가 앞으로
돌출되고 세 개의 돌계단이 있는 입구 앞쪽은 굉장히 넓은 잔디밭으
로 이루어져 있었다. 잔디밭에서는 드문드문 심어놓은 커다란 나무
사이로 암소 몇 마리가 풀을 뜯고 있었다. 그리고 석남화(石南花)와
산매화와 관목들이 바구니 모양으로 다듬어져 자갈을 깐 길을 따라
크고 작은 푸른 덤불을 이루고 있었다. 다리 밑으로는 냇물이 흘렀
고, 안개를 뚫고 목장 여기저기에 흩어져 있는 초가지붕이 보였다.
목장은 나무가 무성한 두 개의 밋밋한 언덕으로 둘러싸여 있었는데,
그 뒤 덤불 속에는 마차 창고와 마구간 같은 무너진 옛날 저택의 잔
재가 나란히 늘어서 있었다.

부부가 탄 소형마차가 가운데 층계 앞에 멈추자 하인들이 문 앞에
나타났다. 잠시 뒤 후작이 걸어나와 의사의 부인에게 팔을 내밀고 현
관으로 안내했다. 대리석이 깔려 있는 현관은 천장이 높아 발자국
소리와 사람의 목소리가 마치 교회당처럼 아득히 울렸다. 정면에 곧
바로 계단이 있고 왼쪽에는 뜰과 인접한 마루가 당구장으로 연결되
어 그 방문에서 상아로 된 공이 서로 부딪히는 소리가 들려왔다.

객실로 가기 위해 그 앞을 지날 때 엠마는 매우 위엄 있는 얼굴의 남자들이 당구대 주위에 서 있는 것을 보았다. 턱 밑으로 넥타이를 바싹 매고 모두 훈장의 약장(略章)을 달았으며 큐를 들고 빙그레 웃고 있었다. 벽에 고정된 그을린 판자에는 커다란 금테를 두른 액자가 걸려 있고 그 밑에 검은 글자로 이름이 쓰여 있었다.

장 앙투안느 드 앙데르빌리에 데베르봉빌르 보비에사르 후작·프레네이 남작, 1857년 10월 20일 쿠트라의 전장에서 전사함.

다음 액자에도 검은 글자가 쓰여 있었다.

장 앙투안느 앙리 귀 앙데르빌리에 드 라 보비에사르 프랑스 해군 제독으로 생 미셸 훈장 받음. 1692년 5월 29일 우그 상 바아스트의 전쟁에서 부상을 입고 1693년 1월 23일 보비에사르에서 사망함.

그리고 그다음 그림은 정확히 알아볼 수가 없었다. 램프불이 당구대 위를 비추고 방 안은 어두컴컴한 그림자에 휩싸여 있었다. 빛은 옆으로 나란히 걸려 있는 화폭을 갈색으로 물들이고, 니스 칠이 갈라진 부분에서 가는 선으로 부서졌다. 그리고 금테를 두른 커다란 검은 사각형 여기저기에서 인물의 하얀 이마라든지, 이쪽을 쳐다보고 있는 두 눈, 빨간 옷과 어깨 위까지 늘어진 분을 바른 가발, 터질 듯한 종아리 위에 묶여진 양말 대님 같은 그림의 밝은 부분이 드러나 보였다.

후작이 객실 문을 열자 부인들 중 한 여자(바로 후작부인이었다)가 일어나 엠마를 맞았다. 그런 다음 자기 옆의 2인용 의자에 그녀를 앉히고 마치 옛날부터 잘 아는 친한 사이처럼 다정하게 말을 걸었다.

대략 마흔쯤으로 보이는 그녀는 어깨가 아름답고 코가 약간 매부리코이며 목소리가 느릿했다. 그날 밤은 밤색 머리에 깔끔한 레이스 장식만을 얹었는데, 삼각형 모양으로 뒤로 늘어져 있었다. 그 옆 등의자에는 금발을 한 젊은 여인이 걸터앉아 있었다. 그리고 윗도리 단춧구멍에 조그마한 꽃을 하나씩 꽂은 신사들이 벽난로 옆에서 부인들과 잡담을 하고 있었다.

만찬은 7시부터 시작되었다. 남자들은 수가 많았기 때문에 현관에 차린 첫 번째 테이블에 앉았고, 여자들은 후작부인과 함께 식당에 놓인 두 번째 테이블에 앉았다.

식당으로 들어간 엠마는 꽃과 아름다운 테이블보와 고기와 송로(松露)의 향기들이 뒤섞인 따뜻한 공기에 휩싸였다. 큰 촛대의 촛불은 요리를 담은 은그릇에 빛을 던지고, 커트글라스[36]는 김이 서려 둔중한 빛을 반사하고 있었다. 꽃다발은 식탁 끝에서 끝까지 놓이고, 넓은 접시 속에는 냅킨들이 마치 주교의 모자 모양으로 놓여져 있었다. 그것들의 벌어진 두 개의 주름 사이에는 타원형의 조그마한 빵이 하나씩 끼워져 있었다.

바닷가재의 붉은 다리는 접시 밖으로 나와 있었고, 속이 들여다보이는 바구니 속에는 커다란 장식용 파슬리 위에 과일이 얹혀 있었으며, 메추라기들은 깃털이 달린 채 김이 솟고 있었다. 비단 양말을 신고 짧은 바지와 흰 넥타이에 가슴 장식을 단 재판관 같은 엄숙한 얼굴의 급사장이 미리 잘라놓은 요리를 내밀고 손님이 고르는 조각을 멋진 솜씨로 집어주었다. 놋쇠로 테를 두른 커다란 사기 난로 위에는 턱까지 닿는 옷을 입은 여인상이 우뚝 서서 손님이 가득 찬 방을 내려다보고 있었다.

엠마는 여자 손님 중에도 컵 속에 장갑을 넣지 않은 사람이 많다

---

36) 조각이나 세공을 가한 유리그릇이다 - 옮긴이

는 사실을 알아차렸다.[37]

식탁의 상석 끝에 노인 한 명이 여자 손님들 사이에 섞여 앉아 있었다. 그 노인은 음식을 듬뿍 담은 접시 위로 허리를 구부리고 어린애처럼 냅킨을 목에 동여맨 채 국물을 흘리며 음식을 먹고 있었다. 툭 튀어나온 눈에 검은 리본으로 머리꽁지를 묶은 노인은 후작의 장인인 라베르디에르 노공작이었다. 옛날 콩프랑 후작이 베푼 보드뢰이유 수렵대회에서 아르투아 백작의 사랑을 독차지했던 사람으로, 소문에는 드 쿠아니와 드 로쥙과 함께 마리 앙투아네트 왕비의 정부였다는 말도 있었다. 그는 결투와 도박, 부녀자 납치 등 방탕한 생활만을 일삼다가 결국 재산을 다 탕진하고 가족들을 진절머리나게 한 인물이었다.

하인 하나가 노인 뒤에 대기하고 서서 그가 더듬거리며 가리키는 요리 이름을 귀에 대고 큰소리로 가르쳐주고 있었다. 엠마의 눈은 쉴 새 없이 뭔가 범상치 않은 장엄한 것을 보듯 입을 헤 벌리고 있는 노인에게로 향했다. 그 사람은 궁정에서 살았었고, 왕비의 침대에서 잔 사람이다!

얼음에 채운 샴페인이 부어졌다. 그 차디찬 맛이 입 안에 느껴지자 엠마는 진저리를 쳤다. 그녀는 지금까지 석류를 본 적이 없고 더구나 파인애플은 먹어본 일도 없었다. 가루설탕까지도 다른 것보다 더 희고 가는 것처럼 보였다.

이윽고 부인들은 무도회 준비를 하기 위해 각자 자기 방으로 올라갔다.

엠마는 첫 무대에 올라서는 여배우처럼 정성껏 화장을 했다. 미용사가 권하는 대로 머리를 빗고, 침대에 펼쳐놓은 바레쥬[38]로 짠 옷을

---

37) 컵 속에 장갑을 넣어두면 술을 거절한다는 표시이다 — 옮긴이
38) 주름장식이 가미된 면직물의 한 종류이다 — 옮긴이

입었다. 샤를르는 바지가 작아 배를 꽉 졸라매고 있었다.

"바지 끈[39]이 걸려 춤추기가 어렵겠는데?"

샤를르가 말했다.

"춤을 추신다고요?"

엠마가 물었다.

"물론이지!"

"어머, 우스워라. 남들이 웃을지 모르니까 자리에 가만히 앉아 계세요. 당신은 의사잖아요. 앉아 있는 편이 훨씬 어울려요."

그녀는 이렇게 덧붙였다.

엠마의 말에 샤를르는 아무 대답도 하지 않았다. 그리고 방 안을 왔다갔다하며 아내가 옷을 다 입기를 기다렸다.

샤를르는 뒤에서 두 촛대 사이로 거울에 비친 아내의 모습을 보고 있었다. 검은 눈이 한층 더 검게 보였고, 귀 근처에서 살짝 부풀린 머리칼이 푸른빛을 띠며 빛났다. 올려 빗은 머리에 살짝 꽂은 한 떨기 장미는 일부러 잎 끝에 이슬 장식까지 붙여 하늘하늘한 가지 위에서 가냘프게 흔들리고 있었다. 그녀의 옷은 연한 자주색으로 푸른 잎이 달린 장미꽃 세 송이로 장식되어 있었다.

샤를르는 아내의 어깨에 키스하려고 했다.

"하지 마세요. 구겨져요."

그녀가 단호하게 말했다. 그때 바이올린의 전주와 호른 소리가 들려왔다. 그녀는 뛰고 싶은 기분을 억누르며 계단을 내려갔다.

카드릴[40]이 시작되고 있었다. 사람들은 모여들어 서로 밀고 당기며 춤을 추었다. 엠마는 출입구 옆 의자에 걸터앉았다.

카드릴이 끝나고 마루가 비자 남자들이 여기저기 떼지어 서서 잡

---

39) 스피에라는 것으로, 발밑으로 돌려매는 것이다 ─ 옮긴이
40) 네 사람이 한 조가 되어 추는 프랑스의 옛 춤이다 ─ 옮긴이

담을 나누었고, 제복을 입은 하인들이 큰 쟁반을 들고 들어왔다. 부인들은 의자에 걸터앉아 부채를 흔들거나 웃는 얼굴을 꽃다발로 살짝 가렸으며, 황금 마개가 달린 향수병을 살그머니 손에 쥐고 있었다. 손에 낀 흰 장갑은 손톱 모양이 뚜렷이 드러나고 손목을 꽉 졸라매고 있었다. 레이스 장식, 다이아몬드 브로치, 로켓이 달린 팔찌가 드레스 위에서 흔들리고 가슴 위에서 반짝였으며 드러난 팔에서 소리를 내고 있었다. 이마에 딱 붙여 목덜미에서 한데 묶은 머리에는 물망초, 재스민, 석류꽃, 보리 이삭, 수레 국화가 둥근 꽃 모양이나 나뭇가지 모양으로 장식되어 있었다. 무뚝뚝한 얼굴로 자리에 앉아 있는 나이 든 부인들은 빨간 두건을 두르고 있었다.

엠마는 춤 상대에게 손을 잡힌 채 대열에 서 있었다. 춤이 시작되는 바이올린 소리가 울리기를 기다리는 그녀의 가슴은 약간 두근거렸다. 그러나 곧 그 흥분도 가라앉고, 현악기의 리듬에 맞춰 몸을 흔들며 미끄러지듯 앞으로 나아갔다. 때때로 다른 악기들이 소리를 멈추고 부드러운 바이올린 소리만이 들려올 때면 그녀는 자신도 모르게 입가에 미소를 띠었다. 옆방에서 받침대 위에 금화를 던지며 내기를 하는 소리가 덜그럭덜그럭 들려왔다. 이윽고 모든 악기들이 일제히 연주를 다시 시작하자 코넷[41] 소리가 높아지면서 발들은 박자를 맞추고, 치마는 부풀어올라 가볍게 흔들렸으며, 손과 손을 맞잡았다가 다시 떨어졌다. 그리고 짙은 눈을 내리떴다가 다시금 상대방의 눈길과 마주치곤 했다.

스물다섯 살부터 마흔 살쯤 되어 보이는 남자들(열다섯 명 정도)이 춤추는 사람들 속에 끼기도 하고 문 앞에 서서 잡담을 주고받기도 했는데, 나이며 차림새나 용모는 다른 사람들과 비슷한 것 같으면서도 유난히 눈에 띄었다.

---

41) 트럼펫과 비슷하게 생긴 금관악기로 부드러운 음색을 낸다 – 옮긴이

그들의 옷은 다른 사람들보다 맵시 있고 옷감도 더 보드라워 보였다. 관자놀이까지 곱슬곱슬하게 내린 머리칼은 고급 포마드를 뿌렸는지 번쩍번쩍 빛났다. 부티가 나는 흰 살결은 도자기의 새하얀 색과 새틴의 광택과 아름다운 가구의 윤기로 한층 돋보였고, 영양가 많은 음식을 적절하게 섭취하여 건강을 유지하고 있는 것처럼 보였다. 낮게 맨 넥타이 위에서 목이 자유롭게 움직이고, 접힌 옷깃 위에 기다란 구레나룻이 늘어져 있었다. 커다란 이니셜이 새겨진 입 닦는 손수건에서는 좋은 향기가 풍겨나왔다. 나이를 먹은 사람들은 오히려 젊게 보였고, 젊은 사람들 얼굴에서는 성숙한 면모가 나타났다. 그들의 태연자약한 눈빛에는 매일매일의 욕망이 충분히 채워진 데서 오는 듯한 침착성이 엿보였다. 또한 정중한 태도에서는 좋은 말을 다룬다든가, 바람기 있는 여자를 꾄다든가 하는 일들로 힘도 기르고 허영심을 만족시킬 수 있는, 어느 정도 손쉬운 일을 해낸 데서 생긴 특유의 냉혹성이 엿보였다.

엠마로부터 서너 걸음 떨어진 곳에 푸른 야회복을 입은 남자가 진주 목걸이를 한 얼굴이 창백한 젊은 여자와 이탈리아에 대한 얘기를 하고 있었다. 그들은 산 피에트로 성당[42] 기둥이 얼마만큼 굵다는 둥, 티볼리 마을[43]과 베수비오 화산[44] 이야기며, 카스텔라마레[45] 온천과 제노아의 장미, 달빛에 비친 콜로세움 원형극장 같은 것들을 찬양하고 있었다. 엠마는 의미도 알 수 없는 낱말이 잔뜩 흘러나오는 이 대화를 한쪽 귀로 듣고 있었다. 또 다른 사람들은 지난 주일

---

42) 성 베드로 대성당으로 더 유명한 이 성당은 예수님의 열두 제자 가운데 한 명인 베드로의 무덤 위에 세워진 것으로, 미켈란젤로와 베르니니 등의 예술작품을 볼 수 있는 이탈리아의 보물창고라고 할 수 있는 성당이다 — 옮긴이
43) 이탈리아 로마 부근에 있는 관광 휴양지로 유명한 도시이다 — 옮긴이
44) 이탈리아 남부 캄파니아 평원의 나폴리 만 위로 솟아 있는 활화산이다. 서기 79년 8월 24일 이 화산이 폭발해 인근의 도시인 폼페이를 삼켜버린 것으로 유명하다 — 옮긴이
45) 이탈리아 시실리 서부 해안의 작은 마을이다 — 옮긴이

영국에서 열린 장애물 경주에서 아라벨르 양과 로뮐뤼스를 이기고 상금 2천 루이[46]를 벌었다는 젊은 남자를 둘러싸고 있었다. 어떤 남자는 자기 말이 너무 살이 쪄서 고민이라고 했고, 또 다른 남자는 인쇄 실수로 말의 이름이 아주 우습게 되어버렸다고 투덜대고 있었다.

무도장의 공기가 탁해지고 램프의 불빛이 차차 희미해졌다. 사람들은 다시 당구실로 몰려갔다. 하인 하나가 환기를 시키기 위해 의자에 올라갔다가 유리창 두 장을 깼다. 유리 깨지는 소리에 고개를 돌린 엠마는 정원에서 유리창 너머로 안을 들여다보고 있는 농부들의 얼굴을 보았다. 그녀는 문득 베르토의 농장을 떠올렸다. 질펀한 늪과 작업복 차림으로 사과나무 밑에 서 있는 아버지의 모습이 눈에 선했다. 농장에서 우유 단지 속의 크림을 손가락으로 떠내고 있는 자기 모습도 보였다. 그러나 현재의 휘황한 불빛 속에 그런 생각들은 흔적도 없이 사라지고, 지금껏 그토록 선명했던 과거의 모습들이 과연 자기가 정말 그런 생활을 했었는지 의심스러울 만큼 아련해져갔다. 엠마는 한참 동안 꼼짝 않고 서 있었다. 이윽고 무도실 주위에는 그림자만 남으며 점점 사방으로 퍼졌다. 엠마는 마라스키노[47]를 넣은 아이스크림을 먹었다. 도금한 은제 컵을 왼손에 들고 숟가락을 입에 문 채 눈을 살짝 감고 있었다.

엠마 옆에 있던 젊은 부인이 부채를 떨어뜨렸고, 마침 춤을 추던 한 남자가 그 앞으로 지나갔다.

"죄송합니다만, 제 부채를 집어주시지 않겠어요? 저 긴의자 뒤에 있는데요."

남자가 몸을 굽혀 팔을 뻗는 동안 젊은 부인이 재빨리 세모로 접

---

46) 프랑스 혁명 당시 통용되던 금화로, 1루이는 20프랑에 해당된다 - 옮긴이
47) 혼성주인 체리브랜디의 일종으로, 보스니아의 달마티아 지방에서 재배하는 마라스카를 원료로 만든 술이다 - 옮긴이

은 하얀 무엇인가를 남자의 모자 속에 집어넣는 것을 엠마는 보았
다. 남자는 부채를 집어 공손히 부인에게 바쳤다. 부인은 고개를 끄
덕이며 감사의 뜻을 표하고 들고 있던 꽃다발의 향기를 맡았다.

밤참으로 스페인 술과 라인 계곡[48] 포도주가 잔뜩 나왔다. 새우와
아몬드 즙이 섞인 수프, 트라팔가[49] 푸딩과 접시 가장자리에 젤리가
흔들거리는 차게 한 고기 요리로 저녁식사를 끝내자 마차가 하나둘
씩 돌아가기 시작했다. 얇은 비단 커튼을 쳐들자 마차의 등불이 어둠
속으로 미끄러져 가는 것이 보였다. 의자에 앉아 있던 사람들도 차츰
줄어들었다. 내기를 하는 몇몇 사람만이 남아 있었고, 악사들은 혀로
손끝을 식히고 있었다. 샤를르는 문에 기대어 반쯤 졸고 있었다.

새벽 3시가 되자 코티용 댄스[50]가 시작되었다. 엠마는 왈츠를 출
줄 몰랐다. 앙데르빌리에 양과 후작부인까지 끼어 모두 왈츠를 추었
다. 이제 손님이라고는 성에서 묵을 열두어 명밖에 없었다.

그런데 모든 사람들로부터 '자작' 이라고 다정하게 불리우고 가슴
이 꽉 조이는 조끼를 입은 남자가, 자기가 리드할 테니 아무 염려 말
고 춤을 추자면서 엠마에게 두 번이나 손을 내밀었다.

두 사람은 처음엔 천천히 추기 시작했다. 그러나 차츰 템포가 빨
라졌고, 빙빙 돌다 보니 주위에 있는 모든 것이 돌고 있었다. 램프도
가구도 벽도 마루도 마치 하나의 축을 중심으로 빙글빙글 돌았다.
홀 입구 근처에 이르자 엠마의 치맛자락이 남자의 바지에 감겼고 다
리와 다리가 서로 얽혔다. 남자는 그녀를 내려다보고 엠마는 상대를
올려다보았다. 얼굴이 빨개진 엠마는 그 자리에 우뚝 멈춰 섰다. 잠
시 후 두 사람은 다시 춤을 추기 시작했다. 자작은 더욱 빠른 속도로

---

48) 독일의 마인츠에서 코블렌츠에 이르는 라인 강을 말한다 – 옮긴이
49) 영국 런던 웨스트민스터에 있는 광장으로, 1805년 트라팔가 해전을 기념하여 만든 곳이
    다 – 옮긴이
50) 8명이 한 조가 되어 추는 프랑스 궁정 무용이다 – 옮긴이

엠마를 리드했고, 그녀와 함께 복도 끝으로 사라졌다. 거의 쓰러질 듯 숨이 차오른 엠마는 한참 동안 남자의 가슴에 얼굴을 묻고 있었다. 남자가 이번에는 속도를 늦추어 천천히 돌더니 먼저 자리로 돌아왔다. 벽에 몸을 기댄 엠마는 손으로 눈을 가렸다.

잠시 후 엠마는 눈을 떴다. 살롱 한가운데에 앉아 있는 부인 앞에 세 남자가 무릎을 꿇고 있는 모습이 보였다. 그 부인은 자작을 택했고, 이내 바이올린이 다시 울리기 시작했다.

모두들 살롱 중앙에서 이리저리 왔다갔다하며 춤추는 두 사람을 지켜보고 있었다. 몸을 반듯이 한 부인은 턱을 숙이고, 좀 전과 같은 자세로 몸을 약간 뒤로 젖힌 자작은 팔꿈치를 둥글게 굽히고 입을 앞으로 내밀고 있었다. 부인의 왈츠 솜씨는 아주 능숙했다. 하지만 너무 오랫동안 춤을 춘 나머지 보는 사람들을 지치게 만들었다.

그 후로 모두들 한참 동안 잡담을 나누었다. 그리고 '안녕히 주무세요' 보다는 '밤새 별일 없으셨습니까' 하는 인사가 적당한 시간에 손님들은 침실로 올라갔다.

샤를르는 오랫동안 서 있던 탓에 다리가 말을 잘 듣지 않는다며 계단 난간을 짚고 겨우겨우 올라갔다. 그는 테이블 앞에 선 채 잘 알지도 못하는 휘스트 놀이[51]를 5시간 동안 들여다보고 있었던 것이다. 간신히 장화를 벗었을 때에서야 그는 만족스럽다는 듯이 큰 한숨을 내쉬었다.

엠마는 숄을 두르고 창문을 연 다음 팔꿈치를 괴었다. 캄캄한 밖에서 비가 후둑후둑 떨어지고 있었다. 그녀는 눈꺼풀에 와 닿는 축축한 찬바람을 힘껏 들이마셨다. 아직도 무도곡이 귀에 들리는 듯했다. 그녀는 이제 곧 사라져버릴 그 화려한 생활의 환상을 조금이라도 더 오래 간직하고 싶어 애써 잠을 자지 않으려고 노력했다.

------

51) 네 사람이 하는 트럼프 놀이이다 — 옮긴이

서서히 날이 밝아오기 시작했다. 그녀는 어젯밤에 본 사람들의 방은 어떻게 생겼을까 궁금해하며 저택의 창들을 유심히 바라보았다. 그리고 그들의 생활을 알고 그 안에 끼어들어 한데 어울리고 싶은 강한 충동을 느꼈다.

이내 추위 때문에 몸이 떨려왔다. 그녀는 옷을 벗고 이불을 뒤집어쓴 채 잠들어 있는 샤를르 옆에 가만히 들어가 잠이 들었다.

아침식사에는 많은 사람이 모여들었다. 식사는 10분만에 끝났다. 리큐르가 나오지 않아 샤를르는 이상하게 생각했다. 식사가 끝나자 앙데르빌리에 양은 연못에 있는 백조들에게 과자와 빵 부스러기를 주기 위해 작은 바구니를 들고 나갔다. 사람들은 모두 온실 쪽으로 가서 산책을 했다. 털을 곤두세운 이상한 식물이 피라미드 모양으로 겹쳐져 있고, 그 위에 매달린 화분들은 마치 뱀집 같이 칭칭 얽힌 파란 끈이 길게 늘어져 있었다. 제일 안쪽으로 오렌지 재배실이 있었는데, 그곳에서 곧장 하나의 지붕으로 본관에 연결되어 있었다.

후작은 엠마를 즐겁게 해주기 위해 마구간으로 안내했다. 거기에는 바구니 모양을 한 꼴시렁 위에 말 이름을 새겨넣은 사기판이 붙어 있었다. 후작이 혀를 차며 지나가자 마구간 안에 있는 모든 말들이 몸을 움직였다. 마구를 넣어둔 방바닥은 객실의 마루처럼 번들거렸다. 마차용 마구 두 벌이 방 한가운데 있는 회전 기둥에 걸려 있었고, 벽을 따라 재갈이며 채찍, 등자, 재갈 고리 등이 한 줄로 죽 늘어서 있었다.

그동안 샤를르는 하인이 있는 곳으로 가서 자신의 소형마차에 말을 대라고 일렀다. 현관 계단 앞으로 마차가 오자 모든 짐을 실은 보바리 부부는 후작과 그 부인에게 인사를 하고 토트를 향해 출발했다.

엠마는 아무 말 없이 빙빙 도는 바퀴만 물끄러미 바라보았다. 샤를르는 의자 맨 끝에 걸터앉아 두 팔을 벌리고 말을 몰고 있었다. 작은 말은 너무 큰 수레채 속에서 이리저리 비틀거리며 달렸다. 헐렁한 고삐는 말 엉덩이에 닿아 땀에 흠뻑 젖어 있었고, 뒤에 매단 상자가 차체에 부딪혀 덜거덕덜거덕 소리를 냈다.

티부르빌르 언덕 근처에 다다르자 여송연을 피워 문 채 말을 탄 사람들이 웃으며 그들 앞을 지나갔다. 엠마는 자작이 그 속에 있었던 것처럼 생각되었다. 돌아다보니 아득히 먼 곳에 말 걸음의 리듬에 따라 사람들의 머리가 올라갔다 내려갔다 하는 것이 보일 뿐이었다. 1킬로미터쯤 갔을 때 말 엉덩이에 댄 끈이 끊어져 노끈으로 잇기 위해 마차를 멈추지 않으면 안 되었다.

마구를 힐끗 돌아본 샤를르는 말 다리 사이에 뭔가 떨어져 있는 것을 발견했다. 그것은 녹색 비단으로 선을 두르고 그 한가운데 사륜마차 문에 다는 것 같은 문장이 그려진 여송연 담뱃갑이었다.

"잎담배가 두 개비 들어 있군. 오늘밤 식사 후에 피워야겠어."

"당신, 담배 피울 줄 아세요?"

엠마가 물었다.

"가끔 기회가 있으면……."

샤를르는 주운 물건을 주머니에 넣고 말에 채찍질을 했다.

집에 도착해 보니 아직 저녁 준비가 되어 있지 않았다. 부인이 화를 벌컥 내자 하녀인 나스타지는 버릇 없이 말대답을 했다.

"나가버려! 사람을 뭘로 아는 거야. 당장 나가버려!"

엠마가 소리를 질렀다.

잠시 후 양과 수프와 미나리를 곁들인 암소고기가 나왔다.

"역시 집에서 이렇게 먹는 게 좋군."

샤를르는 엠마를 향해 돌아앉아 손을 비비며 말했다. 그때 나스타지의 우는 소리가 들려왔다. 샤를르는 그 하녀를 약간 좋아하고 있었다. 전처를 잃고 홀아비 생활을 하고 있을 때 며칠 밤이나 그와 함께 지내주었던 것이다. 그 여자는 그의 최초의 환자였으며 이 지방에서 가장 오랜 친구이기도 했다.

"정말 저 애를 내쫓을거요?"

참다못해 샤를르가 물어보았다.

"왜, 안 되나요?"

엠마는 도전적으로 대답했다. 그러고 나서 두 사람은 침실 준비가 될 때까지 부엌에서 몸을 녹였다. 샤를르는 입술을 쑥 내밀고 잎담배를 피우며 연신 침을 뱉고, 연기를 내뿜을 때마다 몸을 약간씩 뒤로 젖혔다.

"너무 많이 피우면 몸에 해롭다니까요."

엠마는 경멸하는 투로 말했다. 샤를르는 담배를 내려놓고 펌프 쪽으로 달려가 찬물을 한 컵 들이켰다. 그녀는 담뱃갑을 집어 찬장 구석으로 휙 던져버렸다.

이튿날의 하루는 너무나 길었다. 엠마는 집 안의 작은 정원을 몇 번이나 왔다갔다했는지 몰랐다. 화단 앞과 나무 울타리 앞이며 사제의 석고상 앞에 걸음을 멈추고 너무나 눈에 익숙한 모든 것들을 이상한 기분으로 바라보았다. 무도회가 벌써 먼 옛날의 일처럼 생각되었다.

'그저께 아침과 오늘 저녁을 무엇이 이처럼 멀리 떼어놓았을까?'

마치 폭풍우가 단 하룻밤 사이에 커다란 산에 균열을 만들어 놓듯 보비에사르에 갔던 일은 그녀의 생활에 구멍을 만들고 말았다. 하지만 그녀는 모든 것을 체념했다. 그날 입었던 아름다운 옷과 새틴 구두를 옷장 속에 소중히 간직해 두었다. 마루에 칠한 초로 노랗게 물들어 있는 구두 바닥은 그녀의 마음과 똑같았다. 사치스러운 생활과 접촉함으로써 그녀의 마음에는 영원히 지워지지 않을 무언가가 남게 된 것이다.

엠마에게는 그 무도회를 추억하는 일이 하나의 일과처럼 되었다. 수요일이 될 때마다 그녀는 눈을 뜨기가 무섭게 중얼거렸다.

"아! 1주일 전에는…… 2주일 전에는…… 3주일 전에는 그곳에 있었는데……."

그러나 날이 지나감에 따라 기억 속에서 사람들의 얼굴이 조금씩 흐려지고 카드릴도 잊혀져 갔다. 이제는 하인들의 제복이며 방의 모양조차 분명히 떠오르지 않았다. 사소한 일들은 모두 사라지고 오로지 애틋한 미련만이 남아 있었다.

9

샤를르가 없는 동안 엠마는 속옷과 함께 옷장 속에 넣어둔 녹색 명주 담뱃갑을 가끔 꺼내보곤 했다. 찬찬히 살펴보며 열어보기도 하고, 향수와 담배 냄새가 섞인 담뱃갑 속에 코를 대고 맡아보기도 했다.

'이건 누구의 것일까? 자작의 것이 틀림없다. 애인에게서 받은 선물이겠지. 자단(紫檀) 자수대 위에서 이 수를 놓았겠지. 조그맣고 귀여운 자수대. 그리움에 잠긴 여인이 머리를 늘어뜨리고 오랫동안 이 수를 놓았겠지. 사랑의 숨결이 이 헝겊의 올마다 지나갔을 것이다. 바늘땀 하나하나가 희망과 추억을 남기고 있었을 것이다. 서로 얽혀 있는 명주실은 모두 그대로 말없는 정열의 자국이겠지. 그리고 어느날 자작은 이것을 받았을 것이다. 커다란 가름대가 달린 난로 선반 위, 이것이 아직 꽃병과 퐁파두르풍의 시계 사이에 놓여 있었을 때 대체 연인들은 무슨 얘기를 주고받았을까? 그녀는 토트에 있고 그는 지금 머나 먼 파리에 있다. 파리, 얼마나 엄청난 이름인가!'

작은 소리로 그 도시의 이름을 몇 번이나 반복해서 불러보았다. 마치 그 이름은 대성당의 종소리처럼 울렸고, 포마드 병의 상표로 찍혀 있을 때조차 찬란한 빛이 뿜어져 나오는 듯이 보였다.

밤에 생선장수가 짐마차를 타고 마요라나[52] 꽃 노래를 부르며 창 밑을 지나갈 때면 엠마는 눈을 번쩍 떴다. 그리고 쇠바퀴 소리에 귀를 기울이다 바퀴가 돌바닥을 벗어나 변두리의 흙길에서 부드러운 소리를 내면 이렇게 중얼거렸다.

"저기 탄 사람들은 내일이면 파리에 닿을 텐데……."

엠마의 상상은 그들의 뒤를 따라 언덕을 오르내리고 마을을 가로질러 별이 총총한 밤하늘 아래 국도를 달렸다. 그러나 어느 정도 가면 그녀의 꿈은 자신도 알 수 없는 흐릿한 장소에 닿아 부딪쳤다.

엠마는 파리 지도를 구입해 손가락 끝으로 지도 위를 더듬으며 그 수도 안을 헤매고 다녔다. 골목, 길과 길 사이, 집을 나타낸 하얀 사각형 앞에서 머뭇거리며 큰길을 거슬러 올라갔다. 그러다가 지쳐 눈을 감으면 어둠 속에서 가스등의 작은 불빛이 바람에 흔들리는 모습과 극장 앞에서 커다란 소리를 내며 마차의 발판이 내려지는 소리가 들려왔다. 그리고 부인잡지인 〈코르베유〉와 〈살롱의 요정〉을 구독해 연극공연, 경마, 야회에 관한 기사는 빠짐없이 읽었고, 여가수가 처음으로 등장하는 무대나 새로 문을 여는 잡화점은 모두 훑어보았다. 또한 최신 유행, 유명한 양복점의 주소, 불로뉴 숲의 축제날[53]과 오페라의 초대 날짜까지 알아두었다. 외젠느 쉬[54]의 소설에서는 실내장식에 대한 묘사를 익히고 발자크[55]나 조르주 상드[56]의 작품을 읽으며 상상 속에서 욕망을 만족시켰다.

---

52) 약용이나 식용으로 쓰이는 박하류의 풀이다 ─ 옮긴이
53) 파리 서쪽에 붙은 불로뉴 숲에서 열리는 축제로 나폴레옹 1세의 명으로 시작되었다. 지금은 인공조명으로 대낮같이 환하게 밤을 밝히고, 100가지 이상의 놀이기구를 설치하여 인기를 끌고 있다 ─ 옮긴이
54) 1804~1857, 프랑스의 대중문학 작가로, 신문소설의 창시자이다 ─ 옮긴이
55) 1597~1654, 프랑스의 문학가로, 1624년에 서간집을 발행하여 큰 반향을 일으켰다. 저서에 〈군주〉, 〈그리스도교도 소크라테스〉 등이 있다 ─ 옮긴이
56) 1804~1876, 프랑스의 여성작가로 본명은 오로르 뒤팽이다. 그녀는 자유로운 개성과 여성해방을 추구했으며 문학에 뛰어난 재능을 지녔다 ─ 옮긴이

엠마는 식사를 할 때에도 책을 가지고 와서 샤를르가 떠들며 먹고 있는 동안 페이지를 넘겼다. 자작의 추억은 읽고 있는 책 속에서 언제나 되살아났다. 그리고 자작과 작품 속 인물을 연결지어 생각하곤 했다. 그러나 자작이 중심이 되어 있는 원은 점차로 그의 주위에 퍼져나가고, 후광은 그의 얼굴에서 떨어져 나가 더욱더 멀리 퍼지며 다른 여러 가지의 꿈을 비춰주는 것이었다.

엠마의 눈에는 바다보다 더 넓은 파리가 주홍색 분위기 속에 찬란히 빛나고 있는 것 같았다. 그 혼잡 속에서 북적대는 갖가지 생활은 자세히 보면 몇 개의 부분으로 갈라져 확실히 다른 각각의 장면으로 분류되었다. 엠마에게는 그중에 두세 가지밖에 보이지 않고 그것이 다른 모든 것을 가려 그것만이 인간생활의 전체를 대표하는 것같이 생각되었다.

외교관들이 속한 세계의 사람들은 벽면이 거울로 된 살롱 안에서 황금빛 줄이 달린 벨벳을 씌운 타원형 탁자를 가운데 놓고 미끄러질 듯 번쩍거리는 마룻바닥을 걸어다니고 있었다. 그곳에는 옷자락이 끌리는 긴 옷과 커다란 비밀과 미소 속에 감추어진 불안이 있었다.

다음에는 공작부인들의 생활이 있었다. 모두 창백한 얼굴을 하고 일어나는 시간은 오후 4시, 어느 여자나 속치마 단에는 값비싼 영국산 레이스를 달고 있다. 남자들은 경박한 외모에 재주도 없고, 말이나 타고 야외로 놀러다니고, 여름이 되면 바덴바덴으로 피서를 가고, 마흔이 다 되어 겨우 돈 있는 집의 딸과 결혼하는 것이다.

마지막으로 한밤중이 지나 밤참을 먹는 식당 특별실에 모이는 문인과 많은 여배우들의 생활이 있었다. 그들은 휘황한 촛불 아래 둘러앉아 떠들며 이야기하고, 모두 왕처럼 돈을 낭비하며 꿈같은 야심과 환상적인 흥분에 차 있는 사람들이다.

엠마의 눈에는 이들 세 가지 생활만이 하늘과 땅 사이에 떠 있으며, 폭풍 속의 숭고한 뭔가로 생각되고, 평범한 삶을 초월한 삶처럼 여겨지고, 그 이외의 생활은 모두 분명한 장소를 갖지 못한, 존재조차 없는 생활처럼 느껴졌다. 뿐만 아니라 사물이 가까우면 가까울수록 그녀의 생각은 그러한 사물들에게서 멀어졌다. 바로 옆에 있는 지루한 시골생활과 어리석은 소시민들은 모두 이 세상의 예외로, 자기만이 붙잡혀 억지로 끌려 들어가 있는 우연처럼 생각되었다. 반면에 아득히 먼 곳에는 행복과 정열의 광막한 나라가 끝도 없이 펼쳐져 있을 것 같았다. 그녀는 자기 욕망 속에 자리한 사치의 쾌락과 마음의 기쁨과 그리고 습관의 우아함과 감정의 섬세함을 혼동하고 있었다.

'인도의 식물처럼 사랑에도 그것을 위해 준비된 땅과 특수한 기온이 필요한 것이 아닐까.'

달빛 아래에서의 한숨, 긴 포옹, 상대에게 맡긴 손에 흐르는 눈물, 육체의 격렬한 역정과 우수에 젖은 애정 같은 모든 것은 한가로워 보이는 거대한 저택의 발코니라든지, 두꺼운 융단이 깔리고 화려한 꽃바구니가 놓이고 높은 침대에 비단 장막이 드리워진 침실이라든지, 광채 나는 보석과 하인 옷에 달린 장식의 번쩍거리는 빛 등과 떼어놓고 생각할 수 없는 것들이었다.

아침마다 말을 돌보러 오는 젊은이가 커다란 나막신을 신고 복도를 지나갔다. 작업복에 구멍이 뚫려 있는 그의 발은 맨발이었다. 겨우 이런 짧은 바지를 입은 시중드는 아이의 꼴을 참아내며 살아야 하는 것이다. 일이 끝나면 젊은이는 돌아가고 그날은 다시 오지 않았다. 샤를르는 집에 돌아오면 마구간에 손수 말을 넣고 안장을 떼어내며 목에 고삐를 맨다. 그동안 하녀는 짚단을 가져다 구유에 집어넣어주는 것이다.

엠마는 나스타지(이 여자는 몹시 흐느껴 울며 토트를 떠났다) 대신 얼굴이 상냥하게 생긴 열네댓 살 되어 보이는 고아 소녀를 고용했다. 그녀는 소녀에게 목면 모자를 쓰지 못하게 하고, 주인에게 하는 말도 상류식으로 가르치고, 물컵은 꼭 쟁반에 받쳐 들어오게 하고, 들어오기 전에는 반드시 노크를 하게 했으며 그 외에 다림질하는 법, 풀 먹이는 법, 옷 입히는 법 일체를 가르쳐주어 훌륭한 하녀로 만들려고 했다. 새 하녀는 해고당하지 않으려고 불평 한마디 하지 않고 복종했다. 그런데 엠마는 언제나 찬장에 자물쇠를 채우지 않기 때문에 소녀인 펠리시테는 매일 저녁 설탕을 조금씩 꺼내어 기도를 한 다음 잠자리에서 몰래 먹었다.

오후가 되면 때때로 새 하녀는 마부들과 잡담을 하러 나갔다. 엠마는 2층 거실에서 꼼짝하지 않고 앉아 있었다.

엠마는 항상 앞이 툭 터진 실내복을 입었기 때문에 가슴께의 숄 모양으로 접은 깃 사이로 금단추가 네 개 달린 주름 잡힌 속옷이 들여다보였다. 장식이 있는 허리띠는 실을 꼬아 만든 커다란 술이 달린 것이었고, 붉은색 작은 슬리퍼에는 폭 넓은 리본이 잔뜩 매달려 발목까지 덮여 있었다. 그녀는 편지를 보낼 상대도 없으면서 압지와 편지지와 펜대와 봉투를 자주 사들였다. 그리고 책장의 먼지를 털어내고 거울에 자신의 모습을 한 번 비춰본 다음 책을 한 권 꺼내 천천히 읽으며 공상을 좇다가 끝내는 무릎 위로 책을 떨어뜨렸다. 그녀는 여행을 하고 싶기도 했고 수도원으로 돌아가고 싶은 충동을 느끼기도 했다. 어떤 때는 죽어버리고 싶었으며, 파리에 가서 살고도 싶었다.

샤를르는 눈이 오든 비가 오든 매일 지름길을 가로질러 마차를 달렸다. 그는 농가의 식탁에서 오믈렛을 먹고 축축한 이불 밑에 손을 넣고, 쏟아져나오는 미적지근한 핏방울이 얼굴에 튀기도 하고, 빈사 상태에 빠진 병자의 신음 소리를 듣기도 하고, 대야 속을 뒤적거려 더러운 속옷을 집어올리기도 했다. 그러나 밤이 되면 언제나 활활 타는 따뜻한 난로와 완벽하게 준비된 식탁과 푹신한 의자, 그리고 우아하고 아름다우며 향내 나는 옷을 입은 아내를 볼 수 있었다. 그리고 생각했다.

'대체 이런 향내는 어디서 나는 것일까? 아내의 살결 냄새가 속옷에 묻어 이런 향기를 풍기는 것일까?'

엠마는 생활에 여러 모로 멋을 부려 남편을 기쁘게 했다. 종이 접시에 양초를 받치기도 하고, 옷단의 주름을 바꾸기도 하고, 아무것도 아닌 음식에 신기한 이름을 붙이기도 했다. 그러면 샤를르는 하녀가 형편없이 만든 음식도 아주 맛있게 먹었다. 그녀는 루앙에서 어떤 여자가 회중시계 줄에 여러 개의 장식품을 달고 있는 것을 보고 그런 장식품들을 샀다. 그리고 벽난로 위에는 푸른 유리그릇을 놓고 싶어했다. 또 한참이 지나자 상아로 만든 바느질 상자와 은도금을 한 골무를 사고 싶어했다. 샤를르는 이런 사치스러운 물건들을 모르기 때문에 더 한층 매력을 느꼈다. 그런 물건들은 그의 감각적 쾌락과 가정의 즐거움에 뭔가 많은 것을 가져다주었다. 마치 오솔길 같은 그의 생활 위에 뿌려진 작은 금모래알과도 같은 것이었다.

건강하고 혈색 좋은 샤를르는 세상에서 신용도 얻었다. 거만하게 굴지 않았기 때문에 시골 사람들한테서도 대환영을 받았다. 아이들을 사랑하고 술집에는 발도 들여놓지 않았으며 그의 품행은 누구에게나 신용을 얻기에 충분했다. 그는 특히 카타르성 질환과 폐병 치료에 탁월한 솜씨를 발휘했다. 환자가 죽는 것을 몹시 두려워하여 진정제 이외의 약은 거의 쓰지 않았고 간혹 구토약과 찜질법과 거머리를 사용했다. 그렇다고 외과수술을 겁내서 하지 않는다는 얘기는 아니다. 마치 말들에게서 피를 뽑듯이 많은 사람들한테서 나쁜 피를 뽑아주었고, 이를 뺄 때에는 귀신같은 솜씨를 발휘했다.

샤를르는 또한 새로운 지식을 섭렵하기 위해 안내광고에서 본 〈의학통보〉를 구독했다. 그는 식사 후에 그것을 조금씩 읽었지만 따뜻한 방의 온도와 식곤증 때문에 채 5분도 되지 않아 끄덕끄덕 졸기가 일쑤였다. 나중에는 두 손으로 턱을 괴고 마치 말갈기처럼 머리카락을 램프 밑에까지 늘어뜨린 채 꼼짝도 하지 않았다. 엠마는 이런 남편의 모습을 바라보면서 어깨를 으쓱했다. 그리고 밤늦게까지 책을 읽으며 열심히 공부하는 남자, 예순이 다 되어 류머티즘에 걸릴 나이가 되었어도 촌스러운 검은 옷에 훈장을 달고 다니는 그런 남자를 왜 남편으로 갖지 못했던가 하고 생각했다. 자기의 성(姓)이 된 보바리가 유명해지고, 서점에 진열되고, 신문에 되풀이되어 나와 프랑스 전국에 알려졌으면 얼마나 좋을까 생각했다. 그런데 샤를르는 애초에 야심 같은 것은 전혀 갖고 있지 않았다.

최근 진찰에 입회했던 이브토의 어떤 의사가 가족과 친척들이 있는 병자의 머리맡에서 샤를르에게 약간 모욕을 준 일이 있었다. 그날 밤 남편에게서 이 말을 들은 엠마는 분개한 나머지 그 의사한테 욕을 퍼부었다. 그것을 보고 샤를르는 기뻐했고 눈물을 글썽이며 아내의 이마에 키스했다. 그러나 엠마는 모욕감 때문에 참을 수가 없어 남편을 마구 때려주고 싶었다. 그녀는 복도로 나가 창문을 열고 마음을 가라앉히기 위해 찬 공기를 들이마셨다.

"정말 어쩔 수 없는 사람이야! 어쩔 수 없는 사람!"

엠마는 입술을 깨물며 몇 번이나 중얼거렸다.

요즘은 남편에 대해 그전보다 훨씬 더 싫증을 느꼈다. 남편은 나이가 들수록 점점 더 둔해졌다. 식사 후에 빈 병마개를 칼로 자르기도 하고, 음식을 먹은 후 혀로 치아를 핥기도 했으며, 수프를 마실 때에는 한 모금 넘길 때마다 꼬륵꼬륵 소리를 냈다. 또 살이 부쩍 올라 원래 작은 눈이 광대뼈 부분의 살 때문에 관자놀이 쪽으로 바싹 올라붙은 것처럼 보였다.

엠마는 이따금 남편이 입고 있는 셔츠의 가장자리에 두른 빨간 선을 조끼 속에 밀어넣어 주기도 하고, 비뚤어진 넥타이를 고쳐주기도 했으며, 색이 바랜 장갑을 끼려고 하면 뺏어서 멀리 던져버리기도 했다. 그러나 그것은 샤를르가 생각하는 것처럼 그를 위해서가 아니라 그녀 자신 때문에, 참을 수 없는 이기적인 기분과 신경질적인 그녀의 초조감 때문이었다. 간혹 엠마는 자기가 읽은 소설의 한 구절이라든지, 새로운 희곡이라든지, 신문에서 읽은 상류사회의 가십 같은 것을 남편에게 들려주는 일도 있었다. 샤를르는 어쨌든 마주앉은 상대이고 언제나 열려 있는 귀로 그래, 그래 하면서 맞장구를 쳐주었기 때문이다. 엠마는 그레이하운드에게도 갖가지 이야기를 들려주고 있었던 것이다. 난로 속 장작이며 시계의 추에게도 얘기했을지 몰랐다.

그러나 난파선의 수부처럼 고독한 생활 속에서 절망적인 눈을 굴리며 아득히 먼 수평선 위 짙은 안개 속에 흰 돛이 나타나기를 기다리는 것처럼 마음 저 밑바닥에서는 뭔가 사건이 일어나기를 기다리고 있었다. 그 우연은 무엇일까? 그 우연을 자기 쪽으로 불어주게 하는 바람은 어떤 바람일까? 그것은 앞으로 자기를 어떤 해안으로 데려다 줄까? 작은 배인가 아니면 3층 갑판이 있는 큰 배인가? 배 입구까지 가득 쌓인 것이 고민인지 행복인지를 그녀는 알 수 없었다.

다시 봄이 돌아왔다. 배꽃이 활짝 피고 따뜻해졌을 무렵, 엠마는 숨이 막힐 듯한 기분을 느꼈다.

엠마는 7월 초부터 10월이 되려면 몇 주일이 남았는지를 손꼽아 보았다. 그때쯤 앙데르빌리에 후작이 다시 보비에사르에서 무도회를 열지도 모른다고 생각했기 때문이다. 그러나 9월이 다 가도록 편지 한 통도, 어느 누구도 찾아오지 않았다.

기대가 무너지자 엠마의 마음은 다시 공허해졌다. 그리고 다시 변화없는 같은 나날이 계속되었다.

'앞으로는 이러한 날이 영원히 변함없이, 무엇 하나 일어나지 않고 한없이 계속될 것이다. 다른 사람들의 생활은 아무리 평범하다고 해도 뭔가 사건이 일어날 기회가 있다. 그리고 그 하나의 사건은 때로 무한한 변화를 일으키며 무대의 배경을 바꾸어 놓는다. 그러나 자기에게는 무엇 하나 일어나지 않는다. 그것이 하느님의 뜻인 것이다! 미래는 캄캄한 복도이고 그 속의 문은 모조리 꽉 잠겨 있다.'

엠마는 음악을 포기했다. 음악을 한들 무슨 소용이 있겠는가? 누가 들어주겠는가? 음악회에서 소매가 짧은 벨벳 드레스를 입고 에라르제 피아노[57]에 앉아 상아 건반을 경쾌하게 두드리며 주위에서 일어나는 황홀한 속삭임을 미풍같이 느낄 수가 없다면 애써 연습을 해서 무엇하겠는가. 스케치북도 자수도 모두 장롱 속에 처박아버리고 말았다. 이런 것들이 무슨 소용이 있단 말인가? 그녀는 바느질을 하는 것조차 견딜 수 없었다.

"읽을 것은 모두 다 읽었고……."

엠마는 중얼거렸다. 그리고 부젓가락을 되도록 빨갛게 달구고, 비가 오는 것을 꼼짝하지 않고 바라보았다.

일요일 저녁 교회의 기도 종이 울릴 때마다 그녀의 마음은 얼마나 침울하게 가라앉았던가. 찢어질 듯한 종소리가 하나하나 울리는 것을 아무 감동 없는 피곤한 마음으로 들었다. 지붕 위에는 어딘가에서 온 고양이가 살금살금 걸으며 엷은 햇살에 등을 동그랗게 구부리고 있었다. 국도 위를 바람이 먼지를 일으키며 지나갔다. 때때로 먼 데서 개 짖는 소리가 들려왔다. 종은 같은 속도로 단조롭게 울리고, 그 소리는 아득히 먼 들판 저쪽으로 사라졌다.

____

57) 68건반으로 되어 있는 프랑스제 피아노이다 - 옮긴이

이윽고 성당에서 사람들이 나왔다. 반들반들하게 닦은 나막신을 신은 여자, 새 작업복을 입은 농부, 그 앞을 모자도 쓰지 않은 채 깡충깡충 뛰어가는 아이들, 모두들 집으로 발길을 돌렸다. 그리고 언제나 똑같은 남자 대여섯 명이 술집의 커다란 테이블에서 어두워질 때까지 병마개 놀이를 했다.

겨울은 몹시 추웠다. 매일 아침 유리창에 성에가 끼었고, 그곳을 지나는 햇빛은 간유리를 지날 때처럼 희미한 채 종일 변치 않을 때도 있었다. 그런 날은 오후 4시만 되어도 램프를 밝혀야 했다. 맑은 날이면 엠마는 정원으로 내려갔다. 양배추 위에 은빛 레이스처럼 이슬이 덮여 있고, 하얗고 가느다란 실이 길게 늘어져 있었다. 새도 울지 않고; 짚에 덮인 과일나무도 벽과 지붕 밑에 병든 뱀처럼 누워 있는 포도덩굴도 모두 잠든 것처럼 보였다. 포도덩굴 옆에 가까이 다가서자 발이 많은 쥐며느리가 기어다녔다. 그리고 울타리 옆 전나무 숲에는 삼각모자를 쓰고 기도서를 든 신부 석고상이 오른쪽 다리를 잃고, 석고조차 얼어 벗겨진 채 얼굴에 흰 버짐을 뒤집어쓰고 있었다.

잠시 후 다시 방으로 돌아온 엠마는 문을 걸어 잠그고 숯불을 활활 일구었다. 따뜻한 불에 얼굴이 빨개지자 한층 무거운 권태가 엄습하는 것을 느꼈다. 아래층으로 내려가 잡담이라도 하고 싶었지만 부끄러운 생각에 그만두었다.

매일 같은 시각에 까만 명주 모자를 쓴 초등학교 교사가 자기 집 덧문을 올렸다. 숲지기가 작업복 위에 삽을 메고 지나갔다. 매일 아침과 저녁에 역마차의 말이 물탱크로 물을 마시러 세 마리씩 지나갔다. 때때로 술집 문에 달린 방울이 찌르릉 하고 울렸다. 그리고 바람이 부는 날이면 이발소 간판으로 쓰는 작은 구리 대야가 두 개의 기둥 위에서 삐걱거리는 소리가 들렸다. 그 가게는 유행이 지난 판화를 유리창에 풀로 붙여놓고 양초로 만든 머리칼이 노란 여인의 흉상

을 앞에 걸어놓고 있었다. 여기에서 일하는 이발사 역시 막다른 길
에 놓인 직업과 희망이 없는 미래를 탄식하고 있었다. 다시 말해 루
앙 같은 큰 도시의 부두 가까운 곳이나 극장 옆 어디에라도 가게를
가질 것을 꿈꾸며 종일 침울한 표정으로 가게에서 교회까지 손님을
기다리며 왔다갔다했다. 항상 터키식 모자[58]를 깊숙이 눌러쓴 이 남
자는 나사(羅紗)옷[59]을 입고 언제나 같은 곳에 보초병처럼 서 있었다.

가끔 오후가 되면 창 너머로 남자의 얼굴이 나타날 때가 있었다.
그는 햇빛에 그을린 얼굴에 검은 수염을 기르고 흰 이를 드러내며 천
천히 빙그레 웃었다. 곧 왈츠곡이 시작되고 작은 살롱의 오르간 위에
서 손가락 크기만한 남녀가 춤을 추기 시작했다. 장미색 터번[60]을 감
은 여자, 재킷을 입은 티롤 사람, 야회복을 입은 원숭이, 짧은 바지를
입은 신사들, 그런 것들이 안락의자와 소파와 객실 탁자 사이를 빙글
빙글 돌며 가는 금종이로 모서리를 이어 맞춘 많은 거울에 비쳤다.
남자는 왼쪽, 오른쪽, 창 쪽을 보면서 핸들을 돌리고 있었다. 때때로
길 옆 경계석에 누런 침을 뱉으며 어깨에 맨 가죽 멜빵이 무거워 악
기를 무릎 위에 내려놓을 때도 있었다.

상자에서 나오는 음악은 어떤 때는 애닯고 기운 없게, 또 어떤 때
는 쾌활하게 빠른 템포로 당초무늬의 구리 걸쇠 아래 장밋빛 커튼을
통해 신음하듯 들려왔다. 그것은 무대 위에서 연주되는 곳, 살롱에
서 부르는 노래, 밤에 휘황한 샹들리에 불빛 아래에서 춤추는 음악,
다시 말해 세상의 모든 화려한 메아리가 어딘가 다른 곳으로부터 들
려오는 것같이 느껴지게 했다. 엠마의 머릿속에는 사라반드[61] 곡이

---

58) 검은 술이 달린 붉은 색 모자이다 — 옮긴이
59) 양털에 무명·명주·인조 견사 따위를 섞어서 짠 모직물 옷이다 — 옮긴이
60) 이슬람교도나 인도인이 머리에 둘러 감는 수건이다 — 옮긴이
61) 17세기부터 18세기 무렵에 에스파냐를 비롯한 유럽 각지의 궁정에서 유행한 춤이나 춤곡
　　이다 — 옮긴이

끝도 없이 울려퍼지고 꽃무늬 융단을 밟는 인도의 무희처럼 그녀의 마음은 선율과 함께 뛰놀고, 꿈에서 꿈으로 슬픔에서 슬픔으로 떠돌아다니고 있었다. 남자는 모자에 돈이 모이자 푸른색 낡은 나사 포장을 걸고 오르간을 등에 진 다음 무거운 다리를 이끌며 멀어졌다. 그녀는 그의 뒷모습을 눈으로 전송했다.

엠마가 특히 견딜 수 없는 것은 식사 시간이었다. 난로는 아래층 작은 방에서 새카맣게 연기를 토해내고 문은 삐걱거렸으며 벽은 사방이 얼룩지고 돌바닥은 축축했다. 어려운 생활의 쓴맛이 그대로 접시에 쌓여 있는 것 같았다. 그리고 고기를 넣고 끓이는 수프에서 피어오르는 김은 그녀로 하여금 영혼의 밑바닥까지 진저리를 치게 했다. 샤를르는 천천히 먹었다. 그녀는 개암을 씹기도 하고 팔꿈치를 괴고서 칼끝으로 방수 테이블보에 줄을 긋기도 했다.

엠마는 이제 가사는 일체 돌보지 않았다. 샤를르의 어머니는 사순절[62] 중 며칠을 토트에서 보내려고 왔다가 이런 변화를 보고 깜짝 놀랐다. 전에는 그처럼 알뜰하고 취미가 고상하던 며느리가 지금은 같은 평상복을 며칠이나 입고, 쥐색 무명 양말을 신었으며, 양초를 켜고 있었다. 그러면서 부자가 아니니까 절약해야 한다고 몇 번이나 되풀이해 말하고, 자신은 대단히 행복하고 만족하며 토트는 정말 좋은 곳이라고 했다. 아무튼 전과는 아주 다른 소리를 해서 시어머니를 깜짝 놀라게 만들곤 했다. 엠마는 이제 시어머니의 충고를 전혀 들으려 하지 않았다. 한번은 하인의 신앙에 대해 주인이 신경을 써야 한다고 시어머니가 말했을 때 엠마는 무척 화가 난 듯 아주 쌀쌀한 반응을 보였기 때문에 시어머니는 그 말을 다시는 입 밖으로 내지 않게 되었다.

엠마는 점점 까다롭고 변덕스러워졌다. 자기만을 위해 요리를 만

---

62) 부활 주일 전 40일 동안의 기간을 말한다 — 옮긴이

들게 하고 그것에 손도 대지 않는가 하면, 또 어떤 날은 하루 종일 우유만 마시고 그 이튿날은 홍차를 열두 잔이나 마셨다. 밖에 나가지 않겠다고 고집을 부리는가 하면, 가슴이 답답하다고 창문을 열어놓고 얇은 옷을 꺼내 입기도 했다. 하녀를 실컷 혼내고서는 물건을 주기도 하고 이웃집으로 놀러보내기도 했다. 이런 식으로 그녀는 마음이 부드러운 편도 아니고, 시골 출신들 대부분이 그렇듯 아버지 손에 박인 굳은살 같은 것을 마음속에 간직하고 있는 까닭에 다른 사람의 감정의 움직임에 전혀 민감하지 못하면서도 지갑 속의 은화를 가난한 사람에게 전부 털어주기도 했다.

2월 말경, 루올 노인은 건강이 완전히 회복된 기념으로 질이 좋은 칠면조를 가지고 와 토트에서 사흘을 묵었다. 샤를르는 환자를 봐야 했기 때문에 딸이 아버지의 말 상대가 되어주었다. 노인은 침실에서 담배를 피우고 장작 받침대 위에 침을 뱉어 가며 농사에 대한 얘기라든가 송아지, 암소, 닭, 면 위원회에 대한 얘기를 했다. 그러고 나서 노인은 돌아갔는데, 그때 엠마는 자기도 모르게 안도의 한숨을 내쉬고 들어와 현관문을 꽝 하고 닫았다. 또 그녀는 어떤 일에도, 어떤 사람에 대해서도 경멸감을 감추지 않았다. 남이 좋다는 것을 나쁘다고 하고 부도덕한 것을 찬양했다. 때로는 아주 기묘한 의견을 내놓아 남편을 몹시 놀라게도 했다.

'이런 비참한 생활이 언제까지 계속될까? 영원히 빠져나갈 수 없는 것일까? 자신은 행복하게 살고 있는 어떤 다른 여자보다도 못할 것이 없는데……'

보비에사르에서 후작부인을 몇 명이나 보았지만 자기보다 용모도 떨어졌고 태도도 우아하지 못했다. 그렇게 생각할 때마다 엠마는 신의 불공평을 증오하고 벽에 머리를 기대어 울었다. 그녀는 분주한 생활과 가면무도회의 밤, 대담한 쾌락들이 주는 미지의 흥분을 한없이 갈구했다.

엠마는 점점 창백해졌으며 두근거리는 증세까지 생겼다. 샤를르는 쥐오줌풀과 장뇌(樟腦) 목욕을 권했다. 그러나 무엇을 해도 그녀의 짜증은 점점 더 심해지는 것 같았다.

어떤 날은 열에 들뜬 것처럼 하루 종일 떠들어댔다. 그런 다음에는 흥분 뒤에 돌연한 무기력 상태에 빠져 말도 안 하고 손가락 하나 까딱하지 않았다. 그럴 때 그녀의 기운을 돌궈주는 것은 오직 오 드 콜로뉴 화장수 한 병을 양팔에 뿌려주는 것이었다.

아내가 항상 토트에 대한 불평을 했기 때문에 샤를르는 그녀의 병의 원인이 혹시 풍토에서 온 것은 아닌가 생각했다. 그런 생각이 들자 다른 곳에 가서 개업할 것을 진지하게 고민하기 시작했다.

그 후부터 엠마는 오로지 마르기 위해 식초를 마시고 간간이 헛기침을 하더니 결국 완전히 식욕을 잃고 말았다.

4년간이나 살면서 겨우 자리가 잡히기 시작한 토트를 떠나는 것은 샤를르에게는 괴로운 일이 아닐 수 없었다. 그러나 정 필요하다면 아내를 위해 이사할 수도 있었다. 그는 아내를 데리고 루앙에 가서 그의 옛 스승에게 진찰을 받아 보았다. 의사는 신경성질환이라고 했다. 역시 이사를 하는 것이 좋을 듯했다.

샤를르는 여기저기 수소문한 끝에 뇌샤텔 군에 용빌르 라베이라는 큰 마을이 있고, 그곳 의사가 폴란드 망명자로 지난 주일에 다른 곳으로 갔다는 사실을 알아냈다. 그는 그곳에 아는 약제사에게 편지를 보내 주민의 수, 가장 가까운 곳에 있는 동업자의 거리, 전 의사의 수입 등을 물었다. 만족할 만한 답장이 왔기 때문에 만약 엠마의 건강이 회복되지 않으면 봄쯤에 이사하기로 결정했다.

이삿날이 가까워진 어느 날, 서랍을 정리하던 엠마는 뭔가에 손가락을 찔렸다. 그것은 결혼 꽃다발의 철사였다. 오렌지 꽃봉오리는 먼지에 쌓여 노랗게 변색되어 있었고, 은빛 테를 두른 새틴 리본은 가장자리가 많이 풀려 있었다. 그녀는 꽃다발을 불 속에 던져버렸다. 그것은 마른 짚보다 더 빨리 타버렸다. 그리고 잠시 후 재 위에 새빨간 덤불 모양을 만들더니 서서히 무너졌다. 엠마는 그것이 타는 모습을 지켜보았다. 마분지로 만든 작은 열매가 떨어져나가고 구리 철사가 구부러졌으며 장식용 끈이 녹아버렸다. 종이로 만든 꽃은 굳어져 까만 나비처럼 난로 철판 속을 한들한들 돌아다니다 끝내는 연통 속으로 날아가 버렸다.

이듬해 3월, 토트를 떠날 때 보바리 부인은 임신 중이었다.

제**2**부

1

　용빌르 라베이(지금은 흔적조차 남아 있지 않은 카퓌셍파의 낡은 수도원이 여기에 있었기 때문에 이렇게 불리우는 것이다)는 루앙에서 80리쯤 떨어져 있으며, 아베빌르 도로와 보베 도로 사이에 뤼엘르 강이 흐르는 분지의 안쪽 부분에 위치해 있다. 뤼엘르 강은 하구 근처에 세 대의 물레방아가 돌고 거기서부터 앙데르 강으로 흐르는 조그마한 개울이다. 이곳에 숭어가 살기 때문에 일요일이면 아이들이 낚시를 하며 즐긴다.

　라 브와시에르에서 국도를 벗어나 루 언덕 위까지 평평한 길을 계속 걸어가다 보면 분지가 내려다보인다. 가로지른 개울이 그 분지를 뚜렷하게 다른 두 개의 지역으로 갈라놓고 있다. 왼쪽은 완전히 초원이고 오른쪽은 완전히 경작지이다. 둥그렇게 부풀어올라 얕은 언덕이 이어져 있는 목장은 아래로 뻗어 베레 지방의 목초지와 맞닿아 있다. 동쪽에는 비스듬히 경사진 평원이 전개되어 눈이 닿지 않을 정도로 넓은 황금빛 보리밭이 펼쳐져 있다. 초원의 가장자리를 흐르는 물은 목장의 빛깔과 밭이랑의 빛깔을 한 개의 흰 선으로 갈라놓아 들판은 마치 가장자리를 은빛 장식끈으로 두른 녹색 벨벳 깃이 달린 큰 외투와 아주 흡사했다.

이곳에 이르면 지평선 저 너머에 아르게유 삼림의 떡갈나무들과 위에서부터 아래까지 고르지 않은 붉은 선이 그어져 있는 생장 언덕의 절벽이 보인다. 산허리의 잿빛 속에 떠올라 있는 붉은 갈색의 색조는 빗물의 흔적인데, 그 주변에서 솟아나오고 있는 철분이 섞인 샘이 흘러들기 때문이다.

이곳은 노르망디와 피가르디와 일르드 프랑스와의 접경이며, 경치에 특색이 없는 것과 마찬가지로 언어에도 강한 사투리가 없는 중간 지대이다. 이 일대에서 가장 질이 떨어지는 뇌샤텔 치즈를 만드는 곳도 바로 여기이다. 뿐만 아니라 모래와 자갈뿐인 퍼석퍼석한 땅을 기름지게 하기 위하여 많은 비료가 들기 때문에 이곳에서는 경작하는 데 비용이 많이 든다.

1835년까지는 용빌르까지 오는 길다운 길은 하나도 없었다. 그러나 그 무렵 지방도로가 생겨 아베빌르 가도를 아미양 가도와 연결해 주고, 루앙에서 플랑드르 지방으로 가는 짐마차꾼들에게 이용되고 있다. 그런데 새로 생긴 출구에도 불구하고 용빌르 라베이는 조금도 발전이 없었다. 이곳 사람들은 농사 방식을 개선하지 않고 수지가 맞지 않아도 여전히 방목장을 계속하고 있다. 게으른 사람들의 마을은 평야 쪽으로 뻗지 않고 자연히 개울 쪽으로 확대되어 갔다. 멀리서 바라보면 마치 강기슭을 따라 물가에서 목동이 낮잠이라도 자는 것처럼 길게 가로누워 있는 것이다.

언덕 아래 다리를 건너면 어린 백양나무를 심은 길이 있고, 그 길이 마을 변두리의 집들에까지 일직선으로 이어져 있다. 집들은 모두 생목 울타리에 둘러싸여 마당 한가운데에 서 있고, 마당에는 포도를 압착하는 곳, 짐차를 두는 곳, 사과주를 만드는 곳 등의 건물이 우거진 나무들 밑에 산재해 있고 나뭇가지에는 사다리와 장대와 커다란 낮이 걸려 있다. 짚을 이어놓은 지붕은 눈 위까지 깊숙이 덮어쓴 모피 모자처럼 얕은 창의 3분의 1까지 내려와 있으며, 볼품없이 두드러진 창 유리는 병 밑바닥처럼 한복판이 볼록 튀어나와 있다. 검은 가름나무가 비스듬히 가로질러 있는, 석회와 찰흙을 반죽해 바른 벽에는 군데군데 메마른 배나무가 기대 서 있다. 아래층 입구에 있는 조그마한 회전 울타리는 사과주가 밴 빵조각을 쪼아먹으려고 문지방으로 올라오는 병아리를 막기 위한 것이다. 안으로 들어갈수록 안마당은 점점 좁아지고 집들이 밀집해서 생목 울타리는 없어지고, 어떤 창문 밑에서는 빗자루 끝에 매단 고사리 묶음이 흔들렸다. 말발굽에 편자를 박는 가게가 있고, 다음으로 마차를 만드는 목수의 가게 앞에는 새로운 짐마차 두서너 대가 길까지 비어져 나와 있다. 이윽고 울타리 너머로 둥근 잔디밭 저편에 손가락 하나를 입에 대고 있는 큐피드 상을 장식한 하얀 집이 나타났다. 돌계단 양쪽에는 무쇠로 만든 두 개의 항아리가 놓여 있고, 입구에는 방패 모양의 문장(紋章)이 빛나고 있다. 그것은 공증인의 주택으로 이 동네에서 가장 훌륭한 집인 것이다.

그곳에서 스무 발자국쯤 더 나아가면 큰길 건너편 광장 입구에 성당이 있다. 이 성당은 샤를 10세의 통치 만년에 재건된 것으로 성당 옆에 있는 조그마한 묘지는 팔꿈치 높이의 담에 둘러싸였고, 무덤이 많아 옆으로 쓰러진 묘석이 마치 돌을 깔아놓은 것처럼 되어 있다. 또한 잡초가 제멋대로 자라 반듯한 녹색의 정방형을 이루고 있으며, 나무로 만들어진 둥근 천장은 꼭대기 쪽이 썩기 시작해 파랗게 칠을 한 군데군데가 검고 우묵하게 들어가 있다. 파이프 오르간이 있어야 할 입구 위쪽에는 남자용 자리가 마련되어 있고, 나막신 소리가 잘 울리는 나선형 계단이 있다.

무늬가 없는 유리창을 통해 들어오는 밝은 햇볕은 벽 옆에 직각으로 놓인 의자를 비스듬히 비추고, 그 의자에는 군데군데 못이 박힌 매트가 깔려 있고, 그 아래에 '000의 자리' 라고 굵은 글씨로 쓰여 있었다. 좀 더 안쪽 좁은 곳에는 조그마한 성모상과 마주보고 있는 고해실이 있다. 새틴 옷으로 치장된 성모상은 은빛 별을 뿌려 박은 엷은 명주 망사 베일을 쓰고, 하와이 섬들의 우상처럼 볼이 붉게 칠해져 있다. 끝으로 내무대신이 기증한 '성가족' 그림 한 장이 네 개의 촛대 사이로 제단 높이 걸려 있다. 성가대의 전나무로 만든 의자는 아직 칠하지 않은 채였다.

스무 개쯤 되는 기둥으로 기와지붕을 받치고 있는 공동시장은 용빌르의 대광장을 거의 절반이나 차지하고 있다. 사무소는 파리의 어떤 건축가가 설계한 그리스 신전식 건물이었고, 이것이 약제사의 집과 나란히 길의 모퉁이를 이루고 있다. 아래층에는 이오니아식 둥근 기둥이 세 개 서 있고, 2층에는 반원형 아치가 붙은 회랑이 있다. 그 끝의 저울판에는 한쪽 다리를 '프랑스 헌장' 위에 걸치고 또 다른 쪽 다리로 정의의 저울을 딛고 서 있는 갈리아풍 수탉이 커다랗게 그려져 있다.

그러나 무엇보다도 사람들의 눈길을 끄는 것은 '황금사자' 라고 불리는 여관 맞은편에 있는 오메 씨의 약국이었다. 특히 저녁에 불이 켜지고 가게 앞을 장식한 빨갛고 파란 유리 약병이 멀리 땅 위까지 두 줄기 빛을 일제히 뻗칠 때면, 그 빛을 통해 마치 벵갈불꽃[63] 속에 있는 사람 그림자처럼 책상에 팔꿈치를 괴고 있는 약제사의 그림자가 보일 때이다. 온 집안에 영국 글씨체, 둥근 글씨체, 인쇄 글씨체로 쓴 표가 붙여져 있는데, 비시 수(水), 셀츠 수, 바레쥬 수 등 각종 광천수와 정화제 시럽, 라스파유 약, 아라비아 분말, 다르세 정, 르뇨 연고, 붕대, 욕약(浴藥), 자양 초콜릿 등등이다.

<hr>

63) 갖가지 색깔의 불꽃을 동시에 내는 불꽃놀이용 화학제품 혹은 그 불꽃을 말한다 ─ 옮긴이

입구에 가득 찰 정도로 넓은 간판에는 '약사 오메'라는 글씨가 금빛으로 쓰여 있다. 또 가게 안쪽 카운터 위에 고정시켜 놓은 커다란 저울 뒤에는 '조제실'이라는 글씨가 유리문 위쪽에 가로놓이고 그 문 한복판쯤에 검은 바탕의 금빛 글씨로 다시 한 번 '오메'라고 쓰여 있다.

그 밖에 용빌르에는 아무것도 볼 만한 것이 없었다. 단 하나뿐인 길은 겨우 소총 사정거리 정도의 길이었고, 양쪽에 대여섯 개의 가게가 있기는 하지만 그나마 큰길이 구부러지는 모퉁이에서 끊겨 있었다. 그 큰길을 오른쪽으로 두고 생장 언덕 밑을 따라가면 묘지에 다다른다.

콜레라가 유행했을 때 이 묘지를 확장하기 위해 담의 한쪽을 무너뜨리고 인접한 토지를 3에이커 가량 사들였다. 하지만 이 새로운 장소를 이용하는 사람은 거의 없고 무덤은 그전처럼 여전히 입구 가까이에 모여 있다. 무덤 파기와 성당지기를 겸한 그 묘지기(신자의 시체에서 이중의 이익을 얻고 있는 사나이)는 빈터에 감자를 심었다. 그러나 그 조그마한 밭은 해마다 좁아져 갔다. 만약 유행병이라도 번지면 사람이 죽는 것을 기뻐해야 할지 무덤이 느는 것을 슬퍼해야 할지 그는 갈피를 잡지 못했다.

"자네는 죽은 사람을 먹으며 살고 있는 거야, 레스티부드와!"

어느 날 본당 신부가 이렇게 말했을 정도였다.

언짢은 말을 들은 그는 생각에 잠겼다. 그리고 한동안 감자 심기를 중단했다.

"감자는 저절로 자라는 거야."

그는 이렇게 태연하게 중얼거리며, 여전히 감자 심기를 계속하는 것이었다.

지금부터 이야기하고자 하는 사건 뒤에도 용빌르는 조금도 변하지 않았다. 양철로 만든 삼색기는 여전히 교회의 종루 꼭대기에서 빙글빙글 돌아가고, 새로운 유행품들을 늘어놓는 잡화상에는 두 줄의 사라사로 만든 길쭉한 작은 깃발이 지금도 바람에 나부끼고, 약제사의 가게 안에 놓인 태아의 표본은 흰 부싯깃 덩어리처럼 탁해진 알코올 속에서 점점 더 썩어가고 있다. 그리고 여관 큰 대문 위에는 비를 맞아 퇴색한 낡은 '황금사자' 가 복슬개처럼 곱슬곱슬한 털을 지나가는 사람들에게 변함없이 보여주고 있는 것이다.

보바리 부부가 용빌르에 도착하던 날 저녁, 과부의 여관주인인 르프랑수와는 국냄비를 저으며 구슬 같은 땀방울을 흘리면서 손님 맞을 준비에 법석이었다. 다음 날은 마을에 장이 서기 때문에 미리부터 고기를 썰고 닭 내장을 빼놓고 수프와 커피를 만들어놓지 않으면 안 되었다. 게다가 그녀는 묵어가는 손님의 식사까지도 준비해야 했다. 의사와 의사 부인과 그들의 하녀 식사였다. 당구실은 웃음소리로 떠들썩했다. 조그만 홀에서는 제분소 남자 셋이 브랜디를 가져오라고 고함을 질렀다. 장작불에는 불꽃이 일고 숯이 튀고, 부엌에 있는 긴 식탁 위에는 잘라놓은 양의 날고기 덩어리 사이로 접시가 높이 쌓여 있고, 그것이 시금치를 잘게 써는 도마의 울림으로 흔들렸다. 하녀가 요리에 쓰려고 쫓아다니는 닭들이 닭장 근처에서 비명을 질렀다.

금빛 술이 달린 벨벳 모자를 쓰고 푸른 모피의 실내화를 신었으며 얼굴에 얽은 자국이 조금 있는 사나이가 난로에 등을 녹이고 있었다. 그의 얼굴에는 오로지 자기 만족만이 나타나 있었다. 그의 머리 위에 걸려 있는 버드나무 새장 속에 있는 방울새만큼이나 만사가 태평한 표정이었다. 바로 이 사나이가 약제사였다.

"아르테미즈야!"

여관 여주인이 고함을 질렀다.

"장작을 패고, 주전자에 물을 가득 담아라. 그리고 브랜디를 손님에게 갖다드려라. 빨리빨리 해라! 당신이 기다리고 있는 손님들에게는 어떤 후식을 드려야 좋을까요? 어머나! 이삿짐을 나르는 짐꾼들이 당구실에서 또 떠들기 시작하는군! 저 사람들 어쩌려구 짐마차를 문 앞에 세워놓은 채 저 모양이야. 역마차 '제비'가 도착하면 부딪쳐서 망가져버릴 거야, 저대로 두면 말야. 이폴리트를 불러서 짐마차를 빨리 옆으로 치우라고 말해라! ……아 글쎄, 오메 씨! 아침부터 저 패거리들은 아마 열다섯 번쯤 내기를 하고 사과주를 여덟 병이나 비웠답니다. ……저러다간 우리 집 당구대 융단이 닳아서 떨어지겠어요."

거품 뜨는 숟가락을 한 손에 쥔 채 여주인은 멀리서 당구를 치는 패들을 바라보면서 말했다.

"떠들 건 없어요. 하나 더 사세요."

오메 씨가 대답했다.

"당구대를 하나 더 사라는 거예요?"

여주인은 소리를 높였다.

"저 당구대는 이제 못쓰겠던걸요. 르프랑수와 부인! 그래요, 이 가게에도 손해죠. 아주 큰 손해예요. 게다가 요즈음의 당구 애호가들은 포켓은 작은 것, 큐는 무거운 걸 좋아한답니다. 이제는 아무도 그냥 굴리는 당구는 하지 않아요. 모든 것이 다 변했단 말입니다. 시대의 풍조를 따라가야 해요. 텔리에 군을 좀 보란 말이에요. 오히려……."

화가 난 여주인은 얼굴이 시뻘개졌다. 약제사는 덧붙여서 말했다.

"그 집 당구대는 당신네 것보다 훨씬 멋지단 말입니다. 게다가, 이를테면 폴란드를 구원한다든지, 리용의 수해 이재민들을 위한 의연금을 걷기 위해 돈을 걸고 내기를 하게 한다든지 하는 생각은……."

"그런 노랑이 같은 녀석이 나는 조금도 두렵지 않아요."

여주인은 억센 어깨를 으쓱하면서 말을 막았다.

"자자! 오메 씨, '황금사자' 가 서 있는 한 손님들은 이곳으로 올 거예요. 암요, 이래 봬도 우리에게는 재산이 있는 걸요! 머지않아 저 '카페 프랑세' 가 창문에 보기 좋게 딱지를 붙이고 문을 닫게 된다는데 우리 당구대를 바꾸다니."

여주인은 혼잣말처럼 계속했다.

"저 당구대는 빨랫감을 늘어놓기에 꼭 알맞은 데다가 바쁜 사냥철에는 손님을 여섯 명이나 그 위에 재울 수가 있단 말예요……. 그건 그렇고, 이베르 느림뱅이는 아직 안 오는군!"

"그 사람이 도착하는 것을 기다렸다가 손님 식사를 내놓을 작정입니까?"

약제사가 물었다.

"그 녀석을 기다린다고요? 기다리는 건 비네 씨지요. 그분은 정각 6시에 오신답니다. 그렇게 빈틈없이 꼼꼼한 양반은 이 세상에 또 없을 거예요. 그분은 언제나 저 조그만 방안에 있는 자리가 아니면 마음에 안 들어 하신답니다. 딴 자리에서 식사를 하라는 것은 죽으라는 것과 마찬가지예요. 게다가 어찌나 입맛이 까다로운지, 말도 못해요. 사과주 같은 것도 참 까다로워요. 하지만 레옹 씨는 또 아주 달라요. 때로 레옹 씨는 7시에 올 때도 있는데, 7시 반이 되기도 하죠. 음식 같은 것은 보지도 않아요. 참으로 좋은 젊은이에요. 그분은 언제나 아주 조용해요."

"그야 아주 다를 수밖에 없지요. 제대로 교육을 받은 사람과 중기병대 출신의 세무 관리하고는 말이오"

시계가 6시를 알리자 비네가 들어왔다. 그는 푸른 프록코트를 입고 있었는데 바짝 여윈 몸에 꼭 맞았다. 머리 위에서 늘어진 끈으로 잡아매도록 되어 있는 가죽 모자를 썼는데, 모자를 오래 쓰고 다녀서인지 챙을 젖힐 때면 벗겨진 이마가 드러났다. 그리고 까만 나사 조끼에 올이 굵은 식물성 섬유의 칼라와 회색 바지를 입고, 사시사철 신고 다니는 잘 닦은 장화는 튀어나온 발가락 때문에 두 줄 나란히 불룩 튀어나와 있었다.

둥그렇게 턱을 에워싼 구레나룻은 가지런히 다듬어져 화단 가장자리처럼 그의 긴 얼굴을 둘러싸고 있었다. 또한 조그마한 눈에 매부리코였다. 이 남자는 카드 놀이라면 어떤 것이든 잘했고, 사냥 솜씨도 좋았으며 글도 꽤 잘 썼다. 그리고 집에 녹로[64]를 갖추고 있어서 그것으로 취미 삼아 냅킨 고리를 만들었는데, 예술가다운 시샘과 소시민 같은 아집으로 만든 고리가 온 집 안에 가득 찼다.

비네는 식당의 조그마한 방 쪽으로 걸어갔다. 그러나 우선적으로 그곳에 있는 세 명의 제분업자들을 몰아내야만 했다. 식탁 준비를 하는 동안 그는 묵묵히 난로 옆에 있는 자기 자리에 앉아 있었다. 그러고 나서 문을 닫고 평소처럼 모자를 벗었다.

"인사 정도는 해도 혀가 오그라들지는 않을 텐데."

여주인과 단둘이 남게 되자 약제사가 말했다.

"언제나 저렇답니다."

여주인이 말을 이었다.

"지난 주일에도 포목장수 두 사람이 왔었는데, 그 사람들이 그날 밤은 아주 재미있는 이야기를 많이 하더군요. 어찌나 우스운지 눈물이 다 나올 지경이었답니다. 그런데도 저분은 한마디도 하지 않고 무뚝뚝하게 입을 꾹 다물고 계시던걸요."

"그렇군요. 상상력이나 재치도 없고 더구나 사교인의 자격은 전혀 없군요."

약제사가 말했다.

---

64) 높은 곳이나 먼 곳으로 무엇을 달아 올리거나 끌어당길 때 쓰는 도르래이다 - 옮긴이

"하지만 꽤 총명하다고 하던데요."

여주인이 항변조로 말했다.

"총명하다고요? 저 사나이가 말이오? 총명하단 말이지? 홍, 저런 장사치라면 그럴지도 모르죠."

약제사는 전보다도 침착한 어조로 덧붙였다.

"거래처가 많은 장사꾼이라든가 법률가, 의사, 약제사 같은 사람들은 너무 일에 몰두하다 보니 보통 사람보다 좀 이상해 보이거나 무뚝뚝해지거나 하는 것도 이해가 되죠. 이야기 속에도 그런 예는 많이 나오잖아요. 하지만 그것은 그 사람들에게 적어도 무언가 깊이 생각하는 일이 있기 때문이에요. 나부터도 그래요. 약 이름을 쓰려고 책상 위에 놓았던 펜을 찾아요. 그러다가 문득 귀에 꽂아둔 걸 깨닫는다는 말입니다. 그런 일이 여러 번 있었어요."

그러는 동안에도 여주인은 '제비'가 아직 도착하지 않았나 하고 입구까지 갔다가 깜짝 놀랐다. 검은 옷을 입은 남자가 불쑥 부엌으로 들어온 것이었다. 해질녘의 어슴푸레한 빛 속에서도 붉은 얼굴의 뼈대가 늠름한 사나이라는 것을 알아볼 수 있었다.

"무슨 볼일이라도 있으신가요, 신부님?"

여주인은 벽난로 위 선반에 초를 꽂아 나란히 세워놓은 놋촛대를 하나 집어들면서 물었다.

"무얼 좀 드시겠어요? 구스베리주는 어떠세요. 그보다는 포도주를 하시겠어요?"

신부는 공손하게 사양했다. 그는 얼마 전에 에르느몽 수도원에다 놓고 간 우산을 찾으러 온 것이었다. 그것을 르프랑수와 부인에게 오늘밤 안으로 사제관까지 갖다 달라고 부탁하고, 저녁 기도 시간을 알리는 종이 울리는 성당으로 가려고 나갔다.

신부의 구두 소리가 들리지 않자 약제사는 조금 전 신부의 태도를 헐뜯기 시작했다.

"고작 마실 것 한 잔 정도를 거절하다니, 참으로 못된 위선이군. 사람이 보지 않는 데서 신부들은 모두 먹고 마시며 십일조의 시절로 되돌아가려고 하는 것 같아 보이는데."

"첫째, 저 신부님은 당신 같은 사람 넷쯤은 무릎 위에다 포개놓고 부러뜨릴 만한 힘이 있어요. 작년에도 우리 집 사람들을 거들어 볏단 나르는 것을 도와주셨는데, 여섯 묶음을 한꺼번에 짊어지시던걸요. 그만큼 힘이 세다니까요."

여주인은 신부의 역성을 들었다.

"그거 참 신통하군."

약제사는 말을 이었다.

"그럼, 그렇게 혈기 왕성한 사나이에게 젊은 따님을 고해하러 보내시는 게 좋겠군요. 만일 내가 통치하는 사람이라면 한 달에 한 번씩 신부들에게서 피를 잔뜩 뽑게 할 텐데 말입니다. 암, 그렇고 말고! 안 그래요, 부인? 이 사회의 풍기를 바로잡기 위해 매달 정맥을 끊어서 피를 뽑게 할 거요."

"그만두세요, 오메 씨! 당신은 어쩌면 그렇게 신앙심이 없지요?"

"나에게도 신앙은 있어요. 내 개인의 신앙 말입니다. 오히려 허식이나 엉터리 노릇을 하는 저 사람들보다도 훨씬 신앙이 깊다고 할 수 있지요. 나는 그들과는 반대의 신을 숭배해요. 가장 높으신 존재인 창조주를 믿고 있지요. 이름이야 뭐라고 부르든 상관없어요. 하여간 국민으로서 의무와 한 집안의 가장으로서 의무를 다하도록 우리를 이 세상에 보내신 그 조물주를 말이오. 하지만 구태여 성당을 찾아가 은접시에 입을 맞춘다든가 우리보다 더 잘 먹고 지내는 어릿광대의 무리를 내 주머니 돈으로 한층 더 배부르게 해줄 필요는 느끼지 않습니다. 신을 숭배하는 일은 숲 속에서도, 벌판에서도, 그리고 옛날 사람들처럼 푸른 하늘을 바라보면서도 할 수 있는 거예요."

약제사는 계속해서 말했다.

"내가 말하는 신은 소크라테스와 프랭클린[65]이며 볼테르[66]나 베랑제[67]의 신이오. 나는 '사보아의 보좌 신부의 신앙 고백'[68]과 1789년의 불후의 원칙[69]을 지지합니다. 그러니까 나는 지팡이를 짚고 화단을 어슬렁거리거나, 고래 뱃속에 친구들을 머물게 하거나, 외마디 소리를 지르면서 죽었다가 불과 사흘 뒤에 되살아나는 예수 따위는 인정하지 않는다는 말입니다. 그 자체가 물리학의 모든 법칙에 완전히 모순되지요. 그러니까 그것은 신부들이 여태까지 언제나 부끄러워해야 할 무지에 빠져 살며 그들과 함께 세상 사람들을 이 무지의 밑바닥으로 빠지게 하려고 한다는 것을 증명하는 거예요."

약제사는 듣는 사람이 없는지 주위를 둘러보며 잠시 말을 끊었다. 그는 너무 흥분한 나머지 마을 회의에라도 나가 있는 것 같은 착각을 일으켰던 것이다. 하지만 여주인은 이미 그의 말을 듣고 있지 않았으며 먼 곳에서 들려오는 마차 소리에 귀를 기울이고 있었다. 느슨해진 편자가 땅을 때리는 소리와 섞여 마차 구르는 소리가 분명하게 들려왔다. 잠시 후 '제비'가 가까스로 여관집 문 앞에 멈춰 섰다.

마차의 모습은 두 개의 커다란 바퀴 위에 올려놓은 노란 상자와 같았다. 바퀴가 포장 높이만큼 높이 올라와 있기 때문에 승객들은 오는 동안 길의 경치도 볼 수 없었고, 튀어오른 진흙으로 어깨는 엉

---

65) 1706~1790, 미국의 정치가이며 과학자이다. 미국 독립선언 기초위원, 헌법 제정 위원 등을 지냈으며 문학적으로 높이 평가되는 〈자서전〉을 남겼다 – 옮긴이
66) 1694~1778, 프랑스의 계몽사상가이다. 신앙과 언론의 자유를 추구하는 합리주의적인 계몽사상가로 활약하였다 – 옮긴이
67) 1780~1857, 프랑스의 시인이며 샹송 작사가로 정치적이며 풍자적인 샹송 가사를 많이 남겼다 – 옮긴이
68) 루소의 교육철학서인 〈에밀〉에 나오는 대목으로, 그는 여기에서 신자는 오로지 자신의 양심에 따를 뿐이라는 신학을 역설한다. 교회에서는 이단이라 하여 배격했다 – 옮긴이
69) 1789년 8월 26일에 발표된 인권선언에 천명된 원칙을 말한다 – 옮긴이

망이 되어 있었다. 마차에 달린 조그마한 유리창은 마차 문이 닫혀
있는 동안 틀 속에서 흔들렸고, 세찬 소나기가 쏟아져도 씻기지 않
을 만큼 오래 묵은 먼지 위에 진흙이 여기저기 튀어 있었다. 마차는
한 필의 말을 맨 앞에 세우고 그 뒤에 두 필의 말을 가지런히 세워
세 필의 말이 끌고 있었는데, 언덕의 내리막길에서 마차 뒤 끝이 덜
컹거리며 바닥이 땅에 닿곤 했다.

'제비'의 마차가 도착한다는 소식에 용빌르의 마을 사람들이 광
장으로 모여들었다. 사람들은 제각기 한마디씩 지껄여대고, 소식을
궁금해하며 사정을 묻기도 하고, 광주리를 달라는 등 소리를 질렀
다. 마부 이베르는 누구에게 먼저 대답을 해야 좋을지 몰랐다. 그는
이 동네에서 부탁을 받은 여러 가지 일들을 읍에 나가 봐주고 있었
다. 구둣방에는 둘둘 말은 가죽을, 대장간에는 고철을, 여관집 여주
인에게는 청어 한 궤짝을, 모자점에는 보닛 모자를, 이발소에는 가발
을 각각 구해다 주었다. 그리고 돌아갈 때에는 마부석 위에 일어서서
큰소리를 지르며 각각 그 보따리를 마당 울타리 너머로 던져서 배달
을 했다.

오늘은 뜻하지 않은 사고 때문에 늦어졌는데, 엠마의 그레이하운
드가 들판을 가로질러 도망갔기 때문이었다. 사람들은 15분이 넘게
휘파람을 불며 개를 찾아다녔다. 이베르도 개를 본 듯해서 왔던 길
을 2킬로미터나 되돌아갔다. 하지만 결국은 가던 길을 계속 갈 수밖
에 없었다. 엠마는 울기도 하고 화를 내기도 하면서, 이렇게 된 것은
샤를르 때문이라고 탓하기도 했다. 마차에 같이 타고 있던 양복점
주인 뢰르 씨는 없어진 개가 몇 년이 지나고도 주인을 잊지 않고 알
아보더라는 얘기를 수없이 하면서 그녀를 위로하려고 무척 애썼다.
어떤 개는 콘스탄티노플에서 파리까지 찾아온 일도 있었다는 이야
기도 했고, 또 어떤 개는 2백킬로미터나 넘는 길을 달려오며 강을 넷

이나 헤엄쳐 건넜다는 이야기도 했다. 그리고 지금 자기 아버지도
삽살개를 기르고 있는데, 잃어버린 지 12년이나 지난 어느 날 저녁
식당으로 저녁식사를 하러 가는 도중 큰길에서 갑자기 아버지 잔등
에 뛰어올랐다는 이야기를 해주었다.

2

엠마가 제일 먼저 내리고, 하녀인 펠리시테, 뢰르 씨, 그리고 유모가 차례로 마차에서 내렸다. 그러고는 구석에 있던 샤를르를 깨우지 않으면 안 되었다. 해가 지자 그는 곧 곤하게 잠이 들었던 것이다.

오메가 자기 소개를 했다. 그는 부인에게 경의를 표하고 주인에게 인사한 다음 조금이라도 도움이 될 일이 생겨 기쁘다고 말했다. 또 아내가 집에 없어 실례인 줄 알면서 자기가 나왔다고 다정하게 인사말을 덧붙였다.

부엌으로 들어간 보바리 부인은 난로 가까이 갔다. 그녀는 두 손가락 끝으로 무릎께에서 옷을 가볍게 집어 복사뼈까지 들어올리고, 꼬챙이에 양의 넓적다리 고기를 꿰어 굽고 있는 불 위로 검정 구두를 신은 발을 내밀었다. 장작불이 그녀가 입은 옷감의 올과 온 몸을 비추어 하얀 살결의 부드러운 털구멍이며 이따금 깜박거리는 속눈썹까지도 강한 빛으로 비췄다. 반쯤 열린 문틈으로 바람이 불어올 때마다 그녀 위로 새빨간 불기운이 확 스치고 지나갔다. 난로 저편에서는 금발의 한 청년이 말없이 그녀를 지켜보고 있었다.

공중인 기요맹의 사무소에서 서기 일을 보고 있는 레옹 뒤퓌 씨는 용빌르의 생활에 싫증이 나 있었기 때문에(그는 '황금사자'의 두 번째 단골손님이었다) 혹시 하룻밤 말 상대가 되어줄 손님이라도 이 여관에 나타나지 않을까 기대하며 식사 시간을 가끔 늦추면서 기다리곤 했다. 일이 일찍 끝난 날은 별다른 일도 없었기 때문에 정확한 시간에 이곳에 와서 식사가 시작될 때부터 끝날 때까지 비네와 마주앉아 있는 수밖에는 도리가 없었다. 때문에 그는 지금 막 도착한 새로운 손님들과 함께 식사를 하라는 여주인의 말에 매우 기뻐하면서 승낙했다. 사람들은 넓은 방으로 안내되었다. 르프랑수와 부인은 특별히 그곳에 4인분의 식사를 차려놓았던 것이다.

오메는 코감기가 들까 봐 염려되어 터키 모자를 그대로 쓰고 있겠다고 양해를 구했다.

"부인, 무척 피곤하시겠어요. 저 '제비' 호는 몹시 흔들리니까요."

오메는 옆자리의 보바리 부인을 돌아다보며 말했다.

"네, 그러게 말이에요. 하지만 흔들리는 것이 오히려 재미있던걸요. 저는 장소를 자꾸 바꾸는 걸 좋아하니까요."

보바리 부인이 대답했다.

"똑같은 장소에 박혀 산다는 것은 사실 지긋지긋한 일이지요."

레옹이 한숨을 내쉬며 끼어들었다.

"하지만 당신도 나처럼 항상 말을 타고 있어야만 하는 입장이 되어 보시면……."

샤를르가 레옹의 말에 대꾸했다.

"하지만……."

레옹은 보바리 부인에게 말을 걸면서 덧붙였다.

"내가 만일 그런 처지라면 말을 타는 것처럼 유쾌한 일은 없을 것 같은데요."

"무엇보다도……."

다시 오메가 끼어들었다.

"이 마을에서는 의료 행위가 별로 힘들지 않습니다. 왜냐하면 도로 상태가 괜찮아서 이륜마차를 타고 다닐 수 있고, 대체로 농민들의 살림이 넉넉하기 때문에 지불도 그만 하면 잘하는 편이죠. 의학적 관점에서 말씀드리자면 장염, 기관지염, 간장염 같은 흔한 질병 외에 수확기에 가끔 유행하는 감기가 있습니다만, 심각한 것은 별로 없고 특별한 주의를 요하는 병도 없어요. 다만, 연주창[70]이 많은데 아마도 한심스러운 농가의 위생 상태 때문일 겁니다. 그러나 보바리 씨, 당신은 틀림없이 이곳에서 여러 가지 편견과 습관에서 오는 완고하고 무지한 것과 싸우지 않으면 안 될 겁니다. 당신의 모든 학문적 노력은 이런 것들과 매일매일 부딪칠 것입니다. 하여튼 이 마을 사람들은 의사나 약제사에게 의논하기보다는 오히려 기도를 한다든지 성자의 유물[71]을 얻어온다든지 신부에게 의뢰하기 때문입니다."

그는 계속 말을 이었다.

"하지만 기후는 사실상 그렇게 나쁘지 않답니다. 이 마을에는 아흔 살이 넘도록 오래 사는 노인도 몇 분 계시죠. 온도계는 (내가 여러 차례 관측을 해보았는데) 겨울에는 4도까지 내려가지만 가장 더울 때는 섭씨 25도, 기껏해야 최고 30도밖에 안 돼요. 즉, 화씨로(영국식 눈금으로) 54도를 넘는 일은 없습니다. 한쪽으로는 아르게유의 숲이 북풍을 막아주고, 다른 한쪽으로는 생장 언덕이 서풍을 막고 있기 때문이죠. 그런데 이 더위는 강에서 증발하는 수증기가 원인이고 또 목장에 많은 가축이 있기 때문에 아시는 바와 같이 다량의 암모니아 가스, 즉 질소와 수소와 산소(질소와 수소뿐만은 아닙니다)를 발산해요. 또 무더위가 부식토의 기화물질을 끌어올리고 이것들에 여러 가

---

70) 림프샘의 결핵성 부종인 갑상선종이 헐어서 터진 부스럼이다 — 옮긴이
71) 그리스도 또는 성자의 유골이나 의류를 말한다 — 옮긴이

지 발산물이 모두 섞여 공중에 전기가 있을 때에는 그것들과 저절로 결합되어 결국 열대지방처럼 건강에 좋지 않은 독기를 발생했는지도 모르죠. 그런데 이 무더위는 오히려 그것이 불어올 방향, 즉 남쪽에서 마침 남동풍에 의해 완화되죠. 이 남동풍도 세느강을 지나면서 자연히 냉각되어 가끔 러시아의 미풍처럼 갑자기 이곳으로 불어닥치거든요."

"이 근처에 잠깐 산책할 만한 곳은 없을까요?"

보바리 부인이 레옹에게 말을 건넸다.

"아뇨, 거의 없답니다. 꼭 한 군데…… 언덕 위에 있는 숲 변두리에 목장이 있습니다. 저는 일요일에 그곳에 가죠. 책을 가지고 가서 지는 해를 바라보기도 합니다."

레옹이 대답했다.

"나는 일몰만큼 멋진 장면은 없다고 생각해요. 특히 바닷가에서 볼 때는 더욱 장관이죠."

보바리 부인이 말했다.

"오! 저는 바다를 매우 좋아해요."

레옹이 말했다.

"그리고 당신은 어떻게 생각하시죠? 저 끝없는 바다 위라면 마음은 한층 더 자유롭게 방황할 것 같지 않아요? 그것을 가만히 바라보고 있으면 영혼은 고양되어 영원이라든가 이상 같은 것도 떠오르는 것 같아요."

보바리 부인이 말을 받았다.

"그것은 산의 경치라도 마찬가지입니다."

레옹이 계속 말했다

"제 사촌형이 작년에 스위스 여행을 했었죠. 사촌형의 말을 들으면, 시적인 호수며 폭포의 매력이나 장엄한 빙하는 도저히 상상조차

할 수 없을 정도라더군요. 믿기 어려울 정도로 커다란 소나무들이 급류 위에 뻗쳐 있고, 깎아지른 듯한 절벽 위에 오두막이 걸려 있고, 구름이 걷히면 천 길 낭떠러지 밑으로 골짜기 전체가 한눈에 내려다보인다더군요. 그런 경치를 보면 틀림없이 감격에 겨워 기도하고 싶은 마음이 저절로 생기고 황홀경에 젖어들겠지요. 그래서 저는 유명한 음악가가 상상력을 자극하기 위해 언제나 장엄한 경치 앞에 가서 피아노를 치곤 했다는 이야기를 결코 이상하게 생각하지 않아요."

"당신은 음악을 하시나요?"

보바리 부인이 물었다.

"아뇨, 하지만 매우 좋아하는 편입니다."

"아뇨, 그것은 거짓말이에요, 보바리 부인."

오메가 접시 위로 몸을 구부리면서 말참견을 했다.

"지금 한 말은 순전히 겸손한 말이에요. 어떻게 된 거야, 자네! 얼마 전에 자네 방에서 '수호천사'를 아주 멋지게 부르지 않았나. 내가 약국에서 들었는데 가수 못지않던데. 아주 잘 부르던걸."

사실 레옹은 오메의 집 2층에서 하숙을 하고 있었는데, 광장으로 향한 조그마한 방이었다. 그는 집주인의 칭찬에 얼굴이 새빨개졌다. 그때 오메는 벌써 샤를르 쪽으로 돌아앉아 용빌르에 사는 유지들을 하나하나 손꼽아 가르쳐주고 있었다. 그는 여러 가지 소문이나 참고될 만한 지식을 가르쳐주기도 했다. 공증인의 재산을 정확히 아는 사람은 아무도 없다든가, 튀바슈라는 집안이 있는데 이 집 사람들이 꽤 거드름을 피운다든가 하는 말이었다.

"당신은 어떤 음악을 좋아하시죠?"

보바리 부인이 다시 물었다.

"그야 독일 음악이지요. 꿈을 꾸게 하는 음악 말이에요."

"이탈리아 가극을 잘 아시나요?"

"아직 모릅니다. 그러나 내년에는 볼 수 있어요. 법률 공부를 하러 파리로 가니까요."

"이것은 지금 의사 선생님에게도 말씀드린 것이지만……."

오메는 다시 보바리 부인을 향해 말했다.

"저 가엾은 야노다[72]가 도망쳐서 말이에요. 그 사나이가 신분에 맞지도 않는 호사를 했기 때문에 부인께서는 이 용빌르에서도 가장 살기 좋은 집에 사시게 된 거죠. 그 집이 의사에게 특히 더 편리한 점은, 골목길에 문이 나 있어서 환자들이 남의 눈에 띄지 않고 출입할 수 있거든요. 그뿐 아니라 집 구조도 아주 편리하게 되어 있답니다. 세탁실, 조리대가 붙어 있는 부엌, 거실, 과일 저장고 등…… 그 야노다란 사나이는 제법 호강을 했답니다. 마당 깊숙한 연못 곁에 정자를 지어 놓고 여름에 그곳에서 맥주 한 잔 마시는 것이 취미였죠. 그러니 부인께서 만약 원예에 취미가 있으시다면……."

"집사람은 그런 것에는 별로 흥미가 없답니다. 아무리 운동을 권해도 언제나 방 안에 틀어박혀 책읽는 것을 더 좋아하죠."

샤를르가 말했다.

"저도 그래요."

레옹이 말을 받았다.

"밤에 책을 들고 난롯가에 앉아 있는 것처럼 즐거운 일은 없겠지요. 바람이 유리창을 두드리고 등불이 타고 있을 때……."

"정말 그래요"

보바리 부인은 까맣고 커다란 두 눈으로 그를 쳐다보며 말했다.

"아무것도 생각하지 않은 채 시간이 흘러가 버립니다. 가만히 앉아서 여러 나라를 돌아다니고, 눈앞에 떠오르는 생각이 소설과 함께 뒤얽혀 자질구레한 묘사까지 즐기기도 하고, 사건의 기발한 줄거리

---

72) 샤를르가 오기 전 용빌르에서 개업했던 의사를 말한다 ─ 옮긴이

를 뒤쫓기도 하지요. 또 내 생각이 작중의 인물과 하나가 되어 내가 그 인물들의 옷을 입고 움직이는 것 같은 생각이 들기도 하죠."

레옹이 말했다.

"정말 그대로예요. 정말이에요."

보바리 부인이 맞장구를 쳤다.

"부인께서도 이따금 책을 보시면서 예전에 막연하게 생각했던 일이며, 아득한 옛날에서 되살아온 듯한 희미한 모습을 만나거나, 자신의 가장 미묘한 감정이 그대로 쓰여 있는 것 같다고 생각한 적이 있으십니까?"

"그런 느낌을 맛보았어요"

보바리 부인이 대답했다.

"그래서 저는 시가 좋습니다. 시는 산문보다 감정이 섬세하고 한층 더 눈물을 자아내게 하지요."

레옹이 말했다.

"하지만 시는 언젠가는 싫증이 나죠. 그래서 저는 지금은 오히려 단숨에 읽어버릴 수 있고, 읽으면서 아슬아슬한 생각이 드는 이야기가 좋아요. 일상생활에 흔히 있는 평범한 인물이나 하다 만 것 같은 미지근한 감정은 싫어요."

보바리 부인이 약간의 반론을 제기했다.

"맞아요……."

조심스러운 어투로 레옹이 말을 이었다.

"그런 작품은 사람들의 마음을 울려줄 수도 없고 예술의 진정한 목적에서도 벗어난 것이겠죠. 인생의 여러 가지 환멸 속에서 상상으로나마 숭고한 성격이라든가 순수한 사랑이라든가 행복에 충만된 장면을 머릿속에 그리며 마음으로 좇을 수 있다는 것은 얼마나 즐거운 일입니까? 저처럼 세상과 동떨어져 이런 곳에 혼자 사는 사람에게는 그것이 유일한 즐거움이랍니다. 사실 이 용빌르라는 곳은 마음을 줄 만한 것이라곤 없는 곳이니까 말이에요."

"토트하고 같은 모양이군요. 그래서 저는 그곳에서는 언제나 대본(貸本) 집에서 책을 빌려 읽었어요."

보바리 부인이 다시 말을 받았다.

"만약 부인께서 이용해 주신다면……."

보바리 부인의 마지막 말꼬리를 귀담아 듣던 오메가 끼어들었다.

"제게도 볼테르라든가 루소[73], 드릴[74], 월터 스콧이든가 〈에코 드 푀이유통〉[75] 같은 일류 작가의 작품을 모아놓은 서재가 있습니다. 그 밖에도 정기적으로 간행되는 신문과 잡지들도 많이 받아보고 있습니다. 그중에서도 〈루앙의 등불〉은 매일 옵니다. 실은 제가 이 신문의 뷔쉬, 포르주, 뇌샤텔, 용빌르와 그 근처의 특파원이거든요."

그들은 두 시간 반이나 식탁에 앉아 있었다. 심부름하는 아르테미즈가 헝겊으로 된 실내화를 느릿느릿 끌면서 요리 접시를 하나씩 날라오는 데다 이것저것 잊어버리기 일쑤였으며 도무지 시키는 것을 잘 알아듣지 못하기 때문이었다. 게다가 당구실 출입문을 제대로 닫지 않아서 손잡이가 벽에 부딪치며 덜거덕거리곤 했다.

이야기를 하는 동안 레옹은 자기도 모르는 사이에 보바리 부인이 앉아 있는 의자의 가름나무에 발을 올려놓고 있었다. 그녀는 푸른 빛의 자그마한 깃 장식을 달고 있었는데, 그것이 볼록볼록 주름 잡힌 깃을 마치 프레즈[76]처럼 똑바로 세우고 있었다. 그녀가 머리를 움직일 때마다 그녀의 턱은 옷 속에 살짝 파묻히기도 하고 아름답게

---

73) 1712~1778, 프랑스의 작가이자 사상가로, 이성보다는 감정을 중요시하는 낭만주의의 기초를 마련했다 – 옮긴이
74) 1818~1894, 프랑스의 고답파(高踏派) 시인으로, 낭만파의 감상을 배격하고 냉정하고 객관적인 태도로 장중한 미(美)의 세계를 읊었다 – 옮긴이
75) 신문의 문화면 기사를 요약한 것을 말한다 – 옮긴이
76) 앙리 4세 시대에 유행하던 넥타이이다 – 옮긴이

드러나기도 했다. 샤를르와 오메가 이야기하고 있는 동안 보바리 부인과 레옹은 이렇게 가까이 다가앉아 무심코 건네는 이야기가 공감의 핵심 속으로 이끌리는 것 같은 끝없는 대화를 주고받았다. 파리의 연극, 소설의 제목, 새로운 댄스, 심지어 그들이 알지도 못하는 사교계, 그녀가 살던 토트의 거리, 지금 있는 용빌르에 관하여 그들은 식사가 끝날 때까지 여러 가지 일에 대해 이야기했다.

커피가 나왔을 때 펠리시테는 새로 살게 된 집의 잠자리를 준비하기 위해 먼저 일어났고, 얼마 후 회식을 하던 사람들도 자리에서 일어섰다. 르프랑수와 부인은 난로 곁에서 졸고 있었고, 외양간지기는 한쪽 손에 등불을 들고 보바리 부부를 새집까지 안내하기 위해 기다리고 있었다. 붉은 머리카락에 지푸라기가 묻어 있는 그는 왼쪽 다리를 절었다. 그가 다른 한쪽 손에 신부님의 우산을 집어들자 사람들은 모두 걷기 시작했다.

거리는 잠들어 있었다. 공동시장의 기둥들은 기다란 그림자를 던지고, 땅바닥은 마치 여름밤처럼 완연한 잿빛이었다.

의사의 집은 여관에서 겨우 쉰 발자국 정도 떨어진 곳에 있었기 때문에 곧 작별 인사를 하지 않으면 안 되었다. 작별 인사를 나눈 후 모두들 뿔뿔이 헤어졌다.

엠마는 현관에 들어서는 순간, 칠 먹인 회벽의 싸늘한 냉기가 젖은 천같이 두 어깨 위로 내려앉는 듯했다. 벽은 산뜻했지만 나무 층계는 삐걱거렸다. 위층 침실에는 희끄무레한 빛이 커튼 없는 창문을 통해 들어오고 있었다. 나무들의 꼭대기 줄기가 보이고 또 그 너머에는 절반 가량 안개에 가라앉은 목장이 냇물의 흐름을 따라 달빛 아래로 마치 연기를 내뿜는 것처럼 희미하게 보였다. 방 한가운데는 옷장 서랍이며 병이며 커튼 받침대며 도금한 막대기들이 흩어져 있었고, 침대 시트는 의자 위에, 대야는 마루에 어질러져 있었다. 가구를 운반한 두 남자가 그것들을 아무렇게나 내버려두고 가버린 모양이었다.

엠마가 생소한 장소에서 자는 것은 이번이 네 번째였다. 처음은 수도원에 들어간 날이었고, 두 번째는 토트에 도착했을 때였고, 세 번째는 보비에사르에서였으며, 네 번째가 바로 오늘이었다. 그때마다 엠마의 생활에 새로운 일이 시작되곤 했다. 그녀는 다른 장소에서 똑같은 일이 일어나리라고는 믿고 싶지 않았다. 오늘까지 겪어온 생활이 좋지 않았으니 아마 새로 시작되는 이제부터의 생활은 틀림없이 좀 더 행복할 것이라고 생각했다.

3

다음 날 아침, 눈을 뜬 엠마는 광장에 있는 서기를 보았다. 그녀는 잠옷을 입고 있었다. 서기는 고개를 들어 인사를 건넸고, 그녀도 가볍게 머리를 숙인 다음 곧 창문을 닫았다.

레옹은 그날 종일토록 저녁 6시가 되기만을 기다렸다. 마침내 시간이 되자마자 여관에 들어섰지만 비네 씨만이 혼자 식탁에 앉아 있을 뿐이었다.

어젯밤 만찬은 레옹에게 있어 하나의 사건이었다. 지금까지 그는 부인을 상대로 두 시간씩이나 계속 이야기한 일이 한 번도 없었다.

'예전에는 그렇게 술술 이야기를 할 수 없었는데 어떻게 그렇게 멋진 말을 그분에게 늘어놓을 수 있었을까?'

그는 내성적인 성격으로 부끄러움을 탔으며, 뭔가를 감추고 있는 듯한 조심성을 지니고 있었다. 용빌르 사람들은 그런 그의 태도를 품위 있는 행동이라고 생각했다. 그는 주책없이 떠드는 노인들의 말을 얌전하게 듣고, 정치 문제에 열을 올리지 않았다. 이것은 젊은 사람에게는 신기한 일이었다. 게다가 그에게는 다소의 재능이 있어 수채화도 그리고 악보도 읽을 줄 알았으며, 저녁식사 후 카드 놀이를 하지 않을 때에는 문학에 몰두했다. 오메 씨는 이 청년의 교양에 경의를 품었고, 오메 부인은 그의 다정한 마음 씀씀이를 좋아했다. 또한 지저분하고 가정교육이 좋지 못한데다 어머니를 닮아 약간 신경질적인 오메의 아이들과 뜰에서 곧잘 놀아주었기 때문이다. 그 집에서는 아이들의 시중을 들어주기 위해 하녀 외에 쥐스텡이라는 약국 견습생을 두었다. 쥐스텡은 오메 씨의 먼 친척으로, 아이를 가엾게 여겨 데려오기는 했지만 거의 하인처럼 부렸다.

약제사는 이웃으로서 더없이 친절했다. 그는 보바리 부인에게 물건을 사는 곳은 어디가 좋고, 일부러 자기네 사과주 장수를 보내 자신이 먼저 맛을 보고는 술창고에 들어가 술통을 올바로 놓는 것까지 감독하는 식이었다. 또 버터를 싸게 살 수 있는 방법을 가르쳐주기도 하고, 성당지기인 레스티부드와와 교섭하는 일을 거들어주기도 했다. 그는 성당지기와 묘지기 일을 보는 것 외에도 사람들의 취미에 따라 시간제 또는 일년제로 용빌르의 주요 정원들을 손질해 주었기 때문이다.

약제사가 이렇게 친근하게 구는 이유는 그가 남을 잘 도와주는 성격이기도 했지만 속으로 한 가지 노리는 것이 있었기 때문이었다.

그는 예전에 혁명력 제11년 풍월[77] 19일(1803년 3월 8일)에 발표한 법률 제1조에 위반한 일이 있었다. 이것은 면허가 없는 사람이 의료 행위를 해서는 안 된다는 것이었는데, 밀고를 당한 오메는 루앙의 검사실로 소환되었다. 검사는 흰 담비 가죽을 어깨에 걸치고, 머리에는 법모를 쓴 채 그를 맞았다. 아직 법정이 열리기 전인 오전 중의 일이었다. 복도에서는 오가는 헌병의 둔중한 군화 소리가 들렸고, 멀리서는 커다란 자물쇠를 채우는 듯한 소리가 들려왔다. 약제사의 두 귀에서는 당장에 뇌일혈로 졸도하는 것이 아닌가 여겨질 만큼 윙윙 소리

---

77) 프랑스 공화력의 제6월. 2월 20일부터 3월 19일까지를 말한다 ─ 옮긴이

가 났다. 깊은 지하감옥, 눈물에 젖은 가족들과 남에게 약국이 팔리는 광경, 여기저기 약병들이 흩어져 있는 모습이 눈앞에 어른거렸다. 그는 기운을 내기 위해 카페에 가서 셀츠 수에다 럼주 섞은 것을 한잔 마시지 않으면 안 될 정도였다.

그때 혼났던 기억도 조금씩 희미해지면서 예전과 같이 가게 뒤에서 효력도 없는 진찰을 계속하고 있었다. 그러나 면장도 그것을 좋지 않게 여겼고, 동업자들의 시기도 있었기 때문에 언제 어떻게 될지 알 수 없었다. 그래서 보바리 부부에게 친절히 대해 주어 보바리 씨로 하여금 자기와는 떨어질 수 없도록 친분을 쌓고, 이렇게 은혜를 입혀 두었다가 만약 나중에 눈치를 채더라도 다른 사람들에게 이야기하는 일이 없도록 만들어 놓으려는 계산이었다. 그래서 그는 매일 아침마다 전에 말했던 신문을 가져다주었으며, 이따금 오후에는 잠시 약국을 비우고 의사와 잡담을 나누려고 찾아가기도 했다.

샤를르는 매우 언짢은 기색이었다. 도무지 환자가 오지 않았던 것이다. 그는 몇 시간씩 말도 하지 않고 가만히 앉아 있기도 했고, 진찰실에 가서 낮잠을 자기도 했으며, 때로는 아내가 바느질하는 것을 가만히 바라보기도 했다. 지루함을 보내기 위해 힘든 일을 하기도 했고, 칠장이가 깜박 잊고 놓고 간 남은 페인트로 광을 칠해 보기도 했다. 하지만 문제는 돈이었다. 토트의 집 수리 비용이며 아내의 의상값이며 이사 비용으로 지출했기 때문에 2년 동안 3천 에퀴[78] 이상이나 되는 아내의 지참금을 모두 없애버렸다. 게다가 토트에서 용빌르로 운반하는 도중에 물건이 얼마나 상하고 없어졌는지 모른다. 신부의 석고상만 하더라도 켕캉푸아의 보도 위에서 짐마차가 몹시 흔들리는 바람에 산산조각이 나 버렸다.

무엇보다도 가장 즐거운 걱정거리가 생겨 그의 마음을 산란하게

---

78) 16~17세기까지 프랑스에서 사용되던 은화를 말한다 – 옮긴이

만들었다. 바로 아내의 임신이었다. 해산달이 가까워짐에 따라 그는 더욱더 아내를 소중히 했다. 새로운 육체의 인연이 생긴다는 것은 이전보다 더 복잡하게 결합되는 감정이었다. 힘들어 보이는 아내의 걸음걸이, 코르셋도 하지 않은 허리 위를 귀찮은 듯이 돌리는 모습을 멀리서 볼 때, 또는 마주앉아 천천히 아내를 바라다볼 때, 그녀가 팔걸이의자에서 매우 피로한 듯한 자세를 취할 때 그는 복받치는 행복감을 누를 수가 없었다. 그는 일어나서 아내를 껴안기도 하고 얼굴을 어루만져 주기도 하고 귀여운 엄마라고 불러보기도 했다. 또한 그녀에게 춤을 추게 하기도 하고 가슴에 떠오르는 여러 가지 다정한 농담을 절반은 웃고 절반은 울면서 말했다. 자신의 아기가 태어난다고 생각하면 기뻐서 견딜 수가 없었다. 이제는 아무것도 부족한 것이 없었다. 인생의 전부를 완전히 경험한 것이다. 그는 참으로 상쾌한 마음으로 인생의 식탁에 앉아 두 팔꿈치를 괴었다.

엠마는 처음에 매우 놀랐지만 이윽고 어머니가 된다는 것이 어떠한 것인지 알고 싶어 하루빨리 아기를 낳아보고 싶었다. 그러나 자기 마음대로 돈을 쓸 수가 없어 장밋빛 비단 커튼이 달린 조그마한 배 모양의 요람이라든지 수놓인 아기 모자를 살 수가 없었다. 화가 난 그녀는 아기에게 필요한 것들을 자신의 손으로 장만하는 것을 단념했다. 그리고 홍정도 하지 않은 채 마을의 옷 만드는 여자에게 모조리 맡기거나 한꺼번에 주문해 버렸다. 때문에 세상의 여느 어머니들이 기쁜 마음으로 장만하는 출산 준비에 대한 즐거움도 그녀는 제대로 즐겨보지 못했다.

이런 일로 해서 아기에 대한 그녀의 애정이 처음 얼마간은 시들해져 버렸는지도 모른다. 그러나 샤를르가 식사 때마다 아기 이야기를 하는 바람에 그녀도 전보다는 좀 더 그 일을 진지하게 생각하게 되었다.

엠마는 사내아이를 갖고 싶었다. 게다가 튼튼한 체격과 갈색 머리의 아들이면 더 좋을 것 같았다. 그리고 이름은 조르주라고 지으리라 생각했다. 아들을 낳고 싶다는 생각은 과거 그녀의 모든 무기력했던 일들에 대한 보상 심리였다. 아무튼 남자들은 자유롭다. 남자는 모든 정열의 세계와 여러 나라를 돌아다닐 수 있고, 모든 장애를 뛰어넘고 아무리 멀리 떨어져 있는 행복이라도 야심을 품을 수 있는 것이다. 하지만 여자는 언제나 방해를 받기만 한다. 무기력해서 남이 말하는 대로 되기 쉬운 여자는 육체의 연약함과 제도상의 속박에 묶여버린다. 여자의 의지는 마치 끈으로 매달아놓은 베일처럼 바람 부는 대로 나부낀다. 언제나 무언가의 욕망에 이끌리고, 어떤 체면에 의해 규제를 받고 있는 것이다.

엠마는 어느 일요일, 해가 뜰 무렵인 아침 6시쯤에 해산했다.

"딸이군."

샤를르가 말했다. 엠마는 얼굴을 외면하고 정신을 잃었다. 오메 부인이 즉시 '황금사자'의 르프랑수와 부인과 함께 달려와 산모에게 키스했다. 약제사는 신중한 태도를 보이며 반쯤 열려 있는 문틈으로 우선 짧은 인사말만 했다. 그는 어린아이를 언뜻 보고는 매우 잘생겼다고 칭찬을 했다.

산후 조리를 하는 동안 엠마는 딸아이의 이름을 무엇으로 지을 것인가에 무척 마음을 썼다. 처음에 그녀는 이탈리아식 어미(語尾)를 가진 클라라라든지 루이자라든지 아망다라든지 아탈라 같은 이름들을 생각했다. 갈쉬앵드도 무척 마음에 들었고, 이죌르와 레오카디 같은 이름은 한층 더 마음에 들었다. 샤를르는 자기 어머니의 이름을 붙여주고 싶어했지만 엠마는 반대했다. 두 사람은 성자의 이름이 적힌 달력을 한 장 한 장 처음부터 끝까지 조사하기도 하고 남들과 의논하기도 했다.

"샤를르 씨……."

약제사인 오메가 그를 부르며 말을 이었다.

"지난번에 레옹 군과 그 일로 의논했는데, 그는 어째서 지금 한창 유행하고 있는 마들렌느라는 이름을 쓰지 않는지 모르겠다고 하더 군요."

그러나 보바리 노부인은 그처럼 죄 많은 여인의 이름은 안 된다고 극구 반대했다. 오메 씨 자신은 위인이나 유명한 업적이나 고귀한 사상을 연상시키는 이름을 좋아했기 때문에 자기의 네 아이들에게 도 그러한 방침에 따라 이름을 붙였다. 즉 나폴레옹은 영광을, 프랭 클린은 자유를 상징한다. 이르마는 아마도 당대의 낭만주의 문예사 조를 물려받았음을 뜻하는 것으로 보이며, 아탈리[79]는 프랑스 연극 계의 불후의 최고 걸작에 바치는 경의였다. 원래 그의 철학적 신조 는 예술적인 감탄과 모순되지 않았고, 사상가는 감성이 풍부한 인간 을 억압하지 않는 것이었다. 그는 상상과 광신을 구별해서 각각의 영역을 인정할 줄 알았다.

예를 들면, 비극 〈아탈리〉의 사상은 비난했지만 문체만은 찬양했 다. 전체의 내용을 비난하면서도 세부적인 것은 칭찬했다. 그리고 인물에 대해서는 격분하면서도 그들의 대화에는 감격했다. 그는 명 문구를 읽을 때면 황홀해지곤 했다. 그러나 성직자들이 돈 버는 데 이런 것들을 이용한다고 생각하면 분해서 참을 수가 없었다. 이와 같이 여러 가지로 마음이 혼란했기 때문에 그로서는 자기의 두 손으 로 라신느에게 월계관을 씌워주고 싶기도 하고, 또 이 작자와 잠시 동안이라도 토론하고 싶은 생각도 드는 것이었다.

드디어 엠마는 보비에사르 저택에서 후작부인이 어떤 젊은 부인

---

79) 프랑스의 극작가 라신느(1639~1699)의 최후의 걸작으로, 1691년에 발표한 5막으로 이루 어진 비극이다 - 옮긴이

을 베르트라고 부르던 것이 생각났다. 그녀는 즉시 그 이름을 따기로 했다. 그리고 루오 노인은 올 수가 없었기 때문에 오메 씨에게 대부가 되어 달라고 부탁했다. 그는 자기 가게에서 만들어내는 물건들을 있는 대로 선물로 가지고 왔다. 기침을 막는 사탕 대추 여섯 상자와 쌀, 감자 전분, 설탕, 코코아 등으로 만든 식용 가루 한 항아리, 분홍색 접시꽃으로 만든 크림 세 통, 게다가 벽장 속에서 찾아낸 얼음 사탕 여섯 개 등이었다.

축하식 날 저녁에는 성대한 연회가 열렸다. 본당 신부도 초대되었으며 모두들 들떠 있었다. 오메 씨는 식후의 리큐르가 나올 무렵 '보통 사람들의 하느님'[80]이라는 노래를 불렀고, 레옹 씨는 '뱃노래'를, 대모가 된 보바리 노부인은 제정시대의 사랑 노래를 불렀다. 끝으로 엠마는 억지로 갓난아이를 데려오게 하여 아이의 머리에 샴페인을 뿌리며 세례식 흉내를 냈다. 사제인 부르니지앙 신부는 신성한 종교 행사를 우롱당했다며 분개했고, 엠마는 〈신들의 싸움〉[81]을 인용하면서 응수했다. 이에 자리를 박차고 일어난 신부가 나가려고 하자 부인들이 애원하다시피 붙들었고, 오메 씨는 그들 사이에 끼어들어 말렸다. 그리하여 간신히 신부를 제자리에 앉힐 수 있었고, 이내 침착해진 신부는 마시다 만 작은 커피 잔을 들어올렸다.

샤를르의 아버지는 그로부터 한 달 가량 용빌르에 머물렀다. 그는 매일 아침 은색 장식줄이 달린 화려한 군모를 쓰고 광장에 나가 파이프 담배를 피워서 마을 사람들을 놀라게 했다. 또한 그는 브랜디를 마구 마시는 버릇 때문에 종종 하녀를 '황금사자'에 보내 한 병씩 가져오게 하고 계산은 아들에게로 돌렸다. 그리고 목에 감은 엷은 비단 스카프에 며느리의 향수를 있는 대로 뿌리며 모두 써버렸다.

---

80) 베랑제의 작품으로 당시에 대단히 유행했던 노래이다 ― 옮긴이
81) 프랑스 집정 내각 시대의 시인 파르니(1753~1814)의 반종교적 시이다 ― 옮긴이

엠마는 시아버지를 그다지 싫어하지 않았다. 노인은 여러 나라를 두루 돌아다닌 사람이었다. 베를린, 비엔나, 스트라스부르크에서의 일이며, 장교 시절의 이야기, 또는 관계했던 옛날 정부의 이야기, 그가 개최했던 대연회의 이야기 등을 해주기도 했다. 또 친절한 모습도 보여주었다. 이따금 계단이나 뜰에서 며느리의 허리를 안으면서 이렇게 외치기도 했다.

"아가야, 조심하거라."

보바리 노부인은 아들의 행복을 위해 염려하는 마음을 갖게 되었고, 시간이 지날수록 남편이 젊은 며느리의 사고방식에 좋지 않은 영향을 주지는 않을까 걱정하여 급히 돌아가기로 했다. 남편은 어떤 무례한 일이라도 할 수 있는 인물이었기 때문이다.

어느 날 엠마는 목수의 아내인 유모에게 맡겨진 딸아이가 갑자기 보고 싶어졌다. 그래서 해산 후 모든 일을 삼가야 하는 6주일의 근신 기간[82]이 지났는지 확인도 해보지 않고 롤레의 집으로 향했다. 그 집은 마을 변두리 언덕 밑 큰길과 목장 사이에 있었다.

마침 정오 때였다. 집집마다 덧문이 닫혀 있었고, 푸른 하늘의 강한 햇빛을 받아 번뜩이고 있는 슬레이트로 지붕들이 박공 꼭대기에 섬광을 비추는 것처럼 보였다. 답답한 바람이 불고 있었다. 걸음을 옮기던 엠마는 정신이 아득해지는 듯했다. 길거리의 조그마한 돌만 밟아도 아팠다. 그녀는 차라리 다시 집으로 돌아갈까, 아니면 어디든 들어가서 쉴까 하고 망설였다.

그때 마침 서류 뭉치를 옆구리에 낀 레옹 씨가 어떤 집에서 나오는 모습이 보였다. 그는 가까이 다가와 인사를 하고 뢰르 씨의 가게

---

82) 성탄에서부터 예수 봉헌 축일(2월 2일) 사이의 6주간을 본떠서 산모에게도 비슷한 기간 동안 육체노동을 삼가도록 권하고 그 기간이 끝나는 날에 산모의 감사식을 올리기도 한다 — 옮긴이

앞에 비죽 나온 잿빛 차양 그늘로 들어섰다.

보바리 부인은 딸아이를 보러 가는 길인데 무척 피곤해졌다고 말했다.

"혹시……."

레옹은 입을 열었지만 다음 말을 계속할 용기가 없었다.

"어디 볼일이라도 있나요?"

그녀가 물었다. 레옹 씨가 없다고 대답하자 그녀는 함께 가주지 않겠느냐고 부탁했다.

이러한 사실이 저녁 나절에는 이미 용빌르 마을 전체에 퍼져 있었다. 튀바슈 면장부인은 자기 집 하녀 앞에서 똑똑히 말했다.

"보바리 부인이 손가락질을 받는 처신을 하고 있어."

유모네 집에 가려면 거리를 지나 묘지로 갈 때와 마찬가지로 왼쪽으로 돌아 조그마한 집들과 마당 사이의 쥐똥나무 가로수가 있는 좁은 오솔길을 따라 일직선으로 가야만 했다. 쥐똥나무는 물론 개불알풀, 들장미, 쐐기풀, 그리고 숲 속에서 뻗어나와 있는 딸기나무들에도 모두 꽃이 피어 있었다. 농가의 마당에 돼지가 퇴비 더미 위에 누워 있는 모습과 끈이 매어져 있는 암소가 나무줄기에 뿔을 비벼대고 있는 모습이 울타리 구멍으로 보였다.

두 사람은 어깨를 나란히 하고 조용히 걸음을 옮겼다. 그녀는 그에게 몸을 약간 기대었고, 그는 그녀의 발걸음에 맞추어 천천히 걸었다. 더운 공기 속에서 파리 떼가 윙윙 소리를 내며 두 사람 앞을 날아다녔다. 마침내 그늘을 드리우고 있는 오래된 호두나무를 보고 유모의 집을 찾을 수 있었다. 그 집은 갈색 기와를 얹은 나지막한 집으로, 다락방의 채광창 밑에는 염주처럼 양파를 주렁주렁 엮어 걸어 놓았다. 울타리는 가시로 만들어 놓았고, 그곳에 세워져 있는 땔나무 묶음이 네모난 상추밭과 몇 그루의 라벤더와 받침대 위에 놓인 꽃이 핀 완두콩을 둘러싸고 있었다. 또한 더러운 물이 풀 위를 흐르고 있었는데, 그 주위로 정체를 알 수 없는 누더기와 손으로 짠 양말과 붉은 인도 옥양목으로 된 부인용 윗도리 그리고 두꺼운 홑이불들이 울타리에 널려 있었다. 울타리 문을 여는 소리에 유모가 아기를 안고 젖을 먹이면서 나타났다. 다른 한 손에는 종기가 잔뜩 난 약해 보이는 사내아이를 데리고 있었다. 루앙에서 내복 장사를 하는 부부의 아들이었는데, 장사 일로 바쁘기 때문에 맡겨진 것이었다.

"어서 들어오세요. 따님은 저쪽에서 자고 있어요."

유모가 인사를 건네며 두 사람을 맞았다.

이 집에는 방이 하나밖에 없었다. 벽 옆에 커튼이 없는 커다란 침대가 하나 놓여 있고, 맞은편 창 쪽에는 밀가루 반죽을 하는 통이 자리를 차지했다. 그리고 유리창 한 장은 둥그런 푸른 종이를 발라 깨진 곳을 막아놓았다. 문 뒤쪽 구석에는 징을 박아 번쩍거리는 목이 조금 긴 구두 몇 켤레가 빨랫돌 밑에 나란히 놓여 있었다. 바로 그 옆에는 가느다란 주둥이에 새털을 하나 꽂아 놓은 기름 담긴 병이 하나 있었다. 먼지가 뽀얗게 내려앉은 벽난로 선반 위에는 마티외 랑스베르그 달력[83]이 부싯돌, 양초 토막, 부싯깃 부스러기 등과 함께 흩어져 있었다. 끝으로 아무래도 이런 방에는 전혀 어울릴 것 같지 않은 명성(名聲)의 여신[84]이 나팔을 부는 그림이었다. 아마도 이것은 향료상점의 어떤 광고에서 오려낸 것으로, 나막신에 박는 여섯 개의 못으로 벽에 박혀져 있었다.

엠마의 아기는 마루 위에 놓인 버드나무로 만든 요람 속에서 잠자고 있었다. 그녀는 이불 포대기에 싸여 있는 아기를 이불째 안아올

---

83) 벨기에의 리에쥬에서 발행하던 달력으로 기상예보, 농사 절기, 천문, 장이 서는 날, 요리법, 순교자들의 생애 등에 관한 정보들이 수록되어 있다 — 옮긴이

84) 그리스·로마 신화에 등장하는 소문의 화신이다. 눈·귀·입을 100개씩 지닌 괴물로 신들이나 인간들의 비밀을 퍼뜨린다고 한다 — 옮긴이

리고 몸을 좌우로 흔들며 조용히 노래를 부르기 시작했다.

그러는 동안 레옹은 하릴없이 방 안을 서성거렸다. 이렇게 누추한 곳에서 비단 옷을 입은 아름다운 사람을 보고 있다는 것이 이상스러워 견딜 수가 없었다. 보바리 부인은 얼굴이 빨개졌다. 레옹은 혹시 자기의 눈길이 무례한 짓이라도 했나 싶어 고개를 돌렸다. 보바리 부인은 아기가 턱받이 위에 뭔가를 토해 깃을 더럽히자 다시 제자리에 눕혔다. 곧 유모가 달려와 아무것도 아니라고 변명하면서 더러워진 곳을 닦았다.

"저는 언제나 이래요……. 그래서 아기를 닦아주느라고 꼬박 붙어 있답니다. 저어…… 잡화상 집 카뮈에게 이따금 제가 필요할 땐 비누를 가져올 수 있도록 말씀 좀 해주세요. 그렇게 하면 마님께도 귀찮게 해드리지 않아 편리하니까요"

"알았어요, 그렇게 하죠. 그럼 안녕히 계세요!"

대답을 한 엠마는 문턱에서 발을 닦고 밖으로 나왔다. 유모는 마당 끝까지 배웅하면서 한밤중에 일어나야 하는 고생스러움에 대해 호소했다.

"그래서 가끔 의자에 앉은 채 저도 모르게 잠이 들곤 한답니다. 그러니 가루 커피를 반 파운드만 사주시면 말이죠, 그것으로 한 달은 충분하거든요. 매일 아침 우유에 타서 먹을 수 있을 테니까요."

유모의 공치사를 한참 동안 듣고 나서야 보바리 부인은 그 자리를 떠날 수 있었다. 오솔길을 조금 지났을 때 나막신 소리가 들려 돌아다보니 유모였다.

"무슨 일이에요?"

느릅나무 그늘로 엠마를 데리고 간 그녀는 남편 이야기를 끄집어냈다.

"남편은 장사 외에도 1년에 6프랑의 수입이 있었는데 그것을 소방장(消防長)이……."

"그래서 어쨌다는 거예요? 빨리 말하세요."

엠마가 재촉했다.

"그렇기 때문에……."

유모는 한마디 한마디에 한숨을 내쉬며 대답했다.

"제가 혼자서 커피를 마시는 것을 보면 주인도 풀이 죽을 것 같아서요. 뭐니 뭐니 해도 남자란……."

"주겠다고 했으니 그럼 됐잖아요?……귀찮게 구는군요."

엠마의 목소리가 조금 높아졌다.

"사실은…… 남편이 다친 후로는 가슴이 몹시 아프답니다. 게다가 사과주만 자꾸 마시면 몸이 약해진다고 그러지 않겠습니까?"

"빨리 말해 봐요, 롤레 아줌마!"

"결국……."

유모는 공손하게 절을 한 번 하고 말을 이었다.

"대단히 염치없는 말씀입니다만……."

유모는 또다시 절을 하고 말했다.

"형편 좋으실 때에……."

마침내 유모는 애원하는 눈초리로 이렇게 말했다.

"브랜디를 한 병만. 그렇게 해주시면 아기 발도 문질러 드릴 수 있고요. 정말 혓바닥처럼 부드러운 발이거든요."

가까스로 유모를 쫓아버리고 엠마는 레옹의 팔을 잡았다. 그녀는 한동안 빠른 걸음으로 걸었다. 그리고 걸음을 늦추자, 앞쪽을 보고 있던 그녀의 시선이 문득 청년의 어깨에 멈추었다. 그의 프록코트에는 까만 벨벳 깃이 달려 있었고, 머리는 단정하게 빗겨져 그 깃 위에 얹혀 있었다. 그의 손톱은 용빌르에서 사는 사람들에게서는 본 적이 없을 만큼 길게 다듬어져 있었다. 손톱 손질은 서기의 커다란 관심사 중 하나였다. 손톱을 다듬는 데에만 쓰는 조그만 칼이 그의 필기 도구 속에 들어 있을 정도였다.

두 사람은 개울을 따라 용빌르로 돌아왔다. 더운 계절이 되면 강 둑이 넓어져 마당의 돌담 밑까지 훤하게 드러나 보이고, 거기에 강으로 내려가는 낮은 돌층계가 있었다. 시냇물은 빠르고 시원하게 조용히 흐르고 있었다. 길고 힘없는 풀들이 흐르는 물에 밀린 채 모두 엎드려서 마치 버려진 녹색의 머리카락처럼 투명한 물속에 휩쓸리고 있었다. 이따금 동심초 끝이나 수련 잎사귀 위를 다리가 가느다란 곤충이 기어다니거나 앉아 있기도 했다. 햇살은 조그맣게 부서지고, 계속 흐르는 냇물이 파란 물방울을 말갛게 비치고 있었다. 나뭇가지가 다 없어진 늙은 버드나무가 잿빛 나무껍질을 물에 비추고 있었다. 맞은편 일대의 목장은 텅 비어 있었다. 마침 농가는 저녁식사 시간이어서 걸어가는 여인과 동반한 사나이의 귀에 들려오는 것은 오솔길 흙을 밟는 자신들의 발자국 소리와 그들이 주고받은 말과 엠마 주위에서 사락사락 스치는 옷자락 소리뿐이었다.

깨진 병조각을 심어놓은 마당을 둘러싼 담벽락은 온실의 유리창처럼 따뜻했다. 벽돌 사이에 계란풀이 새롭게 돋아나고 있었다. 보바리 부인이 지나가면서 펼친 양산 끝으로 건드리자 시들어버린 꽃잎들이 노란 가루가 되어 떨어져 내렸다. 혹은 밖으로 늘어진 인동 덩굴과 참으아리 가지가 비단 천을 살짝 스치면서 양산의 가장자리 술에 엉키기도 했다.

두 사람은 머지않아 루앙의 극장에 오기로 되어 있는 스페인 무용단에 관해서 이야기를 나누었다.

"구경 가실 거예요?"

엠마가 물었다.

"네, 될 수 있으면."

레옹이 대답했다.

그 밖에 할 이야기가 없었을까? 그들의 두 눈은 좀 더 진지한 어떤 이야기로 가득 차 있었다. 평범한 말을 찾아내려고 애쓰는 동안에도 두 사람은 똑같이 나른함에 휩싸이는 기분을 느꼈다. 목소리의 속삭임과는 별도로 좀 더 깊은 끊이지 않는 영혼의 속삭임 같은 것이었다. 이러한 새로운 쾌감에 두 사람 다 놀라웠지만 그들은 그 느낌을 서로 말하려고도 하지 않았고 또 그 원인을 찾아내려고도 하지 않았다. 미래의 행복은 마치 열대지방의 해변처럼 그 앞에 놓인 넓디넓은 대양에 그 특유의 쾌감을 향기로운 미풍인 양 던져주는 것이다. 사람들은 아직 보이지 않는 지평선에는 마음을 쓰지 않고 현재의 도취 속에 잠들어 있는 것이다.

가축들에게 밟혀 웅덩이가 된 곳이 있었다. 진흙 속에 군데군데 놓여 있는 이끼 낀 커다란 돌을 딛고 걸어가야만 했는데, 그녀는 어디를 디뎌야 할지 살피면서 몇 번씩이나 멈추어 섰다. 그리고 흔들리는 돌 위에서 몸을 가누지 못한 채 팔꿈치를 쳐들고 눈을 두리번거리며 물웅덩이에 떨어지지나 않을까 겁을 먹고 웃었다.

두 사람이 그녀의 집 뜰 앞까지 왔을 때 보바리 부인은 조그마한 쪽문을 열고 계단을 뛰어 올라가 모습을 감추어버렸다.

레옹은 사무소로 돌아왔다. 주인은 부재 중이었다. 그는 서류를 한번 죽 훑어보고 거위깃 펜을 깎아놓은 다음 잠시 후에 모자를 들고 밖으로 나왔다.

그는 아르게유 언덕 위 숲 입구에 있는 목장으로 갔다. 그리고 전나무 그늘 밑에 누워 손가락 사이로 하늘을 바라보았다.

"아아! 지루하다. 말할 수 없이 권태롭구나!"

그는 오메 같은 남자를 친구로 삼고 기요맹 씨를 주인으로 섬기며 이런 시골에서 지내는 자신을 불쌍하게 생각했다. 기요맹 씨는 일

이외에는 여념이 없었고, 금테 안경을 끼고 흰 넥타이 위에 붉은 구레나룻 수염을 기르고 위엄 있는 체하며 영국 신사처럼 행동해서 처음에는 이 서기를 매혹시켰지만, 정신적인 섬세함에 대해서는 전혀 모르는 인물이었다.

약제사의 아내는 노르망디 출신의 사람 좋은 가정주부형으로, 양처럼 유순하고 아이들이나 부모나 일가친척들을 소중하게 여기고 남의 불행에 눈물을 보이고 집안일은 되는 대로 내버려두었으며 코르셋은 아주 질색으로 아는 여자였다. 또한 동작이 안타까울 정도로 느리고 말은 지루하고 자태는 품위가 없고 세상 돌아가는 일에는 무척이나 어두웠다. 때문에 서른 살인 그녀와 스무 살인 그가 언제나 이웃 방에 지내면서 매일 이야기를 주고받는 사이인데도 그는 이 여자가 누군가에게는 여자라는 것, 그리고 여자의 옷을 입고 있다는 것 외에는 이성이라는 것을 단 한번도 생각해 본 일이 없었다.

그러면 다음에는 누가 있을까? 비네와 몇몇 장사꾼들, 두서넛의 술집 주인과 본당 신부, 끝으로 면장 튀바슈와 그의 두 아들이 있었다. 그 두 아들은 돈이 좀 있고 성질이 까다롭고 우둔하며 제각기 자기 땅을 자기 손으로 가꾸며 집에서 좋은 음식을 먹고 게다가 대단한 신자여서 도저히 사귈 수 없는 인간들이었다.

그러나 이러한 인간 군상들이 모인 무취미한 배경에서 엠마의 얼굴만이 홀로 떨어져 더욱 아득히 떠올랐다. 그녀와 자기 사이에는 막연하고 깊은 연못 같은 것이 가로놓여 있는 것처럼 느껴졌다.

처음에 레옹은 약제사와 함께 몇 번인가 그녀의 집을 방문했었다. 하지만 그가 오는 것을 샤를르는 별로 반기지 않는 듯했다. 그리고 실례되는 일을 해서는 안 된다는 두려움과 도저히 불가능하다고 체념은 하면서도 친하게 지내고 싶은 욕망 사이에서 그는 어찌할 바를 모르고 있었다.

4

첫 추위가 시작되면서부터 엠마는 침실을 떠나 아래층 방에서 지내기로 했다. 그 방은 천장이 낮고 길쭉했으며, 벽난로 위 거울 옆에는 산호나무가 무성한 가지들을 뻗치고 있었다. 엠마는 창가의 팔걸이의자에 앉아 마을 사람들이 지나가는 모습을 바라보았다.

레옹은 하루에 두 번씩 그의 사무소에서 '황금사자'로 갔기 때문에 엠마는 멀리서부터 그가 오는 소리를 귀기울여 가만히 듣고는 했다. 그 청년은 언제나 같은 복장으로 머리를 똑바로 든 채 커튼 저쪽으로 미끄러지듯 지나가버리곤 했다. 그러나 저녁때쯤 자수 틀을 무릎 위에 내려놓고 왼손으로 턱을 괴고 있을 때 눈앞으로 휙 지나가는 청년의 그림자에 엠마는 이따금 가슴을 두근거렸다. 엠마는 일어나 식사 준비를 시켰다.

식사를 하고 있는데 오메 씨가 찾아왔다.

"안녕하십니까, 여러분!"

그는 터키 모자를 손에 들고 방해가 되지 않도록 조심스럽게 발소리를 죽이면서 언제나 똑같은 인사말을 하면서 들어오는 것이었다. 그리고 식탁 옆 부부 사이에 언제나처럼 자리를 잡고는 의사에게 환자들의 소식을 물었고, 의사는 진료비를 어느 정도 받으면 좋을지에 대해 그의 의견을 구했다. 그런 후에는 '신문'에 실린 것들에 관한 잡담이 오갔다. 이 시간쯤이면 오메는 이미 그러한 것들을 모두 외우고 있었기 때문에 신문 기자의 의견에서부터 프랑스에서 일어난 일뿐 아니라 외국에서 일어난 개개인의 불행까지 빠짐없이 들려주었다. 그러다 화제가 끊기면 그는 재빨리 식탁에 놓인 음식에 대해 평을 했다. 때로는 몸을 반쯤 일으켜 부인에게 가장 연한 고기를 손가락으로 가르쳐주기도 하고, 또는 하녀를 향해 스튜를 만드는 방법이나 조미료의 위생에 대해 주의를 주기도 했다. 그리고 향료며 자양소며 고기 국물이며 젤라틴에 대한 이야기를 해서 모든 사람을 어리둥절하게 만들었다. 어쨌든 이 사나이의 머릿속은 약국에 늘어놓은 약병보다도 더 많은 처방으로 가득 차 있기 때문에 각종 잼이며 식초며 달콤한 리큐르를 만드는 데 솜씨가 있었다. 또한 새로 고안해낸 경제적인 스토브라든지 치즈를 보존하는 방법, 상한 포도주를 손질하는 방법도 제법 잘 알고 있었다.

8시에는 약국 문을 닫기 때문에 쥐스텡이 주인을 부르러 왔다. 오메 씨는 견습생이 의사 집에 오는 것을 좋아한다는 사실을 눈치챘다. 특히 펠리시테가 함께 있으면 놀리는 것 같은 눈길을 보내면서 이렇게 말하는 것이었다.

"우리 젊은 녀석도 제법 익어가는 모양이야. 아무래도 이 집 하녀에게 반한 것 같은걸."

하지만 오메가 나무라는 쥐스텡의 가장 나쁜 버릇은 항상 사람들의 대화를 엿들으려고 한다는 점이었다. 가령 일요일에 아이들이 팔걸이의자의 덮기에는 좀 지나치게 큰 옥양목 커버에서 떨어질 듯 낮잠을 자고 있을 때, 오메 부인이 쥐스텡을 불러 아이들을 데리고 나가라고 아무리 일러도 그는 도무지 나가려고 하지 않는 것이었다.

약제사 집의 밤 모임에는 그다지 많은 사람들이 모이지 않았다. 그의 험한 입과 정치적 견해 때문에 사회적으로 저명한 사람들은 차차 발길을 끊게 되었다. 그래도 서기만은 빠짐없이 출석했다. 초인종이 울리면 그는 재빨리 보바리 부인을 마중나가 숄을 받아주고, 눈이 오는 날이면 그녀가 신발 위에 신고 온 커다란 덧신을 약국 책상 밑에 치워놓기도 했다.

먼저 모두들 트랑 에 왼[85]을 몇 번 하고 나서 오메 씨가 엠마를 상대로 에카르테[86]를 했다. 레옹은 그녀의 의자 뒤에 양손을 얹고 여러 가지 충고를 해주면서 그녀의 빗어올린 머리에 꽂혀 있는 빗살을 내려다보았다. 그녀가 트럼프를 던지려고 몸을 움직일 때마다 윗도리의 오른쪽 겨드랑이가 위로 올라가곤 했다. 틀어올린 머리가 갈색의 그림자를 등에 떨어뜨리고 그것이 점점 엷어져 드디어는 어둠 속으로 사라졌다. 주름이 가득 잡힌 그녀의 옷은 부풀어올라 의자 양쪽으로 늘어져 마루 위에 많은 주름을 만들면서 끌렸다. 이따금 자기의 장화가 그 옷을 밟고 있다는 사실을 깨달은 레옹은 마치 누군가의 몸을 밟기라도 한 것처럼 놀라서 물러서곤 했다.

트럼프 놀이가 끝나자 약제사와 의사는 도미노 놀이를 시작했고 자리를 옮긴 엠마는 탁자 위에 팔꿈치를 괴고 〈일뤼스트라시옹〉[87]을 뒤적거렸다. 그녀는 집에서 보는 유행잡지를 들고 왔던 것이다. 레옹이 그녀 곁으로 다가와 자리를 잡았고, 자연스럽게 두 사람은 함께 그림을 바라보며 먼저 읽은 사람은 페이지 끝에서 기다려주기도 했다. 그녀가 종종 시를 읽어달라고 졸라대면 레옹은 길게 빼는 어조로 천천히 시를 낭송했고, 사랑의 대목에 이르면 특히 더 잦아들

---

85) 트럼프 놀이의 일종이다 - 옮긴이
86) 2~4명이 하는 트럼프 놀이의 일종이다 - 옮긴이
87) 삽화가 들어 있는 잡지이다 - 옮긴이

듯한 목소리로 바뀌었다. 그런데 도미노 놀이를 하는 시끄러운 소리
가 방해가 되었다.

　오메 씨는 노름을 잘했기 때문에 폴 더블 식스[88]로 샤를르를 이겼
다. 그리고 백 점짜리 게임을 세 판하고는 두 사람 모두 난로 앞에
길게 몸을 펴고 잠이 들었다. 불은 재 속에서 꺼져가고 찻주전자는
텅 비어 있었다. 레옹은 여전히 시 낭송을 계속했다. 엠마는 그 소리
를 들으며 기계적으로 램프 갓을 빙글빙글 돌리고 있었다. 램프 갓
의 얇은 천에는 마차에 올라탄 어릿광대와 장대를 들고 줄타기하는
여자 곡예사가 그려져 있었다. 레옹은 잠들어 있는 사람들을 몸짓으
로 가리키며 낭송을 멈추고, 이내 두 사람은 소곤소곤 이야기를 나
누었다. 아무도 듣는 사람이 없었기 때문에 이야기는 한층 더 즐거
운 듯했다.

　이런 식으로 두 사람 사이에는 일종의 교류, 즉 책과 사랑 노래를
통한 끊임없는 교제가 이루어졌다. 질투심이 없는 샤를르는 그런 것
을 별로 마음에 두지 않았다.

　샤를르는 생일선물로 가슴뼈까지 일일이 번호를 붙이고 파랗게
색칠한 멋진 골상학용 흉상 하나를 받았다. 그것은 서기가 호의에서
보낸 것이었다. 레옹은 이 밖에도 여러 차례 호의를 나타내면서 의
사의 심부름으로 몇 번인가 루앙에도 가주었고, 어떤 소설가가 쓴
책 때문에 선인장이 유행하자 부인을 위해 그것을 사가지고는 '제
비' 호를 타고 그 딱딱한 가시에 손을 몇 번이나 찔리면서 무릎 위에
안고 돌아온 일도 있었다.

　엠마는 화분들을 놓기 위해 창가 난간에 선반을 하나 달았다. 그
러자 레옹도 창가에 화분 선반을 달아놓았다. 그리고 두 사람은 서
로의 창가에서 화분을 손질하며 상대편 모습을 바라보는 것이었다.

---

88) 도미노 놀이의 최고점을 말한다 ― 옮긴이

마을의 수많은 창문들 중 그 이상으로 빈번히 사람 모습이 보이는 창문이 또 하나 있었는데 그것은 일요일이면 아침부터 밤까지, 날씨가 좋은 평일 오후마다 다락방 채광창에서 녹로대에 몸을 구부리고 있는 비네 씨의 여윈 옆모습이 보이는 창문이었다. 그 안에서 녹로를 돌리는 단조로운 소리는 '황금사자'에까지 들렸다.

어느 날 밤 집에 돌아온 레옹은 연한 푸른빛 바탕에 꽃잎 무늬가 있는 양털로 된 융단이 방 안에 놓여 있는 것을 보았다. 그는 오메 씨, 그의 부인, 쥐스텡, 아이들과 하녀까지 불러서 그것을 보여주었다. 사무소의 주인에게도 그 이야기를 했다. 모든 사람들이 그 융단을 보고 싶어했다. 무슨 이유로 의사 부인이 서기에게 이러한 선물을 주는 것일까? 사람들은 그것을 이상하게 생각했다. 결국에는 그녀가 청년의 애인임에 틀림없다고 모두가 단정해 버렸다.

그렇게 생각하는 것이 당연할 만큼 청년도 부인의 매력과 재치에 대해 항상 사람들에게 말했기 때문에 비네가 한 번은 매우 무뚝뚝하게 이렇게 말했을 정도였다.

"그런 건 아무래도 상관없는 일이야. 나는 그런 여자와는 사귀지 않으니까."

레옹은 자기 마음을 어떻게 그녀에게 고백할지 골똘히 생각했다. 그녀의 마음을 상하게 하지는 않을까 하는 걱정과 부끄러워하는 마음 사이에서 언제나 주저하며 소심한 마음과 욕망 때문에 울었다. 마침내 단호한 결심을 한 그는 편지를 썼다가 찢어버리고, 시기를 미루고 또 미루었다. 가끔 대담하게 고백해야겠다는 마음이 생겼지만 막상 엠마 앞에 나서면 그 결심도 곧 흔들려버렸다. 그리고 샤를르가 갑자기 나타나서 그의 마차로 근처 환자를 보러 가자고 권하면 그는 곧 승낙하고 부인에게 인사만 하고 나가버리곤 했다. 샤를르 역시 그녀의 소중한 존재라는 심정으로……

엠마는 자기가 그를 사랑하고 있는지 어떤지는 생각해 보지도 않았다. 연애란 뇌성이나 번개처럼 별안간에 나타나는 것, 세찬 바람이 불어와 생활을 뒤엎고 인간의 의지를 나뭇잎처럼 뿌리째 뽑아버리고 사람의 마음을 깊은 못 속으로 끌고 들어가는 태풍같은 것이라고 엠마는 믿고 있었다. 그녀는 집 안의 테라스에서 물받이 홈통이 막히면 빗물이 호수를 이루게 된다는 것을 모르고 있었다. 그래서 태연히 안심하고 있다가 문득 벽에 틈이 생긴 것을 발견한 것이다.

5

눈이 내리는 2월 어느 일요일 오후였다. 보바리 부부와 오메 씨와 레옹 씨는 용빌르에서 2킬로미터 가량 떨어진 계곡에 새로 세워지고 있는 제마(製麻) 공장을 구경하러 갔다. 오메 씨는 운동을 시키기 위해 아들 나폴레옹과 딸 아탈리를 데리고 나섰고, 쥐스텡은 몇 자루의 우산을 어깨에 메고 동참했다.

그런데 계곡에 도착한 일행은 실망감을 감추지 못했다. 그저 넓은 빈터에 쌓아올린 모래와 자갈 사이에 벌써 녹이 슨 톱니바퀴들이 너저분하게 흩어져 있고, 그 중앙에 조그마한 창문들이 여러 개 붙어 있는 좁고 기다란 사각형 건물이 전부였다. 건물은 아직 완성되지 않은 채 지붕의 서까래 사이로 하늘이 보였고, 박공의 작은 들보에 매단, 아직 이삭이 붙어 있는 한 다발의 짚은 세 가지 빛깔의 리본을 바람에 펄럭이고 있었다.

오메는 쉼 없이 말을 토해냈다. 이 공장이 장차 아주 대단하게 될 것이라는 이유에 대해 구구절절 설명하고, 판자의 강도와 벽의 두께를 재보기도 하고, 비네 씨는 언제나 사용하고 있는 자를 가지고 오지 않은 것을 대단히 아쉬워했다.

약제사에게 팔을 맡긴 엠마는 그의 어깨에 기대는 것처럼 하면서 저 멀리 안개 속에서 눈부시게 창백한 빛을 발산하는 둥그런 태양을 바라보고 있었다. 문득 그녀는 고개를 뒤로 돌렸다. 거기에 샤를르가 있었다. 챙 달린 모자를 눈썹까지 깊숙이 눌러쓰고 두꺼운 입술이 추위에 부들부들 떨고 있는 모습이 우둔한 느낌을 더해 주고 있었다. 그의 뒷모습, 그 태연한 잔등을 보고 있자니 엠마는 짜증이 났다. 그리고 프록코트 위로 인물의 하찮음이 그대로 드러나 있는 것처럼 느껴졌다.

엠마의 짜증스러운 기분이 일종의 잔인한 쾌감이 되어 남편의 모습을 바라보고 있는 동안 레옹이 한 걸음 앞으로 다가왔다. 추위로 새파랗게 질린 얼굴이 한층 더 감미로운 우수를 드리우고 있는 듯했다. 넥타이와 목 사이의 약간 느슨해진 깃 사이로 살결이 들여다보였고 머리카락 밑으로 귓볼이 드러나 있었다. 가만히 구름을 쳐다보는 커다란 푸른 눈동자는 엠마에게는 하늘을 비추는 산 속 호수보다 더 맑고 아름답게 보였다.

"야, 이 녀석아!"

별안간 약제사가 소리를 질렀다. 그리고 이제 막 석회더미 속으로 뛰어들어 구두를 하얗게 칠하려는 아이 쪽으로 달려갔다. 호되게 야단을 맞은 나폴레옹은 큰소리로 울기 시작했고, 쥐스텡은 짚을 묶어 아이의 구두를 닦아주었다. 하지만 칼이 필요했다. 샤를르는 갖고 있던 칼을 빌려주었다.

"어머나! 저이가 농사꾼처럼 주머니에 칼을 넣고 다니네!"

엠마는 혼잣말을 하듯 중얼거렸다.

진눈깨비가 오기 시작하자 모두들 용빌르로 돌아왔다.

그날 밤 보바리 부인은 이웃집에 가지 않았다. 샤를르가 나가고 혼자 있게 되자 현재 느끼는 감각처럼 선명하게, 그리고 추억이 사물에게 주는 거리감과 함께 두 사람에 대한 비교가 또 시작되었다.

침대에 누운 그녀는 타오르는 난롯불을 바라보면서 오늘 오후에 있었던 일들을 떠올렸다. 레옹이 한 손으로 가느다란 지팡이를 짚고, 또 다른 손으로는 얼음 조각을 핥고 있는 아탈리의 손을 잡고 서 있는 모습을 다시 한 번 떠올렸다. 그녀는 그가 매력 있다고 생각하여 그에 대한 생각을 하지 않을 수가 없었다. 또한 다른 날에 보았던 그의 태도, 그가 한 말, 그의 음성이며 그 사람 전체를 다시 생각해 보았다. 그리고 키스라도 하는 것처럼 입술을 삐죽 내밀면서 되풀이해 중얼거렸다.

"참으로 매력적인 사람이야! 정말 매력적이야! 저 사람 혹시 사랑을 하고 있는 것은 아닐까?"

그녀는 스스로에게 물었다.

"그렇다면 누구를? 어머, 그야 나일 게 뻔하잖아?"

증거가 될 만한 일이 한꺼번에 펼쳐지면서 가슴이 쿵쾅쿵쾅 뛰었다. 난로의 불빛이 즐거운 광채를 내며 천장에 어른거렸다. 그녀는 두 팔을 뻗으며 천장을 보고 누웠다. 그러자 탄식이 흘러나왔다.

"아아! 운이 좋았다면! 어째서 그렇게 되지 않았을까? 도대체 무엇이 방해를 놓았을까?"

밤이 이슥해지자 샤를르가 돌아왔다. 엠마는 지금 막 잠에서 깨어난 시늉을 하고, 그가 옷을 벗으면서 소리를 내자 그녀는 머리가 아프다고 중얼거렸다. 그러고는 오늘밤 모임은 어땠느냐고 아무렇지도 않은 듯 지나가는 말처럼 물었다.

"레옹 군은 일찍 2층으로 올라가버렸어."

남편의 대답에 그녀는 무심히 빙긋 웃었다. 그리고 새로운 기쁨에 들뜬 채 잠이 들었다.

다음 날 해질 무렵, 잡화상 주인 뢰르가 그녀를 찾아왔다. 이 남자는 빈틈이 없었다.

가스코뉴 태생으로 그 뒤에 노르망디에 살아서 그 지방 사람이 된 그는 코 지방의 독특한 교활함과 남쪽 지방 사람들의 구변을 함께 갖추고 있었다. 부드럽고 수염이 없는, 기름기가 자르르 흐르는 얼굴은 감초를 엷게 달인 것을 바른 것처럼 보이고, 흰 머리는 조그마한 검은 눈의 날카로운 빛을 한층 더 돋보이게 했다. 이 남자가 원래 무엇을 했었는지는 아무도 알지 못했다. 어떤 사람은 자질구레한 잡화 행상인이라고 하기도 하고, 또 어떤 사람은 루토의 은행가였다고 말하기도 했다. 어쨌든 한 가지 확실한 것은, 비네조차도 뒤로 물러설 만큼 복잡한 계산을 암산으로 해치우는 능력이 있다는 사실이었다. 그는 비굴하리만큼 정중하게 인사를 하거나 안내라도 하는 사람처럼 언제나 허리를 절반쯤 구부리고 있었다.

뢰르는 크레이프 장식이 달린 모자를 입구에 놓은 후, 푸른 종이 상자를 책상 위에 올려놓았다. 그리고 대단히 세련된 말투로, 오늘날까지 그녀가 단골이 되지 못한 것에 섭섭함을 토로하기 시작했다. 그의 빈약한 가게는 멋진 분이 오실 만한 곳이 못된다면서 특히 ‘멋진 분’에 힘주어 말했다. 하지만 무슨 물건이건 주문만 해주신다면 옷감이든 잡화든 리넨제품이든 모자든 새로운 어떤 유행품이든 원하시는 건 모두 당장 구해다 주겠다는 것이었다. 왜냐하면 한 달에 네 번씩 반드시 시내에 들어가기 때문이라고 했다. 일류 상점들과 거래를 하고 있어서 ‘트르와 프레르’ 상점이든 ‘바르브 도르’ 상점이든 ‘그랑 소비주’ 상점이든 어느 상점에서도 그의 이름을 알고 있다고 했다. 그래서 오늘은 극히 구하기 어려운 여러 가지 물건이 마침 손에 들어왔기에 지나가는 길에 보여드리려고 찾아왔다는 것이었다. 그렇게 방문 이유를 늘어놓으면서 그는 상자 속에서 반 다스가량 되는 수놓은 칼라를 꺼냈다.

보바리 부인은 그것들을 조목조목 살펴보았다.

"지금은 아무것도 필요 없어요"

그녀가 말했다. 그러자 뢰르 씨는 알제리 풍의 숄 세 개, 영국제 바늘 몇 갑, 밀짚으로 만든 덧신 한 켤레, 마지막으로 죄수들이 야자열매에 장식 구멍을 뚫어 새긴 삶은 계란을 넣는 그릇 네 개를 제법 자랑스러운 듯 꺼내놓았다. 그리고 책상 위에 두 손을 짚고 목을 길게 빼고 허리를 굽히면서 입을 크게 벌린 채, 이런 것들을 신기하게 둘러보고 있는 엠마의 시선을 좇았다. 이따금 그는 먼지라도 터는 것처럼 가득 펼쳐놓은 비단 숄을 손톱으로 툭 퉁기곤 했다. 그러자 옷감에 찍힌 금박이 푸른 빛을 띤 저녁 햇살에 작은 별처럼 반짝거렸다.

"이건 얼마죠?"

"싼 겁니다. 얼마 되지 않습니다. 그렇다고 값을 곧 치르시라는 것도 아닙니다. 언제라도 형편 좋으실 때 주시면 됩니다. 저희들은 유태인이 아니니까 말이죠."

한참을 생각하던 엠마가 또다시 그만두겠다고 하자 뢰르 씨는 아무렇지도 않은 듯 다시 대답했다.

"네, 좋습니다. 언젠가는 마음에 드실 때가 있으시겠지요. 저는 부인들과 언제나 잘 통하거든요. 제 집사람과는 다르지만 말입니다."

농담을 건넨 그는 사람 좋아 보이는 표정으로 덧붙였다.

"돈 같은 것은 아무래도 좋습니다…… 만약 필요하신 물건이 있으시다면 언제든지 마련해 드리겠습니다."

그녀는 놀란 듯한 몸짓을 해보였다.

"괜찮습니다, 부인!"

그는 재빨리 낮은 소리로 말을 이었다

"부인께서 필요하신 물건이라면 구태여 먼 데까지 가지 않으셔도 됩니다. 말씀만 하십시오."

그리고 갑자기 샤를르가 치료해 주고 있는 ‘카페 프랑세’ 의 주인인 텔리에 노인의 소식을 묻기 시작했다.

“도대체 텔리에 노인은 어디가 안 좋은가요? 집이 울릴 만큼 심한 기침을 하더군요. 이제 곧 플란넬의 속옷 대신 전나무의 외투[89]가 필요한 형편 같더군요. 그 노인은 젊은 시절을 너무 방탕하게 보냈습니다. 부인, 그런 사람들은 옛날에 이루 말할 수 없이 엉망이었답니다. 그 노인도 브랜디를 너무 마셨거든요. 어쨌든 옛날부터 잘 아는 사람이 죽는다는 것은 언제나 마음이 언짢은 일이어서 말입니다.”

마분지로 만든 상자를 다시 묶으면서 그는 이렇게 환자에 대한 이야기를 늘어놓았다.

“기후 탓일까요?”

그는 얼굴을 찡그리고 유리창을 바라보면서 말했다.

“그런 병이 많이 생기는 건 말입니다. 저도 어쩐지 좀 기분이 좋지 않아요. 언제 한번 선생님께 진찰을 받으러 와야겠습니다. 등이 아프거든요. 그럼, 안녕히 계십시오. 부인, 앞으로 잘 부탁드립니다.”

말을 마친 그는 조용히 문을 닫았다.

엠마는 저녁식사를 쟁반에 담아 난로 곁으로 가져오게 했다. 그리고 천천히 먹었다. 모두가 다 맛이 있는 것 같았다

“난 참 현명했어!”

엠마는 숄에 대한 일을 생각하면서 중얼거렸다. 그때 계단에서 발소리가 들려왔다. 레옹이었다. 자리에서 일어난 그녀는 가장자리를 감칠질하려고 옷장 위에 쌓아두었던 행주들 중에서 제일 위에 있는 것을 집어들었다. 레옹이 들어왔을 때 그녀는 사뭇 바쁜 것처럼 보였다.

두 사람의 대화에는 아무런 활기가 없었다. 보바리 부인은 말을

---

89) 관을 빗대어 표현한 말로, 보통 관은 전나무로 짠다 – 옮긴이

꺼내려다가 그만두기 일쑤였고, 레옹 또한 머뭇머뭇하는 것 같았다. 그는 난로 옆에 있는 낮은 의자에 앉아 상아로 된 바느질 그릇을 매만지며 있었고, 그녀는 부지런히 바늘을 움직이거나 가끔 헝겊에 주름을 잡기도 했다. 그녀는 입을 열지 않았다. 그도 마치 그녀가 입을 열기만 하면 그 말에 매혹될 것처럼 그녀의 침묵에 사로잡혀 잠자코 있었다.

'가엾어라.'

그녀는 생각했다.

'내 어느 곳이 마음에 들지 않는 걸까?'

그도 자문을 해보았다.

마침내 레옹은 가까운 시일 안에 사무소 일로 루앙에 가게 되었다고 입을 열었다.

"부인의 악보 구독이 끊겼던데, 다시 신청해 드릴까요?"

"괜찮아요."

그녀가 대답했다.

"왜요?"

"그건……."

그녀는 입술을 꼭 오므리며 바늘에 꿴 기다란 회색 실을 천천히 잡아 뺐다.

바느질하는 그녀의 모습을 보는 레옹은 초조했다. 엠마의 손가락에 상처가 날 것 같아 견딜 수가 없었다. 애정이 깃든 근사한 문구가 머리에 떠올랐으나 말로 할 수는 없었다.

"그럼 그것은 이제 그만두는 거군요."

"무엇을요?"

그녀는 급히 되물었다.

"음악 말이에요? 아! 그것은 이제 그만두어야 할 것 같아요. 집에 일이 많아요. 남편 시중도 들어야 하고, 그 밖에도 여러 가지 일이 많거든요!"

그녀는 벽에 걸린 시계를 바라보았다. 샤를르의 귀가가 늦어지고 있자 그녀는 걱정스러운 표정을 지었다. 그러고는 두서너 번이나 이렇게 되풀이했다.

"남편은 정말 착한 분이세요."

서기도 보바리 씨에게 호감을 가지고 있었지만 그녀가 이렇게 분명하게 애정을 나타내는 것은 그다지 유쾌하지 않았다. 그래도 그는 칭찬에 맞장구를 쳤고, 모든 사람들이 그를 칭찬한다고 했다. 특히 약제사가 언제나 칭찬한다고까지 말했다.

"그분은 마음씨가 좋은 분이신걸요."

"아무렴요. 좋고말고요."

서기도 말을 받았다. 그리고 오메 부인의 이야기를 하기 시작했다. 그 부인이 몸단장을 너무 소홀하게 하는 것은 언제나 두 사람의 웃음거리가 되고 있었다.

"그런 거야 아무려면 어때요? 가정주부는 몸치장 같은 것에 신경 쓰지 않는 법이에요."

그러고 나서 그녀는 다시 침묵으로 돌아갔다.

그로부터 다음 날도, 또 다음 날도 매일매일이 마찬가지였다. 엠마의 말투와 태도가 완전히 달라졌다. 그녀는 가사에 충실하고 성당에도 어김없이 나갔으며 하녀도 엄격하게 다루었다.

엠마는 유모에게 맡겼던 베르트도 집으로 데려왔다. 그리고 손님이 방문할 때면 펠리시테를 시켜 아기를 데려오게 하고 그 앞에서 옷을 벗겨 아기의 팔다리를 보이게 했다. 그녀는 아기를 매우 좋아한다면서 아기야말로 자신의 위안이고 즐거움이며 열애의 대상이라고 했다. 용빌르에 사는 이외의 사람들이 이 이야기를 들었다면 누구나 〈노트르담 드 파리〉[90]의 사셰트[91]를 연상케 할 정도로 아기를 자상하게 어루만졌다.

샤를르가 밖에서 돌아오면 그의 덧신이 난로 옆에 따뜻하게 녹여져 있었다. 이제는 그의 조끼 안감이 헤져 있다든가 속옷 단추가 떨어져 있다는가 하는 일도 없었다. 또한 잠잘 때 쓰는 모자들이 모두 옷장 속에 가지런히 놓여 있는 것도 기뻤다. 그녀는 옛날처럼 뜰을 거니는 것도 싫어하지 않았다. 남편의 말은 무엇이든 잘 따랐다. 남편의 기분이 어떤지 확실하게 알지 못하더라도 잠자코 따르는 것이었다. 레옹은, 샤를르가 저녁식사 후에 난로 옆에 앉아 양손을 배 위에 모으고 양 다리를 장작 받침대 위에 올려놓은 채 두 볼을 벌겋게 물들이고 융단 위를 기어다니는 아이와 의자 뒤에서 이마에 키스하러 오는 아내를 보고 행복에 겨워 눈물을 글썽거리는 것을 바라보면서 속으로 생각했다.

'나는 바보 같은 일을 생각하고 있었군! 어떻게 저 여자에게 가까에 가려고 마음을 먹었단 말인가?'

레옹은 그녀가 너무나 정숙하고 점점 더 접근하기 어려운 사람으로 보였기 때문에 모든 희망과 극히 희미했던 기대마저도 사라져버렸다. 이렇게 체념하고 나자 그녀가 이상한 대상으로 생각되었다. 그가 볼 때 부인은 육체의 아름다움을 떠나 있었다. 이제 그는 그 육체에 손가락 하나도 건드릴 희망을 잃었기 때문이었다. 그의 마음속에서 그녀는 하늘을 나는 숭고한 존재처럼 높이 떠올라 그에게서 떠나간 것이다. 그가 느끼는 그런 감정은 인간 세상과는 무관한 순수한 감정, 매우 희귀하기 때문에 사람들이 기꺼이 키우는 감정, 그것

---

90) 빅토르 위고의 소설 〈노트르담의 꼽추〉를 말한다 ─ 옮긴이
91) 1931년에 발표된 〈노트르담의 꼽추〉에 나오는 인물은 사셰트가 아니라 파케트 라 샹트플뢰리이다 이 인물은 딸 아녜스를 애지중지하지만 집시들이 아이를 훔쳐가서 에스메랄다라는 이름을 붙였다 ─ 옮긴이

을 잃는다는 것은 그것을 소유하는 기쁨 이상으로 사람을 슬프게 만드는 그런 감정 같은 것이었다.

엠마는 서서히 야위어갔다. 두 뺨은 창백해지고 얼굴은 길어진 것 같았다. 검은 머리를 한가운데서 똑바로 가르고, 두 눈은 커다랗고, 콧날은 오뚝하고, 새처럼 가벼운 발걸음, 더구나 이제는 침묵에 잠겨 있는 그 모습은 마치 삶을 스쳐 지나가는 것만 같고, 이마에는 무엇인가 막연하고 장엄한 운명의 표적이 찍혀 있는 것처럼 보였다. 그녀는 슬픈 것처럼 조용하면서도 상냥했고 조심스럽기도 해서 그녀 곁에 다가간 사람은 마치 얼음과도 같은 차가운 매력을 느꼈다. 성당 안에 들어갔을 때 차디찬 대리석의 냉기에 섞인 꽃 향기에 몸이 부르르 떨리는 것을 느끼는 것과 마찬가지였다. 다른 사람들까지도 이러한 그녀에게 매혹을 느끼지 않을 수 없었다. 약제사는 이렇게 말하곤 했다.

"아주 대단한 여자야. 그만하면 군수의 부인으로도 손색이 없겠던걸."

마을의 부인네들은 그녀가 살림꾼인 것에 감탄했고, 환자들은 그녀의 예의바름을, 가난한 사람들은 그녀의 자비스러운 마음을 칭찬했다.

하지만 그녀의 마음은 욕망과 심한 고통과 증오로 가득 차 있었다. 주름이 똑바로 잡힌 옷은 동요하는 마음을 감추고, 정숙해 보이는 입술은 미칠 것 같은 마음의 괴로움을 털어놓기를 거부했다. 그녀는 레옹을 사랑하고 있었던 것이다. 그리고 그의 모습을 남모르게 마음껏 그려보기 위해 고독을 선택한 것이었다. 그의 모습을 보면 혼자 생각하는 것만으로도 기쁨이 충만되어 그의 발자국 소리만 들어도 가슴이 설레었다. 하지만 막상 그의 앞에 서면 그러한 감동은 사라지고 그저 멍한 기분만이 남아 그것이 끝내는 슬픔으로 변해 갔다.

레옹이 절망적인 마음으로 그녀의 집을 나설 때면 그녀가 일어나서 큰길을 걸어가는 그의 모습을 전송하고 있다는 사실을 그는 눈치채지 못했다. 그녀는 그의 일거수일투족에 주의를 기울이고 걱정하고 얼굴빛을 살펴보고, 그의 방을 찾기 위하여 그럴듯한 구실을 지어내기도 했다. 약제사의 아내가 레옹과 한지붕 밑에 살고 있다는 것이 무척 부럽고 행복해 보였다. 그리고 그녀의 생각은 '황금사자' 집의 비둘기 떼가 자기네 물받이 홈통에 연분홍빛 발과 흰 날개를 적시러 오는 것처럼 언제나 그 집 위에 머물렀다. 하지만 엠마는 자신의 사랑을 깨닫게 되면 될수록 그 마음이 밖으로 드러나지 않도록 사랑을 약화시키면서 속마음을 억눌렀다. 그러나 한편으로는 자신의 마음을 레옹이 알아주었으면 하고 바라면서, 그러한 일을 쉽사리 이루어지게 할 만한 우연한 기회라든지 천지 이변을 공상해 보기도 했다. 그녀를 붙들고 있는 것은 틀림없이 무기력함과 혹은 공포와 그리고 수치심이기도 했을 것이다.

엠마는 그를 지나치게 멀리했다. 이제는 이미 때를 놓쳤고, 모든 것이 다 틀려버렸다고 생각하기도 했다. 그러고는 자신은 정숙한 여자라고 스스로에게 말하기도 하고, 체념한 모습으로 거울에 비친 자신의 모습을 바라볼 때면 그 순간의 자긍심과 기쁨을 통해 자신의 대단한 희생을 조금은 위로받는 느낌이었다.

그럴 때면 육체적인 욕망도, 금전에 대한 욕심도, 그리고 정욕에서 오는 우울증도 모두가 하나의 괴로움 속에 뒤엉켜버렸다. 그리고 그녀는 자신의 괴로움으로부터 생각을 돌리려 하지 않고, 그 고뇌를 스스로 자극하는 기회를 어디에서든 닥치는 대로 찾아내어 그것에만 생각을 집중시켰다. 그녀는 음식이 입에 맞지 않는다든가 방문이 반쯤 열려 있다든가 하는 데에 화를 냈고, 자기에게는 벨벳이 없으니 행복하지 않다, 꿈이 너무나 컸다, 집이 좁다고 한탄을 했다.

하지만 도무지 참을 수 없는 것은, 샤를르가 그녀의 이러한 고통을 전혀 눈치채지 못하고 있다는 점이었다. 아내를 행복하게 해주고 있다고 믿는 남편이 그녀에게는 어리석은 모욕처럼 여겨졌고, 그런 마음으로 안심하고 있다는 것은 은혜를 모르는 소치라고 생각했다. 그렇다면 그녀는 누구를 위하여 몸을 단정하게 하는 것인가? 그 상대인 샤를르야말로 사실 모든 행복의 장애가 되고, 모든 불행의 원인이 되는 것이 아닌가? 그녀를 꼼짝 못하게 사방에서 옥죄고 있는, 이 복잡한 가죽 벨트의 구멍에 끼우는 뾰족한 쇠꼬챙이 같은 것이 아닌가 말이다.

그런 연유로 그녀는 평소의 갖가지 불쾌한 일 때문에 생기는 온갖 증오심을 오직 남편에게로 돌렸다. 증오심을 덜려고 노력하면 할수록 오히려 그것을 부채질하는 결과밖에 되지 않았다. 왜냐하면 이같은 쓸데없는 노력이 다른 절망의 원인과 겹쳐서 한층 더 남편과의 사이를 벌어지게 만들었기 때문이다. 착하고 얌전하게 대하려는 마음에서 도리어 반항심이 생겼다. 평범한 가정생활이 오히려 그녀에게 호사스러운 것에 대한 공상을 하게 했고, 부부의 애정은 불륜의 욕망을 꿈꾸도록 재촉했다. 좀 더 정당한 이유로 미워할 수 있고 복수할 수 있도록 남편이 자신을 때려주었으면 좋겠다는 생각까지 했다. 그녀는 마음에 떠오르는 여러 가지 잔인한 추측을 하다 깜짝 놀라기도 했다. 더욱이 시종 방글방글 미소를 띠어야만 했고, '당신은 행복한 사람'이라는 말을 몇 번씩이나 되풀이하는 것을 들으면서 그런 척을 해야 하고, 다른 사람에게도 그렇게 믿도록 해야만 하는 것이었다.

그녀는 그러한 위선이 도무지 싫었던 것이다. 새로운 운명을 시도하기 위해 어디 머나먼 곳으로 레옹과 단둘이 달아나고 싶은 유혹에 사로잡혔다. 그러나 곧 그녀의 마음속에는 캄캄하고 막연한 심연이 커다랗게 입을 벌리며 달려들었다.

'게다가 그분은 이제 나를 사랑하지 않는걸.'

그녀는 생각했다.

'나는 어떻게 될 것인가? 어떠한 구원이나 위로나 어떠한 마음의 편안함을 기다려야 한다는 말인가?'

너무나 지친 그녀는 가슴이 답답해오자 숨을 헐떡거리며 꼼짝도 하지 못한 채 눈물을 흘리면서 낮은 목소리로 흐느꼈다.

"왜 주인어른에게 말씀드리지 않으시죠?"

그녀가 발작을 일으키는 도중에 들어온 하녀가 말했다.

"신경 때문이야. 그리고 주인어른에게는 말씀드리지 말아. 걱정 끼치면 안 되니까."

엠마가 대답했다.

"아아, 그렇다면 말이죠……."

펠리시테가 계속 말했다.

"마님은 제가 여기에 오기 전에 디에프에서 알았던 폴레의 어부인 게랑 노인의 딸 게린느와 꼭 같습니다. 그 아가씨는 몹시 우울한 성품이었지요. 그 집 문지방에 서 있는 것을 보면 마치 그 집에 초상이라도 난 것처럼 생각될 정도였어요 그 아가씨의 병이란 머릿속이 멍하니 안개가 낀 것처럼 희미해지는 병이라더군요. 의사들도 신부님도 어떻게 손을 쓸 수가 없었답니다. 병이 몹시 심해지면 그 아가씨는 혼자서 바닷가에 가곤 했어요. 세관 사람이 순찰하는 도중에 여러 번 그 아가씨가 모래 위를 엎드려 울고 있는 것을 보았다고 하더군요. 그런데 시집을 가더니 그 병이 씻은 듯이 없어졌다고 해요."

"하지만 내 병은 말이다, 시집 온 뒤에 시작된 거야."

엠마는 대답했다.

6

어느 날 해질 무렵, 열어젖힌 창가에 앉아 성당지기 레스티부드와가 회양목의 가지를 치는 것을 바라보던 엠마는 갑자기 앙젤뤼스[92]의 종이 울리는 소리를 들었다.

마침 벚꽃이 피는 4월 초였다. 막 김을 맨 화단 위로 따사로운 바람이 스쳐가고, 정원은 마치 여름 축제를 위해 여자들이 화장을 한 것 같은 풍경이었다. 아치형의 나무를 올린 덩굴 시렁의 가름장을 통해 목장으로 흐르는 시내가 보이고, 그것이 풀 위에 멋대로 곡선을 그리고 있었다.

저녁 안개가 잎 떨어진 포플러나무들 사이로 지나면서 가지에 걸린 엷은 막보다도 더 희미하고 투명한 보랏빛으로 나무의 윤곽을 물들이고 있었다. 아득히 먼 곳에서 가축들이 돌아다니고 있었지만 발소리도, 울음 소리도 들리지 않았다. 종소리만이 계속 울리면서 마음을 가라앉히는 것 같은 슬픈 노래를 하늘에 울려퍼지게 했다.

되풀이되는 종소리를 들으면서 이 젊은 여자의 마음은 소녀 시절과 기숙사 시절의 옛 추억 속을 방황했다. 그녀는 제단 위의 꽃이 가

─────────────────

92) 프랑스어로 '만종'이라는 뜻이다 – 옮긴이

득한 화병이나 조그마한 기둥이 달린 성궤(聖櫃) 위에 우뚝 솟아 있
던 커다란 촛대를 생각해냈다. 그녀는 그때의 시절처럼 하얀 베일을
쓴 기다란 대열 속에 섞여 있고 싶은 심정이었다. 그 줄 군데군데에
는 기도대 위에 몸을 굽힌 수녀들의 빳빳한 머릿수건이 검은 반점을
이루고 있었다. 일요일에 미사를 올릴 때 잠깐 고개를 들면 모락모
락 피어오르는 향의 파르스름한 연기 소용돌이 속에서 성모 마리아
의 부드러운 얼굴이 보이고는 했다. 그때의 광경이 떠오르자 갑자기
마음은 어떤 감동에 사로잡혀 자신이 폭풍 속에 휘말린 작은 새의
깃털처럼 믿을 수 없이 가냘프게 느껴졌다. 그리고 모든 영혼을 몰
입시킬 수 있고 모든 생활을 거기에 바칠 수만 있다면 어떠한 신앙
심이라도 상관없다는 마음으로 그녀는 아무 생각없이 성당 쪽으로
걸어갔다.

엠마는 마침 광장에서 돌아오는 성당지기 레스티부드와를 만났
다. 그는 하던 일을 잠시 접고 성당에 나와 종을 치고는 다시 되돌아
가서 일을 계속하기 때문에 하루의 벌이에 손해가 가지는 않았다. 따
라서 성당의 시간을 알리는 종도 자신의 일 형편대로 치는 것이었다.
그러나 조금 빠르게 종을 치는 것은 근처 아이들에게 교리문답 연습
시간을 알려주기 위해서이기도 했다.

벌써 모여든 몇몇 아이들이 묘지의 포석(鋪石) 위에서 구슬치기를
하고 있었다. 다른 아이들은 말을 타듯 담장 위에 올라앉아 다리를
건들건들 흔들면서 낮은 울타리와 구석에 있는 묘지 사이에 돋아난
키 큰 잡초를 나막신으로 차서 쓰러뜨리고 있었다. 이곳만이 푸르게
풀이 있을 뿐이었고 다른 곳은 모두 묘석뿐이었다. 성구실에 빗자루
가 있었지만 청소를 잘 하지 않아서 언제나 묘석은 뽀얗게 먼지가
뒤덮여 있었다.

운동화를 신은 아이들은 그 묘석이 마치 자기들을 위해 만들어놓

은 놀이터인 양 이리저리 뛰어다녔기 때문에 윙윙거리는 종소리의 울림에 섞여 아이들의 떠드는 소리가 들려왔다. 종루 꼭대기에서부터 늘어져 땅에 끌리는 듯한 굵은 밧줄의 흔들림이 멈추는 것과 동시에 종소리는 점점 작아져 갔다. 조그마한 소리로 지저귀며 날던 제비가 갑자기 날카롭게 바람을 가르며 추녀 끝 기와 밑에 있는 노란 빛의 둥지 속으로 재빨리 돌아갔다. 성당 안쪽에는 등불이 하나 타고 있었다. 매달린 유리 상자 속에 야등(夜燈)의 심지가 타고 있었기 때문에 그 빛은 멀리서 보면 마치 기름 위에서 떨고 있는 하얀 점 같았다. 기다란 햇살이 본당 안을 가로질러 양쪽 복도와 구석진 곳을 한층 더 어둡게 했다.

"본당 신부님은 어디에 계시니?"

보바리 부인은 축의 구멍이 몹시 헐거워진 회전문을 흔들면서 장난을 치고 있는 소년에게 물었다.

"지금 오고 계세요."

소년이 대답했다.

아이 말대로 사제관 문이 삐걱 소리를 내더니 부르니지앙 신부가 나타났다. 한데 뒤섞인 아이들은 성당 안으로 몰려 들어갔다.

"이 장난꾸러기들! 할 수 없는 놈들이구나."

신부가 중얼거렸다. 그리고 발밑에 걸린 너덜너덜한 교리 문답서를 집어들면서 덧붙였다.

"저 나이에는 도무지 물건을 아낄 줄 모른단 말야."

그러다가 문득 보바리 부인을 발견했다.

"아이구, 이것 참 실례했습니다. 그만 몰라뵈었습니다."

교리 문답서를 주머니에 넣은 신부는 성구실의 무거운 열쇠를 두 손가락 사이에 끼고 흔들었다.

신부의 얼굴을 활짝 비추고 있는 저녁 햇빛이 신부복을 바랜 것처럼 하얗게 보이게 했다. 그 옷은 팔꿈치가 반들반들 빛나고 옷깃은 헤져 있었다. 폭 넓은 가슴 위에 조그마한 단추의 줄을 따라 기름 자국과 담배 얼룩이 묻어 있고, 가슴께에서 멀어질수록 더 많은 얼룩이 눈에 띄었다. 그리고 가슴 장식 위에는 주름이 잔뜩 잡힌 붉은 피부가 있었고, 그 피부에는 희끗희끗 센 거친 수염 속에 가려져 있는 누런 얼룩들이 군데군데 보였다. 신부는 방금 식사를 끝낸 후라 가쁜 숨을 쉬고 있었다.

“몸은 편안하신가요?”

신부가 물었다.

“좋지 않아요. 괴로워서 견딜 수가 없는걸요.”

엠마가 대답했다.

“하하, 그렇다면 저와 마찬가지로군요. 이른 봄날에는 누구나 몸이 나른하지요. 어쩔 수 없는 일 아니겠어요? 성 바오로께서 말씀하셨듯이, 인간은 고통을 받기 위해서 태어난 것이지요. 한데 보바리 선생은 부인의 병에 대해 뭐라고 하시던가요?”

“그분이야 뭐……”

그녀는 경멸하는 듯한 태도로 말했다.

“저런! 선생께서 아무런 약도 처방해 주시지 않더란 말입니까?”

신부는 몹시 놀란 것 같았다.

“아아! 저에게 필요한 것은 이 세상의 약이 아니랍니다.”

엠마가 대답했다.

신부는 이따금 성당 안을 둘러보았다. 거기에서는 아이들이 무릎을 꿇고 앉아 서로 어깨를 밀며 마치 카드로 만든 카퓌신느[93]를 쓰러뜨리는 것처럼 놀고 있었다.

“제가 알고 싶은 것은……”

---

93) 신앙심이 두텁지 못한 사람을 이르는 말이다 — 옮긴이

그녀는 다시 말을 하려고 했다.

"이놈, 리부데. 지금 곧 가서 때려줄 테다. 장난꾸러기 놈아!"

신부는 성난 목소리로 소리를 질렀다 그러고 나서 엠마 쪽을 보고 말을 이었다

"저놈은 부데 목수의 아들인데, 부모들도 살림이 좀 넉넉해지자 버릇없이 키우고 있답니다. 하지만 워낙 영리한 놈이어서 마음만 먹으면 공부도 꽤 잘할 겁니다. 가끔 난 농담으로 저 녀석을 리부데라고 부르곤 하지요. 마몸므로 가는 도중에 그런 이름의 언덕이 있지요? 그래서 몽 리부데[94]라고 부르기도 한답니다. 하하하, 리부데 산이라고 말이죠. 언젠가 한번 그 얘기를 주교님께 말씀드렸더니 그분도 웃으시고…… 아니, 웃어주시더군요. 그런데 요즘 보바리 씨는 어떻게 지내시나요?"

엠마는 못 들은 척했다.

"여전히 몹시 바쁘시겠지요? 사실 바깥어른과 나는 이 교구에서 가장 일이 많은 사람이니까요. 바깥어른은 육체의 의사이시고……."

신부는 빙긋 웃으면서 덧붙였다.

"나는 영혼의 의사이니까요."

그녀는 애원하는 듯한 눈초리로 신부를 바라보았다.

"그래요…… 신부님께서는 모든 괴로움을 덜어주시죠."

"아니 아니, 말씀 마십시오, 보바리 부인! 오늘 아침에만 하더라도 '붓는 병' 에 걸린 소가 있다고 해서 바디오빌르까지 갔다왔답니다. 그곳 사람들은 소가 저주받은 게 아닌가 생각하고 있더군요. 왜 그런지는 모르지만 차례차례로 그 집 소가…… 잠깐 실례 좀 해야겠군요. 이놈, 롱그마르! 그리고 리부데! 얌전하게 못 있겠니. 그만하란

---

94) 몽 리부데(mon Riboudet)는 '리부데 녀석' 이라는 뜻이지만 그 동음이의어인 Mont Riboudet 는 '리부데 언덕(산)' 이라는 뜻이 된다 ─ 옮긴이

말이야!”

신부는 한달음에 성당 안으로 뛰어들어 갔다. 마침 아이들은 그때 큰 책상 주위에 몰려들어 성가대 의자 위에 기어 올라가 기도서를 펼친 녀석들도 있었고, 살그머니 고해실 안까지 기어 들어가려는 녀석들도 있었다. 갑자기 나타난 신부는 다짜고짜 모두의 따귀를 소리가 나도록 마구 때렸다. 그런 다음 멱살을 잡아 번쩍 쳐들었다가 마치 나무를 심는 것처럼 성가대 돌바닥 위에 힘껏 무릎을 꿇렸다.

이내 엠마에게로 돌아온 신부는 인도산 옥양목 손수건 끝을 입에 물고 펴면서 말했다.

“사실, 농민들은 정말 불쌍하지요.”

“불쌍한 사람들은 그들 말고도 또 있어요.”

엠마가 대답했다.

“물론이지요. 예를 들면 도회지의 노동자들……”

“그런 사람들만이 아니라……”

“아니, 들어보십시오. 저는 도회지에서 보고 왔습니다. 아이를 거느린 불쌍한 어머니들과 훌륭한 여자, 행실도 좋고 마음도 바른 성녀같은 여자인데 그런 사람도 먹을 것이 없어서 고생하는 것을 보았단 말입니다.”

“하지만 저어……”

말을 이어 가는 엠마의 입가에 가벼운 경련이 일었다.

“신부님, 빵은 있어도…… 다른 무엇이 없는 사람들은……”

“겨울에 불이 없는 사람들.”

신부가 말했다.

“아니, 그런 게 아니고……”

“무슨 말씀을! 그런 게 아니라니요! 내 생각으로는 아무튼 우리는 따뜻하게 지내고 먹을 것만 충분하면…… 그렇지……”

"아아! 아아!"

그녀는 탄식을 토했다.

"어디가 안 좋으신가요? 혹시 소화가 잘 되지 않나요? 댁에 돌아가서서 차를 좀 드시는 게 좋겠습니다, 부인. 그러면 기운이 납니다. 그렇지 않으면 찬물에 흑설탕을 타서 한 잔 마셔도 좋겠지요."

신부는 걱정스러운 듯 그녀에게 다가오며 말했다.

"왜요?"

그녀는 마치 꿈에서 깨어난 듯한 표정이었다.

"부인이 이마에 손을 대서서 현기증이 나는 줄 알았습니다."

그러고는 문득 생각난 것처럼 말했다.

"그런데 방금 나에게 뭔가 물어보지 않았나요? 그게 뭐였는지 전혀 생각이 나지 않는데……."

"제가요? 아무것도 아니에요…… 아무것도……."

엠마는 되풀이했다. 그리고 주위를 둘러보던 그녀의 시선이 신부복을 입은 노인에게로 천천히 돌아와 멎었다. 두 사람 모두 얼굴을 마주본 채 아무 말도 없었다.

"그럼, 보바리 부인."

마침내 신부가 말문을 열었다.

"먼저 실례하겠습니다. 할 일이 있어서요. 저 장난꾸러기들에게 공부를 좀 시켜야겠습니다. 이제 곧 첫 영성체가 있는데 이번에도 그때가 되어서야 허둥지둥할 것 같아 걱정이 되어서 말입니다. 그래서 부활절 이래로 매주 수요일마다 한 시간씩 그들을 붙들어 놓고 공부를 봐주고 있답니다. 보시다시피 저렇게 장난이 심한 놈들은 조금이라도 빨리 하느님의 길로 인도하는 게 중요한 일입니다. 하느님께서도 그리스도의 입을 통해 그렇게 말씀하셨으니까요. 그럼 몸조심하십시오, 부인. 바깥주인께도 안부 전해 주십시오."

말을 마친 신부는 입구에서 허리를 약간 구부려 인사하고 성당 안으로 들어갔다.

엠마는, 머리를 어깨 쪽으로 약간 기울이고 손을 조금 벌린 채 흔들흔들하면서 무거운 듯한 걸음걸이로 두 줄로 나란히 줄지어 있는 의자 사이로 사라지는 신부를 바라보았다.

그녀는 마치 인형이 축 위에서 빙그르르 회전하는 것처럼 발뒤꿈치를 돌려 집을 향해 걸었다. 그녀의 뒤에서는 신부의 굵은 목소리와 장난꾸러기들의 떠드는 소리가 아직도 귀에 쟁쟁하게 들려왔다.

"그대는 그리스도 신자입니까?"

"네, 저는 그리스도 신자입니다."

"그리스도 신자란 어떠한 것인가요?"

"그것은 세례를 받은…… 세례를 받은…… 세례를 받은……."

그녀는 매달리듯 난간에 의지하면서 계단을 올랐다. 그리고 자기 방에 들어가자 팔걸이의자에 푹 쓰러져버렸다.

유리창으로 비쳐드는 하얀 햇빛이 물결처럼 출렁거리며 서서히 엷어져 갔다. 언제나 같은 자리에 놓여 있는 가구들은 한층 더 움직일 수 없는 형태로 보이고 컴컴한 바닷속으로 떨어지는 것처럼 어둠 속으로 잠겨들어 갔다. 이미 난롯불은 꺼졌고 시계추만이 여전히 소리를 내고 있었다. 마음속이 이렇게 크게 동요하고 있는데 주위의 물건들이 이처럼 조용한 것이 엠마에게는 어쩐지 이상하게 여겨졌다. 그때 창문과 재봉틀 사이에 있던 베르트가 털로 짠 신발을 신고 위태로운 걸음걸이로 뒤뚱거리고 걸어와 그녀 앞치마에 달린 리본 끝을 잡으려고 했다.

"귀찮게 구는구나."

엠마는 손으로 아이를 떠밀어내며 말했다. 하지만 베르트는 엠마의 무릎께로 더 가까이 다가왔다. 그리고 두 팔로 그녀의 무릎에 매달리며 커다랗고 푸른 눈으로 가만히 그녀를 올려다보았다. 한 줄기의 침이 아이 입술에서 비단 앞치마 위로 흘렀다.

"귀찮다니까!"

엠마는 짜증 섞인 목소리로 화를 버럭 냈다. 엄마의 얼굴 표정에 아이는 겁을 집어먹고 울기 시작했다.

"정말 귀찮게 하는구나!"

그녀는 팔꿈치로 다시 아이를 떠밀었다. 베르트는 옷장 밑으로 넘어지면서 놋쇠 장식에 얼굴을 부딪쳤다. 그리고 뺨에 상처가 생겨 피가 흘렀다. 깜짝 놀란 엠마는 허둥지둥 달려가 아이를 안아 일으키고 초인종 끈을 힘껏 당기며 있는 힘을 다해 큰소리로 하녀를 불렀다. 그리고 자신의 경솔한 행동을 뉘우치고 있는데 샤를르가 들어왔다. 저녁식사 때가 되어 돌아온 것이었다.

"당신이 좀 봐주세요. 여기서 놀다가 마룻바닥에 넘어져서 다쳤어요."

엠마는 침착한 목소리로 말했다. 대수롭지 않은 일이라고 아내를 안심시킨 샤를르는 연고를 찾으러 내려갔다.

엠마는 식당에 내려가지 않았다. 그녀는 혼자서 아이를 보살필 생각이었다. 잠들어 있는 아이를 가만히 바라보자 불안했던 마음이 조금씩 가라앉았다. 그리고 조금 전 대수롭지 않은 일에 허둥지둥했던 자신이 바보스럽고 어리석은 것 같이 느껴졌다. 이제 베르트는 울먹이지 않았다. 아이가 숨을 쉴 때마다 무명 홑이불이 살짝살짝 들썩일 뿐이었다. 큰 눈물방울이 반쯤 감은 눈꺼풀 끝에 괴어 있었고, 속눈썹 사이로 가라앉은 엷은 두 개의 눈동자가 보였다. 뺨에 붙인 반창고가 팽팽한 피부를 비스듬히 지나가며 잡아당기고 있었다.

'참 이상도 하지. 이 애는 어쩌면 이렇게도 못생겼을까!'

엠마는 생각했다.

밤 11시쯤 샤를르가 약국에서 돌아왔을 때(그는 저녁식사 후 남은 연고를 돌려주려고 약국에 갔었던 것이다) 아내는 아기의 침대 곁에 서 있었다.

"아무렇지도 않아요, 괜찮다니까 그러네."

샤를르는 아내의 이마에 키스하면서 덧붙였다.

"걱정할 것 없어요. 여보, 오히려 당신이 병나겠구려."

샤를르는 약제사의 집에서 너무 많은 시간을 보냈다. 별로 걱정스러운 기색을 보이지 않았는데도 오메 씨는 그를 안심시키려고 애쓰며 기운을 돋워주려 했다. 그리고 어린아이들에게 일어나기 쉬운 여러 가지 위험한 일이며 하녀들의 부주의에 관한 이야기가 화제에 올랐다. 오메 부인에게도 그런 경험이 있었다. 예전에 하녀가 숯불을 떨어뜨린 것이 그녀의 윗도리로 들어가 데인 상처가 지금도 가슴에 뚜렷이 남아 있었다. 그때부터 그녀의 부모는 절대로 칼을 갈아놓지 않았고, 방이나 마룻바닥은 미끄러지지 않도록 초를 칠하지 않았으며, 창문에는 철창을 해 달았고, 창틀에는 튼튼한 나무를 대놓았다.

오메는 아이들을 멋대로 내버려두기는 했지만 애 보는 아이를 꼭 붙여두었다. 감기 기운이 조금이라도 있으면 억지로라도 감기약을 먹이고, 네 살이 될 때까지는 상처를 막기 위해 솜을 놓은 두건을 꼭 씌워 두었다. 사실 이것은 오메 부인의 고집이었고, 남편은 그렇게 아이의 머리를 압박하면 두뇌 기능에 좋지 않은 영향이 있을지도 모른다고 근심하여 내심 달갑지 않게 생각했다. 그래서 그녀에게 이렇게까지 말했던 것이다.

"그러면 당신은 아이들을 카리브족[95]이나 보토쿠도스족[96] 같은 야만인으로 만들 작정이오?"

---

95) 중앙아메리카의 앙티르족을 말한다 - 옮긴이
96) 남부 브라질의 원주민을 말한다 - 옮긴이

샤를르는 이런 긴 이야기를 막으려고 몇 번이나 애를 썼다.

"당신에게 잠깐 할 얘기가 있는데요."

앞장서서 층계를 내려가려는 서기의 귀에 대고 샤를르가 조그마한 소리로 속삭였다.

'무슨 눈치를 챈 게 아닐까?'

마음속으로 생각한 레옹은 가슴이 두근거렸고, 여러 가지 억측이 떠올랐다.

입구의 문을 닫은 샤를르는 최고급 은판 사진의 가격이 얼마나 하는지 루앙에 가거든 알아봐 주지 않겠느냐고 부탁했다. 검은 예복을 입은 사진을 찍어 자기 부인에게 선물해서 깜짝 놀라게 해주려는 살뜰한 애정의 표시였다. 그는 비용이 어느 정도 드는지 미리 알아두고 싶다는 것이었다. 이러한 부탁은 매주 시내에 나가는 레옹 씨에게 큰 폐가 된다고 생각하지 않았다.

오메 씨는 레옹이 매주 시내에 나가는 이유를 젊은 사람에게 있을 법한 기껏해야 젊은 바람기 같은 것이라고 생각했다. 하지만 잘못된 생각이었다. 레옹은 바람난 것이 아니었다. 어느 때보다도 그는 침울했다. 요사이 그가 식사를 남기곤 했기 때문에 르프랑수와 부인은 그것을 눈치채고 있었다. 그녀는 자세한 내용을 알고 싶어서 세무 관리인 비네 씨에게 묻자 그는 무뚝뚝한 말투로 대답했다.

"나는 경찰서에서 월급을 받지 않아요."

그렇지만 비네 씨의 눈에도 청년의 태도가 매우 이상하게 보였다. 레옹이 양팔을 벌리고 의자에 벌렁 드러누워 알 수 없는 말로 인생에 대해 한탄을 늘어놓곤 했기 때문이었다.

"그것은 당신에게 즐거움이란 없기 때문이오."

비네 씨가 말했다.

"어떠한 즐거움 말입니까?"

"내가 당신이라면 녹로를 하나 사겠소."
"하지만 나는 그런 걸 쓸 줄 모르는걸요."
레옹이 대답했다.
"하긴 그렇군."
비네 씨는 턱을 쓰다듬으며 경멸과 만족이 섞인 표정으로 말했다.
레옹은 보답 없는 사랑에 지쳐버렸다. 아무런 계획도, 아무런 희망도 없는 똑같은 생활이 매일 되풀이되는 데서 오는 견딜 수 없는 압박감을 느끼기 시작했다. 그는 용빌르에도, 그곳 사람들에게도 싫증이 났고, 그곳에 있는 어떤 사람들이나 집들만 보아도 견딜 수 없을 만큼 짜증이 치밀어올랐다. 약제사도 사람은 좋았지만 참을 수 없는 구석이 있었다.

앞날의 새로운 생활을 상상하면 매력과 동시에 두려운 마음도 들었다. 이내 그러한 두려움은 조바심으로 바뀌었다. 그러자 저 멀리 파리에서 요란스러운 가면무도회의 음악이며 마을 아가씨들의 웃음소리가 들려오는 듯했다.

'어차피 장래에는 파리로 가서 법률 공부를 마쳐야 하는데 어째서 빨리 가지 않는 것인가? 무엇 때문에 머뭇거리고 있을까?'

마침내 그는 마음의 준비를 하기 시작했다. 파리에서의 생활을 미리 머릿속에 그려보며, 방 안의 가구 배치도 정해 보았다.

'그곳에서 예술가와 같은 생활을 하리라. 기타도 배우리라. 실내복을 입고 바스크 지방식 베레모를 쓰고 푸른 벨벳 실내화를 사서 신으리라!'

그는 벌써부터 벽난로 선반 위에 두 개의 펜싱용 칼을 비스듬히 십자로 장식하고 그 위에 해골과 기타를 나란히 놓은 모습을 상상해 보았다.

어려운 것은 어머니의 승낙을 얻는 일이었다. 그러나 결코 무리한 소망은 아닐 것이라고 생각했다. 그의 주인까지도 좀 더 공부를 할 수 있는 사무소만 있으면 옮겨도 좋다고 권하고 있었다. 레옹은 절충안을 택해 우선 루앙에 견습 서기 자리를 알아보았지만 구하지 못했다. 마침내 그는 어머니에게 편지를 써서 즉시 파리로 가서 살지 않으면 안 되는 까닭을 자세히 설명했다. 어머니는 승낙했다.

레옹은 서두르지 않았다. 꼬박 한 달 동안을 매일같이 마부인 이베르가 그를 위해 용빌르에서 루앙으로, 루앙에서 용빌르로 여러 가지 상자와 여행용 트렁크와 짐꾸러미를 운반해 주었다. 의복을 새로 장만하고 세 개의 팔걸이의자를 다시 고치고 여러 개의 비단 목도리를 샀다. 한마디로 말해, 세계 일주에 나서는 것 이상의 준비를 마치고도 한 주일 또 한 주일 날짜를 미루었다. 심지어 휴가 전에 시험에 합격하고 싶은 마음이라면 하루라도 빨리 출발하라는 재촉 편지가 어머니에게서 두 번씩이나 날아드는 지경까지 이르렀다.

작별할 때가 오자 오메 부인은 눈물을 흘리고 쥐스텡은 흐느끼면서 슬퍼했다. 오메는 남자답게 감정을 억누르고 있었다. 그는 레옹을 자기 마차로 루앙까지 전송하겠다는 공중인의 집 앞까지 레옹의 외투를 들어다주겠다고 했다. 레옹은 간신히 보바리 씨와 인사를 나눌 시간밖에 없었다.

레옹은 계단 위까지 올라갔을 때 몹시 숨이 차서 잠깐 멈추었다. 그가 들어오는 것을 보자 보바리 부인이 황급히 일어섰다.

"접니다. 또 왔습니다."

"당신일 거라고 생각했어요."

엠마는 입술을 깨물었다. 피부 아래로 피가 몰려 한순간 이마에서 목덜미까지 붉게 물들었다. 그녀는 벽에 어깨를 기대고 있었다.

"주인어른은 안 계십니까?"

"네."

그것으로 대화가 뚝 끊기자 두 사람은 서로의 얼굴만 가만히 쳐다보고 있었다. 하지만 두 사람의 마음은 같은 고통으로 참을 수 없는 감정에 녹아들어 두근거리는 두 개의 가슴처럼 서로 꽉 얽혀 있었다.

"베르트에게 키스를 해주고 가고 싶습니다."

마침내 레옹이 입을 열었다. 엠마는 계단을 내려가서 펠리시테를 불렀다.

레옹은 재빠르게 주위를 둘러보았다. 벽과 선반, 난로 위로 퍼진 그의 시선은 그 모든 것을 가져가기라도 하려는 것 같았다. 이내 엠마가 돌아왔고, 줄 끝에 거꾸로 매달아놓은 바람개비를 흔들고 있는 베르트를 하녀가 데리고 왔다. 레옹은 몇 번이나 아이의 목덜미에 입을 맞추었다.

"아가야 안녕! 잘 있어요, 예쁜 아기. 잘 있어!"

레옹은 아이를 어머니에게 돌려주었다.

"저리 데리고 가거라."

엠마가 하녀에게 말했고, 다시 두 사람만 남았다.

그에게 등을 돌린 채 엠마는 유리창에 얼굴을 대고 있었다. 레옹은 손에 들고 있는 모자로 무릎께를 가볍게 치고 있었다.

"비가 올 것 같군요."

엠마가 말했다.

"외투가 있습니다."

레옹이 대답했다.

"아, 네!"

엠마는 턱을 숙이고 이마를 앞으로 내밀며 고개를 돌렸다. 햇빛이 대리석 위에 미끄러지듯 그녀 이마 위로 떨어지면서 둥근 눈썹을 비추었다. 엠마가 지평선 저 멀리 무엇을 보고 있는지, 마음속 깊이 무엇을 생각하는지 알 길이 없었다.

"그럼 안녕히!"

레옹이 한숨을 내쉬며 말했다. 그녀가 갑자기 머리를 번쩍 들었다.

"네, 안녕히…… 가세요!"

두 사람은 서로 가까이 다가섰다. 이내 그가 손을 내밀었고, 그녀는 망설였다.

"그럼 영국식으로……."

엠마는 자기 손을 내밀면서 웃으려고 애를 썼다. 레옹은 그녀의 손바닥 감촉을 느끼자 자신의 모든 존재가 차분한 그 여자의 손 안으로 빨려들어 가는 것처럼 느껴졌다.

이윽고 그는 손을 놓았다. 다시 두 사람의 눈과 눈이 마주쳤다. 그리고 그는 돌아섰다.

시장의 지붕 밑으로 오자 레옹은 걸음을 멈추었다. 그리고 네 개의 녹색 덧문이 달린 하얀 집을 마지막으로 한 번 더 보려고 기둥 뒤에 몸을 숨겼다. 그녀의 방 창문 너머로 언뜻 그림자가 보이는 듯했다. 그러나 커튼걸이에서 혼자 벗겨진 커튼이 기다랗게 비스듬한 주름을 흔들며 한꺼번에 주욱 펼쳐졌다. 그러고 나서 꼼짝하지 않고 늘어져 석회벽처럼 더 이상 움직이지 않았다. 레옹은 달리기 시작했다.

주인의 이륜마차가 길 위에 나와 있는 것이 보였다. 그 옆에는 거친 헝겊으로 된 앞치마를 두른 사나이가 말을 붙들고 있었다. 오메 씨와 기요맹 씨가 이야기를 나누고 있었다. 모두들 그를 기다리고 있는 중이었다.

"포옹해 주게. 그리고 이것은 자네 외투일세. 감기에 들지 않도록 조심하게나. 몸조심하라구. 무리를 하면 안 되네."

약제사가 두 눈에 눈물을 글썽이며 말했다.

"자, 레옹. 어서 타게나."

공증인이 말했다.

오메는 수레바퀴의 흙받이 위로 몸을 굽히고 흐느낌 때문에 토막 토막 끊기는 목소리로 슬픈 듯이 말을 건넸다.

"가는 길, 조심하게나."

"안녕히…… 자, 떠나자!"

기요맹 씨가 대답했다. 마침내 그들은 출발했다. 그리고 오메는 집으로 돌아갔다.

보바리 부인은 뜰로 향한 창문을 열어젖히고 구름을 바라보고 있었다. 구름은 서쪽의 루앙 쪽 하늘에 모여 시커먼 소용돌이처럼 재빠르게 움직였고, 그 뒤에서 태양 광선이 마치 벽에 걸어놓은 트로피의 금 화살을 쏘는 것처럼 뻗치고 있었다. 그러나 넓은 하늘의 나머지 부분은 도자기처럼 희었다. 그때 갑자기 불어온 바람이 포플러 나뭇가지를 휘청거리게 했고, 굵은 빗방울이 푸른 잎사귀 위에 뚝뚝 떨어지는 소리가 났다. 이윽고 다시 해가 나고 암탉이 울고 참새는 젖은 숲 속에서 날개를 퍼덕거리고 모래 위에 생긴 물구덩이는 아카시아의 분홍색 꽃을 떠내려 보내고 있었다.

'벌써 멀리 가버렸을 거야!'

엠마는 생각했다.

오메 씨는 언제나처럼 6시 반, 한참 식사를 하는 중에 찾아왔다.

"결국 그 젊은 친구도 떠나고 말았군요."

"그렇군요."

샤를르가 대답했다. 그리고 의자 위에 앉은 채 오메 쪽을 돌아보면서 물었다.

"댁에는 별일 없지요?"

"뭐 별다른 일은 없어요. 그저 오늘 오후에 집사람이 조금 흥분했을 뿐이에요. 아무튼 여자는 아무것도 아닌 일에도 곧잘 흥분을 잘

하거든요. 우리 집사람은 특별히 유난스럽지요. 여자들의 신경조직
은 남자들보다 훨씬 연약해서 말이죠. 그렇다고 이쪽에서 화를 내는
것도 무리겠죠."

"레옹 군도 섭섭할 겁니다. 파리에서 어떻게 생활할지 모르겠군
요. 잘 적응할까요?"

샤를르의 말에 엠마는 한숨을 내쉬었다.

"뭘요! 술집에서는 여자들과 섞여 떠들어댈 거고, 가면무도회다,
샴페인이다…… 걱정 없어요. 모두 다 잘해낼 겁니다."

약제사는 혀를 차며 말했다

"설마 그 친구가 잘못된 길로 빠질 리야 없겠지요."

약간은 불평스러운 어조로 샤를르가 말했다.

"저도 그렇게 생각하지는 않아요. 하지만 다른 사람들이 하는 일
을 자기도 하지 않으면 일단 위선자라고 생각될 테니까요. 아무튼
그러한 난봉꾼들이 라틴 지구 일대[97]에서 어떤 생활을 하고 있는
지 - 여배우 따위를 상대하면서 말이죠 - 아마 모르실 겁니다. 첫째
파리에서는 학생들이 여간 인기가 아니랍니다. 조금이라도 사교에
재주가 있으면 상류 사회에 초대되죠. 그렇게 되면 또 포부르 생 제
르맹[98]의 부인들 가운데는 이러한 청년들과 사랑을 하는 사람들까
지 있어서 이런 기회로부터 엄청난 출세를 할 수 있는 발판이 될 결
혼할 기회도 생겨나곤 한답니다."

오메 씨가 황급히 말을 받았다.

"그러나 저로서는 거기에서…… 그를 위해 근심되는 것은……."

샤를르가 말했다.

"그건 그렇지요."

---

97) 파리의 학생들이 모여사는 곳을 말한다 - 옮긴이
98) 파리의 귀족들이 사는 거리를 말한다 - 옮긴이

재빨리 약제사가 말을 가로챘다.

"모든 일에는 좋은 일과 나쁜 일이 있지요. 파리에서는 언제나 주머니 끈을 단단히 매두어야만 합니다. 이를테면 선생님께서 어느 공원에 간다고 합시다. 거기에 옷차림도 훌륭하고 훈장까지 단 외교관 같은 사람이 나타나 선생님께 얘기를 걸어옵니다. 그 남자는 교묘하게 선생님의 환심을 사서 담배를 권하기도 하고 또 선생님의 모자를 집어주기도 한단 말입니다. 그렇게 점점 친해져서 그 남자는 선생님을 술집에도 안내하고 자기의 별장에도 와달라고 이끌지요. 술을 마시면서 여러 사람에게 소개를 합니다. 그런데 그런 사람들은 십중팔구 선생님의 주머니에서 돈을 끌어내려고 허거나 위태로운 사업에 끌어넣으려는 것이 목적이거든요."

"그건 옳은 말씀이에요. 그러나 제가 근심이라고 하는 것은 특히 병에 대한 겁니다. 예를 들면 지방에서 온 학생이 잘 걸리는 것은 장티푸스 같은 것이죠."

샤를르의 대답에 엠마는 몸서리를 쳤다.

"음식이 달라지니까요."

약제사가 말을 이었다.

"그 때문에 몸의 균형에 이상이 오거든요. 게다가 파리의 물이라는 것이 말도 못하죠. 식당의 음식만 하더라도 그처럼 향신료가 짙은 음식만 먹으면 열이 높아질 게 뻔하고, 뭐니 뭐니 해도 집에서 만드는 음식을 당할 수가 없지요. 저는 말이죠, 집에서 만드는 요리를 가장 좋아해요. 훨씬 위생적이거든요. 루앙에서 약제학을 공부할 때에도 저는 식사를 제공하는 하숙에 있으면서 거기서 교수님들과 함께 식사를 하곤 했답니다."

약제사는 그 이후로 자기의 의견이나 좋아하는 것과 싫어하는 것에 대해 계속 지껄여댔는데, 쥐스텡이 에그녹을 만들어야 한다고 부르러 올 때까지 그치지 않았다.

"잠깐 쉴 겨를도 없군요. 1년 내내 쇠사슬에 얽매여서 말입니다. 단 1분도 밖에 나와 있지를 못합니다! 마치 농사꾼의 말처럼 땀을 뻘뻘 흘리면서 계속 일해야 하다니. 가난한 사람의 괴로움이란 바로 이런 것일까요?"

그는 큰소리로 말했다. 그리고 문 바로 앞까지 가서 덧붙였다.

"그런데 그 소식은 들으셨나요?"

"무슨 소식 말입니까?"

"그게 거의 확실할 거라고 생각되는데……."

오메 씨가 눈썹을 곤두세우고 진지한 표정을 지으며 말을 이었다.

"세느 엥페리에르 지방의 농사 공진회가 금년에는 이 용빌르 라베이에서 열리는 모양이에요. 어쨌든 그렇다는 소문이 돌고 있죠. 오늘 아침 신문에도 그 내용이 조금 나와 있었거든요. 만약 그렇다면 우리 지방으로서는 대단히 중대한 사건이지요. 어쨌든 이 문제에 대해서는 나중에 또 천천히 이야기하지요. 아니, 괜찮아요. 걱정 마세요. 잘 보여요. 쥐스텡이 등불을 가지고 있으니까요."

7

이튿날은 엠마에게 있어 침울한 하루였다. 음산한 분위기가 모든 것을 휘감으며 막연하게 사물 위에 감돌고 있는 것처럼 생각되었다. 그리고 슬픔은 마치 사람이 살지 않게 된 성 안으로 불어닥치는 겨울바람처럼 그녀의 마음속에 쓸쓸한 소리를 내면서 파고들었다.

그것은 두 번 다시 돌아오지 않는 것을 좇는 꿈과 일을 끝내고 나면 찾아드는 권태 같은 것이었고, 습관이 되어 있던 움직임이 딱 멈추었을 때, 오랜 진동이 갑자기 멈추었을 때 일어나는 고통 같은 것이었다.

보비에사르에서 돌아왔을 때, 카드릴 춤이 머릿속에서 소용돌이 치던 그때처럼 그녀는 음침하고 우울한 기분과 멍한 것 같은 절망을 느끼고 있었다. 레옹의 모습이 전보다도 더 크고, 더 아름답게, 더 상냥스럽게, 더 어렴풋하게 떠올랐다. 그는 비록 엠마 곁에서 떠났지만 완전히 떠나버린 것이 아니고 그곳에 있었다. 집 안 벽에는 그의 그림자가 아직 남아 있는 것 같았다. 그가 걸어다니던 융단이며 그가 앉아 있었던 텅 빈 의자에서 그녀는 눈을 뗄 수가 없었다.

시냇물은 변함없이 흐르고 강가를 따라 잔잔하게 물결치고 있었다. 이끼가 끼어 있는 조약돌을 밟으며 평소와 같은 물결의 속삭임을 들으면서 두 사람은 이곳을 산책했다. 그때 얼마나 상쾌한 햇빛을 받았던가. 뜰 깊숙한 나무 그늘에서 단둘이 얼마나 즐거운 오후를 보냈던가. 그는 모자도 쓰지 않고 고목을 얽어서 만든 의자 위에 앉아 소리 높여 책을 읽곤 했다. 목장에서 불어오는 서늘한 바람이 읽고 있던 책의 책장과 정자 위의 한련화를 흔들곤 했다……. 하지만 이제 그 사람은 가버렸다. 그녀의 삶에 단 하나의 즐거움이며 행복을 가져다주는 유일한 희망이라고 생각했던 그 사람! 어째서 그 행복이 눈앞에 나타났을 때 붙잡지 못했을까? 행복이 달아나려고 할 때 어째서 무릎을 꿇고 두 손으로 잡아놓지 못했단 말인가?

그녀는 레옹을 사랑하지 않았던 자신을 책망하고 그의 입술을 갈망했다. 그의 곁으로 달려가 그의 두 팔에 몸을 내던지면서 "저예요, 저는 당신 거예요."라고 말하고 싶은 욕망에 사로잡혔다. 그러나 엠마는 그것을 실행하기 전에 그 계획이 가진 여러 가지 어려움 때문에 괴로워해야 했다. 그리고 그녀의 욕망은 후회와 뒤섞여 더욱더 심해져 갔다.

그때부터는 레옹에 대한 추억이 그녀의 괴로움의 중심처럼 되어버렸다. 그 추억은 러시아의 광활한 설원 위에 나그네가 버리고 간 모닥불보다도 더 강하게 고통 속에서 타올랐다. 그녀는 그곳으로 달려가 그 곁에 웅크리고 앉아 꺼져가는 모닥불을 되살릴 수 있는 것은 없을까 하고 주위를 둘러보았다. 아득한 옛날의 어렴풋한 추억, 엊그제 같은 생생한 추억, 실제로 가슴에 느꼈던 것, 공상 속에서 그렸던 것, 산산이 흩어져버린 관능의 욕망, 죽은 나뭇가지처럼 바람에 꺾이는 행복의 계획, 보람 없는 정조, 깨어져 버린 희망, 가정생활이라는 지푸라기…… 이 모든 것들을 그러모아 집어들고 자기의 슬픔을 따뜻하게 해보려고 했다.

그러나 땔감이 떨어졌는지 아니면 너무 많이 쌓아올린 탓인지 불길은 그대로 사그라들었다. 상대가 곁에 없는 사랑은 조금씩 사라지고, 후회는 익숙한 것들 속에 눌려버렸다. 그녀의 파란 하늘을 붉게 물들였던 남은 불빛도 차차 어두워지고 끝내는 꺼져갔다. 분명하지 못한 의식 속에서 그녀는 남편에 대한 혐오감을 애인에 대한 동경으로 착각하기도 하고, 불타오르는 증오를 사랑의 정열이 되살아온 것으로 착각하기도 했다. 그래도 폭풍 같은 바람은 여전히 몰아쳤고, 정열은 너무 타버려서 재가 되었고, 더욱이 아무런 구원의 손길도 뻗어오지 않았다. 어떠한 태양도 나타나지 않았기 때문에 사방은 캄캄해지고, 그녀는 뼛속으로 스며드는 무서운 추위 속에 그저 혼자 목적지도 없이 방황하고 있었다.

그래서 토트에서와 같은 그 저주스러운 나날이 또다시 시작되었다. 이번에는 전보다도 더욱 불행한 것처럼 느껴졌다. 왜냐하면 그녀는 이미 슬픔을 경험했던 만큼 그 슬픔에 끝이 없다는 사실을 잘 알았기 때문이다.

그렇게 큰 희생을 스스로 받아들인 여자라면 일시적 기분에 따라 변덕을 부릴 수도 있는 일이었다. 그녀는 고딕식 기도대를 샀고, 한 달 동안 손톱 손질용 레몬을 사는 데에만 14프랑어치나 썼다. 푸른색 캐시미어 옷을 루앙에 주문하고, 뢰르의 가게에서 가장 좋은 목도리를 골라 실내용 가운의 허리에 맸다. 그리고 그런 모습으로 덧문을 닫고 손에 책을 한 권 든 채 안락의자 위에 길게 누워 있었다.

그녀는 머리 모양도 자주 바꾸었다. 평소에는 부드럽게 끝을 말아 올린 머리를 중국식으로 땋아 늘어뜨렸는데, 때로는 남자처럼 옆에다 가르마를 타서 그대로 곱게 내려 빗기도 했다.

그녀는 아탈리아어를 공부하려고 여러 가지 사전과 문법책과 많은 종이를 사들였다. 그리고 역사라든가 철학이라든가 하는 진지한 책들을 읽으려고도 했다. 샤를르는 간혹 밤중에 기척을 느끼고는 환자의 집에서 부르러 온 줄 알고 갑자기 눈을 번쩍 뜨고 벌떡 일어나는 일이 있었다.

"네, 지금 곧 갑니다."

졸리운 듯한 목소리로 그는 중얼거렸다. 하지만 그것은 엠마가 램프의 불을 다시 켜려고 성냥을 긋는 소리였다. 그런데 그녀는 이것저것 시작만 해놓을 뿐이었다. 수를 놓다 말고 벽장 속에 그대로 처박아둔 헝겊들과 마찬가지로 독서를 시작하다가는 곧 그만두고 다른 책으로 옮기곤 하는 형편이었다.

그녀는 때때로 발작을 일으키기도 했다. 그럴 때면 이상한 짓을 시켜도 그대로 할 정도였다. 어느 날은 남편과 맞서서 브랜드를 커다란 컵 절반은 거뜬히 마실 수 있다고 우겨댔다. 그런데 샤를르가 어리석게도 마실 수 있으면 마셔보라고 하자 그녀는 한 방울도 남기지 않고 담숨에 꿀꺽꿀꺽 마셔버렸다.

엠마는 겉보기에 들뜬 것처럼 보이지만(이것은 용빌르의 아낙네들의 말이었다) 마음이 즐거워 보이지는 않았다. 나이 든 노처녀나 실의에 빠진 야심가가 얼굴을 잔뜩 찌푸리고 있듯이 좀처럼 움직이지 않는 굳은 표정이 언제나 입가에 머물렀다. 몸 전체에 핏기가 없었고 병적으로 흰빛이었다. 코의 피부는 콧구멍 쪽으로 늘어지고 사람들을 쳐다보는 눈초리도 멍해졌다. 그리고 관자놀이께에서 흰 머리카락을 세 개나 보았다며 자기는 이미 늙은 사람이 되어버렸다고 자주 뇌까렸다.

그녀는 기절하는 일도 종종 있었다. 심지어 어떤 날은 각혈까지 했다. 샤를르가 걱정스러운 표정으로 다가가자 그녀는 이렇게 말했을 뿐이었다.

"아니, 이 정도 가지고 뭘 그래요?"

그러면 도망치듯 진찰실로 뛰어 들어간 샤를르는 양 팔꿈치를 책상 위에 괴고 안락의자에 앉아 골상학용 흉상 밑에서 울었다.

결국 샤를르는 어머니에게 집으로 와 달라는 편지를 썼다. 그리고 두 사람은 엠마의 일에 대해 오랫동안 의논을 했다.

어떻게 하면 좋을 것인가? 그녀가 어떠한 치료도 받지 않겠다고 고집을 부리고 있으니 어쩌면 좋다는 말인가?

"네 아내를 어떻게 했으면 좋겠느냐고 묻는 거냐? 억지로라도 일을 시켜야 하는 거다. 아무 일이라도 좋으니 말이다. 세상 다른 사람들처럼 먹고 살기 위해 어떻게든지 일해야 하는 사람이라면 저런 신경질 같은 것은 생기지 않는다. 몸이 한가해서 빈둥거리고 쓸데없는 일만 생각하니까 생기는 병이란 말이다."

보바리 노부인은 말했다.

"하지만 저 사람은 나름대로 바쁜걸요."

샤를르가 대답했다.

"흥! 바쁘다고? 무슨 일을 하길래 바쁘다는 거지? 소설이나 돼먹지 않은 책을 읽는 것이겠지? 교의(敎義)를 헐뜯고 볼테르가 한 말을 빌려 신부님들을 비방하는 그러한 책들 말이다. 그런 것들은 아무래도 결과가 좋지 않아. 종교를 갖지 않는 사람은 틀림없이 좋지 못하게 되는 법이니까."

두 사람은 엠마에게 소설을 읽지 못하게 하기로 결론을 내렸다. 그 일을 노부인이 맡았지만 그리 쉬울 것 같지는 않았다. 노부인은 루앙을 지나는 길에 대본집에 들러, 엠마가 구독을 그만두기로 했다고 말하기로 했다. 만일 대본집에서 여전히 해독을 끼칠 장사를 계속하겠다고 한다면 경찰의 힘을 빌릴 수도 있었다.

고부간의 작별 인사는 아주 냉랭했다. 함께 지낸 3주 동안 두 사람은 식탁에서 얼굴을 맞대는 것과 잠자리에 들기 전 그날그날 일어난 일에 대한 보고나 인사말 정도를 나눌 뿐이었다.

보바리 노부인은 용빌르의 장날인 어느 수요일에 떠났다.

광장은 이른 아침부터 줄지어 있는 짐마차들로 혼잡했다. 마차들은 하나같이 꽁무니를 땅에 붙이고 수레채는 공중으로 뻗친 채 성당에서부터 여관까지 추녀 끝을 따라 죽 늘어서 있었다. 반대쪽에는 포장을 둘러친 막사들이 세워졌는데 무명으로 만든 제품, 담요, 모직 양말, 그밖에 말에 쓰이는 고삐와 바람에 펄럭이는 푸른 리본묶음 같은 것을 팔고 있었다. 산처럼 쌓아올린 계란과 끈적끈적한 지푸라기가 비어져 나온 치즈 바구니 사이에 큼직한 쇠그릇들이 땅바닥에 펼쳐져 있었다. 보리를 훑는 기계 옆에는 평평한 대소쿠리에 든 암탉이 꼬꼬댁거리면서 바구니 사이로 목을 내밀고 있었다.

한덩어리로 빽빽이 엉켜 움직일 줄 모르는 군중들에 밀려 이따금 약국의 진열대가 망가질 것 같았다. 약국은 언제나 수요일만 되면 매우 붐볐는데, 약을 사는 사람보다 진찰을 받기 위해 모여든 사람들이 더 많았다. 그만큼 오메 씨의 이름은 이 근처 마을에 널리 알려져 있었다. 대가인 척하는 그의 침착한 태도가 농촌 사람들의 눈을 어리게 하고 매혹시켰던 것이다. 그들은 이 사나이를 어느 의사보다도 훌륭한 의사라고 생각하고 있었다.

엠마는 창가에 팔꿈치를 괴고 있었다(그녀는 종종 창가에 와서 앉았다. 시골에서의 창은 극장이나 산책길을 대신하는 것이었다). 그리고 시골 사람들의 혼잡스러운 군상을 바라보면서 즐기고 있었다. 그때 문득 초록색 벨벳 프록코트를 입은 한 신사가 눈에 띄었다. 신사는 단단한 각반을 두르고, 손에는 멋진 노란 장갑을 끼고 있었다. 신사는, 고개를 푹 숙이고 생각에 잠긴 것 같은 한 농부를 거느리고 의사의 집 쪽으로 걸어왔다.

"선생님을 좀 뵐 수 있겠습니까?"

현관에서 펠리시테와 이야기하고 있던 쥐스텡을 이 집 하인으로 착각한 신사가 말을 걸었다.

"라 위세트의 로돌프 블랑제라는 사람이 왔다고 선생께 전해 주십시오."

신사가 자기 이름 앞에 라 위세트 운운하면서 소개한 것은 자신의 영지를 뽐내기 위해서가 아니라 자기 신분을 확실히 알리기 위해서였다. 라 위세트 지방은 용빌르 가까이에 있는 영지로 그는 최근에 그곳 별장과 농장 두 곳을 사들였다. 그리고 재미삼아 그 농장을 직접 경작하고 있었다. 독신으로 지내는 그의 연간 수입이 적어도 1만 5천 프랑은 될 거라는 소문이었다.

손님이 왔다는 소리에 샤를르가 진찰실로 나왔다. 로돌프는 데리고 온 사람을 소개했다. 그 사람은 온 몸이 저리고 쑤신다면서 피를 뽑아주었으면 좋겠다고 했다.

"그렇게 해주시면 시원해질 것 같습니다."

농부는 의사가 무슨 말을 해도 막무가내로 고집을 부렸다. 하는 수 없이 샤를르는 붕대와 대야를 가져오게 하고 쥐스텡에게 대야를 들고 있도록 했다. 그러고는 벌써 파랗게 질려 있는 농부에게 말했다.

"조금도 겁낼 것 없어요."

"뭘요, 뭘요. 아무렇지도 않습니다. 어서 해주십시오."

대답을 한 농부는 괜찮은 척하면서 굵직한 팔을 내밀었다. 침으로 찌르자 피가 솟구쳐 거울에까지 튀었다.

"대야를 좀 더 가까이!"

샤를르가 소리쳤다.

"어이쿠! 마치 작은 분수 같군요. 어쩌면 제 피가 이렇게 시뻘겋지요? 이건 좋은 징조인 것 같은데요? 그렇습지요?"

농부가 말했다.

“어떤 사람들은……."

샤를르가 말을 이었다.

“처음에는 아무렇지도 않다가 나중에 기절하기도 해요. 특히 체격이 좋은 사람이 그렇죠, 이 사람처럼 말이에요.”

그 말을 듣는 순간 농부는 손가락으로 만지작거리고 있던 침 상자를 떨어뜨렸다. 그리고 어깨가 부들부들 떨리면서 의자 등이 삐걱 소리를 냈다. 그는 모자도 떨어뜨렸다.

“내 이렇게 될 줄 알았지."

샤를르는 혈관을 손가락으로 누르면서 말했다. 쥐스텡의 손에 들린 대야가 흔들리기 시작하더니 무릎을 와들와들 떨면서 얼굴이 새파래졌다.

“여보! 이봐요, 엠마!"

샤를르가 안쪽을 향해 고함을 치자 엠마는 단숨에 층층대를 뛰어 내려왔다.

“식초를 가져다줘요. 이것 참 난처하군. 한꺼번에 두 사람이나 기절하다니!"

당황한 샤를르는 가제를 갖다대는 것도 제대로 되지 않았다.

“아무것도 아닙니다."

침착하게 쥐스텡을 양쪽 팔로 껴안으면서 로돌프가 말했다. 그리고 농부를 탁자 위에 앉혀놓고 벽에 기대게 했다.

엠마는 쥐스텡의 넥타이를 풀기 시작했다. 셔츠의 끈에 매듭이 있었기 때문에 그녀는 한참 동안 그의 목줄기에서 가느다란 손가락을 움직였다. 이윽고 그녀는 자기의 바티스트[99] 손수건에 식초를 묻혀 그의 관자놀이를 적신 다음 톡톡 쳤다. 그러고는 그 위에 입김을 불

---

99) 얇고 흰 고급 삼베이다. 13세기경 프랑스 사람인 밥티스트가 처음으로 만들었다고 하며 그의 이름에서 유래한다 — 옮긴이

어주었다. 농부는 이내 정신을 차렸지만 아직 깨어나지 못한 쥐스텡의 눈동자는 마치 우유 속에 푸른 꽃잎이 가라앉는 것처럼 허연 막속으로 사라져 보이지 않았다.

"그것을 다른 곳으로 치워주구려."

샤를르가 대야를 기리키며 말했다. 대야를 든 엠마가 그것을 탁자밑에 놓으려고 허리를 구부리자 그녀의 옷(치맛단 주름이 네 단 접힌 허리가 길고 치마폭이 넓은 노란 빛깔의 여름옷이었다)이 바닥 위에 쫙펼쳐졌다. 그리고 허리를 구부린 엠마가 양팔을 벌리면서 조금 비틀거렸기 때문에 부풀어오른 옷의 허리 부분이 굴곡을 따라 군데군데주저앉았다. 그녀가 물주전자를 가져와 설탕 덩어리를 물에 녹이고있는데 약제사가 들어섰다. 소동이 난 것을 보고 하녀가 부르러 간것이었다. 눈을 뜨고 있는 자기의 조수를 보자 약제사는 안도의 숨을 내쉬었다. 그러고는 조수의 주위를 위아래로 훑어보았다.

"바보로군 그래. 할 수 없는 놈이로군. 정말 멍텅구리구나! 겁도 없는 녀석이 겨우 피를 뽑는 걸 가지고 말이다! 이 녀석은 말이죠, 다람쥐처럼 높은 나무에 기어 올라가 호두를 터는 녀석이랍니다. 안 그래? 말 좀 해봐. 그래서야 장차 어떻게 약제사 노릇을 하겠느냐 말이다. 일이 잘못되면 재판소에 불려가 재판관 앞에서 진술도 해야 할때가 있는데 말이야. 그런 때에는 냉정한 태도로 침착하게 그리고 당당하게 그 까닭을 말해서 남자다운 가치를 보여주어야 하는 거야. 그렇지 않으면 바보 취급을 받는단 말이다."

쥐스텡은 대답하지 않았다. 약제사는 계속해서 말했다.

"누가 너보고 여기에 와 달라고 그랬어? 네놈은 언제나 여기 선생님이나 부인께 폐만 끼치고 있단 말이다. 게다가 수요일에는 집에 있어야 하잖아. 지금도 가게에는 20명 남짓한 손님이 있단 말이다. 나는 네가 근심이 되어서 만사 제쳐놓고 달려왔단 말이야. 자, 빨리 돌아가라고! 빨리 가서 내가 돌아갈 때까지 약병들을 지키고 있으란 말이야!"

쥐스텡이 옷매무새를 고치고 나가자 잠시 기절에 대한 이야기가 오갔다. 엠마는 아직 한 번도 기절한 일이 없다고 했다.

"그것은 부인으로서는 놀라운 일인데요. 세상에는 마음 약한 사람도 많지요. 실제로 나는 결투할 때 피스톨에 총알을 재는 소리만 듣고도 정신을 잃는 입회인을 본 적이 있답니다."

먼저 로돌프가 말문을 열었다

"저는 말이죠……."

약제사가 말했다.

"남의 피를 보는 것은 아무렇지 않아요. 하지만 내가 피를 흘린다는 것은 생각만 해도 머리가 멍해지던걸요."

그러는 동안 로돌프는 데리고 온 농부에게, 이제 소원대로 해주었으니 안심하라고 타일러서 돌려보냈다.

"저놈의 엉뚱한 소망 덕분에 선생님을 알게 되었습니다."

로돌프는 이렇게 말하면서 엠마를 가만히 지켜보았다. 이윽고 그는 탁자 한구석에 3프랑을 놓고 가볍게 인사를 하고는 돌아갔다.

잠시 후 그는 라 위세트로 돌아가는 시냇가 건너편 언덕을 오르고 있었다. 엠마는 목장을 지나가는 그의 모습을 보았다. 무언가 깊은 생각을 하는 것처럼 가끔 발걸음을 늦추면서 포플러 밑을 걸어갔다.

'귀여운 여인이야. 꽤 괜찮던걸. 그 의사의 부인 말이야.'

로돌프는 마음속으로 중얼거렸다.

'깨끗한 이, 검은 눈, 화사한 발, 그리고 파리의 여인 같은 그 자태. 도대체 어디 출신의 여자일까? 그 뚱뚱한 선생은 어디에서 저런 여자를 찾아냈을까?'

서른네 살의 로돌프는 과격한 기질을 지녔고 머리는 예민했으며 여자 관계가 무척 복잡해서 그 방면으로는 일가견이 있었다. 조금 전에 본 보바리 부인은 대단한 미인이었다. 그는 그 여자에 관한 일, 그 남편에 관한 일을 멍하니 생각하고 있었다.

'남편은 그다지 영리하지 않더군. 그의 아내는 틀림없이 싫증이 나 있을 게 뻔해. 그 남자는 손톱도 더러웠고 수염도 다듬지 않았던 걸. 그가 환자를 보러 터덜거리고 다니는 동안 아내는 양말 따위를 깁고 있을 테지. 그래서 지루한 거야. 도회지에 살면서 매일 밤 폴카를 추고 싶겠지. 가엾어라! 도마의 잉어가 물을 그리워하듯 그 여자는 사랑을 동경하고 있을 거야. 서너 마디 달콤한 말을 해주면 틀림없이 홀딱 반해 버릴 거야. 매력적으로 생겼던걸. ……다 좋은데, 막상 그런 뒤에 떼어버리는 것은 어떻게 하지?'

그는 장차 다가올 많은 쾌락을 생각함과 동시에 지금의 정부에 대해서도 생각했다. 그의 정부는 여배우였는데, 루앙에 몰래 살림을 차리고 있었다. 생각만 해도 싫증이 나버린 그 여자의 모습을 떠올리자 이런 생각이 들었다.

'아니 아니, 보바리 부인이 훨씬 아름다워! 무엇보다도 신선해! 확실히 비르지니는 요즘 너무 살이 쪘어. 너무 쾌활하게 떠들어대는 것은 아주 귀찮은 일이야. 그리고 어째서 그토록 새우만 먹으려고 하는지 모르겠어!'

들판에는 사람들의 통행이 거의 없었고, 구두에 밟히는 규칙적인 풀 소리와 멀리 보리밭 속에 숨어서 울고 있는 귀뚜라미 소리 외에는 아무것도 들리지 않았다. 조금 전에 본 옷차림 그대로 진찰실에 있는 그녀의 모습이 다시 눈앞에 어른거렸다. 로돌프는 그 옷을 벗겨보았다.

'음, 그녀를 내 것으로 만들어버릴 테다!'

앞의 흙덩이를 단장 끝으로 쿡쿡 찌르면서 로돌프는 생각했다. 그리고 곧 그 계획에 대한 여러 가지 책략을 궁리했다.

'어떤 방법으로 어디서 만날까? 그녀는 언제나 아이와 함께 있을 것이다. 게다가 하녀와 주위 사람들과 남편, 귀찮은 방해물들이 잔뜩이로군. 그만둘까? 시간낭비일 것 같은걸.'

이내 로돌프는 다시 생각을 고쳐먹었다.

'그 여자의 눈은 정말이지 송곳으로 쿡 찌르는 것처럼 내 가슴속까지 꿰뚫었어. 게다가 그 창백한 살결. 나는 창백한 살결을 가진 여자가 너무 좋단 말이야.'

아르게유 언덕에 이르렀을 때 이미 그는 결심을 굳히고 있었다.

'남은 것은 좋은 기회를 기다리는 것뿐이다. 그래! 가끔 그 집으로 찾아가면 되겠군. 사냥해서 잡은 짐승과 집에서 기르는 닭을 선물로 들고 가는 거야. 필요하다면 나도 피를 뽑아달라고 하지. 아무튼 서로 가까워지도록 하고 좀 친해지면 그 부부를 집에 초대하기로 하자. 아아! 그렇게 하면 되겠다!'

그리고 이런 생각도 했다.

'이제 곧 농사 공진회가 열린다. 그곳에 그녀도 오겠지. 그러면 그 여자를 만날 수 있다. 그래, 그때부터 시작해야겠다. 그리고 대담하게 밀고 나가야지. 아무튼 여자에게는 밀어붙이는 게 가장 좋은 수단이니까.'

8

마침내 소문만 떠들썩한 농사 공진회의 날이 왔다! 마을 사람들은 아침 일찍부터 모두 자기 집 문 앞에 나와 여러 가지 준비에 대한 소문 이야기로 한창이었다.

마을 사무소의 정면 옥상은 담쟁이덩굴로 장식하고, 목초지의 한쪽에는 연회를 하기 위한 천막을 쳐놓았다. 성당 앞 광장의 중앙에 마련해 놓은 구식 대포는 도지사의 도착과 표창받는 농부의 이름을 알릴 때 사용하기로 되어 있었다. 뷔시의 국민군(용빌르에는 그것이 없었기 때문에)이 도착해서 비네가 지휘하는 소방대와 합류했다. 이날 비네는 평상시보다 한층 더 높은 칼라를 달고 있었다. 제복에 가죽 혁대를 꽉 조여맨 그의 상반신은 딱딱하게 굳어 있어, 몸 가운데 살아 있는 것은 오직 발걸음을 맞추어 기운차게 쳐드는 두 개의 다리뿐인 것처럼 보였다. 세무 관리와 국민군 대장 사이에는 옛날부터 경쟁 의식이 있었기 때문에 서로 각자의 실력을 과시하려는 듯 부하들을 자기들 나름대로 행진시켰다. 그런 이유로 붉은 견장(肩章)과 까만 흉갑(胸甲)이 교대로 왔다갔다하는 것이 보였다. 이런 행진은 끝날 줄 모르고 몇 번이나 되풀이되었다.

이처럼 화려하게 펼쳐지는 대규모 행사는 여태까지 본 일이 없었다. 어제부터 집안을 깨끗이 청소해 놓은 마을 사람도 있었다. 반쯤 열린 창문에는 삼색기들이 걸려 있고, 선술집은 어디나 만원이었다. 마침 날씨가 좋았기 때문에 빳빳하게 풀을 먹인 두건이며 금으로 만든 십자가며 여러 가지 빛깔의 목도리가 햇빛에 반짝반짝 빛나 구름보다도 희게 보였고, 그 가지각색의 빛깔들이 점잖고 단조로운 프록코트와 푸른 작업복을 입은 남자들을 한결 돋보이게 했다. 인근의 농사꾼 아낙네들은 말에서 내리자 도중에 더러워질까 봐 허리춤에 꽂아놓았던 커다란 핀을 뽑았다. 남편들은 그와 반대로 모자가 상하지 않도록 그 위를 손수건으로 덮고 그 끝을 입에 물고 있었다.

사람들이 마을 양쪽 끝에서부터 큰길로 모여들었다. 그들은 좁은 골목, 가로수 길, 모든 집에서 수없이 쏟아져 나왔다. 간혹 실로 짠 장갑을 끼고 이제부터 축제를 보러 가려고 집에서 나오는 아낙네들 뒤에서 문에 달린 노커[100] 소리가 들려왔다. 특히 모든 사람들의 눈을 끈 것은 조명등을 주렁주렁 매단 높다란 두 개의 삼각대로, 신분 높은 명사들이 나란히 앉을 단상의 양쪽에 세워져 있었다. 또한 마을 사무소의 네 기둥 옆에는 기다란 장대 같은 것이 네 개 세워졌는데, 그 각각에는 푸른 바탕에 금색 글자를 쓴 깃발이 달려 있었다. 하나는 '상업을 위하여', 다음에는 '농업을 위하여', 세 번째에는 '공업을 위하여', 네 번째에는 '예술을 위하여'라고 쓰여 있었다.

그러나 모든 사람의 얼굴을 환하게 만드는 축제의 기쁨이 도리어 여관집 주인인 르프랑수와 부인의 마음을 우울하게 만드는 것 같았다. 그녀는 부엌 계단 위에 우뚝 서서 중얼거렸다.

"무슨 바보 같은 짓이람! 천막을 치고 연회를 열다니. 도지사님이 어릿광대들처럼 저런 천막 밑에서 식사를 하며 흐뭇해할 줄 아는 모

---

100) 현관문에 달린 문을 두드리는 쇠고리이다 – 옮긴이

양이지? 저렇게 쓸데없는 소란을 피우면서 지역 발전에 공헌한다고?
그럴 바에야 뇌샤텔에서 형편없는 요리사를 데려올 필요가 어디 있
담! 도대체 누구를 위해서? 소치는 놈들을 위해서? 아니면 맨발 벗은
거지 떼를 위해서?"

그때 검정 예복을 입고 무명 바지에 비버 가죽 구두를 신었으며 오
늘은 특별히 납작한 모자를 쓴 약제사가 지나갔다.

"어이구, 안녕하세요! 바빠서 이만 실례합니다."

뚱뚱한 과부가 어디로 가느냐고 묻자 그가 되물었다.

"왜, 이상해 보이나요? 나는 언제나 치즈 곁에서 떨어지지 않는 라
퐁테에느[101]의 우화 속에 나오는 착한 쥐새끼처럼 우리 집 약국에 틀
어박혀 있기만 하는 사람이니까요."

"치즈라니, 무슨 말이죠?"

여관집 여주인이 물었다.

"아니, 아무것도 아니에요. 그저 제가 항상 집에만 틀어박혀 있는
버릇이 있는 사람이라고 했을 뿐이에요. 그렇지만 말입니다, 이러한
경우에는 저도 말이죠……."

"네에, 당신도 그곳에 가는 건가요?"

여관집 여주인은 경멸하는 태도로 물었다.

"그럼요. 저도 가는 길이죠. 제가 심사위원인걸요."

약제사는 무슨 소리를 하나고 묻는 듯한 표정으로 대답했다. 르프
랑수와 부인은 잠깐 동안 그를 바라보다가 웃으면서 말했다.

"그렇다면 얘기가 다르지만…… 그렇지만 말예요, 도대체 농사짓
는 일이 당신하고 어떠한 관계가 있다는 거지요? 그런 것까지 당신
이 아신다는 말씀인가요?"

"어디 알다 뿐인가요? 저는 약제사입니다. 즉, 화학자란 말이에요.

<hr>

101) 1621~1695, 프랑스의 해학시풍으로 유명한 우화작가이다 — 옮긴이

화학이라는 것은 말이죠, 모든 자연계 물질의 상호간 분자작용을 아는 데 목적이 있어요. 그렇다면 농업도 당연히 화학 분야에 포함되어 있는 거죠. 사실 비료의 성분, 액체의 발효, 가스의 분석, 독소의 영향 등 이런 모든 것들이 바로 화학이 아니라면 대체 무엇이란 말입니까?"

여관집 여주인은 아무 대답도 하지 않았다. 약제사는 다시 말을 이었다.

"당신은 농학자가 되기 위해서는 본인이 직접 농토를 경작하고 닭이나 짐승을 길러야 한다는 건가요? 그것은 아무것도 모르는 사람의 생각이랍니다. 그보다 먼저 알아야 할 것은 근본적 문제가 되는 물질의 구조, 토지의 지층, 공기의 작용, 토양과 광석의 성질, 여러 가지 물체의 밀도와 모세관 현상 등 꼽으려고 들면 한없는 그런 것들을 알아야 하는 겁니다. 그 밖에도 집을 세우는 방법이라든가 동물의 사육법이며 가축의 영양이라든가 고용인들의 영양을 보살피고 비판하려면 위생학의 모든 원칙을 철저히 터득하지 않으면 안 되는 것입니다! 또 식물학도 익혀서 식물을 분명하게 식별할 수 있어야 해요. 아시겠어요? 어느 것이 약이고 어느 것이 독인지를 분간해야 하죠. 어느 것이 자양분이 있고 어느 것이 없는 것인가를 말입니다. 여기에서는 뽑아버리고 저기에 심어야 하는 건지 말입니다. 요컨대 책이나 공공 간행물을 통해 과학의 동향을 파악하고 개량해야 할 점을 세상 사람들에게 가르쳐야 하죠……."

여관집 여주인은 카페 프랑세의 입구에서 잠시도 눈을 떼지 않았다. 약제사는 계속해서 말했다.

"바라건대, 우리 농업하는 사람들이 모두 화학자가 되었으면 합니다. 그렇지 않으면 적어도 과학이 가르치는 바에 한층 더 귀를 기울여주었으면 하죠. 최근 저도 이러한 생각에 주목할 만한 책자를 하나

썼습니다. 〈사과주와 그 제조법 및 효능에 관하여, 아울러 본 문제에 관한 약간의 새로운 고찰〉이라는 제목의 논문으로 72페이지가 넘는답니다. 그것을 루앙에 있는 농학협회에 보냈지요. 그래서 그 협회 농업부 과실 재배 위원의 한 사람으로 추천을 받게 되었단 말입니다. 그러니까 만약 제가 저술한 책이 세상에 널리 알려진다면……."

르프랑수와 부인이 다른 곳에 정신이 팔린 것 같았기 때문에 그는 입을 다물었다.

"자, 저것을 보세요. 저 사람들 좀 보시란 말이에요. 도대체 무슨 생각인지 나는 도무지 알 수가 없군요. 저렇게 형편없는 식당을 가다니 말이에요!"

그녀는 털실로 짠 옷이 가슴께에서 찢어질 만큼 어깨를 추켜올리면서 노랫소리가 들려오는 경쟁 선술집을 두 손으로 가리키며 덧붙였다.

"어차피 저것도 오래가지는 못해요. 일주일도 못 가서 끝장이 날 테니까요."

약제사는 깜짝 놀라 뒷걸음질을 쳤다. 그녀는 층계를 세 계단쯤 내려와 그의 귀에 대고 소곤거렸다.

"아니! 모르고 계셨어요? 저 집은 이번 주일 안에 차압을 당할 거래요. 저 집을 공매에 붙인 건 다름아닌 뢰르라고요. 그가 돈을 빌려준 증서를 들이대고 저놈의 숨통을 눌러버렸다는군요."

"정말 끔찍한 파국이군요!"

약제사가 소리쳤다. 그는 언제 어떠한 경우에나 거기에 알맞은 표현을 항상 준비해 두고 있는 사람이었다.

그리고 여관집 여주인은 기요맹 씨 하인인 테오도르에게서 들은 이야기를 들려주었다. 그녀는 텔리에라면 질색이었지만 그래도 뢰르가 취한 행동은 좀 지나치다고 비난했다. 그 사람은 감언이설로 남을 속이는 비열한 사나이라는 것이었다.

"어머나, 저것 좀 보세요. 그 사나이가 시장 처마 밑에 서 있군요. 보바리 부인에게 인사를 하네요. 부인은 푸른 모자를 쓰고 있고요. 저분은 로돌프 씨하고 정답게 팔짱을 끼고 있군요."

"틀림없는 보바리 부인이군. 나도 잠깐 인사하고 와야지. 아마도 천막 중앙 기둥 옆에 자리를 잡아드리면 부인은 기뻐하실 거야."

좀 더 자세한 이야기를 하고 싶어하는 여주인을 그곳에 내버려두고 약제사는 재빨리 자리를 떴다. 그는 입가에 미소를 띠고 좌우로 연신 인사를 해가면서 검은 예복의 커다란 옷자락을 거만스럽게 뒤로 펄럭거렸다.

로돌프는 먼 데서 약제사의 모습을 보고 발걸음을 빨리했다. 그러나 보바리 부인은 숨이 가빴다. 그래서 그는 또 발걸음을 늦추고 웃으면서 거친 어조로 말했다.

"저 뚱뚱보 사나이에게 붙들리는 것은 질색이란 말입니다. 아시겠어요? 저 약제사 말입니다."

엠마는 팔꿈치로 사나이를 쿡 찔렀다.

'이것은 무슨 뜻일까?'

로돌프는 생각해 보았다. 그리고 발걸음을 옮기면서 곁눈으로 그녀를 흘끔 살폈다. 그녀의 옆얼굴은 너무나도 잔잔했기 때문에 아무것도 알아낼 수가 없었다. 갈대잎과 흡사한 엷은 푸른빛 리본이 달린 부인용 모자의 타원형 속에서 햇빛을 담뿍 받은 그 얼굴은 윤곽이 뚜렷하게 떠올라 있었다. 속눈썹이 긴 그녀의 두 눈은 가만히 앞을 응시하고 있었다. 커다란 두 눈동자는 엷은 살갗 밑에서 피가 조용히 맥박치는 탓인지 다소 광대뼈 쪽으로 당겨진 느낌이었다. 콧구멍 언저리는 장밋빛으로 빛나고 있었다. 머리를 어깨 위로 기울였으며 입술 사이의 새하얀 이 끝이 진주빛으로 반짝거렸다.

'이 여자는 나를 놀리고 있는 걸까?'

로돌프는 그런 생각이 들었다. 그러나 조금 전 엠마의 몸짓은 그저 상대에게 살짝 주의를 주는 것일 뿐이었다. 뢰르 씨가 두 사람 뒤를 따라와 이야기에 끼어들고 싶어 이따금 말을 걸어왔기 때문이었다.

"날씨가 참 좋습니다! 모두들 밖으로 나와 있군요. 바람은 동풍 같지요!"

보바리 부인도 로돌프도 제대로 대답을 해주지 않았다. 그러나 뢰르는 두 사람이 몸을 조금만 움직여도 가까이 다가와 모자에 손을 대고 말하는 것이었다.

"네, 무슨 말씀입니까?"

세 사람이 대장간 앞에 이르자 로돌프는 살문이 있는 큰길로 가지 않고 갑자기 보바리 부인을 잡아끌며 샛길로 들어섰다.

"잘 가요, 뢰르 씨! 또 만납시다."

로돌프가 소리쳤다

"어머나, 멋지게 따돌리셨군요!"

엠마가 웃으면서 말했다.

"방해꾼을 그냥 둘 수 있습니까? 더구나 오늘은 당신과 같이 있게 되어 이렇게 행복한걸요……."

일순 엠마의 얼굴이 빨개졌다. 그는 시작한 말을 끝까지 마무리하지 않았다. 그리고 화창한 날씨와 풀 위를 걷는 즐거움에 대해 이야기했다. 샛길에는 데이지가 군데군데 피어 있었다.

"예쁜 데이지가 피어 있군요. 이만하면 사랑에 빠진 온 마을의 여인들에게 사랑점을 칠 수 있겠는데요."

로돌프가 덧붙였다.

"꺾을까요? 어떠세요?"

"당신은 사랑을 하고 계시나요?"

엠마는 가볍게 기침을 하면서 물었다.

"글쎄요, 어떤지 모르겠는데요."

목장에는 차츰 사람들이 많아지기 시작했다. 커다란 양산이나 바구니를 든, 아이들을 데리고 가는 부인네들과 마주치곤 했다. 시골에서 온 여자들의 긴 행렬도 있었다. 이들은 푸른 양말에 납작한 구두를 신고 은반지를 꼈는데, 옆을 지날 때면 우유 냄새를 확 풍기곤 했다. 이 여자들은 손을 붙잡고 백양나무 가로수가 있는 데에서부터 연회용 천막이 있는 곳까지 줄지어 걷고 있었다. 마침 식사시간이 되자 농부들은 줄줄이 서서 나무에 긴 밧줄을 쳐놓은 경마장 같은 곳으로 들어갔다.

그곳에는 가축들이 새끼줄을 쳐놓은 쪽으로 코를 돌리고 들쭉날쭉한 꽁무니로 적당히 줄을 맞추어 늘어서 있었다. 돼지들은 땅에 코를 박은 채 졸고 있었다. 송아지는 울음 소리를 내고, 암양들은 매애매애 소리를 지르고, 암소는 한쪽 무릎을 꺾고 잔디 위에 배를 척 깔고 누워 붕붕 날아다니는 파리와 모기 떼 밑에서 무거운 듯 눈꺼풀을 껌벅거리고 있었다. 소매를 걷어붙인 마차꾼들이 어미 말 곁에서 코를 벌름거리며 소리 높이 울면서 뒷발로 일어서는 종마의 고삐를 잡아 누르고 있었다. 어미 말은 목을 길게 빼고 말갈기를 늘어뜨린 채 조용히 있었고, 어미 말 옆에서 놀고 있던 새끼 말이 가끔 젖을 먹으러 오곤 했다.

이처럼 여러 종류의 가축이 뒤섞여 길게 이어져 있는 그 위로 멀리 건너다 보면 바람 때문에 파도처럼 물결치는 흰 말갈기와 불쑥불쑥 내민 뾰족한 뿔과 뛰어다니는 사람들의 머리가 보였다. 거기에서 백 발자국쯤 떨어진 울타리 밖에는 주둥이에 부리망을 씌운 커다란 검은 황소 한 마리만 따로 떨어져 코에 쇠고리를 끼우고 마치 청동으로 만든 소처럼 꼼짝도 하지 않고 있었다. 누더기를 입은 소년이

고삐를 잡고 있었다. 그러는 가운데 두 줄로 늘어선 동물 사이를 여러 명의 심사위원이 동물들을 한 마리씩 검사하면서 천천히 걸어 다니며 조그마한 소리로 의견을 나누었다. 그중 제일 높은 자리에 있는 듯한 사람이 걸으면서 장부에 무엇인가를 기록했다. 그가 바로 심사위원장인 드로즈레 라 팡빌 씨였다. 그는 로돌프를 보자 재빨리 걸어왔다. 그리고 다정한 웃음을 띠면서 말했다.

"아니, 로돌프 씨, 우리 쪽에는 오시지 않는 겁니까?"

로돌프는 지금 가려던 참이라고 변명을 했다. 그러나 위원장이 가고 나자 그는 엠마에게 말했다.

"가긴 누가 갑니까? 이렇게 당신하고 함께 있는데 뭣 하러 저런 데를 가겠습니까?"

그러고는 농사 공진회에 대해 마구 헐뜯으며 보다 편하게 다닐 수 있도록 헌병에게 파란 쪽지를 내보이고 계속 걸어갔다. 이따금 그는 훌륭한 출품작 앞에서 걸음을 멈추고는 했다. 하지만 보바리 부인은 무엇을 보든지 별로 감탄하는 빛이 없었다. 이를 눈치챈 그는 이번에는 용빌르 부인들의 옷차림에 대한 농담을 화제로 삼기 시작했다. 그리고 곁들여서 자신의 복장이 소홀한 것을 사과했다. 그의 복장은 멋있는 것과 멋없는 것이 뒤섞여 짝이 맞지 않았다. 속된 사람들은 이러한 데에서 이상야릇한 생활의 표현을 엿보기도 하고 감정의 무질서나 예술에 대한 한결같은 몰입 상태를 알아내기도 한다. 요컨대 반드시 거기에서 세상의 관습에 대한 일종의 모멸을 엿볼 수 있다고 믿고, 혹은 매혹되기도 하고 혹은 화를 내기도 하는 것이다. 옷소매에 주름이 잡힌 그의 마직 셔츠는 조끼 사이로 바람이 불 때마다 부풀었는데, 조끼는 회색 목면이었다. 그리고 거친 줄무늬 바지 밑자락으로는 복숭아뼈가 있는 부분의 가장자리에 가죽을 댄 구두가 드러나 보였다. 구두는 풀이 비쳐 보일 만큼 반들반들하게 칠이 잘 되

어 있었다. 그는 한 손을 윗옷 호주머니에 넣고 밀짚모자를 비스듬
히 쓰고 그 구두로 말똥 위를 밟으며 걸었다.

"아무튼 시골에 살면……."

로돌프가 말했다.

"무슨 일을 해도 보람이 없지요."

엠마가 그의 말을 받았다.

"정말입니다! 이 근처에 사는 사람들은 누구 한 사람 옷차림이 좋
고 그른 것조차도 이해하는 사람이 없으니까요!"

로돌프가 대답했다. 그리고 두 사람은 시골의 아무 쓸모없는 평범
함, 그 평범한 생활에서 오는 숨막힐 것 같은 일상과 평범함 속에서
상실되어 가는 꿈 같은 것에 대해서 이야기했다.

"그렇기 때문에 저도 그만 마음이 어두워져 버려서……."

로돌프가 말했다.

"당신이요? 하지만 저는 당신을 대단히 명랑한 분이라고 생각하
고 있는데요?"

엠마는 놀라서 말했다.

"그야 겉으로 보기에는 그렇죠. 사람들 앞에서는 농담만 하는 사
람의 가면을 쓸 줄 알기 때문이지요. 그러나 달빛이 비치는 무덤 같
은 것을 보면 그곳에 잠자고 있는 사람들 틈에 끼는 것이 오히려 좋
지 않을까 하고 생각한 적이 한두 번이 아니었습니다."

"어쩌면! 하지만 친구 분들이 계실 것 아니에요?"

엠마는 말을 이었다.

"친구 분들 생각은 하지 않으세요?"

"친구라니요? 어떤 친구들 말씀입니까? 그런 것이 저에게 있을 것
같습니까? 누가 저 같은 사람의 일을 걱정해 주겠습니까?"

그는 마지막 말을 할 때 입술 사이로 자조하는 듯한 휘파람 같은

소리를 냈다.

마침 그때 두 사람 뒤에서 한 남자가 산더미 같은 의자를 날라왔기 때문에 그들은 잠깐 떨어지지 않으면 안 되었다. 그 남자는 나막신 끝과 어깨 위로 벌린 양쪽 팔끝만이 보일 정도로 많은 의자를 들고 있었다. 그는 묘지기 레스티부드와였는데 군중 속으로 성당의 의자를 날라온 것이었다. 자신에게 이득이 되는 일이라면 빈틈이 없는 그 사람은 마을의 공진회를 이용하여 한몫 보려는 것이었다. 그의 생각은 적중했다. 왜냐하면 누구의 말을 들어야 할지 분간할 수 없을 정도로 빌려가는 사람이 많았기 때문이었다. 사실 마을 사람들은 무더워서 견딜 수가 없었기 때문에 짚 냄새와 향내가 풍기는 의자라도 다투어 빌리려고 했던 것이다. 그리고 촛농으로 더러워진 의자의 단단한 등받이에 제법 고마운 듯한 표정으로 기대앉는 것이었다.

엠마는 또다시 로돌프의 팔을 잡았다. 그는 혼잣말을 하듯 입을 열었다.

"그렇습니다! 저에게는 모자라는 것이 많았습니다. 언제나 혼자였지요. 아! 만약 제가 인생에 하나의 목적을 갖고 있었다면, 만약에 진정으로 저를 사랑해 주는 사람을 만날 수 있었다면, 누군가를 찾아낼 수 있었다면……. 오! 그야말로 자신에게 있는 모든 힘을 기울여서 어떠한 것도 뛰어넘고, 모든 것을 부숴버릴 수도 있었을 것입니다."

"하지만 저는 당신이 그렇게 불쌍한 분이라고는 생각되지 않는걸요."

엠마는 대답했다.

"아아! 그렇게 보입니까?"

로돌프가 말했다.

"그렇지만…… 뭐라고 하신다 해도 당신은 무엇이든 마음대로 하실 수 있으으니까요.”

엠마는 잠깐 머뭇거리다가 덧붙였다.

“부자이시고.”

“놀리지 마십시오.”

엠마는 결코 놀리는 것이 아니라고 말했다. 그때 대포 소리가 울려왔다. 제각기 뒤섞인 사람들은 재빨리 마을 쪽으로 밀려갔다. 하지만 그 포성은 잘못된 것이었다. 도지사는 아직 도착하지 않고 있었다. 심사위원들은 몹시 당황하여 회의를 개최해야 할 것인지 더 기다려야 할 것인지 결정짓지 못하고 쩔쩔맸다.

드디어 광장 너머로 두 마리의 말라빠진 말이 커다란 포장마차를 끌며 나타났다. 흰 모자를 쓴 마부가 계속 말을 채찍질하고 있었다. 비네는 가까스로 ‘받들어 총!’ 하고 호령할 겨를이 있었고, 국민군 대장도 그를 흉내내어 소리쳤다. 사람들은 서로를 떠밀며 허둥지둥 총을 걸어놓은 곳으로 달려갔다. 그 와중에 칼라를 잃어버린 사람까지 있었다. 도지사의 마차도 이 허둥거리는 혼잡을 알아차렸는지, 나란히 매인 두 늙은 말이 쇠사슬을 당기고 몸을 흔들어대면서 잰걸음으로 마을 사무소의 둥근 기둥 앞에 도착했다. 그때 마침 국민군과 소방대가 북 소리에 발을 맞추어 그곳을 행진하는 중이었다.

“제자리 걸어!”

비네가 소리쳤다.

“모두 서!”

국민군 대장이 소리쳤다.

“왼쪽으로 나란히!”

그리고 받들어 총의 구령에 따라 소총 고리의 절그럭거리는 소리가 주위에 울려퍼졌다. 그것은 마치 구리 냄비가 계단으로 굴러 떨어지는 소리와 같았다. 받들어 총이 끝나자 총은 다시 제자리로 내려졌다.

그때 은으로 수놓은 짧은 예복을 입은 사람이 마차에서 내리는 것이 보였다. 앞머리가 깨끗하게 벗겨지고 뒤통수에만 머리가 조금 남겨져 있고 얼굴빛은 창백하지만 매우 온화해 보이는 인물이었다. 몹시 크고 두꺼운 눈꺼풀에 덮인 두 눈은 군중을 바라보기 위해 절반쯤 감겨져 있었다. 동시에 뾰족한 코를 쳐들고 오목하게 오므린 입가에 미소를 짓고 있었다. 그는 장식띠를 맨 면장을 알아보고 지사님은 오시지 못한다고 알리며, 자신은 이 도의 참사관이라고 했다. 그러고 나서 그는 서너 마디 변명을 덧붙였다. 튀바슈가 그에게 공손히 인사를 하자 상대방은 송구스럽다고 했다. 두 사람은 마주 선 채 이마가 서로 맞닿을 것 같은 모습으로 서 있었다. 그 주위를 심사위원들과 지방유지들, 경비대와 일반 군중들이 둘러쌌다. 참사관이 조그맣고 까만 삼각모를 가슴에 대고 몇 번이나 인사를 되풀이하자, 튀바슈도 역시 허리를 활처럼 구부리고 벙글벙글 웃기도 하고 말을 떠듬거리기도 하며 문장을 만들어 왕국에 대한 충성을 맹세하기도 하고, 용빌르에 주어진 명예를 기뻐하기도 했다.

여관집 심부름꾼인 이폴리트가 마부에게서 말고삐를 받아들고 사뭇 절뚝거리면서 '황금 사자'의 현관까지 말을 끌고 갔다. 그 앞에까지 수많은 농민들이 마차를 보려고 몰려왔다. 북 소리가 나고 대포 소리가 울리자 드디어 열을 짓고 있던 높은 양반들이 단상 위로 올라가 튀바슈 부인이 빌려준 붉은 빛 위트레흐트[102] 산 벨벳으로 만든 팔걸이의자에 앉았다.

그 높은 양반들은 모두가 비슷한 모습들이었다. 볕에 살짝 그을린 늘어진 얼굴은 부드러운 사과주와 같은 빛이었고 화려한 흰 넥타이로 잡아맨 딱딱하고 높은 깃 밖으로 풍성한 수염이 삐져나와 있었

---

102) 네덜란드 중앙에 위치한 도시로, 화학·섬유 따위의 공업이 발달했다 — 옮긴이

다. 조끼는 모두 한결같이 벨벳이었고 깃이 넉넉하게 접혀 있었다. 시계는 시계대로 모두 기다란 리본 끝에 홍옥으로 된 타원형 도장 같은 것이 달려 있었다. 그들은 일부러 바짓가랑이 사이를 잔뜩 벌리고 두 손을 양 무릎 위에 놓고 있었다. 그리고 아직 윤기가 가시지 않은 그들의 바지는 튼튼한 장화의 가죽보다도 더 반짝반짝 빛나고 있었다.

그 뒤로 상류층 부인들이 현관 기둥과 기둥 사이에 자리를 잡았는데, 일반 군중들은 그 맞은편에 서 있기도 하고 의자에 앉아 있기도 했다. 풀밭에서 의자를 전부 이곳으로 옮겨놓은 레스티부드와는 그러고도 다른 의자를 가지러 쉴 새 없이 성당으로 뛰어가곤 했다. 의자를 빌려주는 그의 장사 때문에 혼잡은 한층 더해서 단상으로 올라가는 조그마한 계단까지 가는 것도 매우 힘들었다.

"내가 생각하기에는 저기에 베니스식 기둥 한 쌍을 세웠어야 했어요. 거기에 뭔가 약간 소박하면서도 멋진 유행품들을 설치해 놓았더라면 틀림없이 아름다웠을 겁니다."

뢰르 씨는 자리에 앉으려고 지나가는 약제사를 보고 말했다.

"정말 그렇군요."

약제사가 대답했다.

"그러나 어쩔 수 없지요. 모두가 면장의 머릿속에서 나온 것을. 그 튀바슈란 사람은 도무지 아무런 취미도 없는 양반인걸요. 우선 예술에 대한 감각 같은 것은 전혀 없는 인물이니까 말이에요."

그동안에 로돌프는 보바리 부인과 함께 마을 사무소 2층 회의실로 올라갔다. 그곳에는 아무도 없었기 때문에 그는, 여기야말로 편안히 구경할 수가 있겠습니다' 라고 했다. 그리고 국왕의 흉상 밑에 있는 타원형 탁자의 둘레에 있던 접는 의자 세 개를 들어다 창가에 가까이 갖다놓고 그녀와 나란히 앉았다.

단상 위가 떠들썩하더니 오랫동안 수군수군 의논하는 소리가 계속되었다. 마침내 참사관이 자리에서 일어섰다. 사람들은 그제야 비로소 그의 이름이 리외뱅이라는 것을 알았기 때문에 군중들은 이 이름을 서로 전달해 나갔다. 그는 여러 장의 연설문을 확인하고 좀 더 잘 보이도록 눈을 그 종이 위에 가까이 대고 입을 열었다.

여러분! 오늘 이 모임의 목적에 대해서 여러분들에게 말씀드리기에 앞서 저는 이와 같은 기분을 여러분들도 다 같이 느끼고 계시리라고 확신합니다만, 우선 여러분들의 허락을 받고 최고 관청과 정부의 수장, 우리들이 경애하는 군주이신 국왕의 덕을 찬양하고 싶습니다. 국왕 폐하께옵서는 사적인 번영을 공적인 번영과 마찬가지로 생각하고 계시며, 또한 한 가지라도 관심을 갖지 아니하시는 일이 없고, 더욱이 확고하고 현명하신 판단으로써 거친 바다의 끊임없는 위기를 극복하고 국가의 힘든 일을 손수 이끌어나가고 계십니다. 더욱이 전쟁뿐만 아니라 평화, 공업, 상업, 농업, 그리고 예술까지도 존중하시고 계십니다.

"저는 조금 더 뒤로 물러나야겠는데요."
로돌프가 말했다
"왜요?"
엠마가 물었다.
그때 마침 참사관의 목소리가 이상한 가락으로 한층 더 높아지며 연설이 계속되었다.

여러분! 이제 내란으로 말미암아 우리들의 광장을 피로 물들이던 때는 지나갔습니다. 그와 같은 시대에는 지주도 상인도 아니 노동자까지도 하룻밤 편안히 잠들었다가도 별안간 화재를 알리는 경종 소리에 잠이 깨어야 하는 것은 아닌가 하고 전전긍긍했고, 무엇보다도 파괴적인 심한 말들이 오고 가서 대담하게도 사회의 기초를 뒤엎으려고 하던 시대는 다행히 과거의 것으로 사라져버렸습니다…….

"왜냐하면 말이죠."
로돌프가 다시 말을 이었다
"아래에 있는 사람들이 우리 얼굴을 알아볼 것 같군요. 그렇게 되면 거의 보름쯤은 변명을 하고 다녀야 하거든요. 특히 저는 평판이 좋지 못한 사람이니까…….''
"어머나, 당신은 당신 자신에 대해 무척 나쁘게 말씀하시는군요."
엠마가 말했다.
"아니, 제 평판은 참으로 좋지 않아요. 정말입니다."

그러나 여러분, 이런 비참한 광경의 추억을 떠나서 우리의 눈을 아름다운 조국의 현재 상태로 돌린다면 거기에서 우리는 무엇을 보게 되겠습니까? 도처에서 상업과 예술은 번영해 가고 있습니다. 가는 데마다 새로운 교통로가 열리고 국가의 새로운 혈맥으로서 새로운 연결이 이루어지고 있습니다. 우리들 공업의 대중심지는 또다시 활기를 띠며 활동하기 시작했고, 종교는 더욱 지반을 굳게 하고 안정되어 모든 사람의 마음에 미소를 던져주고, 항구에는 배들이 가득하고 신용은 또다시 회복되고 그리하여 드디어 프랑스는 호흡을 하게 된 것입니다…….

"하기야 아마도 세상 사람들의 관점으로 보면 그것도 당연한 일인지도 모르겠지요."
다시 로돌프가 말했다.
"그것은 어째서죠?"

엠마가 물었다.

"그렇지 않을까요? 당신은 이 세상에는 끊임없이 고통받고 있는 사람이 있다는 것을 알지 못하는 모양이군요. 그러한 사람들에게는 꿈과 행동 그리고 보다 더 순수한 정열과 보다 더 격렬한 향락이 번갈아 가며 필요한 겁니다. 그래서 끝도 없는 공상이나 분별없는 짓들을 하게 되는 겁니다."

엠마는 이상한 나라에서 돌아다니다 온 나그네를 바라보는 것처럼 가만히 그를 지켜보았다.

"우리 불쌍한 여자들에게는 그런 즐거움조차도 없는걸요."

"따분한 즐거움이겠죠. 거기에서 행복을 찾아낼 수 없는 것이라면 말입니다."

"행복 같은 것이 찾아지는 것일까요?"

"물론입니다, 찾을 수 있고 말고요. 언젠가, 어느 날엔가는 만나지는 겁니다."

창 밖에서는 여전히 참사관이 연설을 하고 있다.

바로 이러한 것들은 여러분도 이미 잘 알고 계시는 일입니다. 농업에 종사하는 분이나 농촌에서 일하는 여러분들이야말로 진정한 문명사업의 평화적인 선구자입니다. 진취적이고 올바른 품성을 지닌 여러분! 되풀이합니다만, 여러분은 정치적인 폭풍우가 불순한 천기보다도 더욱 두려운 것이라는 것을 잘 아셨을 줄 압니다…….

"언젠가는 행복을 만날 수가 있는 겁니다."

로돌프는 되풀이해 말했다.

"어느 날 갑자기 단념하고 절망해 버렸을 때 말이죠. 아시겠어요? 그때 눈앞이 활짝 열리고 '행복은 여기 있어요!' 하는 듯한 목소리가 들려오지요. 당신은 그 사람에게 자기의 일생에 대한 것을 털어놓고 이야기하고, 모든 것을 바치고 모든 것을 희생하고 싶어지죠! 일일이 설명하지 않더라도 서로 다 알게 됩니다. 자신의 꿈속에서 서로 만나고 있는 겁니다."

로돌프는 엠마를 지켜보았다. 잠시 후 그는 다시 말을 이었다.

"그토록 간절히 찾아 헤매던 보물, 그것이 거기에 있는 거죠. 바로 당신의 눈앞에 말입니다. 그것은 번쩍번쩍 눈부시게 빛을 내죠. 그러나 아직도 의심이 남아 있기 때문에 믿을 용기는 없죠. 마치 어둠 속에서 환한 빛 속으로 나왔을 때처럼 눈이 멀어버렸으니까요."

로돌프는 말을 끝내면서 자기 말에 몸짓을 덧붙였다. 느닷없이 그가 어지러움에 사로잡힌 사람처럼 자신의 얼굴에 손을 갖다댔던 것이다. 그리고 그 손을 엠마의 손 위에 슬쩍 내려놓았다. 그녀는 자신의 손을 거두어들였다. 참사관의 낭독은 여전히 계속되고 있었다.

그렇다면 여러분, 누가 이것을 이상하다고 하겠습니까? 그것은 다만 구시대에 대한 편견에 깊이 잠겨서 (이렇게 거침없이 말할 수 있습니다) 농촌 사람들의 정신을 인정하려고 하지 않는 사람들뿐일 것입니다. 진정, 농촌이 아니고 어디에서 이와 같은 애국심과 공공 이익에 대한 헌신과 지성의 위대함을 발견할 수 있겠습니까? 저는 아무 쓸모도 없는 인간들의 소용없는 장식품과 같은 천박한 지성을 여기서 말하는 것이 아닙니다. 무엇보다도 유익한 목적을 추구하기 위하여 각자의 행복과 일반적인 사회의 개량, 국가를 유지하는 데 공헌해 마지않는 가장 깊고 온건한 이성을 말하는 것입니다. 이것이야말로 법을 존중하고 의무를 실천하는 데서 나오는 성과일 것입니다……

"아, 또 저 소리로군. 언제나 변함없이 의무, 의무……. 이제 저 소리에 진절머리가 납니다. 플란넬 조끼를 입고 화로와 묵주를 끼고 사는 늙은 맹신자들이 우리 귀에 대고 쉴 새 없이 '의무, 의무' 하고 부르짖는 것입니다. 그러나 천만의 말씀이죠. 의무란 위대한 것을 느끼는 것이고, 아름다운 것을 귀중하게 여기는 일이에요. 하나에서 열까지 사회의 모든 인습을, 그리고 그것이 우리에게 강요하는 굴욕과 함께 받아들이는 것은 아니란 말입니다."

로돌프가 말했다

"그렇지만…… 그렇지만……."

엠마는 항변을 하려고 했다.

"그만두세요! 어째서 정열을 반대하시는 겁니까? 정열이야말로 이 지상에 있는 가장 아름다운 것이 아니겠습니까? 영웅적인 행위와 감격과 시와 음악과 예술, 그 밖의 모든 것의 원천이 되는 것이 아니겠습니까!"

"하지만 어느 정도는 일반적인 사회의 의견에도 따라야 하고 사회의 도덕을 지켜나가지 않으면 안 돼요."

엠마가 말했다.

"그렇죠. 도덕에는 두 가지가 있습니다. 아주 조그마한 것, 서로 의지하기 위한 도덕, 인간의 도덕, 끊임없이 변천하고 귀찮도록 떠들어대는 도덕은 저기 보이는 바보들이 하는 것처럼 극히 보편적이어서, 낮은 곳에서 비속하게 움직이고 있는 도덕이지요. 그러나 또 하나의 다른 도덕, 이것은 영원한 것이며 모든 것에 통용되고 있어서 한층 더 높은 도덕입니다. 마치 우리를 에워싸고 있는 경치, 우리를 비추고 있는 저 푸른 하늘과 같은 것입니다."

로돌프가 대답했다. 그러는 동안 참사관이 손수건을 꺼내어 입을 닦았다. 그리고 다시 계속했다.

　　그리고 여러분, 제가 이 자리에서 여러분들에게 농업의 효용에 대해서 구구하게 설명할 필요가 있겠습니까? 우리의 요구를 충족시켜 주는 것이 누구인가? 우리에게 생활필수품을 제공하는 것은 누구인가? 그것은 농민이 아니겠습니까? 농민인 여러분은 부지런한 손으로 풍요한 전원의 경작지에 씨를 뿌리고 밀을 생산합니다. 그 밀은 정밀한 기계에 의해 분말이 되고, 밀가루가 되어 도시로 운반되고 이윽고 빵 공장으로 갑니다. 빵 공장에서는 빈부를 따지지 않고 여러 사람을 위한 식품을 제조합니다. 그리고 또한 우리의 의복을 위하여 목장에서 많은 가축의 무리를 키우는 것도 농민 아니겠습니까? 만약 농민이 없다면 어떻게 우리가 옷을 입을 수 있으며, 어떻게 우리가 음식을 먹을 수 있겠습니까? 아닙니다, 여러분. 이렇게 먼 곳에서 예를 찾을 필요는 더욱 없습니다. 우리의 잠자리에 폭신폭신한 베개를 공급하고 혹은 식탁에 자양분이 풍부한 고기며 달걀을 동시에 공급해 주는 곳인 농가의 뜰을 장식하는 소박한 동물에게서 얻을 수 있는 이익의 중요함을 누가 깊이 생각하지 않겠습니까? 그러나 훌륭하게 경작한 대지가 자비스러운 어머니처럼 그 아이들에게 아낌없이 주는 것처럼 제공하는 갖가지의 산물들을 여기에서 하나씩 열거하자면 한이 없을 겁니다. 여기에는 포도나무가 있고, 저기에는 사과주를 만드는 사과나무가 있고, 저쪽에는 채소의 종자, 더 멀리에는 치즈 또는 아마가 있습니다. 여러분, 아마를 잊어서는 안 됩니다. 이것이야말로 근년 매우 현저한 증산을 나타낸 것으로 특히 여기에 주의를 촉구하고자 하는 바입니다.

　　구태여 주의를 촉구하지 않아도 좋았다. 군중의 입은 모두 그의 말을 받아먹으려는 것처럼 떡 벌어져 있었기 때문이다. 참사관 옆에서는 튀바슈가 눈을 커다랗게 뜨고 그의 말을 귀담아 듣고 있었다. 가끔 참사관은 살짝 눈을 감고는 했다. 조금 떨어진 곳에는 약제사가 자신의 아들인 나폴레옹을 두 무릎 사이에 끼고 한마디도 놓치지 않으려는 듯 손을 귀에 대고 있었다. 그 밖의 심사위원들은 동감이라는 표시로 천천히 턱을 끄덕이고 있었다. 단상 밑에 있는 소방대는 총검에 기대어 쉬고 있었지만 유독 비네만은 팔꿈치를 내밀고 칼끝을 공중에 뻗친 채 움직이지 않고 서 있었다. 그의 모자 차양이 코끝까지 덮여 있기 때문에 소리는 들리겠지만 아무것도 보이지 않는 것이 틀림없었다. 튀바슈의 막내아들인 부대장의 모자는 그보다 한층 더 컸다. 그것은 터무니없이 엄청난 것으로 머리 위에서 건들건들하며 겉돌았고, 얇은 인도산 옥양목 목도리 끝이 그곳으로 엿보였다. 그는 그 모자 밑에서 마치 어린애 같은 부드러운 미소를 짓고 있었다. 땀방울이 흐르는 해쓱하고 조그마한 얼굴은 기쁨과 피로와 졸음이 가득 배어 있었다.

광장은 늘어서 있는 인가들에 이르기까지 사람들로 가득 차 있었다. 창문마다 팔꿈치를 괴고 내다보는 사람들이 보이고, 어느 집 문 앞에나 사람들이 서 있었다. 약국 문 앞에 서 있는 쥐스탱은 눈앞의 광경에 완전히 마음을 빼앗기고 있는 모양이었다. 주위가 조용한데도 불구하고 참사관의 음성은 사방으로 흩어져 잘 들리지 않았다. 그나마 들리는 소리라고는 군중들의 의자 움직이는 소리에 섞여 토막토막 끊어지는 문구가 전부였다. 그때 갑자기 뒤쪽에서 황소의 울음소리와 거리 모퉁이에서 울어대는 어린 양들의 울음 소리가 들렸다. 소치는 아이들과 목동들이 그곳까지 가축들을 몰고 온 것이었다. 가축들은 코앞에 늘어져 있는 나뭇잎을 핥으려고 이따금 울음 소리를 내고 있었다.

로돌프는 엠마에게로 더욱 가까이 다가가 낮은 목소리로 재빨리 말했다.

"당신은 이렇게 세상이 한덩어리가 되어 꾸미는 음모에 대해 화가 나지 않습니까? 세상이 비난하지 않는 감정이 하나라도 있습니까? 무엇보다도 고상한 본능도, 무엇보다도 순수한 공감도 박해당하고 중상당하고 있습니다. 가령 두 개의 고독하고 불행한 영혼이 가까스로 만났다고 하면 그것이 결합될 수 없도록 여러 가지 일들이 계획되는 것입니다. 하지만 그 두 영혼은 기를 쓰며 날갯짓을 하고 서로를 불러댈 겁니다. 뭘요, 걱정 없습니다. 빠르던 늦던, 반년 후가 되던 십 년 후가 되던 간에 결국 그들은 하나로 결합될 겁니다. 서로 사랑하게 되겠지요. 그것은 숙명적으로 그렇게 결정되어 있는 일이니까요. 두 사람은 서로를 위해 태어난 것이니까요.”

로돌프는 두 팔을 맞잡아 무릎 위에 올려놓은 채 엠마를 향해 얼굴을 들고 가만히 그녀를 지켜보았다. 엠마는 그의 두 눈 속에서 조그마한 금빛들이 까만 눈동자로부터 주위로 퍼져나가는 것을 알아볼 수 있었고, 심지어 그의 머리칼에 윤이 나도록 바른 포마드 냄새까지도 맡을 수 있었다. 그러자 온 몸이 나른해지면서 보비에사르에서 함께 왈츠를 추던 자작이 떠올랐다. 그의 턱수염도 이 남자의 머리칼 냄새와 똑같은 바닐라와 레몬 향을 풍기고 있었던 것이다. 엠마는 기계적으로 그 향기를 좀 더 확실하게 맡아보려고 지그시 눈을 감았다. 그러나 의자 위로 몸을 젖히면서 눈을 가느다랗게 떴을 때 아득한 지평선 저 너머로 낡아빠진 합승마차인 ‘제비’가 보였다. ‘제비’는 기다란 흙먼지의 꼬리를 끌면서 천천히 뢰 언덕을 내려오고 있었다. 레옹이 몇 번씩이나 바로 저 노란 마차를 타고 그녀에게 돌아왔었다. 그리고 레옹이 영원히 사라져간 것은 멀리 보이는 저 큰길이었다!

엠마는 그 젊은이의 모습이 맞은편 창가에 보이는 듯했다. 이윽고 모든 것이 한데 섞여 마치 구름과 같은 것이 눈앞을 스쳐갔다. 그녀는 아직도 자작의 팔에 안겨 휘황한 샹들리에 밑에서 왈츠를 추고 있는 것 같았고, 또한 레옹이 가까이에 있어 지금이라도 당장 달려올 것 같은 마음이었다……. 그러면서도 옆에 있는 로돌프의 머리카락 냄새를 느끼고 있었다. 그 냄새의 감미로움이 과거의 욕망들 속으로 스며들었고, 그 욕망들은 마치 바람에 날리는 모래알과도 같이 그녀의 영혼 위로 퍼져나가는 향기의 미묘한 숨결 속에서 소용돌이쳤다. 엠마는 몇 번이나 콧구멍을 크게 벌름거리며 기둥에 엉켜 있는 담쟁이덩굴의 신선한 냄새를 들이마셨다. 그녀는 장갑을 벗고 손을 닦았다. 그리고 손수건으로 얼굴에 부채질했다. 그러는 동안 그녀의 관자놀이가 뛰는 소리 너머로 군중들의 웅성거리는 소음과 단조로운 문구를 낭독하는 참사관의 목소리가 들려왔다.

그 목소리는 이렇게 말하고 있었다.

끝까지 이러한 마음으로 전진하시기 바랍니다. 인습에 젖은 목소리나 무모한 경험주의자들의 성급한 충고에 절대로 귀를 기울여서는 안 됩니다. 토지의 개량이며 비료의 질을 높이고 말, 소, 양, 돼지 등의 발육에 전력을 다해 주시기 바랍니다. 오늘의 이 공진회가 여러분을 위한 평화로운 각축장이 되기를 바랍니다. 이긴 사람이 이곳에서 나갈 때에는 진 사람에게 손을 내밀어 보다 큰 성공을 위하여 패한 사람과 서로 친교를 맺도록 하십시오! 그리고 여러분, 위대하고 겸허한 고용인 여러분! 오늘에 이르기까지 어떤 정부에게도 여러분의 괴로운 노동을 보상받지 못했던 여러분. 여러분의 말없는 미덕의 보상을 받으러 와주시기 바랍니다. 앞으로는 국가가 여러분들에게 관심을 갖고 격려하고 보호해 줄 것을 믿어주십시오. 여러분들의 정당한 요구를 받아들이고 될 수 있는 대로 괴로운 희생의 무거운 짐을 조금이라도 덜도록 하는 일에 노력할 것을 믿어주시기 바랍니다.

마침내 참사관은 연설을 끝내고 자리에 앉았다. 다음으로 심사위원장인 드로즈레 씨가 일어나 연설을 시작했다. 그의 연설은 참사관의 연설만큼 아름다운 말이나 화려한 문구로 꾸며져 있지 않고, 좀 더 착실한 말투로 한층 더 전문적인 지식과 보다 더 높은 생각으로 되어 있는 것이 장점이었다. 그래서 정부에 대한 찬사는 아까처럼 많지 않고, 종교와 농업에 대한 말이 더 많이 채택되어 있었다. 종교와 농업과의 관계가 설명되고, 어떻게 해서 이 양자가 항상 문명에 기여했는가를 설명했다.

로돌프와 엠마는 꿈과 예감과 자기(磁氣) 작용에 대한 이야기를 하고 있었다.

단상 위에서는 여러 가지 사회들의 기원으로 거슬러 올라가 인간이 숲 속에서 나무열매를 따먹으며 살던 야만 시대를 묘사하고 있었다. 그 후 인간은 동물의 가죽을 버리고 섬유로 만든 옷을 입게 되고, 밭을 갈고 포도나무를 심었다. 이것이 과연 행복이었을까? 이 발견에는 이익보다오히려 이롭지 못한 점이 더 많지는 않았을까? 드로즈레 씨는 이러한 문제를 제기했다.

로돌프는 자기 작용에 대한 것에서부터 조금씩 친화력에 대한 이야기로 옮겨갔다. 그리고 공진회 위원장이 스스로 쟁기를 손에 든 독재자 킨킨나투스[103]와 양배추를 심은 디오클레티아누스 황제[104]와 연초행사로 씨를 뿌리는 일을 했던 중국 황제들의 이야기를 하고 있는 동안, 젊은 남자는 젊은 여자에게 뿌리칠 수 없는 매혹들은 필시 그 어떤 전생의 인연에서 유래하는 것임을 설명하고 있었다.

"그러니까 우리의 경우도, 어째서 이렇게 서로 알게 되었을까요?

---

103) 기원전 450년경 로마의 집정관이었던 루키우스 킨킨나투스를 말한다. 집정관에서 물러난 그는 농촌 마을 오두막에 기거하며 농사를 짓고 살았다고 한다 ─ 옮긴이
104) 245~316, 세제와 화폐제도를 개혁했으며, 전제 군주제의 기초를 세운 로마의 황제로, 재위 기간은 284~305년이다 ─ 옮긴이

어떠한 우연으로 이렇게 되었다고 생각하십니까? 이것은 의심할 여지도 없이 두 개의 냇물이 흐르던 끝에 하나로 합쳐지는 것처럼 우리들 각각이 지닌 개성에 떠밀려서 결과적으로 가까워진 겁니다."
　로돌프가 말했다. 그런 다음 엠마의 손을 잡았다. 그녀는 그 손을 빼지 않았다

"전체 경작 우수상!"
심사위원장이 소리쳤다.

"예를 들면 조금 전에 제가 댁에 갔을 때……."

"켕캉푸아의 비제 씨에게 상으로 줌."

"이렇게 같이 있게 될 줄 어찌 알았겠습니까?"

"상금 70프랑!"

"몇 번이나 저는 되돌아가려고 생각했는지 모릅니다. 그러면서도 저는 당신 뒤를 쫓아 당신 곁에 머물러 있기로 했습니다."

"비료상!"

"그리고 저는 이대로 오늘도 내일도, 그리고 다른 날에도, 아니 한 평생을 당신 곁에 머물러 있을 작정입니다."

"아르게유 마을의 카롱 씨에게 금메달!"

"제가 이렇게 말씀드리는 것은 지금까지 어떠한 사람과 함께 있었어도 이처럼 완전한 기쁨을 느낀 일은 없었으니까요."

"지브리 생 마르탱의 뱅 씨에게!"

"그러니까 저는 당신의 추억을 언제까지라도 마음속에 간직할 것입니다."

"메리노의 숫염소상은……."

"하지만 당신은 저를 잊으실 거예요. 저 같은 것은 그야말로 그림자처럼 스러져버릴 거예요."

"노트르담의 블로 씨에게……."

"아뇨, 절대로 그렇지 않습니다! 그런 일은 없다고 믿어주십시오. 당신의 마음속에서, 당신의 생활 속에서 제가 적어도 아무것도 아닌 것은 아니라고 믿게 해주십시오."

"돼지 상으로 르에리세 씨와 퀼랑부르 씨에게 각각 상금 60프랑!"

로돌프는 엠마의 손을 꼭 쥐고 있었다. 그는 그 손이 대단히 뜨겁고 마치 붙잡힌 비둘기가 달아나려는 것처럼 떨고 있는 것을 느꼈다. 그러나 그 손을 빼려고 하는 것인지 아니면 움켜쥔 손의 힘에 응하려는 것인지 그녀는 손가락을 움직였다. 로돌프는 목소리를 약간 높여서 외쳤다.

"오오! 고맙습니다! 당신은 저를 거절하지 않으신 겁니다! 참으로
다정한 분입니다. 제가 완전히 당신 것이라는 것을 당신은 알아주셨
군요. 얼굴을 보여주십시오. 좀 더 자세히 보고 싶습니다!"
　창으로 불어온 바람이 탁자 위의 상보를 주름지게 했다. 아래의
광장에서는 시골 여인들의 커다란 두건이 흰 나비의 날개가 움직이
는 것처럼 한꺼번에 펄럭였다.

"함유 종자 활용상!"
　심사위원장은 계속해서 상의 주인들을 호명하고 있었다.
"플랑드르 비료상, 아마 재배상, 배수상, 장기 임대차 계약상, 고용인의
　근무상!"

　로돌프는 이제 아무 말도 하지 않았다. 두 남녀는 가만히 서로의
얼굴을 바라보고 있었다. 격렬한 정욕이 그들의 메마른 입술을 떨게
했다. 서로가 모르는 사이에 그들의 손가락과 손가락은 단단히 얽혀
있었다.

"사스토 라 게리에르 마을의 카트린느 니케즈 엘리자베스 르루는 같은
　농장에 54년 동안 근속했으므로 25프랑과 은메달 하나!"

"카트린느 르루는 어디에 있습니까?"
　참사관은 되풀이했다.

　당사자는 좀처럼 나타나지 않았다. 그러자 여기저기에서 수군대
는 소리가 들렸다.
"나가거라!"

"싫어!"

"왼쪽이다!"

"겁낼 것 없어!"

"정말 천치 같은 여자군!"

"도대체 있는 건가, 없는 건가? 어디 계십니까?"

튀바슈가 소리쳤다.

"네! 여기요! 여기 있습니다!"

"있으면 얼른 나오도록 하시오!"

그때 겁먹은 태도로 허름한 무명옷 속에 가냘프게 웅크린 노파가 단상을 향해 조심조심 앞으로 나아가는 보습이 보였다. 발에는 두툼한 나막신을 신고, 허리에는 푸른 빛깔의 큰 앞치마를 두르고 있었다. 가장자리를 감치지 않은 머릿수건에 감싸인 여윈 얼굴은 시들어버린 레네트 종 사과보다도 더 쭈글쭈글했고, 붉은 윗도리 소매 밖으로 마디가 굵은 긴 두 손이 드러나 보였다. 광 속의 먼지와 세탁용 탄산칼리와 양털에 붙어 있는 기름기 때문에 거칠고 딱딱해진 손은 깨끗한 물로 씻고 왔는데도 더럽게 보였다. 너무나 오랫동안 많은 일을 하고 무수한 고통을 겪었다는 사실을 증명해 주는 것처럼 손가락은 반쯤 벌어져서 모아지지 않았다. 어딘가 모르게 수도자와도 같은 완고함으로 인하여 노파의 얼굴 표정이 두드러지게 보였다. 창백한 눈길은 어떠한 슬픔이나 감동으로도 부드럽게 만들지 못할 것 같았다. 항상 가축들과 함께 어울려 지낸 나머지 노파는 가축들처럼 말이 없고 덤덤해져 있었다.

노파가 이렇게 많은 사람들이 있는 데에 나가는 것은 이번이 처음이었다. 깃발과 북과 검정 예복을 입은 신사들과 참사관의 훈장에 놀라 앞으로 나가야 할지 달아나야 할지, 어째서 군중들이 자기를 떠미는 것인지, 왜 심사위원들이 자기에게 미소를 보내주고 있는지 알 수 없었기 때문에 노파는 가만히 서 있었다. 반세기 동안 헌신해 온 한 노예가 활짝 웃음 짓고 있는 마을의 유지들 앞에 서 있는 것이었다.

"좀 더 가까이 오십시오. 존경하는 카트린느 니케즈 엘리자베스 르루 할머니!"

심사위원장의 손에서 수상자 명부를 받아든 참사관이 말했다. 종이 쪽지와 노파를 번갈아 보면서 다정한 목소리로 그는 다시 한 번 되풀이했다.

"가까이 오십시오!"

"앞으로 나오세요 좀 더 앞으로! 당신은 귀가 먹었소?"

튀바슈는 앉아 있던 의자에서 몸을 일으키며 말했다. 그리고 다시 한 번 그는 노파의 귀에 대고 큰소리로 외쳤다.

"54년 간 근속! 은메달 하나! 25프랑! 이것을 당신에게 주는 거란 말이오."

상을 받아든 노파는 가만히 그것을 바라보았다. 이내 노파의 얼굴에 아주 기쁜 듯한 미소가 가득 퍼졌다. 그리고 물러나면서 이렇게 중얼거리는 것이 들렸다.

"이걸 우리 마을의 본당 신부님께 드려야겠다. 그리고 미사를 드려달라고 부탁해야지."

"정말 광신자로군!"

공증인 쪽으로 몸을 기울이며 약제사가 탄성을 올렸다.

식이 끝나자 군중들은 뿔뿔이 흩어졌다. 그리고 연설문 낭독도 끝났기 때문에 각자 원래의 자리로 되돌아가고 모든 것은 평소와 마찬가지의 상태로 회복되었다. 주인들은 하인들을 거칠게 다루었고, 하인들은 가축을 몰아세웠다. 아무것도 모르는 승리자들은 뿔과 뿔 사이에 푸른 잎사귀의 면류관을 쓴 채 마구간으로 돌아갔다.

　그러는 동안 국방군 경비대는 총검 끝에 달콤한 빵을 꽂고 포도주병의 바구니를 안은 대대의 고수(鼓手)와 함께 마을 사무소의 2층으로 올라갔다. 엠마는 로돌프의 팔을 잡았다. 그는 엠마를 집까지 배웅해주었다. 두 사람은 집 앞에서 헤어졌다. 그러고 나서 그는 연회 시간을 기다리면서 혼자 들판을 거닐었다.

　긴 연회는 떠들썩하기만 하고 음식은 도무지 형편없었다. 너무나 혼잡해서 팔꿈치도 움직일 수 없을 정도였다. 의자 대신 사용한 좁은 나무판자는 많은 손님들의 무게 때문에 거의 부러질 것만 같았다. 모든 사람들은 각자 자기 앞에 할당된 몫을 남기지 않고 모두 배불리 먹었다. 이마에는 하나같이 땀이 흘렀다. 마치 가을 아침에 피어오르는 강 안개처럼 뿌연 김이 식탁 위에 매달린 램프 불 사이에 감돌았다. 로돌프는 천막에 등을 기댄 채 엠마의 일에 골몰하고 있었기 때문에 아무것도 귀에 들리지 않았다. 그의 뒤쪽 잔디밭에서는 하인들이 더러워진 접시들을 쌓아올리고 있었다. 사람들이 말을 걸어와도 그는 대답하지 않았다. 잔에 포도주가 부어져도, 주변의 소음이 점점 심해져도 그의 머릿속은 침묵만이 가득했다.

　로돌프는 꿈을 꾸듯 엠마가 한 말이며 그녀의 입술 모양을 그려보고 있었다. 마법의 거울에 비친 것처럼 그녀의 얼굴이 군모의 휘장 속에 빛나 보였다. 그녀의 옷 주름이 천막의 벽을 따라 흘러내리고 사랑의 나날이 미래의 전망 속에 끝없이 전개되고 있었다.

　그날 밤 불꽃놀이 때 로돌프는 엠마를 또 만났다. 그녀는 남편과 오메 부부와 함께였다. 오메 씨는 쏘아올린 불꽃의 불발탄 위험에 대해 몹시 근심하고 쉴 새 없이 자리에서 빠져나가 비네에게 여러 가지 주의를 주러 가곤 했다.

　튀바슈 씨 앞으로 보내온 불꽃 재료는 너무 조심하느라 지하실에 두었기 때문에 화약이 축축해져서 제대로 터지지 않았다. 가장 인기를 끌 줄 알았던 용이 꼬리를 무는 모습의 불꽃은 완전히 실패작이었다. 이따금 빈약한 불꽃이 튀자 입을 헤 벌리고 있던 관중은 함성을 울렸다. 간혹 어둠 속에서 허리에 간지럼힘을 당한 여자의 외침 소리도 섞여 있었다. 엠마는 잠자코 샤를르의 어깨에 몸을 살짝 기대어 캄캄한 하늘로 올라가는 불꽃의 빛나는 선을 눈으로 좇고 있었다. 로돌프는 타고 있는 장식등의 희미한 불빛 속에서 그녀의 얼굴을 바라보고 있었다.

장식등들이 조금씩 꺼져가고 별들이 반짝이기 시작했다. 비가 한두 방울씩 떨어지기 시작했다. 엠마는 모자를 쓰지 않은 머리를 숄로 감쌌다. 마침 그때 참사관의 마차가 여관에서 나왔다. 술에 취한 마부는 끝내 졸기 시작했다. 그리고 포장 위에 있는 두 개의 등불 사이로 마부의 커다란 몸뚱이가 차체를 매단 가죽띠의 움직임에 따라 좌우로 흔들리는 것이 먼 데서 보였다.

"사실 주정뱅이만은 엄하게 다루어야 해요. 매주 마을 사무소 문 앞에 있는 특별 게시판에 한 주일 동안 취했던 사람들의 이름을 써 붙였으면 해요. 그렇게 하면 한눈에 볼 수 있는 연간 기록이 나올 테니까요. 통계학상의 참고 자료도 되고, 필요할 때면 그것을 마을 사무소에서 그런 놈을…… 잠깐 실례합니다."

말을 하던 약제사는 급히 소방대장 쪽으로 뛰어갔다. 비네는 집으로 가는 길이었다. 그는 자신의 녹로가 또 보고 싶어졌던 것이다.

"조심하기 위해 당신의 부하 중 누군가를 보내든가 아니면 당신이 직접 가서 감독을 해야 할 거예요."

약제사는 비네에게 주의를 주었다.

"공연한 염려 마십시오. 아무 일도 없을 테니까요."

약제사는 다시 자리로 되돌아와서 말했다.

"안심하십시오. 비네 씨가 조치를 취했으니 걱정 말라는군요. 불티 하나라도 떨어지지 않는답니다. 펌프에도 물이 가득 들어 있고요. 자, 돌아가서 자도록 합시다."

"정말이에요! 너무 졸려요. 어쨌든 오늘 축제는 참으로 날씨가 좋았습니다."

커다랗게 하품을 하면서 오메 부인이 말했다.

"그렇고말고요! 정말 좋은 날씨였습니다!"

로돌프도 다정해 보이는 시선으로 조그만 소리로 되풀이했다. 이윽고 그들은 서로 인사를 나누고 헤어졌다.

이틀 후 〈루앙의 등불〉에 농사 공진회에 관한 과장된 기사가 실렸다. 그것은 오메가 그다음 날 재빨리 열변을 토해서 쓴 것이었다.

이 꽃 레이스, 이 꽃, 이 꽃 장식은 무엇 때문인가? 우리들의 경작지 위에 널리 열을 쏟는, 타는 듯한 햇빛 아래 마치 성난 노도와도 같은 이 군중들은 어디로 줄달음질치는 것일까?

계속해서 그는 농민들의 처한 상황에 대해 말했다. '확실히 정부가 많은 노력을 한 것은 사실이지만 아직 충분하지는 않다! 용기를 내라!' 하고 그는 외치고 있었다. '수많은 개량은 불가피한 것이다. 그것들을 완성해야 한다.' 그다음에는 참사관의 입장과 관련하여 '우리 국민방위군의 위풍당당한 태도' 라든가 '쾌활하고 발랄한 마을의 여성' 들의 일도 빼놓지 않았고, 장로인 체하고 회의에 나온 머리가 벗겨진 노인들에 대한 일도 빼놓지 않고 썼다. '그 가운데에 어떤 사람은 불후의 국군 중에 살아남은 사람들로서 씩씩한 북 소리를 듣고 지금도 새삼스럽게 가슴 설렘을 금치 못하는 사람들' 이라고도 썼다. 그는 자기 이름을 쟁쟁한 심사위원 중 가장 위에 쓰고, 또 거기에 주를 달아 '약제사 오메 씨는 사과주에 관한 논문을 농사협회에 제출했다' 는 것까지 써놓았다. 상품 수여에 이르자 수상자의 기쁨이 열광적인 찬미시와 같은 문구로 쓰여 있었다.

아버지는 아들을 안고, 형은 동생을, 남편은 아내를 얼싸안았다. 획득한 보잘것없는 상패를 자랑스럽게 내보이는 사람도 적지 않았고, 추측하건대 자기 집 착한 아내 곁에 돌아가서는 눈물을 흘리면서 초라한 초가집 가난한 벽에 그 상패를 걸어놓을 것이리라.

6시경 리에자르 씨의 목장에 준비된 연회는 그날 식에 참석했던 주빈들이 모여서 시종 화기애애한 가운데 진행되었다. 몇 번이고 건배를 했다. 리외뱅 씨는 국왕을, 튀바슈 씨는 도지사를, 드로즈레 씨는 농업을, 오메 씨는 자매와 같은 관계에 있는 공업과 예술을, 르플리셰이 씨는 여러 가지 개량을 위하여 각각 건배했다. 밤이 되자 눈부신 불꽃이 갑자기 하늘을 빛냈다. 참으로 멋진 만화경(萬華鏡)이며 오페라의 무대라고도 할 만큼 아름다웠다. 그리하여 잠시 동안 우리의 좁은 이 고장은 〈아라비안나이트〉와 같은 꿈의 세계로 옮겨진 느낌이었다.

특기할 만한 것은 이와 같은 가족적인 회합이 열리는 동안, 이것을 문란케 하는 좋지 못한 사고는 하나도 일어나지 않았다는 사실이다.

그리고 그는 덧붙여 썼다.

다만 눈에 띈 것은 사제가 참석하지 않았다는 것이다. 생각하건대 종교계는 진보하는 데 대한 견해가 우리와는 다르기 때문일까? 로욜라[105]의 제자인 성직자 여러분, 그대들이 무엇을 하든 그것은 자유인 것이다!

---

105) 1491~1556, 예수회의 창시자이다 — 옮긴이

9

6주일이 지났지만 로돌프는 전혀 모습을 보이지 않았다. 어느 저녁 나절, 드디어 그가 모습을 보였다.

공진회 다음 날 로돌프는 생각했다.

'너무 빨리 찾아가지 말자, 그건 서툰 짓일 테니까.'

그러고는 주말에 사냥을 떠났다. 사냥에서 돌아오자 이미 늦었다는 생각이 들었다. 그러나 다음과 같은 추리를 했다.

'만약 우리가 만났던 첫날부터 그 여자가 나를 좋아했다면 틀림없이 나를 한 번 더 만나고 싶어 마음을 졸이고 있을 테니 이대로 있어야겠다!'

로돌프는 객실로 들어서면서 엠마의 안색이 창백하게 변하는 것을 보고 자기의 짐작이 들어맞았다는 사실을 알았다. 그녀는 혼자였다. 해가 저물고 있었다. 유리창에 걸려 있는 조그만 모슬린 커튼 몇 장이 저녁노을을 한층 더 짙게 하고 있었다. 다만 청우계(晴雨計)의 금박에 저녁 햇살이 반사되어 산호의 우툴두툴한 가지 사이로 거울 속에서 반짝반짝 빛나고 있었다.

로돌프는 그 자리에 가만히 서 있었다. 엠마는 그의 첫 인사말에 제대로 대답도 하지 못했다.

"저는 그때부터 여러 가지 일이 많았고, 몸이 좀 불편했습니다."

"많이 아프셨나요?"

목소리를 약간 높이며 엠마가 물었다.

"아뇨, 그런 것이 아니고…… 사실은 찾아뵙고 싶지 않았습니다."

로돌프는 그녀 옆에 있는 의자에 앉으면서 말했다

"왜요?"

"그걸 모르시겠습니까?"

로돌프는 다시 한 번 그녀의 얼굴을 지켜보았다. 너무나 정이 담뿍 어린 눈길이었기 때문에 그녀는 얼굴을 붉히며 머리를 숙였다.

"엠마……."

"어머나, 당신은!"

엠마는 몸을 약간 피하면서 말했다.

"그것 보십시오! 그대롭니다."

침울한 어조로 로돌프가 말을 이었다.

"오지 않는 편이 좋다고 생각한 것은 당연하겠지요. 왜냐하면 엠마라는 이름이 내 마음을 가득 채우고 있어서 무심코 입에서 튀어나와 버린 이름, 이 이름을 당신은 불러서는 안 된다고 하십니다! 보바리 선생의 부인…… 이것은 세상 사람 누구나 부르는 이름입니다. 그러나 그것은 당신 이름이 아닙니다. 다른 사람의 이름입니다!"

로돌프는 다시 한 번 되풀이했다.

"다른 사람의 이름이에요!"

그리고 그는 양손으로 자기의 얼굴을 가렸다.

"그렇습니다, 저는 계속 당신만을 생각했습니다…… 당신을 생각하면 저는 도무지 견딜 수가 없습니다. 용서해 주십시오…… 저는 이것으로 이별하겠습니다. 안녕히 계십시오…… 저는 어딘가 멀리로 가버리겠습니다…… 이제 다시는 당신이 나 같은 사람의 이야기를 들을 수 없는 먼 곳으로 가겠습니다…… 그러나 오늘은 어쩐 일인지 저 자신도 알 수 없는 힘에 떠밀려 당신 곁으로 왔습니다. 하늘의 뜻을 거스를 수는 없는 일이니까요. 천사의 미소에는 거역할 수가 없는 것입니다. 아름답고 매력적이며 멋진 것에는 그저 끌려갈 밖에요.”

엠마는 자신에게 쏟아지는 이런 말들을 듣는 것은 생전 처음이었다. 마치 증기 욕탕 속에서 피로가 풀려버린 사람처럼 그녀의 자존심은 이 열띤 말에 맥없이 온통 늘어져버렸다.

“그러나 오늘까지 찾아뵙지 않았다 하더라도, 당신을 만나지 않았다 하더라도 적어도 당신을 에워싸고 있는 것들은 언제나 눈여겨 바라보고 있었습니다. 매일 밤마다 저는 이곳까지 오고는 했습니다. 당신의 집을, 달빛에 빛나는 지붕을, 당신의 방 창가에서 흔들리는 정원의 나무들을 보았습니다. 유리창을 통해 어둠 속에 빛나고 있는 조그마한 램프의 그 작은 빛을 바라보았습니다. 아아! 당신은 그렇게도 가까이에, 그리고 또 그렇게도 멀리에 가련한 사나이가 있다는 것을 알지 못하셨던 겁니다……”

로돌프의 말에 엠마는 흐느끼면서 사나이 쪽으로 얼굴을 돌렸다.

“당신은 참으로 다정한 분이세요.”

엠마가 말했다.

“아닙니다. 저는 당신을 사랑하고 있을 뿐입니다. 그것만은 믿어주시겠지요! 제발 말씀해 주십시오. 한마디만, 단 한마디만 말씀해 주십시오.”

로돌프는 의자에서부터 조금씩 마룻바닥으로 미끄러져 내려갔다. 그때 부엌 쪽에서 나막신 소리가 들려왔다. 그리고 보니 객실의 문이 잠겨 있지 않았던 것이다.

"제 부탁을 한 가지만 들어주십시오."

그녀의 집 안을 돌아보고 싶다는 것이 로돌프의 부탁이었다. 엠마는 별로 무례한 부탁이 아니라고 생각했고 이내 두 사람은 일어섰다. 그때 샤를르가 들어왔다.

"안녕하십니까, 선생님?"

로돌프가 인사를 건넸다. 샤를르는 뜻밖에 선생이라고 불린 것이 흐뭇해서 친절하게 대해 주었다. 로돌프는 그 틈을 타 마음을 조금 가라앉혔다.

"부인께서는 몸의 건강에 대해 말씀을 하고 계셨습니다……."

그의 말을 가로막은 샤를르는 거기에 대해 자신도 여러 가지로 걱정이 된다며, 아내에게 다시 숨이 갑갑한 증세가 나타나기 시작했다고 말했다. 로돌프는 승마가 좋지 않겠느냐고 물었다.

"그렇군요. 그 이상 더 좋은 것은 없어요! 참 괜찮은 생각입니다. 여보, 꼭 승마를 해보구려."

엠마가 승마용 말이 없다고 반대하자 로돌프는 자기 말을 한 필 주겠다고 했다. 그녀는 사양했고 로돌프는 더 이상 강요하지 않았다. 그러고 나서 그는 방문 이유를 찾기 위해 전에 피를 뽑았던 하인이 아직도 어지러움으로 고생하고 있다고 말했다.

"제가 한 번 댁에 들리지요."

샤를르가 말했다.

"아닙니다. 제가 이곳으로 데려 오겠습니다. 그편이 좋으실 테니까요."

"그렇게 해주시면 더욱 좋겠습니다. 감사합니다"

이윽고 샤를르와 엠마만 남게 되었다.

"어째서 당신은 로돌프 씨가 그처럼 친절하게 말하는데 거절해 버렸소? 모처럼 친절하게 해주시는데."

엠마는 조금 화난 표정으로 여러 가지 변명을 하고 끝내는 이렇게 말했다.

“그렇게 하면 이상하게 생각하실 것 같아서요.”

“원 참! 그런 걱정은 필요 없단 말이오! 건강이 제일이오! 그렇게 생각했다면 당신이 잘못 생각한 것이오!”

샤를르는 발뒤꿈치로 빙글 돌면서 말했다.

“하지만 전 승마복도 없는데 어떻게 말 같은 걸…….”

“한 벌 맞추면 될 거 아니오!”

샤를르가 대답했다. 승마복 때문에 그녀는 마음을 결정했다.

복장을 갖추고 나자 샤를르는 로돌프 씨에게 아내는 언제라도 좋으니까 잘 부탁한다는 편지를 보냈다.

다음 날 정오쯤 로돌프는 승마용 말 두 필을 끌고 샤를르의 집 앞에 당도했다. 한 필은 귀에 장밋빛 술을 달고 사슴가죽으로 만든 부인용 안장이 놓여 있었다.

로돌프는 부드러운 가죽 장화를 신고 있었다. 아마 엠마는 이런 것을 본 일이 없을 것이라고 그는 생각했다. 과연 그가 벨벳으로 만든 커다란 저고리에 하얀 저지 바지를 입고 계단 위에 나타났을 때 엠마는 그의 풍채에 매혹되었다. 그녀는 모든 준비를 마치고 기다리고 있었다.

쥐스텡은 엠마의 모습을 보려고 약국에서 빠져나왔다. 약제사도 일손을 놓고 일부러 나왔다. 약제사는 로돌프 씨에게 여러 가지 주의를 주었다.

“사고라는 것은 불시에 일어나는 것이니 주의하십시오! 너무 힘이 넘치는 말들 같아서요!”

그때 엠마는 머리 위에서 무슨 소리가 나는 것을 들었다. 펠리시테가 어린 베르트를 달래면서 유리창을 똑똑 두드리는 소리였다. 아기가 멀리서 키스를 보내자 엠마는 승마용 채찍 손잡이를 흔들어 답했다.

"다녀오십시오! 무엇보다도 주의하십시오! 조심하세요!"

약제사가 소리쳤다. 그리고 멀어져 가는 그들을 바라보면서 들고 있던 신문을 흔들었다.

흙냄새를 맡자 엠마가 타고 있던 말이 달리기 시작했다. 로돌프는 그녀의 옆에서 달렸다. 가끔 두 사람은 간단한 말을 주고받았다. 그녀는 얼굴을 약간 숙이고 고삐를 짧게 쥐고는 오른팔을 똑바로 뻗은 채 안장 위에서 흔들리는 대로 몸을 맡기고 있었다.

언덕 아래에 이르러 로돌프는 말고삐를 늦추었다. 그런 다음 두 사람은 나란히 달리기 시작했다. 이윽고 꼭대기에 다다르자 갑자기 말들이 멈췄다. 그녀의 크고 푸른 베일이 늘어져 내려왔다.

때는 10월 초순으로 들판에는 안개가 자욱했다. 지평선 저쪽 언덕 윤곽 사이로 안개는 길게 뻗어 있거나 또는 끊겨서 높이 올라갔다가 사라졌다. 이따금 안개가 사라진 곳에서 햇빛을 받아 저 멀리 용빌르의 지붕들이 보였다. 냇물을 낀 정원이며 안뜰과 벽 그리고 성당의 종루도 보였다. 엠마는 자기 집을 찾아보려고 눈을 가느다랗게 떴다. 자기가 살고 있는 저 보잘것없는 쓸쓸한 마을이 이처럼 조그맣게 보인 적은 여태까지 없었다. 그들이 서 있는 높은 곳에서는 산골짜기의 평야 전체가 대기 사이에서 증발해 가는 허옇고 넓은 호수처럼 보였다. 우거진 나무 덤불들이 군데군데 꺼먼 바위처럼 튀어나와 있고, 안개 속을 뚫고 높이 솟아 있는 포플러나무의 대열은 바람에 흔들거리는 모래밭 같았다.

전나무 사이의 잔디밭 위에는 갈색의 햇빛이 미지근한 공기 속에 움직이고 있었다. 담배 가루같이 불그스레한 흙을 밟는 말발굽 소리가 부드러웠다. 말은 편자 끝으로 굴러다니는 솔방울을 차면서 앞으로 나아갔다.

두 사람은 숲가를 따라 움직였다. 엠마는 이따금 사나이의 시선을 피하기 위해 얼굴을 돌리고는 했다. 눈에 들어오는 것은 다만 한 줄로 늘어선 전나무 밑동들뿐이고, 그것이 너무 길게 이어져 있기 때문에 가벼운 현기증이 났다. 말들은 숨을 헐떡이고, 안장의 가죽은 삐걱 소리를 냈다.

두 사람이 숲 속에 들어간 순간 햇살이 비치기 시작했다.

"하느님이 우리를 지켜주시는 겁니다!"

로돌프가 말했다.

"그렇다고 생각하세요?"

엠마가 물었다.

"좀 더 앞으로 갑시다!"

로돌프가 혀를 차자 두 필의 말이 달리기 시작했다.

길가의 웃자란 고사리가 엠마의 발을 디디는 등자에 걸릴 때마다 로돌프가 말을 달리면서 몸을 굽혀 그것들을 빼주었다. 또 어떤 때는 나뭇가지를 젖혀주기 위해 그녀 곁으로 다가오기도 했다. 그때 엠마는 자신의 다리에 사나이의 무릎이 가볍게 닿는 것을 느꼈다. 하늘은 파랗게 개이고 나뭇잎들은 움직이지 않았다. 이윽고 히드꽃이 만발한 널따란 공터가 두 사람의 시야에 보였고, 이어 융단처럼 제비꽃이 가득 피어 있는 들판과 나무가 우거진 숲이 번갈아가며 나타났다. 나무들은 잎사귀의 색깔에 따라 잿빛, 갈색, 금빛 등 여러 가지였다. 때때로 관목이 우거진 속으로 희미하게 날개를 퍼덕이는 소리, 떡갈나무 쪽으로 날아가는 까마귀의 목쉰 소리가 몇 번씩이나 낮게 들려왔다.

두 사람은 말에서 내렸고, 로돌프가 말을 잡아맸다. 엠마는 이끼 위에 마차의 바퀴자국이 난 사이를 앞장서서 걸어갔다. 그러나 웃자락을 손으로 들어올려도 옷이 너무 길어 걷기가 힘들었다. 로돌프는 그녀의 뒤에서 걸음을 옮기며 까만 나사로 만든 옷과 검은 반장화 사이로 보이는 하얗고 부드러운 양말을 넋놓고 지켜보고 있었다. 마치 그녀가 맨몸인 것처럼 생각되었다.

엠마는 걸음을 멈추었다.

"저, 좀 피곤해요."

"자, 조금만 더 기운을 냅시다."

백 발자국쯤 가자 엠마는 또다시 걸음을 멈추었다. 그녀가 쓰고 있는 남자용 모자에서 허리 위까지 비스듬히 늘어진 베일을 통해 마치 하늘빛 물결 밑에 잠겨 하느작거리는 것처럼 그녀의 얼굴이 파르스름하고 투명하게 보였다.

"어디까지 가는 거죠?"

로돌프는 아무 대답도 하지 않았다. 엠마는 가슴이 괴로운 것같이 숨을 몰아쉬었다. 로돌프는 주위를 둘러보고 수염 끝을 잘근잘근 씹었다.

두 사람은 좀 더 넓은 곳으로 나왔다. 거기에는 어린 나무가 여러 그루 베어 넘어져 있었다. 그들은 나뒹굴어 있는 한 나무 밑둥 위에 앉았다. 그리고 로돌프는 그녀에게 자기의 사랑을 이야기하기 시작했다. 그는 느닷없이 정다운 말씨를 쓰거나 해서 상대방을 당황하게 하는 일 없이 조용하고 진지하였으며 사뭇 우울한 듯한 태도였다.

엠마는 머리를 숙이고 발끝으로 땅 위에 널려 있는 나뭇조각들을 건드리면서 그의 말을 듣고 있었다.

"우리 두 사람의 운명은 이미 하나가 되어버린 것이 아니겠습니까?"

로돌프가 말했다.

"아니에요! 당신은 잘 아실 텐데요. 그런 일은 있을 수 없다는 것을 말이에요."

엠마가 대답했다. 그리고 일어서서 돌아가려고 했다. 로돌프가 그녀의 손목을 잡았고, 그녀는 우뚝 섰다. 한동안 애정이 담긴 눈으로 그를 쳐다보고 있던 엠마가 또렷한 목소리로 말했다.

"이젠 그만두기로 해요. 그런 이야기는……. 말은 어디 있어요? 돌아가기로 해요."

로돌프는 화난 것처럼 불쾌해 보이는 몸짓을 했다. 그녀는 되풀이해서 말했다.

"말은 어디 있죠? 어디에 있느냐고요!"

그러자 사나이는 야릇한 미소를 띠고 눈을 똑바로 뜬 채 이를 악물고는 두 팔을 활짝 벌리며 앞으로 다가왔다. 엠마는 몸서리를 치면서 뒤로 물러섰다. 그리고 더듬거리면서 말했다.

"오…… 무서워요! 심술궂으시군요! 그만 돌아가요."

"그렇게 말씀하신다면……."

로돌프는 얼굴 표정을 전처럼 바꾸면서 말했다. 그리고 다시 점잖고 상냥하며 수줍은 태도로 되돌아갔다. 이내 엠마는 그에게 팔을 맡겼고, 그들은 돌아오기 시작했다.

"어떻게 되신 거죠? 어째서입니까? 저로서는 알 수가 없군요. 아마도 착각을 일으키신 모양입니다. 내 영혼 속에서 당신은 대좌(臺座) 위에 모셔놓은 성모처럼 높고 확고하고 때묻지 않은 깨끗한 곳에 계시는 겁니다. 그러나 저는 살기 위해 당신이 꼭 필요합니다. 저에게는 당신의 눈, 당신의 목소리, 당신의 마음이 필요합니다. 제 친구가, 제 누이동생이, 아니 제 천사가 되어주십시오."

로돌프가 말했다. 그리고 팔을 뻗어 그녀의 허리를 감았다. 엠마는 살짝 몸을 빼내려고 했다. 그는 걸으면서 그 자세로 계속 여자의 몸을 받치고 있었다. 이윽고 두 필의 말이 풀을 뜯어먹는 소리가 들렸다.

"아아! 조금만 더. 돌아가지 말고 여기에 있어 주십시오!"

로돌프가 말했다. 그는 부평초가 파랗게 덮인 좀 더 멀리 떨어진 조그마한 연못가로 그녀를 데리고 갔다. 시든 수련이 골풀 사이에 가만히 있었다. 풀을 밟은 두 사람의 발자국 소리에 놀란 개구리가 펄쩍 뛰어 몸을 숨겼다.

"제 잘못이에요, 제 잘못이라고요. 당신이 하는 말씀을 듣다니, 제 정신이 아니에요."

"어째서죠?……엠마! 엠마!"

"오! 로돌프……."

엠마는 그의 어깨에 쓰러지듯 기대면서 천천히 말했다. 그녀의 옷 자락이 남자의 벨벳 옷에 엉겨들었다. 엠마는 한숨으로 부푼 하얀 목줄기를 뒤로 젖혔다. 그리고 정신을 잃어버린 것처럼 울며 한없이 몸을 떨면서 얼굴을 가리고 사나이에게 몸을 맡겼다.

어둠이 깔리고 있었다. 저물어가는 햇빛이 나뭇가지 사이를 누비고 그녀의 눈 위에서 부서졌다. 그녀 주위에는 나뭇잎들이 떨어져 있었고, 땅 위에 벌새들이 날아다니며 깃털을 뿌린 것처럼 빛의 반점이 흔들리고 있었다. 사방은 조용했다. 나무들 사이에서 무언가 달콤하고 기분 좋은 것이 발산되고 있는 것처럼 생각되었다. 그녀는 또다시 심장이 심하게 뛰고, 젖이 흐르듯이 피가 온 몸으로 도는 것을 느꼈다. 그때 저 너머 다른 언덕 위에서 길고 알아들을 수 없이 외치는 소리가 들려왔다. 꼬리를 길게 빼는 것 같은 목소리였다. 그 목소리는 미처 흥분에서 깨어나지 못한 신경의 마지막 떨림에 음악처럼 녹아들었다. 그녀는 가만히 그 소리에 귀를 기울였다. 로돌프는 입에 여송연을 물고 한쪽이 잘린 말고삐를 조그만 칼로 손질하고 있었다.

두 사람은 올 때와 같은 길을 지나 용빌르로 돌아왔다. 그들은 진흙 구덩이 위에 나란히 박힌 그들의 말 발자국을 보았다. 그리고 올 때 보았던 갈대숲이며 풀숲 속의 조약돌을 보았다. 주위에 있는 것들은 무엇 하나 변한 것이 없었다. 그러나 그녀에게는 산이 움직인 것보다도 더 중대한 무슨 일인가가 일어나고 있었던 것이다. 로돌프는 때때로 몸을 숙여 그녀의 손을 잡고 키스를 했다.

말에 올라탄 그녀의 모습은 아름다웠다. 날씬한 몸을 똑바로 세우고 무릎을 말의 갈기 위로 굽히고, 바깥공기를 쐬어서 약간 발그레해진 얼굴이 저녁놀 속에 빛나고 있었다.

용빌르에 도착하자 엠마는 말을 탄 채 포장된 보도 위를 걸었다. 모든 사람들이 창문으로 그녀를 내다보았다.

저녁식사 때 남편은 그녀의 얼굴빛이 좋다고 했다. 그러나 산책에 대해 물으려 하자 그녀는 듣지 못한 척 타고 있는 두 개의 양초 사이에 놓인 자기의 접시 옆에 팔꿈치를 대고 가만히 앉아 있었다.

"엠마!"

샤를르가 아내를 불렀다.

"왜 그래요?"

"사실은 오늘 오후에 알렉상드르 집에 들렀는데 그 사람에게 암말이 하나 있더군. 나이는 조금 먹은 것 같았지만 무릎에 상처가 약간 있을 뿐 아직은 넉넉히 탈 수 있는 좋은 말이었어. 아마 3백 프랑쯤이면 틀림없이 줄 것 같은데 말이오……."

그는 덧붙여서 말했다.

"당신도 마음에 들어할 거라고 생각했기 때문에 약속했소. 아니, 사실은 이미 사버렸소……. 잘한 일이겠지? 어떻게 생각하오?"

엠마는 잘했다는 표시로 머리를 끄덕여 보였다. 그리고 15분쯤 후에 물었다.

"당신, 오늘밤 외출하세요?"

"나가야 하는데, 무슨 일 있소?"

"아뇨! 아무것도 아니에요! 아무것도."

거추장스럽게 느껴지던 샤를르가 외출하자 그녀는 2층으로 올라가 자기 방에 틀어박혔다.

처음에는 현기증 같은 느낌이었다. 나무와 길과 도랑과 로돌프의 모습이 눈앞에 보였다. 그리고 아직도 사나이의 포옹이 느껴졌다. 나뭇잎이 한들거리고 골풀이 바람에 살랑거리고 있는 듯했다.

그러나 거울을 들여다보았을 때 거기에 비친 자기의 얼굴을 보고 깜짝 놀랐다. 자신의 눈이 이토록 커다랗고, 검고, 깊숙했던 적은 여태까지 없었다. 어떤 미묘한 것이 몸 위에 퍼져 그녀의 모습이 몰라보게 달라진 것이었다.

'나에게 애인이 생긴 거야! 나에게 사랑하는 사람이 있다!'

그녀는 되뇌었다. 이렇게 생각하자 마치 또 한번의 사춘기를 맞이한 것처럼 기쁨이 솟구쳤다. 사랑의 기쁨과 이미 체념했던 행복의 열정을 이제부터 자기 것으로 만들 수가 있는 것이다. 모든 것이 정열이고 영묘하고 황홀하며 열광적이고도 불가사의한 경지로 이제부터 막 들어가려 하는 것이었다. 하늘빛의 광대한 것이 그녀를 둘러싸고, 마음속 깊은 곳에는 최고조의 감정이 빛나고 있었다. 그녀의 생각은 감정의 산맥이 빛나는 봉우리들을 넘어 높이 날았다. 평범한 일상생활은 벌써부터 훨씬 멀어져 까마득한 저 아래쪽 그림자 속 산 사이로 멍하게 보일 뿐이었다.

그때 그녀는 예전에 읽었던 여러 가지 책의 여주인공들을 생각해냈다. 불륜의 사랑에 빠진 서정적인 여자들 한 무리가 흡사 자매와도 같은 매혹적인 목소리로 그녀의 기억 속에서 노래를 부르기 시작했다. 그 목소리는 그녀를 황홀하게 만들었고, 엠마 자신도 그 상상의 일부가 되어버렸다. 자신이 그토록 부러워했던 사랑하는 여자의 전형이 되어버린 것 같은 기분으로 젊었을 때 언제나 그렸던 몽상을 실현하고 있는 것이었다. 뿐만 아니라 거기에는 복수에 대한 쾌감도 있었다. 지금까지 그녀는 그토록 괴로워하지 않았던가! 지금이야말로 자기는 승리를 거둔 것이다. 그리고 오랫동안 눌리고 눌렸던 사랑이 기쁨에 들끓으며 한꺼번에 쏟아져 나온 것이다. 그녀는 이미 아무런 양심의 가책도 없고 불안도 없고 번민도 없이 이 사랑을 맛보고 있는 것이었다.

다음 날 하루는 완전히 새로운 기쁨 속에서 지냈다. 그들은 서로 맹세했다. 엠마는 그에게 자신의 슬픔을 이야기했다. 로돌프는 키스로 그녀의 이야기를 막았다. 그녀는 눈을 반쯤 감고 사나이의 얼굴을 바라보면서 다시 한 번 자신의 이름을 불러달라고, 자기를 사랑한다고 말해 달라고 졸랐다. 어제와 마찬가지로 나막신을 만드는 직공의 숲 속 오두막에서의 일이었다. 벽은 짚으로 되어 있었고, 지붕이 낮았기 때문에 내내 허리를 굽히고 있어야 했다. 그들은 가랑잎으로 만든 자리 위에 꼭 붙어 앉아 있었다.

그날 이후 그들은 매일 밤 편지를 주고받았다. 엠마는 자기 편지를 뜰 냇가 끝쪽에 있는 갈라진 바위틈에 끼워놓았다. 로돌프가 그것을 가지러 와서 자기의 편지를 놓고 가고는 했다. 그녀는 언제나 그의 편지가 너무 짧다고 나무랐다.

어느 날 샤를르가 날이 새기도 전에 외출했을 때 엠마는 갑자기 로돌프를 만나고 싶은 충동에 사로잡혔다. 위세트는 금방 갈 수 있는 곳이었고, 한 시간쯤 있다가 용빌르로 돌아온다 해도 아직 모두 자고 있을 터였다. 그녀는 치미는 욕정에 숨이 막힐 듯했다. 어느 덧 엠마는 목장을 빠져나가고 있었다. 그녀는 뒤도 돌아보지 않고 잰 걸음으로 걸어갔다.

날이 밝기 시작했다. 엠마는 멀리서 애인의 집을 찾아냈다. 제비꼬리 같은 두 개의 바람개비가 희끄무레한 새벽 어스름 속에 검게 솟아 있었다.

농장의 안뜰을 지나자 저택으로 보이는 건물이 있었다. 그녀가 가까이 가자 벽이 저절로 열린 것처럼 그녀는 안으로 빨려 들어갔다. 똑바로 난 커다란 계단이 2층 복도로 통하고 있었다. 엠마는 한쪽 문고리를 돌렸다. 순간 방 안쪽에 자고 있는 한 사나이가 보였다. 로돌프였다. 그녀는 외마디 소리를 질렀다.

"당신이 여기에! 당신이 여기에!"

로돌프는 되풀이했다

"어떻게 여기까지 왔어요? 아, 이렇게 옷을 적시고!"

"전 당신이 제일 좋아요!"

엠마는 사나이의 목에 매달리면서 대답했다.

이렇게 최초의 대담한 모험이 성공한 다음부터 샤를르가 아침 일찍 외출할 때마다 엠마는 서둘러 옷을 입고 강가로 통하는 돌계단을 살금살금 내려가곤 했다.

그러나 소를 건너게 하는 판자 다리가 떼어져 있을 때에는 시냇가를 따라 있는 울타리를 끼고 돌아가야만 했다. 강둑은 꽤 미끄러웠다. 그녀는 넘어지지 않으려고 시든 계란풀의 밑둥에 매달리곤 했다. 밭을 가로지를 때에는 발이 빠져 비틀거리고 화사한 반장화가 벗겨질 것 같았다. 목에 두른 엷은 비단 스카프가 잡초 속에서 바람에 펄럭거렸다. 그녀는 황소들이 무서워서 달리기 시작했다. 그러고는 숨을 몰아쉬면서 뺨을 장밋빛으로 물들이고 나무 냄새와 풀과 신선한 대기의 냄새를 온 몸에서 마구 풍기며 저택에 도착했다. 로돌프는 아직 자고 있었는데, 마치 봄날 아침이 방에 들어온 것 같았다.

창에 드리운 노란 커튼에 짙은 금빛 햇살이 부드럽게 스며들었다. 엠마는 눈을 깜박거리면서 손으로 더듬으며 나갔다. 그러면 머리에 붙어 있는 이슬방울이 마치 황옥의 후광처럼 얼굴 가장자리를 어렴풋하게 에워싸며 반짝였다. 로돌프는 웃음을 머금으며 그녀를 끌어당겨 가슴 위로 힘껏 안았다.

잠시 뒤에 그녀는 방 안을 둘러보았다. 가구의 서랍을 열어보기도 하고 로돌프의 빗으로 자기 머리를 빗기도 하고 수염 깎는 거울에 자기 모습을 비춰보기도 했다. 베개 맡에 놓인 조그마한 탁자 위의 레몬이며 사탕과 함께 물주전자 옆에 놓여 있는 커다란 파이프를 장난삼아 입에 물어보기도 했다.

헤어질 때에는 적어도 15분은 족히 걸렸다. 그때가 되면 엠마는 훌쩍였다. 그녀는 잠깐 동안이라도 로돌프 곁을 떠나고 싶지 않았던 것이다. 자기로서는 어떻게 할 수도 없는 무엇인가가 그녀를 로돌프에게로 떠밀었다.

이런 일이 너무 자주 되풀이되던 어느 날, 생각지도 않았을 때 그녀가 찾아온 것을 보고 로돌프는 난처한 것처럼 얼굴을 찡그렸다.

"어쩐 일이세요? 몸이 좋지 않으신가요? 네? 말씀해 주세요!"

엠마가 물었다.

마침내 로돌프는 상기된 얼굴로, 이렇게 자주 찾아오는 것은 경솔한 짓이다, 세상 사람들의 이목도 생각을 해야 할 게 아니냐고 웃지도 않고 분명하게 말했다

10

　로돌프의 이런 근심은 이윽고 엠마에게로 옮아왔다. 처음에는 사랑에 도취된 나머지 그 이외의 일은 아무것도 생각하지 않았다. 그러나 사랑이 그녀의 삶에 없어서는 안 되는 것이 되어버린 지금에 와서는 사랑을 조금이라도 잃거나, 잃어버리지는 않더라도 어떤 방해물이 생기지 않을까 두려웠다.

　로돌프의 집에서 돌아올 때 그녀는 불안한 눈길로 사방을 두리번거리면서 먼 곳을 지나가는 사람들이며, 누군가가 내다보고 있을지도 모르는 마을 창문들을 하나하나 살펴보았다. 그녀는 발자국 소리며 부르짖는 소리며 쟁기 소리에도 귀를 기울였다. 그리고 머리 위에서 흔들리는 포플러 나뭇잎보다도 더 새파랗게 떨면서 걸음을 멈추고는 했다.

　어느 날 아침, 그렇게 집으로 돌아오고 있을 때 엠마는 갑자기 기다란 총신(銃身)이 자기 쪽을 겨누고 있는 것을 깨닫고 숨을 들이마셨다. 그것은 풀숲에 절반쯤 파묻힌 조그마한 통 속에서 비스듬히 나와 있었다. 겁에 질린 엠마는 정신이 아찔해졌지만 그래도 앞으로 걸어갔다. 그러자 마치 용수철이 달린 장난감 도깨비가 상자 속에서 튀어나오듯이 한 사나이가 통에서 불쑥 나왔다. 무릎까지 졸라맨 각반을 치고 납작한 모자를 눈까지 푹 눌러쓴 채 입술을 떨면서 코가 새빨개진 남자, 그는 물오리를 잡으려고 숨어 있는 비네 씨였다.

"멀리서 소리를 질러주셨으면 좋았을 걸 그랬군요. 총을 보면 반드시 소리를 질러야 위험하지 않습니다."

그러면서 비네는 자기가 방금 겁먹었던 사실을 감추려고 애를 썼다. 물오리 사냥은 배를 타고 잡는 것 이외에는 도지사 명으로 금지되어 있었는데, 평소 법에 대한 잔소리를 많이 하는 비네 씨 자신이 지금 법을 어기고 있는 것이었다. 때문에 그는 매순간 전원 감시원의 발소리가 들리지 않는가 해서 잔뜩 긴장하고 있었던 것이다. 그러나 이러한 불안감이 도리어 쾌감을 자극하기도 했다. 그래서 이렇게 혼자 그 통 속에 용케 들어가 있는 자신의 재주에 대해 우쭐하고 있던 것이다.

엠마의 모습을 보고 한편으로 마음을 놓은 그는 말을 걸었다.

"날씨가 매우 춥군요. 살을 에는 것 같은데요."

엠마는 아무런 대답도 하지 않았다.

"그런데 부인께서는 어떻게 이렇게 일찍 나오셨습니까?"

비네가 다시 말했다.

"네, 아기를 맡겨둔 유모집에 갔다오는 길이에요."

엠마는 더듬거리면서 대답했다.

"아! 네에! 그러시군요. 저는 새벽부터 여기에 이러고 있습니다만, 아무래도 이렇게 안개가 잔뜩 끼었으니 새가 총 끝에 와 앉기라도 하지 않고서야 어디……."

"실례합니다, 비네 씨."

상대의 말이 채 끝나기도 전에 그녀는 획 돌아섰다.

"네, 부인. 안녕히 가십시오."

비네는 무뚝뚝한 어조로 대답했다. 그리고 다시 통 속으로 들어가 버렸다.

엠마는 비네 씨와 퉁명스럽게 헤어진 것을 후회했다. 필연코 그는 당치도 않은 억측을 부릴 것이다. 유모의 얘기를 꺼낸 것은 서툰 변명이었다. 보바리네 갓난아기가 1년 전부터 양친에게 돌아와 있다는 사실을 모르는 사람은 용빌르에 한 사람도 없었다. 무엇보다도 이 근처에는 아무도 살지 않았다. 이 길은 다만 위세트 별장으로만 통하고 있었다. 그러니까 아무리 비네라도 그녀가 어디서 오는 길인지 짐작이 갈 것이다. 틀림없이 그는 이 일을 떠벌릴 것이다. 의심할 여지도 없다. 그날 저녁 때까지 그녀는 어떻게 거짓말을 꾸며낼 것인지 궁리하느라 골머리를 앓았다. 그리고 사냥 망태기를 늘어뜨린 그 바보가 눈앞에 어른거렸다.

샤를르는 저녁식사 후 아내가 수심에 차 있는 것을 보고 기분을 풀어주기 위해 약제사의 집으로 데리고 갔다. 그런데 약국 문 앞에서 제일 먼저 눈에 띈 사람은 바로 비네 씨였다! 그는 빨간 유리병의 빛을 받으며 카운터 앞에 서 있었다.

"유산 반 온스만 주시오."

"쥐스텡, 유산염을 이리 가져오너라."

약제사가 소리쳤다. 그리고 오메 부인의 방으로 올라가려는 엠마에게 말했다.

"아닙니다, 여기 계십시오. 일부러 올라가시지 않아도 아내가 곧 내려올 겁니다. 난로불이나 쬐면서 기다리십시오. 잠깐 실례하겠습니다……. 안녕하십니까, 선생님(이 약제사는 '선생'이라는 말을 쓰기를 매우 좋아했다. 그 말이 지니는 장중한 느낌이 자기에게로 되돌아오는 것처럼 생각하는 것이다). 얘야, 뭘 하는 거냐? 그 약그릇을 엎지르면 안 된다! 그보다는 빨리 작은 방에 가서 의자를 가져오너라. 객실의 안락의자는 건드리면 안 된다고 일렀잖아."

안락의자를 다시 제자리에 놓으려고 오메가 카운터에서 급히 뛰어나오려 하자 비네가 당산(糖酸)을 반 온스 주문했다.

"당산? 그런 건 모르겠는데, 그게 뭐죠? 아마 수산(蓚酸)을 말씀하시나요? 수산 맞죠?"

약제사는 경멸하는 것처럼 말했다. 비네는 여러 가지 사냥도구의 녹을 빼는 놋그릇 닦는 약을 만드는 데 부식제가 필요하다고 설명했다. 엠마는 흠칫 놀랐다.

"사실 요사이는 날씨가 좋지 못하죠. 습기가 많은걸요."

약제사가 말했다.

"하지만 날씨 따위는 아무렇지도 않게 여기는 사람도 있더군요."

비네가 음흉스러운 표정으로 말했다. 엠마는 숨이 막혔다.

"그리고 또 필요한 것은……."

'이러다간 이 사람이 언제 갈지 모르겠군!'

엠마는 생각했다.

"송진하고 테르빈유 반 온스, 황납 4온스, 골탄 1온스 반만 주십시오. 이것은 사냥도구의 에나멜 가죽을 깨끗이 닦기 위한 거예요."

약제사가 밀납을 자르기 시작했을 때 오메 부인이 이르마를 안고, 나폴레옹은 곁에, 아탈리는 뒤에 데리고 나타났다. 그리고 창 옆에 있는 벨벳 의자에 앉았다. 그러자 사내아이는 접는 의자 위에 웅크리고 앉고 큰딸은 아버지 옆에 있는 대추즙으로 만든 기침약 상자 근처에서 서성거렸다. 아버지는 그것을 깔때기에 따르고 병마개를 막은 후 종이를 붙이고 포장했다. 주위 사람들은 모두 잠잠했다. 가끔 저울 접시에 닿는 추의 달그락거리는 소리와 조수에게 이르는 약제사의 나지막한 소리만 들릴 뿐이었다.

"댁의 따님은 잘 자랍니까?"

갑자기 오메 부인이 물었다.

"조용히!"

장부에 숫자를 적어 넣던 그의 남편이 소리쳤다.

"왜 애기를 데리고 오시지 않으셨어요?"

다시 오메 부인은 나지막한 소리로 물었다.

"쉿! 쉿!"

엠마는 손가락으로 약제사를 가리키며 그녀의 말을 막았다. 그러나 비네는 계산서를 읽는 데 열중해서 아무 말도 듣지 못한 모양이었다. 마침내 그는 밖으로 나갔다. 그러자 엠마는 짐을 벗은 듯 안도의 숨을 내쉬었다.

"어머나, 숨소리가 매우 거칠군요!"

오메 부인이 말했다.

"네에, 좀 덥군요."

엠마는 대답했다.

다음 날 엠마와 로돌프는 밀회 방법을 의논했다. 엠마는 자기 집 하녀에게 무엇이든 주어서 자기 말을 듣게 하겠다고 했다. 그러나 그것보다도 용빌르 마을 어딘가에 사람들 눈에 띄지 않는 집을 찾아보는 것이 좋겠다면서 로돌프가 그것을 찾아보겠다고 약속했다.

겨울 동안은 밤이 이슥해지면 매주 서너 번씩 그는 뜰 안까지 들어오고는 했다. 엠마는 일부러 살문의 자물쇠를 빼놓았다. 샤를르는 언제부터인가 자물쇠를 잃어버린 줄로 알고 있었다.

뜰 안으로 들어오면 로돌프는 그녀에게 알리기 위해서 모래를 한 줌 집어 덧문에다 던지고는 했다. 그러면 엠마는 벌떡 일어났다. 그러나 때로는 잠시 동안 기다려야 할 때도 있었다. 샤를르가 난롯가에서 이야기를 늘어놓는 버릇이 있어서 좀처럼 이야기의 끝을 내지 않을 때면 그녀는 안절부절못했다. 만약 그녀에게 그럴 수 있는 힘만 있다면 샤를르를 창밖으로 내던져버리고 싶은 심정이었다. 엠마는 간신히 잠잘 준비를 시작했다. 그녀는 책을 한 권 들고 매우 재미있는 것처럼 침착하게 앉아 책을 읽기 시작했다. 그러면 먼저 잠자리에 들어간 샤를르는 그만 자자고 그녀를 불러댔다.

"자, 어서 오구려, 엠마. 꽤 늦었는걸."

"네, 곧 갈게요!"

샤를르는 촛불에 눈이 부셔 벽 쪽으로 돌아누웠다가 이내 잠이 들어버렸다. 그녀는 숨을 죽이고 미소를 지으면서 두근거리는 가슴으로 잠옷을 입은 채 살그머니 방을 빠져나왔다.

로돌프는 커다란 망토를 입고 있었다. 그는 자신의 망토로 엠마를 폭 싸서 두 팔로 그녀의 허리를 안고 입을 다문 채 뜰의 안쪽으로 데리고 갔다.

그곳은 지난날 여름 저녁이면 레옹이 그토록 정겨운 눈으로 그녀를 바라보던, 푸른 잎으로 덮인 시렁 밑 바로 그 썩은 통나무로 된 의자 위였다. 이제 그녀는 레옹에 대한 일은 거의 생각하지 않았다.

잎이 떨어진 재스민의 나뭇가지 사이로 별이 빛나고 있었다. 두 사람 뒤에서 시냇물 흐르는 소리가 들리고 이따금 강둑에서 마른 갈대가 바스락거리는 소리도 들렸다. 시커먼 그림자가 어둠 속 여기저기서 이따금 한꺼번에 떨면서 그들을 집어삼키려는 검은 파도처럼 우뚝 일어서기도 하고 한편으로 쓰러지기도 했다. 밤의 찬 공기가 두 사람을 더욱더 꼭 부둥켜안게 했다. 입술에서 새어나오는 한숨 소리는 한층 더 심해졌고 희미하게 보이는 서로의 눈이 커다랗게 느껴졌다. 아무 소리도 나지 않는 정적 속에서 조그맣게 소곤거리는 말은 그들의 영혼 위에 투명한 음향으로 떨어져 여러 개의 울림이 되어 마음속에 메아리쳤다.

비가 오는 밤이면 그들은 헛간과 마구간 사이에 있는 진찰실로 숨어 들어갔다. 그녀는 책 뒤에 감춰두었던 부엌용 촛대에 불을 켰다. 로돌프는 마치 자기 집인 양 편안하게 자리잡았다. 그리고 책장과 사무용 책상과 방 전체의 광경을 이렇게 보는 것이 유쾌한지 그는 엠마가 무안하리만큼 샤를르에 관한 농담을 수없이 늘어놓곤 했다. 엠마는 그가 좀 더 진지해 주기를 바랐다. 경우에 따라서는 좀 더 극적이어도 좋겠다고까지 생각했다. 이를테면 언젠가 뜰 쪽에서 발자국 소리가 가까워오는 것처럼 느껴져서 엠마가 말했다.

"누가 오나 봐요."

로돌프가 촛불을 껐다.

"혹시 당신, 권총 가지고 있어요?"

"왜?"

"저…… 호신용으로 말이에요."

엠마가 대답했다.

"당신 남편한테서 몸을 지키기 위해? 걱정 말아요! 그런 남자!"

로돌프는 그렇게 말하고 '그까짓 남자쯤은 한 손가락으로 퉁겨서 없애버릴 테다' 하는 듯한 몸짓을 해보였다.

그러한 몸짓에서 무언지 모르게 거칠고 너무 드러내는 것 같은 졸렬함을 느낀 엠마는 불쾌해지면서도 그의 사나이다운 도량을 믿음직하게 생각했다.

로돌프는 나중에서야 권총 이야기가 몹시 마음에 걸렸다. 만약 그 여자가 제정신으로 그런 말을 했다면 그것은 참으로 우스꽝스러운 일이고 괘씸한 일이기도 했다. 왜냐하면 그로서는 샤를르의 질투심 같은 것에 시달리는 일이 없었고, 그토록 사람 좋은 샤를르를 미워할 이유 또한 전혀 없었기 때문이다. 남편과의 일에 대해 엠마는 그에게 과장될 만큼 굳은 맹세를 했는데, 그것도 로돌프는 그다지 좋은 취미라고는 생각하지 않았다.

게다가 그녀는 매우 감성적이 되어버렸다. 조그마한 초상화를 서로 교환하기도 했고, 서로의 머리카락을 한 줌씩 잘라 바꿔 갖기도 했다! 영원한 인연이라는 표시로 최근에는 결혼반지가 갖고 싶다고 졸랐다. 종종 엠마는 그에게 저녁종이라든가 자연의 소리에 대한 이야기를 했었다. 그리고 그녀는 자기 어머니와 또 로돌프의 어머니에 대한 이야기를 하고 싶어했다. 로돌프는 20여 년 전에 어머니를 여의었다.

그것에 대해서도 엠마는 마치 어머니를 여읜 갓난아기에게 말하는 것처럼 달콤한 말로 그를 위로했다. 때로는 달을 쳐다보면서 이런 말을 하기도 했다.

"틀림없이 우리 어머니들은 저 높은 하늘에서 함께 우리의 사랑을 허락해 주실 거예요."

어쨌든 엠마는 참으로 아름다웠다. 로돌프는 지금까지 이처럼 순진한 여자를 소유해 본 적이 없었다고 해도 좋았다. 장난이 아닌 이 같은 사랑은 그에게 있어 새로운 것이어서 지금까지의 방탕한 습관과는 다른 기분을 가지게 했고, 자존심과 정욕을 동시에 만족시켜 주는 신기한 매력이 있었다. 그녀가 흥분하곤 하는 것도 그의 부르주아적 상식으로 따지면 쓸데없는 것처럼 생각되기도 해서 경멸했지만 그것은 어디까지나 로돌프 자신을 대상으로 하고 있는 것이기 때문에 마음속으로는 역시 기쁜 것이었다. 그래서 사랑받고 있다는 확신을 가지게 되자 더 이상 거리낄 것이 없었다. 그리고 자기도 모르는 사이에 태도가 점점 달라져 가는 것이었다.

로돌프는 이제 그전처럼 그녀를 자극시킬 만한 달콤한 말도 하지 않았고, 그녀를 미치게 할 만큼 열렬한 애무도 하지 않았다. 그래서 엠마는 여전히 두 사람의 끝없는 사랑 속에 푹 잠겨 지내고 있는 줄 알고 있었는데, 언제부터인지 그 사랑은 마치 냇물이 강 밑바닥의 흙속으로 빨려 들어가는 것처럼 그녀의 발목까지 줄어들어 끝내는 그녀의 눈에 밑바닥의 흙이 보였다. 그녀는 그것을 믿으려 하지 않았고 더욱더 자상하게 애정을 쏟았다. 그러자 로돌프는 점점 더 자기의 냉담함을 감추려 하지 않았다.

엠마는 이 사나이의 유혹에 끌려간 것을 후회하고 있는 것인지, 반대로 이보다 더 강력히 그를 사랑하고 싶은 것인지 자신도 알 수가 없었다. 자신을 연약하다고 인정하는 굴욕감이 원한으로 바뀌어서 그 원한을 사랑의 쾌락으로써 부드럽게 하고 있었다. 그것은 이미 애정이 아니었으며 끊임없는 유혹 속으로 떨어져 들어가는 것이었다. 로돌프는 엠마를 정복해 버린 것이다. 엠마는 그것에 말할 수 없이 두려운 마음이 들었다.

그러나 로돌프가 이 간통을 자기 좋은 대로 교묘하게 끌고 나갔기 때문에 겉으로 보기에는 매우 평온했다. 6개월이 지나고 봄이 왔을 때, 그들은 안정된 살림을 하는 부부와 같은 사이가 되어 있었다.

때마침 친정아버지 루올 노인이 다리를 치료받은 기념으로 언제나 칠면조를 보내오는 계절이었다. 엠마는 편지를 매달아놓은 바구니 끈을 자르고 다음과 같은 내용을 읽었다.

사랑하는 아이들에게

이 편지를 받아볼 때 둘 다 건강하리라 믿으며 또 이 칠면조도 예전 것보다 못하지 않으리라 생각한다. 실은 이번에 보내는 놈은 비교적 살이 연하고 살도 좀 더 찐 것이다. 그러나 요다음에는 물건을 바꾸어서 수탉 한 마리를 보낼까 한다. 그러나 아무래도 칠면조가 좋다면 그대로 하겠다. 그리고 바구니는 부디 먼젓번 것들과 함께 돌려보내 주기 바란다. 지난번 밤에 심하게 불어닥친 폭풍에 여기에 있는 헛간의 지붕이 숲

속으로 날아가 버려서 큰일이다. 금년에는 추수가 도무지 신통치 못하단다. 이런 형편이기 때문에 좀처럼 너희들을 만나보러 가기가 어려울 것 같구나. 내가 홀로 된 이후로는 집을 비우고 다니기가 이렇게 힘이 드는구나, 내 귀여운 엠마야!

여기까지 쓰고 두어 줄 사이가 떨어져 있는 것은 노인이 펜을 놓고 한동안 무엇인가 생각에 잠겨 있었음을 말해 주는 것 같았다.

나는 매우 건강하단다. 며칠 전에 이브토 시장에 갔다가 감기가 들었을 뿐이다. 거기에 간 것은 내 집에 양치는 녀석이 너무 음식 타박을 하기에 내보내고 다른 사람을 데려오려고 갔던 것이다. 그런 녀석을 상대하다간 귀찮아서 안 되거든. 게다가 먼젓번 녀석은 나쁜 짓을 했단다.

이번 겨울에 너희들 지방으로 장사하러 갔다가 이를 하나 뽑고 온 어떤 행상인이 하는 말을 들으니 보바리도 여전히 열심히 집안일을 돌본다더구나. 참으로 다행한 일이다. 그런데 그 행상인이 자기 이를 보여주더구나. 우리들은 커피도 함께 마셨단다. 그에게 너를 보았느냐고 물으니 너는 못 보았지만 외양간에 말 두 필이 있는 것을 보았다고 대답하더라. 그것으로 미루어보아 장사가 잘 되어 간다는 것을 알 수가 있었다. 대단히 좋은 일이다. 사랑하는 아이들아, 자비로우신 하느님께서 너희들에게 온갖 행복을 베풀어주실 것을 빌겠다.

내가 아직도 귀여운 손녀 베르트 보바리를 보지 못한 것이 매우 유감이다. 나는 그 애를 위하여 네가 쓰던 방 아래 뜰에 살구나무 한 그루를 심어놓았다. 이것은 장차 그 애를 위하여 잼을 만들게 될 때까지 아무도 건드리지 못하도록 할 작정이다. 그리고 그 열매가 열리면 내 손수 잼을 만들어 그 애가 올 때까지 벽장에 간직해 두겠다.

잘 있거라, 나의 사랑하는 아이들아. 너에게 키스를 보낸다. 내 딸아,

그리고 사위에게도. 그리고 귀여운 손녀딸아, 너의 두 뺨에도 입을 맞춘다. 잘 있거라.

너를 사랑하는 아버지, 테오도르 루올

엠마는 허술한 종이에 쓴 편지를 가만히 한동안 들고 있었다. 철자가 틀린 곳이 여러 군데 띄었지만, 그녀는 마치 가시나무 울타리 속에 반쯤 몸을 감추고 꼬꼬댁거리는 암탉처럼 그 글자를 통해 전달되어 오는 다정한 마음을 좇고 있었다. 난로의 재로 잉크를 말린 듯 편지에서 잿빛 먼지가 조금 떨어져 내렸다. 부젓가락을 집으려고 등을 동그랗게 구부리고 있는 아버지의 모습이 보이는 것 같았다.

아버지 곁에서 접는 의자에 걸터앉아 탁탁 불꽃이 튀는 장작불에 막대기 끝을 태운 것은 이미 아득한 옛날의 일이었다……. 그녀는 햇빛이 강하게 비치고 있던 여름 저녁 때의 일을 떠올렸다.

'망아지는 사람이 지나갈 때마다 울음 소리를 내며 펄쩍 뛰어서 달아났었지……. 내 방 유리창 밑에는 꿀벌의 벌통이 있었다. 이따금 그 꿀벌들이 빛 속을 마구 날아다니며 유리창에 부딪쳐 황금 구슬처럼 튀곤 했지. 그 무렵은 얼마나 행복했던가! 얼마나 자유롭고 희망에 넘쳐 있었고 얼마나 많은 꿈을 지니고 있었던가!'

지금은 이미 그러한 것은 털끝만큼도 남아 있지 않다. 처녀 시절, 결혼, 연애, 이러한 것들이 차례로 닥쳐와 여러 가지 일들을 거치며 별별 마음의 동요를 겪는 동안 완전히 이러한 꿈을 다 써버리고 만 것이었다. 마치 길가 여관에 묵을 때마다 주머니의 돈을 조금씩 주고 가는 나그네처럼 인생길의 한 장면 한 장면에 그것들을 하나씩 놓고 와버린 것이다.

그러나 누가 도대체 그녀를 이처럼 불행하게 만들었단 말인가? 그녀의 마음을 뒤엎어버린 엄청난 비극이 도대체 어디에 있었단 말인가? 엠마는 마치 자신의 몸을 괴롭힌 원인을 찾으려는 것처럼 고개를 들어 주위를 둘러보았다.

4월의 햇빛이 선반 위에 놓인 도자기에 반사되어 여러 가지 빛으로 빛났다. 난롯불은 뻘겋게 타고 있었다. 그녀는 실내화 바닥으로 부드러운 융단의 감촉을 느꼈다. 주위의 햇빛은 밝고 공기는 따뜻했다. 딸아이가 커다란 소리로 웃는 것이 들렸다.

마침 딸아이는 베어 말려놓은 풀 속에서 뒹굴고 있었다. 쌓아올린 풀 위에 배를 깔고 엎드리고 하녀가 아기의 치맛자락을 붙들고 있었다. 레스티부드와가 그 옆에서 갈퀴로 풀을 긁어모으고 있었다. 그가 가까이 다가올 때마다 아기는 헤엄치는 것처럼 두 팔을 휘저으면서 앞으로 몸을 굽히곤 했다.

"아기를 데려다줘!"

그리고 엠마는 뛰어가 아기에게 키스했다.

"귀여운 아가! 아가야! 엄마는 네가 가장 좋단다!"

아기의 귓불이 좀 더러워진 것을 보고 엠마는 얼른 초인종을 눌러 더운 물을 가져오게 하여 깨끗이 닦아주었다. 속옷도 양말도 구두도 갈아주고 마치 여행에서 돌아오기라도 한 것처럼 건강 상태가 어떠냐고 자세히 물어보고 흐느껴 울면서 한 번 더 키스하고 하녀에게 아기를 돌려보냈다. 하녀는 너무나 지나치게 아기를 귀여워하는 그녀를 보고 어리둥절했다.

로돌프는 그날 밤 엠마가 보통 때보다 진지한 모습을 하고 있다고 생각했다.

'이제 곧 나아질 거야. 한때의 변덕이니까.'

그는 판단했다.

그리고 로돌프는 계속해서 세 번이나 밀회 장소에 나타나지 않았다. 마침내 그가 나타났을 때 그녀는 냉담하고 거의 경멸하는 듯한 태도를 보였다.

"홍, 그러는 것은 모처럼의 즐거운 시간을 낭비하는 것이란 말이오. 귀여운 사람……."

로돌프는 엠마가 우울한 것처럼 한숨을 쉬는 것도, 손수건을 꺼내는 것도 모르는 척했다.

엠마가 후회한 것은 바로 그때였다.

'어째서 나는 샤를르를 싫어하는 것일까? 만약 샤를르를 사랑할 수 있다면 그편이 훨씬 더 행복하지 않을까?'

엠마는 스스로에게 묻기까지 했다. 그러나 샤를르는 그녀의 이러한 감정이 다가설 만한 적당한 계기를 주지 않았다. 그녀가 이런 심정을 어떻게 해야 좋을지 몰라 망설일 때 마침 약제사가 좋은 기회를 만들어주었다.

11

최근 약제사는 안짱다리를 치료하는 방법을 칭찬한 기사를 읽었다. 그는 원래 진보주의자였기 때문에 '용빌르가 세상에 뒤떨어지지 않으려면' 이 안짱다리 수술도 반드시 해봐야 한다는 애향적인 생각을 갖게 되었다.

"손해볼 일은 하나도 없습니다. 잘 생각해 보십시오."

그는 엠마에게 말하면서 이번 시도로써 얻어지는 이익을 손꼽아 보았다.

"성공은 의심할 여지도 없는 일이고, 수술 당사자는 치료를 받으면 보기 좋은 다리를 가질 수 있습니다. 그리고 수술한 사람은 단번에 명성이 세상에 널리 알려질 겁니다. 그러니까 댁의 선생께서도 한번 저 불쌍한 '황금사자' 집의 이폴리트를 구해 줄 생각을 해보시는 게 어떻겠어요? 그의 병이 나아 보십시오. 그는 틀림없이 이 지방으로 오는 손님들에게 자신의 치료 결과를 이야기할 겁니다. 게다가 말입니다."

그는 목소리를 낮추고 주위를 둘러보고는 말을 이었다.

"제가 또 그 기사를 슬그머니 신문사로 보내지 말라는 법도 없지 않습니까? 그렇게만 되면 신문 기사는 세상에 널리 퍼질 것이고……
사람들의 입에 오르내리게 될 것입니다……. 그리고 마침내 눈덩이
처럼 자꾸자꾸 커질 겁니다. 그리고 또 누가 알겠어요? 또…….”

　사실 샤를르는 성공할 수 있었다. 엠마가 보기에도 남편의 수술
실력이 모자란다고 봐야 할 이유가 전혀 없었다. 게다가 명성도 떨
치고 돈도 벌 수 있는 일을 남편에게 권해서 하게 한다면 그녀로서
도 얼마나 흐뭇한 일이겠는가? 사랑이라는 것보다도 좀 더 견실한
것에 매달릴 수 있기를 한결같이 소망해 온 그녀였다.

　샤를르는 약제사와 엠마가 한사코 권하자 끝내 설득당하고 말았
다. 그는 루앙에서 뒤발 박사의 저서를 구해 오도록 하여 저녁마다
머리를 싸안고 열심히 그 책을 읽었다.

　말굽형 다리, 안짱다리와 밭장다리, 즉 스트레포카토포디, 스트레
펜도포디, 스트레펙소포디(쉽게 말해서 다리 밑이 말처럼 굽은 다리, 안
으로 굽은 다리 그리고 밖으로 굽은 다리 등 여러 가지형태), 그리고 또
스트레피포디와 스트레파노포디(달리 말하면 아래쪽이 뒤틀린 것과 위
쪽이 뒤틀린 것)들을 샤를르가 연구하는 동안 한편에서는 오메 씨가
여관집 하인에게 수술을 받으라고 별별 소리를 다하면서 권하고 있
었다.

　“그저 조금 아프기만 할 뿐 거의 알지 못할 걸세. 나쁜 피를 조금
뽑을 때에 따끔 하는 정도일 거야. 마치 물집 잡힌 곳을 터뜨리는 것
보다도 더 쉬운 일이란 말일세.”

　이폴리트는 생각에 잠겨 얼빠진 사람처럼 눈을 굴리고 있었다.

　“게다가 이것은 내게는 아무 상관도 없는 일이야. 다만 자네를 위
한 일이란 말일세. 순전히 인정 때문에 하는 말이야. 이 사람아, 나는
말일세, 자네의 그 보기 흉한 절름거리는 걸음걸이가 낫고 허리가 흔
들거리는 것이 낫는 것을 보고 싶단 말일세. 자네가 뭐라고 한다 해

도 그 허리는 일하는 데 몹시 방해가 될 테니까 말이야."

약제사는 수술을 받고 나면 어떻게 건강한 다리가 되고 기운이 얼마나 나며 발이 얼마나 가벼워지는가를 설명했다. 심지어 여자들에게도 인기가 있을 것이라고 추켜세웠다. 그러자 마부는 미소를 띠기 시작했다. 약제사는 이번에 마부의 허영심을 건드렸다.

"이봐, 자네도 사내가 아닌가! 어때, 만약 자네가 나라를 위해 군에서 복무하고 군의 깃발 밑에서 싸워야 할 경우에는 어떻게 되겠나? 아! 이폴리트!"

마침내 약제사는 과학의 혜택을 거부하는 고집과 무지를 도무지 이해할 수 없다고 말한 후 가버리고 말았다.

불쌍한 사나이는 마침내 승낙하고 말았다. 이것은 마치 모든 사람들이 한통속이 되어 벌인 음모 같은 것이었다. 지금까지 절대로 남의 일을 돌봐준 일이 없는 비네도, 르프랑수와 부인도, 아르테미즈도, 이웃 사람들도, 그리고 튀바슈 면장까지도 온통 들러붙어 권하기도 하고 설교하기도 하고 혹은 부끄러움을 알라고 나무라기도 했다. 하지만 결정적으로 그가 결심을 하게 된 것은 '수술비는 무료'라는 이유였다. 샤를르는 수술에 필요한 기구는 자기가 제공하겠다고 했다. 이러한 박애적인 행위를 생각해낸 것은 엠마였다. 샤를르는 충심으로 자기 아내는 천사와 같은 착한 여자라고 생각하면서 그 제안을 승낙했던 것이다.

샤를르는 약제사의 충고에 따라 목공과 자물쇠 제조업자에게 주문해서 세 번만에야 겨우 약 한 관 무게의 상자 같은 것을 만들게 했다. 쇳조각이며 널판자며 철판과 나사못과 그리고 쇠고리 등을 잔뜩 써서 만든 상자였다.

그런데 다리의 어느 힘줄을 잘라야 할지 알기 위해서 샤를르는 우선 이폴리트의 안짱다리가 어떤 종류의 것인지를 알아야 했다.

이폴리트의 발은 종아리와 거의 일직선을 이루고 있으면서도 약간 안으로 굽어 있었다. 즉 말발굽형 다리에 약간 안짱다리가 섞인 것, 혹은 가벼운 안짱다리가 기형으로 굽어진 것이라고 할 수 있었다. 이 말발굽형 다리는 실제로 말 다리만큼 커서 피부는 거칠고, 힘줄은 단단하고, 발가락은 굵고, 검은 발톱이 마치 편자처럼 보였다. 이러한 기형 다리로 아침부터 밤까지 사슴처럼 뛰어다니고 있었던 것이다. 그가 한쪽이 짧은 다리를 앞으로 삐쭉삐쭉 내밀면서 짐마차 주위를 뛰어다니는 것을 언제나 광장에서 볼 수 있었다. 불구인 이 다리가 도리어 다른 쪽의 성한 다리보다 튼튼해 보이기까지 했다. 그 다리는 너무나 일을 많이 한 결과 인내라든가 정력이라는 정신적인 성질이 갖추어져 있었다. 그리고 무슨 힘든 일을 부탁받으면 그는 즐겨 이 다리에 힘을 주곤 했다.

어쨌든 이 다리는 말발굽형 다리였으므로 우선 아킬레스건을 절단하고 안짱다리를 고치기 위해서 며칠이 지난 뒤에 정강이의 근육을 수술할 작정이었다. 샤를르는 한꺼번에 두 가지 수술을 해치울 용기가 없었고, 그런 데다가 알지도 못하는 소중한 부분을 건드려 상처를 내지 않을까 겁을 먹었기 때문이었다. 켈수스[106] 이래 15세기를 거쳐 처음으로 직접 동맥의 결합 수술을 한 앙브르와즈 파레[107], 뇌의 두꺼운 층을 절개하고 농양을 제거하려고 했던 뒤퓌트랑[108], 처음으로 위턱뼈 절제 수술을 한 장술, 이와 같은 사람들은 힘줄을 끊는 칼을 잡고 이폴리트에게 다가갔을 때의 샤를르만큼 심장을 심하게 두근거리고 손을 떨며 정신을 긴장시키지는 않았으리라. 그리고

---

106) ?B.C.30~?A.D.45, 로마의 저술가이다. 히포크라테스 의학과 알렉산드리아 의학을 집성한 저서 〈의학에 관하여〉로 유명하다 ─ 옮긴이
107) 1510~1590, 프랑스인으로 르네상스 시대 유럽의 가장 유명한 외과의사이자 현대 외과학의 아버지로 불리운다 ─ 옮긴이
108) 1777~1835, 프랑스의 외과의사이자 병리학자이다 ─ 옮긴이

마치 병원에서처럼 옆 테이블 위에는 거즈와 초를 먹인 실, 약국에서 가져온 붕대가 피라미드처럼 쌓여 있었다. 이러한 준비 일체를 마련한 것은 약제사인 오메였다. 그는 모든 사람들을 깜짝 놀라게 하고 자기도 우쭐한 기분을 즐기기 위해 아침부터 그 일 때문에 애를 썼던 것이다.

샤를르가 피부를 찌르자 푹 하는 소리가 났다. 이것으로 힘줄은 절단했고 수술은 끝난 것이다. 이폴리트는 어리둥절하고 있었다. 그는 샤를르의 두 손을 끌어다 얼굴에 대고 마구 키스를 퍼부었다.

"이봐, 진정해. 선생님께 대한 인사는 나중에 천천히 하게나!"

약제사가 말했다. 그리고 정원에서 기다리고 있는 대여섯 명에게 수술 결과를 알려주러 내려갔다. 이 사람들은 이폴리트가 똑바로 서서 걸어나올 것이라고 생각하고 있었다. 그 뒤 샤를르는 환자의 다리를 보행기에 붙들어 매어놓고 자기 집으로 돌아왔다. 집에서는 엠마가 걱정스럽게 문 앞에서 기다리고 있었다. 그녀는 남편의 목에 매달렸다. 그들은 식탁에 마주앉았다. 샤를르는 굉장히 많이 먹었고, 식후에는 커피까지 한 잔 마셔야겠다고 했다. 커피는 일요일에 손님이 왔을 때에만 내놓는 귀중한 것이었다.

그날 밤은 즐거웠다. 이야기도 많았고, 부부가 똑같이 여러 가지 몽상에 잠겼다. 그들은 앞날의 행운과 수리해야 할 집 안 살림에 대한 일 따위를 이야기했다. 샤를르는 자신의 명성이 차차 높아지고 생활은 편안해질 것이며, 아내가 언제나 자기를 사랑해 줄 것을 마음속에 그렸다. 그리고 엠마는 지금까지보다도 더욱 건전하고 보다 더 좋은, 새로운 기분에 젖어서 마음이 상쾌한 것이, 자기를 이토록 사랑해 주는 불쌍한 이 사나이에게 그 어떤 애정을 느끼게 된 것이 기뻤다. 문득 로돌프의 생각이 떠올랐다. 그러나 그녀의 눈은 얼른 다시 샤를르에게로 쏟아졌다. 그녀는 샤를르의 이가 그다지 보기 흉하지 않은 것을 깨닫고 새삼 놀라운 마음이 들기까지 했다.

이미 보바리 부부가 잠자리에 들었을 때, 오메 씨가 하녀의 만류도 듣지 않고 지금 써 가지고 온 원고를 손에 들고 침실로 들어왔다. 그것은 〈루앙의 등불〉에 실으려는 기사였다. 그는 그것을 의사 부부에게 읽어주려고 가지고 온 것이었다.

"당신이 읽어주시오."

샤를르가 말하자 약제사가 낭독했다.

여러 가지 편견이 오늘날까지도 여전히 유럽의 한구석을 그물처럼 덮고 있음에도 불구하고 광명은 우리의 전원 속으로 비쳐들기 시작했다. 그리하여 우리의 조그마한 마을 용빌르에서는 지난 화요일 어떠한 외과적 수술이 행해지는 무대가 되었던 것이다. 이 실험이야말로 하나의 숭고한 박애적인 행위였다. 우리 지방에서 그 명성이 가장 높은 의사인 보바리 씨는…….

"좀 난처한데요. 너무 과장했군요! 과장이 심해요."

샤를르는 감동해서 숨이 막힐 지경이었다.

"웬걸요, 절대 그렇지 않습니다! '절름발이 수술을 했다…….' 저는 학술상의 용어는 쓰지 않습니다. 아시다시피 신문에서는…… 누구나 다 아는 게 아닐 터이고…… 결국 대중이…….'"

"그럴 테지요. 다음을 계속 읽어주세요."

샤를르가 말했다.

"네, 읽지요."

우리 지방에서 그 명성이 가장 높은 의사인 보바리 씨는 절름발이의 수술을 했다. 환자는 아르므 광장의 르프랑수와 부인이 경영하는 '황금

사자' 여관에서 25년 동안 마부 노릇을 하고 있는 이폴리트 토탱이라고 하는 사람이다. 그 새로운 시도라는 것과 수술 환자에 대한 관심 때문에 많은 군중들이 모여서 이 여관 문 앞은 큰 혼잡을 이루었다. 게다가 수술은 훌륭하게 행해지고, 마치 완고한 힘줄도 기술의 힘에 굴복한 것처럼 불과 몇 방울의 피가 흐른 것으로 끝났다. 이상스럽게도 환자는 (목격자로서 확언하지만) 아무런 고통도 호소하지 않았다. 현재에 이르기까지 경과는 매우 이상적이다. 회복은 빠를 것으로 믿어진다. 그러니 가까워오는 다음 축제일에 환자는 쾌활한 합창 속에 바커스 춤을 추는 한 사람으로, 그 굉장한 노랫소리와 절묘한 발걸음으로 모든 사람 앞에 완쾌된 것을 나타내 보이게 될 것이다. 고매한 학자를 찬양하자! 동포의 개선과 구제를 위하여 매일 밤을 고스란히 바치는 이와 같은 불굴의 지성에 영광이 있을지어다! 그리고 또 영광 있으라! 세 번 영광 있으라! 이제야말로 '장님이 눈을 뜨고 귀머거리는 듣게 되고 절름발이는 걸을지어다'[109] 라고 할 수 있지 않겠는가! 옛날에는 광신이 소수의 선택된 사람들에게만 약속했던 것을 오늘의 과학은 모든 인간들을 위해서 이행하는 것이다! 이 주목할 만한 치료의 경과에 대해서는 계속하여 독자에게 보도될 것이다.

그로부터 닷새 뒤 얼굴빛이 달라진 르프랑수와 여주인이 고함을 지르면서 뛰어들었다.

"큰일났습니다! 큰일났어요! 이폴리트가 죽어갑니다! 전 어떻게 해야 할지 도무지 알 수가 없군요……."

샤를르는 '황금사자'로 달려갔다. 의사가 모자도 쓰지 않고 광장을 뛰어가는 모습을 본 약제사도 약국에서 나왔다. 그도 숨을 헐떡거리며 얼굴이 뻘개져서 불안한 표정이었다. 그리고 층계를 올라가

---

109) 〈마태복음〉 11:5 ─ 옮긴이

는 사람들을 붙잡고 물었다.

"아니, 그 안짱다리 환자에게 무슨 일이 생겼죠?"

절름발이 환자는 심한 경련을 일으키며 발에 끼운 보행기를 벽에 구멍이 날 만큼 부딪치면서 몸부림을 치고 있었다.

다리의 위치가 비뚤어지지 않도록 조심하면서 상자를 떼어 보니 차마 눈 뜨고 볼 수가 없을 지경이었다. 피부가 터질 만큼 부어올라 다리의 형태도 알아볼 수 없었다. 그 기구에 상처를 입은 다리 전체가 피하 출혈을 일으키고 있었다. 이폴리트는 전부터 고통을 호소했지만 아무도 그의 말을 귀담아 들어주지 않았던 것이다. 상태를 보니 그가 아파하는 것도 무리가 아니었다. 그래서 몇 시간 동안 기계를 떼어놓기로 했다. 그러나 부기가 약간 걷힌 듯하자 이 두 선생은 다시 또 다리를 기계 속에 넣고 빨리 효과를 보기 위해 좀 더 단단히 잡아매는 편이 좋다고 판단했다. 그리고 사흘 뒤에 이폴리트가 더 이상 도저히 참을 수 없다고 해서 그들은 다시 한 번 기계를 떼어내고 뜻밖의 결과에 정신을 잃을 만큼 놀랐다. 부기는 다리 전체에 퍼져 납빛이 되었고, 군데군데 생겨난 물주머니에서 검은 물이 흘러나오고 있었다. 그것은 실로 위험한 증세였다. 이폴리트는 비관하기 시작했다. 그러자 르프랑수와 여주인은 조금이라도 기분전환이 되도록 부엌 옆에 있는 조그만 방으로 환자를 옮겨주었다.

그러자 매일 이 방에서 식사를 하는 수세 관리가 이런 환자가 곁에 있는 게 싫다고 투덜대기 시작했다. 그래서 이폴리트는 당구실로 옮겨졌다.

이폴리트는 그 방에서 딱딱한 이불을 뒤집어쓰고 신음했다. 그의 얼굴은 창백하고 수염은 제멋대로 자라고 눈은 움푹 파였으며, 파리가 덤벼드는 베개 위에서 땀에 흠씬 젖은 머리를 흔들어대고 있었다. 엠마는 그의 병문안을 오곤 했다. 그녀는 찜질용 헝겊을 가지고 와서 위로하기도 하고 격려하기도 했다. 그 밖에도 그는 말동무가 부족하지는 않았다. 특히 장이 서는 날에는 농부들이 그의 주위에 모여서 공놀이나 당구를 치기도 하고 당구채로 검술하는 흉내를 내기도 하고 담배를 피우기도 하고 술을 마시기도 하고 노래를 부르기도 하며 큰소리를 지르고 떠들어댔다.

"어떤가, 좀? 기운이 하나도 없군 그래! 그러나 이것은 자네의 잘못일세. 이렇게도 해보고 저렇게도 해봐야지, 그렇게 가만히 있으니 말일세."

그들은 그의 어깨를 치면서 말을 걸었다. 그리고 다른 방법으로 거뜬히 나은 사람들의 이야기를 해주었다. 그러고는 위로라도 해주는 것처럼 이렇게 덧붙였다.

"자네 너무 신경을 쓰는 게 아닌가! 좀 일어나 보란 말야! 마치 대감님처럼 몸을 사리고 그게 뭔가? 그건 그렇고, 자네 몸에서 웬 냄새가 이렇게 고약한가?"

사실 냄새가 나는 것도 당연한 것이 상처 부위가 썩어 나갔기 때문에 샤를르도 그 냄새로 비위가 상할 지경이었다. 그는 아무 때나 틈나는 대로 자주 들렀다. 이폴리트는 겁에 질린 눈으로 샤를르를 가만히 지켜보고 흐느끼면서 투덜댔다.

"언제나 낫게 됩니까? ……아아, 저를 살려주십시오! ……이렇게 될 줄은, 이렇게 될 줄은 정말 몰랐습니다!"

그럴 때마다 샤를르는 음식을 줄이라고 권하고 돌아가버렸다.

"그 사람 얘기 같은 것은 아예 듣지 마! 그 사람들이 모두 들러붙어서 너를 혼냈지 뭐냐? 먹지 않으면 점점 더 약해질 거야. 자, 어서 먹어!"

르프랑수와 여주인은 맛있는 수프와 양의 넓적다리며 베이컨 등을 양껏 갖다주었다. 때로는 작은 컵에 브랜디를 조금 권하기까지 했지만 환자는 음식을 입에 가져갈 만한 기운조차 없었다.

부르니지앙 신부는 그의 병세가 좋지 않다는 소문을 듣고 그를 만나고 싶다고 했다. 우선 신부는 병자의 병세에 대해 동정하고, 그러나 이것도 천주님의 뜻이니 기쁘게 생각해야 한다며 이 기회를 인연으로 확고한 신심을 가지라고 했다.

"알겠느냐? 자네는 평소에 자네 의무를 약간 등한시했어. 미사 때에도 좀처럼 안 나오지 않았나? 지난번에 성체를 받고 벌써 몇 해째냔 말야. 자네의 일이 바쁘다는 것, 세속의 번잡한 일에 얽매어서 영혼의 구제에 대한 것을 생각할 겨를이 없었다는 것은 나도 알아. 하지만 마침 지금은 그것을 생각하는 데 매우 좋은 시기란 말이야. 그렇다고 해서 낙심해서는 안 돼. 매우 나쁜 악인들이라 할지라도 마지막에는 천주님 앞에 나갈 때에 임박해서 (그렇다고 자네가 지금 그렇다는 것은 아니야) 천주님의 자비심을 내려주십사 하고 열심히 빌었던 예를 나는 많이 알지. 그러한 사람들도 완전히 구제되어서 죽어갔을 걸세. 자네도 그 사람들처럼 훌륭한 본보기를 보여주길 바라네! 그래, 어떤가? 만일의 경우를 생각해서 경건한 마음으로 '성총이 깊으신 마리아님'과 '하늘에 계신 우리 아버님' 하고 매일 아침저녁으로 외워보면, 응? 그렇게 하라고. 나를 위해서, 나를 기쁘게 하기 위해서라고 생각하고 말이야. 손해될 것은 하나도 없어. ……어때, 약속할 텐가?"

신부는 자식에게 타이르듯이 말했다. 이폴리트는 맹세했다. 본당 신부는 그 후 매일같이 찾아왔다. 신부는 여관집 여주인을 상대로 이폴리트가 알아들을 수 없는 농담도 하고, 세상 사람들의 소문 이야기도 하며 서투른 재담을 늘어놓곤 했다. 그런가 하면 이야기 끝에 어떤 기회를 잡아 갑자기 진지한 표정을 짓고 이야기를 신심에 대한 것으로 돌리곤 하는 것이었다.

신부의 열성은 성공한 것 같았다. 왜냐하면 얼마 가지 않아 환자는 병이 나으면 봉스쿠르[110]로 순례를 떠나고 싶다고 말했기 때문이다. 부르니지앙 신부는 그것 참 좋은 일이라고 대답했다. 두 가지를 조심하는 것은 한 가지를 조심하는 것보다 더 좋은 것은 말할 것도 없다고 했다. 절대로 덕은 없을망정 손해는 없다는 것이다.

약제사는 그 '사제의 술책'에 대하여 분개했다. 그는 쓸데없는 짓으로 이폴리트의 회복을 방해하고 있다고 주장했다. 그는 르프랑수와 부인에게 몇 번씩이나 되풀이해서 말했다.

"가만히 놔두십시오! 상관하지 말고 내버려두세요. 당신네들은 이상한 신심을 가지고 저 남자의 마음을 혼란스럽게 해서는 안 돼요."

하지만 여주인은 이제 그의 말 같은 것은 들으려 하지도 않았다. 모든 것이 그의 탓이었다. 그녀는 반항심으로 성수를 가득 담은 성수반에 회양목 가지를 곁들여서 병자의 베갯머리에 매달아놓았다.

그런데도 종교도 외과 의술도 효과가 없는 모양인지 다리에서부터 점점 썩어 들어가 마침내 배까지 올라왔다. 약을 바꿔보기도 하고 찜질을 달리 해보기도 했지만 살은 매일매일 썩어 들어가기만 했다. 보다 못한 르프랑수와 여주인이, 이제는 다른 방법이 없으니 뇌샤텔에 있는 유명한 카니베 선생을 불러오면 어떻겠느냐고 물었을 때, 샤를르는 고개를 끄덕이는 수밖에 없었다.

의학박사이며 쉰 살쯤 된 그리고 그 높은 지위나 명성에 부족함 없이 자신만만한 이 의사는 무릎까지 썩어버린 다리를 보자 무례하게 경멸 섞인 웃음을 보였다. 그리고 절단하지 않으면 안 된다고 분명하게 말하고, 약제사에게 가서 이 가련한 남자를 이런 꼴로 만든 어리석은 사람들을 호되게 욕했다. 그는 오메 씨의 프록코트의 단추를 쥐고 흔들면서 고함을 쳤다.

---

110) 캐나다 몬트리올에 있는 노트르담 드 봉스쿠르 성당을 말한다 – 옮긴이

“이런 것이 파리의 발명이란 말이오? 이게 바로 그 수도(首都) 나리들의 생각이란 말이오? 사팔뜨기를 치료한다든가 클로로포름이라든가 방광 쇄석술이라든가 하는 것은 정부가 마땅히 금지해야 할 엉터리 요법들이란 말이오! 그런데 저런 사람들은 혼자 영리한 체하고 결과가 어떻게 될지 생각해 보지도 않고 함부로 약을 집어 처넣는단 말이오. 우리는 그 선생들만큼 훌륭하지 못해요. 나는 학자가 아니란 말이오. 나보란 듯이 문화인인 체하는 사람하고는 다르단 말이오. 나는 의사요, 치료자란 말이오. 펄떡펄떡 뛰는 건강한 사람을 수술하려는 생각은 안 한단 말이오. 절름발이를 고친다고요? 절름발이가 나을 게 뭐란 말이오? 그건 마치 곱사등이를 꼿꼿하게 하려는 것과 똑같은 일이란 말이오!”

오메는 이런 욕지거리를 듣기가 매우 거북했다. 그러나 카니베 선생의 처방전은 이따금 용빌르에도 오기 때문에 이 사람의 기분을 아주 상하게 할 수는 없었으므로 불쾌한 마음을 아첨하는 웃음으로 얼버무리고 말았다. 그래서 그는 샤를르를 변호하려고 하지도 않고 조금의 반대 의견을 내세우지도 않았다. 그리고 평소의 진보주의에 대한 신조를 내던지고 그것보다도 소중한 장사를 하기 위한 이익 때문에 평상시의 체면까지도 희생해 버린 셈이었다.

카니베 박사가 행하는 이 넓적다리 절단 수술이야말로 이 마을의 대사건이 되었다! 그날 마을 사람들은 모두 어느 날보다도 일찍 일어났다. 큰길을 사람들이 가득 메웠는데 마치 사형 집행이라도 있는 것처럼 무언가 처절한 공기가 감돌았다. 식료품 상점에는 사람들이 모여서 이폴리트의 병에 관해서 이야기했다. 어느 상점이고 모두 문을 닫아버렸다. 하지만 튀바슈 면장 부인만은 그 수술 의사를 빨리 보고 싶다며 창가를 떠나지 않고 기다렸다.

카니베는 삼륜마차를 손수 끌고 왔다. 그러나 너무 살이 찐 몸 때문에 오른쪽 용수철이 납작해져서 마차는 조금 기울어진 채 달려왔다. 그의 곁에 놓인 다른 방석 위에는 빨간 양피로 덮인 커다란 상자가 보이고, 그 상자에 단 세 개의 놋쇠 장식이 장엄하게 번쩍이고 있었다.

태풍처럼 '황금사자'의 현관에 들어서자 박사는 큰소리로 말을 풀어놓으라고 명령하고, 직접 마구간으로 가서 말이 귀리를 잘 먹는지 살펴보았다. 그는 어느 환자의 집에 가든지 제일 먼저 자기의 말과 마차부터 신경을 쓰는 것이었다. 때문에 사람들은 이렇게 말하고 있었다.

"아, 카니베 씨는 좀 특이한 사람이지."

그리고 이 요지부동의 안하무인격인 태도 때문에 한층 더 신용을 얻었다. 가령 세상이 무너져내려 한 사람도 남김없이 죽어버린다고 해도 그는 자기의 습성을 조금도 바꾸지 않을 것이다.

이윽고 오메가 나왔다.

"잘 부탁하네. 준비는 다 되었는가? 자, 가세!"

박사가 말했다. 그러나 약제사는 얼굴을 붉히며, 자기는 신경이 너무 예민해서 이러한 수술에는 입회하기 어렵다고 털어놓았다.

"그저 곁에서 아무것도 하지 않고 보기만 하는 것은 편한 것 같지만 그 뭡니까, 자기 자신이 멋대로 상상한 것에 끌려서 말이죠! 게다가 제 신경 조직이라는 게 아무래도……."

"지금 무슨 소리를 하는 게요?"

카니베가 그의 말을 가로막았다.

"그게 아니라 당신은 지금 당장이라도 중풍을 일으킬 것 같군. 하기야 그것도 이상스러울 것은 못되지. 당신네들 약제사는 언제나 조제실에 틀어박혀 있으니까 몸이 약해지는 것도 당연해. 자아, 나를 봐요. 나는 매일 4시에 일어나 냉수로 수염을 깎지만 조금도 차다는 것을 느끼지 않지요. 나는 플란넬 내의를 입지 않지만 그래도 감기에 걸리지 않는단 말이오. 뼈대가 튼튼한 거지. 무엇이든 닥치는 대로 먹고 투정 같은 건 하지 않소. 그러니까 당신처럼 징징 우는 소리는 안 하지. 사람 다리 하나 자르는 것쯤은 닭 한 마리 잡는 것과 조금도 다르지 않단 말이오. 게다가 뭐니뭐니해도 습관이죠! 알겠소? 역시 습관이라는 것……."

두 사람은 이불 속에서 식은땀을 흘리며 신음하고 있는 이폴리트에 대해서는 조금도 개의치 않고 자기들 멋대로 끊임없이 지껄이고 있었다. 약제사는 외과의의 냉정한 태도를 장군의 그것에 비교했고, 그 말이 마음에 든 카니베는 자기 의술이 보통 어려운 것이 아니라는 것을 길게 늘어놓기 시작했다. 세상의 모든 개업의들이 의술을 모독하고 있지만 자신은 의술을 신성한 직업이라고 생각하고 있다고 했다. 그러고 나서야 겨우 의사는 환자에게로 돌아가서 오메가 가지고 온 붕대(그것은 전에 절름발이를 수술할 때 내놓았던 붕대이다)를 검사하고 나서 누구든지 환자의 다리를 잡아줄 사람이 없겠느냐고 했다. 그래서 레스티부드와를 부르러 보냈다. 카니베 선생은 팔소매를 걷어올리고 당구실로 들어갔다. 약제사는 아르테미즈와 여관집 여주인과 함께 뒤에 남아 있었다. 두 사람 다 앞치마 색깔보다도 더 창백한 얼굴을 하고 방문에 귀를 기울이고 있었다.

그 시각 샤를르는 집에서 밖으로 한 발짝도 나갈 용기가 나지 않았다. 아래층의 불도 없는 난로 앞에 앉아 고개를 푹 숙이고 두 손을 꽉 움켜쥔 채 한군데를 응시하고 앉아 있기만 했다.

'이 무슨 실패란 말이냐!'

샤를르는 생각했다. 그러나 될 수 있는 대로 신중하게 했다고 판단했다.

'운이 나빴던 것이다. 그런 것은 어찌 되었든 만약에 이폴리트가 죽기라도 한다면 내가 죽인 게 된다. 그렇게 되면 만약 왕진 때 누가 그 일에 대해 묻기라도 한다면 뭐라고 변명할 것인가? 그래도 혹시 무슨 실수를 저지른 것이 아닐까?'

그는 생각해 보았지만 도무지 짐작이 되지 않았다.

'어떠한 명의라도 실수는 하게 마련이다. 하지만 그런 것은 아무도 이해해 주지 않는다. 그뿐이겠는가? 오히려 사람들은 비웃을 것이다. 그리고 욕지거리를 할 것이다. 그리고 이 소문은 포르주에까지 퍼질 것이다. 의사들 중에서 공격하는 글을 쓸지도 모른다. 논쟁이 벌어질 것이다. 그렇게 되면 신문 지상에 무엇이라고 대답해야만 될 것이다. 이폴리트가 소송을 걸지도 몰랐다.'

샤를르는 명예를 잃고 파산하고 형편없이 몰락한 자신의 모습을 생각해 보았다. 그의 상상력은 수없는 억측에 사로잡혀 바다에 떠도는 빈통이 물결 위에 뒹구는 것처럼 그 속을 떠돌아다녔다.

엠마는 맞은편에 앉아 가만히 남편을 지켜보고 있었다. 그녀는 샤를르의 굴욕에는 동정하지 않고 다른 굴욕을 느끼고 있었다. 그것은 남편의 무능함을 수없이 알고 있으면서 그래도 그가 무엇인가를 할 수 있으리라고 문득 생각한 것, 그것이 부끄러웠다.

샤를르는 방 안을 서성거렸다. 구두가 마루 위에서 삐걱 소리를 냈다.

"앉아 계세요, 시끄러워요!"

샤를르는 앉았다.

'또다시 터무니없이 남편을 잘못 보다니(이처럼 영리한 자신이 말이다)! 도대체 어찌 된 일이란 말인가? 게다가 연달아 내 몸을 희생해 버리고 자신의 생활을 이렇게까지 엉망진창으로 만들어버리다니 이 무슨 미치광이 같은 짓이란 말인가?'

사치를 좋아하는 자신의 본능, 여러 가지 불만, 형편없는 결혼생활이며 집안 꼴, 상처 입은 제비처럼 진창 속에 떨어진 갖가지 꿈들, 자신의 소망이었던 모든 것, 체념해 버린 모든 것, 손만 내밀었다면 얻을 수 있을 것 같았던 모든 것들을 생각해냈다.

'아아, 어째서 나는 그렇게 희생했던가? 그것은 무엇 때문이었단 말인가?'

마을에 가득 찬 침묵을 깨뜨리고 별안간 찢어지는 듯한 비명이 공기를 가르며 솟아올랐다. 샤를르는 기절할 것처럼 얼굴이 창백해졌다. 엠마는 신경질적으로 미간을 찌푸렸다가 또다시 생각에 잠기기 시작했다. 그러나 이번에는 이 사나이, 아무것도 느끼지 못하는 이 사나이에 대한 일이었다. 그 사나이는 태연하게 가만히 있는 것이 아닌가. 이제부터는 자신의 이름이 세상 사람들의 웃음거리가 되고, 본인뿐만 아니라 나 자신까지 그것으로 부끄러운 생각을 해야 한다는 것도 깨닫지 못하고 있는 것이다. 이런 사나이를 사랑하려고 애쓴 일도 있었다니, 다른 사나이에게 몸을 맡긴 데 대해서 울며 후회하기도 했었다니.

"그렇다면 혹시 밭장다리였던가?"

깊은 생각에 잠겨 있던 샤를르가 갑자기 큰소리로 말했다. 은반 위를 구르는 납덩이처럼 그녀의 의식 위에 떨어진 이 말의 뜻하지 않은 충격으로 엠마는 부르르 몸을 떨면서 그것이 무슨 의미인가를 알아내려고 얼굴을 들었다. 그리고 두 사람은 서로 어이 없는 표정으로 말없이 얼굴을 바라보고만 있었다. 그만큼 서로의 마음은 멀리 떨어져 있었던 것이다.

샤를르는 다리가 잘린 이폴리트의 마지막 비명이 귓가에 들리는 듯하여 술 취한 사람처럼 멍한 눈으로 아내를 지켜보았다. 그 비명 소리는 마치 목을 잘리운 짐승이 먼 데서 울부짖는 것처럼 날카로운 목소리가 섞여서 높게 그리고 낮게 꼬리를 끌면서 들려왔다.

엠마는 핏기가 가신 입술을 깨물었다. 그리고 깨진 산호의 작은 가지를 손가락 하나로 만지작거리면서 튀어나올 듯한 두 개의 불화살과 같은 불타는 눈초리를 샤를르에게 고정시켜 놓고 있었다. 이제는 남편의 모든 것이 싫었다. 얼굴도, 옷도, 아무 말도 하지 않고 있는 것도, 그의 온 몸, 그의 모든 인격, 나아가서는 남편의 존재 자체가 도무지 싫었다. 그녀는 자기가 과거에 남편에게 바쳤던 정절을 마치 죄악인 것처럼 후회했다. 그나마 남아 있던 정절은 그녀의 맹렬한 자존심의 매질로 깨져버렸다. 그녀는 개가를 올리는 불의의 사랑 편에 서서 마음속으로 짓궂은 야유를 있는 대로 남편에게 퍼붓고 유쾌해했다. 또다시 현기증이 날 만큼의 매력을 지닌 추억이 되살아났다. 엠마는 새로운 감격으로 그 그리운 환영에 끌려 사랑의 추억 속에 영혼을 던져넣었다. 그리고 샤를르라는 사나이는 그녀의 눈앞에서 죽어가며 마지막 신음 소리를 내고 있는 것처럼, 그녀의 생활과 동떨어진 나머지 영원히 자취를 감추어 이제는 더 이상 있을 수 없는 것, 전혀 없는 것과 다름없는 것이 되어버린 것처럼 느껴졌다.

그때 문 밖에서 발자국 소리가 들려오자 샤를르는 그쪽을 바라보았다. 그러자 내려놓은 덧문 너머로 시장 어귀에 햇빛을 듬뿍 받은 카니베 박사가 수건으로 얼굴을 닦는 모습이 보였다. 뒤에서 오메가 붉은 커다란 상자를 손에 들고 따르고 있었다. 두 사람 모두 약국 쪽으로 걸어갔다.

샤를르는 갑자기 마음이 약해지고 아내에게 매달리고 싶은 마음에 아내를 돌아보면서 말했다.

"여보, 키스해 주구려!"

"그만두세요!"

엠마는 얼굴을 붉히고 화를 내면서 말했다.

"왜 그래? 왜 그러오?"

샤를르는 깜짝 놀라 되풀이했다.

"진정해요! 침착해야지! 내가 당신을 사랑한다는 것은 당신도 잘 알고 있지 않소! 자, 이리 와요."

"싫다니까요!"

엠마는 무서운 표정으로 소리를 질렀다. 그리고 방에서 뛰쳐나가면서 너무 힘껏 방문을 닫았기 때문에 벽에 걸려 있던 청우계가 마루 위로 떨어져 산산조각이 나버렸다.

샤를르는 정신이 뒤집히는 것 같아 안락의자에 털썩 주저앉았다. 엠마가 도대체 어떻게 된 것인지 생각해 보았다. 신경성 병이 발작한 것은 아닐까 상상하면서, 눈물을 흘리며, 뭔가 불길한 것이 자신의 주위에 감돌고 있다는 것을 막연하게 느꼈다.

그날 밤 뜰 안으로 들어온 로돌프는 애인이 현관 맨 아래 계단에 서서 자신을 기다리고 있는 것을 보았다. 두 사람은 덥석 끌어안았다. 그리고 뜨거운 키스에 서로의 언짢은 마음은 눈처럼 녹아버리고 말았다.

12

두 사람은 다시 사랑하기 시작했다. 엠마는 때때로 대낮에도 갑자기 그에게 편지를 썼다. 그리고 창 너머로 쥐스텡에게 신호를 보내면 그 아이는 재빨리 앞치마를 벗어버리고 위세트 저택으로 달려가 편지를 전했다. 그러면 잠시 후 로돌프가 나타났다. 그리고 엠마에게서 듣는 말은, 심심해서 견딜 수가 없다든가 남편이 싫어서 견딜 수가 없고 생활이 못 견디게 지루하다는 것들이었다.

"그렇다고 나더러 어떻게 하란 말이오?"

어느 날 로돌프는 견디다 못해 이렇게 말했다.

"아아! 당신만 원하신다면……."

엠마는 로돌프의 무릎 사이로 마루 위에 주저앉았다. 머리카락은 여기저기 헝클어지고, 눈에는 초점이 없었다.

"무슨 말이오?"

로돌프가 묻자 엠마는 한숨을 내쉬었다.

"우리 둘이서 딴 데로 가서 살아요……. 아무 데라도 좋아요……."

"농담하지 말아요. 그게 될 법이나 한 말이오?"

로돌프는 비웃듯이 말했다. 엠마는 거듭 그 이야기를 되풀이했다.

그는 도무지 까닭을 모르겠다는 태도로 화제를 돌려버렸다.

로돌프가 이해할 수 없는 것은, 한낱 남녀간의 관능적 사랑에 불과한 것인데 그런 번거로운 일까지 겪어야 하는가 하는 점이었다. 엠마에게는 물론 그럴 만한 동기와 이유가 있었다. 그리고 그 사나이에 대한 애착을 필사적인 것으로 만드는 작용도 있었던 것이다.

사실 남편에 대한 혐오감 때문에 이러한 애정이 날로 강해져갔다. 한쪽 사나이에게 정신을 뺏기고 몸을 맡기면 맡길수록 다른 쪽 사나이에 대한 증오는 그만큼 커져갔다. 로돌프와 밀회를 갖고 난 뒤에 부부가 서로 마주앉으면 샤를르의 손가락이 모가 나 보이고, 우둔해 보이고, 태도가 천박해 보였다. 그래서 표면으로는 아내다운 정숙한 행동을 보이면서도 햇빛에 그을린 이마에 검은 머리가 잘 손질되어 있는 로돌프의 얼굴, 튼튼하고 우아한 그 모습, 사물을 판단하는 데 충분한 경험이 있고 열정이 있으며 그토록 격렬하게 흥분할 줄 아는 그 사나이를 생각하며 남몰래 정열을 태우곤 하는 것이었다. 그녀가 금속 세공사처럼 공들여 손톱을 깎는 것도 이 사나이를 위해서였고, 살갗에 콜드크림을 바르고 손수건에 파출리 향수를 뿌리고 그것이 모자라지 않을까 염려하는 것도 모두가 이 사나이 때문이었다. 그녀는 팔찌와 반지와 목걸이로 잔뜩 치장했다.

로돌프가 오기로 되어 있을 때에는 커다랗고 파란 두 개의 유리 꽃병에 장미꽃을 가득 꽂아놓고 마치 왕자의 행차를 기다리는 시녀처럼 방 안과 몸을 말끔히 단장했다. 펠리시테는 끊임없이 속옷 세탁에 매달려야 했기 때문에 하루종일 부엌에서 떠나지 못했다. 그러면 쥐스텡이 가끔 놀러와 그녀의 일하는 모습을 바라보며 가끔 말동무가 되어주곤 했다.

쥐스텡은 펠리시테가 다리미질을 하는 긴 판자 위에 팔꿈치를 대고, 주위에 펼쳐져 있는 여러 가지 여성용 옷가지들, 즉 면으로 짠 속치마, 숄, 칼라, 그리고 허리가 넓고 아래를 오므린 끈이 달린 부인용 속치마 같은 것들을 탐내는 것처럼 우두커니 바라보았다.

"이건 어디에 쓰는 거지?"

쥐스텡은 안을 받쳐서 넓게 편 스커트며 호크 등을 만지면서 물어보았다.

"어머나, 너 아직까지 아무것도 본 적이 없구나? 너의 주인 아주머니 오메 부인은 이런 것을 입지 않는다는 말이야?"

펠리시테는 웃으며 대답했다.

"흥! 오메 부인이야 뭐……."

쥐스텡은 무슨 생각을 하는 것처럼 덧붙였다.

"우리 주인 아주머니야 뭐, 이 댁 마님 같지 않은걸."

펠리시테는 쥐스텡이 이렇게 옆에서 얼쩡대는 것이 성가셨다. 그녀는 쥐스텡보다 여섯 살이나 위인 데다 테오도르라는 기요맹 씨네 하인이 요사이 그녀에게 은근히 색다른 눈짓을 보내기 시작했던 것이다.

"참 귀찮게 구는구나! 어서 돌아가 아몬드 열매라도 찧도록 해. 언제나 여자들 곁에 붙어다니고 싶어하기나 하고. 그런 일은 수염이라도 난 뒤에 하는 게 좋겠다."

펠리시테는 풀 그릇을 옮겨놓으면서 야단을 쳤다.

"아, 그렇게 화내지 마. 너의 주인아씨 구두를 내가 닦아줄 테니."

쥐스텡은 곧 선반 위에서 엠마의 진흙투성이 구두(밀회의 흔적)를 집어들었다. 그의 손가락에 닿은 진흙은 가루가 되어 흩어졌다. 그는 그 먼지가 햇빛 속에서 조용히 피어오르는 것을 보고 있었다.

"구두가 상하기라도 할까 봐 꽤 겁이 나는 모양이지!"

펠리시테가 말했다. 엠마는 자기의 물건이 조금이라도 낡으면 하녀에게 주곤 했기 때문에 그녀는 구두를 닦을 때도 그다지 조심해서

닦지 않았다.

엠마는 여러 켤레의 구두를 가지고 있어서 아낌없이 신었지만, 샤를르는 거기에 대해서 잔소리를 한 적이 없었다.

엠마가 이폴리트에게 의족을 선사하는 것이 마땅하다고 하자 샤를르가 그 값으로 3백 프랑을 지출한 것도 그와 마찬가지였다. 의족의 몸체는 코르크로 되어 있었고 용수철 장치가 된 관절이 붙어 있었다. 그 복잡한 기구는 전체가 검은 바지로 싸여 있고 끝에는 에나멜 칠을 한 장화가 달려 있었다. 그러나 이폴리트는 그런 훌륭한 다리는 평소에 아무렇게나 쓸 수 없다면서 보바리 부인에게 좀 더 싼 것을 하나 더 사주십사 하고 부탁했다. 이것 또한 샤를르의 주머니에서 지출되었다.

이렇게 해서 젊은 마부는 다시 조금씩 일을 하기 시작해 예전처럼 마을을 뛰어다니는 그의 모습을 볼 수 있게 되었다. 보도 위를 딸가닥거리는 의족 소리가 먼 곳에서 들리면 샤를르는 얼른 옆길로 달아나곤 했다.

이 의족 주문을 맡은 것은 바로 상인인 뢰르 씨였다. 그 일을 기회로 그는 빈번히 엠마에게 드나들었다. 그리고 파리에서 새로 온 물건이라든가 갖가지 신기한 부인용 물건들에 대해 이야기를 늘어놓으며 매우 상냥하게 굴었다. 그러나 돈에 대한 독촉은 전혀 하지 않았다. 엠마는 자신의 변덕스러운 욕망을 무엇이든지 만족시켜 주는 그의 한 너그러운 처사에 홀딱 반했다. 그래서 로돌프에게 선물하기 위해 루앙의 양산 가게에서 파는 훌륭한 승마용 가죽 채찍을 사기로 했다. 뢰르 씨는 그다음 주에 그것을 엠마의 책상 위에 갖다놓았다.

그런데 다음 날 그는 273 프랑이라고 적힌 계산서를 들고 그녀의 집에 나타났다. 엠마는 몹시 당황했다. 책상 서랍은 몽땅 비어 있었다. 레스티부드와에게는 15일치 이상의 노임이 밀려 있었고, 하녀의 급료는 여섯 달치가 밀려 있었다. 그 밖에도 갚아야 할 빚이 많았다. 샤를르는 드로즈레 씨로부터 송금을 기다리고 있었다. 그는 해마다 성 베드로 축일[111] 즈음에 지불해 주곤 했던 것이다.

엠마는 처음에 뢰르를 적당히 돌려보내는 데 성공했다. 하지만 그는 더 이상 참을 수가 없었다. 그는 지금 고소를 당하고 있는데 수중에 자금이 떨어져서 만약 조금이라도 회수하지 않으면 엠마가 산 물건을 모조리 다시 찾아가지 않으면 안 된다고 했다.

"좋아요, 모두 도로 가져가세요."

엠마는 말했다.

"아닙니다! 그것은 농담이고요! 다만 그 채찍만은 좀 난처하기 때문에 하는 수 없이 주인어른께 부탁해서 돌려주십사 하고 말해야겠습니다."

"안 돼요! 그건 안 돼요!"

'흥! 이제야 꼬리를 잡았구나!'

엠마의 비밀을 알아냈다고 확신한 뢰르는 언제나처럼 쉬쉬하는 휘파람 같은 소리를 내면서 낮은 목소리로 몇 번씩이나 되풀이했다.

"좋습니다! 그럼 또 뵙겠습니다! 며칠 뒤에 말이죠!"

엠마가 어떻게 이 다급한 처지에서 빠져나갈까 궁리하고 있을 때, 하녀가 와서 '드로즈레 씨에게서 왔습니다' 하면서 푸른 종이에 조그맣게 싼 것을 벽난로 위에 놓았다. 계산에 대한 지불금이었다. 엠마는 그것을 펼쳐보았다. 그 속에는 15개의 나폴레옹 금화[112]가 들어 있었다. 그만하면 채찍 대금으로는 족했다. 그때 층계에서 샤를르의 발자국 소리가 들려왔다. 그녀는 재빨리 그 금화를 서랍 속에 던져

---

111) 로마 가톨릭 교회 교회력에는 베드로를 기념하는 5대 축일이 기록되어 있는데, 여기에서의 축일은 6월 29일에 거행되는 베드로와 바울로의 3번째 축일을 말한다 - 옮긴이
112) 나폴레옹 1세의 초상이 들어 있는 20프랑짜리 금화를 말한다 - 옮긴이

넣고 열쇠를 잠갔다.

사흘 뒤에 뢰르가 또다시 나타났다.

"당신과 한 가지 상의할 일이 있어서 왔습니다만……."

그는 말을 이었다.

"약속된 금액 대신에 만일 부인만 좋으시다면……."

"자, 돈이라면 여기 있어요."

엠마는 그의 손에 열네 개의 나폴레옹 금화를 건네주면서 말했다. 뢰르는 깜짝 놀랐다. 그리고 실망한 기색을 감추기 위해 잔뜩 변명을 늘어놓으면서 앞으로도 많은 일을 도와드리겠다는 말들을 했지만 그녀는 모두 깨끗이 거절했다. 그가 거슬러준 5프랑짜리 동전 두 개를 앞치마 주머니 속에서 만지작거리며 한동안 가만히 서 있었다.

'이제부터 절약해야겠다. 그래서 그이에게 돈을 갚아야지. 괜찮아, 그이는 곧 잊어버릴 테니까.'

그녀는 생각했다.

손잡이 끝을 은으로 도금한 채찍 이외에 로돌프는 엠마에게서 '아모르 넬 코르(Amor nel cor)'[113]라는 명문이 새겨진 도장도 받았다. 그리고 목도리를 만드는 얇은 비단과 언젠가 샤를르가 길가에서 주운 것을 엠마가 간직하고 있던 자작의 잎담배 케이스와 똑같은 것도 받았다. 하지만 그런 선물을 받는 것은 남자의 자존심이 꺾이는 것 같아 그중 몇 개는 사양했다. 엠마는 기어코 받으라고 강요했다. 로돌프는 하는 수 없이 승낙하기는 했지만 속으로는 제멋대로 떠맡기는 고집 센 여자라고 생각했다.

게다가 그녀는 또 묘한 것을 생각해냈다.

---

113) '마음속의 사랑을' 이라는 의미의 라틴어로, 그 당시 매우 유명했던 명구이다. 이것은 엠마의 속물 근성과 독창성의 결여를 드러내는 하나의 장치이다 —옮긴이

"밤 12시가 되면 당신은 제 생각을 해주세요!"

그리고 만일 잊었다고 털어놓으면 갖은 잔소리를 늘어놓고, 마지막에는 매번 같은 말을 했다.

"당신은 나를 사랑하나요?"

"그야 물론, 사랑하지요!"

로돌프는 대답했다.

"진심으로?"

"물론!"

"다른 여자를 사랑한 일은 없지요, 네?"

"내가 당신을 만나기 전까지 여자를 한 번도 만난 일이 없을 거라고 생각하는 거요?"

로돌프는 웃으면서 큰소리로 말했다. 엠마는 울었다. 그는 잘못했다고 사과하면서도 장난하는 듯 농담을 섞어서 그 나름대로 엠마를 위로하려 했다.

"아아! 제가 이렇게 귀찮은 소리를 하고 울고 하는 것도 다 당신을 사랑하기 때문이에요. 저는 이제 당신 없이 살 수 없을 만큼 당신을 사랑하고 있어요. 아시겠어요? 이따금 당신을 만나고 싶어지면 사랑이 괴로워서 몸이 갈기갈기 찢어지는 것 같아요. 그분은 지금 어디에 계실까? 혹 다른 여자와 이야기하고 있는 건 아닐까? 여자가 방글방글 웃고, 그분은 다가간다…… 이런 걸 생각하고 말이죠. 아니겠죠, 그렇지 않을 거예요. 그렇죠? 좋은 여자 따위는 없겠죠? 물론 세상에는 저보다 예쁜 여자들이 많을 거예요. 하지만 저는…… 사랑하는 데 있어서는 지지 않아요! 저는 당신의 종이에요, 당신의 정부예요! 당신은 저의 왕이시고, 저의 우상이에요! 당신은 참으로 다정하신 분이에요! 아름답고, 영리하고 강한 분이에요!"

로돌프는 이런 이야기를 이미 수없이 들어서 진력이 났기 때문에 이제는 조금도 새롭지 않았다. 엠마 역시 세상의 보통 정부들과 별로 다를 게 없었다. 새로웠던 매력도 이제는 마치 오래된 의복처럼 하나씩 벗겨져 나가고, 언제나 같은 형태와 같은 말을 지닌 변함없이 단조로운 정욕만을 앙상하게 드러내고 있었다. 실제적인 경험이 풍부한 이 사나이도 같은 표정 밑에 숨겨진 여러 가지 감정의 차이를 구별할 수가 없었다. 돈으로 살 수 있는 음란한 입술이 그와 똑같은 말들을 속삭였기 때문에 그는 엠마가 내뱉는 말의 순진함을 그다지 신뢰하지 않았다. 평범한 애정을 감추고 있는 과장된 말은 그것을 적당히 덜어내고 들어야 한다고 생각했다. 그는 가슴에 하나 가득 넘치는 영혼에서 때로는 참으로 공허한 비유가 되어 감정이 나오는 일도 있다는 것을 몰랐다. 누구든지 자신의 욕망이나 사상이나 고통을 정확하게 표현할 수 있는 것도 아니고, 게다가 사람의 언어는 깨진 냄비 같아서 그것을 두드려 별을 감동시키려 해도 곰을 춤추게 할 정도의 멜로디밖에 나오지 못하게 하는 것이다.

그러나 로돌프는 어떠한 입장에 놓이더라도 한 걸음 뒤로 물러설 줄 아는 사람들이 지니는 탁월한 비판력을 갖추고 있었기 때문에 이 사랑에서 아직도 다른 향락을 끌어낼 수 있다고 판단했다. 그는 엠마를 거칠고 무례하게 다루며 사나이가 마음대로 다룰 수 있는 타락한 여자로 만들었다.

그것은 그에게 있어 자신을 찬탄해 마지않는 행위였고, 여자에게는 쾌락에 넘치는 일종의 백치와 같은 집착이자 그녀를 완전히 마비시키는 행복감이었다. 엠마의 영혼은 마치 그리스 포도주 통 속에 잠긴 클래런스 공작[114]처럼 그런 도취에 깊숙이 빠져 시들어버린 채

114) 1449~1478, 에드워드 4세의 동생으로 장미전쟁 중 당시 영국 왕 에드워드 4세에 반란을 일으켜 런던탑에 유폐되었다가 처형되었다. 그때 소원이 뭐냐고 묻자 그리스 포도주 통 속에 잠기고 싶다고 말했다고 한다 ─옮긴이

헤어나지 못했다.

사랑에 빠져 지내는 습관의 힘은 엠마의 거동을 무섭게 변화시켰다. 눈초리는 한층 더 대담해지고 말씨는 더욱 노골적이 되었다. 그녀는 세상을 비웃기라도 하듯 담배를 입에 문 채 로돌프와 함께 산책을 하는 무례한 태도를 취하기에 이르렀다.

어느 날 엠마가 남자들처럼 허리를 조끼로 졸라매고 '제비'에서 내리는 것을 보았을 때 지금까지 설마했던 사람들도 이제 더는 의심하지 않았다. 남편과 크게 싸우고 아들의 집으로 와 있던 샤를르의 어머니 역시 이맛살을 찌푸렸다. 노부인에게는 그 밖에도 여러 가지 일들이 마음에 들지 않았다. 우선 소설을 읽지 못하게 하라는 그녀의 충고를 샤를르가 듣지 않았다는 것, 다음에는 이 집의 가풍이 마음에 들지 않았다. 노부인은 여러 가지 잔소리를 해보았다. 어떤 때는 펠리시테의 일로 마구 화를 내기도 했다.

보바리 노부인은 그 전날 밤 복도를 지나가다가 펠리시테가 한 사나이와 함께 있는 것을 보았다. 턱에서부터 뺨까지 검은 수염을 기른 40세 정도의 남자였다. 그는 발자국 소리를 듣자 살그머니 부엌을 통해 달아났다. 엠마는 그 말을 듣고 웃음을 터뜨렸다. 노부인은 버럭 화를 내면서, 예의범절 따위는 아무래도 좋지만 고용인의 행위에 대해서는 주의를 주어야 한다고 했다.

"그러시는 어머님은 얼마큼 훌륭하신 분이시죠?"

그렇게 말하는 눈빛이 너무나 날카로웠기 때문에, 노부인은 하녀를 싸고도는 것은 엠마 자신의 행동에 대한 변명이 아니냐고 싫은 소리를 했다.

"나가 주세요!"

며느리는 펄쩍 뛰면서 말했다.

"이봐, 엠마!……아이구, 어머니!"

샤를르는 그녀들 사이에 끼어 말리려 했다. 그러나 두 여자 모두 분별력을 잃고 흥분한 상태였다. 이내 노부인은 나가버리고 말았다. 엠마는 발을 동동 구르면서 되풀이했다.

"뭐예요? 아무것도 모르는 시골뜨기 할멈이!"

샤를르는 어머니의 뒤를 쫓아갔다. 극도로 흥분한 노부인은 말도 제대로 못할 정도였다.

"저런 버르장머리 없는 것! 못돼먹은 것! 아니 그 정도가 아냐, 더 나빠!"

시어머니는 며느리가 빌러 오지 않으면 당장에 돌아가겠다고 버텼다. 샤를르는 엠마에게 가서 두 손을 맞잡고 한번만 양보하라고 애원했다. 그는 무릎을 꿇었다. 그러자 마침내 엠마는 대답했다.

"좋아요! 가죠."

실제로 엠마는 마치 공작부인처럼 의젓한 태도로 시어머니에게 손을 내밀었다.

"잘못했습니다."

그러고는 자기의 침실로 돌아가 침대 위에 엎드려 머리를 베개에 파묻고 어린애처럼 울었다.

엠마와 로돌프 사이에는 전부터 약속해 둔 일이 있었다. 만약 어떠한 돌발적인 일이 생겼을 때에는 그녀가 덧문에 하얀 종이쪽지를 달아두기로 한 것이었다. 그때 마침 로돌프가 용빌르에 와 있으면 집 뒤의 골목으로 달려오기로 한 것이다. 엠마는 그 신호를 걸어놓았다. 그리고 기다린 지 한 시간도 안 되어 시장 모퉁이에 로돌프의 모습이 보였다. 엠마는 창문을 열고 그를 부르려 했다. 하지만 그는 벌써 자취를 감추고 보이지 않았다. 그녀는 실망해서 또다시 쓰러져 버렸다.

이윽고 다시 보도 위를 걷는 발소리가 들리는 것 같았다. 의심할 것도 없이 로돌프였다. 그녀는 계단을 내려가 안뜰을 가로질렀다. 그는 밖에 서 있었다. 그녀는 사나이의 품안으로 뛰어들었다.

"누가 보면 어쩌려고 이러오?"

로돌프가 말했다.

"아아, 정말 너무해요! 글쎄, 들어보시란 말이에요!"

그녀는 자초지종을 재빠르게 이야기했다. 하지만 사실을 과장하기도 하고 말을 만들어내기도 하면서 중언부언했기 때문에 로돌프는 도무지 알아들을 수가 없었다.

"아, 안됐군, 하지만 용기를 내요. 그리고 마음을 진정하고 꾹 참아요!"

"그렇지만 저는 4년이나 참고 괴로워했어요! 우리 두 사람의 사랑이라면 하늘을 우러러 고백해도 좋을 거예요! 모두 들러붙어서 저를 못살게 구는걸요. 더 이상 참을 수가 없어요! 저를 도와주세요!"

엠마는 로돌프에게 몸을 바싹 갖다댔다. 눈물이 가득 고인 두 눈은 마치 물속의 불꽃처럼 빛나고 가슴은 격렬하게 요동치고 있었다. 로돌프는 지금까지 이토록 그녀가 귀엽게 보인 적은 없었다.

"어떻게 하면 좋지? 어떻게 하란 말이오?"

그는 순간 제정신을 잃고 말했다.

"저를 데려가 줘요! 저를 데리고 멀리 달아나 주세요! ……네? 부탁이에요!"

그녀는 사나이의 입술에 매달렸다. 그리고 생각지도 못했던 승낙이 사나이의 키스 속에 담겨 있는 것을 재빨리 잡아내려는 듯 그의 입술을 세게 덮쳤다.

"그렇지만……."

로돌프가 말했다.

"어쨌다는 거죠?"

“아이는 어떻게 하겠소?”

그녀는 잠깐 동안 생각하다가 이윽고 대답했다.

“데리고 가겠어요. 할 수 없잖아요!”

“참으로 어처구니없는 여자로군!”

로돌프는 멀어져 가는 그녀를 바라보며 혼자서 중얼거렸다. 엠마는 그때 누군가가 부르는 소리가 들렸기 때문에 뜰 안으로 달려간 것이다.

그날부터 보바리 노부인은 며느리의 태도가 완전히 달라진 데 대해 매우 놀랐다. 사실 엠마는 훨씬 얌전해졌고, 오이 절이는 법을 시어미에게 물어볼 만큼 겸손해져 있었다. 이것은 시어머니와 남편 모두 다 교묘하게 속이려는 속셈이었을까, 아니면 이른 바 자기를 억제하는 은밀한 즐거움을 맛보면서 언젠가 모든 것을 내버리고 갈 사람의 괴로움을 한층 더 깊이 느껴보려는 것일까?

그러나 사실 엠마는 그런 것을 마음에 두고 있지 않았다. 그녀는 머지않아 다가올 행복에 대한 예감을 남몰래 맛보면서 꿈속인 듯 살고 있었다. 로돌프와 이야기할 때에도 언제나 그런 말만을 했다. 그녀는 사나이의 어깨에 기대어 속삭였다.

“당신, 우리가 역마차에 타게 될 때의 일을 생각하신 적 있으세요? 정말로 그렇게 될 수 있을까요? 드디어 마차가 달리기 시작하는 순간에는 마치 풍선을 타고 구름 위로 날아오르는 것 같은 기분일 거예요. 틀림없이 그럴 거예요. 저는 그날을 손꼽아 기다리고 있어요……. 당신은 안 그래요?”

보바르 부인이 이때처럼 아름다웠던 적은 일찍이 없었다. 그녀는 환희와 정열과 성공에서 우러나오는 말할 수 없는 아름다움을 지니고 있었다. 기질과 처지가 아주 잘 어울리는 그러한 아름다움이었다. 그녀의 욕망, 슬픔, 환락의 경험, 그리고 언제나 싱싱한 환상들이 마치 비료와 비와 바람과 태양이 꽃을 기르는 것처럼 그녀를 점점 성장시켰다. 그 결과, 지금이야말로 그녀는 자기의 천성을 충분히 살린 풍만한 모습으로 피어난 것이다. 그녀의 젖은 눈동자는 상대방의 마음속에 깊숙이 스며드는 것 같은 사랑의 눈길을 위하여 일부러 새겨놓은 것처럼 보였다. 뜨거운 숨결은 그녀의 넓은 콧구멍을 볼록하게 했고, 햇빛이 비치면 솜털로 거뭇하게 그늘져 있는 포동포동한 입술 끝을 위로 치켜올렸다. 목덜미에 늘어져 있는 머리카락 더미는 마치 음란한 화가가 사람의 마음을 들뜨게 하기 위해 일부러 그려놓은 듯했고, 매일 되풀이되는 밀회와 정사로 인해 아무렇게나 풀어졌다가 되는 대로 무거운 듯이 묶여져 있었다.

그녀의 목소리는 한층 더 나긋나긋해졌고 몸매 또한 그랬다. 가슴속에 스며드는 듯한 미묘한 무언가가 그녀의 옷 주름이나 다리의 선에서부터 발산되어 있었다. 샤를르는 아내가 신혼 시절처럼 귀엽고 매력적이라고 생각했다.

한밤중에 돌아왔을 때 샤를르는 아내를 깨우는 것을 삼갔다. 도자기로 만든 등잔불이 천장에 흔들리는 불빛을 둥글게, 그리고 조그만 어린아이 침대에 둘러친 커튼은 하얀 오두막처럼 침대 옆 그림자 속에 부풀어 있었다. 샤를르는 물끄러미 그것을 지켜보았다. 그는 귀여운 딸의 가벼운 숨소리가 들리는 것 같았다. 아이는 이제부터 몰라보게 부쩍 자랄 것이다. 아이가 조끼에 잉크 얼룩을 묻힌 채 책바구니를 팔에 걸고 천진하게 웃으면서 학교에서 돌아오는 모습이 벌써부터 눈에 선했다.

'머지않아 이 아이를 기숙사에 넣어야지. 그러자면 적잖은 비용이 들 텐데 어떻게 하면 좋을까?'

샤를르는 곰곰이 생각했다.

'근처에 조그마한 농장을 빌려서 매일 아침 환자를 왕진하러 가는 도중에 직접 감독하는 거야. 농원에서 나오는 수입을 절약해서 저축을 해야지. 그리고 어느 것이라도 좋으니 주권(株券)을 사리라. 그러노라면 환자도 늘겠지.'

그는 그렇게 믿었다.

'베르트를 훌륭하게 키워 여러 가지 재주도 가르치고 피아노를 익히게 하고 싶다. 열다섯 살쯤 되면 자기 엄마를 닮아서, 여름에 엠마와 같이 커다란 밀짚모자를 쓰면 얼마나 예쁠까! 사람들이 먼 데서 보면 자매로 착각할 것이다.'

그는 또 밤에 딸이 램프 불빛 아래에서 부모 옆에 앉아 일을 하는 모습을 상상했다.

'저 아이가 내 실내화의 수를 놓아줄 것이다. 집안일도 열심히 돌볼 거야. 또 온 집 안을 다정하고 쾌활한 분위기로 가득 차게 해주겠지? 머지않아 결혼시킬 것도 생각해야 할 것이다. 딸아이에게 든든한 지위를 가진 착실한 남자를 찾아주리라. 사위는 내 딸아이를 행복하게 해주겠지. 그리고 행복은 언제까지나 영원히 계속되겠지.'

그동안 엠마는 잠들어 있지 않았다. 그녀는 자는 체하고 있었던 것이다. 그리고 샤를르가 곁에서 겨우 잠이 들어가는 동안 그녀는 다른 몽상 속에 잠을 깼다.

네 마리의 말이 이끄는 대로, 그녀는 일주일 전부터 그곳에서 두 번 다시 돌아오지 않을 어떤 새로운 나라로 달리고 있었다. 그들은 팔짱을 낀 채 한마디 말도 나누지 않고 그저 한결같이 앞으로 나아가는 것이다. 이따금 산꼭대기에서 갑자기 둥근 지붕이며 다리며 배와 함께 어느 아름다운 도시가 눈앞에 나타난다. 레몬나무의 숲과 하얀 대리석 성당이 보이고 뾰족한 종루에는 황새 둥지가 있다. 포석이 깔려 있는 길을 두 사람이 천천히 걸어간다. 땅 위에 붉은 코르셋을 입은 여자들이 바치는 꽃다발이 놓여 있다. 종소리가 들린다. 말울음

소리, 기타의 선율, 솟구치는 분수 소리도 들린다. 분수에서 내뿜는 물방울은 그 밑에서 미소 짓고 있는 하얀 석상의 발밑에 산더미처럼 쌓여 있는 과일을 식혀주고 있다. 그리고 저녁에 두 사람은 어느 어촌에 도착한다. 그곳 절벽 오두막집을 따라가다 보면 갈색 그물이 바람에 나부끼며 널려 있다. 그들은 여기에 정착하여 산다. 바닷가 깊숙이 종려나무 그늘이 있는 지붕이 납작한 집에서 산다. 곤돌라를 타고 바다에서 놀고 또 해먹에 흔들리면서 쉬기도 하리라. 그들의 생활은 그들이 입은 비단옷처럼 편하고 안온할 것이다. 그들이 바라보는 밤하늘은 평온하고 따뜻하며 별이 가득 빛날 것이다. 하지만 엠마가 마음에 그리는 이 무한한 미래의 그림 속에는 특별한 것이 나타나지 않았다. 화려한 하루하루는 마치 물결처럼 언제나 똑같고, 그것은 다만 무한하고 조화로움이 푸른빛을 띠고, 햇빛이 뒤덮인 끝없는 지평선 근처에서 흔들거릴 뿐이었다.

그녀가 여러 가지 몽상의 나래를 펼치고 있을 때, 어린아이가 요람 속에서 기침을 시작하고 샤를르의 코고는 소리가 점점 더 커져갔다. 엠마는 아침이 되어서야 겨우 잠이 들었다. 그때는 이미 새벽빛이 유리창을 희끄무레하게 물들이고 있었고, 광장에서는 벌써 어린 쥐스텡이 약국의 차양을 열고 있었다.

엠마는 뢰르 씨를 집으로 불렀다.

"커다란 망토 하나가 필요해요. 칼라가 넓고 안감을 넣은 것으로 말이에요."

"여행을 하시렵니까?"

뢰르가 물었다.

"아뇨. 하지만…… 그런 거야 아무려면 어때요? 아무튼 부탁하겠어요. 아시겠어요? 빨리요."

뢰르는 황송해서 머리를 숙였다.

"그리고 또 있어요. 여행용 트렁크를 하나…… 그다지 무겁지 않고…… 적당한 것으로요."

"네, 네, 잘 알았습니다. 50센티미터에 92센티미터 가량이면 되겠군요. 요새 유행하는 것으로 말입니다."

"그리고 손가방도 하나."

'아하, 틀림없이 무언가 있구나.'

뢰르는 생각했다.

"그리고 저어……"

그녀는 허리춤에서 회중시계를 꺼내들며 말을 이었다.

"이것을 받아두세요. 계산도 이것으로 하세요."

뢰르는 그럴 필요까지는 없다며 거절했다.

"서로 모르는 사이도 아니고, 제가 부인을 신용하지 않는다고 생각하시나요?"

엠마는 그렇다면 시곗줄만이라도 받아달라고 고집을 부렸다. 뢰르가 그것을 주머니에 넣고 막 돌아가려고 하는데 엠마가 그를 다시 불러세웠다.

"물건은 모두 당신네 가게에 두세요. 망토는……."

엠마는 잠깐 생각하는 듯하다가 말을 이었다.

"그것도 거기에 두세요. 다만 그 망토 직공의 주소만 알려주세요. 그리고 내가 언제든지 찾아올 수 있도록 직공에게 일러두세요."

두 사람이 함께 도망가기로 한 것은 다음 달이었다. 엠마는 루앙에 볼일이 있어서 가는 것처럼 용빌르를 출발하기로 하고, 로돌프는 마차의 좌석을 예약하고 여권을 마련한 다음 파리에 편지를 보내서 마르세이유까지 역마차를 대절해 두기로 했다. 마르세이유에서 그들은 마차를 사서 거기서부터 곧장 제노아로 가는 길을 달릴 예정이었다. 엠마는 짐을 미리 뢰르네 가게에 보내기로 했다. 그 짐은 가게에서 직접 '제비'에 실을 테니까 아무도 이상하게 생각하지 않을 것이라고 마음을 놓았다. 그러나 이 모든 계획 가운데 어린아이에 대한 것은 전혀 포함되어 있지 않았다. 로돌프는 말을 꺼내기를 피하거나 아니면 잊어버린 모양이었다.

로돌프는 뒷마무리를 위해 두 주일 가량의 여유를 달라고 했다. 일주일이 지나자 그는 또 두 주일을 미루고, 그다음에는 병이 났다고 했다. 그리고 그는 혼자서 여행을 했다. 8월이 지나가 버렸다. 이토록 여러 번 연기를 한 뒤에 그들은 9월 4일 월요일에는 틀림없이 떠나기로 결정했다.

드디어 토요일, 예정일 이틀 전이었다.

그날 밤, 로돌프는 전보다도 훨씬 이른 시간에 밀회 장소로 왔다.

"준비는 다 되었나요?"

엠마가 물었다.

"그럼!"

두 사람은 뜰의 화단 주위를 한 바퀴 돌고 나서 테라스 근처의 담장 돌에 앉았다.

"어쩐지 우울하신 것 같군요."

엠마가 말했다.

"아니, 왜?"

로돌프는 깊은 애정이 담긴 눈길로 엠마를 바라보았다.

"멀리 떠나게 되니까 그래요?"

엠마는 말을 이었다.

"당신이 사랑했던 여러 가지 물건들, 당신의 생활을 버리고 가야 하니까 그런가 보죠? 네, 알겠어요. 하지만 저는 이 세상에 아무것도 가진 것이 없어요. 저에게는 당신이 전부니까요. 당신 역시 제가 전부이겠죠? 저는 당신의 가족, 그리고 당신의 고향이 되겠어요. 당신을 소중하게 받들고 사랑하겠어요."

"당신은 참으로 귀여운 말을 하는 사람이구려."

로돌프는 품안에 엠마를 껴안았다.

"정말 그렇게 생각하세요? 저를 사랑해 주시겠어요? 그럼 맹세해 주세요!"

엠마는 관능적인 기쁨을 담은 미소를 띠우면서 말했다.

"사랑하고말고! 진심으로 사랑하오, 귀여운 사람!"

자줏빛을 띤 둥근 달이 목장이 있는 지평선 위에 떠오르고 있었다. 그것은 포플러 나뭇가지 사이로 쑤욱 올라왔고, 나뭇가지는 구멍 뚫린 검은 막처럼 달빛을 군데군데 가리고 있었다. 이윽고 달은 구름 한 점 없는 맑은 밤하늘에 나타나 새하얗게 빛나면서 땅 위를 비추었다. 달은 점점 걸음을 늦추며 강물 위에 무수한 별을 뿌린 것처럼 커다란 반점을 떨구었다. 은빛 광채가 반짝이는 비늘을 단 머리 없는 뱀처럼 물 밑에까지 꿈틀거리며 들어가는 것 같은 풍경이었다. 또한 그것은 녹인 다이아몬드처럼 방울이 뚝뚝 떨어지는 신기한 샹들리에와도 흡사했다.

두 사람 주위에는 조용하고 아늑한 밤이 펼쳐졌다. 가지의 잎 사이에 그림자가 여러 겹으로 겹쳤다. 눈을 절반쯤 감은 엠마는 산들거리는 차가운 바람을 커다란 한숨과 함께 들이마셨다. 꿈을 꾸는 듯한 황홀한 기분에 잠긴 두 사람은 말없이 조용히 앉아 있었다. 지난날의 살뜰한 애정이 흐르는 강물처럼 조용히 넘쳐흘러 산매화의 향기에서 전달되는 달콤한 감각처럼 그들의 가슴에 되돌아왔다. 그리고 풀 위에 늘어져 꼼짝하지 않는 버드나무의 그림자보다도 더 크고 더 우울한 그림자를 추억 속에 던져넣었다. 가끔 산들바람이 고슴도치나 족제비 같은 밤의 동물이 먹을 것을 찾고 있듯 나뭇잎을 조그맣게 소리내어 흔들기도 했다. 또 때로는 무르익은 복숭아가 과수원에서 저절로 떨어지는 소리가 들리기도 했다.

"아아! 참 좋은 밤이로군!"

로돌프가 말했다.

"앞으로 이런 밤이 얼마든지 있을 거예요!"

엠마가 대답했다. 그리고 자기 자신에게 들려주는 것처럼 말했다.

"그래요, 여행할 때에는 틀림없이 기분이 좋을 거예요…… 그런데 어째서 이렇게 마음이 슬픈지 모르겠군요. 알지 못할 앞날의 일들에 대한 걱정 때문일까요? 지금까지의 습관을 버려야 하기 때문일까요…… 아니면? 아냐, 이것은 너무 행복에 겨운 소리예요. 저 참 약하지요? 그렇죠? 용서하세요."

"아직 늦지는 않았소! 잘 생각하오! 나중에 후회하리다."

로돌프가 빠른 말로 대답했다.

"아뇨, 절대로 후회 안 해요!"

엠마가 힘차게 말했다. 그리고 로돌프에게 다가앉으며 계속했다.

"정말 저에게 무슨 불행한 일이 생기겠어요? 당신과 함께라면 사막이든 절벽이든 바다든 어디든 넘을 수 있어요. 우리 둘이 함께 살아간다면 매일매일 더욱더 힘껏 껴안고 지낼 수 있어요. 괴로움도, 근심 걱정도, 아무런 방해자도 있을 수 없어요. 두 사람만이 서로 모든 것을 바치고 영원토록…… 그렇죠? 뭐라고 대답 좀 해보세요."

"그렇지…… 그래……."

로돌프는 띄엄띄엄 대답했다. 엠마는 양손으로 사나이의 머리를 쓰다듬고 커다란 눈물방울을 흘리면서 어린애 같은 목소리로 되풀이했다.

"로돌프! 로돌프! ……아! 로돌프, 사랑스러운 로돌프!"

그때 자정을 알리는 종소리가 울렸고, 그녀는 말했다.

"12시예요! 드디어 내일이에요! 이제 하루뿐이에요!"

로돌프가 일어나서 돌아가려고 했다. 그의 몸짓이 마치 도피행의 신호인 것처럼 엠마는 갑자기 들떠서 떠들어댔다.

"여권은 틀림없이 가지고 있죠?"

"물론."

"잊으신 건 없어요?"

"응."

"틀림없죠?"

"그럼."

"프로방스 호텔이라고 했죠? 거기서 기다리는 거죠…… 정오에?"

로돌프는 고개를 끄덕였다.

"그럼 내일이에요!"

엠마는 마지막 애무를 퍼부으면서 말했다. 그리고 사나이가 멀어져가는 모습을 배웅했다.

로돌프는 돌아보지 않았다. 엠마는 그의 뒤를 쫓아 뛰어갔다. 그리고 물가의 가시덤불 속에 허리를 구부리면서 소리를 질렀다.

"로돌프, 내일이에요!"

그는 이미 강 저편으로 건너가 목장 쪽으로 빠르게 걸어가고 있었다. 몇 분이 지난 후 로돌프는 걸음을 멈추었다. 그리고 하얀 옷을 입은 엠마가 유령처럼 조금씩 어둠 속으로 사라져가는 것을 보자 가슴에 심한 고동이 엄습해 왔다. 그는 쓰러지지 않으려는 듯 나무에 기대어 섰다.

"나는 어쩌면 이다지도 바보일까!"

로돌프는 심한 욕지거리를 하며 자신을 꾸짖었다.

"그렇기는 하지만…… 어쨌든 엠마는 아름다운 여자였어!"

그러자 별안간 엠마의 아름다운 모습이 사랑의 갖가지 쾌락과 함께 마음속에 되살아났다. 처음에는 그저 그리운 마음에 젖었을 뿐이지만 이윽고 그 여자에 대한 반발심으로 옮아갔다.

"어쨌거나……."

그는 몸짓을 하면서 소리내어 말했다.

"나는 고향을 뛰쳐나가거나 아이를 떠맡을 수도 없어!"

그는 더욱 결심을 굳게 하기 위해 일부러 이런 말을 스스로에게 중얼거렸다.

"무엇보다도 여러 가지 귀찮은 일이 생길뿐더러 비용이 든다……. 안 된다, 안 돼! 도저히 안 될 일이다! 그것은 너무나도 어리석은 짓이다!"

13

집으로 돌아오자마자 로돌프는 사냥 기념으로 벽에 장식해 놓은 사슴 머리 바로 밑에 있는 책상에 앉았다. 그는 펜을 잡기는 했지만 아무것도 머리에 떠오르지 않아 양 팔꿈치를 괴고 골똘히 생각에 잠겼다. 결심을 하고 나자 갑자기 두 사람 사이에 커다란 간격이 생겨서 엠마는 먼 과거 속으로 사라져버린 느낌이었다.

엠마에 대한 무엇인가를 생각해내려고 그는 침대의 베개 머리맡에 있는 벽장에서 오래된 랭스 지방의 과자상자를 꺼냈다. 그는 언제나 그 상자 속에 여자들에게서 온 편지를 넣어두었다. 퀴퀴한 먼지 냄새와 시든 장미 향기가 상자에서 풍겨나왔다. 먼저 희미한 얼룩이 묻은 손수건이 눈에 띄었다. 그것은 엠마의 손수건이었다. 언제인가 함께 산책하다가 그녀가 코피를 흘렸을 때 사용한 것이지만, 그는 벌써 그런 일은 다 잊고 있었다. 그 옆으로 네 귀퉁이가 모두 접혀 있는 엠마가 보내준 작은 초상화가 있었다. 새삼스럽게 들여다보니 의복은 매우 부자연스러워 보였고, 새촘한 눈길은 마치 '추파'를 던지는 것처럼 보여서 좋지 않았다.

로돌프가 초상화를 들여다보면서 얼굴을 생각해내려 하자 엠마의 용모는 살아 있는 얼굴과 초상화에 그려져 있는 얼굴이 서로 부딪치고 뒤섞여 양쪽이 모두 지워지는 것처럼 그녀의 얼굴 윤곽이 점점 흐려져 갔다. 그는 엠마의 편지를 읽었다. 그것들은 모두가 여행에 대한 의논뿐이어서 사무적인 것처럼 간단하고 틀에 박혀 있었으며 조급한 것들이었다. 그보다 훨씬 옛날에 받은 긴 편지를 읽고 싶어진 그는 상자 밑바닥에서 그것을 찾아내려고 쌓아놓은 종이와 물건들을 기계적으로 뒤집어 나갔다. 그러자 꽃다발이며 양말 대님이며 검은 가면이며 머리핀이며 머리카락들이 뒤죽박죽으로 섞여 나왔다. 머리카락은 갈색도, 금발도 있었다. 그중 어떤 것은 상자의 쇠 장식에 걸려 뚜껑을 열 때 끊어져버렸다.

이렇게 여러 가지 추억 속을 방황하면서 철자법처럼 저마다 다른 양상의 편지 글씨체와 글귀를 보았다. 다정한 것, 쾌활한 것, 장난스럽게 쓴 것, 우울한 것 등 가지각색이었다. 그중에는 사랑을 요구하는 것도 있었고 돈을 요구하는 것도 있었다. 그 한마디에서 갖가지 표정의 얼굴이며 몸짓이며 목소리의 음향을 생각해냈다. 이따금 아무것도 생각나지 않는 것도 있었다.

사실 그의 머릿속에는 이러한 여자들이 한꺼번에 밀려와 밀치고 젖히면서 똑같은 정도의 사랑으로 고르게 균일화된 것처럼 조그맣게 오그라들어 버렸다. 그는 뒤섞인 편지를 한웅큼 움켜쥐고 오른손에서 왼손으로 번갈아 폭포처럼 떨어뜨리면서 잠시 장난을 쳤다. 그러다가 마침내 싫증이 나고 졸리기도 해서 상자를 벽장에 도로 넣어두었다.

"모두 거짓말투성이로군!"

이것은 그의 생각을 그대로 요약한 한마디였다. 쾌락이 운동장에서 뛰노는 학생들처럼 그의 마음을 거칠게 짓밟아버려 이제 거기에는 푸른 풀잎조차 돋아나지 않았다. 그런데 학생들보다도 더 경솔한

그 여자들은 로돌프의 마음을 지나쳐 가버려 담벼락에 낙서해 놓은
이름만도 못했다.
　"자, 이제 시작하자!"
　로돌프는 혼잣말을 한 후 편지를 쓰기 시작했다.

　　용기를 내시오, 엠마! 용기를 내요! 나는 당신의 일생을 불행하게 하
고 싶지는 않습니다…….

　'어쨌든 이것은 진실이야.'
　로돌프는 생각했다.
　'그 여자를 위한 것이니까 나는 성실한 것이다.'

　　당신은 자신의 결심에 대해 차분하게 생각해 보셨습니까? 내가 당신
을 어떠한 깊은 못 속으로 끌어넣었는지 아시겠습니까? 가련하고 귀여
운 사람, 당신은 알지 못합니다. 그렇죠? 당신은 행복을 믿고, 미래를 믿
고, 완전히 마음을 맡기고 정신없이 걸어갔던 것입니다……. 아아, 우리
는 참으로 불행하고 무모한 사랑이었습니다!

　이 대목에서 적당한 변명을 해야겠다고 생각한 그는 펜을 놓았다.
　'재산을 모두 잃어버렸다고 하면 어떨까? 아니야, 그건 안 돼. 그
런 말 정도로 마음을 돌릴 여자가 아닌걸. 그러다가는 다시 처음부
터 시작하게 된다. 그런 여자에게 도리를 알게 한다는 것은 불가능
한 일이다.'
　깊이 생각한 후에 그는 다시 덧붙였다.

　　나는 결코 당신을 잊지 않겠습니다. 이 말만은 꼭 믿어주십시오. 그리

고 나는 항상 당신에게 몸도 마음도 모두 바칠 것을 맹세합니다. 그러나 조만간 이 격렬한 감정도 틀림없이 엷어질 겁니다. 그것이 인간이니까요. 권태가 찾아올지도 모릅니다. 당신이 후회하시는 것을 나는 심한 괴로움 속에서 지켜볼 것이고, 나 자신도 그 고통을 일으킨 당사자로서 역시 회한에 사로잡히는 일이 없으리라고 누가 단언할 수 있겠습니까? 당신을 슬픔에 빠뜨린다는 생각만으로도 나는 견딜 수가 없습니다. 엠마! 부디 나를 잊어주십시오. 어찌하여 내가 당신과 알게 되었을까요? 어째서 당신은 그토록 아름다웠더란 말입니까? 내 죄였을까요? 아니, 아니, 그렇지는 않습니다. 다만 운명만을 탓하여 주십시오!

'이 문구는 언제나 효과가 있거든. 전에도 그랬던 경험이 있는걸.'

아아! 만일 당신이 세상에서 흔히 볼 수 있는 그런 경박한 여자 중 한 사람이었다면, 나는 반드시 내 이기적인 마음으로 그와 같은 여자인 당신에게 별로 위험하지도 않은 계획을 했을지도 모릅니다. 그러나 당신의 매력이기도 한 동시에 고통이기도 한 그 순진한 정열 때문에, 사랑하는 당신이여, 우리 미래의 입장이 얼마나 불안한 것인지 짐작할 수조차 없었습니다. 나 역시 애당초 이것을 잘 생각하지 못했던 것입니다. 그렇게 결과를 예상하지 못하고 죽음의 나무 그늘인 양 그 이상적 행복의 그늘 밑에서 편안하게 쉬고 있었던 겁니다.

'그 여자는 내가 돈이 아까워서 포기한 걸로 생각할지도 몰라. 아무려면 어때? 어쨌든 결말을 지어야 해!'

엠마! 세상은 냉혹한 겁니다. 우리가 어디로 가든지 그 냉혹한 세상은 우리를 쫓아다닐 겁니다. 특히 당신은 무례한 질문이나 중상모략이나 멸시, 그리고 아마도 모욕까지도 받아야 할 겁니다. 당신이 모욕을 받다니! 아아…… 그런 일이 있을 수 있습니까? 나는 당신을 여왕의 옥좌에 앉히려고 생각했는데 말입니다. 당신에 대한 추억을 부적처럼 꼭 껴안고 떠나가려는 것인데 말입니다. 당신을 괴롭힌 벌을 받으려고 나는 먼 곳으로 혼자 사라질 작정입니다. 먼 곳으로 가렵니다. 어디냐구요? 그것은 나 자신도 알 수 없습니다. 나는 지금 올바른 정신이 아닙니다. 안녕히! 언제나 정다운 분이기를 빕니다. 당신을 잃은 불행한 인간을 잊지 마십시오. 당신의 어린아이에게도 내 이름을 가르쳐주십시오. 기도할 때 이 이름을 언제나 부르도록 말입니다.

두 자루의 양초 심지가 떨고 있었다. 로돌프는 창문을 닫으려고 일어났다. 그리고 다시 자리에 앉으면서 생각했다.
'이만하면 모두 끝낸 것 같군. 아, 그 여자가 울고불고하면 곤란하니까 좀 더 덧붙여야겠다.'

당신이 이 슬픈 편지를 읽을 때에는 나는 이미 멀리 떠나 있을 것입니다. 왜냐하면 당신을 만나고 싶은 유혹을 피하기 위하여 될 수 있는 대로 빨리 도망치고 싶었기 때문입니다. 지금 마음을 약하게 가져서는 안 됩니다. 나는 다시 돌아옵니다. 아마 세월이 흐른 뒤 우리는 같이 지난날의 사랑을 지극히 냉정하게 이야기할 수 있게 되겠지요. Adieu![115]

그리고 마지막의 Adieu를 일부러 A Dieu[116]의 두 마디로 나누어 쓰고, 스스로 생각해도 멋진 취향이라고 여겨졌다.
"그럼 이제 뭐라고 서명을 한다?"

---

115) 프랑스어로 '안녕히' 라는 뜻이다 – 옮긴이
116) 프랑스어로 '하느님에게' 라는 뜻이다 – 옮긴이

그는 중얼거렸다.

"당신의 충실한……아니지, 당신의 벗?……그렇지, 그게 좋겠다."

　당신의 벗.

편지를 다시 읽어본 로돌프는 그것으로 됐다고 생각했다.

'불쌍한 여자로군!'

그는 약간 감성적이 되어 생각했다.

'그 여자는 아마 나를 목석처럼 무정한 사내라고 생각하겠지. 편지에 눈물 흔적쯤은 묻어 있는 게 좋겠군. 하지만 눈물이 나지 않는걸. 그것이 내 탓은 아니잖아.'

로돌프는 컵에 물을 따라 손가락을 담갔다가 커다란 방울을 편지 위에 뚝 떨어뜨렸다. 그러자 잉크 위에 엷게 파란 얼룩이 생겼다. 그리고 편지를 봉인하려고 찾다가 마침 '아모르 넬 코르(Amor nel cor)'라고 새겨져 있는 엠마가 보내준 도장이 눈에 띄었다

"지금의 경우에 좀 어울리지 않지만…… 아무려면 어때?"

그러고 나서 파이프를 세 모금 빨고 잠자리에 들었다.

다음 날 로돌프는 일어나자마자(그는 늦게 잤기 때문에 일어난 것은 2시경이었다) 살구를 한 바구니 따오라고 했다. 그는 편지를 바구니 밑바닥에 넣고 포도 잎으로 가린 다음 밭일하는 하인인 지라르에게 그것을 소중하게 보바리 부인에게 가져다 드리라고 일렀다. 로돌프는 계절에 따라 과일이라든가 사냥에서 잡은 짐승을 그녀에게 보내는 방법으로 엠마와 편지를 주고받아 왔었다.

"만약 부인께서 나에 대해 묻거든 여행을 떠났다고 해라."

그는 하인에게 일렀다.

"바구니는 부인 손에 직접 드려야 한다. 자, 그럼 조심해서 다녀오

너라!"

지라르는 새 작업복을 입고 자기 손수건을 살구 바구니 주위에 붙들어맸다. 그리고 투박스러운 쇠창을 박은 나막신을 신고 느릿느릿 큰 걸음으로 유연하게 용빌르로 향했다.

이 남자가 도착했을 때 엠마는 펠리시테와 함께 부엌 탁자 위에서 세탁물을 정리하고 있었다.

"이것은 저의 주인어른께서 부인께 보내드리는 겁니다."

지라르가 말했다. 순간 엠마는 어떤 예감으로 깜짝 놀랐다. 그녀는 주머니에서 잔돈을 찾으면서 당황한 눈초리로 이 농부를 쳐다보았다. 하인은 이런 선물을 가지고 지나치게 놀라는 게 이해되지 않는 듯 멍하니 그녀를 바라보고 있었다. 이윽고 하인이 나갔다. 그러나 펠리시테는 아직도 남아 있었다. 엠마는 더 이상 참을 수가 없어 살구를 가지고 가는 척하면서 방으로 뛰어들어 갔다. 서둘러 바구니를 뒤집어 잎사귀를 뜯어버리고 편지를 찾아내어 겉봉을 뜯었다. 그리고 등 뒤에서 무서운 불길이 다가오는 것처럼 정신없이 거실로 뛰어갔다.

샤를르가 거기에 있었다. 엠마도 남편의 모습을 보았다. 샤를르가 뭐라고 말을 걸었지만 그녀의 귀에는 전혀 들리지 않았다. 그리고 가쁜 숨을 몰아쉬면서 미친 사람처럼, 취한 사람처럼 이 두려운 종이 쪽지를 움켜쥔 채 빠른 걸음으로 계단을 올랐다. 종이 쪽지가 손가락 사이에서 마치 양철판처럼 덜덜 떨리며 소리를 냈다. 3층에 있는 다락방 문 앞에서 그녀는 걸음을 멈추었다. 문은 닫혀 있었다.

엠마는 그제야 마음을 진정시키려고 했다. 이내 그녀는 편지를 생각해냈다. 읽어봐야 했지만 선뜻 용기가 나지 않았다. 게다가 어디서? 어떻게? 사람들에게 들킬 것 같았다.

'아니, 여기라면 안전해.'

마침내 엠마는 다락방 문을 밀고 안으로 들어갔다.

슬레이트 지붕에서 찌는 듯 더운 열기가 그녀의 이마를 짓누르는 것 같아 숨이 막혔다. 그녀는 간신히 닫혀 있는 채광창까지 가서 빗장을 뽑았다. 그러자 눈이 부실 만큼 강한 햇빛이 쏟아져 들어왔다.

맞은편 지붕 너머로 눈에 닿지 않을 만큼 넓은 들판이 저 멀리까지 펼쳐져 있었다. 눈 아래 보이는 마을의 광장은 텅 비어 있었다. 보도의 조약돌들이 반짝반짝 빛나고 집집마다 달려 있는 바람개비는 미동도 하지 않고 멈춰 있었다. 마을 길모퉁이 아래층 방에서 날카로운 이상한 음향이 울리는 소리가 들려왔다. 그것은 비네가 녹로를 돌리는 소리였다.

엠마는 다락방 창가에 몸을 기대고 치밀어오르는 분노의 냉소를 띠면서 편지를 되풀이해 읽었다. 그러나 정신을 집중하면 할수록 머릿속은 혼란해졌다. 로돌프의 모습이 보였고 목소리가 들렸다. 그녀는 두 팔로 힘껏 그를 껴안았다. 그러자 종을 치는 것처럼 가슴을 치는 고동은 불규칙해지면서 점점 속도가 빨라졌다. 그녀는 땅이 무너져버렸으면 좋겠다고 생각하면서 날카로운 눈초리로 주위를 둘러보았다.

'어째서 죽지 못하는 것일까? 무엇이 막고 있다는 말인가? 나는 자유롭다.'

그녀는 창가에 서서 돌을 깔아놓은 보도 위를 내려다보았다. 그리고 자신에게 명령했다.

"자, 뛰어내려!"

밑에서부터 똑바로 솟아오르는 광선이 그녀를 깊은 구렁 속으로 잡아끄는 것 같았다. 광장의 지면이 일렁거리면서 벽을 따라 솟구쳐 올라오는 것 같았고, 서 있는 마루가 앞뒤로 흔들리는 배처럼 기울어지는 느낌이었다. 그녀는 광막한 공간에 둘러싸인 채 거의 공중에

뜬 것처럼 대롱대롱 매달려 있는 듯했다. 하늘의 푸른빛이 그녀의 몸속에 스며들고 바람이 그녀의 텅 빈 머릿속을 마구 헤집고 있었다. 이제 몸을 내맡기고 내던지기만 하면 되는 것이다.

녹로를 돌리는 소리는 그녀를 불러대는 성난 목소리처럼 계속되고 있었다.

"엠마! 엠마!"

그때 샤를르가 부르는 소리에 엠마는 멈칫했다.

"도대체 어디 있는 거요? 이리로 와요."

단 한 걸음이 죽음의 찰나라고 생각하자 엠마는 무서워서 기절할 것만 같았다. 그녀는 두 눈을 감았다. 그때 문득 그녀의 소매를 잡는 사람이 있어서 깜짝 놀라 돌아보았다. 펠리시테였다.

"나리께서 기다리고 계세요, 마님. 수프가 다 되었는데요!"

그렇다면 내려가야 했다. 식탁에 앉아야 하는 것이다!

엠마는 애써 먹으려 했지만 음식이 목에 걸려 넘어가지 않았다. 그래서 꿰매야 할 곳을 살펴보려는 것처럼 냅킨을 펼쳐보았다. 그리고 실제로 그 일을 하려는 것처럼 그 헝겊의 실눈을 세어보려 했다. 그러자 갑자기 편지 생각이 났다.

'그 편지를 어떻게 했지? 잃어버렸나? 어디에 두었지?'

하지만 그녀는 정신적으로 몹시 지쳐버려 식탁에서 떠날 구실을 생각해내지도 못했다. 게다가 엠마는 마음이 약해졌고, 샤를르가 두려웠다. 남편은 모든 것을 다 알고 있는 것이 분명했다! 실제로 그는 이런 말을 했다.

"우리는 당분간 로돌프 씨를 못 만날 것 같군."

"누가 그런 말을 해요?"

엠마는 부르르 몸을 떨면서 간신히 말했다.

"누가 그러더냐고?"

샤를르는 아내의 갑작스러운 어조에 조금 놀라면서 대답했다.

"지라르가 그러더군. 조금 전에 '카페 프랑세' 앞에서 만났는데 그러던걸. 주인어른께서 여행을 떠났다던가, 이제부터 떠나기로 되었다던가 하던데."

엠마는 울음을 참을 수가 없었다.

"뭐 그렇게 놀랄 것 없어요. 그 사람은 가끔 그렇게 기분전환을 하러 가는걸. 사실 그럴 만도 하지. 재산도 있고 독신이니까 말이야. 게다가 그 사람 아주 호탕하다더군. 꽤 즐기면서 사는 모양이야. 랑글루와 씨의 이야기로는……."

그때 하녀가 들어왔기 때문에 그는 조심스럽게 입을 다물었다.

하녀는 선반 위에 흩어진 살구를 바구니 속에 담았다. 샤를르는 아내의 얼굴이 붉어진 것도 깨닫지 못하고 살구를 가져오라고 하여 그중 하나를 집어 덥석 깨물었다.

"오, 맛이 참 좋은데! 자, 당신도 하나 먹어보구려."

샤를르가 바구니를 내밀었지만 엠마는 그것을 가만히 밀쳐냈다.

"그러면 냄새라도 맡아보구려! 냄새가 아주 좋은걸."

샤를르는 살구를 몇 번이고 엠마의 코밑에 대주었다.

"아아, 숨이 막히는 것 같아요!"

엠마는 벌떡 일어섰지만 가까스로 자제했다.

"아무것도 아니에요. 신경이 날카로워서 그래요. 이제 괜찮으니 앉으세요. 그리고 어서 드세요!"

엠마는 샤를르가 이것저것 질문을 하면서 위로를 하거나 옆에 붙어 떠나지 않을까 두려웠다.

샤를르는 엠마가 이르는 대로 다시 앉았다. 그리고 살구씨를 손바닥에 뱉었다가 다시 접시 위에 올려놓았다.

마침 그때 파란 이륜마차 한 대가 빠른 속도로 광장을 달려 지나갔다. 엠마는 외마디 소리를 지르며 뻣뻣하게 굳어진 채 마룻바닥에 쓰러졌다.

여러 모로 생각한 끝에 로돌프는 루앙으로 떠나기로 결심했던 것이다. 그런데 위세트에서 뷔시까지 가는 데는 용빌르 거리를 지나가는 길밖에는 없었기에 그는 아무래도 이 마을을 가로질러 가지 않으면 안 되었다. 엠마는 저녁 어둠을 가르는 램프의 불빛으로 번개처럼 사나이의 모습을 확인했던 것이다.

집 안이 떠들썩했기 때문에 약제사가 달려왔다. 식탁이 위에 놓여 있던 접시와 함께 뒤집혀 있었다. 소스와 고기, 나이프, 소금 그릇, 기름병들이 온 방 안에 흩어져 있었다. 샤를르는 사람을 부르고 있었고, 겁에 질린 베르트는 소리 내어 울고 있었으며, 펠리시테는 벌벌 떨리는 손으로 전신에 경련을 일으키고 있는 부인의 옷을 풀고 있었다.

"제가 약국에 가서 방향 초산을 가져오겠습니다!"

약제사가 말했다.

잠시 후 가지고 온 초산의 향을 들이마신 엠마가 눈을 뜨자 다시 약제사가 말했다.

"역시 잘 듣는군. 이 약이면 죽은 사람이라도 깨어날 겁니다."

"엠마, 어디 말 좀 해봐요! 말을 해봐요! 나라고, 샤를르란 말이오. 알겠소? 이 애는 당신 딸이오. 자아, 엄마에게 키스해라!"

어린아이는 엄마 목에 매달리려고 양팔을 내밀었지만 엠마는 얼굴을 돌리고 더듬더듬 말했다.

"싫어, 싫어…… 모두 다 싫어!"

또다시 엠마는 정신을 잃고 말았다. 이내 침대로 옮겨진 그녀는 입을 벌리고 눈을 감은 채 두 팔을 내던지듯 펴고서 꼼짝도 하지 않고 납인형처럼 창백한 모습으로 누워 있었다. 그녀의 눈에서 흐르는 두 줄기 눈물이 천천히 베개 위로 떨어졌다.

샤를르는 침대 가까이에 우두커니 서 있었다. 약제사는 그 곁에서 인생의 엄숙한 순간에는 당연히 그래야 한다는 듯 명상에 젖은 침묵을 지키고 있었다.

"안심하십시오. 이제 발작은 지난 것 같습니다."

팔꿈치로 샤를르를 치면서 약제사가 말했다

"네, 좀 진정이 된 것 같군요!"

샤를르는 아내의 자는 얼굴을 보면서 대답했다.

'불쌍하게도…… 또다시 병이 시작된 모양이군.'

샤를르가 이런 생각을 하고 있을 때 약제사는 도대체 어떻게 이 지경이 됐느냐고 물었다. 아내가 살구를 먹다가 갑자기 발작을 일으켰다고 샤를르는 대답했다.

"희한한 일이군요……."

약제사는 말을 이었다.

"하지만 살구 때문에 졸도를 하는 경우도 있을 수 있겠지요! 어떤 종류의 냄새에 대해 극도로 민감한 체질의 사람이 있거든요! 이건 병리학상으로나 생리학상으로도 매우 좋은 연구 과제가 될 것입니다. 신부들은 이러한 문제의 중요성을 잘 알고 있어서 옛날부터 종교의식에는 향료를 써왔던 겁니다. 이것은 이성을 마비시켜 황홀한 기분을 자아내려는 방법이지요. 특히 남성보다는 여성이 민감하기 때문에 효과를 거두기가 쉽죠. 그중에는 동물의 뿔을 태우는 냄새라든가 새로운 빵 냄새에 기절했다는 예도 있더군요……."

"아내가 깨지 않도록 조심해 주십시오!"

샤를르가 낮은 목소리로 주의를 주었다.

"인간만이 이런 이상 현상을 보이는 것은 아니랍니다. 동물도 그런 경우가 있지요. 예를 들어 네페타 카타리아, 흔히 고양이풀이라고 하는 이 풀의 기이한 최음 효과에 대해서는 물론 잘 알고 계시겠지요. 그리고 이것은 제가 확실히 보증할 수 있는 일인데, 브리두라는 남자가(그는 지금 말팔뤼 거리에 점포를 열고 있는 나의 옛 친구의 한 사람인데) 개를 한 마리 기르고 있었죠. 그런데 이 개가 담배 쌈지만 들이대면 곧 경련을 일으키는 겁니다. 브리두는 브와기욤에 있는 자기 별장에 친구들을 모아놓고 여러 번 실험을 해보였답니다. 단순한 재채기를 일으키는 자극물이 동물의 신체조직에 이렇게까지 심한 영향을 끼친다는 사실은 믿을 수 없는 일이지요. 이상하지 않습니까?"

"과연 그렇군요."

이야기를 듣는 둥 마는 둥 하고 있던 샤를르가 대꾸했다.

"이것은 결국 신경 계통의 장애라는 것이 무수히 존재한다는 증거지요. 솔직히 말해서 보바리 부인은 몹시 감수성이 예민하다고 전부터 생각했습니다. 그렇기 때문에 병을 치료한답시고 체질 그 자체에 충격을 줄 것 같은 약은 어떤 것이든 절대로 권하고 싶지 않습니다. 안 되지요, 무익한 투약은 금물입니다! 식이요법이 최고죠! 진정제, 완화제, 감미료 같은 것들이 좋습니다. 그리고 어쩌면 상상력에 약간 자극을 줄 필요가 있지 않을까요?"

약제사는 순진하게 웃으면서 말했다.

"그건 어떤 거지요? 어떻게 하는 겁니까?"

샤를르가 물었다.

"바로 그것이 문제입니다! 사실상 거기에 문제가 있는 겁니다. 일전에 신문에도 났었지만 바로 '그것이 문제로다(That is the qestion)!' 입니다."

그때 갑자기 엠마가 눈을 뜨면서 소리쳤다.

"그 편지는? 그 편지는?"

사람들은 그녀가 헛소리를 한다고 생각했다. 실제로 그녀는 한밤중부터 헛소리를 하기 시작했다. 뇌염이었다.

43일 동안 샤를르는 아내의 곁을 떠나지 않았다. 그는 자기의 환자들까지도 내버려두었다. 잠자리에 눕지도 않고 쉴 새 없이 맥을 짚으며 그녀에게 겨자 고약을 붙여주고 얼음찜질을 해주며 곁에 붙어 있었다. 그는 얼음을 구하러 쥐스탱을 뇌샤텔까지 보내기도 했으나 얼음은 도중에 녹아버렸다. 그러면 다시 쥐스탱을 보내곤 했다. 카니베 박사에게 진찰을 부탁하기도 했고, 루앙에 있는 옛 스승이었던 라리비에르 박사에게도 도움을 요청했다. 샤를르는 절망적인 마음이었다. 무엇보다도 그가 근심한 것은 엠마가 형편없이 쇠약하다는 점이었다. 엠마는 말도 하지 않고, 무슨 말을 해도 알아듣지 못했으며, 또 고통을 느끼는 것 같지도 않아 보였다. 마치 육체와 정신의 모든 작용이 빠져나가 쉬고 있는 것 같았다.

10월 중순경 엠마는 등에 베개를 대고 침대에 앉을 수 있게 되었다. 아내가 처음으로 잼을 바른 빵조각을 먹는 것을 보았을 때 샤를르는 눈물을 흘렸다. 엠마의 힘이 소생하기 시작한 것이었다.

오후에는 몇 시간 동안 일어나 앉아 있게 되었다. 어느 날 그녀가 기분이 좋다고 해서 샤를르는 엠마를 부축하여 뜰을 한 바퀴 돌았다. 길에 깔린 조약돌은 낙엽에 덮여 있었다. 엠마는 한 걸음 한 걸음 슬리퍼를 끌면서 거닐었다. 그리고 샤를르에게 어깨를 의지하고 시종 미소를 짓고 있었다.

두 사람은 뜰 안쪽에 있는 동산까지 걸어갔다. 그녀는 조용히 몸을 세우고 한 손을 이마에 대고 아득히 먼 곳을 바라보았다. 그러나 지평선 위에는 언덕 여기저기 풀을 태우는 불꽃만이 자욱하게 보일 뿐이었다.

"피곤하지 않소?"

샤를르가 말했다. 그리고 조용히 엠마를 밀어 푸른 잎으로 덮인 시렁 밑으로 들어가게 하려고 했다.

"자, 이 의자에 앉아요. 그럼 편할 테니."

"오오! 싫어요, 거기는 싫어요!"

엠마는 꺼질 듯한 목소리로 외쳤다.

그녀는 현기증을 느꼈다. 그리고 그날 밤부터 그녀의 병세는 다시 나빠졌다. 그 전보다도 더 불안정하고, 징후가 한층 까다로워져 증세를 알 수가 없었다. 어떤 때는 심장에 통증을 느꼈고 다음에는 가슴, 머리, 팔다리가 아프다고 했다. 그녀가 느닷없이 토하기까지 했기 때문에 샤를르는 암 초기 증상이 아닌가 하는 생각까지 했다.

더욱이 이 불쌍한 사내에게는 돈에 대한 걱정까지 있었다.

14

샤를르는 오메 씨 가게에서 가져온 약값 전부를 어떻게 처리해야 좋을지 몰랐다. 물론 의사라는 입장에서 모르는 척할 수도 있었지만 그래도 이런 신세를 진다는 것은 매우 부끄러운 일이었다. 다음으로 하녀에게 살림을 맡기자 생활비가 엄청 많이 들었다. 여러 가지 청구서가 빗발치듯 날아들어 왔고, 드나드는 장사꾼들은 투덜거리며 불평을 했다. 그중에서도 뢰르가 누구보다도 그를 괴롭혔다. 사실 이 남자는 엠마의 병세가 가장 나쁠 때 이 기회를 이용해 계산서를 늘리려는 생각으로 망토며 여행 가방, 그것도 한 개가 아니라 두 개씩을, 그 밖에 갖가지 물건들을 가져왔다. 샤를르가 그런 것들은 필요 없다고 아무리 말해도 막무가내였다.

"이 물건은 모두 댁에서 주문하신 물건이라 도로 가져갈 수가 없습니다. 그런 짓을 하면 부인께서 병환이 다 나으신 뒤에 역정을 내실 겁니다. 선생께서도 그 점을 잘 생각해 주서야 할 겁니다."

요컨대 그는 자기의 권리를 포기하고 물건들을 도로 가져가야 할 지경이라면 소송도 불사한다는 결심을 하고 달라붙은 것이다. 나중에야 어찌됐든 샤를르는 그 물건을 다시 뢰르의 가게로 돌려보내라고 일렀다. 그러나 펠리시테는 전할 것을 그만 잊어버리고 말았다. 샤를르도 그 밖의 다른 여러 가지 걱정거리가 많았기 때문에 그 일에 대해서 까맣게 잊어버리고 있었다. 그러자 뢰르는 다시 지불을 재촉하러 왔다. 위협하는 말로 협박하기도 하고 우는 소리를 늘어놓기도 해서 결국 샤를르는 6개월 만기의 어음에 서명할 수밖에 없었다. 그런데 막상 어음에 서명하자, 문득 대담한 생각이 머리에 떠올랐다. 그것은 뢰르에게서 1천 프랑을 빌리는 것이었다. 그래서 샤를르는 매우 말하기 어려운 듯이 이 금액을 장만해 줄 수 없겠느냐고 물었다. 1년 기한으로 이자는 얼마라도 상관없다고 덧붙여 말했다. 뢰르는 곧 자기 가게로 뛰어가 돈을 가지고 와서는 또 한 장의 어음을 쓰게 했다.

그 어음에 의하면, 보바리는 다음 해 9월 1일에 1천 70프랑의 금액을 뢰르 또는 그의 지명인에게 틀림없이 지불해야 한다고 되어 있었다. 이 금액은 이미 약속이 끝난 1백 80프랑을 합쳐서 꼭 1천 2백 50프랑이 되는 것이었다. 이리하여 이것을 6푼의 이자로 빌리고 4분의 1의 수수료를 합하면, 납품한 물건에서 적어도 3분의 1은 회수할 수 있다 하더라도 12개월 후에는 1백 30프랑의 이익이 생긴다는 계산이 되었다. 더욱이 뢰르는 아직 이것으로 완전히 끝나게 되지는 않을 것이라고 생각했다. 그것은 샤를르가 1년 뒤에 그 어음을 지불할 수는 없을 것이라고 생각했기 때문이다. 그렇게 되면 틀림없이 다시 고쳐 쓰러 올 것이다. 이렇게 되면 그가 내놓은 얼마 되지 않은 돈이 마치 요양원에 들어가 잘 자라듯이 이 의사에게서 자라 장래에는 알아볼 수 없을 만큼 살이 토실토실 찌고 주머니가 터질 만큼 커져서 자기에게로 돌아올 것이라고 속으로 계산하고 있었다.

게다가 뢰르에게는 무슨 일이든 다 좋은 일뿐이었다. 뇌샤텔의 병원에 사과주를 납품할 입찰에 낙찰이 되었고, 기요맹 씨는 그뤼메닐 탄광의 주권을 몇 주 나누어주겠다고 그에게 약속했다. 또 그는 아르게유와 루앙 사이를 오가는 새로운 승합마차 사업을 시작하려는 야심을 가지고 있었다. 그렇게 되면 '황금사자' 같은 것은 곧 차버릴 수 있다. 승합마차는 더 저렴하고 더 빠른데다 많은 짐을 실어나르게 되어 용빌르의 상권은 모두 자신의 손안에 들어올 것이다.

샤를르는 무슨 수로 내년에 그 많은 돈을 갚아야 할지 이따금 깊은 생각에 잠기곤 했다. 아버지에게 도와달라고 부탁을 할까 아니면 무엇이든 물건을 팔까 하고 이리저리 해결 방법을 궁리했다. 그러나 아버지는 승낙하지 않을 것이고, 자신에게는 팔 물건이 아무것도 없었다. 상황이 이렇다 보니 정말 어찌해야 할지 알 수 없었다. 그는 괴롭고 불쾌한 생각들을 머릿속에서 재빨리 쫓아버리려고 애썼다. 그러면서도 그런 마음의 고민 때문에 가장 소중한 엠마에 대한 것을 잊어버려서는 안 된다고 생각했다. 마치 자신의 모든 생각은 아내에게 바쳐야 하는 것이고 한순간일지라도 아내에 대한 것을 잊는 것은 아내의 소유물을 훔치는 것과 같은 일인 것처럼 생각했다.

그해 겨울 추위는 혹독했다. 엠마의 회복은 오랜 시일이 걸렸다. 날씨가 좋을 때에는 팔걸이의자에 기대앉아 광장이 바라다보이는 창문 가까이 데려다 달라고 했다. 그것은 이제 엠마가 뜰을 무척 싫어해서 그쪽의 덧문을 닫아놓았기 때문이다. 엠마는 또 말을 팔아버렸으면 좋겠다고 했다. 예전에 좋아했던 것들이 지금은 모두 싫어졌다. 그녀의 모든 관심은 오직 자신을 돌보는 일에만 쏠려 있는 것 같았다.

엠마는 자리에 누운 채 가벼운 식사를 하고 초인종을 눌러 하녀를 불러 달이고 있는 약이 다 되었는지를 확인하기도 하고 또 하녀와 잡담을 하기도 했다. 그러는 동안 시장의 지붕에 쌓인 눈이 하얀 반사광을 방 안으로 던지더니 이번에는 비가 내렸다. 그리고 자신에게는 아무 관계도 없는 일뿐인데, 엠마는 왠지 불안한 마음으로 변함없이 되풀이되는 사소한 나날들을 보내고 있었다.

사소한 일 중에서도 가장 신경 쓰이는 일은 매일 저녁때마다 '제비'가 도착하는 일이었다. 여관집 여주인이 커다란 소리를 지르면 다른 목소리가 그에 답했다. 그리고 포장 위의 짐을 찾는 이폴리트가 들고 있는 초롱불이 어둠 속에 별처럼 보였다. 정오 때쯤 샤를르가 돌아왔다가 다시 나갔다. 그러고 나면 엠마는 수프를 마셨고, 5시경 해질 무렵이면 학교에서 돌아오는 아이들이 보도 위로 나막신을 끌면서, 연방 덧문의 걸고리를 자막대기로 두드리면서 지나갔다.

부르니지앙 신부가 그녀를 방문하는 것도 바로 이 시간이다. 신부는 엠마의 건강 상태를 묻기도 하고, 여러 가지 세상 이야기를 들려주기도 했다. 또한 비위를 맞추어주는 듯한 어조로 재밌고 우습게 수다를 떨면서 그녀에게 교묘히 신앙을 권했다. 신부복을 보기만 해도 그녀는 힘이 나는 기분이었다.

병이 몹시 악화되어 이제는 도저히 가망이 없다고 생각하던 어느 날, 엠마는 성체를 받고 싶다고 했다. 그래서 그녀의 방 안에 성사를 준비하게 되었다. 과일즙을 넣어둔 벽장을 제단으로 하여 펠리시테가 다알리아를 마루 위에 뿌리는 것을 보고 있던 엠마는, 강력한 그 무엇이 몸을 스쳐 지나가면서 모든 지각과 감정으로부터 해방되는 듯한 기분이었다. 가뿐해진 육체에서는 이미 모든 번뇌가 사라지고 새로운 생명이 시작되었다. 신을 향하여 올라간 그녀의 존재는 마치 연기가 되어 사라지는 향이 허공에 빨려 들어가듯 그 사랑 속에 소멸되는 것만 같았다.

침대 시트 위에 성수가 뿌려지자 신부는 그릇 속에서 하얀 성체 빵을 끄집어냈다. 구세주의 성체를 받기 위해 입술을 내밀었을 때 엠마는 천상의 환희로 인해 기절할 것만 같았다. 침실의 커튼은 구름처럼 부드럽게 엠마의 주위에 부풀어오르고, 조그만 옷장 위에서 불꽃을 내고 있는 두 자루의 촛불은 눈부신 후광처럼 보였다. 그 순간 천사의 하프 음률이 하늘에서 들리고, 푸른 하늘 속에 있는 금빛 왕좌 위에는 초록색 월계수를 손에 든 성자들에게 둘러싸인 장엄한 천주님이 사랑의 날개가 있는 천사들에게 지상으로 내려가 그녀를 품에 안고 데려오라고 손짓하는 모습이 보이는 듯하여 엠마는 베개 위로 고개를 떨구었다.

이처럼 찬란한 환영은 가장 아름다운 것으로 엠마 기억에 남았다. 그리고 그때만큼 격렬하지 않지만 지금도 계속되고 있는 이 환영의 기분 좋은 감각을 한 번 더 맛보려고 그녀는 애썼다. 자존심에 상처를 받은 엠마의 영혼은 마침내 그리스도교적인 겸허함 속에서 휴식을 찾게 되었다. 그리고 연약한 인간으로서의 쾌감을 음미하며 자신의 내면에서 아집이 허물어져 가는 모습을 바라보고 있었다. 그곳에 생긴 커다란 틈 사이로 천주님의 은총이 흘러 들어올 것이다. 현세적인 행복 대신 보다 더 큰 기쁨이 있었던 것이다. 모든 사랑을 초월한 또 하나의 다른 사랑이 있고, 그것은 끊기는 일도 없이 영원토록 이어져 가는 것이다. 엠마는 자기의 희망이 그려내는 온갖 환상들 속에서 대지의 아득한 위를 감돌다가 하늘 속에 녹아 들어가는 깨끗한 경지를 언뜻 보고 그곳에 들어가고 싶다고 소망했다. 그녀는 성녀가 되고 싶었다. 그녀는 묵주를 사기도 하고 부적을 몸에 지니기도 했다. 머리맡에 에메랄드를 박은 성자의 유물상자를 놓아두고 밤마다 그것에 입맞추기를 원했다.

신부는 이렇게 마음을 쓰는 것에 눈을 휘둥그레 뜨고 놀라면서도, 엠마의 열렬한 신앙이 지나친 나머지 사교에 가까워지거나 극단적인 것이 되어버리지는 않을까 근심했다. 그러나 이런 방면에는 그다지 아는 바가 없기 때문에 그 태도가 어느 정도를 넘어서자 부랴부라 주교님의 단골 책방 주인인 블라르 씨에게 '매우 교양 있는 부인의 신앙 지도에 적합한 좋은 책'을 보내달라고 편지를 썼다. 책방 주인은 마치 검둥이에게 냄비솥을 보내는 것처럼 무성의한 태도로 당시 흔히 볼 수 있는 종교 서적 몇 가지를 뒤섞어서 보내왔다. 그것들은 문답체로 된 입문서와 드 메스트르[117] 식의 준엄한 문장으로 쓴 팸플릿과 발그레한 두꺼운 표지에 달콤한 문장으로 음유시인 흉내를 낸 신학생이나 참회한 여류작가가 쓴 소설류들이었다. 그 가운데는 〈이것을 명심하라〉라든가 여러 종류의 훈장을 받은 드 ○○○ 씨가 쓴 〈마리아의 발밑에 무릎 꿇는 귀족〉이라든가 청소년들에게나 어울릴 〈볼테르의 편견을 들추어내다〉와 같은 것들이었다.

보바리 부인은 아직 무슨 일에든 몰두할 만큼 정신이 또렷하지 못했다. 게다가 그녀는 이런 책들을 너무 성급하게 읽으려 들었기 때문에 예배에 관한 규칙이 너무 많아 괴로웠다. 거만한 논쟁조의 문장은 그녀가 알지도 못하는 인물을 공격하려고 지나치게 기를 쓰는 것이 불쾌했다. 또 종교 냄새를 가미한 세속 이야기들은 세상일을 너무나 모르고 쓴 것 같아 진리의 증명을 기대하고 있던 그녀를 부지불식간에 진리에서 멀어지게 만들었다. 그래도 그녀는 포기하지 않고 계속 읽었다. 어쩌다가 책이 손에서 떨어지기라도 하면 가장 순수한 영혼이 가장 섬세한 가톨릭적인 우수에 사로잡힌 것이라고 믿는 것이었다.

로돌프에 대한 기억은 그녀의 마음속 깊은 바닥에 묻어놓았다. 그는 지하에 안치된 왕의 미라보다도 더 엄숙하고 더 조용한 모습으로 그곳에 누워 있었다. 향유를 발라놓은 그 위대한 사랑에서는 어떤 향기 같은 것이 풍겨나와 모든 것을 꿰뚫고, 그녀가 살고 싶어하는 정

---

117) 1753~1821, 프랑스 혁명에 정면으로 반대하며 군주제와 교황의 권위를 옹호한 프랑스 평론가이다 - 옮긴이

결한 분위기 속까지 정다움의 향기를 더해 주고 있었다. 고딕풍의 기도대 앞에 무릎을 꿇고 그녀가 하느님에게 바치는 말은, 예전 불륜의 사랑에 가슴을 두근거리면서 속삭이던 것과 같은 달콤한 말이었다. 그것은 신앙을 가까이 부르기 위한 기도였다. 그러나 하늘에서는 아무런 기쁨도 내려오지 않았고, 이내 팔다리가 노곤해진 그녀는 무언가 엄청난 속임수에 걸린 듯한 막연한 기분으로 자리에서 일어났다. 이렇게 열심히 신앙을 찾는 것도 역시 선행의 하나라고 생각했다. 그리고 자신의 신앙심을 자랑스럽게 생각하면서 그녀는 예전에 라 발리에르 공작부인의 초상화를 보고 자신도 그 영화(榮華)를 꿈꾸었던 지난날의 귀부인들과 스스로를 비교해 보았다. 길고 화려한 치맛자락을 당당하게 끌면서 고독 속으로 물러나 앉아 그리스도의 발밑에 속세에서 받은 상심의 눈물을 생각나는 대로 쏟아내던 귀부인들이었다.

엠마는 극단적으로 자선을 베푸는 데 전념했다. 가난한 사람들의 옷을 꿰매주고 해산한 여자들에게 장작을 보내주었다. 어느 날 샤를르가 집으로 돌아오자, 행색이 남루한 남자 세 명이 부엌에 앉아 수프를 마시고 있었다. 엠마는 앓는 동안 남편이 유모에게 맡겨두었던 어린 딸도 다시 집으로 데려왔다. 그녀는 딸에게 글 읽는 것을 가르쳐주려고 했다. 베르트가 아무리 울어도 그녀는 화를 내지 않았다. 그것은 인종(忍從)하겠다는 결심과 누구에게나 너그럽게 관용을 베풀겠다는 태도였다. 그녀의 말씨는 어떠한 말이든 정신적인 표현으로 가득했다. 자기의 아이에 대해서는 이렇게 말하기도 했다.

"귀여운 천사 아가씨, 이제는 배가 아프지 않아요?"

보바리 노부인도 이제는 며느리에게 잔소리할 것이 없었다. 굳이 말하라고 한다면, 며느리가 제 집 행주 떨어진 것은 깁지 않고 다른 고아들을 위해 셔츠를 짜주곤 하는 일이었다. 그러나 부부 싸움에 지쳐버린 노부인은 이 평온한 가정에서 사는 것이 그리 나쁘지 않았다. 그래서 샤를르의 아버지가 싫은 소리를 하는 것을 피하기 위해 부활 제가 끝날 때까지 머물러 있었다. 노부인의 남편은 금요일에는 어김 없이 돼지 순대를 먹고 싶다고 하는 인물이었다.

야무진 판단과 엄숙하고 진지한 태도로 다소 마음 든든하게 해주 는 시어머니를 상대하는 일 이외에도 엠마는 매일 여러 사람들과 어 울렸다. 랑글루와 부인, 카롱 부인, 뒤브뢰유 부인, 튀바슈 부인, 그 리고 언제나 정해 놓고 2시부터 5시까지는 사람 좋은 오메 부인이 찾 아왔다. 오메 부인만은 엠마에 대해서 세상 사람들이 쑤군대는 평판 을 절대로 믿으려 하지 않았다. 오메 씨네 아이들도 엠마를 보러 왔 다. 아이들의 시중을 위해 함께 온 쥐스텡은 아이들과 함께 침실로 올라와서는 입구에 잠자코 서 있었다. 보바리 부인은 종종 그의 존재 를 잊어버린 채 화장을 하는 때도 있었다. 그녀는 먼저 머리빗을 빼 고 머리를 한 번 흔들었다. 동그랗게 말려 있던 검은 머리타래들이 풀어지면서 머리칼 전체가 무릎까지 늘어지는 것을 처음 보았을 때 이 가련한 소년은 불가사의한 세계에 홀연히 발을 들여놓은 것 같은 기분이 들어 그 아름다움에 몸을 부르르 떨 정도였다.

엠마는 소년의 말없는 호의도, 겁먹은 듯한 수줍음도 마음을 쓰지 않았다. 그녀는 자기의 생활에서 사라져버린 사랑이 바로 그곳에, 자기 옆에, 그 투박한 광목 셔츠 밑에 그녀의 아름다움의 발산을 느 끼려고 열려진 젊은이의 가슴속에서 숨을 쉬고 있으리라고는 꿈에 도 생각하지 못했다. 게다가 지금 그녀는 모든 일에 대해 극히 무관 심했다. 말씨는 다정했으나 눈길은 너무 오만하고 태도는 변덕스러 웠기 때문에 제멋대로인지 자비심이 깊은 것인지, 몸가짐이 옳지 않 은 것인지 정숙한 것인지 사람들은 도무지 구별할 수가 없었다. 예 를 들어 어느 날 밤 외출을 하고 싶다면서 분명치 못한 말로 변명을 하려는 하녀에게 화를 냈다. 그런가 하면 느닷없이 이렇게 말하곤 했다.

"그럼 너는 그 남자가 좋다는 말이로구나!"

얼굴이 빨개진 펠리시테가 대답하는 것도 기다리지 않고 그녀는 슬픈 듯한 모습으로 이렇게 덧붙였다.

"갔다 오렴! 어서 가서 즐기고 오너라!"

이른 봄이 되자 샤를르가 여러 가지로 주의하라는 것도 아랑곳하지 않고 엠마는 뜰의 모습을 완전히 바꾸어버렸다. 그래도 샤를르는 마침내 아내가 어떤 의욕을 나타냈다는 것만으로도 기뻐했다. 엠마는 회복하는 데 따라 점점 더 의욕을 보였다. 우선 그녀는 유모인 롤레 아주머니를 쫓아냈다. 이 여자는 엠마가 요양 중에 있을 때 두 젖먹이와 맡아 기르고 있는 사내아이를 데리고 귀찮을 만큼 자주 부엌에 오는 습관이 있었다. 맡아 기른다는 아이는 식인종 이상으로 많이 먹는 아이였던 것이다. 다음으로 엠마는 오메네 가족을 멀리했고 이어 찾아오는 사람들도 차례로 거절하는 한편 심지어 성당에도 전처럼 열심히 다니지 않게 되었다. 이러한 일은 약제사도 대찬성하여 엠마에게 다정히 마음을 털어놓는 것처럼 이렇게 말했다.

"그동안 부인께서도 성직자 같은 태도가 다소 엿보이셨습니다!"

부르니지앙 신부는 전과 다름없이 아이들의 교리 문답을 끝내면 매일 찾아왔다. 신부는 집 안으로 들어오지 않고 '나무그늘' 에서 쉬는 것을 좋아한다고 했다. 뜰의 나무를 올린 덩굴시렁 밑을 신부는 그렇게 불렀다. 그때는 마침 샤를르가 돌아오는 시간이었다. 두 사람 모두 덥다고 했기 때문에 달콤한 사과주를 내놓았다. 그들은 부인이 완쾌한 것을 축하하며 잔을 들어 건배했다.

비네도 그곳에 있었는데, 조금 아래쪽 뜰 안의 동산 담에 기대서서 가재를 낚고 있었다. 샤를르가 한 잔 같이 하자고 권했다. 비네는 병마개를 따는 데 명수였다.

"우선 생각해야 할 것은……."

비네는 자기 주위에서부터 훨씬 먼 곳까지 의기양양한 눈길로 둘러본 다음 말을 이었다.

"병을 이렇게 탁자 위에 똑바로 세워놓고, 끈을 끊은 다음 막상 코르크를 밀어낼 때에는 천천히 덤비지 않고 조용히 밀어냅니다. 요릿집에서 탄산수의 마개를 뽑는 것처럼 가만히 말입니다."

그러나 비네가 한참 시범을 보이는 도중에도 사과주가 뿜어져 나와 모든 사람들의 얼굴에 튈 때가 있었다. 그러면 신부는 웃으면서 이런 농담을 했다.

"아주 기막힌 연기이네!"

사실 신부는 세상일에 익숙했고 성품이 부드러우며 좋았다. 어느 날인가 약제사가 샤를르에게 부인의 기분전환도 될 테니 루앙의 극장에 온 유명한 테너의 공연에 모시고 가보라고 권했을 때에도 신부는 언짢은 표정 하나 짓지 않았다. 신부가 잠자코 있는 것이 뜻밖이었던 오메 씨는 신부의 의견을 듣고 싶어했다. 그러자 신부는 음악은 문학만큼 풍속에 해가 되지는 않는다고 분명하게 자신의 생각을 말했다.

그러나 약제사는 문학을 옹호했다. 이를테면 연극이라는 것은 여러 가지 편견을 타파하는 데 소용되는 것으로 재미를 느끼게 하면서 도덕을 가르친다고 주장했다.

"카스티가트 리덴도 모레스[118]라고 하지요, 부르니지앙 신부님! 가령 볼테르의 비극 대부분을 보십시오. 거기에는 철학적 고찰이 재치 있게 들어 있어 그것이 민중에게 도덕과 처세술의 교과서 구실을 하는 것입니다."

---

118) Castigat ridendo mores, 미소 지으며 풍속을 고친다는 라틴어이다 ― 옮긴이

"나는 옛날에 〈파리의 장난꾸러기〉라는 연극을 보았는데 그중에서도 늙은 장군의 역이 참으로 좋았어요. 이 노장군이 시내에서 일을 하고 있는 처녀를 유혹한 양가집 자제를 혼내는 거였어요. 그 자제는 그 후……."

비네가 말참견을 했다.

"확실히 세상에는 좋지 못한 약제사가 있는 것처럼 나쁜 문학도 있습니다. 그렇다 해서 최고의 예술이라고 할 수 있는 연극을 여러 가지 것들과 함께 몰아 욕을 한다는 것은 어리석은 일이라고 생각해요. 갈릴레이를 옥에 집어넣었던 그러한 시대에나 어울릴 중세기적 사상이죠."

오메가 말을 이었다.

"좋은 작품이 있고 훌륭한 작가가 있다는 것은 저도 잘 알아요. 그러나 혼을 빼놓을 정도의 화려한 장식으로 꾸민 실내에 모인 남녀들, 이교도와 같은 분장이며 야하게 치장한 화장, 눈이 부실 것 같은 등불, 여자와 같은 가냘픈 목소리, 이런 모든 것들이 결국은 정신적 방종을 낳게 되고 비뚤어진 생각이나 좋지 못한 유혹을 준다고 성당의 지도자들은 생각하니까요. 아무튼……."

신부는 코담배를 한 줌 집어 엄지손가락으로 둥그렇게 뭉치면서 갑자기 신비스러운 어조로 덧붙였다.

"가톨릭 성당이 연극을 나쁘다고 해서 금한 것은 그만한 이유가 있는 겁니다. 우리도 그 규칙에 따라야 되는 겁니다."

"어째서 성당에서는 배우를 파문하는 겁니까?"

약제사가 물었다.

"옛날에는 그들도 종교 의식에 공공연히 참가했었습니다. 그렇고 말고요. 합창대 한복판에서 성사극(聖史劇)이라고 불리는 희극 같은 것을 공연했지요. 그 희극 속에는 예의범절에 어긋나는 짓도 꽤 있었지요."

신부는 그저 한마디 낮게 신음했을 뿐이었다. 약제사는 말을 계속했다.

"성서의 경우도 마찬가지입니다. 성서에는…… 신부님도 모른다고 할 수는 없겠지요. 아슬아슬한 대목이…… 군데군데 있지 않습니까. 그야말로…… 엉큼한 내용들이…… 그런 데가 말입니다."

순간 부르니지앙 신부가 화난 듯한 몸짓을 하자 약제사는 이렇게 말했다.

"어떻습니까? 성서는 젊은 처녀에게 읽힐 만한 책은 될 수 없겠지요? 저 역시 난처합니다. 만약 우리 집 아탈리가……."

"아니, 성서를 자꾸 읽으라고 권하는 것은 신교도들이지 우리가 아니에요."

신부는 참다 못해 소리를 질렀다.

"하여튼 오늘날과 같은 문명 개화의 시대에 해가 되지 않고 도덕적이고 때로는 위생적이기조차 한 정신적 오락을 금지하려고 고집을 부리다니 정말 놀라운 일입니다. 안 그래요, 보바리 선생?"

오메가 말했다.

"그렇겠지요."

샤를르는 애매하게 대답했다. 누구의 기분도 상하게 하고 싶지 않았거나 아니면 아무 의견이 없는 듯했다.

이야기가 이 정도에서 일단락되었다고 생각했을 때 약제사가 기회는 이때다 싶었는지 불쑥 내뱉었다.

"내가 아는 바로는, 성직자들 가운데도 평복을 입고 여자들이 춤추는 것을 구경하러 가는 사람도 있더군요."

"뭐라고요!"

신부가 말했다.

"아니, 아니! 확실히 알고 있습니다!"

오메는 말을 한마디 한마디 잘라서 되풀이했다.

"저는…… 잘…… 알고…… 있습니다."

"정말이란 말이오? 그렇다면 그런 패거리들은 괘씸한 놈들이지!"

신부는 무슨 소리를 들어도 할 수 없다는 듯 대꾸했다.

"그것뿐이 아닙니다! 아직도 많아요! 별별 짓을 다 하던걸요!"

약제사는 소리 높여 말했다.

"여보시오, 오메 씨!"

신부의 눈초리가 험악해졌기 때문에 약제사는 찔끔했다.

"아닙니다, 제가 말씀드리고 싶었던 것은 다만…… 너그러움이 인간의 마음을 종교로 인도하는 가장 확실한 방법이라는 뜻입니다."

약제사는 전보다 부드러운 어조로 대답했다.

"그것은 사실이죠! 바로 그대로입니다!"

사람 좋은 신부도 양보하면서 의자에 다시 앉았다. 그러나 신부는 잠시 후 곧 일어나 가버렸다. 그러자 오메 씨는 얼른 샤를르에게 말했다.

"어떻습니까? 이것이 바로 입씨름이라는 겁니다! 보시다시피 멋지게 해치우지 않았습니까! 그런데 좀 전에 하던 이야기의 계속인데 말입니다, 부인을 모시고 극장에 가십시오. 선생의 일생에 저러한 신부를 한번 단단히 화내게 하기만 해도 가치가 있을 겁니다. 만일 우리 가게를 봐줄 사람이 있다면 저도 함께 가고 싶습니다. 빨리 가시는 게 좋아요! 라가르디가 출연하는 것은 이번 한 번뿐이고, 그 남자는 엄청난 보수를 받고 영국으로 갈 계약을 했다고 한답니다. 소문으로는 참 빈틈없는 사람이라고 하던걸요! 돈도 많고요! 여자 세 사람하고 요리사를 한 사람 데리고 다닌답니다! 저런 인기인은 상상을 자극하는 것 같은 방종한 생활이 필요할 겁니다. 그러나 그런 사람들은 젊었을 때 저축을 해둘 생각을 못했기 때문에 결국은 자선 병원에서 죽는 거겠죠. 아, 벌써 식사 시간이군요. 그럼 내일 또 뵙 겠습니다!"

샤를르의 머릿속에는 극장에 간다는 생각이 급속히 싹을 틔웠다. 그는 곧 그 일을 아내에게 이야기했다. 엠마는 피곤하다, 귀찮다, 비용이 든다면서 처음에는 거절했다. 그러나 샤를르는 놀랍게도 물러서지 않았다. 그만큼 이 기분전환은 아내를 위해 좋은 일이라고 생각했던 것이다. 문제될 일은 아무것도 없었다. 어머니로부터 예상하지도 않았던 돈이 3백 프랑 왔고, 현재 있는 빚도 그다지 대단한 금액은 아니고, 뢰르 씨에게 지불할 어음의 기한도 아직 먼 일이기 때문에 벌써부터 걱정할 일은 아니라고 생각했다. 그래서 그는 엠마가 일부러 마음 써서 사양하는 것이라 여기고 더욱 적극적으로 권했다. 마침내 엠마도 승낙하고 말았다. 그래서 다음 날 8시에 부부는 '제비'에 올라탔다.

약제사는 용빌르에 꼭 있어야 할 일도 없는데 자신은 그곳에서 움직일 수 없는 몸이라고 단념해 버리고 부부의 출발을 보며 한숨을 쉬었다.

"그럼, 다녀오십시오! 참으로 부럽습니다!"

약제사는 옷 가장자리에 네 개의 장식을 단 파란 비단옷을 입은 엠마에게 말했다.

"마치 사랑의 여신처럼 아름답습니다! 루앙에서는 틀림없이 모든 사람들이 놀랄 겁니다!"

승합마차는 보브와진느 광장의 '적십자' 여관 앞에서 멎었다. 커다란 마구간과 조그만 객실들이 있고, 안뜰 한복판에는 상인들의 진흙투성이 이륜마차 옆에서 암탉이 귀리를 쪼아 먹고 있는, 지방 도시의 변두리에서 흔히 볼 수 있는 여관이었다. 벌레 먹은 나무 발코

니가 겨울밤이면 바람에 삐걱거리는 낡아빠진 이 여관은 언제나 손
님들이 잔뜩 몰려들어 소란스러웠고, 먹을 것이 가득 널려 있는 더
러워진 탁자는 글로리아가 쏟아져 끈적끈적했으며, 두꺼운 창유리
는 파리똥으로 누렇게 되었고, 축축하게 젖은 냅킨은 싸구려 포도주
의 얼룩으로 더럽혀져 있었다. 마치 도회지의 옷차림을 걸친 농사꾼
처럼 촌구석의 어쩔 수 없는 냄새가 풍겼으며 앞쪽 큰길에 카페가
하나 있었고 뒤뜰의 들판 쪽으로는 채소밭이 있는 모습이었다.

샤를르는 곧 표를 사러 나갔다. 그는 무대 옆에 있는 좌석과 2층의
좌석과 무대 전면의 정방형 칸막이 좌석을 구별할 줄 몰랐기 때문에
여러 가지 설명을 들었으나 그래도 이해할 수가 없어 매표구에서 주
임에게로 보내졌다가, 다시 여관으로 돌아왔다가 또다시 표 파는 곳
으로 갔다. 샤를르는 이렇게 몇 번씩이나 극장과 큰길 사이를 이리
저리 헤매고 다녔다.

엠마는 모자와 장갑과 꽃다발을 샀다. 샤를르는 막이 오를 때까지
늦어지지는 않을까 조바심을 냈다. 부부는 수프를 마실 겨를도 없이
극장으로 갔지만 아직 입구는 굳게 닫혀져 있었다.

15

　모여든 군중들은 난간과 난간 사이의 벽을 따라 두 줄로 늘어서 있었다. 가까운 거리 모퉁이마다 붙어 있는 커다란 포스터에는 '뤼스드 람메르무어[119]…… 라가르디…… 오페라……' 등등 사람의 눈길을 끌려는 이상야릇한 글씨체가 쓰여 있었다. 날씨는 활짝 개어 맑았으며 더웠다. 곱슬머리 사이로 땀이 흘렀고, 모두들 손수건을 꺼내 빨개진 이마를 닦고 있었다. 이따금 강에서 불어오는 미지근한 바람이 술집 입구에 매달아놓은 천막 가장자리를 흔들고 있었다. 그러나 그곳에서 조금 내려간 곳에서는 비계와 무두질한 가죽과 기름 냄새가 섞인 서늘한 바람이 불고 있어서 시원했다. 이것은 샤레트 거리에서 오는 바람으로, 그 거리에는 크고 어두운 창고가 늘어서 있고, 인부들이 술통을 굴리고 있었다.

　너무 허둥지둥 달려와서 남의 눈에 웃음거리로 보일까 걱정이 된 엠마는 입장하기 전에 항구 쪽을 한 바퀴 돌아보고 싶다고 했다. 샤를르는 손에 입장권을 쥔 채 바지주머니 속에 집어넣고 그 손으로

---

119) 이탈리아의 오페라 작곡가 가에타노 도니제티(1797~1848)가 1835년 나폴리에서 작곡한 오페라로 1839년 파리에서 발표되었다고 한다 — 옮긴이

배 위를 꼭 누르며 걸음을 옮겼다.

드디어 입구로 들어서자 엠마는 가슴이 두근거렸다. 자신이 일등석으로 통하는 계단을 올라가는 동안 오른쪽 다른 통로로 허둥지둥 몰려가는 무리들을 건너다보고 불현듯 득의에 찬 미소가 떠올랐다. 융단을 씌운 커다란 문을 손으로 밀 때에는 어린애 같은 기쁨이 솟아올랐다. 그녀는 복도의 먼지 냄새를 가슴 가득히 들이마셨다. 그리고 좌석에 앉았을 때에는 마치 공작부인과 같은 익숙한 태도로 몸을 뒤로 젖혔다.

장내에는 점점 사람들이 차기 시작했다. 오페라 감상용 안경을 꺼내는 사람도 있었고, 항상 오는 단골 손님들은 멀리서 낯익은 사람을 알아보고 서로 인사를 주고받았다. 그들은 장사에서 쌓인 피로를 예술로 풀려고 찾아온 것이다. 그러나 그 속에서도 사업을 잊어버리지 못하는 듯 무명이니 브랜디니 염료에 대해 얘기를 하고 있었다. 노인들의 얼굴도 보였는데, 아무런 표정도 없이 평온하고 머리카락도 얼굴빛도 하얀 것이 마치 광택이 없어진 은메달처럼 보였다. 멋쟁이 청년들은 조끼를 열어놓은 가슴에 장밋빛이나 엷은 초록빛 넥타이를 자랑스러운 듯이 매고 무대 전면에 있는 칸막이 좌석 사이를 어정거리고 있었다. 엠마는 노란 장갑을 팽팽하게 당겨 긴 손에 금손잡이가 달린 가느다란 단장을 짚고 서 있는 그들의 모습을 위에서 황홀하게 내려다보고 있었다.

그러는 동안 오케스트라의 촛불이 켜지고 커다란 샹들리에가 천장으로부터 내려와 유리의 단면들이 광채를 발하면서 갑자기 장내는 들뜨기 시작했다. 이윽고 악사들이 차례차례 들어왔다. 맨 처음에는 낮게 울리는 콘트라베이스 소리가 났고, 높게 울리는 바이올린 소리와 밝은 음을 울리는 코넷과 날카로운 비명 소리를 울리는 플루트와 플라지올레토 같은 것들의 길고 불규칙한 소리가 들려왔다. 무대에서 박자나무 소리가 세 번 울리자 심벌즈가 울리고 금관악기가 음조를 맞추었다. 이어서 막이 오르고 무대 배경이 나타났다.

그것은 숲 속의 네거리로, 왼쪽에 한 그루의 떡갈나무 그늘이 있는 곳에 샘이 보였다. 농부들과 귀족들이 격자무늬 망토를 어깨에 걸치고 사냥의 노래를 합창하고 있었다. 그때 갑자기 한 장교가 등장해 두 팔을 하늘 높이 쳐들면서 악마에게 기도를 올렸고, 이어 또 다른 한 남자가 나타났다. 두 사람이 퇴장하자 사냥꾼들이 다시 노래를 부르기 시작했다.

엠마는 처녀 시절에 읽은 책의 세계 속으로, 월터 스콧의 소설 한복판으로 되돌아간 기분이 들었다. 스코틀랜드의 뿔피리 소리가 안개를 뚫고 관목이 우거진 숲 속에 메아리치는 것 같았다. 그뿐 아니라 이 소설을 기억하고 있었기 때문에 가극의 줄거리를 쉽게 알아들을 수 있었다. 엠마는 그 줄거리 한마디 한마디를 따라갔다. 그러나 되살아나는 어렴풋한 상념들은 음악의 강한 울림으로 날아가 버리고 말았다.

엠마는 멜로디가 흐르는 대로 몸을 맡긴 채 마치 바이올린의 활이 자신의 신경줄을 쓰다듬으며 연주하는 것처럼 온 몸이 떨리는 것을 느꼈다. 그녀에게는 의상, 배경, 인물, 배우가 걸을 때마다 흔들리는 나무 장치, 우단 모자, 망토, 칼 등 모든 것이 별천지의 분위기 속에서처럼 음악 소리에 맞추어 움직이고 있는 이러한 상상의 산물에 완전히 현혹되어 가만히 보고 있을 수가 없었다. 그때 한 젊은 여자가 앞으로 나와 푸른 옷을 입은 종자에게 돈지갑을 던져주었다. 젊은 여자가 무대에 혼자 남게 되자 샘의 속삭임과도 같이, 혹은 새가 지저귀는 듯이 플루트가 소리를 내기 시작하자 뤼시는 정중한 곡조로 G장조의 짧은 카바티나[120]를 노래하기 시작했다. 그녀는 사랑을

---

120) 오페라에서 서정적인 독창곡을 말한다 ─ 옮긴이

탄식했고, 간절히 날개를 바랐다. 엠마도 마찬가지로 이 세상을 떠나 누군가의 품에 안겨 어디로든 날아가고 싶었다. 그때 갑자기 에드가르 역을 맡은, 더욱이 이름이 같은 에드가르 라가르디가 등장했다.

그는 프랑스 남부 태생의 열정적인 모습에 하얗게 빛나는 대리석처럼 장중한 얼굴을 하고 있었다. 건강한 몸집은 갈색의 짧은 조끼에 꼭 맞게 싸였고 조각을 한 단검이 그의 왼쪽 넓적다리를 톡톡 건드렸다. 그는 하얀 이를 드러내며 우울한 표정으로 이리저리 눈길을 움직이고 있었다. 소문에 의하면, 그가 보트 수선공으로 일하고 있던 시절의 어느 날 밤, 폴란드의 어느 공작부인이 비아리츠 해안에서 그의 노랫소리를 듣고 반해 버렸다고 한다. 공작부인은 그 남자 때문에 모든 재산을 버렸으나 그는 다른 여자에게로 갔다는 것이다. 이 유명한 연애 사건은 그의 예술적 명성을 높이는 데 오히려 도움이 되고 있었다. 처세술에 능한 이 유랑하는 배우는 광고문에 자신의 매력과 영혼의 섬세함에 관한 시적인 문구를 적어두는 것을 잊지 않았다. 아름다운 목소리와 당당한 태도, 지적인 총명함보다는 열정적인 남자다움, 서정미보다는 과장스럽고 태연자약한 특징은 이발사나 투우사 같은 풍모를 지닌 이 사기꾼의 천성을 더욱 돋보이게 했다.

그는 첫 장면부터 관중들의 열광을 자아냈다. 그는 뤼시를 힘껏 껴안은 다음 곁을 떠났다가 다시 돌아와 절망의 표정을 지었다. 그러고는 분노의 고함을 질렀는데, 그 소리는 다시 감미로운 비가(悲歌)로 변했다. 그 노랫소리는 흐느낌과 입맞춤으로 가득 찬 그의 드러난 목젖에서 흘러나왔다. 엠마는 좌석의 벨벳을 손톱으로 긁으며 이 남자를 보려고 몸을 앞으로 내밀었다. 소용돌이치는 폭풍 속에서 난파선의 조난자들이 토하는 절규처럼 콘트라베이스의 반주에 맞추어 길게 꼬리를 끄는 아름다운 선율의 비탄으로 그녀의 가슴은 가득 메워지고 있었다. 자신이 죽으려 했던 그 모든 도취와 고뇌가 되살아나는 것을 느낄 수 있었다. 여배우의 목소리는 그녀 마음의 메아리로밖에는 들리지 않았고, 그녀를 매혹하는 저 환상은 자신의 삶의 일부인 것 같았다. 그러나 이와 같은 사랑으로 그녀를 사랑해 준 사람은 이 지구상에 한 사람도 없는 것이다. 마지막 날 밤 달빛 아래에서 "내일이에요!" 하는 말을 주고받았을 때 그 사람은 에드가르처럼 울지 않았다. 장내는 갈채 소리로 떠나갈 듯했다. 막이 끝나는 마지막 구절의 전부가 다시 한 번 되풀이되었다. 사랑하는 두 사람은 자기들 무덤의 꽃과 맹세, 이별과 운명 그리고 희망에 대하여 이야기했다. 그리고 두 사람이 마지막 이별을 고하는 순간 엠마는 날카로운 비명을 질렀지만 그 소리는 마지막 화음의 울림 속에 묻혀버렸다.

"그런데 어째서 저 귀족은 저 여자를 괴롭히는 거지?"

샤를르가 중얼거렸다.

"아니에요, 저 남자는 저 여자의 애인이에요."

엠마가 대답했다.

"하지만 남자는 여자의 가족에게 꼭 복수를 하겠다고 하지 않소. 또 한쪽에서는 방금 나왔던 다른 남자가 '나는 뤼시를 사랑하고 뤼시도 나를 사랑하고 있는 것 같아'라고 말했단 말이오. 게다가 저 남자는 여자의 아버지와 정답게 손을 맞잡고 나가버리지 않았소. 그렇지? 저 남자가 여자의 아버지 맞지, 안 그렇소? 모자에 수탉 깃털을 꽂고 있는 조그맣고 못생긴 남자 말이오."

엠마가 거듭 설명했는데도 질베르가 자기의 음모를 주인인 아슈통에게 고백하는 이중창이 시작되었을 때부터 샤를르는 뤼시를 속이는 가짜 약혼반지를 보고, 그것은 에드가르가 보내온 사랑의 기념품이라고 믿어버렸다. 아무튼 그는 음악 때문에 가사가 잘 들리지 않아 도무지 줄거리를 모르겠다고 털어놓았다.

"모르면 모르는 대로 괜찮잖아요. 좀 잠자코 계세요!"

엠마가 말했다.

"그러나 당신도 알다시피 나는 그 까닭을 완전히 알고 싶은 성미인걸."

샤를르는 엠마의 어깨에 몸을 바싹 대면서 말했다.

"쉬잇, 잠자코 계세요!"

엠마는 짜증난다는 듯이 대꾸했다.

뤼시는 시녀들에게 부축을 받으면서 앞으로 걸어나왔다. 머리에 오렌지 화환을 쓴 얼굴은 드레스의 흰 공단보다도 더 희었다. 엠마는 자신이 결혼하던 날을 아련하게 떠올렸다. 모두들 성당을 향해 걸어갈 때 보리밭 속의 오솔길을 지나가던 자신의 모습이 눈에 선했다.

'어째서 저 여자처럼 반항하거나 애원하지 않았을까? 그뿐만 아니라 내 자신이 심연의 늪으로 떨어질 것도 깨닫지 못하고 명랑했었다. 아아! 내가 아직 싱싱한 아름다움을 지니고 있었을 때, 결혼생활의 더러움이며 부정에 대한 환멸도 알지 못했을 때에 굳고 고귀한 마음에 나의 삶을 맡길 수 있었다면 얼마나 좋았을까! 그랬다면 미덕과 애정과 쾌락이 하나로 녹아들어 한평생 그 높은 행복에서 굴러떨어지는 일은 없었을 것이다. 그러나 지금 눈앞에 보이는 이러한 행복은 모든 욕망을 형편없이 초라하게 보이기 위해 만들어진 거짓일 것이다.'

엠마는 이제 예술이 과장해 보여주는 정열의 보잘것없음을 알고 있었다. 그녀는 생각을 다른 데로 돌리려고 애쓰면서 자신이 맛본 고통을 재현해 보이는 이 연극 속에서 다만 눈을 즐겁게 하는 감각적인 재미만을 보려 했다. 그리고 무대 안쪽에서 벨벳 장막을 젖히며 검은 망토를 입은 한 남자가 나타났을 때 그녀는 마음속으로 경멸이 깃들인 연민의 미소를 짓기까지 했다.

남자가 쓰고 있는 커다란 스페인식 모자가 그의 몸짓과 동시에 떨어졌다. 그러자 곧 악기와 가수들이 6중창을 부르기 시작했다. 불을 뿜을 것처럼 화가 난 에드가르는 한층 더 낭랑한 목소리로 다른 모든 노랫소리를 압도하고 있었다. 아슈통은 기분이 언짢을 만큼 낮은 음조로 그에게 결투를 하자는 문구를 노래하고, 뤼시는 날카롭고 드높은 탄성을 울리고, 아르튀르는 혼자 떨어져서 중음으로 노래했다. 그리고 선교사의 저음은 파이프 오르간처럼 신음했다. 그러는 사이에 여자들의 합창 소리가 듣기 좋은 코러스로 선교사의 노래를 되풀이했다. 그들은 모두 한 줄로 늘어서서 몸짓을 하고 있었다. 그리고 반쯤 열린 입에서 분노와 복수와 공포와 질투와 자비와 놀라움이 한꺼번에 튀어나왔다. 모욕을 당한 연인 에드가르는 뽑은 칼을 휘둘렀다. 레이스 장식을 단 칼라가 가슴이 움직일 때마다 심하게 흔들렸다. 그리고 복숭아뼈 근처가 볼록 튀어나온 부드러운 장화의 도금한 박차로 무대 바닥을 쿵쿵 울리면서 좌우로 성큼성큼 걸어다녔다.

이 남자가 많은 관객에게 이처첨 풍부한 사랑의 마력을 발산하는 것을 보면 그 남자에게는 틀림없이 마르지 않는 사랑의 샘이 있을 것이라고 엠마는 생각했다. 그 배역이 지닌 시적 매력에 감동된 나머지 나쁘게 말하려는 마음이 모두 사라져버렸다. 그리고 극중 인물이 주는 환상을 통하여 이 남자에게 마음이 쏠려 그의 삶, 화려하고 예외적이며 찬란한 그의 삶을 마음속에 그려보려고 했다. 만약 그녀 자신도 운만 좋았다면 그처럼 될 수 있었을지도 모른다고 생각했다. 그랬다면 두 사람은 서로 알게 되었을 것이고 서로 사랑했을지도 몰랐다. 이 남자와 함께 유럽의 여러 나라를 방문하면서 괴로움도 즐거움도 함께 하고, 손님들이 던져주는 꽃을 주워 자신이 손수 그의 옷에 수놓을 기회가 있었을지도 몰랐다. 그리고 매일 밤 좌석의 안쪽 깊숙한 금빛 창살이 달린 창문 뒤에서 오로지 그녀만을 위해 노래하는 저 영혼에서 넘쳐나오는 목소리를 황홀하게 받아들였을지도 몰랐다. 저 남자는 틀림없이 무대에서 연기를 하면서도 자기를 바라보았을 것이다……. 그러자 엠마는 미칠 것 같은 마음에 사로잡혔다. 저 남자는 지금 자기를 보고 있다! 틀림없다! 그녀는 뛰어나가서 그 남자의 품에 몸을 던져 사랑의 화신 같은 그의 힘 속에 빠져들고 싶었다. 그리고 외치고 싶었다.

"데려가 주세요, 저를 데리고 가주세요, 자, 함께 달아나요! 나의 사랑도 꿈도 모두 당신 거예요!"

막이 내렸다.

가스 냄새가 사람들의 숨결과 섞여 있었다. 부채에서 이는 바람으로 공기는 한층 더 숨이 막힐 듯했다. 엠마는 밖으로 나가고 싶었다. 복도는 사람들로 가득 차 있었다. 그녀는 숨이 막힐듯 가슴이 뛰어서 다시 힘없이 의자에 주저앉았다. 샤를르는 아내가 정신을 잃는 것은 아닌가 걱정이 되어 오르[121]를 사러 휴게실로 달려갔다.

샤를르가 다시 제자리로 돌아오는 데는 무척 힘이 들었다. 양손에 컵을 들고 있었기 때문에 걸음을 옮길 때마다 팔꿈치가 사람들에게 부딪치곤 했다. 끝내 그는 컵의 물 8분의 1 가량을 짧은 소매옷을 입은 루앙의 어떤 부인의 어깨에 엎지르고 말았다. 그 부인은 찬 액체가 옆구리로 흘러 들어가자 마치 살인자라도 만난 것처럼 외마디 소리를 질렀다. 방직업자인 그녀의 남편은 아내가 벚꽃색의 호박단 나들이옷에 묻은 얼룩을 손수건으로 닦는 동안 손해배상이니 비용이니 변상을 하라며 화가 나서 떠들어댔다. 간신히 아내 옆으로 돌아온 샤를르는 숨을 헐떡거리며 말했다.

"난 정말 거기에 선 채 죽을 뻔했어! 굉장히 붐비던걸!"

샤를르는 덧붙여 말했다.

"내가 2층에서 누구를 만났는지 알아? 바로 레옹 군이야."

---

121) 보리차를 말한다 ─ 옮긴이

"레옹이요?"

"그렇다니까! 조금 있으면 당신에게 인사를 하러 올 거요."

말이 채 끝나기도 전에 예전 용빌르의 서기가 좌석으로 다가왔다. 그는 신사처럼 거침없는 태도로 손을 내밀었다. 그러자 보바리 부인도 자신의 의지보다 강한 어떤 인력에 끌린 듯 기계적으로 손을 내밀었다. 그녀는 푸른 잎사귀 위에 비가 내리던 그 봄날 오후, 창문 곁에 가만히 서서 작별을 고한 이후로 이러한 힘을 느낀 적이 없었다. 그러나 곧 제정신으로 돌아와 추억에 취한 듯한 마음을 떨쳐버리고 재빨리 말했다.

"어머! 안녕하세요……. 어떻게 레옹 씨가 여기에 오셨죠?"

"조용히 해요!"

아래층에서 누군가가 소리쳤다. 제3막이 막 시작되려고 했기 때문이었다.

"지금 루앙에 와 계시나요?"

"네, 그렇습니다."

"언제부터죠?"

"나가요! 시끄럽군요!"

모든 사람들이 그들 쪽을 돌아보자 두 사람은 입을 다물었다.

하지만 그 순간부터 엠마는 아무것도 듣고 있지 않았다. 초대받은 손님들의 합창도, 아슈통과 하인이 주고받는 대화 장면도, 멋진 E장조의 이중창도 이미 그녀에게는 먼 나라의 이야기였다. 마치 악기 소리가 하나도 울리지 않게 되고, 배우들도 멀리 희미해져 버린 것 같았다. 엠마의 마음은 약제사 집에서 하던 트럼프 놀이라든가 둘이 유모네 집에 갔던 일, 푸른 나무 그늘 밑에서 책을 읽던 일, 난롯가에 마주앉아 있던 일, 조용하고 안온하게 계속되던 조심스럽고 다정했던 그 아련한 사랑, 더욱이 여태까지 까맣게 잊고 있던 사랑을 생각해내고 있었다.

'그런데 이 사람은 왜 다시 나타난 것일까? 어떤 인연이 이 사람을 또다시 자신의 인생 속으로 끌어들였단 말인가?'

레옹은 벽에 어깨를 기대고 엠마 뒤에 서 있었다. 이따금 그의 코에서 새어나오는 훈훈한 숨결이 자신의 머리카락에 스머드는 것을 느끼며 그녀는 전율에 휩싸였다.

"어떠세요, 재미있으십니까?"

레옹은 그녀에게 몸을 굽히며 말했다. 콧수염 끝이 그녀의 뺨에 살짝 닿았다.

"아뇨, 별로 재미없어요."

엠마는 나른하다는 듯이 대답했다.

"그렇다면 이곳을 나가 어디 가서 아이스크림이라도 먹을까요?"

레옹이 말했다.

"아니, 아직 멀었는걸! 좀 더 보고 갑시다. 저 여자가 머리를 풀어헤쳤어요. 이제부터 진짜 연극다워질 거요."

샤를르가 말했다. 그러나 이 광란의 장면은 엠마에게 조금도 재미가 없었고, 여자 가수의 연기도 좀 과장된 느낌이었다.

"저 배우는 너무 지나치게 외쳐대는군요."

엠마는 열심히 귀를 기울이고 있는 샤를르를 바라보며 말했다.

"응…… 그리고 보니…… 조금 그런 것도 같군."

샤를르는 재미있다고 솔직히 말해야 할지 아니면 언제나처럼 아내의 의견을 존중할지 결단을 내리지 못하고 애매한 대답을 했다.

잠시 후 레옹이 한숨을 쉬며 말했다.

"이렇게 더워서야 원……."

"정말이에요, 견딜 수가 없어요!"

"기분이 언짢소?"

샤를르가 물었다.

"네, 숨이 막힐 것 같아요. 나갑시다."

레옹은 정중하게 그녀의 어깨에 긴 레이스 숄을 걸쳐주었다. 이내 밖으로 나간 세 사람은 앞이 훤히 내다보이는 선창가 옆에 있는 카페 유리창 앞에 앉았다.

처음에는 엠마의 병이 화제에 올랐다. 레옹 씨에게 그런 얘기는 지루할 거라면서 엠마는 몇 번인가 샤를르의 이야기를 가로막았다. 그러자 레옹은 파리에서 취급하는 사무가 노르망디와는 다르기 때문에 일을 제대로 배우기 위해 2년 정도 큰 법률사무소에서 근무할 작정으로 루앙에 왔다고 보바리 부부에게 설명했다. 그리고 나서 베르트와 오메 부부와 르프랑수와 부인에 대해 물었다. 엠마와 레옹은 샤를르가 있기 때문에 그 이상의 이야기는 할 수 없었다. 이내 그들의 대화는 끊어지고 말았다.

그때 극장에서 나오는 사람들이 '오오, 아름다운 천사여, 나의 뤼시여!' 하고 콧노래를 부르는가 하면 큰소리로 고함을 치면서 지나갔다. 그러자 레옹은 애호가라도 된 듯이 음악 이야기를 시작했다.

"저는 탐부리니[122]도 루비니[123]도 페르시아니[124]도 그리지[125]도 모두 보았지요. 그들에 비하면 라가르디는 그저 무턱대고 과장만 했지 비교도 할 수 없을 만큼 엉터리입니다."

"하지만……."

럼주가 들어 있는 샤베트를 조금씩 먹고 있던 샤를르가 그의 말을 가로막았다.

---

122) 1800~1876, 뛰어난 음악성과 기교로 이름을 날린 이탈리아의 바리톤 가수이다 — 옮긴이
123) 1794~1854, 〈신데렐라〉, 〈오텔로〉, 〈호수 위의 미녀〉 등을 불러 당대 명성을 굳힌 이탈리아 테너 가수이다 — 옮긴이
124) 1812~1867, 이탈리아에서 1830년대 폭발적인 인기를 차지했던 소프라노이다 — 옮긴이
125) 1819~1899, 낭만적 발레의 무희로 파리에서 〈지젤〉로 데뷔하여 각광을 받은 이탈리아의 발레리나이다 — 옮긴이

“라가르디는 마지막 막이 내릴 때에는 아주 훌륭했다는 평이던걸. 끝까지 보지 못하고 나온 것이 유감이오. 재미있어지기 시작했는데 말이오.”

“아무튼 얼마 있지 않아 또 한 번 공연을 하는 모양이더군요.”

레옹이 말했다.

“그러나 우리는 내일이면 돌아가야 하오. 아내가 혼자 남겠다면 또 모르지만. 당신 생각은 어떻소?”

샤를르는 아내를 돌아보며 말했다.

전혀 예상하지 못했던 소망을 이룰 수 있는 기회가 나타나자 레옹은 재빨리 말을 바꾸어 마지막 장면의 라가르디는 참으로 장엄하고 숭고한 것이라고 추켜올리기 시작했다. 그러자 샤를르는 덩달아 아내에게 권했다.

“당신은 일요일에 돌아오면 돼요. 알겠소? 그렇게 해요! 그러는 편이 좋겠구려. 당신이 조금이라도 몸을 보양하는 데 좋다고 생각한다면 말이오.”

그러는 동안 주위의 식탁에는 손님들의 모습이 눈에 띄게 줄어들었다. 보이 하나가 조심스럽게 그들 앞에 와서 멈추었다. 샤를르가 지갑을 꺼내려고 하자 레옹은 그의 팔을 누르고 계산을 끝냈을 뿐 아니라 은화 두 닢을 대리석 식탁 위에 짤그랑 하고 던져주었다.

“이거 난처하게 됐군요. 당신이 계산을……”

샤를르가 중얼거렸다.

“이 정도 가지고 뭘 그러세요.”

레옹은 모자를 집어들면서 덧붙였다.

“그럼 약속하신 겁니다, 내일 6시에?”

샤를르는 다시 한 번 자기는 더 이상 집을 비울 수 없지만 아내가 남는 것은 별 상관없다고 했다.

"하지만 저는…… 어떻게 해야 좋을지 모르겠어요……."

엠마는 어색한 미소를 지으며 더듬거리면서 말했다.

"오늘밤 천천히 생각해 보구려……."

그리고 샤를르는 그들을 따라온 레옹에게 다시 말했다.

"이제는 우리와 가까운 곳에 사시니 이따금 우리 집에 오셔서 저녁식사라도 같이 해주십시오."

"틀림없이 찾아뵙겠습니다. 게다가 용빌르에는 사무소의 용무로 가야 할 일도 있으니까요."

레옹은 약속했다. 그리고 생 테르불랑의 골목 앞에서 세 사람이 헤어졌을 때 성당에서 11시 반을 알리는 종이 울렸다.

제**3**부

1

레옹은 법률 공부를 하는 한편 댄스 홀 쇼미에르에도 자주 드나들면서 아가씨들로부터 점잖다는 평판을 얻으며 대단한 인기까지 얻었다. 그는 학생들 중에서 꽤 얌전한 편이었다. 머리는 너무 길지도 짧지도 않게 깎았고, 학기 초에 3개월 분 학비를 다 써버리는 일도 없었으며, 선생들과의 사이도 좋았다. 원래 소심한 데다 조심성이 많아 도가 지나친 행동은 일체 삼갔다.

방에서 독서를 하거나 저녁에 뤽상부르 공원의 보리수 아래에 앉아 있을 때면 가끔 레옹은 손에서 법전을 땅에 떨어뜨리며 엠마를 생각했다. 그러나 이런 감정도 조금씩 엷어져 가고 그 위에 갖가지 다른 욕망들이 쌓여갔다. 그럼에도 불구하고 일말의 추억이 그 모든 욕망 뒤에 끈질기게 도사리고 있었다. 그가 희망을 아주 다 버린 것은 아니기 때문이었다. 그의 마음속에는 황금 과실이 환상적인 나뭇잎 밑에서 무르익어 때를 기다리듯 불확실한 약속 같은 것이 미래라는 무한한 공간 속에 떠서 흔들거리고 있었던 것이다.

그런데 3년 만에 엠마를 다시 만나자 그의 정열은 다시 눈떴다. 레옹은 이번에야말로 그녀를 자기 것으로 만들겠다고 다짐했다. 게다

가 그의 소심한 성격도 장난기 많은 친구들과 접촉하는 동안 많이
없어졌다. 에나멜 구두를 신고 파리 시내를 걸어보지 못한 사람들을
경멸하며 시골로 돌아온 그였다. 가난한 법률 선생인 레옹은 훈장과
마차를 가진 명사의 객실에서 레이스에 둘러싸인 파리의 여자 앞에
나섰더라면 틀림없이 어린애처럼 쩔쩔 맸을 것이다. 그러나 여기 루
앙이라는 항구 도시에서 돌팔이 의사 부인을 상대하는 이상 그도 상
대를 현혹시킬 자신이 있었기 때문에 마음이 편안했다. 자신만만하
고 못하고는 그때그때 경우에 따라 다른 것이다. 2층에 사느냐 5층
에 사느냐에 따라 얘기하는 방식도 다르기 마련이다. 게다가 부유한
여자는 정조를 지키기 위해 코르셋 안쪽에 갑옷을 대는 것처럼 몸
전체에 있는 대로 지폐를 감고 있는 것처럼 보이는 것이다.

　전날 밤 레옹은 보바리 부부와 헤어진 다음 그들 뒤를 멀리서 쫓아
갔다. 그들이 '적십자' 여관 앞에서 걸음을 멈추는 것을 보고 발길을
돌려 밤새도록 계획을 짰다.

　다음 날 저녁 5시경, 레옹은 얼굴이 창백해진 채 무슨 일이 있어도
해내야겠다고 결심한 겁쟁이 특유의 표정으로 숨을 헐떡이며 그 여
관 식당으로 들어갔다.

　"주인께서는 지금 안 계신데요."

　어떤 하인이 대답했다.

　레옹은 좋은 징조라고 생각하며 계단을 올라갔다. 엠마는 그가 온
것을 보고도 별로 당황해하지 않았다. 뿐만 아니라 숙소를 알려주지
않은 것에 대해 사과까지 했다.

　"뭐 대강은 짐작하고 있었습니다."

　레옹이 말했다.

　"어떻게요?"

　레옹은 본능에 이끌려 그녀를 따라왔었다고 말했다. 그러나 엠마

가 미소를 띠자 그는 자신이 한 바보 같은 말을 만회하기 위하여 오전 내내 시내의 여관들을 모두 뒤지고 다녔다고 설명했다.

"그럼, 부인은 남아계시기로 하셨습니까?"

"네, 하지만 괜한 짓을 한 것 같아요. 해야 할 일도 많은 사람이 이렇게 엉뚱한 놀이나 하고 있어서야 되겠어요……."

엠마가 대답했다.

"하지만 제가 생각하건대……."

"아니에요! 당신은 여자가 아니어서 제 심정을 모르실 거예요."

그러나 남자에게도 괴로운 마음은 있는 법이라는 말에서부터 두 사람의 대화는 갖가지 인생관에 대한 얘기로 흘렀다. 엠마는 이 세상 애정에 대한 비참함과 인간의 마음이 누구한테도 이해되지 못하는 영원한 고독에 대해 이야기했다.

레옹은 아첨하기 위해서인지, 상대의 우울한 마음에 자극을 받아 아무 생각 없이 흉내낸 것인지 자신도 공부하는 내내 마음이 우울해서 견딜 수 없었다고 호소했다. 소송절차에 대한 공부가 짜증이 났고 다른 직업이 마음에 끌렸으며 어머니는 편지를 할 때마다 계속 잔소리만 한다는 등 이런 식으로 두 사람은 자신들의 고민을 하나씩 자세히 털어놓았다. 이야기가 진행됨에 따라 그들은 솔직한 대화에서 점점 흥분을 느꼈다. 하지만 그들은 때때로 마음속에 있는 생각을 남김없이 털어놓지 못한 채 말을 멈추었고, 그럴 때면 뭔가 완곡한 표현으로 진실을 나타낼 수 있는 표현을 찾아보려 애를 썼다. 엠마는 다른 남자를 사랑했다는 것만은 고백하지 않았고, 그 또한 그녀를 잊고 있었다는 말은 하지 않았다.

어쩌면 레옹은 가면무도회 뒤에 부두 노동자로 가장한 여자들과 밤참을 먹으러 갔던 일을 이미 잊어버렸는지도 모르고, 엠마도 아침 일찍 이슬에 젖은 풀을 밟으며 정부의 집으로 달려갔던 밀회는 모두 잊어버리고 있는지도 몰랐다. 거리의 소음은 두 사람 귀에 거의 들려오지 않았다. 그리고 두 사람이 있는 방은 마치 그들의 고독을 한층 더해 주기 위해 작게 만들어진 듯했다.

엠마는 능직 실내복을 입고, 낡은 의자등받이에 틀어올린 머리를 기대고 있었다. 노란 벽지가 그녀의 뒤로 금빛 배경을 만들어주었다. 아무것도 쓰지 않은, 하얀 가리마를 사이에 두고 양쪽으로 땋아 늘인 머리 밑으로 하얀 귓불이 보였다.

"용서하세요. 제가 실례를 했어요! 불평만 늘어놓고……. 진력이 나셨죠?"

엠마가 말했다.

"아니, 천만에요. 천만에요!"

"만약 당신이 아신다면, 제가 꿈꾸고 있었던 것을 당신은 상상도 못하실 거예요!"

엠마는 눈물이 그렁한 눈으로 천장을 올려다보며 말했다.

"아, 저도 몹시 고통스러웠습니다. 몇 번이나 하숙집을 나와 정처 없이 강변을 방황했는지 모릅니다. 떠들썩한 군중들 속에 끼어 기분을 풀지 않고는 늘 따라다니는 생각을 도저히 쫓아낼 수가 없었죠. 항상 다니는 길가 어느 판화 상점에 미의 여신을 그린 이탈리아 판화가 있더군요. 그 여신은 헐렁한 옷을 입고 길게 늘인 머리에 물망초를 꽂고 달을 보고 있었지요. 저는 매일 무엇에 쫓기듯 그것을 보러 갔습니다. 그리고 몇 시간 동안 꼼짝하지 않고 그 그림 앞에 서 있었습니다."

레옹은 떨리는 목소리로 계속했다.

"그 여신은 어딘지 모르게 당신과 비슷했어요."

엠마는 자기도 모르게 입가에 떠오르는 미소를 보이지 않으려고 얼굴을 돌렸다.

“저는 몇 번이나 편지를 썼다가 찢어버렸습니다.”

엠마는 아무 말도 하지 않았다. 레옹은 계속 말했다.

“때때로 우연한 기회에 당신을 만날 수 있지 않을까 상상을 하고는 했지요. 길모퉁이에서 문득 당신 모습을 본 것 같기도 하고 역마차 승강구에 당신 것과 비슷한 숄이나 베일이 하늘거리는 것을 보면 저는 정신없이 그 마차 뒤를 따라가고는 했습니다.”

엠마는 그의 말을 가로막지 않고 이야기하도록 내버려두었다. 그녀는 팔짱을 끼고 고개를 숙인 채 덧신의 꽃장식을 그윽이 내려다보았다. 그리고 이따금 발끝으로 덧신의 공단을 가만히 움직였다.

한참 후 그녀는 한숨을 쉬며 말했다.

“가장 불쌍한 것은 저처럼 아무 쓸모없는 삶을 질질 끌며 마지못해 살아가는 것이 아닐까요? 차라리 제 고통이 누구에게 도움이라도 된다면 희생을 한다 여기고 마음을 위로하련만!”

레옹은 미덕이니 의무니 남몰래 하는 희생이니 하는 것을 찬양하기 시작했다. 그리고 자신도 아직 적당한 일은 발견하지 못했지만 뭔가에 헌신하고 싶은 욕구를 강하게 느낀다고 말했다.

“저는 자선 병원의 수녀가 되었으면 좋겠어요.”

“아! 애석하게도 남자에게는 그런 신성한 일이 없습니다. 어디에도 그런 직업은 찾아볼 수가 없거든요. 의사라도 되면 모를까…….”

레옹이 말했다. 엠마는 가볍게 어깨를 추스르며 그의 말을 가로막았다. 그리고 죽을병이 걸렸을 때 죽지 못한 것을 한탄하고 만일 그때 죽었으면 지금과 같은 이런 고통은 없었을 것이라고 했다. 레옹은 곧 ‘무덤 속의 정적’이 부럽다고 했다. 그래서 어느 날 밤에는 엠마가 선물로 준 비로드 띠를 두른 그 아름다운 무릎 덮개로 자신의 유해를 덮어 묻어달라는 유언장을 써놓은 일까지 있다고 했다. 그러면서 두 사람 모두 차라리 그랬으면 좋았을 것이라고 생각했다. 제각기 이상 하나씩을 가지고 그 이상에 자기의 과거생활을 맞추고 있었다. 게다가 언어란 언제나 감정을 길게 늘이는 압연기(壓延機) 비슷한 것이었다.

무릎 덮개 말이 나오자 엠마가 물었다.

"어머, 그건 왜 그러셨어요?"

"왜 그랬느냐고요?"

레옹은 잠시 주저했다.

"그야 제가 당신을 무척 좋아했으니까요!"

어려운 질문을 용케 돌파한 것을 신통해하며 레옹은 힐끗 곁눈질로 그녀의 얼굴을 살펴보았다. 그 얼굴은 마치 바람이 구름을 말끔히 걷어간 하늘과도 같았다. 무겁게 드리워졌던 슬픔이 그녀의 푸른 두 눈에서 자취를 감추었고, 얼굴 전체가 환하게 빛났다.

레옹은 가만히 기다렸다. 이윽고 엠마는 대답했다.

"저도 벌써부터 알고 있었어요."

거기에서 두 사람은 멀리 흘러간 과거의 기쁨과 슬픔을 단 한마디로 요약한 것이었다. 그리고 과거의 사소한 일들을 낱낱이 주고받았다. 레옹은 줄장미덩굴을 올린 시렁과 그녀가 입고 있던 옷들과 방의 가구 등 그녀의 집에 대한 모든 것을 회상했다.

"참, 그 선인장은 그 뒤 어떻게 되었습니까?"

"그해 겨울 추위에 얼어 죽었어요."

"아! 저는 그 선인장을 얼마나 생각했는지 모릅니다. 여름날 아침, 햇빛이 창살 위에 비치면 옛날처럼 곧잘 그 선인장을 생각하고는 했지요. 당신의 드러난 팔이 꽃 사이를 움직이고 있는 것이 눈에 훤히 보이는 것 같았습니다."

"어머, 어쩌면!"

엠마는 손을 내밀며 말했고, 레옹은 재빨리 그 손에 입술을 갖다댔다. 그리고 큰 한숨을 내쉰 다음 말했다.

"그때 당신은 저에게 있어 제 목숨을 사로잡는 불가사의한 힘이었죠. 언젠가 제가 댁에 찾아갔을 때…… 당신은 아마 기억도 못하실 겁니다."

"기억하고 있어요. 계속 얘기하세요."

"그때 마침 당신은 외출을 하려고 계단 제일 아래에 서 계셨습니다. 조그만 푸른 꽃이 달린 모자를 쓰고 계셨죠. 그런데 당신이 청하지도 않았는데 저는 당신을 따라나섰습니다. 그러면서도 순간순간 내가 바보짓을 하고 있다는 생각이 들었지만 계속 당신 곁을 따라 걸었습니다. 당신과 헤어지기는 싫었거든요. 당신이 어느 가게에 들어갔을 때 저는 우두커니 거리에 서서 유리창 너머로 당신이 장갑을 벗고 카운터에서 계산을 하고 계신 것을 바라보고 있었습니다. 그러고 나서 당신은 튀바슈 부인 댁의 초인종을 눌렀죠. 문이 열리고 당신이 들어간 뒤에도 저는 육중한 그 문 앞에서 한참 동안이나 바보처럼 멍하니 서 있었습니다."

엠마는 이야기를 들으며 자기가 그렇게 나이를 먹은 데 대해 놀랐다. 되살아나는 그런 모든 일들이 자신의 생애를 다시 열어주는 것 같았고, 마치 끝이 없는 감정의 광야를 되돌아보는 느낌이었다.

"아, 그랬었군요! 사실이에요……."

엠마는 반쯤 눈을 감은 채 나지막한 목소리로 말했다. 그때 보브와 진느 근처의 시계들이 8시를 치는 소리가 들려왔다. 이 근처에는 기숙사와 교회와 낡은 대저택들이 많았다. 두 사람은 더 이상 말이 없었지만 서로의 얼굴을 바라보는 동안 머리에 뭔가 울려오는 것을 느꼈다. 그것은 마치 그들의 눈동자에서 흘러나오는 그 무엇인 듯했다. 두 사람은 아까부터 손을 잡고 있었다. 과거도 미래도 추억도 공상도 모두 이 황홀한 도취 속으로 녹아 들어가고 있었다.

밤의 전령이 벽에 짙은 그림자를 던졌다. 그러나 벽에 걸린 촌스러운 색깔의 판화 넉 장은 반쯤 어둠에 잠겨 있으면서도 번쩍번쩍 빛나고 있었다. 판화는 '넬의 탑'[126]의 네 장면을 그린 것으로 밑에 스페인어와 프랑스어로 설명문이 붙어 있었다. 아래위로 여닫는 창문 저 너머에는 뾰족뾰족 치솟은 지붕들 사이로 밤하늘의 한 조각이 보였다.

엠마는 자리에서 일어나 옷장 위에 있는 촛대 두 개에 불을 켜놓고 다시 앉았다.

"그런데……."

레옹이 말했다.

"그런데라뇨?"

엠마가 물었다.

레옹은 끊어진 대화를 어떻게 이를까 생각했다. 그때 엠마가 먼저 말했다.

"어째서 지금까지 아무도 그런 심정을 저에게 얘기해 준 사람이 없었을까요?"

"이상적인 성격은 누구에게나 쉽게 이해되기 어려운 법이지요."

레옹은 힘주어 말했다.

"하지만 저는 당신을 한번 보고 좋아졌습니다. 만일 운이 좋아 좀 더 일찍 만나 서로 헤어질 수 없이 굳게 맺어졌더라면 우리는 얼마나 행복했을까요?"

레옹은 절망감이 섞인 목소리로 중얼거렸다.

"저도 가끔 그런 생각을 했어요."

---

126) 알렉상드르 뒤마(1802~1870)의 유명한 산문 사극으로 1832년 포르트 생 마르텡 극장에서 초연되었다. 루이 10세 때 있었던 파리 북부의 소읍 넬의 탑을 무대로 귀부인의 사랑과 살인사건을 주제로 한 이야기이다 — 옮긴이

"꿈에 불과합니다!"

레옹은 속삭이듯 말했다. 그리고 엠마의 길고 흰 허리띠의 푸른 선을 살짝 건드리면서 덧붙였다.

"지금이라도 다시 시작하면 되잖아요?"

"아, 안돼요, 레옹 씨! 저는 이제 너무 늙었고…… 당신은 아직 젊어요…… 제발 저를 잊어주세요! 다른 여자가 당신을 사랑하게 될 것이고…… 당신도 그분을 좋아하게 될 거예요."

"당신 만큼은 못하지요!"

레옹은 소리 높여 말했다.

"어린애같이! 떼쓰지 말아요."

엠마는 두 사람의 사랑이 이루어지기 어려운 이유를 설명하고, 예전처럼 남매와 같은 우정으로 지내는 것으로 만족해야 한다고 했다. 하지만 엠마는 진심에서 그런 말을 했는지 자신도 잘 알지 못했다. 왜냐하면 그녀는 달콤한 유혹에 이끌리면서도 또한 그 유혹을 물리쳐야 한다는 생각에 온통 정신을 빼앗기고 있었기 때문이었다. 그녀는 감동받은 눈으로 레옹을 바라보며 그가 떨리는 손으로 주저주저 애무의 손길을 내미는 것을 부드럽게 물리쳤다.

"아, 용서하십시오!"

레옹은 뒤로 물러나 앉았다. 일순 엠마는 막연한 공포에 사로잡혔다. 로돌프의 그 대담성보다 어쩐지 이 소극성이 더 위험하다고 느껴졌던 것이다. 일찍이 어떤 남자도 이토록 아름답게 보인 적이 없었다. 그의 태도에는 순진한 매력이 넘쳤고, 둥글게 말린 길고 가는 속눈썹을 부끄러운 듯 내리깔고 있었다. 피부에 윤기가 도는 그의 볼은ㅡ적어도 엠마는 그렇게 생각했다ㅡ그녀에 대한 욕정으로 빨갛게 물들어 있었다. 순간 엠마는 그 뺨에 입술을 갖다대고 싶은 강렬한 충동을 느꼈다. 그래서 그녀는 시간을 보는 척 시계 쪽으로 몸을 돌리면서 말했다.

"어머, 시간이 벌써 저렇게 됐네요! 꽤 오래 얘기했나 봐요!"

레옹은 그 말뜻을 알아차리고 모자를 집으려 했다.

"너무 얘기에 몰두하는 바람에 연극 구경가는 것도 잊고 있었군요! 그 때문에 남편이 저를 일부러 두고 갔는데! 그랑퐁에 사는 로르모 씨가 부인과 함께 저를 데리러 오기로 했어요."

이렇게 기회는 또 사라지고 말았다. 그녀는 내일 떠나기로 되어 있었던 것이다.

"정말이십니까?"

레옹이 물었다.

"네."

"하지만 꼭 한 번 다시 만나 주시지 않으면 안 됩니다. 드릴 말씀이 있어요……"

"무슨 얘기인데요?"

"저…… 아주 중대하고 진지한 얘기입니다. 아아! 당신은 떠날 리 없습니다. 그럴 리가 없어요! 만약 이런 일을 아신다면…… 들어주십시오……. 그러면 부인은 제 마음을 모르셨다는 말입니까? 그렇지요? 제 마음을 모르셨군요."

"벌써 분명히 말씀하시지 않으셨어요?"

"아, 제발 저를 놀리지 마십시오! 그만하세요! 제발 부탁이니 꼭 한 번만 더 만나 주십시오……. 한 번만…… 꼭 한 번만이라도."

"그럼……."

엠마는 생각을 고쳐먹은 듯 덧붙였다.

"하지만 여기서는 안 돼요!"

"어디라도 좋습니다!"

잠시 생각에 잠긴 듯하던 엠마는 이윽고 쌀쌀한 어조로 말했다.

"내일 11시에 성당에서……."

"가겠습니다!"

레옹은 그녀의 손을 잡고 외쳤다. 엠마는 재빨리 손을 뺐다. 마침내 두 사람은 자리에서 일어났다. 엠마의 뒤쪽에 서 있던 레옹은 그녀가 고개를 숙이고 있을 때 그녀의 목 위로 몸을 굽히고 오랫동안 목덜미에 입을 맞추었다.

"어머, 정신나갔어요! 어쩌면! 안 돼요, 정말!"

엠마가 킥킥 소리를 내어 웃는 동안 키스는 몇 번이나 되풀이되었다. 그런 다음 레옹은 엠마의 어깨 너머로 얼굴을 내밀고 그녀의 눈에서 승낙의 표정을 찾으려고 했다. 그러나 엠마는 얼음같이 쌀쌀한 위엄을 지닌 눈으로 그를 내려다보았다.

밖으로 나가려고 서너 발자국 뒷걸음질치던 레옹은 문간에 우뚝 걸음을 멈추고 떨리는 목소리로 속삭였다.

"그럼 내일 다시……."

엠마는 고개를 끄덕이고 새처럼 달려 옆방으로 사라졌다.

그날 밤 엠마는 레옹에게 밀회를 거절하는 편지를 썼다.

이제는 모든 것이 끝났다. 서로의 행복을 위해 우리는 더 이상 만나서는 안 된다.

편지를 봉투에 넣었을 때 엠마는 문득 레옹의 주소를 모른다는 것을 깨닫고 당황스러웠다.

'내가 직접 주지 뭐. 그분이 오실 테니까.'

다음 날 레옹은 창문을 활짝 열어젖힌 채 발코니에서 콧노래를 부르며 정성껏 구두를 닦았다. 하얀색 바지에 화려한 양말을 신고 푸른 윗옷을 걸치고 손수건에는 향수를 있는 대로 뿌렸다. 그리고 이발소

에서 머리도 곱슬거리게 했는데 역시 자연스러운 것이 좋다고 생각
해 다시 머리를 폈다.

'아직 너무 이르군!'

레옹은 이발소의 뻐꾸기 시계가 9시를 가리키고 있는 것을 바라
보며 생각했다. 그는 낡은 잡지를 읽은 후 밖으로 나왔다. 잎담배를
한 대 피워 물고 세 블록을 지나 올라가던 그는 약속시간이 다 되었
다고 생각하며 노트르담 성당 앞 광장으로 걸음을 빨리했다.

맑게 개인 여름 아침이었다. 귀금속상에 놓인 은그릇이 햇빛에 빛
나고, 대성당 위에도 햇빛이 비스듬히 비쳐 회색빛 돌들이 반짝반짝
빛나고 있었다. 새 떼가 클로버 모양의 조그만 첨탑을 지나 푸른 하
늘에서 맴돌았다. 사람 소리로 시끄러운 광장에서는 포석을 둘러싸
고 있는 장미꽃과 재스민과 카네이션과 수선화의 향기가 진하게 풍
겼다. 그리고 나무들 사이에 고양이풀과 별꽃 등 이슬에 젖은 푸른
풀들이 불규칙하게 섞여 있었다. 광장 한가운데는 분수가 소리를 내
며 뿜어나오고, 커다란 양산 아래에서는 꽃을 파는 여자들이 모자를
쓰지 않은 채 잔뜩 쌓아놓은 참외 사이에 앉아 제비꽃을 종이에 싸
고 있었다.

레옹은 제비꽃을 한 다발 샀다. 여자를 위해 꽃을 산 것은 이번이
처음이었다. 꽃 향내를 맡자 그의 가슴은 마치 다른 사람에게 바치는
경의가 거꾸로 자기에게 돌아온 것처럼 자부심으로 한껏 부풀었다.

그러나 남의 눈에 띄는 것이 신경 쓰였다. 그는 마음을 단단히 먹
고 성당 안으로 들어갔다. 마침 성당지기가 왼쪽 현관 중앙 '춤추는
마리안느'[127] 아래 있는 입구에 서 있었다. 모자에 깃털을 꽂고 발목

---

127) 노트르담 대성당 북쪽 출입문 합각머리에는 세례 요한의 일생을 조각해 놓았는데, 그 일
　　화들 중 '에로디아드의 춤' 이라는 장면이 있다. 헤롯왕이 벌인 연회에서 살로메가 춤을
　　추는 장면으로 세인들은 그 살로메를 '춤추는 마리안느' 라고 부른다 ─ 옮긴이

까지 닿는 긴 칼을 차고 단장을 손에 들고 있는 그 모습은 추기경보
다 더 위엄 있어 보였고, 마치 신성한 성체 그릇처럼 빛나 보였다.

성당지기는 레옹 쪽으로 다가왔다. 그리고 신부가 어린아이에게
물어볼 때와 같은 온화하고 친절한 표정으로 말했다.

"보아하니 선생께서는 이 고장 사람이 아닌 것 같군요. 성당을 한
번 둘러보시지 않겠습니까?"

"아니, 괜찮습니다."

대답을 마친 레옹은 우선 바깥 복도를 한 바퀴 돌았다. 그리고 마
지막에 광장으로 갔지만 엠마는 와 있지 않았다. 그는 다시 성가대석
까지 올라갔다.

본당의 물이 가득 찬 성수반 속에는 아치형 기둥 끝과 스테인드글
라스의 일부분이 비치고 있었다. 그러나 스테인드글라스 그림의 반
사는 대리석 기둥 끝에 닿아 부서져 저쪽 돌바닥 위에까지 갖가지 색
의 융단을 그려놓았다. 밝은 햇빛이 열려진 세 개의 문으로부터 커다
란 세 줄기의 광선이 되어 성당 안으로 흘러들고 있었다. 때때로 제
단 안쪽으로 성당지기가 지나가며 성급한 신자가 하듯 제단 앞에 가
볍게 무릎을 꿇고 예배를 드리고 갔다. 세공된 유리 샹들리에가 중앙
에 그림처럼 매달려 있고, 성가대에는 은으로 만든 램프가 타고 있었
다. 그리고 옆 예배당과 성당 안의 컴컴한 곳에서 가끔 탄식 같은 소
리가 흘러나왔고, 그 소리에 섞여 철창문 소리가 높은 천장에까지 울
렸다.

레옹은 조용한 걸음걸이로 벽을 따라 움직였다. 이처럼 인생이 즐
겁게 생각된 일은 한번도 없었다. 이제 곧 그녀가 올 것이다. 요염한
모습으로 가슴 두근거리며 혹시나 쳐다보는 눈이 없는지 살피면서,
그리고 가장자리에 장식이 달린 옷을 입고, 금테안경을 쓰고, 화려
한 구두를 신고, 그가 여태껏 맛본 일이 없는 갖가지 우아함을 몸에

지닌 채 그러면서도 곧 무너지려는 정조의 그 말할 수 없는 매력을 풍기며 걸어올 것이다.

성당은 마치 부인의 거대한 거실처럼 모든 것을 준비하고 있었다. 둥근 천장은 그녀의 사랑 고백을 몰래 엿들으려고 허리를 굽히고, 스테인드글라스는 그녀의 얼굴을 비추려고 빛나고, 향로는 그녀를 천사처럼 나타나게 하기 위해 향기롭게 타올랐다.

하지만 엠마는 좀처럼 나타나지 않았다. 레옹은 의자에 걸터앉았다. 그러자 바구니를 나르는 뱃사공의 모습을 그린 푸른 유리그림이 눈에 띄었다. 그는 주의 깊게 그 그림을 바라보면서 물고기의 비늘과 단추의 구멍을 세었다. 그러는 동안에도 그의 마음은 줄곧 엠마를 찾아 방황하고 있었다.

성당지기는 이 남자가 제멋대로 성당을 구경하고 있는 것을 보고 은근히 화가 났다. 자신의 권위를 침범하고 신성을 모독하는 것 같은 기분이어서 괘씸했던 것이다.

그때 포석 위에 비단옷 끌리는 소리가 나고 챙이 달린 모자와 검은 케이프가…… 엠마였다! 레옹은 벌떡 일어나 그녀를 향해 달려갔다.

엠마는 얼굴이 창백해진 채 빠르게 걸어오고 있었다.

"읽어보세요!"

엠마는 종이 한 장을 내밀었다.

"오, 안 돼요!"

엠마는 내민 손을 재빨리 거두고 성모를 모셔놓은 예배당으로 들어가 한쪽 의자에 무릎을 꿇고 기도를 올리기 시작했다.

레옹은 얌전한 체하는 엠마의 변덕에 화가 치밀었다. 그러면서도 밀회를 하는 동안 그녀가 안달루시아[128] 후작부인처럼 기도에 열중

---

128) 스페인에 있는 지방으로, 이곳 여인들은 도덕적 속박 때문에 교회에서 애인과 밀회를 나누고는 했다고 한다 ─ 옮긴이

하고 있는 모습을 보고 또 다른 매력을 느꼈다. 그러나 끝나지 않을 것 같은 기도에 점점 지루해졌다.

엠마는 뭔가 돌연한 결심이 하늘에서 내리기를 바라며 기도했다. 아니 기도를 하려고 노력했다. 그리고 신의 구원을 간구하기 위해 번쩍번쩍 빛나는 성체를 똑바로 쏘아보고 큰 화병에 꽂혀 있는 활짝 핀 흰 줄리엔느 꽃향기를 들이마시고 성당 내의 정적에 조용히 귀를 기울였다. 그러나 그 정적은 마음의 동요를 한층 더하게 해줄 뿐이었다.

엠마는 벌떡 일어났다. 이어 두 사람이 같이 나가려고 하자 성당지기가 빠른 걸음으로 다가왔다.

"보아하니 부인께서는 이 고장 사람이 아니신 것 같군요. 성당의 볼거리들을 한번 둘러보시지 않겠습니까?"

"아, 괜찮아요!"

레옹은 화가 나서 소리쳤다.

"구경해 보는 것도 좋지 않을까요?"

엠마가 대답했다. 사실 그녀는 흔들리는 정조를 지키기 위해 성모 마리아든 조각이든 무덤이든 무엇이나 붙들고 싶은 심정이었다.

성당지기는 순서대로 안내하기 위해 먼저 두 사람을 광장 근처의 입구까지 안내했다. 그리고 비문도, 조각의 흔적도 없는 검은 포석으로 둘러싼 큰 원을 단장으로 가리키며 엄숙한 목소리로 말했다.

"바로 저것이 앙브와즈 거리의 그 유명한 종의 원주입니다. 종의 무게는 무려 4만 파운드로 유럽 전체를 통해 필적할 만한 것이 없었습니다. 이 종을 만든 사람은 너무나 기쁜 나머지 목숨을 거두었다고 합니다."

"갑시다."

레옹이 말했다.

성당지기 노인은 다시 걷기 시작했다. 이윽고 성모가 있는 예배당으로 돌아오자 한꺼번에 전체를 가리키려는 듯 양팔을 벌리고 자기의 과수원을 보여주는 시골 지주보다 더 자랑스러운 어조로 말했다.

"이 포석 밑에는 바렌느와 브리사크의 영주이셨으며, 프와투의 대원수이셨던 피에르 드 브레제께서 묻혀 계십니다. 이분은 노르망디의 총독을 지내시다가 1465년 7월 16일 몽레리 전투에서 전사하신 분입니다."

레옹은 입술을 깨물며 초조하게 발을 굴렸다.

"그리고 저 오른쪽의 온 몸에 갑옷을 입고 말을 타고 있는 귀인의 조각은 그분의 손자 루이 드 브레제입니다. 이분은 브르발과 몽쇼베의 영주로 계셨는데, 몰브리에 백작과 모니 남작을 겸하고 국왕 폐하의 시종관으로 있다가 오르드로 훈장을 받은 기사로서 노르망디의 총독을 지내셨습니다. 비문에도 새겨져 있지만 1531년 7월 23일 일요일에 돌아가셨습니다. 그리고 그 밑에 조용히 최후를 결행하려는 사람은 같은 분의 모습입니다. 인간 세상의 덧없음을 이토록 완전하게 표현한 그림은 다른 곳에서는 도저히 찾아볼 수 없을 겁니다. 그렇지 않습니까?"

엠마는 안경을 벗었다. 레옹은 성당지기의 말은 한마디도 듣지 않고 똑바로 선 채 그녀를 뚫어지게 바라보았다. 고집스럽게 계속되는 웅변과 냉담함의 중간에 끼어 낙담하고 있었던 것이다.

성당지기 노인은 지치지도 않고 계속 지껄여댔다.

"그 옆에 무릎을 꿇고 앉아 울고 있는 여인은 바로 그분의 부인인 디안느 드 프와티에인데, 이분은 브레제 백작부인 혹은 발랑티느와 공작부인이라고도 하고, 1499년에 탄생하시어 1566년에 돌아가셨습니다. 그리고 그 왼쪽 어린이를 안고 계신 분이 성모 마리아이십니다. 자, 그럼 이번에는 이쪽을 보십시오. 앙브와즈 집안의 묘석입니다. 이 명문 집안에서 태어나신 분들은 두 분 다 당시 대주교를 지내셨죠. 이분은 루이 12세 폐하의 장관을 지내신 분으로 이 성당을 위해 막대한 돈을 희사하셨죠. 이분의 유언장에는 금화 3만 에퀴를 빈민들에게 나누어주라는 유언이 쓰여 있었답니다.”

거침없이 떠들어대면서 성당지기는 난간에 입구가 가려 있는 예배당으로 두 사람을 억지로 끌고 들어갔다. 그리고 몇 개의 난간을 움직여 그중 실패한 조각인 듯싶은 돌덩이 하나를 가리켰다.

“이것이야말로…….”

성당지기는 긴 한숨과 함께 말을 이었다.

“옛날 영국 왕과 노르망디 공을 함께 지내신 리샤르 쾌르 드 리옹의 분묘를 장식했던 것입니다. 그걸 이 꼴로 만들어놓은 것은 칼뱅파의 이교도들이죠. 그 고약한 자들은 대주교님이 아직 재직 중에 있을 때 이 조각을 땅 속에 묻어버렸습니다. 자, 이것 보세요. 이게 대주교님의 저택으로 들어가는 입구입니다. 다음으로 홈통 주둥이에 낀 그림 유리를 보여드리겠습니다.”

그때 레옹은 재빨리 주머니에서 은화 한 닢을 꺼내주고 엠마의 팔을 잡았다. 성당지기는 다른 곳에서 온 사람이라면 아직 볼 것이 많이 있는데 벌써 사례를 하는 것이 이상한 듯 어이가 없는 표정을 지었다. 그리고 상대를 불러세웠다.

“아니, 손님들! 첨탑! 첨탑을 봐야지요……!”

“그만 됐어요.”

레옹이 대꾸했다.

“그래서는 안 되지요! 이 탑의 높이는 440피트나 됩니다. 이집트의 피라미드보다 불과 9피트밖에 낮지 않죠. 전부 쇠로 되어 있는데 이거야말로…….”

레옹은 뛰기 시작했다. 벌써 두 시간 가깝게 성당 안에서 돌처럼 굳어져 움직이지 않았던 그의 사랑이, 이번에는 어느 주물사의 엉뚱한 시도인 양 본당 위에 끊어진 채 제멋대로 놓인 가는 파이프가 마치 투명하게 생긴 굴뚝처럼 보이는 그 첨탑에서 연기처럼 사라질 것 같았기 때문이었다.

"대체 어디로 가시는 거예요?"

엠마가 물었지만 레옹은 대답하지 않고 계속 빠른 걸음으로 걸어갔다. 그런데 엠마가 입구의 성수반에 손가락을 담갔을 때 그들 뒤에서 단장 짚는 소리와 함께 가쁜 숨소리가 들려왔다. 레옹이 고개를 돌렸다.

"여보세요?"

"왜 그러시오?"

성당지기였다. 노인은 20여 권이나 되는 두터운 가철본을 아랫배로 겨우 균형을 유지하며 안고 왔다. 그리고 '이 성당의 내력을 적은 책'이라고 설명했다.

"바보 같으니라고!"

레옹은 중얼거리며 성당 밖으로 뛰어나갔다. 성당 앞뜰에서 어린아이 하나가 놀고 있었다.

"마차 한 대만 불러다오!"

아이는 총알처럼 카트르 방 거리로 뛰어갔다. 그들은 한참 동안 마주 서서 얼굴을 바라보며 어색한 기분에 잠겼다.

"아아! 레옹 씨! ……정말 전…… 어떻게 하면 좋죠!"

엠마는 억지로 웃었다. 그러나 곧 심각한 얼굴로 덧붙였다.

"정말 그러면 안 돼요, 네?"

"뭘 말씀입니까? 이런 일은 파리에서는 얼마든지 있습니다!"

이 한마디가 마치 거역할 수 없는 논거이기나 한 듯 그녀의 마음을 결정적으로 움직였다.

그러나 아무리 기다려도 마차는 오지 않았다. 레옹은 그녀가 다시 성당으로 들어가지 않을까 걱정이 되었다. 마침내 마차가 나타났다. 그때 성당 입구에 서 있던 성당지기가 다시 그들을 불렀다.

"그러면 차라리 북쪽 문으로 나가서서 '부활', '최후의 심판', '낙원', '다윗 왕', '불타는 지옥에 떨어진 악인들'이라도 보시고 가시지 그러세요?"

"나리, 어디로 모실까요?"

마부가 물었다.

"당신 좋을대로!"

레옹은 마차 속으로 엠마를 밀어넣으며 대답했다.

이윽고 무거운 마차는 구르기 시작했다. 마차는 그랑퐁 거리를 내려가 아르 광장과 나폴레옹 강둑, 퐁네프 다리를 가로질러 피에르 코르네이유 석상 앞에서 갑자기 멈췄다.

"세우지 말고 가요!"

마차 안에서 소리가 들려왔다.

마차는 다시 움직이기 시작했다. 그리고 라파예트 광장 네거리를 지나서부터는 언덕길이기 때문에 전속력으로 내려가 기차역 안으로 들어갔다.

"아니, 곧장 가요!"

같은 목소리가 다시 소리쳤다.

마차는 울타리를 나와 잠시 후 산책로에 이르자 키 높은 느릅나무 사이를 천천히 달렸다. 마부는 이마에 흐르는 땀을 닦아내고 가죽 모자를 무릎 사이에 낀 채 마차를 인도 밖 물가 잔디밭 쪽으로 몰아갔다. 그리고 강을 끼고 자갈이 깔린 예선도를 따라 섬 저쪽 오이셀 쪽으로 한참 동안 달렸다. 그러나 마차는 갑자기 한달음에 카트르마르와 소트빌르와 그랑드 쇼세와 엘뵈프 거리를 가로질러 식물원 앞에서 세 번째로 멈추었다.

"그냥 가라니까!"

좀 전보다 한층 짜증 섞인 목소리가 외쳤다.

마차는 곧 다시 달리기 시작하여 생 스베르와 퀴랑디에 강둑으로, 뫼르 강둑을 지나 다시 한 번 다리를 건너 샹드마르스 광장을 통과하고, 담쟁이덩굴이 푸르게 덮인 테라스를 따라 검은 옷을 입은 노인들이 볕을 쬐며 산책하고 있는 자선병원 뒤뜰을 지나갔다. 그러고는 부르뢰이 대로를 올라가 코슈아즈 거리를 거쳐 이윽고 드빌르 언덕까지 몽리부데를 두루 달렸다.

마차는 그곳에서 다시 길을 되짚었다. 그러자 이때부터는 목표도 방향도 정하지 않은 채 되는 대로 달렸다. 그 마차의 모습은 생 폴, 레스퀴르, 가르강 산, 라루우쥬 마르에서도 보였고, 가이야르브와 광장, 말라드르리 거리, 디낭드리 거리, 생 로맹, 생 비비앙, 생 마클루, 생 니케즈 앞(세관 앞), 바스비에유 투르, 트르아피프, 기념 묘지 앞이고 어디서든 볼 수 있었다.

이따금 마부는 마부석에서 실망에 가득 찬 눈으로 거리의 술집을 바라보았다. 그리고 이 손님들이 무엇 때문에 이처럼 멈추지 않고 돌아다니고 싶어하는지 알 수 없었다. 때때로 멈추어 보았지만 그때마다 안에서는 여전히 외치는 소리가 울려나왔다. 그래서 마부는 전보다 한층 더 심하게 말채찍을 휘날렸다. 마차가 흔들리든 말든 여기저기 마구 부딪치든 말든 조금도 상관하지 않은 채 자포자기 심정으로 목마름과 피로와 근심으로 거의 울상이 되어 마차를 몰았다.

그리고 선창가의 짐마차와 나무통 사이를 지나고, 경계표가 있는 길모퉁이를 지나자 거리의 사람들은 시골에서 좀처럼 볼 수 없는, 커튼을 내린 마차가 무덤보다도 엄중하게 문을 꼭꼭 닫은 채 배처럼 마구 흔들리며 이처럼 자주 나타나는 모습에 눈을 둥그렇게 떴다.

단 한번 마차 옆에 붙은 낡은 은등에 햇빛이 비칠 때, 들판 한복판에
서 조그만 노란 커튼 아래로 장갑을 끼지 않은 손이 나오더니 발기
발기 찢어진 종이를 던졌다. 그 종이는 바람에 날려 한창 빨간 꽃이
만발한 토끼풀 밭에 하얀 나비처럼 날아가 앉았다.

이윽고 6시경, 마차는 보브와진느의 어느 뒷골목에 가서 멈추었
다. 그리고 한 여자가 안에서 내리더니 베일을 쓴 채 뒤도 돌아보지
않고 걸어갔다.

2

여관으로 돌아온 엠마는 승합마차가 보이지 않는 것에 깜짝 놀랐다. 이베르는 53분 동안이나 기다리다 가버리고 만 것이다.

엠마는 꼭 돌아갈 이유는 없었지만, 그날 밤 안으로 돌아가기로 약속이 되어 있었다. 게다가 샤를르가 기다리고 있을 것이 마음에 걸렸다. 그리고 많은 여자들에게 간통 뒤의 형벌이며 보상이라고 할 수 있는 힘없는 복종심이 그녀의 마음속에 이미 준비되어 있었다.

엠마는 급히 돌아갈 준비를 하고 계산을 한 다음 안뜰에서 이륜마차에 올랐다. 그리고 마부를 재촉하며 쉴 새 없이 시간과 거리를 물어 겨우 켕캉푸아 마을 집들이 보이는 곳에서 '제비'로 갈아탔다.

마차 한쪽에 자리를 잡자 엠마는 곧 눈을 감았다. 그리고 한참 후 언덕 기슭에 다다랐을 때 눈을 뜨자 멀리 대장간 앞에 펠리시테가 기다리고 서 있는 것이 보였다. 이베르가 말을 세우자 하녀는 마차 창가까지 발돋움을 하고 뭔가 뜻 있는 목소리로 말했다.

"마님, 곧장 오메 씨 댁으로 가세요. 급한 일이 생겼나 봐요."

마을은 보통과 다름없이 조용했다. 길가에는 장밋빛 무더기가 가는 곳마다 있어 모락모락 김을 뿜어내고 있었다. 마침 잼을 만드는 계절이어서 용빌르 사람들은 모두 같은 날에 1년치 잼을 만들고 있는 것이다. 약국 앞에는 특히 큰 무더기가 있어 지나는 사람마다 보고 감탄했다. 게다가 약국의 가마는 클 뿐만 아니라 보통 집보다 모양도 훨씬 훌륭했다.

엠마는 집 안으로 들어갔다. 커다란 팔걸이의자가 아무렇게나 뒤집혀져 있고 〈루앙의 등불〉도 바닥에 떨어진 채 두 개의 절구공이 사이에 흩어져 있었다. 그녀는 복도의 문을 밀었다. 그러자 부엌 한복판에 따다놓은 까치밥이며, 가루설탕과 각설탕을 가득 담은 누런 항아리며, 테이블에 놓인 저울, 불 위에 얹어놓은 냄비 같은 것이 잔뜩 흩어져 있는 가운데 오메의 식구들 모두가 턱에까지 닿는 앞치마를 두르고 손에는 삼지창을 쥐고 있는 것이 보였다. 쥐스텡이 고개를 떨구고 서 있고, 약제사는 꽥꽥 소리를 지르고 있었다.

"창고로 누가 가지러 가라고 했어?"

"뭐 말입니까? 왜 그러세요?"

"왜 그러느냐고요?"

약제사가 말을 이었다.

"다 함께 잼을 만들고 있었답니다. 잼은 다 익었는데 거품이 너무 나서 넘칠 것 같아 냄비를 하나 더 가져오라고 보냈죠. 그랬더니 글쎄 게으르고 칠칠치 못한 녀석이 약국의 못에 걸린 창고 열쇠를 가지러 갔지 않았겠습니까!"

약제사 오메는 약제 도구며 약품이 가득 들어 있는 지붕 밑 다락방을 카페르나움[129]이라고 불렀다. 그는 여기서 곧잘 오랜 시간을 혼자 보내며 약병에 꼬리표도 붙이고, 약을 옮겨 담기도 하고 끈을 다시 매기도 했다. 그리고 또 그는 이곳을 단순한 창고로만 생각하지

---

129) 예수 그리스도의 선교 중심지로 갈리리 호 북쪽에 있는 도시이다. 여기서는 '실험실' 이라는 뜻으로 쓰였다 - 옮긴이

않고 무슨 성소처럼 생각했다. 그의 손으로 조제된 갖가지 종류의 약이며 큰 환약과 탕약, 세척제, 물약 따위가 여기서 나와 각지에 그의 명성을 널리 선전해 주기 때문이었다. 아무도 이 방에 발을 들여놓지 못하게 하고 청소도 자신이 직접 할 정도로 소중히 여기고 있었다. 누구나 들어갈 수 있는 약국이 그의 자랑을 과시하는 장소라면 이 창고는 오메가 혼자 열심히 생각하고 또 하고 싶은 대로 하며 만족을 얻는 피난처였다. 때문에 그에게 쥐스텡의 경솔한 행동은 도저히 그냥 넘길 수 없는 일이었다. 오메는 까치밥 열매보다 더 얼굴이 빨개져 되풀이해 외쳤다.

"그렇지, 창고 열쇠! 산과 부식성 알칼리 극약을 넣고 잠가둔 그 열쇠를! 그것도 일부러 챙겨둔 냄비를 가져오다니! 뚜껑이 달린 냄비를 말이지! 더구나 나도 잘 쓰지 않는 그 냄비를! 내가 하는 까다로운 조제 작업에는 뭐든지 귀중품이야! 이 망할 녀석! 그렇게도 분별이 없어가지고 어떻게 하지. 제약용으로 정해 놓은 물건을 부엌일에 쓰면 어떻게 해! 그건 마치 닭고기를 해부용 메스로 써는 것과 마찬가지야. 다시 말해서 사법관이……."

"여보, 좀 조용히 하세요!"

오메 부인이 말했다.

"아버지! 아버지!"

아탈리는 오메의 프록코트를 잡아당기며 말했다.

"너는 가만히 있어. 이 바보 같은 녀석! 너 같은 놈은 식료품 가게나 해야 해! 그래, 멋대로 해라! 마음대로 부숴봐! 마음대로 깨고, 마음대로 거머리를 놓아주고, 마음대로 접시꽃[130]을 내다 태우고, 마음대로 유리병에 오이를 절이고, 마음대로 붕대를 내다 찢어 써!"

"저, 제게 무슨……."

---

130) 볕에 말려 탕약에 쓴다 - 옮긴이

엠마가 주저주저하며 말했다.

"잠깐 기다려주십시오! 네가 지금 얼마나 위험한 짓을 했는지 알고는 있어? 왼쪽 구석 세 번째 선반에서 아무것도 보지 못했니? 자, 대답해 봐. 대답해 보란 말이야!"

"저는…… 모, 몰라요."

쥐스텡은 작은 소리로 대답했다.

"뭐, 모른다고! 흥, 모른다면 가르쳐주지! 너 거기서 황랍으로 봉한 푸른 유리병을 봤지? 그 안에 흰 가루가 들어 있고 병에는 '위험'이라는 글씨가 쓰여 있어. 그 속에 뭐가 들어 있는지 아니? 비소야, 비소! 그런데 너는 거기에 손을 댄 거야! 바로 그 옆에 있는 냄비를 집으려고 한 거란 말이다!"

"바로 옆이에요!"

오메 부인은 두 손을 합장하며 덧붙였다.

"비소라고! 너 잘못했으면 우리 식구 전부를 독살할 뻔했구나!"

그 말을 듣자 아이들은 벌써 배가 아픈 듯 소리를 질렀다.

"그렇지 않으면 환자를 독살했을지도 몰라!"

오메는 말을 이었다.

"그래, 너는 나를 중죄 재판소의 피고석에 앉힐 작정이었냐? 단두대에 끌려가는 꼴을 보고 싶어? 익숙한 나도 약을 다룰 때는 얼마나 조심하는지 알아? 내 책임을 생각하면 나는 가끔 등골이 오싹해진단 말이야. 왜 그런지 아니? 그건 정부가 우리를 괴롭히고 지배하려고 불합리한 법률을 마치 다모클레스의 칼[131]처럼 머리 위에 들이대고 있기 때문이야!"

---

131) 폭군 디오니시오스(B.C. 430~367)는 신하인 디모클레스를 초대하여 말갈기 한 가닥에 매달린 검을 그의 머리 위에 올려놓고, 모든 행복이란 그처럼 끊임없는 위험 속에 놓여 있음을 말했다는 고사에서 '다모클레스의 칼'이라는 표현이 유래했다 – 옮긴이

엠마는 자신이 무슨 일로 불려왔는지 물어보는 것도 까맣게 잊고 있었고, 약제사는 숨을 헐떡이며 말을 늘어놓고 있었다.

"그것이 우리가 너에게 친절하게 대해준 데 대한 보답이냐! 그게 너를 아들처럼 돌봐준 데 대한 답례란 말이냐! 정말이지 내가 없었다면 넌 어떻게 될 뻔했니? 어떻게 됐겠어? 지금쯤 뭘 하고 있겠어? 먹여주고 공부시키고 옷을 해 입히는 게 누구니? 훗날 사회에 나가 존경받을 수 있도록 여러 모로 기초를 닦아주고 있는 게 누구냔 말이냐? 하지만 그렇게 되려면 땀을 흘리고 노력하며 손에 못이 박히도록 일해야 하는 거야. 파브리칸도 피트 파베르, 아게 쿠오드 아기스[132]라는 말도 있잖아!"

오메는 라틴어까지 인용할 만큼 흥분해 있었다. 만일 알고 있었다면 중국어와 그린란드어까지 인용했을지도 몰랐다. 왜냐하면 마치 큰 바다가 무서운 폭풍우로 둘로 딱 갈려져 해변의 해초에서부터 밑바닥의 모래에 이르기까지 온통 다 들여다보이는 것처럼 영혼 전체가 속에 간직하고 있는 것을 모두 털어놓고 싶은 발작을 일으키고 있었기 때문이다.

오메는 다시 말을 이었다.

"나는 너를 맡게 된 걸 무척 후회하고 있다. 차라리 그때 너를 구해 주지 말고 태어난 그대로 가난 속에 처박아두었던들 이런 후회는 없었을 텐데. 너는 겨우 소나 키우고 살 놈이야. 학문에는 전혀 소질이 없어! 약 이름 하나 제대로 붙이지 못하고! 그런데도 너는 우리 집에서 할 일 없는 신부처럼 빈둥빈둥 놀며 밥이나 축내고 있어!"

그때 엠마가 오메 부인을 바라보며 말했다.

---

132) Fabricando fit faber, age quod agis, 사람은 대장장이 일을 함으로써 대장장이가 된다는 라틴어로, 네 할 일에 최선을 다 하라는 뜻이다. 유식한 체하기를 좋아하는 오메가 라틴어 격언을 인용하는 것이다 — 옮긴이

"저보고 좀 들러달라고 하셨다는데……."

"어머, 참! 저걸 어쩌지."

오메 부인은 슬픈 표정으로 말을 이었다.

"뭐라고 말씀드려야 좋을지…… 정말 안됐어요!"

오메 부인은 끝까지 말을 잇지 못했다. 약제사는 여전히 고래고래 소리를 지르고 있었다.

"냄비를 비워라! 그리고 깨끗이 닦아서 제자리에 갖다놓고 와! 어서 하라니까!"

오메가 쥐스텡의 작업복 목덜미를 움켜쥐고 힘껏 흔들자 그의 주머니에서 책이 한 권 툭 떨어졌다. 소년은 허리를 굽혔다. 그러나 오메가 더 빨랐다. 그는 책을 펴들고 눈을 둥그렇게 뜨고 입을 딱 벌린 채 들여다보았다.

"부부의……사랑!"

오메는 이 두 마디를 천천히 떼어가며 읽었다.

"아아! 과연! 과연! 굉장하구나! 게다가 삽화까지 있어. 허, 이건 정말 너무한데!"

오메 부인이 앞으로 다가갔다.

"안 돼, 저리 가!"

아이들은 삽화를 보고 싶어 야단이었다.

"나가, 밖으로 나가!"

오메가 소리치자 아이들은 밖으로 나갔다. 오메는 책을 펴든 채 눈동자를 데굴데굴 굴리며 얼굴을 잔뜩 부풀리고 마치 뇌일혈 환자처럼 방 안을 왔다갔다했다. 그리고 제자 앞으로 성큼성큼 걸어가더니 팔짱을 끼고 그 앞에 우뚝 섰다.

"너 정말 큰일이구나……. 나쁜 짓은 골라가며 배웠구나! 너는 어이없는 실수를 저지를 뻔한 거야. 알기나 해? 만일 이 더러운 책이 아이들의 손에라도 들어갔다면 어쩔 뻔했어? 그 애들이 조금이라도 영향을 받아 아탈리의 순결을 더럽히고 나폴레옹을 타락시키면 어떻게 될지 생각해 본 일 있어, 응? 저 애들은 벌써 어른이 다 됐다고. 설마 애들이 이 책을 읽지 않았다고 보증할 수 있니?”

“저어, 제게 하실 말씀이…….”

엠마가 다시 말했다.

“아, 부인…… 저, 부인의 시아버님이 돌아가셨습니다!”

보바리 노인은 그저께 밤에 식사를 마치고 나서 갑자기 뇌일혈 발작을 일으켜 세상을 떠났다. 샤를르는 엠마의 민감한 신경을 염려하고 혹시 마음에 상처를 입지 않을까 하여 일부러 오메 씨에게 이 끔찍한 소식을 적당히 전해 달라고 부탁해 놓았던 것이다.

처음에 오메는 극히 세련되고 부드러운 듣기 좋은 말만을 준비해 놓고 있었다. 그것들은 가장 신중하고 원만하고 완곡한 낱말들이었으나 분노가 그 모든 아름다운 말들을 날려보내고 말았다.

엠마는 자세한 이야기를 들을 수 없을 것 같아 단념하고 약국을 나왔다. 또다시 오메 씨가 욕을 퍼붓기 시작했던 것이다. 그러나 그는 차차 침착성을 되찾아 이번에는 터키 모자로 부채질을 해가며 어버이 같은 어조로 말했다.

“그렇다고 이 책이 전부 나쁘다는 얘기는 아니다! 이것을 쓴 사람은 의사야. 이 책 속에는 어른은 누구나 알아서 나쁠 것이 없는, 아니 어른이면 누구나 알아두어야 할 과학이 있다. 하지만 네게는 너무 일러, 까마득하다고! 네가 어른이 되고 하나의 완전한 인간으로 자립했을 때 그때 읽어야 할 책이란 말이야.”

엠마가 문을 두드리자 그녀를 기다리고 있던 샤를르가 두 팔을 벌리고 다가와 눈물 어린 목소리로 말했다.

"아! 당신이구려……."

샤를르는 허리를 굽혀 다정하게 키스했다. 그러나 그의 입술이 닿았을 때 엠마는 다른 남자를 생각하고 몸을 떨며 손을 얼굴로 가져갔다. 그리고 나지막이 말했다.

"아, 들었어요…… 다 들었어요……."

샤를르는 모친이 위선적인 감정은 조금도 섞지 않고 사실만을 알려온 편지를 아내에게 보여주었다. 어머니는 편지 속에서 다만 남편이 퇴역 장교들의 애국적인 모임을 마치고 돌아오는 도중 두드빌르 거리의 어느 술집 문턱에서, 그것도 길거리에서 죽었기 때문에 종교의 구원을 받지 못한 것만을 애석하게 생각하고 있을 뿐이었다.

엠마는 편지를 읽고 나서 돌려주었다. 저녁식사 때에는 예의상 식욕이 없는 체했다. 그러나 남편이 끈질기게 권했기 때문에 못 이기는 척 먹기 시작했다. 샤를르는 엠마와 마주앉아 맥이 풀린 듯 꼼짝하지 않았다.

샤를르는 때때로 얼굴을 들어 슬픔에 찬 눈으로 엠마를 바라보았다. 그리고 깊은 한숨을 내쉬며 말했다.

"꼭 한 번만 더 뵙고 싶었는데!"

엠마는 아무 말도 하지 않았다. 그러나 무슨 말이든 해야 한다고 생각하며 입을 열었다.

"아버님 연세가 몇이셨죠?"

"쉰여덟!"

"아, 그렇죠!"

그것으로 부부의 대화는 끊어졌다. 한참이 지난 후에야 샤를르가 입을 열었다.

"가엾은 어머님은 이제부터 어떻게 사시지?"

엠마는 자기도 모르겠다는 몸짓으로 답했다.

샤를르는 아내가 이토록 말이 없는 것을 보고 그녀도 슬퍼하고 있는 것이라고 생각했다. 그래서 아내의 슬픔을 더 이상 자극하지 않기 위해 아무 말 않기로 결심했다. 그래서 그는 자기의 슬픔을 누르고 말하지 않기로 결심했다. 그는 자기의 슬픔을 누르면서 물었다.

"어제는 재미있었소?"

"네."

식사가 끝났지만 샤를르는 일어나지 않았다. 엠마도 그대로 앉아 있었다. 남편의 무표정한 얼굴을 자세히 바라보는 동안 연민의 감정이 점점 사라지는 것을 느꼈다. 그녀는 샤를르가 인색하고 궁상스럽고 나약하고 무능한, 다시 말해 어느 모로 보나 취할 점이 없는 남자로밖에 보이지 않았다. 어떻게 하면 이 사내에게서 자유로워질 수 있을까! 어쩌면 이 밤은 이렇게도 지루할까! 마치 아편의 연기와도 같은 마취성의 그 무엇이 엠마의 마음을 서서히 마취시켰다.

그때 막대로 마루를 쾅쾅 울리는 듯한 소리가 복도에서 들려왔다. 이폴리트가 엠마의 짐을 날라온 것이다. 그는 짐을 내려놓느라고 의족으로 4분의 1쯤 되는 원을 그리고 있었다.

'남편은 벌써 이 남자 일을 까맣게 잊어버렸나 봐!'

빨간 머리를 아무렇게나 흐트러뜨린 채 땀을 흘리고 있는 가엾은 사내를 보면서 엠마는 생각했다.

샤를르는 지갑 속에서 잔돈을 찾고 있었다. 그리고 아무것도 할 수 없는 자신의 무능함을 비웃는 듯이 이 남자가 옆에 서 있는 것만으로도 자신에게 얼마나 굴욕적인 일인지를 느끼고 못하는 듯했다.

"아아! 아주 예쁜 꽃다발이 있군!"

난로 위에 놓은, 레옹이 준 오랑캐꽃을 보고 샤를르가 말했다.

"네…… 아까 산 거예요…… 구걸하는 여자한테서."

엠마는 아무렇지 않게 대답했다.

샤를르는 오랑캐꽃을 손에 들고, 울어서 빨개진 눈을 꽃에 식히며 냄새를 맡았다. 엠마는 재빨리 그의 손에서 꽃을 빼앗아 컵에 꽂으려고 밖으로 나갔다.

다음 날 보바리 노부인이 도착했다. 어머니와 아들은 많이 울었다. 엠마는 시킬 일들이 있다는 핑계로 자리를 피했다.

그다음 날은 장례 준비를 해야 했다. 모두들 바느질 상자를 들고 강가에 있는 푸른 잎으로 덮인 시렁 밑으로 갔다.

샤를르는 아버지를 생각하고 있었다. 그리고 지금까지 좋아하지도 않았던 아버지에게 이렇게까지 깊은 애정을 가진 것에 스스로 놀랐다. 보바리 노부인도 남편을 떠올리며 가장 불행했던 예전의 날들이 모두가 그립게 생각되었다. 오랜 습관에서 비롯된 본능적인 슬픔에 의해 모든 것이 다 흘러가 버린 듯 바늘을 놀리고 있으려니 굵은 눈물방울이 때때로 코를 타고 내려와 코끝에 매달리곤 했다.

하지만 엠마는 달랐다. 그녀는 48시간 전, 레옹과 단둘이 현실에서 벗어나 정신없이 도취되어 지칠 줄 모르고 상대방의 눈을 바라보던 일을 생각하고 있었다. 이미 가버리고 없는 그날의 극히 사소한 일까지도 다시 회상하려고 했다. 시어머니와 남편이 옆에 있는 것이 방해가 되었다. 그녀는 사랑의 꿈을 흐트러뜨리지 않기 위해 아무것도 듣고 싶지도 또 아무것도 보고 싶지도 않았다. 그러나 아무리 애써도 그 꿈은 밖에서 오는 감각에 뒤섞여 점점 사라져 갔다.

엠마는 옷 안감을 뜯고 있었다. 옷 조각들이 주위에 흩어졌다. 시어머니는 고개를 숙이고 가위질을 하고 있었다. 샤를르는 장식이 달린 덧신을 신고 실내복으로 입는 낡은 밤색 프록코트를 걸치고 양손을 주머니에 찌른 채 입을 꽉 다물고 있었다. 그 옆에는 베르트가 작은 앞치마를 두르고 삽으로 모래를 긁으며 놀고 있었다.

그때 뢰르 씨가 문을 열고 들어오는 것이 보였다. 그는 불행한 일을 당해 혹시 도와드릴 일이라도 없는지 들렀다고 말했다. 엠마는 없다고 대답했다. 하지만 뢰르는 물러가지 않고 말했다.

"대단히 실례입니다만, 조용히 드릴 말씀이 있는데요."

뢰느는 목소리를 한껏 낮추어 덧붙였다.

"바로 그 건 때문에 그러는데 저, 그것……."

샤를르는 귀까지 빨개졌다.

"아아! 그렇지…… 그래."

샤를르는 당황해하면서 아내를 향해 말했다.

"당신이 대신 해줄 수 있을까?"

엠마는 알아들었다는 듯 자리에서 일어났다. 샤를르는 어머니에게 말했다.

"아무것도 아니에요! 그냥 사소한 집안일이에요."

샤를르는 어음에 관한 것을 어머니에게 알리고 싶지 않았다. 잔소리를 들을 것이 두려웠던 것이다.

뢰르는 엠마와 단둘이 있게 되자 노골적인 말투로 유산 상속을 축하했다. 그리고 과수원에 대한 얘기와 수확과 자신의 건강 등 쓸데없는 이야기들을 늘어놓고, 자기의 형편은 그저 지낼 만하다고 말했다. 사실은 세상 소문과는 달리 빵에 바를 버터를 얻을 만한 벌이도 못하면서 큰소리를 치고 있었다.

엠마는 그가 마음대로 지껄이도록 내버려두었다. 그녀는 지난 이틀 동안 정말 기분이 우울했다!

"그런데 부인은 이제 완전히 회복되셨습니까? 보바리 씨가 걱정을 많이 하시더군요! 좋은 분이에요. 저와 약간 말다툼을 하기는 했지만 말이에요."

"그 말다툼이라는 것이 무엇이죠?"

샤를르는 그 물건에 대한 논쟁을 아내에게 숨겨왔던 것이다.

"왜 부인도 잘 아실걸요! 특별히 주문한 그 여행 가방 말입니다."

뢰르는 모자를 깊숙이 눌러쓰고 뒷짐을 진 채 빙긋이 웃으며 낮게 휘파람까지 불면서 아주 대담하게 그녀의 얼굴을 쳐다보았다.

'이 남자, 혹시 뭘 눈치챈 게 아닐까?'

엠마는 이것저것 상상해 보았다. 이윽고 그는 다시 입을 열었다.

"바깥양반과는 벌써 화해를 했습니다. 그런데 한 가지 더 결정을 할 일이 있어서 말입니다."

그것은 샤를르가 서명한 어음을 갱신하는 일이었다. 물론 보바리 씨가 하라는 대로 할 것이고 더구나 골치 아픈 일이 자꾸 생기려는 지금, 이런 일 때문에 고통을 당해서는 안 된다는 것이었다.

"차라리 그 어음을 누군가에게 넘기는 것이 나을 것입니다. 가령 부인에게라도 말입니다. 위임장 하나만 있으면 그런 건 아무것도 아니에요. 그렇게 되면 부인과 저, 두 사람으로 간단히 해결됩니다."

엠마는 납득이 잘 가지 않았다. 잠시 입을 다물었던 뢰르는 다시 장사 이야기로 돌아가 부인에게 무엇이든 팔아달라면서 옷 한 벌감과 까만 얇은 나사 12미터 보내겠다고 했다.

"지금 입고 계신 것은 집 안에서는 괜찮지만 외출을 하실 때에는 따로 한 벌 있으셔야겠습니다. 여기 들어설 때부터 그렇게 생각했어요. 제 눈은 보통 눈이 아니니까요."

뢰르는 옷감을 보내지 않고 직접 가지고 왔다. 그러고는 다시 치수를 재러 왔다. 그 밖에 여러 가지 구실을 만들어 찾아와서 그때마다 친절과 성의를 보이며, 오메 씨가 말한 대로 온갖 충성을 바치고 그러면서 돌아갈 때는 위임장에 대한 충고를 꼭 한마디씩 흘리고는 했다. 그러나 어음에 대해서는 한마디도 하지 않았고, 엠마도 그것을 잊고 있었다. 물론 병이 다 회복되어 갈 무렵 그 건에 대해 샤를르에게서 다소 들은 이야기는 있었지만, 그 후 엠마의 머릿속에는 여러 가지 동요가 일어났기 때문에 이미 기억에서 사라졌던 것이다.

게다가 엠마는 금전상의 문제로 이러쿵저러쿵 떠들기를 피했다. 보바리 노부인은 엠마의 이러한 태도를 보고 놀랐다. 그리고 이토록 엠마의 마음이 변한 것은 병을 앓고 난 후부터라고 생각했다.

그러나 시어머니가 돌아가고 나자 엠마는 그 착실한 실무의 재능을 발휘하여 샤를르를 놀라게 했다. 여기저기 조회하여 담보물건을 확인하고, 경매나 청산 중에서 어느 쪽을 택할 것인지 결정하지 않으면 안 된다고 말했다. 또한 그녀는 이서(裏書)니 최고장이니 공제니 하는 전문용어를 써가면서 끊임없이 유산 상속의 복잡한 절차에 대해 과장되게 떠들어댔다. 그러던 어느 날, 그녀는 결국 남편에게 '사무를 관리하고 채무를 정리하며 모든 어음에 서명과 보증을 서고 또 일체 금액의 지불을 대행한다'는 내용의 위임 승인서 견본을 보여주었다. 그녀는 뢰르가 가르쳐준 것을 활용한 것이었다.

샤를르는 이런 서류는 어디에서 났느냐고 어수룩하게 물었다.

"기요맹 씨한테서요."

엠마는 침착한 어조로 덧붙였다

"저는 그 사람을 별로 믿지는 않아요. 공증인이란 대개가 평판이 좋지 않으니까요! 하지만 누구하고든 의논을 해야 할 게 아니에요. 그래도 우리와 친한 사람이라면 오직…… 아니! 아무도 없군요."

"혹시 레옹 군이라면……."

생각에 잠겨 있던 샤를르가 대답했다. 편지로 의논하기는 어렵다는 이유에서 엠마는 자기가 직접 다녀오겠다고 했다. 샤를르는 그럴 필요까지 없다고 했지만 그녀는 굳이 고집을 부렸다. 호의를 보이려던 참이므로 마침내 그녀는 일부러 앵돌아진 척하며 말했다.

"당신이 뭐라고 해도 저는 꼭 가겠어요."

"정 그렇다면 고맙지. 당신은 정말 착해!"

샤를르는 엠마의 이마에 키스를 하며 말했다.

다음 날 당장 엠마는 '제비'를 타고 레옹과 의논하기 위해 루앙으로 떠났다. 그리고 사흘간 그곳에서 머물렀다.

3

정말 충만하고 달콤하고 멋진 사흘 간의 진정한 밀월이었다.

두 사람은 부둣가에 있는 불로뉴 호텔에 묵었다. 덧문을 꼭 닫고 문은 잠갔으며 마루에는 꽃을 장식하고 아침부터 아이스 시럽을 마시며 보냈다.

저녁이 되면 두 사람은 지붕이 있는 배를 타고 섬으로 식사를 하러 갔다. 그 시각이면 조선소 공사장에서 선체를 두드리며 배의 갈라진 틈을 메우는 직공들의 망치 소리가 울려 퍼질 때였다. 타르를 태우는 연기가 나무숲에서 흘러나오고, 강변에는 커다란 기름반점이 붉은 석양에 비추며 마치 청동판처럼 이리저리 물결쳤다.

두 사람은 강변에 매어놓은 배 사이를 누비며 강을 따라 내려갔다. 비스듬히 맨 닻줄이 그들이 타고 있는 배 위를 아슬아슬하게 스쳐 지나갔다.

거리의 소음은 어느새 멀어져 갔다. 마차 구르는 소리도, 사람들의 떠드는 소리도, 다른 배 위에서 짖어대는 개 소리도 아득히 멀어졌다. 그녀는 모자를 벗었다. 그리고 곧 섬에 당도했다.

두 사람은 문에 검은 망을 친 술집 지하실에 자리를 잡았다. 그리고 은어 튀김과 크림과 버찌를 먹었다. 또 그들은 풀 위에 눕기도 하고 백양나무 그늘에서 남몰래 포옹하기도 했다. 그들은 마치 로빈슨 크루소와 같이 이 좁은 곳에서 영원히 살고 싶었다. 행복에 취해 있는 그들에게 그곳은 이 세상에서 가장 멋진 곳으로 생각되었다. 물론 나무와 푸른 하늘과 잔디밭을 보고, 흐르는 물이며 나뭇잎을 흔드는 산들바람 소리를 듣는 것이 처음은 아니었다. 그러나 적어도 그러한 것들이 가지는 매력에 이토록 마음이 흔들리는 것은 처음이었다. 흡사 자연이라는 것이 존재하지 않다가 욕망이 충족된 지금에야 자연이 아름답게 느껴지는 것 같았다.

해가 지자 두 사람은 돌아가는 배를 탔다. 배는 섬이 많은 해안을 따라 서서히 움직였다. 그들은 어두운 배의 바닥에 몸을 숨긴 채 아무 소리도 내지 않았다. 네모난 노가 쇠고리 사이에서 삐걱삐걱 요란한 소리를 냈다. 그 소리는 적막 속에서 메트로놈[133] 박자처럼 규칙적으로 들렸고, 고물에서는 물에 드리운 키가 끊임없이 물결 소리를 내고 있었다.

잠시 후 달이 뜨자 두 사람은 달이 슬픈 시정에 가득 차 있다는 둥 아름다운 말들을 늘어놓았다. 그녀는 노래까지 불렀다.

지난밤 잊지 않으셨겠죠, 당신과 둘이서 배를 타던 일……

곡조가 잘 맞는 가냘픈 음성은 파도 위로 사라져 갔다. 레옹은 바람을 타고 사라지는 그 소리를 마치 바로 옆을 스쳐 지나가는 새의 날개 소리처럼 듣고 있었다.

엠마는 배 칸막이에 기대어 남자와 마주앉아 있었다. 열어놓은 문틈 사이 배 안으로 달빛이 흘러들었다. 그녀의 까만 옷 주름은 부채

---

133) 음악에서 빠르기를 정해 주는 기계이다 — 옮긴이

살 모양처럼 퍼져 그녀를 한층 날씬하게 보이게 했다. 그녀는 고개를 들어 손을 마주잡고 두 눈은 허공을 바라보았다. 때때로 버드나무 그림자가 그녀의 모습을 가렸다가 홀연히 환상처럼 달빛 속에 나타나곤 했다.

엠마 옆에 앉아 있던 레옹은 문득 손 아래에 붉은 비단 리본이 떨어져 있는 것을 발견했다.

뱃사공은 리본을 찬찬히 살펴본 후 말했다.

"아, 이것은 아마 바로 전에 태워드렸던 손님 것인가 봅니다. 남자와 여자 여럿이 같이 탔는데 과자와 샴페인과 나팔까지 가지고 와서 법석을 떨다 갔죠. 그중에서도 키가 크고 콧수염을 조그맣게 기른 남자 손님은 정말 재미있는 분이었어요! 그 손님한테 다른 사람들이 모두 '어이! 무슨 말이라도 해…… 아돌프.' 아니 도돌프라고 했던가, 하여튼 그러면서 떠들어댔지요."

엠마는 깜짝 놀랐다.

"왜, 기분이 나빠?"

레옹이 바싹 다가앉으며 물었다.

"아뇨! 아무것도 아니에요. 그냥 밤바람이 좀 차서 그래요."

"그분도 손님처럼 여자한테 정말 친절하시더군요."

늙은 뱃사공은 레옹에게 아첨할 심산으로 넌지시 말했다. 그리고 두 손에 침을 바르더니 노를 다시 고쳐 쥐었다.

마침내 헤어져야 할 시간이 다가왔다! 이별은 무척 슬펐다. 레옹은 롤레 아주머니 편에 편지를 보내겠다고 했다. 그때 엠마는 이중으로 편지를 봉해 보내라고 어찌나 세세한 주의를 주는지 레옹은 그녀의 사랑의 기교에 감탄했다.

"당신, 그 일은 정말 틀림없는 거죠?"

엠마는 작별 키스를 하며 말했다.

“그럼, 물론이지!”

레옹은 혼자 돌아오며 생각했다.

'그런데 그 위임장인가 뭔가 하는 것에 왜 그렇게까지 신경을 쓰
는 걸까?'

4

레옹은 이제 동료들 앞에서 거만한 태도를 취했고, 그들과 어울리기를 꺼려했으며, 소송 서류는 아예 거들떠보지 않았다. 그는 그녀의 편지가 오기만을 기다렸다. 그리고 어쩌다 편지가 오면 몇 번이고 되풀이해 읽었다. 그는 답장을 쓰며 욕망과 추억의 힘을 빌려 열심히 그녀를 그려보았다. 만나고 싶은 생각은 헤어져 있다고 해서 덜해지기는커녕 날이 갈수록 점점 심해졌다. 마침내 그는 토요일 아침 법률 사무소를 살짝 빠져나왔다.

언덕 꼭대기에서 골짜기 사이로 종루가 보이고, 그 종루의 양철 풍향계가 바람에 빙글빙글 도는 것이 보였다. 그러자 그는 백만장자가 고향을 방문한 듯 잔뜩 부푼 허영심과 이기적인 감동이 뒤섞인 환희를 느꼈다.

레옹은 그녀의 집 근처를 배회했다. 등불 하나가 부엌에서 빛나고 있었다. 그는 엠마의 그림자가 있나 하고 커튼 뒤를 엿보았으나 아무것도 보이지 않았다.

르프랑수와 부인은 그를 보자 몹시 기뻐하며 '키가 커지고 몸이 여위었다' 고 말했다. 반대로 아르테미즈는 '튼튼해지고 얼굴이 그을렀다’ 고 했다.

레옹은 예전처럼 좁은 방에서 저녁식사를 했다. 그러나 비네와 함께 하지 않고 혼자 먹었다. 왜냐하면 비네는 이제 ‘제비’ 를 기다리는데 진절머리가 나서 식사를 한 시간 앞당겨 5시에 하기로 결정했기 때문이다. 그래도 여전히 ‘낡아빠진 마차’ 가 또 늦었다고 투덜댔다.

마침내 결심을 굳힌 레옹은 의사의 집을 방문했다. 부인은 거실에 있었는데 15분이 지나서야 겨우 내려왔다. 샤를르는 그와 만나서 무척이나 기뻐하는 것 같았다. 그러나 그날 밤도 또 그다음 날도 그는 하루 종일 집을 비우지 않았다.

레옹은 그다음 날 밤이 다 저물어서야 겨우 뒤뜰 샛길에 혼자 있는 엠마와 만났다. 지난날 엠마와 로돌프가 만난 바로 그 오솔길에서! 때마침 폭풍우가 불어 두 사람은 한 우산 속에서 번갯불이 번쩍이는 것을 보며 이야기를 주고받았다.

헤어지는 것이 괴로워 견딜 수가 없었다.

“차라리 죽어버렸으면!”

엠마가 말했다. 그리고 울면서 레옹의 팔에 매달려 몸부림쳤다.

“안녕! 안녕! 또 언제 만날 수 있을까?”

두 사람은 헤어져 뒤돌아서 가다가 다시 돌아와 서로를 꼭 껴안았다. 엠마는 레옹에게, 무슨 방법을 써서라도 최소한 일주일에 한 번씩은 자유롭게 만날 수 있는 기회를 가까운 시일 안에 만들겠다고 약속했다. 그녀는 기회를 만들 자신이 있었다. 게다가 밝은 희망이 있었다. 돈이 손에 들어오기로 되어 있었던 것이다.

돈이 들어오자 엠마는 거실에 달기 위해 뢰르가 헐값이라고 떠벌리는 노란 바탕에 큰 무늬가 있는 커튼을 두 폭을 장만했다. 그녀는 융단도 깔고 싶어했다. 그러자 뢰르는 별거 아니라며 한 장 갖다주겠다고 약속했다. 그녀는 이제 이 상인의 도움 없이는 아무것도 할 수 없게 되었다. 하루에 몇 번을 불러도 그는 불평 한마디 없이 만사 제쳐놓고 달려왔다. 또 롤레 아주머니가 왜 매일같이 그녀의 집에 와서 점심식사를 하는지, 왜 일부러 엠마를 만나러 오는지 사람들은 알지 못했다.

겨울이 시작될 무렵 엠마는 음악에 미칠 듯이 열을 올리는 것처럼 보였다. 어느 날 밤, 샤를르가 귀를 귀울여 들어보니 그녀는 같은 곡을 연거푸 네 번이나 되풀이해 치면서 그때마다 제대로 되지 않는다고 투덜댔다. 그는 어느 부분이 틀린지도 모르면서 이렇게 소리를 쳤다.

"좋은데! 아주 멋져! 자, 계속 쳐봐요!"

"안 되겠어요. 엉망이에요. 손가락이 아주 굳어버렸어요!"

다음 날 샤를르는 다시 그녀에게 무엇이든 좋으니 자기를 위해 한 곡 쳐달라고 부탁했다.

"좋아요, 당신이 원한다면."

샤를르는 다 듣고 난 다음 조금 서툴어진 것 같다고 말했다. 그녀는 악보를 보지 않고 아무렇게나 쳤다. 그리고 갑지가 쾅 하고 건반을 내리쳤다.

"아, 이젠 틀렸어! 개인 지도를 받아야 해요. 하지만……."

엠마는 입술을 깨물고 덧붙였다.

"수업료가 매번 20프랑씩이라니 너무 비싸요!"

"음, 그렇군…… 약간은……."

샤를르는 사람 좋은 웃음을 띠며 말했다

"하지만 좀 더 싸게 배우는 방법도 있을 거요. 이름 없는 음악가도 유명한 선생보다 잘 가르치는 수가 있으니까 말이오."

"그런 사람을 찾을 수 있으면 좋을 텐데."

엠마가 대답했다.

다음 날 샤를르는 집으로 돌아오자 뭔가 의미 있는 눈초리로 아내를 바라보았다. 그리고 끝내 참지 못하고 이렇게 말했다.

"당신은 가끔 이상하게 고집을 부리는 버릇이 있어! 오늘 내가 바르푀세르에 다녀왔소. 그런데 거기 리에자르 부인 말이 수도원에 다니는 자기 딸 셋은 한 번에 2프랑씩 내고 레슨을 받고 있다잖소. 그것도 유명한 여류 음악가 밑에서 말이오."

엠마는 어깨를 으쓱했다. 그리고 다시는 피아노 뚜껑을 열지 않았다. 그러나 그 옆을 지날 때(물론 샤를르가 있을 때에 한해서) 그녀는 한숨을 쉬며 말했다.

"아아, 불쌍한 내 피아노!"

그리고 손님이 찾아오면 피치 못할 사정으로 음악을 포기했다고 말했다. 그러면 손님들은 모두 그것을 무척 애석하게 여겼다.

"딱하기도 해라! 그렇게도 소질이 있는데!"

손님들은 샤를르에게도 그렇게 말하고 그가 나쁘다고 대놓고 핀잔을 주었다. 특히 약제사는 제일 앞장서서 나무랐다.

"그래서는 안 됩니다! 천부적인 재능을 썩히다니요. 게다가 생각해 보시오. 부인에게 공부를 시켜두면 훗날 댁의 아이들에게 음악 교육을 시키는 데 비용이 들지 않을 것 아닙니까! 난 이렇게 생각합니다. 아이들의 교육은 반드시 어머니가 맡아야 한다고. 이것은 루소의 사상입니다만, 아직까지도 약간 새로운 생각일지는 모르지만 이 사상은 언젠가는 반드시 승리를 거둘 것입니다. 마치 모유로 아이를 키우는 것처럼 말입니다."

샤를르는 다시 피아노 문제를 거론했다. 엠마는 차라리 피아노를 팔아버렸으면 좋겠다고 시큰둥하게 대답했다. 샤를르의 허영심에 그토록 만족감을 주던 피아노가 어딘가로 팔려간다는 것은 아내의 일부분이 죽는 것만큼이나 괴로운 일이기는 했다.

"자주는 받지 못하더라도 레슨을 가끔 받아보는 게 어떻겠소? 그러면 비용도 그렇게 많이 들지 않을 테니까 말이오."

"레슨은 계속 받지 않으면 아무 소용이 없어요."

결국 엠마는 일주일에 한 번씩 애인을 만나러 시내로 나갈 수 있는 허락을 남편에게서 얻어내고 말았다. 그리고 한 달이 지나자 사람들은 부인의 솜씨가 놀랍게 발전했다고 말했다.

5

목요일이었다. 엠마는 일어나서 샤를르가 깨지 않도록 조심스럽게 옷을 주워 입었다. 너무 일찍부터 준비하는 것을 보면 혹시 남편이 잔소리를 할 것 같았기 때문이었다. 옷을 다 입은 그녀는 방 안을 왔다갔다했다. 그리고 창가에 서서 한참 동안 광장을 내려다보았다. 아침 햇살이 공동시장 기둥 사이로 비쳐들고 있었다. 약국 문은 아직 닫혀 있고 간판의 큰 글자만이 희끄무레한 빛 속에 훤히 드러나 보였다.

시계가 7시 15분을 가리키자 엠마는 '황금사자'로 갔다. 아르테미즈가 하품을 하며 문을 열었고, 그녀를 위해 잿더미 속에 묻어둔 숯불을 꺼내주었다. 부엌에는 엠마 혼자뿐이었다. 그녀는 이따금 밖으로 나가보았다. 이베르는 천천히 마차에 말을 매면서 르프랑수와 부인의 이야기를 듣고 있었다. 부인은 무명 모자를 쓴 머리를 창 밖으로 내밀고 그에게 여러 가지 일을 부탁하고, 다른 사람이라면 귀찮아할 정도로 장황하게 설명을 늘어놓았다. 엠마는 발이 시려워 구둣바닥을 안뜰 돌 위에 탕탕 굴렀다.

마침내 식사를 끝낸 이베르는 외투를 입고 파이프에 불을 붙인 다음 채찍을 쥐고 천천히 마부석에 올라앉았다. '제비'는 가벼운 걸음으로 달리기 시작했다. 그리고 10킬로미터쯤 가는 동안 여기저기 멈추어 서서 길바닥이나 집 울타리 앞에서 기다리고 있는 손님들을 태웠다. 전날 자리를 예약해 놓은 사람들은 좀처럼 나오지 않았다. 그 중에는 아직도 집에서 자고 있는 사람까지 있었다. 이베르는 소리쳐 부르기도 하고, 욕설을 퍼붓기도 하고, 일부러 마부석에서 내려 문을 탕탕 두드리기도 했다. 벌어진 마차 창문 틈으로 바람이 세차게 불어 들어왔다.

그러는 동안 의자 네 개가 모두 차고 마차는 빠른 속도로 달리기 시작했다. 사과나무가 줄지어 서 있는 것이 보였다. 그리고 누런 물이 고인 두 도랑 사이로, 길은 지평선 끝까지 차차 가늘어지면서 아득히 뻗어 있었다.

엠마는 그 길 처음부터 끝까지 훤하게 알고 있었다. 목장 다음에는 도로 표지 말뚝이 있고, 그 앞에는 느릅나무, 창고, 그리고 도로를 보수하는 일꾼들의 오두막 같은 것이 나온다는 것을 알고 있었다. 어떤 때는 깜짝 놀라게 되나 보려고 일부러 눈을 감을 때도 있었다. 그러나 역시 앞에 남은 거리만은 언제나 분명한 느낌으로 알 수 있었다.

이윽고 벽돌 건물들이 차차 많아지자 지면은 마차바퀴 밑에서 소리를 내며 울리고 '제비'가 뜰과 뜰 사이를 누비며 지나갔다. 뜰에는 석상이며 포도나무며 잘 다듬은 주목(朱木)이며 그네가 엉성한 울타리 사이로 보였다. 그러다가 불쑥 거리의 모습이 한눈에 들어왔다.

거리는 마치 계단식 언덕 모양으로 차차 아래로 내려가고 안개 속에 잠겨 다리 저쪽에 흐릿하게 펼쳐졌다. 저 멀리에는 널따란 벌판이 단조로운 기복을 이루며 희뿌옇고 아득한 하늘 밑에까지 끝없이 이어졌다. 이렇게 높은 곳에서 보니, 거리 전체의 경치는 한 폭의 그림처럼 조용했다. 닻을 내린 배들이 한쪽에 모여 있고 강물은 푸른 언덕 밑으로 굽이치고 있으며 길쭉한 섬들은 마치 꼼짝하지 않는 커다란 검은 물고기처럼 물 위에 둥둥 떠 있었다. 공장 굴뚝에서 뿜어져나오는 커다란 갈색 연기는 끝 부분이 바람에 흩날리며 사라져 갔다. 주물공장에서 들리는 울부짖는 듯한 소음이 성당의 낭랑한 종소리와 함께 아득히 들려왔다. 큰길에 있는 가로수는 잎이 다 떨어지고, 집들마다 뜰 한복판에는 보랏빛 가시덤불이 무성했다. 그리고 비에 젖어 번들거리는 지붕들은 집들의 높이에 따라 낮게 또는 높게 빛을 반사하고 있었다. 때때로 한 차례 바람이 불어와 생 카트린느 언덕 쪽으로 구름을 몰아갔다. 그 모습은 절벽에 부딪친 큰 파도가 소리없이 부서져 사라지는 광경과 흡사했다.

엠마의 느낌에는 첩첩이 쌓여 있는 그 숱한 삶들에서 눈부신 그 무엇인가가 발산되는 것 같았고, 마치 거기에서 맥박치는 12만 영혼의 정열이 열풍처럼 한꺼번에 몰려오는 것 같아 그녀의 가슴은 한껏 부풀어올랐다. 그녀의 사랑은 이 광대한 공간 앞에 드넓게 퍼져갔고 주위에 피어오르는 막연한 소음과 더불어 소용돌이치며 끓어올랐다. 그녀는 그 사랑을 밖으로, 광장으로, 산책로로, 거리로 쏟아냈다. 그러자 노르망디의 그 해묵은 도시는 그녀가 들어가려는 한없이 넓은 도시, 마치 바빌론의 도시처럼 눈 아래에 펼쳐지는 것이었다.

엠마는 두 손으로 창틀을 잡고 몸을 내밀어 시원한 바람을 들이마셨다. 세 마리가 끄는 마차는 쏜살같이 달리고, 바퀴에 닿는 돌들은 진흙 속에서 삐걱거리고, 차체는 마구 흔들렸다. 이베르는 저 멀리 큰길을 지나가는 이륜마차를 향해 소리를 질러댔다. 교외의 브와기욤에서 밤을 지낸 시민들은 조그만 자가용 마차를 타고 느긋하게 언덕을 내려가고 있었다.

승합마차는 거리 입구에서 멈추었다. 엠마는 구두 위에 덧신은 장화를 벗고 장갑을 다른 것으로 바꾸어 끼고 숄을 매만진 다음 스무 걸음쯤 더 가 '제비'에서 내렸다.

마침 거리는 잠에서 막 깨어나려 하고 있었다. 터키 모자를 쓴 점원들이 가게 앞을 청소하고, 허리에 바구니를 낀 행상 여인들은 길 모퉁이를 돌면서 이따금 소리를 질렀다. 엠마는 검은 베일을 늘이고 기쁨으로 얼굴을 빛내며 눈을 내리깔고 걸어갔다.

엠마는 남의 눈을 꺼리어 평소처럼 지름길로 가지 않고 어두운 뒷골목으로 들어갔다. 그리고 나시오날 거리의 분수가 있는 곳까지 땀투성이가 되도록 한달음에 걸어갔다. 이곳은 극장과 선술집과 창부들이 모여 있는 거리였다. 짐마차가 연극 배경을 싣고 엠마의 곁을 지나갔다. 앞치마를 두른 급사들이 길 옆 푸른 관목 사이에 모래를 뿌리고 있었다. 독한 압생트[134] 주와 잎담배와 굴 냄새가 풍겨왔다.

엠마는 어떤 모퉁이를 돌아 골목으로 접어들었다. 그러자 한 남자가 그녀 앞에 나타났다. 모자에서 삐져나온 곱슬머리를 보고 대뜸 그라는 것을 알아차릴 수 있었다.

레옹은 보도 위를 멈추지 않고 계속 걸어갔다. 엠마는 그의 뒤를 따라 호텔까지 갔다. 그는 층계를 올라가 방문을 열고 들어갔다……. 아아, 얼마나 애타게 기다렸던 열렬한 포옹인가!

키스에 이어 참았던 이야기들이 쏟아져 나왔다. 두 사람은 지난주에 일어났던 슬픈 일, 예감 그리고 초조하게 기다린 편지에 대해 얘기했다. 그러나 지금은 모든 것을 잊어버릴 수 있었다. 그들은 서로의 얼굴을 마주보며 즐거운 웃음을 짓고 다정하게 서로의 이름을 불러주었다.

커다란 배 모양의 침대는 마호가니로 만든 것이었다. 빨간 터키 비단 커튼이 천장에서부터 베개 바로 옆까지 늘어져 아치형으로 낮게

---

134) 향 쑥이나 산형과의 한해살이풀 아니스를 주된 향료로 써서 만든 증류주이다 - 옮긴이

매어져 있었다. 엠마가 부끄러운 듯 두 손으로 얼굴을 가리며 살이 드러난 팔을 오므릴 때, 그 붉은 빛 바탕 위에 뚜렷이 드러나는 갈색 머리와 흰 살결 만큼 아름다운 것은 이 세상에 없었다. 수수한 융단에 화려한 장식품과 빛이 조용히 비쳐드는 이 따뜻한 방은 그야말로 사랑하기에는 가장 적당한 곳이었다. 화살처럼 뾰족한 막대와 구리 커튼 핀과 난로 옆 장작 선반의 굵직한 구슬 장식들이 햇빛을 머금으며 반짝반짝 빛났다. 벽난로 위의 촛대 사이에는 귀를 갖다대면 바다의 파도 소리가 들려온다는 커다란 장밋빛 조개껍질 두 개가 놓여 있었다.

화려한 아름다움이 약간 퇴색되어 있었지만 밝고 편안한 방은 두 사람 마음에 쏙 들었다. 가구는 언제 보아도 제자리에 놓여 있었다. 지난 목요일에 그녀가 잊어버리고 간 머리핀이 시계 받침 밑에 그대로 놓여 있을 때도 있었다. 두 사람은 난로 옆, 자단을 박은 작은 원탁에서 식사를 했다. 엠마는 한껏 애교 있는 목소리로 말하며 요리를 잘게 잘라 레옹의 접시에 놓아주었다. 그리고 샴페인의 거품이 가벼운 술잔에서 넘쳐 그녀의 반지에 흐르면, 엠마는 드높은 소리로 장난스러운 웃음을 터뜨렸다. 그들은 서로가 상대를 완전히 자기 것으로 만든 기분에 잠기고, 그들 자신의 집에 있는 것 같은 착각에 빠졌다. 그리고 젊은 부부처럼 언제까지나 그곳에서 살고 싶다고 생각했다. 그들은 종종 우리 방, 우리 융단, 우리 소파라고 말했다. 또 엠마는 우리의 덧신이라고까지 했다. 그것은 그녀가 가지고 싶다고 해서 레옹이 선물한, 백조의 깃털로 가장자리를 장식한 장밋빛 공단으로 만든 실내화였다. 레옹의 무릎에 앉으면 그녀의 두 다리는 언제나 바닥에 닿지 않고 매달려 흔들거렸다. 그러면 뒤축이 없는 그 귀여운 신발은 그녀의 맨발 발가락 끝에 겨우 걸쳐져 있곤 했다.

레옹은 태어나서 처음으로 여자의 우아함에서 나오는 뭐라고 형언할 수 없는 미묘한 기분을 맛보고 있었다. 그는 지금까지 이토록 애교 있는 말씨와 몸에 잘 어울리는 옷과 비둘기 같은 황홀한 자태를 본 일이 없었다. 그는 엠마의 열광적인 영혼과 치마에 달린 레이스에 감탄하지 않을 수 없었다. 게다가 이 여자는 상류층 부인이고 남의 아내가 아닌가! 그런 만큼 더욱 정부다운 여자가 아닌가?

원래 변덕스러운 성미의 그녀는 기분 내키는 대로 침울한가 하면 쾌활해지고, 조용한가 하면 떠들어대고, 흥분하는가 하면 나른해지면서 레옹의 마음속에 무수한 욕망을 자극하며 갖가지 본능과 추억을 불러일으켰다. 그녀는 모든 소설 속의 사랑하는 여인이었으며, 모든 희곡의 여주인공이었고, 모든 시집 속에 나오는 막연한 '그녀' 였다. 레옹은 엠마의 어깨에서 '목욕하는 하렘 여인' 의 호박색을 연상했다. 그녀는 긴 가운을 걸친 봉건시대 성주의 부인 같았고 또한 '바르셀로나의 창백한 여인' 과도 비슷했다. 그러나 무엇보다도 그녀는 천사였다!

그녀를 보고 있으면 때때로 레옹의 영혼은 그녀에게로 빠져나가 그녀의 얼굴 주위에서 파도처럼 퍼지고 그녀의 하얀 가슴속에 그대로 빨려 들어가는 것 같은 느낌이었다.

레옹은 엠마 앞에 무릎을 꿇고 앉아 그녀의 무릎에 자신의 양팔을 괴고 웃는 얼굴을 내밀어 말없이 그녀의 얼굴을 바라보았다.

엠마는 그에게 몸을 숙여 황홀감에 젖은 목소리로 숨이 막힐 듯 속삭였다.

"움직이지 마세요! 아무 말도 하지 마세요! 나만 똑바로 봐요! 당신 두 눈에서 즐겁고 정다운 것이 풍겨 정말 기분이 좋아요!"

엠마는 그를 '도련님' 이라고 불렀다.

"도련님, 내가 좋아요?"

그녀는 대답도 필요없다는 듯이 곧바로 레옹의 입에 자신의 입술을 포개었다.

탁상시계 위에는 청동으로 만든 작은 큐피트가 황금빛 화환 밑에 두 팔을 구부리고 미소를 짓고 있었다. 두 사람은 그것을 보고 곧잘 웃고는 했다. 하지만 헤어질 때가 되면 그것도 그들에게는 우습게 보이지가 않았다.

서로 마주앉아 꼼짝도 하지 않은 채 두 사람은 되풀이해 말했다.

"다음 목요일이에요! ……목요일이에요!"

갑자기 엠마가 레옹의 머리를 두 팔로 껴안으며 말했다.

"안녕……."

그녀는 레옹의 이마에 입을 맞춘 다음 계단을 뛰어 내려갔다.

엠마는 머리를 고치기 위해 코미디 거리에 있는 미용실로 갔다. 벌써 해가 저물어 밤으로 향했고, 미용실에는 가스등이 켜져 있었다.

배우들의 공연 시간을 알리는 종소리가 극장에서 들려왔다. 그러자 얼굴에 하얀 칠을 한 남자와 빛바랜 의상을 입은 여자들이 분장실로 들어가는 모습이 맞은편으로 보였다.

미용실 안은 천장이 몹시 낮은 데다 가발과 포마드가 잔뜩 늘어서 있는 사이에서 난로가 타고 있어 무척 더웠다. 머리 지지는 냄새와 함께 기름 묻은 손이 머리를 매만져주자 그녀는 곧 나른해져 미용실 가운을 입은 채 한참 동안 꾸벅꾸벅 졸았다. 미용사들은 머리를 매만지면서 가면무도회의 표를 사라고 그녀에게 권했다.

얼마 뒤 엠마는 그곳에서 나왔다. 그리고 몇 개의 거리를 거슬러 올라가 '적십자' 여관에 도착했다. 그녀는 거기에서 오늘 아침 의자 밑에 숨겨두었던 비신을 꺼내 신고 기다림에 지친 승객들 사이를 헤집으며 자리를 잡고 털썩 주저앉았다. 몇 사람이 언덕 밑에서 내렸고, 마차 안에는 그녀 혼자뿐이었다.

모퉁이를 돌 때마다 거리의 모든 등불이 점점 뚜렷하게 보였다. 분별할 수 없을 정도로 옹기종기 모인 집들 위로 뿌연 광선이 안개처럼 짙게 깔려 있었다. 엠마는 의자의 방석 위에 무릎을 꿇고 앉아 눈부시게 빛나는 등불 쪽을 바라보았다. 그녀는 흐느끼며 레옹의 이름을 불렀다. 그에게 사랑의 말을 보내고 키스를 보냈지만 그것은 불어오는 바람에 휘말려 어디론가 사라져버리고 말았다.

언덕 위 길가에 지나다니는 마차들 틈에 지팡이를 짚고 서성거리는 떠돌이 거지 하나가 있었다. 치덕치덕 겹쳐 걸친 낡아빠진 누더기가 어깨를 덮었고, 얼굴은 양푼처럼 우묵하게 찌그러진 낡은 모자에 가려 보이지 않았다. 거지가 모자를 벗자 거의 눈꺼풀이 없는 핏발 선 커다란 두 눈이 나타났다. 빨갛게 짓무르고 고름이 흘러 코 근처까지 퍼런 옴병처럼 늘어붙어 있었다. 그리고 시커먼 콧구멍은 쉴 새 없이 훌쩍거렸다. 무슨 말을 할 때에는 하늘을 쳐다보며 백치처럼 웃었다. 그럴 때면 푸르스름한 눈동자는 관자놀이 근처로 바싹 달라붙어 그 위에 있는 커다란 상처 끝에 가 닿았다.

거지는 마차 뒤를 따라가며 낮은 소리로 노래를 불렀다.

구름 한 점 없이 맑게 갠 날,
아가씨는 사랑을 꿈꾼다네.

그다음에는 새들과 햇빛과 나뭇잎의 노래가 이어졌다. 때때로 거지는 엠마의 등뒤에서 모자도 쓰지 않은 채 불쑥 나타나기도 했다. 그녀는 놀라움에 비명을 지르며 뒤로 물러섰다. 그러면 마부 이베르는 거지에게 생 로맹 시장에 가게를 하나 열라며 권하기도 하고 사귀는 아가씨는 잘 있느냐고 놀리며 웃어대기도 했다.

마차가 달리고 있을 때 갑자기 창 밖에서 거지의 모자가 쑤욱 마차 안으로 들어올 때도 있었다. 거지는 마차바퀴의 진흙을 뒤집어쓰

면서도 한 팔로 마차 발판에 바싹 달라붙어 있는 것이었다. 처음에
는 거지의 목소리가 약하디 약한 어린애의 울음소리 같았으나 차차
날카로워졌다. 그 소리는 뭔지 알 수 없는 고통을 호소하는 울부짖
음처럼 어둠 속에 긴 여운을 남기고 사라졌다. 그리고 방울 소리와
우수수 흔들리는 나뭇가지 소리와 텅 빈 마차의 덜컹거리는 소리를
통해 들리는 그 목소리에는 마치 아득한 옛날의 그 무엇을 연상시켜
엠마의 마음을 사정없이 뒤흔들어 놓았다. 회오리바람이 일어나듯
그것은 엠마의 영혼 깊숙이 파고 들어와 끝없는 우울의 세계로 몰고
갔다. 그러나 마차가 한쪽으로 기우는 것을 깨달은 이베르는 채찍을
들어 그 거지를 힘껏 내리쳤다. 가죽 채찍이 상처를 후려치자 그는
비명을 지르며 진흙탕 속으로 나가 떨어졌다.

이윽고 '제비'의 승객들은 꾸벅꾸벅 졸기 시작했다. 입을 쩍 벌린
사람, 고개를 푹 숙인 사람, 옆사람 어깨에 기대기도 하고 가죽 손잡
이를 잡은 채 마차가 흔들리는 대로 규칙적으로 흔들리고 있었다. 말
엉덩이 쪽에 걸려 있는 불빛이 밤색 옥양목 커튼을 통해 마차 안에
비쳐들어 꼼짝 않고 있는 손님들 위에 핏빛 같은 그림자를 드리웠다.
엠마는 슬픔에 잠겨 옷 속에서 바들바들 떨었다. 발끝이 점점 시려오
면서 금방 죽을 것 같은 느낌이었다.

샤를르는 집에서 아내를 기다리고 있었다. '제비'는 목요일이면
언제나 연착했다. 드디어 그녀가 돌아온 것이다! 그녀는 딸아이에게
키스를 하는 둥 마는 둥 했다. 저녁 준비가 되어 있지 않았지만 개의
치 않았다. 그녀는 하녀를 나무라지도 않았다. 이제는 하녀가 무슨
짓을 해도 상관하지 않았다.

샤를르는 때때로 엠마의 얼굴이 창백한 것을 보고 어디 아픈 것은
아닌지 묻고는 했다.

"아니에요."

“하지만 오늘밤은 아무래도 이상한데 그래?”

“아니라니까요! 아무것도 아니에요! 아무것도!”

어떤 날은 돌아오자마자 곧장 방으로 올라가 버리는 때도 있었다. 그러면 마침 집에 와 있던 쥐스텡은 발끝으로 조심스레 다니며 눈치 빠른 하녀보다도 더 능숙하게 그녀의 시중을 들었다. 성냥과 촛대와 책 같은 것을 적당한 장소에 갖다놓고는 잠옷을 꺼내고 이불을 내어 잠자리 준비까지 해주었다.

“이제 됐으니까 돌아가요.”

엠마는 이렇게 말했는데, 쥐스텡이 두 손을 축 늘어뜨리고 눈은 멍하니 뜬 채 갑자기 밀려드는 무수한 몽상의 실오라기 속에 얽힌 듯 우두커니 서 있었기 때문이었다.

다음 날은 괴로운 하루였다. 그리고 그다음 며칠 동안은 다시 행복을 붙잡고 싶은 초조감이 눈앞에 어른거리는 환영으로 한층 자극을 받는 욕망에 잠시도 가만히 있지 못했고, 그 욕망은 일주일 후 다시 레옹의 품에 안길 때까지 타올랐다. 레옹의 정열은 엠마에 대한 경이와 감사의 표현 속에 깊이 감추어져 있었다. 엠마는 이러한 사랑을 조심스럽게 음미하며 사랑의 기교를 다해 유지하려 애쓰면서도 언젠가는 그 모든 것이 사라져버릴까 늘 불안해했다.

이따금 그녀는 부드럽고 낮은 목소리로 말했다.

“아아, 당신은 언젠가는 나를 버리겠죠, 네!······당신은 결혼하시겠죠!······딴 남자들과 마찬가지겠죠.”

“딴 남자들이라니?”

“세상 남자들 말이에요.”

엠마는 그를 살짝 떠밀며 덧붙였다.

“남자들은 모두 뻔뻔스럽거든요!”

어느 날 두 사람이 인생의 덧없음에 대해 철학적으로 이야기를 하던 도중에 엠마는(레옹의 질투심을 시험하기 위해서였는지 혹은 자신의 마음속에 있는 것을 모두 털어놓지 않고는 견딜 수 없어서였는지) 레옹을 사랑하기 전에 다른 남자를 사랑한 일이 있다고 고백해 버렸다.

"그렇지만 당신만큼은 사랑하지 않았어요."

엠마는 '아무 일도 없었다는 것'을 딸의 생명을 걸고 맹세했다. 레옹은 그녀의 말을 믿으면서도 그가 무엇을 하는 사람인지 물었다.

"해군 대령이었어요."

이 대답은 그의 모든 쓸데없는 질문을 막는 동시에 세상의 인기를 한몸에 받고 있는 남자를 매혹시켰다는 것으로 자신의 가치를 한층 높아 보이게 하려는 의도가 아니었을까?

서기는 자신의 지위가 비천하다는 것을 느꼈다. 견장과 훈장과 직함이 부러웠다. 엠마는 이런 것들을 좋아하는 게 틀림없었다. 그녀의 사치스러운 생활로 미루어보아 그것을 확신했다.

그러나 엠마는 그 외에도 어이없고 사치스러운 소망들을 가슴에 간직하고 있었다. 예를 들어 루앙에 갈 때에는 파란 칠을 한 이륜마차에 영국 말을 매고 승마 구두를 신은 마부에게 고삐를 쥐게 하는 따위였다. 이러한 허영심을 부채질한 것은 쥐스텡이었는데, 그는 그녀에게 자기를 마부로 써달라고 부탁하고 있었다. 자가용 마차가 없다고 해서 밀회 때마다 루앙에 도착했을 때의 기쁨이 감소되는 것은 아니었지만 만나고 나서 돌아올 때의 고통은 확실히 더해지는 것이었다. 두 사람이 파리 얘기를 하고 난 다음이면 엠마는 이렇게 속삭이고는 했다.

"아아, 파리에 가서 산다면 얼마나 좋을까!"

"지금은 행복하지 않소?"

레옹은 엠마의 머리를 쓰다듬으며 부드럽게 말했다.

"물론 행복하죠. 자, 키스해 주세요!"

엠마는 전보다는 다정하게 남편을 대했다. 피스타치오 크림을 만들어주기도 하고, 저녁식사 후에는 함께 왈츠를 추기도 했다. 샤를르는 자신이 세상에서 제일 행복한 사람이라고 생각했다. 아무 걱정도 없이 지내던 엠마에게 어느 날 밤 불쑥 샤를르가 물었다.

"당신에게 레슨을 해주는 선생이 랑프뢰르 양이라고 했지?"

"네."

"사실은 조금 전에 리에자르 부인 댁에서 그분을 만났소. 그런데 당신 얘기를 했더니 그 사람 당신을 모른다고 하던데?"

마치 벼락을 맞은 듯한 충격이었다. 그러나 엠마는 천연스럽게 대답했다.

"그럴 리가요! 아마 제 이름을 잊어버린 모양이군요!"

"루앙에 랑프뢰르라는 피아노 선생이 또 있나 보지!"

"아, 그럴 수도 있겠네요!"

엠마는 덧붙여 말했다.

"그분 영수증을 이렇게 가지고 있는데요. 자, 이것 보세요!"

엠마는 책상 쪽으로 가서 모든 서랍을 뒤지고 서류를 온통 뒤섞어 놓았다. 아내가 너무나 정신없이 굴었기 때문에 샤를르는 아무것도 아닌 영수증으로 그렇게 애를 쓸 필요는 없다고 거듭 말했다.

"아니에요, 꼭 찾고야 말겠어요!"

샤를르는 그다음 금요일에 자신의 옷을 넣어두는 방에서 신을 신다가 구두 바닥에 무슨 종이 조각이 들어 있는 것을 발견했다. 그는 그것을 꺼내 읽어보았다.

영수증.
수업료와 기타 교재비로 65프랑을 정히 영수함.

음악 교사 펠리시 랑프뢰르

"도대체 왜 이런 것이 내 구두 속에 들어 있지?"

"아마, 선반 위에 얹어둔 낡은 서류통 속에서 떨어진 모양이죠."

엠마가 대답했다.

이 무렵 엠마의 생활은 온통 거짓말투성이였다. 그녀는 그 거짓말 속에서 마치 베일로 감싸듯 자신의 사랑을 싸서 감추고 있었다.

거짓말하는 것이 어쩔 수 없는 필요가 되고 광적인 버릇이 되고 쾌락이 되어서 끝내는 이런 상태에까지 이르렀다. 그녀가 만일, 나는 어제 오른쪽 길을 갔다고 말한다면 사실은 왼쪽 길을 간 것이라고 생각해야 할 정도였다.

어느 날 아침, 엠마가 평소와 같이 상당히 얇은 옷을 입고 집을 나갔는데 갑자기 눈이 내리기 시작했다. 샤를르가 창가에 서서 눈 내리는 광경을 보고 있는데 튀바슈 씨가 모는 마차를 타고 부르지니앙 신부가 루앙에 가는 것이 보였다. 샤를르는 재빨리 뛰어 내려가 신부에게 두꺼운 숄을 건네주며 '적십자' 여관에 당도하면 엠마에게 전해 달라고 부탁했다.

부르니지앙 신부는 여관에 도착하자 즉시 용빌르의 의사 부인이 어디 있느냐고 물었다. 여관집 안주인은 그 부인은 이곳에서는 별로 묵지 않는다고 했다. 그런데 그날 밤 '제비'에서 보바리 부인을 만나자 신부는 여관에서 당황했던 이야기를 들려주었다. 물론 신부는 이 일을 그다지 대수롭게 생각하고 있지 않았다. 왜냐하면 신부는 그 이야기 끝에 요즘 대성당에서 대단한 인기를 끌고 있는 설교사에 대한 얘기를 하고, 거리의 부녀자들이 모두 그 설교를 들으러 간다는 말을 했기 때문이다.

그러나 신부가 설사 이유를 캐묻지 않았다 하더라도, 앞으로 다른 사람들이 더욱 거리낌 없이 호기심을 나타낼지도 모르는 일이었다. 다음부터는 루앙에 갈 때마다 '적십자' 여관에 묵는 것이 좋겠다고 엠마는 판단했다. 그러면 용빌르에서 온 사람들은 그 여관 계단에 그녀가 서 있는 것을 보고 아무 의심을 하지 않을 것이기 때문이다.

그러던 어느 날, 엠마가 레옹과 팔짱을 끼고 불로뉴 호텔에서 나오는 모습을 마침 지나가던 뢰르가 보고 말았다. 엠마는 그가 소문을 퍼뜨리지 않을까 걱정이 되었다. 그러나 뢰르는 그 정도로 바보가 아니었다.

그로부터 사흘 뒤, 뢰르는 엠마의 방으로 들어와 문을 닫고는 이렇게 말했다.

"돈이 좀 필요해서요."

지금은 줄 돈이 없다고 엠마는 딱 잘라 말했다. 뢰르는 여러 가지 불평을 늘어놓으며 우는 소리를 했다. 그리고 지금까지 그녀에게 해온 여러 가지 친절을 하나하나 들먹였다.

사실 샤를르가 서명한 두 장의 어음 중에서 엠마는 한 장밖에 지불하지 못했다. 남은 한 장도 그녀의 간청에 따라 다른 두 장과 교환하고, 그 두 장조차 지불기한을 훨씬 연기하여 놓았던 것이다. 뢰르는 외상 목록을 주머니에서 꺼냈다. 그 목록들이란 커튼, 융단, 소파용 천, 몇 벌의 옷, 그리고 여러 가지 화장품 등으로 대금은 무려 2천 프랑이나 되었다.

엠마는 고개를 떨구었다. 뢰르는 계속 말했다.

"현금은 없다고 해도 '재산'은 가지고 계시죠?"

뢰르는 오말르 부근 바르느빌르에 있는, 거의 쓸모없이 쓰러져 가는 집 얘기를 꺼냈다. 그것은 옛날 샤를르의 아버지가 팔아버린 작은 농지에 딸린 건물이었다. 뢰르는 이러한 사정을 모두 알고 있었다. 심지어 면적은 몇 헥타르쯤이며, 근처에는 누가 살고 있는지도 상세히 알고 있었다.

"나 같으면 그 집을 팔겠습니다. 그러면 빚을 다 갚고도 돈이 얼마쯤 남을 텐데요."

엠마가 그 집을 살 적임자를 찾기가 어려울 것이라고 하자 뢰르는 있을 것 같다고 대답했다. 그녀는 자기 명의로 팔려면 어떻게 해야 하는지 물었다.

"위임장을 가지고 계시지 않습니까?"

뢰르의 대답은 엠마에게 마치 한줄기 시원한 바람처럼 느껴졌다.

"그 청구서는 놔두고 가세요."

"아니, 그럴 필요 없습니다!"

뢰르가 대답했다.

다음 주에 뢰르가 다시 찾아왔다. 그리고 여기저기 알아본 결과, 값은 확실히 말하지 않았지만 전부터 그 땅에 눈독을 들이고 있는 랑글루와라는 남자를 찾았다고 자랑스럽게 말했다.

"값 같은 것은 아무래도 좋아요!"

엠마가 말했다. 그러나 뢰르는 조금 기다리면서 그 남자의 심중을 알아봐야 한다고 했다. 이쪽에서 한번 찾아갈 필요는 있지만 부인이 거기까지 갈 수는 없으므로 자기가 랑글루와와 흥정을 하겠다고 나섰다. 그리고 일단 한번 다녀오더니, 살 사람이 4천 프랑을 내겠다 한다고 전했다.

엠마는 이 소식을 듣고 굉장히 기뻐했다.

"솔직히 말해 정말 좋은 값입니다."

뢰르가 말했다. 엠마는 즉시 그 반액을 받아쥐었다. 그리고 계산서의 금액을 지불하려고 했다.

"이렇게 소중한 돈을 한꺼번에 받아야 하다니, 정말 안됐습니다."

뢰르가 말했다. 엠마는 그 지폐를 내려다보았다. 그리고 2천 프랑으로 할 수 있는 수없이 많은 밀회를 머리에 떠올렸다.

"뭘요, 뭘요!"

엠마는 중얼거리듯 답했다.

"그렇지 않지요!"

뢰르는 일부러 호인다운 미소를 띠면서 말을 이었다.

"계산서에는 아무렇게나 좋은 대로 쓸 수 있습니다. 제가 이래봬도 살림살이에는 훤한 인간입니다."

뢰르는 종이 조각 두 장을 손가락 사이에 끼고 그녀를 똑바로 바라보았다. 그리고 서류가방을 열고 1천 프랑짜리 약속어음 넉 장을 테이블 위에 늘어놓았다.

"여기에 서명해 주시지요. 그리고 돈은 전부 넣어두십시오."

엠마는 말도 안 된다며 반대했다.

"하지만 어차피 제가 차액을 치를 테니까 부인을 위해서도 좋지 않겠습니까?"

뢰르는 뻔뻔스럽게 대답했다. 그리고 펜을 들고 계산서 밑에 썼다.

일금 4천 프랑.

보바리 부인으로부터 정히 영수함.

"아무 걱정하실 것 없습니다. 여섯 달만 있으면 집의 잔금을 받으실 테고, 마지막 어음 지불 기한도 그 돈이 들어오고 난 후로 잡을 테니까요!"

엠마는 그 계산에 잠시 당황스러웠다. 마치 터진 자루에서 수많은 금화가 쏟아져나와 주위의 마룻바닥 위로 소리를 내며 구르기라도 하는 듯 그녀의 귀가 웅웅거렸다. 마침내 뢰르는 루앙의 은행가에 뱅사르라는 친구가 있는데, 그 사람에게 가서 이 넉 장의 어음에 대한 돈을 미리 받아 가지고 실제 부채를 제한 나머지를 자기가 직접 가져다 드리겠다고 설명했다.

그러나 뢰르는 2천 프랑이 아닌 1천 8백 프랑밖에 가져오지 않았다. 왜냐하면 친구인 뱅사르가 (당연한 권리로서) 수수료로 2백 프랑을 미리 떼었다는 것이다. 그리고 나서 그는 또 뻔뻔스럽게 영수증을 청구했다.

"아시겠지만…… 장사에서는…… 때때로…… 그러니 날짜를 부탁합니다, 부디 날짜를요."

모든 것이 자기 하고 싶은 대로 될 것 같은 전망이 엠마의 눈앞에 펼쳐졌다. 그녀는 2천 프랑을 모두 저금해 놓고 기한이 차는 대로 처음 석 장의 어음을 처리했다. 하지만 어찌된 영문인지 넉 장째 어음이 어느 목요일에 불쑥 집으로 날아들었다. 샤를르는 질겁을 하여 아내가 돌아오기를 기다렸다가 어찌된 일인지 물었다.

지금까지 어음에 대한 얘기를 전혀 하지 않은 것은 그를 집 안의 번거로운 일에 신경을 쓰지 않게 하기 위해서였다고 엠마는 말했다. 그리고 남편의 무릎에 올라 앉아 그를 애무하며 다정한 목소리로, 어쩔 수 없이 외상으로 들여온 물건들을 하나하나 늘어놓았다.

"어때요, 가짓수로 비해 그렇게 비싼 편은 아니지요?"

입장이 난처해진 샤를르는 역시 뢰르를 찾아가 도움을 청했다. 뢰르는 만일 두 장의 어음에 서명만 해준다면 사건을 무사히 처리해 주겠다고 말했다.

어음 두 장 중 한 장은 7백 프랑짜리로 3개월이 만기였다. 샤를르는 어머니에게 도움을 청하는 비통한 편지를 썼다. 어머니는 답장을 쓰는 대신 직접 찾아왔다. 엠마가 샤를르에게 어머니한테서 얼마를 받았느냐고 물었다.

"아, 하지만 어머니는 계산서를 보자고 하시는데?"

다음 날 아침 일찍 엠마는 뢰르에게 달려가 1천 프랑이 넘지 않는 계산서를 한 장 더 만들어 달라고 부탁했다. 왜냐하면 4천 프랑의 계산서를 보인다면 자연히 그녀가 이미 3분의 2를 지불했다는 사실을 말하지 않을 수 없고, 결과적으로 부동산을 매각한 일을 고백해야 했기 때문이었다. 뢰르가 일을 잘 처리했기 때문에 그 사실이 드러난 것은 훨씬 뒤였다.

물건들은 모두가 값이 싼 것이었는데도 불구하고 보바리 노부인은 낭비가 심하다고 생각했다.

"융단 같은 것은 없어도 살 수 있잖니? 그리고 의자 커버는 또 왜 바꿨느냐? 내가 젊었을 때는 의자는 한 집에 하나밖에 없었다. 게다가 그것은 노인들만이 썼어. 다른 집은 어떤지 몰라도 적어도 우리 어머니는 그러셨어. 정말 짜임새 있는 분이셨지. 아무나 부자 흉내를 내는 줄 아느냐! 돈이란 물 쓰듯 쓰기 시작하면 한이 없는 거야! 나는 부끄러워서도 너희처럼 사치스러운 생활을 못하겠다! 이제는 늙어서 정말 누가 좀 돌봐주었으면 하는 나이지만…… 아이고! 또 있구나, 사치품이! 뭐? 안감이 2프랑이라고? 10수, 아니 8수만 주면 아주 훌륭한 면사를 살 수 있는데……."

"아아, 알았어요! 이제 그만하세요!"

엠마는 소파에 기대앉아 될 수 있는 대로 침착하게 대답했다.

노부인은 여전히 설교를 계속했다.

"너희는 결국 돈 한 푼 없이 자선 병원에서 죽어가겠지. 그리고 이렇게 된 것은 누가 뭐라 해도 샤를르 때문이지만 다행히 그 애는 이제라도 그 위임장을 무효로 하겠다고 약속했다."

"뭐라고요?"

"그래, 단단히 약속했다!"

노부인이 대꾸했다. 엠마는 창문을 열고 남편을 불렀다. 샤를르는 할 수 없이 어머니에게 언질을 주었다고 고백할 수밖에 없었다.

밖으로 나간 엠마는 곧 돌아와서 커다란 종이 한 장을 어머니에게 내밀었다.

"고맙구나."

노부인은 위임장을 불 속에 던져버렸다. 그때 엠마가 깔깔대며 웃기 시작했다. 날카롭고 찢어질 듯 계속되는 웃음이었다. 신경 발작이 일어난 것이었다.

"이거 큰일났군!"

샤를르는 소리쳤다

"어머니, 어머니도 나쁘세요! 어머니는 엠마하고 싸움이나 하러 오셨습니까!"

"저건 다 연극이다."

노부인은 어깨를 으쓱하고 딱 잘라 말했다. 그러나 샤를르는 처음으로 반항하며 아내의 편을 들었기 때문에 노부인은 돌아가겠다고 해서 다음 날 일찍 떠났다. 문간에서 샤를르가 붙잡으려고 했지만 허사였다.

"싫다, 싫다! 너는 어미보다 네 처를 더 사랑하지 않느냐. 하긴 그것이 당연하지, 당연하고말고. 할 수 없는 노릇이지! 어쨌든 당분간은 서로 헤어져 있자! 그동안 몸조심이나 해라……. 네 말대로 아마 이제부터는 그 애와 싸우러 오지는 않을 거다."

그러나 샤를르는 엠마와 마주앉자 당황스러웠다. 그녀가 자신을 믿지 않았다는 불만을 노골적으로 나타냈기 때문이었다. 샤를르는 몇 번이나 빌고 애원한 끝에 전처럼 다시 그녀 앞으로 위임장을 만들어주기로 약속했다. 두 사람은 기요맹 씨 집으로 가서 지난번 것과 똑같은 위임장을 다시 써 받았다.

"당연한 말씀입니다."

공증인이 말했다.

"학자란 자질구레한 살림살이에 신경을 쓰시는 게 아니니까요."

샤를르는 이런 아첨의 말을 듣고 안도감을 느꼈다. 그 말은 뭔가 고상한 일에 몰두하고 있다는 그럴듯한 겉모습으로 그의 약점을 포장해 주기 때문이었다.

다음 목요일, 호텔방에서 레옹과 만났을 때 엠마는 얼마나 격렬한 감정을 느꼈던가! 웃고, 울고, 노래하고, 춤추고, 샤베트를 시켜 먹고, 심지어 담배까지 피우려 들었다. 레옹은 그런 그녀가 어처구니 없어 보였지만 한편으로는 아주 멋지고 매력적으로 보이기도 했다.

엠마의 존재 속에서 일어난 어떠한 반동이 그녀를 인생의 향락으로 한층 몰아대고 있는 건지 레옹은 짐작이 가지 않았다. 그녀는 더욱 예민해지고 먹고 싶어하고 음탕해졌다. 그리고 거리에서도 아무 거리낌 없이(그녀의 말대로 두려울 것 없이) 레옹과 함께 활개를 치며 걸었다. 그러는 중에도 그녀는 가끔, 혹시 이러다 로돌프와 마주치는 것은 아닌가 생각하고 몸을 떨고는 했다. 로돌프와는 영원히 헤어지기는 했지만 그 남자의 그림자는 아직 자신의 어딘가에 남아 있는 것 같아 견딜 수가 없었다.

어느 날 밤, 엠마는 용빌르로 돌아오지 않았다. 샤를르는 거의 제정신이 아니었다. 어린 베르트는 엄마 없이는 자지 않겠다고 애처롭게 울었다. 쥐스텡은 어디라고 할 것 없이 길거리를 헤매며 엠마를 찾으러 돌아다녔다. 오메까지도 약국 밖으로 나와 있었다.

11시가 되자 인내심이 바닥난 샤를르는 마차에 말을 메고 뛰어올라 채찍을 내리치며 새벽 2시경 '적십자' 여관에 당도했다. 여관에는 아무도 없었다. 아내는 레옹을 만나러 간 것이 틀림없다고 생각했다. 레옹의 주소는 어딜까? 다행히 그의 주인 주소를 생각해낸 샤를르는 그곳으로 달려갔다.

이미 날이 훤히 밝아오기 시작했다. 샤를르는 어느 대문 위에 공중인의 문패가 붙어 있는 것을 발견했다. 그는 대문을 두드렸다. 문도 열지 않은 채 날카로운 목소리가 서기의 주소를 가르쳐주고, 왜 밤중에 시끄럽게 남의 집 문을 두드리느냐고 욕설을 퍼부었다.

레옹의 집에는 초인종도, 두드리는 문고리도, 문지기도 없었다. 샤를르는 창문을 세게 두드렸다. 그때 순경이 지나가자 그는 무서워서 자리를 피했다.

"아아, 미치겠군! 아마 로르모 씨 댁에서 저녁식사 끝에 붙들린 것은 아닐까?"

샤를르는 혼자 중얼거렸다. 하지만 로르모 씨 가족은 벌써 루앙에서 떠난 지 오래였다.

"어쩌면 뒤브뢰유 부인을 간호하느라고 남아 있는지도 모르겠군. 참, 뒤브뢰유 부인은 벌써 열 달 전에 죽었지! ……그럼 대체 어디 있다는 말인가?"

그때 문득 한 가지 생각이 떠올랐다. 그는 카페에서 연감을 빌려 급히 랑프뢰르 양의 이름을 찾아냈다. 르넬르 데 마로키니에 거리 74번지에 살고 있었다.

그 거리로 들어섰을 때 저쪽 끝에서 엠마가 나타났다. 샤를르는 거의 달려들다시피 하며 외쳤다.

"어제는 왜 못 돌아왔소?"

"아팠어요."

"아니, 어디가? ……어디가 아팠어? 어떻게?"

"랑프뢰르 선생 댁에서……."

엠마는 이마에 손을 대며 대답했다.

"그러리라고 생각했소! 지금 거기로 가는 길이라오."

"어머, 가실 필요 없어요!"

엠마가 말했다.

"선생님은 조금 전에 나가셨어요. 하지만 앞으로 그렇게 걱정하

지 마세요. 조금만 늦어도 당신이 그렇게 신경을 쓰신다고 생각하면
전 정말 거북해요."

이것으로 엠마는 마음놓고 집을 비울 수 있는 허락을 얻어낸 것이
나 마찬가지였다. 엠마는 멋대로 그것을 이용했다. 레옹과 만나고
싶으면 그녀는 무슨 핑계를 대서라도 집에서 나갔다.

그런 날에는 레옹이 기다리고 있지 않았기 때문에 그녀는 법률 사
무소로 직접 찾아가기도 했다.

처음 한동안 그것은 뜻밖의 행복이었다. 그러나 조금 지나자 레옹
은 솔직하게 털어놓았다. 주인이 일에 지장이 생기는 것을 아주 싫
어한다는 것이었다.

"아아, 그래요! 그럼 그냥 나오세요."

그 말을 듣고 레옹은 사무소를 빠져나왔다.

엠마는 레옹에게 검은색 옷만 입으라고 했고, 루이 13세의 초상처
럼 턱에 수염을 기르기를 권했다. 그리고 레옹의 하숙집을 보고 싶
다고 했고, 보고 나자 너무 평범하다고 했다. 레옹은 얼굴을 붉혔다.
엠마는 상관하지 않고 자기네 커튼과 같은 것을 사라고 했다. 그가
돈이 든다고 반대하자 그녀는 웃으며 말했다.

"어머 어머! 쩨쩨하시네요!"

엠마를 만날 때마다 레옹은 언제나 지난번 밀회 이후에 한 일을
낱낱이 보고해야 했다. 언젠가 그녀는 시를 보내달라고 했다. 자기
를 위한 시, 자기를 찬양하는 '사랑의 시'를 받고 싶다는 것이었다.
그러나 레옹은 아무리 해도 둘째 줄의 운(韻)을 생각해낼 수가 없었
기 때문에 하는 수 없이 삽화가 든 시집에서 소네트[135] 하나를 뽑아
베껴주었다.

허영이라기보다 오로지 엠마의 마음에 들고 싶어서였다. 레옹은

언제나 그녀의 생각에 반대하는 법이 없었다. 그녀의 어떠한 취미도
다 받아들였다. 그녀가 레옹의 정부라기보다 차라리 레옹이 엠마의
정부라는 표현이 더 적절했다. 엠마의 상냥한 말과 입맞춤은 그의
혼을 빼앗았다. 너무나 깊고 은밀하여 오히려 거의 정신적이라고 해
도 좋을 이런 퇴폐적인 기교를 엠마는 도대체 어디서 배웠을까?

6

엠마를 만나러 올 때마다 레옹은 종종 약제사 오메의 집에서 식사를 했다. 그래서 이번에는 그 답례로 오메 씨를 한번 초대해야겠다고 생각했다.

"아, 물론 가야지! 매일 이곳에 처박혀 있어야 한다는 법도 없는데 말이야. 자네와 같이 극장에도 가고 요릿집에도 가보고, 한번 실컷 놀아보세!"

오메가 대답했다.

"혹시, 당신!"

오메 부인은 남편이 저지르려고 하는 뭔지 모르는 위험을 걱정하여 다정한 말로 나무랐다.

"뭐라고? 당신은 내가 1년 내내 약국에서 약 냄새만 맡아 건강을 해치고 있다는 걸 모르오? 하긴 여자들이 그렇지. 여자는 학문에도 질투를 하고 또 사람이 기분전환을 한번 한다는 데에도 반대를 하지. 어쨌든그런 건 상관할 것 없고. 레옹 씨, 염려 마시고 다 내게 맡겨요. 우리 머지않은 장래에 루앙에 가서 돈을 마음껏 뿌려봅시다."

그전 같으면 오메는 이런 말을 삼갔을지 모르나 요즘은 들뜬 파리

식 취미에 영향을 받아 그런 유행이 좋은 취향이라고 생각하고 있었다. 그리고 보바리 부인처럼 도회지의 풍습을 쉴 새 없이 듣고 싶어 했다. 속물들을 놀라게 해주려고 은어(隱語)까지 써서 '튀르느(점)', '바자르(짐)', '쉬카르(고급)', '쉬캉다르(아주 고급)', '브레다 스트리트(창녀 거리)'라는 말이라든가 '쥐망 베(나는 간다)'라고 할 것을 일부러 '쥐므 라 카스(작별이다)'라는 표현들을 썼다.

그러던 어느 목요일, 엠마는 '황금사자'의 식당에서 여행복을 입은 오메 씨와 맞닥뜨리자 깜짝 놀랐다. 그는 이전에 한번도 본 적이 없는 낡은 외투를 걸치고, 한 손에는 여행 가방을, 다른 한 손에는 언제나 약국에 있던 발 쬐는 난로를 들고 있었다. 약국을 비워놓은 채 단골을 불안하게 해서는 안된다며 그는 이번 여행을 아무한테도 말하지 않고 떠났다.

오메는 젊은 시절을 보냈던 곳을 오랜만에 가보는 것이 자못 즐거운지 마차 속에서도 쉴새 없이 떠들어댔다. 이윽고 루앙에 도착하자 마차에서 뛰어내린 그는 곧장 레옹한테로 갔다. 레옹의 사양에도 불구하고 그는 레옹을 노르망디라는 커다란 술집으로 끌고 갔다. 그리고 이런 유흥장에서 모자를 벗는 것은 시골뜨기나 하는 짓이라면서 모자를 쓴 채 위풍당당히 들어갔다.

엠마는 45분이나 기다렸다. 기다리기에 지친 그녀는 레옹의 사무소로 달려갔다. 그리고 온갖 억측 끝에 레옹의 무심함을 원망하고 자신의 유약함을 나무라며 유리창에 이마를 대고 오후를 보냈다.

두 남자는 2시가 되어서도 여전히 식탁을 사이에 두고 마주앉아 있었다. 큰 홀은 점점 사람이 줄어들어 갔다. 종려나무 모양의 난로 굴뚝이 흰 천장을 배경으로 금빛 잎사귀 다발을 동그랗게 펼치고 있었다.

두 사람이 앉아 있는 유리창 너머에는 작은 분수가 햇빛을 담뿍 받으며 대리석 수반에 소리를 내며 떨어지고, 수반에는 겨자나무와 아스파라거스 사이로 축 늘어진 세 마리의 왕새우가 옆으로 쌓아놓은 메추라기 앞에까지 발을 쭉 뻗고 있었다.

오메는 무척 기분이 좋았다. 음식보다는 화려한 분위기에 도취되었는지, 포마르 주가 몇 잔 돌고 럼주가 든 오믈렛이 나올 즈음에는 여자들에 관한 부도덕한 이론들을 늘어놓고 있었다. 그가 특히 매력을 느끼는 것은 멋있는 여자라고 했다. 좋은 가구가 놓인 방에 화려한 옷을 입은 여인이 좋고, 몸집은 통통하고 작은 편이 좋다고 했다.

레옹은 낙심한 표정으로 벽시계만 바라보았다. 약제사는 마시고 먹고 떠들다가 갑자기 뚱딴지 같은 말을 건넸다.

"자네, 루앙에서는 부자연스러울걸. 자네가 좋아하는 사람이 가까운 곳에 살고 있기는 하지만……."

상대가 얼굴을 붉히는 것을 보자 이어 말했다.

"자, 고백하지 그래! 숨길 것이 뭐 있나. 용빌르인가?"

레옹은 말이 막혀 우물쭈물했다.

"보바리 부인 댁에서 꾀었지?"

"누, 누구를요?"

"하녀 말이야!"

오메는 농담을 하는 것이 아니었다. 그러나 레옹은 들뜬 허영심 때문에 조심해야 한다는 것도 잊고 기를 쓰고 부정했다. 게다가 자기가 좋아하는 여자는 머리가 갈색이어야 한다고 했다.

"나도 그 말에는 동감이야."

약제사가 덧붙였다.

"그런 여자가 화끈하거든."

오메는 상대의 귀에 입을 갖다대고 속삭이는 소리로 어떤 특징을 보면 화끈한 여자라는 것을 알 수 있는지 가르쳐주었다. 이윽고 이야기는 인종론으로까지 발전해 독일 여자는 신경질적이고, 프랑스 여자는 바람기가 다분하며, 이탈리아 여자는 정열적이라고 했다.

"흑인 여자는 어때요?"

"그건 예술가들이 좋아하지!"

오메는 대답을 하고 덧붙였다.

"보이, 여기 커피 두 잔!"

"일어날까요?"

레옹은 마침내 참다못해 말했다.

"그럽시다."

하지만 오메는 나가기 전에 이곳 건물의 주인을 만나야 한다면서 그를 만나 두세 마디 치사의 말을 늘어놓았다.

레옹은 해야 할 일이 있다고 핑계를 댔다.

"아, 내가 바래다 주지!"

길을 걸으면서 오메는 자기 아내에 대한 얘기, 아이들과 그 애들의 장래에 대한 얘기, 약국에 대한 얘기, 약국이 옛날에는 얼마나 형편없었으며 그것을 자기가 어떻게 오늘날과 같은 훌륭한 약국으로 만들었는가 하는 것에 대해 얘기했다.

블로뉴 호텔 앞까지 오자 레옹은 오메와 헤어지자마자 재빨리 층계를 뛰어 올라갔다. 연인은 잔뜩 흥분해 있었다.

약제사의 이름을 듣기가 무섭게 엠마는 벌컥 화를 냈다. 레옹은 어쩔 수 없었던 이유를 이것저것 들었다. 내 잘못이 아니다, 당신도 오메가 어떤 인물이라는 걸 알고 있지 않느냐, 그리고 그런 남자와 같이 있기를 좋아할 사람이 누가 있겠느냐고 했다. 그러나 앵돌아진 그녀가 밖으로 나가려고 하자 레옹은 그녀를 붙들었다. 그리고 털썩 무릎을 꿇고 앉아 욕망과 애원이 가득 찬 괴로운 몸짓으로 그녀의 허리를 두 팔로 껴안았다.

엠마는 똑바로 서 있었다. 타는 듯한 커다란 눈이 무섭도록 레옹을 쏘아보았다. 이내 두 눈이 차차 눈물로 흐려졌다. 엠마는 장밋빛 눈꺼풀을 내리깔며 두 손을 내밀었다. 레옹이 미친 듯 그 손을 입으로 가져가려고 하는 순간 어떤 손님이 그를 찾아왔다고 보이가 알려왔다.

"금방 오실 거죠?"

"그럼."

"하지만 언제?"

"곧."

레옹을 찾아왔다는 손님은 다름아닌 오메 씨였다.

"내가 잠깐 수를 부렸지."

오메는 레옹을 보며 말을 이었다.

"당신이 여기서 해야 할 성가신 용무를 빨리 끝내도록 해주려고 말이오. 자, 브리두네 집에 가서 가뤼스[136]나 한 잔씩 하지."

레옹은 사무소에 꼭 돌아가 봐야 한다고 거절했지만 약제사는 그런 아무 짝에도 소용없는 소송 서류나 수속 같은 걸 가지고 뭘 그러나며 일소에 붙였다.

"퀴자스[137]니 바르톨로[138] 같은 것은 잠시 좀 잊게나. 그게 뭐 대수라고! 용기를 내요, 용기를! 이제부터 브리두네로 갑시다. 그곳에 개가 한 마리 있는데 그놈이 또 아주 별난 놈이지."

레옹이 여전히 고집을 부리자 오메는 말을 이었다.

"그럼 나도 사무소로 가지. 자네를 기다리는 동안 신문이라도 읽으면 되지 않나, 아니면 법전을 읽든가."

---

136) 샤프란, 육계 등으로 만든 리큐르의 일종이다 - 옮긴이
137) 16세기에 활동한 프랑스의 유명한 법률학자이다 - 옮긴이
138) 14세기에 활동한 이탈리아의 유명한 법률학자이다 - 옮긴이

엠마의 노여움과 오메 씨의 잡담으로 머리가 띵한 데다가 조금 전에 먹은 점심까지 체해 레옹은 마음을 정하지 못한 채 약제사의 마술에 걸린 듯 우두커니 서 있었다.

"브리두네로 가자구! 말팔뤼 거리에서 조금만 더 가면 돼."

레옹은 우유부단하고 어리석은 데다 내키지 않는 일에도 곧잘 끌려다니는 성격 때문에 어슬렁어슬렁 브리두 집으로 따라갔다. 브리두는 좁은 안뜰에서 셀츠 광천수 제조기의 커다란 바퀴를 숨가쁘게 돌리고 있는 세 젊은이를 감독하고 있었다. 오메는 젊은 사람들에게 일일이 말을 걸고 나서 브리두를 껴안았다. 이내 그들은 자리를 잡고 앉아 기뤼스를 마셨다. 레옹은 몇 번이나 돌아가려고 했지만 그때마다 오메가 번번이 그의 팔을 잡았다.

"조금만 기다려! 나도 갈 테니까. 같이 〈루앙의 등불〉 사에 가서 여러 사람을 만나보세. 토마생 씨를 소개해 주지."

그러나 레옹은 오메를 뿌리치고 단숨에 호텔로 달려갔지만 이미 엠마는 그곳에 없었다.

엠마는 화가 잔득 나서 호텔을 나와버렸다. 이제는 레옹 생각만 해도 지긋지긋했다. 밀회의 약속을 어긴 것은 그녀에게는 모욕이나 마찬가지였다. 그녀는 그 외에도 그와 헤어질 이유를 이것저것 찾아보았다. 그는 남자답지 못하고 겁쟁이였으며 평범하고 여자보다 더 소극적이었다. 게다가 인색하고 비겁했다.

잠시 후 기분이 좀 가라앉자 엠마는 자신이 너무 지나쳤다는 것을 깨달았다. 그러나 사랑하는 사람을 비방하다 보면 어느 정도 그 사람과 멀어지기 마련이다. 그러니 우상에는 손을 대는 것이 아니다. 그곳에 칠해진 금박이 벗겨져 손에 남기 때문이다.

그 후부터 두 사람은 자기들의 사랑과는 관계없는 것들을 화제에 올리게 되었다. 이제 엠마가 그에게 보내는 편지 속에는 꽃과 시와 달과 별의 얘기로 채워졌다. 그것은 엷어진 정열을 외부의 온갖 도움으로나마 되살려보려는 소박한 수단이었다. 그녀는 매번 이번에야말로 꼭 깊은 기쁨을 맛보고 오리라 다짐했지만, 돌아올 때는 지난번과 조금도 틀린 것이 없었다는 것을 인정하지 않을 수 없었다. 그러나 이러한 환멸은 곧 새로운 희망으로 바뀌어 엠마는 전보다 더 강한 정염에 불타고, 전보다 더 레옹을 탐하며 그를 찾아갔다. 그녀가 거칠게 옷을 벗어 젖히고 코르셋 끈을 마구 잡아당기면 끈은 독사처럼 쉭 소리를 내며 그녀의 허리께에서 미끄러져 내렸다. 그녀는 맨발로 발끝을 들고 걸어가서 문이 잠겨 있는지 다시 한 번 살펴보았다. 그리고 나머지 옷들을 한꺼번에 모두 벗어던졌다. 이내 그녀는 창백한 얼굴로 입을 굳게 다문 채 심각한 표정으로 몸을 부들부들 떨며 레옹의 가슴에 몸을 던졌다.

그러나 식은땀에 흠뻑 젖은 이마와 잘 알아들을 수 없는 말을 중얼대는 입술과 겁에 질린 듯한 눈동자와 필사적으로 껴안은 그 팔에는 뭔가 막연하지만 심상치 않은 어두운 그림자가 드리워져 있었다. 레옹은 두 사람 사이에 교묘하게 끼어들어 온 그 무엇 외에, 두 사람을 갈라놓으려 하는 뭔가 알 수 없는 어두운 그림자를 직감했다.

레옹은 감히 대놓고 그녀에게 물어볼 용기가 없었다. 그러나 이러한 행위에 익숙한 것을 본 그는 이미 그녀가 온갖 고통과 쾌락을 충분히 거쳐온 여자라고 생각했다. 전에는 그를 매혹시켰던 것들도 이제는 기분을 언짢게 했다. 무엇보다도 날이 갈수록 자신의 인격이 그녀에게 더욱 깊숙히 흡수되어 가는 것에 반발심이 일었다. 언제나 이기기만 하는 엠마가 원망스러웠다. 그녀를 사랑하지 않으려고 노력도 해보았다. 하지만 그녀의 구두 소리만 들리면 마치 술에 취한 중독자처럼 끌려 들어가는 것이었다.

엠마는 그에 대해 음식 맛을 음미하는 것에서부터 옷차림의 맵시

나 그윽한 눈초리에 이르기까지 섬세하게 신경을 써주었다. 용빌르에서 몰래 장미꽃을 가지고 와 그의 얼굴에 던지기도 하고, 그의 건강을 염려하는가 하면 또 평소 그의 행동에 대해 하나하나 충고해 주기도 했다. 레옹을 언제까지 가까이 붙들어놓기 위해 하느님의 도움을 청하는 듯 그의 목에 성모상 메달을 달아주기도 했다.

또한 엠마는 엄격한 어머니처럼 레옹의 친구 관계를 묻고는 이렇게 말했다.

"그런 사람들과 만나지 마세요! 자꾸 밖으로 나다니면 안 돼요! 오로지 우리들 일만 생각하세요. 저만을 사랑해 주세요!"

엠마는 레옹의 일거수일투족을 감시하고 싶었다.

'사람을 시켜 그를 미행하게 하면…… 호텔 근처에서 항상 왕래하는 사람들을 따라다니는 그 부랑자 같은 남자한테 부탁하면 혹시 들어줄지 모른다……'

하지만 막상 구체적인 생각이 들자 그녀의 자존심이 머리를 들고 일어났다.

"상관없어. 속여도 할 수 없지, 뭐. 아무려면 어때?"

어느 날, 레옹과 일찍 헤어져 큰길을 걸어 돌아오던 엠마의 눈에 옛날 그녀가 살던 수도원의 벽이 보였다. 그녀는 느릅나무 그늘에 놓인 벤치에 가 앉았다.

'아아, 그 시절 그 평화로웠던 마음! 책에서 읽은 대로 상상했던 이루 말할 수 없는 사랑의 정서를 자신은 얼마나 동경했던가!'

결혼하고 처음 몇 달 동안 말을 타고 숲 속을 산책하던 일, 왈츠를 같이 추자던 자작, 노래하는 라가르디, 그 모든 것들이 눈앞에 떠올랐다……. 그리고 갑자기 레옹의 모습도 다른 남자들과 마찬가지로 아득히 멀리 보였다.

'하지만 나는 역시 레옹을 사랑하고 있어!'

그렇지만 엠마는 행복하지 않았다. 지금까지 한 번도 행복한 적이 없었다.

'인생에 대한 이 불만은 도대체 어디서 오는 걸까? 의지했던 모든 것들이 한순간에 무너지는 것은 무슨 이유에서일까? 그러나 만일 어딘가에 아름다운 사람…… 열정적이고 품위 있는 성격, 천사와 같은 시인의 마음, 하늘의 마음, 하늘을 향해 애조 띤 축혼가를 부르는 청동 하프 같은 마음을 지닌 사람이 있다면…… 그러나 그런 사람이 있다면 왜 만나지 못했겠는가? 아, 모든 것이 다 틀렸다! 일부러 애쓰며 찾아야 할 가치가 있는 것은 하나도 없다! 모두 거짓이다! 어떠한 미소에도 권태의 하품이 숨겨져 있다. 어떠한 환희에도 저주가, 어떠한 쾌락에도 혐오가 숨겨져 있다. 황홀한 키스에조차 충족되지 못한 더 큰 쾌락의 욕망이 입술에 남는 법이다.'

그때 금속의 쓸쓸한 울림이 허공에 긴 꼬리를 끌며 수도원의 종이 네 번 울리는 것이 들렸다. 4시! 엠마는 자신이 영원한 옛날부터 그 벤치에 앉아 있는 것 같이 생각되었다. 무한한 정념은 마치 군중이 비좁은 장소에 모여들 듯 삽시간에 모여드는 법이다. 엠마는 스스로 정념의 포로가 되어 매일매일을 보내고 있었다. 그리고 마치 왕비처럼 금전 문제에 대해서는 더 이상 걱정하지 않았다.

그러던 어느 날, 루앙의 뱅사르 씨가 보냈다면서 붉은 얼굴에 머리가 벗겨져 궁상스러워 보이는 남자가 엠마를 찾아왔다. 그는 녹색의 긴 프록코트 옆 주머니에 찌른 핀을 빼서 소매에 꽂은 다음 서류 한 장을 꺼내어 정중하게 내밀었다. 그것은 엠마가 서명한 7백 프랑짜리 어음이었는데, 뢰르는 자신이 했던 모든 약속들에도 불구하고 그 어음을 뱅사르에게 넘긴 것이었다.

엠마는 곧 하녀를 뢰르집으로 보냈지만 그는 올 수 없다고 했다. 그러자 짙은 갈색 눈썹 아래로 신기한 듯 주위를 둘러보고 서있던 낯선 남자가 순진한 표정으로 물었다.

"뱅사르 씨에게는 뭐라고 전할까요?"

"글쎄요."

엠마는 잠시 주춤하다가 말을 이었다.

"이렇게 전해 주세요…… 지금은 가진 게 없고, 다음 주에는 된다고요…… 조금만 기다려 달라고요…… 네, 다음 주까지요."

낯선 남자는 아무 말도 하지 않고 돌아갔다.

다음 날 정오에 엠마는 어음 지불 거절 증서를 받았다. 그리고 인지가 붙은 서류에 '뷔시 시(市) 집달리 아랑'이라는 커다란 글자가 몇 번이나 찍혀 있었다. 몹시 놀란 엠마는 부리나케 포목상 뢰르의 집으로 달려갔다.

뢰르는 마침 상점에서 포장한 물건에 끈을 감고 있는 중이었다.

"아, 어서 오세요. 잠깐만 기다리십시오."

뢰르는 그러면서도 가게와 부엌일을 겸하고 있는 열세 살 정도의 곱추 계집애의 도움을 받으며 계속 일을 했다.

마침내 일이 끝나자 뢰르는 마룻바닥에 나막신 소리를 내며 2층 작은 방으로 엠마를 안내했다. 그곳에는 전나무로 만든 커다란 책상 위에 장부가 몇 권 놓여 있고, 장부는 모두 자물쇠가 달린 쇠막대로 가로질러 있었다. 벽 옆에는 무늬가 요란한 인도산 천이 걸려 있었고, 금고 하나가 눈에 띄었다. 그 크기로 보아 현금과 증서 이외에 또 다른 무엇이 들어 있는 것 같았다.

사실 뢰르는 물건을 저당잡고 돈을 꿔주는 일을 하고 있었다. 그는 보바리 부인의 금시계 줄과 가엾은 텔리에 노인의 귀걸이를 이 금고 속에 넣어두었다.

텔리에 노인은 마침내 가게를 팔아치우게 되어 켕캉푸아에 조그마한 잡화가게를 하나 장만했지만, 가게에서 팔고 있는 양초보다도 더 샛노란 얼굴을 한 채 지병인 카타르[139]로 거의 죽어가고 있었다.

"무슨 일이라도 생겼습니까?"

뢰르는 짚으로 만든 널찍한 팔걸이의자에 걸터앉으며 물었다.

"이것 보세요."

엠마는 서류를 내보이며 말했다.

"저보고 어떻게 하란 말씀입니까?"

"어음을 절대로 다른 사람에게 넘기지 않겠다고 약속했잖아요!"

화가 치밀어오른 엠마는 따지는 투로 말했다.

"그랬지요. 하지만 도저히 어쩔 수 없었습니다. 저도 요즈음엔 아주 곤란한 지경이니까요."

"그럼 이제 어떻게 되는 거죠?"

"아, 그야 뻔한 일이지요. 재판소의 판결 다음에 차압…… 이젠 어쩔 도리가 없어요!"

"그럼 뱅사르 씨를 달랠 방법은 없나요?"

엠마는 그를 있는 힘껏 때려주고 싶은 것을 억지로 참으며 조용히 물었다.

"허, 뱅사르 씨를 달래는 방법이요? 하지만 부인은 그를 잘 몰라서 그럽니다. 그 남자는 아라비아인보다도 더 지독한 자랍니다."

"그래도 당신이 어떻게 좀 힘을 써줘야 하지 않겠어요?"

"저는 지금까지 부인을 위해 해드릴 만큼 충분히 해드렸다고 생각하는데요."

뢰르는 장부 하나를 펼치면서 덧붙였다.

"자아, 이것 보세요!"

그러고는 손가락으로 페이지를 거슬러 올라가며 계속했다.

"어디 보자…… 보십시오. 8월 3일 2백 프랑, 6월 17일에 1백 50프

---

139) 액체가 부분 또는 조직으로 일탈되는 특징으로 하는 염증이다 ─ 옮긴이

랑, 3월 23일에는 46프랑, 4월에는……."

뢰르는 이 부분에서 뭔가 실수를 할까 겁내는 듯 잠시 멈추었다가 다시 말을 이었다.

"게다가 바깥양반께서 서명하신 7백 프랑짜리와 3백 프랑짜리 어음은 따로 있습니다! 부인께서 조금씩 가져가신 돈에 이자를 합치면 한이 없습니다. 이제 저도 이런 일은 더 이상 하고 싶지 않습니다!"

엠마는 친절한 뢰르 씨라고까지 부르며 선처를 부탁했다. 하지만 뢰르는 '그 악당 뱅사르' 한테만 책임을 씌우고 살짝 빠져나갔다. 하여튼 지금 자기에게는 돈이 한 푼도 없고, 요즘은 어느 누구도 돈을 제대로 돌려주는 사람이 없어서 거의 빈털털이 신세가 되었다며, 누가 자기 같은 시시한 장사꾼한테 자꾸 돈을 대주겠느냐고 했다.

엠마는 입을 다물었다. 잠시 새털 펜의 털을 잘근잘근 씹고 있던 뢰르는 그녀의 침묵이 마음에 걸렸는지 다시 말을 이었다.

"아무튼 며칠 사이에 돈이 좀 들어오면…… 어떻게……."

"저도, 저 바르느빌르 땅의 잔금만 들어오면……."

"뭐라구요?"

랑글르와가 아직 돈을 다 치르지 않았다는 말을 듣고 그는 무척 놀라는 시늉을 했다. 그리고 은근한 목소리로 말했다.

"그럼 어떻게든 해보죠. 하지만 얼마 정도나……."

"아, 되시는 대로요!"

뢰르는 눈을 감고 잠시 생각하는 듯하더니 이것저것 숫자를 써가며 계산해 보았다. 그리고 무척 귀찮다는 둥 위험한 일이라는 둥 피를 짜내는 것 같다는 둥 하며 한 달 기한으로 2백 50프랑짜리 어음을 넉 장 써주었다.

"이제 뱅사르 씨만 이쪽 말을 들어주면 되겠군요! 아무튼 잘 알았습니다. 일단 마음을 먹으면 저는 우물쭈물하지 않습니다. 아주 시원한 사람이죠."

뢰르는 여러 가지 상품들을 보여주면서 말을 이었다.

"이것들은 모두 새로운 물건들이지만 부인 취향에 어울리는 것은 하나도 없을 겁니다. 이것은 1미터에 7수짜리 옷감인데 그 대신 염색은 보증합니다! 그렇게 말하면 모두 제 말을 믿고 사가죠! 아시다시피 장사꾼이 정직하게 다 얘기하는 법이 없는데도 말입니다."

다른 손님들은 속인다는 사실을 고백함으로써 그녀에게는 정직하게 대한다는 것을 납득시키려는 말투였다. 그리고 이내 돌아가려는 그녀를 불러 세우고, 최근 경매에서 찾아낸 진귀한 물건이라며 3미터 정도 되는 레이스를 보여주었다.

"어때요, 좋지요? 흔히 팔걸이의자 커버로 많이들 쓴답니다. 요즈음 한창 유행하는 레이스죠."

뢰르는 요술쟁이보다 재빠른 동작으로 그것을 푸른 종이에 싸서 엠마의 손에 쥐어주었다.

"하지만…… 값이 얼마나 되는지……."

"신경 쓰지 마시고 나중에 되는 대로 주십시오."

대답을 마친 뢰르는 이내 돌아서 버렸다.

그날 밤 엠마는, 어머니에게 나머지 유산 전부를 빨리 보내달라는 편지를 쓰라고 샤를르를 졸랐다. 보바리 노부인은 이제 아무것도 남은 것이 없다고 회답을 보내왔다. 덧붙여 모든 계산은 끝났고, 너희들한테는 바르느빌르 땅 외에 6백 프랑의 연금이 남아 있을 뿐이고, 그 돈은 자기가 꼬박꼬박 보내주겠다는 것이었다.

엠마는 두세 사람의 환자 집에 청구서를 보냈다. 이 방법이 성공하자 맛을 들인 그녀는 계속 이 방법을 썼다. 그리고 청구서 뒤에는 반드시 다음과 같은 말을 덧붙였다.

"아시다시피 제 주인양반은 자존심이 강한 분이라 부디 이러한 사

실을 비밀로 해주십시오. 언짢게 생각지 마시기를…… 이만.'

돈을 만들기 위해 엠마는 자신의 낡은 장갑과 오래된 모자와 철물 등을 팔기 시작했다. 그리고 조금이라도 더 받으려고 악착같이 흥정을 했다. 몸속에 흐르는 농사꾼의 피는 속일 수 없는지 그녀는 돈벌이에 혈안이 되어 있었다. 게다가 시내에 다녀올 때마다 달리 살 사람이 없더라도 뢰르만은 살 듯싶은 여러 가지 잡동사니들, 예를 들어 타조 깃털, 중국 도자기, 낡은 궤짝 같은 것을 구입했다. 펠리시테든 르프랑수와 부인이든 '적십자' 여관의 안주인이든 가릴 것 없이 아무한테서나 돈을 꾸었다. 얼마 후 바르느빌르에서 돈이 들어오자 그 돈에서 어음 두 장만을 갚았을 뿐 나머지 1천 5백 프랑은 모두 써버렸다. 그리고 또 빚을 졌다. 이러한 상태가 계속 이어졌다.

엠마는 빚이 얼마나 되는지 가끔 계산을 해볼 때도 있었다. 하지만 너무 엄청나서 쉽게 믿어지지 않았다. 다시 한 번 계산을 해보았지만 모든 것이 뒤죽박죽되어 그대로 집어던지고 다시는 생각하지 않기로 했다.

요즘 집안 분위기는 우울하기 짝이 없었다. 드나드는 상인들은 모두 화가 난 얼굴로 나갔다. 난로 위에는 손수건이 함부로 던져져 있었으며, 베르트가 구멍 뚫린 양말을 신고 있는 모습을 보고 오메 부인은 어이가 없어 눈살을 찌푸렸다. 샤를르가 눈치를 보며 잔소리라도 하려 하면 엠마는 그것은 자신의 잘못이 아니라고 퉁명스럽게 대답했다.

엠마가 이렇게 화를 내는 것은 이전에 그녀가 앓은 신경병 때문이라고 샤를르는 생각했다. 아내의 병을 결점처럼 생각한 자신을 나무라고, 자기 멋대로 판단한 것을 반성하며 그녀 곁으로 다가가 꼭 안아주고 싶은 충동을 느꼈다.

'아니, 그만두자. 오히려 귀찮아할 거야.'

샤를르는 마음속으로 중얼거렸다.

저녁식사가 끝난 후 샤를르는 혼자 정원을 거닐었다. 베르트를 무릎에 앉히고 의학 신문을 펼쳐든 그는 딸아이에게 글자를 가르치려고 했다. 아직까지 공부라는 것을 해본 일이 없는 아이는 끝내 크고 슬픈 눈으로 울기 시작했다. 그는 아이를 달랬다. 물뿌리개에 물을 떠다 모래땅에 개울을 만들어주기도 하고 쥐똥나무 가지를 꺾어 화단에 나무를 심어주기도 했다. 키가 큰 잡초에 뒤덮인 정원인지라 그런 일을 한다고 해도 별로 흉하게 보이지 않았다. 레스티부드와에게 일을 시키려 해도 품삯이 꽤 밀려 있었다. 그러는 동안 아이는 춥다며 엄마를 찾았다.

"펠리시테 언니를 부르자. 응, 내딸아."

샤를르는 말했다.

"엄마는 귀찮게 구는 걸 싫어하니까."

초가을로 접어든 계절은 벌써 나뭇잎을 떨어뜨리고 있었다. 2년 전 엠마가 앓을 때처럼! 대체 이런 일은 언제나 끝이 날까? 샤를르는 뒷짐을 지고 왔다갔다하며 생각했다.

엠마는 늘 자기 방에 있었다. 그곳에는 아무도 올라가지 않았다. 그녀는 옷도 제대로 입지 않은 채 하루 종일 멍하니 그곳에 틀어박혀 있었다. 그리고 때때로 루앙에 있는 알제리 사람의 가게에서 사온 향을 피웠다. 밤이 되면 옆에서 누워 자는 남편이 보기 싫어 몇 번이나 얼굴을 찡그리고는 끝내 그를 3층으로 쫓아버렸다. 그리고 피비린내 나는 사건과 음란한 장면을 묘사한 형편없는 책을 아침까지 읽었다. 그러다 정 못 견디게 무서울 때면 소리를 질렀다. 샤를르가 놀라 달려오면 그녀는 말했다.

"아아! 저리 가세요!"

또 어떤 때는 불륜에 자극받은 마음의 정열이 심하게 타올라 숨이 가쁘고 욕정의 포로가 되면 그녀는 가슴이 답답해 창문을 열고 찬바람을 들이켰다. 그리고 숱 많은 머리를 바람에 날리고 하늘에 떠 있는 별을 바라보면서 고귀한 사랑을 그리워했다. 그리고 한 남자, 레옹을 생각했다. 그럴 때면 그와 단 한 번의 밀회를 위해 자기가 가지고 있는 모든 것을 던져도 아깝지 않을 것 같았다.

레옹을 만나는 날만이 엠마에게 가장 소중한 날이었다. 그녀는 이 날이 항상 멋지기를 바랐다. 레옹 혼자서 비용을 부담할 수 없을 때에는 그녀가 부족한 것을 보충했다. 하지만 그런 일이 거의 매번이었다. 레옹은 좀 더 싼 호텔에 가자고 했으나 엠마는 반대했다.

어느 날, 엠마는 손가방 속에서 도금한 은수저 여섯 벌을 꺼내어 (그것은 아버지 루올 노인의 결혼 선물이었다) 자기 대신 전당포에 맡기고 오라고 레옹에게 부탁했다. 그는 시키는 대로 했지만 기분은 별로 좋지 않았다. 나중에 귀찮은 일이 생기지 않을까 겁이 났던 것이다.

그런데 곰곰이 생각해 보니 요즈음 엠마의 태도가 좀 이상한 것 같았고, 그녀와 손을 끊으라는 사람들의 말도 어쩐지 일리가 있는 듯도 보였다.

사실은 누군가가 레옹의 어머니에게 익명의 편지를 보내 '아드님이 어떤 유부녀에게 빠져 신세를 망치고 있다'는 경고를 해주었던 것이다. 늙은 어머니는 가정을 위협하는 사랑의 심연에 있는 정체불명의 요사스런 여자 괴물의 모습을 상상하고 레옹의 주인인 뒤보카주 씨에게 편지를 띄웠다. 주인의 사건 처리는 완벽에 가까웠다. 그는 레옹을 한 시간 동안 붙들어놓고, 그것이 얼마나 무서운 심연인지를 경고하며 방황에서 눈뜨게 해주었다. 그 같은 연애는 독립해서 자리를 잡을 때 해가 될지도 모른다, 제발 그만 두어라, 설사 레옹 자신을 위해 그것이 안 될 것 같으면 주인인 자신을 봐서라도 꼭 그렇게 해달라고 부탁했다.

　결국 레옹은 다시는 엠마와 만나지 않겠다고 맹세했다. 그리고 아침마다 난로 옆에서 동료들에게 놀림을 받는 것은 고사하고라도 장차 그 여자 때문에 어떤 난처한 입장에 빠질지, 또 어떤 소문이 퍼질지 모른다 싶어 이 약속을 지키지 않았던 것을 후회했다. 뿐만 아니라 그는 가까운 장래에 수석 서기가 될 예정이었다. 점잖게 행동하며 자중할 시기였다. 이내 그는 플루트 연습도 그만두고 열렬한 감정과 공상도 버렸다. 평범한 사람이라도 젊은 피가 끓어오르면 하루에 1분일망정 터무니없는 정열이나 드높은 계획을 세우고 한번 해 보겠다고 생각하는 법이다. 평범한 난봉꾼도 터키의 후궁을 첩으로 가지고 싶어하는 법이다. 일개 공증인도 시인의 편린쯤은 가슴에 간직하는 것이다. 그러나 그는 마침내 그런 분에 넘치는 모든 꿈들을 접었다.

　요즘은 갑자기 엠마가 그의 가슴에 쓰러져 흐느껴 울기라도 하면 레옹은 귀찮은 생각이 들었다. 그의 마음은 마치 어느 일정량의 음악밖에는 들을 줄 모르는 사람처럼 이미 사랑의 미묘한 매력을 식별하지 못하게 되었다. 그래서 소음으로밖에 들리지 않는 사랑의 소리에는 이제 거의 무관심하게 되었다.

　두 사람은 이제 서로를 너무 알아버려서 만나는 기쁨을 백배나 더해 주는 소유의 경이로움을 느끼지 못하게 되었다. 레옹이 그녀에게 질린 만큼 엠마도 그에게 싫증을 느끼고 있었다. 엠마는 간통 속에서 결혼생활의 모든 평범한 면을 발견하고 있었다.

　하지만 어떻게 해야 그와 헤어질 수 있단 말인가? 그녀는 이처럼 저속한 행복에 굴욕을 느끼면서도 어쩔 수 없었고, 오랜 습관에서 혹은 타락에서 그것에 집착했다. 너무나 큰 행복을 바라다 행복의 샘을 모두 말려버리고 날이 갈수록 더욱 열을 냈다. 그녀는 마치 레옹이 배반한 것처럼 자신의 변심을 남자의 탓으로 돌렸다. 헤어질 결심을 할 용기가 없었기 때문에 어쩔 수 없이 헤어질 파국이 우연히 일어나기를 바라기까지 했다.

그러면서도 여자란 항상 애인에게 편지를 써야 한다는 생각에서 엠마는 계속 레옹에게 편지를 썼다. 그러나 편지를 쓰는 동안 그녀의 눈앞에는 다른 남자의 모습이 떠올랐다. 그것은 가장 열렬한 추억과 가장 아름다운 책의 내용과 가장 강한 욕망들이 한데 어울려 빚어낸 환영이었다. 마침내 그 환영이 현실처럼 실감나면서 손에 잡힐 듯했는지 그녀는 황홀감에 가슴을 두근거렸다. 그러나 갖가지 속성을 지니고 있으면서 확실한 모습을 나타내지 않는 신처럼 그 환영도 뚜렷하게 그릴 수는 없었다. 그 남자는 꽃바람 속에 하얀 달빛을 받으며 비단 그네가 발코니에서 흔들리고 있는 곳에 서 있었다. 그녀는 가까이에서 그를 느꼈다. 그는 금방이라도 다가와 그녀에게 키스를 퍼부은 다음 그녀를 빼앗아 달아나려고 하는 것 같았다. 이윽고 엠마는 기진맥진하여 쓰러졌다. 이런 막연한 사랑의 흥분은 격한 음란한 짓보다 그녀를 더욱 피로하게 만들었다.

엠마는 늘 피로에 시달렸다. 소환장과 인지가 붙은 서류를 자주 받았지만 일체 거들떠보지도 않았다. 이제는 삶의 끈을 놓고 영영 잠들어 버리고 싶었다.

사순절(마침 목요일이었다) 아침, 엠마는 용빌르로 돌아가지 않고 밤이 되자 가면무도회에 갔다. 벨벳 바지에 빨간 양말을 신고 구식 가발에 삼각 모자를 비스듬히 썼다. 그리고 그녀는 트럼본의 광적인 소리에 맞춰 그날 밤 내내 춤을 추었다. 모두 그녀의 주위에 둥근 원을 그렸다. 아침이 되어 정신을 차리고 보니 인부와 뱃사공으로 가장한 남녀 대여섯 명과 함께 극장 문 앞의 기둥 옆에 서 있었다. 그들은 모두 레옹의 친구였는데, 이제부터 식사를 하러 가자고 했다.

근처의 카페는 모두 만원이었다. 그들은 선창가에서 아주 싼 음식

점을 발견했다. 주인은 그들을 5층 작은 방으로 안내했다.

남자들은 비용에 대한 의논을 하는지 한쪽 구석에서 수군거렸다. 서기 한 사람, 의학생 둘, 거기에 점원이 한 사람 있었다.

'겨우 이런 보잘것없는 패거리들과 어울렸다는 말인가!'

엠마는 속으로 생각했다. 더욱이 여자들은 목소리의 억양만 들어도 거의 모두가 최악이라는 것을 알 수 있었다. 갑자기 무서움을 느낀 엠마는 의자를 뒤로 밀고 눈을 감고 앉았다.

모두 먹기 시작했지만 엠마는 먹지 않았다. 머리는 불같이 뜨겁고 눈두덩은 지끈지끈 쑤시고 살갗은 얼음처럼 차가웠다. 또 머릿속에서는 무도장의 마루가 춤추고 있는 무수한 다리의 리듬에 따라 마구 뛰놀고 있었다. 그리고 펀치 냄새와 잎담배 연기 때문에 머리가 빙빙 돌았다. 정신이 아득해진 그녀가 주저앉자 사람들은 그녀를 창가로 옮겨 앉혔다.

해가 서서히 떠오르고 있었다. 불그레한 빛의 커다란 반점이 생 카트린느 언덕 위의 뿌연 하늘에 번져가고, 바람에 납빛 강물의 수면이 떨리고 있었다. 다리 위에는 사람의 그림자 하나 없었고, 가로등은 전부 꺼져 있었다.

엠마는 차차 정신을 차렸다. 그러자 집의 하녀 방에서 잠자고 있을 베르트가 생각났다. 하지만 그 생각은 곧 길다란 철판을 가득 실은 짐마차가 집집의 벽에 귀청이 떨어질 듯한 진동을 일으키며 지나가는 소리에 지워졌다.

엠마는 급히 자리를 떠나 가면무도회에서 입었던 옷을 벗어버리고, 그만 가봐야겠다고 레옹에게 말한 다음 불로뉴 호텔로 돌아왔다. 모든 것이, 그녀 자신까지도 참을 수 없었다. 그녀는 새처럼 아득히 먼 깨끗하고 순결한 공간 어딘가로 도망쳐 젊음을 되찾고 싶었다.

그녀는 밖으로 나왔다. 큰길과 코슈와즈 광장과 마을을 가로질러

집 정원들이 내려다보이는 넓은 길로 나왔다. 그녀는 빠른 걸음으로 걸어갔다. 신선한 공기가 마음을 가라앉혀 주었다. 그리고 군중의 얼굴, 가면을 쓴 모습, 카드릴 춤, 샹들리에, 밤바람, 그 여자들도 모두 날아가는 안개처럼 사라져버렸다. 마침내 '적십자' 여관으로 돌아온 엠마는 '넬의 탑' 그림이 걸려 있는 3층 작은 방 침대에 몸을 던졌다. 저녁 4시가 되자 이베르가 그녀를 깨우러 왔다.

엠마가 집에 돌아오자 펠리시티가 괘종시계 뒤에 감추어두었던 회색빛 서류를 꺼내 보여주었다. 엠마는 얼른 읽어보았다.

집행문을 첨부한 판결의 등본에 입각하여……

'무슨 판결이란 말인가?'
사실은 그 전날 또 다른 서류가 한 장 와 있다는 사실을 그녀는 알지 못했다. 때문에 그녀는 다음 문구를 읽고는 깜짝 놀랐다.

국왕 및 법률과 재판소의 이름으로 보바리 부인에게 명하노니……

그리고 몇 줄 건너뛰어 다음 문구가 눈에 들어왔다.

지체 없이 24시간 내에……

'대체 이게 무슨 말이야?'

8천 프랑 전액을 지불할 것.

그리고 다음에는 이런 말까지 있었다.

모든 법률 조치, 특히 동산의 차압에 의해 강제집행함.

'어떻게 하지? 24시간 이내라면 바로 내일인데!'

틀림없이 뢰르가 또 위협을 가하려는 것이라고 엠마는 생각했다. 그제야 비로소 그녀는 뢰르의 온갖 술책과 친절을 가장한 호의의 목적을 알아챈 것이다. 오히려 엄청나게 불어난 금액이 그녀를 안심시켰다.

사실 그동안 그녀는 물건을 사도 값을 지불하지 않고, 계속 빚을 지면서 어음에 서명하고, 그 어음을 몇 번이나 고쳐 써왔기 때문에 새로운 지불 기한이 올 때마다 액수는 점차 불어나 결국 뢰르에게 한밑천 톡톡히 만들어주게 되었던 것이다. 뢰르는 자기의 투기사업을 위해 이러한 결과를 이제나저제나 고대하고 있었던 것이다.

엠마는 아무렇지 않은 표정으로 뢰르의 집을 찾아갔다.

"저에게 무슨 일이 생겼는지 알고 계시죠? 물론 농담이시겠지만 말이죠!"

"아닙니다!"

"뭐라구요?"

뢰르는 천천히 돌아서서 팔짱을 끼고 말했다.

"부인, 제가 언제까지나 부인의 어용상인이나 돈을 융통해 주는 사람 노릇이나 할 줄 아셨습니까? 저도 준 돈을 언젠가는 받아야 할 게 아닙니까? 무리한 소리는 마십시오!"

엠마는 빌린 돈이 그렇게 많을 리가 없다고 화를 냈다.

"하지만 그건 어쩔 수 없습니다! 재판소가 인정한 것이고, 판결이 나서 통고가 된 것이니까요! 물론 그것은 제가 한 일이 아니고 뱅사르가 한 일이기는 합니다만."

"당신의 힘으로 좀 어떻게……."

"아니! 이제는 도저히 어떻게 할 수가 없습니다!"

"하지만…… 다시 좀 생각을 하셔서……."

엠마는 되는 대로 말을 쏟아냈다. 자기는 아무것도 모르고 있었
다…… 이건 정말 뜻밖이다…….

"그게 다 누구 탓입니까?"

뢰르는 빈정대며 말했다.

"저는 피땀 흘리며 일했습니다. 그런데 그동안 부인은 아주 즐거
운 일만 하며 지내지 않았습니까?"

"아, 설교는 그만하세요!"

"들어서 해롭지는 않을 겁니다."

뢰르도 지지 않고 대답했다. 풀이 죽은 엠마는 그에게 애원했다.
희고 화사한 손을 상인의 무릎에 올려놓기까지 했다.

"저리 비키십시오! 지금 유혹이라도 하는 겁니까?"

"뭐라고요? 어쩌면 뻔뻔스럽게도!"

엠마는 소리를 질렀다.

"허어! 대단한 기세로군요!"

뢰르는 웃으며 대답했다.

"남편에게 당신의 정체를 모두 밝히겠어요."

"아, 그럼 저도 보여드릴 게 있습니다. 바깥양반에게 말입니다!"

뢰르는 금고에서 1천 8백 프랑짜리 영수증을 꺼냈다. 그것은 뱅사
르가 어음할인을 해주었을 때 엠마가 건네준 영수증이었다.

"어떻습니까? 이것을 바깥양반이 보면 당신이 수상한 짓을 한 걸
알게 되겠지요?"

몽둥이로 호되게 맞은 것보다 더 심한 충격을 받은 엠마는 의자에
쓰러질 듯 기대앉았다. 뢰르는 창문과 책상 사이를 왔다갔다하며 되
풀이해 말했다.

"암, 보여드려야 하고 말고요…… 보여드려야 하고 말고요……."

뢰르는 엠마 옆으로 가까이 다가와 교활한 목소리로 말했다.

"물론 유쾌한 얘기는 아니죠. 알고 있습니다. 하지만 결국 이런 일로 사람이 죽을 것도 아니고, 이런 수단이라도 쓰지 않으면 도저히 돈을 받아낼 수 없을 것 같아서 그러는 겁니다."

"하지만 그런 돈을 대체 어디서 구해요?"

엠마는 두 팔을 꼬고 몸부림치며 말했다.

"뭐, 좋은 남자친구가 많이 있잖습니까!"

뢰르는 날카롭고 무서운 눈으로 그녀를 쏘아보았다. 엠마는 창자까지 떨렸다.

"약속해요. 저, 서명하겠어요……."

"이제 부인의 서명 같은 것은 필요 없습니다!"

"또 뭐든 팔겠어요……."

"농담 마십시오! 부인에게 남은 것이 아직도 있습니까?"

뢰르는 어깨를 으쓱하며 말했다. 그리고 가게를 내려다볼 수 있도록 만든 창 아래를 향해 덧붙였다.

"아네트! 14번 이자표 석 장을 잊지 말아!"

이내 하녀가 나타났다. 모든 것을 눈치챈 엠마는 '고소를 취하시키려면 얼마만큼의 돈이 필요하겠느냐'고 물었다.

"이미 늦었습니다!"

"하지만 몇 천 프랑을 가져온다면요? 전액의 4분의 1이나 3분의 1, 혹은 거의 전부를 가져오면요?"

"아뇨, 다 소용 없습니다!"

뢰르는 엠마를 계단 쪽으로 몰았다.

"아, 뢰르 씨! 제발 며칠만 더 기다려주세요!"

엠마는 흐느껴 울면서 말했다.

“아아, 울지 마십시오! 운다고 문제가 해결됩니까!”
“이제 저는 어쩌면 좋지요?”
“제가 알 바 아닙니다!”
뢰르는 문을 닫으며 말했다.

7

이튿날 집달리 아랑이 차압 조서를 작성하기 위해 두 입회인을 데
리고 나타났을 때 엠마는 조금도 동요하지 않았다.

그들은 먼저 샤를르의 진찰실부터 시작했다. 골상학용 흉상은 '직
업상의 필요 기구'로 간주하여 목록에 기입하지 않았다. 그러나 부
엌에서는 접시, 냄비, 의자, 촛대 등을 또 침실에서는 선반 위의 하찮
은 물건까지 낱낱이 기입했다. 그들은 엠마의 의복과 속옷과 화장실
까지도 조사했다. 그 결과 그녀의 생활은 마치 해부당한 시체처럼 가
장 비밀스러운 곳까지 모두 세 남자의 눈앞에 노출되었다.

집달리 아랑은 몸에 꽉 끼는 연미복 단추를 잠그고 흰색 넥타이에
바지는 각반을 졸라매어 입고 있었다.

"죄송합니다, 부인. 아, 괜찮겠지요?"

집달리 아랑은 간간이 이렇게 말했다.

"훌륭한데요! 아주 멋집니다!"

집달리 아랑은 연신 감탄사를 발했다. 그리고 왼손에 들고 있는
뿔 잉크병에 펜을 적셔 다시 쓰기 시작했다.

그는 방이 다 끝나자 이번에는 3층의 다락방으로 올라갔다. 그곳

에는 로돌프의 편지를 넣어두고 자물쇠를 잠가놓은 책상이 있었다. 그것도 열지 않으면 안 되었다.

"아, 편지가 있군요."

집달리 아랑은 은근한 미소를 띠면서 계속 말했다.

"하지만 이것도 잠깐 봐야겠는데요! 이 상자 속에 뭔가 다른 물건이 없는가 확인해야 하니까요!"

그는 마치 금화라도 떨어질 것 같다는 듯 편지들을 슬쩍 옆으로 기울였다. 엠마는 지난날 가슴 두근거리며 읽었던 편지들 위에 징그러운 벌레처럼 붉은 손이 닿자 말할 수 없는 노여움이 치밀어올랐다.

마침내 그들은 밖으로 나갔다. 곧이어 샤를르를 집에 들어오지 못하게 하기 위해 망을 보라고 내보냈던 펠리시테가 돌아왔다. 두 여자는 재빨리 차압 입회인을 다락방으로 몰아넣었다. 그리고 그곳에서 꼼짝도 하지 않겠다는 약속을 받았다.

그날 밤 엠마의 눈에는 샤를르의 얼굴이 무척 슬프게 보였다. 엠마는 남편의 주름진 얼굴 속에 비난이 담겨 있는 것 같은 기분이 들어 불안한 눈초리로 몇 번이나 그의 모습을 훔쳐보았다. 그리고 중국 병풍 앞에 놓인 난로와 커다란 커튼과 팔걸이의자 등 지금까지 생활의 불만을 어느 정도 완화시켜 주었던 물건들에 시선이 멈추자 양심의 가책보다 끝없는 후회를 느꼈다. 그런 기분은 정념을 없애주기는커녕 오히려 더욱 부채질했다.

샤를르는 장작 받침대 위에 두 다리를 포개어 올려놓은 채 천천히 불을 일구고 있었다.

가끔 입회인이 다락방에서 지루한 듯 작은 소리를 냈다.

"누가 저 위에서 걸어다니고 있는 것 같은데?"

샤를르가 말했다.

"아니에요! 열린 천장 문이 바람에 흔들리는 소리예요."

이튿날 일요일, 엠마는 잘 알고 있는 대금업자들을 만나기 위해 루앙으로 향했다. 그들은 대개 시골 별장에 가 있거나 여행 중이었지만 그녀는 단념하지 않았다. 만나는 사람마다 꼭 필요해서 그러니 틀림없이 갚겠다며 돈을 빌려달라고 부탁했다. 그중 몇몇은 코웃음을 쳤으며, 아무도 그녀의 말을 들어주는 사람이 없었다.

2시에 엠마는 레옹의 집으로 가 문을 두드렸다. 그러나 문은 좀처럼 열리지 않았다.

한참 뒤에야 겨우 레옹이 나타났다.

"무슨 일이 있소?"

"왜, 방해가 돼요?"

"아니…… 하지만……."

레옹은 집주인이 '여자'가 방에 찾아오는 걸 좋아하지 않는다고 말했다.

"당신한테 할 말이 있어요."

레옹이 자기 방 열쇠를 집으려 하자 엠마가 막았다.

"아니에요! 저기 우리 방에 가서."

두 사람은 불로뉴 호텔에 있는 그들의 방으로 갔다.

엠마는 방으로 들어서자 큰 컵에 물을 가득 따라 단숨에 들이켰다. 그녀의 얼굴이 백지장처럼 창백했다.

"레옹, 제 부탁을 들어줘야겠어요."

엠마는 꼭 잡고 있던 남자의 손을 마구 흔들며 덧붙였다.

"지금, 8천 프랑이 꼭 필요해요!"

"당신, 정신이 어떻게 된 게 아니오?"

"그런 게 아니에요!"

엠마는 먼저 차압당한 얘기를 했다. 그리고 샤를르는 아무것도 모르고 있고, 시어머니한테서는 미움을 받고 있으며, 친정아버지도 어쩔 도리가 없다고 자신의 딱한 처지를 설명했다.

"하지만 레옹, 당신이라면 어떻게든 필요한 돈을 구해 주기 위해 애써 줄 것 같아서……"

"내가 어떻게 그 많은 돈을 구하겠소?"

"어떻게든 좀 알아봐 주세요!"

엠마는 소리쳤다.

그러자 레옹은 무뚝뚝하게 뱉었다.

"사태를 너무 비관적으로만 생각하지 말아요. 아마 3천 프랑이면 어느 정도 상대를 무마시킬 수 있을 거요."

그렇다면 더욱 힘을 써줄 만했다. 3천 프랑쯤은 변통할 수 있을 것이다. 레옹이 직접 돌려줄 수도 있었다.

"어떻게 좀 해봐요! 하지 않으면 안돼요! 빨리! 빨리 좀 해봐요! 제가 마음껏 사랑해 줄 테니까요!"

레옹은 밖으로 나갔다가 한 시간쯤 지나 돌아왔다. 그리고 어두운 표정으로 말했다.

"세 사람이나 만나보았는데…… 모두 안 되겠다는데."

두 사람은 난로 옆에 마주앉아 입을 다문 채 꼼짝하지 않았다.

"만일 내가 당신이라면 어떻게든 꼭 구해 올 거예요!"

마침내 엠마는 발을 탁탁 구르고 어깨를 으쓱하며 입을 열었다.

"어디서?"

"당신 사무소에서!"

엠마는 그를 똑바로 쏘아보았다. 그 타는 듯한 눈동자에는 악마의 대담성이 번뜩였으며, 눈꺼풀은 상대를 저주하듯 요염하게 점점 가늘어졌다. 레옹은 범죄를 권하는 여자의 침묵에 눌려 마음이 약해지는 것을 느꼈다. 어쩐지 섬뜩해진 그는 긴 설명을 피하기 위해 이마를 탁 치면서 말했다.

"참! 모렐이 오늘밤 돌아오기로 되어 있지! 그래, 아마 그 친구라면 거절하지 않을 거야(이 사람은 레옹의 친구로 돈 많은 장사꾼의 아들이다). 잘 되면 내일 돌려 줄 수 있을 거야."

엠마는 레옹이 상상했던 만큼 기뻐하는 기색이 아니었다.

'거짓말이라고 의심하는 건가?'

레옹은 얼굴을 붉히면서 말을 이었다.

"하지만 만일 3시까지 오지 않으면 기다리지 말아요. 그럼 이제 가봐야겠어요. 미안해요. 안녕!"

레옹는 엠마의 손을 잡았지만 전혀 살아 있는 손처럼 느껴지지 않았다. 그녀에게는 이미 아무것도 느낄 힘이 없었다.

4시를 치는 종소리가 들려오자 엠마는 마치 습관에 따라 움직이는 인형처럼 용빌르로 돌아가기 위해 자리에서 일어났다.

태양은 새파란 하늘에서 빛나고, 햇빛이 쨍쨍 내리쬐는 청명한 날이었다. 나들이옷으로 차려입은 루앙 시민들은 행복한 표정으로 산책을 즐기고 있었다. 엠마는 성당 앞 광장에 다다랐다. 마침 저녁 기도가 끝났는지, 마치 다리 밑 세 개의 아치 사이로 흐르는 강물처럼 세 개의 문에서 군중들이 몰려나왔다. 그리고 군중들 한가운데는 성당지기가 바위처럼 버티고 서 있었다.

엠마는, 불안에 떨면서도 희망에 들뜬 마음으로 저 커다란 본당으로 들어가던 그날, 저 깊숙한 곳도 자기의 사랑만큼 깊지는 않다고 느끼던 그 옛날을 회상했다. 그리고 베일 속에서 흐느끼며 비틀거리는 걸음으로 실신할 사람처럼 걸어갔다.

"위험해요!"

순간 조금 열린 어느 저택의 대문 안에서 황급한 목소리가 튀어나왔다. 그 소리에 놀란 엠마가 걸음을 멈추자 검은 말 한 필이 그녀 옆을 아슬아슬하게 스치고 지나갔다. 말은 이륜마차의 수레채 속에서 제자리걸음을 했다. 담비 모피를 입은 신사가 말을 몰고 있었다. 신사는 어디서 본 듯한 얼굴이었다……. 쏜살같이 내달린 마차는 어느새 보이지 않았다.

'아! 그래, 그 사람! 자작이었어!'

엠마는 휙 하고 몸을 돌렸지만 이미 거리에는 사람 그림자 하나 보이지 않았다. 그녀는 맥이 빠지고 슬픔이 복받쳐 쓰러지지 않으려고 벽에 몸을 기댔다.

잠시 후 엠마는 자기의 착각이었을 것이라고 생각했다. 사실 확실한 것은 아무것도 없었다. 그녀의 마음도, 주변의 모든 것도 그녀를 버렸다. 그녀는 방향을 잃은 채 정체를 알 수 없는 깊은 심연 속에서 이리저리 굴러다니고 있는 느낌이었다. '적십자' 여관에 도착해 낯익은 오메 씨 모습을 보았을 때 그녀는 거의 기쁨에 가까운 감정이었다. 오메는 시내에서 구입한 커다란 약상자가 '제비'에 실리는 것을 지켜보고 서 있었다. 그는 아내에게 줄 선물로 빵을 여섯 개 사서 비단 손수건에 싸서 들고 있었다.

오메 부인은 사순절에 간을 맞춘 버터를 발라 먹는 터번 모양의 딱딱하고 작은 이 빵을 무척 좋아했다. 그 옛날, 용맹한 노르만 민족은 누런 횃불 아래에서 식탁에 놓인 이포크라스[140] 병들과 거대한 돼지고기 사이에서 사라센 사람의 머리가 비친다고 상상하며 이 빵을 배가 차도록 먹었다고 한다. 오메 부인은 이가 좋지 않았지만 용감한 노르만 민족답게 이 빵을 아주 잘 먹었다. 때문에 오메 씨는 시내에 갈 때마다 일부러 아사크르 거리까지 가서 이 빵을 사오는 것을 잊지 않았다.

"아, 이거 반갑습니다."

인사를 건넨 오메는 손을 내밀어 엠마가 '제비'에 올라타는 것을

---

140) 설탕과 계피 같은 향료를 넣어 끓인 포도주의 일종이다 – 옮긴이

거들어주었다. 그러고 나서 그물 선반의 가죽끈에 빵을 달아매고 모자를 벗은 다음 팔짱을 끼고 마치 나폴레옹처럼 명상에 잠기는 듯한 자세를 취했다.

잠시 후 언제나처럼 언덕 밑에 떠돌이 거지가 나타나자 오메는 큰소리로 말했다.

"이따위 못된 장사를 왜 아직도 당국에서 내버려두는지 이해할 수가 없단 말이야! 이런 딱한 작자들은 당장 감금해서 강제노동을 시켜야 해! 진보가 이처럼 거북이걸음이라니! 우리는 아직도 야만 속에서 헤매고 있지 뭐야!"

떠돌이 거지는 모자를 내밀었다. 모자는 마치 못이 빠져 흔들흔들하는 커튼처럼 마차의 창문께에서 흔들거렸다.

"연주창 환자로군!"

오메가 말했다. 그리고 거지를 잘 알고 있으면서도 처음 보는 것처럼 각막이니 불투명 각막이니, 공막이니 안면 특징이니 하면서 한참 떠들어대고는 아주 친절한 어투로 물었다.

"이봐, 이런 나쁜 병에 걸린 지 꽤 오래 됐나? 그렇다면 선술집에서 술이나 퍼 마시지 말고 병을 먼저 고쳐야지, 병을!"

오메는 고급 포도주와 고급 맥주와 고급 불고기를 먹으라고 권했다. 거지는 계속 노래를 흥얼거리고 있었다. 아무래도 거지는 백치에 가까운 듯했다. 오메는 마침내 지갑을 열었다.

"자, 여기 1수를 줄 테니 잔돈 2리아를 줘. 그리고 내가 일러준 걸 잊지 않도록 해. 틀림없이 몸이 좋아질 테니까."

"글쎄, 그런 처방으로 무슨 효과가 있을까?"

마부인 이베르가 큰소리로 말했다. 그러자 오메는 자기가 조제한 소염 연고로 직접 치료해 보이겠다고 장담했다. 그리고 약국 주소를 거지에게 가르쳐주었다.

"시장 옆 오메 약국, 그렇게 하면 다들 알아!"

"어이, 그 답례로 쇼를 보여줘야지!"

이베르가 말했다.

무릎을 꿇고 주저앉은 거지는 머리를 뒤로 젖히고 푸른 눈알을 데굴데굴 굴리면서 혀를 내밀고 두 손으로 가슴께를 문지르는 한편 굶주린 개 같은 둔탁한 신음 소리를 냈다. 엠마는 그냥 보고 있을 수가 없어 어깨 너머로 5프랑짜리 금화를 한 닢을 던져주었다. 그녀의 전 재산이었지만 잘한 일이라고 생각했다.

마차는 다시 움직이기 시작했다. 갑자기 오메가 마차 밖으로 몸을 내밀면서 고함을 질렀다.

"밀가루나 우유 제품은 먹으면 안 돼! 모직물 옷을 입고 상처 자리는 노간주 나무 열매를 태워서 그 연기를 쐬라고!"

눈앞에 펼쳐지는 낯익은 풍경이 엠마의 고통을 조금씩 잊게 해주었다. 견디기 힘든 피로가 온 몸을 짓눌렀다. 이윽고 정신이 아득해진 그녀는 거의 반수면 상태로 집에 닿았다.

'될 대로 되라지!'

엠마는 속으로 중얼거렸다.

'또 누가 알겠어? 갑자기 천재지변이 일어나지 말라는 법은 없으니까. 혹시 뢰르가 죽을 수도 있는 일이지.'

아침 9시에 광장에서 들리는 사람들의 웅성거리는 소리에 엠마는 눈을 떴다. 시장 근처에 사람들이 모여 서서 기둥에 붙인 커다란 벽보를 읽고 있었다. 경계표 위에 올라간 쥐스텡이 벽보를 뜯으려는 모습이 보였다. 그때 마을 경관이 그의 목덜미를 낚아챘고, 오메 씨가 약국에서 뛰어나왔다. 르프랑수와 부인이 사람들 한가운데서 뭐라고 떠들고 있는 모양이었다.

"마님! 마님!"

펠리시테가 들어오면서 소리쳤다.

"큰일났어요!"

잔뜩 흥분된 하녀는 문 앞에서 찢어온 누런 종이를 엠마에게 내밀었다. 종이를 흘끗 쳐다본 엠마는 집의 동산 전부가 경매에 붙여졌다는 것을 알았다.

두 사람은 아무런 말도 없이 서로 얼굴을 쳐다보았다. 하녀와 여주인은 아무런 비밀이 없는 사이였다. 잠시 후 한숨을 내쉰 펠리시테가 입을 열었다.

"저 같으면 기요맹 씨를 찾아가 보겠어요."

"그렇게 생각하니?"

엠마의 반문은 다음과 같은 뜻에서였다.

'넌 그 집 하인과 친해서 그 집 내용을 잘 알고 있지. 혹시 그 집 주인이 이따금씩 내 얘기를 하든?'

"네, 찾아가 보세요. 도움이 될 수도 있을 거예요."

엠마는 검은 옷을 입고 검은 구슬을 박은 모자를 쓰고 외출 준비를 했다. 그리고 (광장에는 여전히 많은 사람들이 모여 웅성거리고 있었기 때문에) 사람들 눈에 띄지 않게 개울가 오솔길을 이용해 살짝 마을을 빠져나왔다. 이내 그녀는 가쁜 숨을 몰아쉬며 공중인 기요맹 씨 집 문 앞에 당도했다. 잔뜩 찌푸린 하늘에서 눈발이 휘날리고 있었다.

초인종을 누르자 빨간 조끼를 입은 테오도르가 현관 돌계단에 나타났다. 그리고 마치 아는 사람이라도 대하듯 친절하게 문을 열고 그녀를 식당으로 안내했다.

움푹 들어간 벽 공간에 가득 놓인 선인장 아래에서 커다란 도기 난로가 소리를 내며 타고 있었다. 그리고 떡갈나무 무늬결 같은 벽에는 검은 액자에 낀 슈토이벤 작 〈에스메랄다〉와 쇼팽 작품인 〈퓌튀파르〉가 걸려 있었다. 음식을 차려놓은 식탁과 은으로 만든 두 개의 풍

로, 유리관의 손잡이 그리고 모자이크로 된 마룻바닥에서부터 수정
으로 된 초인종 단추와 각종 가구에 이르기까지 모두가 영국식으로
청결하게 반짝이고 있었다. 유리창 네 구석은 전부 색유리로 장식되
어 있었다.

'우리도 이런 식당이 하나 있었으면…….'

엠마는 생각했다.

공증인은 종려나무 무늬의 실내복 앞자락을 왼손으로 누르며 들
어왔다. 다른 한 손으로는 밤색 벨벳 모자를 벗었다가 다시 부자연
스럽게 오른쪽으로 기울여 썼다. 모자 밑으로는 뒤로 벗겨진 대머리
를 싸고 있는 세 묶음의 금발 끝이 살짝 늘어져 있었다.

의자를 권한 그는 결례를 범해 매우 죄송하다면서 식탁에 마주앉
아 식사를 시작했다

"저, 청이 좀 있어서……."

"무슨 용건이시죠, 부인? 말씀하세요."

엠마는 그간의 사정을 설명하기 시작했다.

기요맹은 이미 포목상과 은밀히 내통하고 있었기 때문에 내용을
잘 알고 있었다. 그는 사람들로부터 저당 의뢰를 받으면 그 포목상으
로부터 자금을 융통해 오고 있었던 것이다. 때문에 어음의 복잡한 내
력도 엠마 이상으로 소상히 알고 있었다. 처음에 이 어음은 아주 소
액이었으나 여러 사람이 바꿔 가며 서명하고 또 각 어음 사이에는 상
당히 긴 지불 기간이 있었기 때문에 그 사이에 끊임없이 갱신되었다.
마침내 마지막에는 뢰르가 동네에서 지독한 놈이라는 소리가 듣기
싫어 친구인 뱅사르에게 의뢰하여 그 이름으로 필요한 소송을 일으
켰던 것이다.

엠마는 이야기를 하는 동안 이따금 뢰르를 비난하는 말을 집어넣
었다. 그것을 듣는 공증인은 적당히 흘러넘기면서 커틀릿을 먹고 홍

차를 마시면서 하늘색 넥타이에 턱을 파묻고 있었다. 그 넥타이는 짧은 금사슬에 매달린 두 개의 다이아몬드 핀으로 고정되어 있었다. 그는 친절한 듯하면서도 어딘가 기분 나쁜 미소를 띠고 있었다.

엠마의 발이 젖어 있는 것을 보고 그가 말했다.

"난로 옆으로 가까이 앉으세요. 좀 더 가까이 그 도기 쪽에……."

엠마는 자신의 구두가 도기 난로를 더럽히지 않을까 겁을 냈다. 공증인은 친절한 말투로 이렇게 말했다.

"아름다운 것은 아무것도 더럽히지 않습니다."

엠마는 이 남자의 마음을 움직이려고 애썼다. 그러나 먼저 흥분한 그녀는 어려운 집 사정과 그동안의 고생과 상당히 많은 돈이 필요하다고 털어놓았다. 그는 이해한다고 했다. 그리고 우아하신 부인이 참 안됐다며, 여전히 쉬지 않고 먹으면서 엠마 쪽으로 몸을 한껏 돌리고 있었기 때문에 무릎 끝이 그녀의 구두에 슬쩍 닿았다. 엠마는 바닥이 휘도록 구두를 난로에 대고 있었기에 구두에서는 모락모락 김이 피어올랐다.

하지만 엠마가 3천 프랑을 부탁하자 그는 입을 꽉 다물었다. 그리고 그에게 재산 관리를 모두 맡기지 않은 것을 무척 애석해했다. 부인들도 손쉽게 돈을 벌 수 있는 길이 얼마든지 있는데, 그렇게 했다면 그뤼메닐 탄광이라든가 르아브르 땅에 투자해서 돈을 벌써 많이 벌었을 것이라고 말했다. 많은 돈을 벌었을 것이라는 말에 분해하는 모습을 보고 공증인은 계속 말을 이었다.

"왜 지금까지 저한테 한 번도 의논하러 오시지 않았습니까?"

"별 다른 이유 없이 그냥……."

"왜 그러셨어요, 네? 제가 무서웠던가요? 원망은 오히려 제 쪽에서 하고 싶습니다. 우리는 지금까지 별 거래가 없었습니다. 그렇지만 부인에게 뭐든 도움이 될 수 있는 일은 다해 드릴 작정입니다. 그 점은 의심하지 않으시죠?"

그는 손을 뻗어 엠마의 손을 잡고 미친 듯 키스를 한 다음 그 손을 자기 무릎 위에 올려놓았다. 그리고 달콤한 목소리로 속삭이며 그녀의 손을 살짝살짝 만지작거렸다.

아무 특징 없는 남자의 목소리가 냇물이 흐르듯 속삭였다. 안경 너머 그의 눈동자에서 불꽃처럼 번쩍이는 빛이 타올랐다. 이내 그의 두 손이 엠마의 소매 속으로 길게 뻗어와 팔을 더듬거렸다. 갑자기 볼에 가쁜 숨결을 느낀 그녀는 이 남자가 몸서리치도록 싫었다.

엠마는 벌떡 일어나며 말했다.

"저는 지금, 기다리고 있는데요!"

"뭘 말입니까?"

얼굴이 파래진 공증인이 되물었다.

"그 돈 말이에요……."

"하지만……."

잠시 후 너무나 강렬한 욕망을 참을 수 없는 듯 그가 말했다.

"조, 좋습니다……!"

무릎을 꿇은 그는 실내복이 더러워져도 상관하지 않는다는 듯 엠마에게 다가갔다.

"제발 부탁입니다. 돌아가지 마십시오. 저는 부인이 좋습니다."

그는 갑자기 엠마의 허리를 안았다. 순식간에 모든 피가 엠마의 얼굴로 몰려들었다. 그녀는 무서운 얼굴로 뒤로 물러서며 소리쳤다.

"제 약점을 이용해 이런 무례한 행동을 하시는 거예요? 지금 제가 난처한 입장이기는 하지만 몸은 팔지 않아요!"

이내 엠마는 밖으로 뛰어나갔다.

공증인은 어리둥절한 채 아름답게 수놓은 자신의 실내화만 뚫어져라 내려다보았다. 그 실내화는 그의 정부가 준 선물이었다. 그것을 보고 있자 다소 마음이 가라앉았다. 그리고 만일 이런 일에 발을 들여놓았다가 나중에 너무 깊이 빠지기라도 하면 큰일 날 뻔했다고 속으로 생각했다.

"뻔뻔스런 놈! 야비한 놈! 어쩌면 그런 더러운 짓을 할 수 있지!"

엠마는 후들후들 떨리는 다리로 포플러가 늘어선 길을 뛰어가며 중얼거렸다. 뜻한 바를 이루지 못했다는 실망 때문에 능욕받은 것에 대한 분노가 더욱 거세게 끓어올랐다. 하느님이 자기만을 열심히 괴롭히려고 하는 것만 같았다. 그럴수록 그녀는 스스로에 대하여 강한 자존심과 긍지를 느꼈다. 동시에 모든 타인에게 경멸감도 느꼈다. 호전적인 그 무엇이 그녀를 한껏 흥분에 도취하게 만들었다. 모든 남자들을 갈겨주고 얼굴에 침을 뱉어주고, 하나도 남기지 않고 전부 유린하고 싶었다. 그녀는 창백한 얼굴로 분노에 몸을 떨며 눈물 젖은 눈으로 텅 빈 지평선을 노려보면서 숨막히는 증오의 감정을 즐기기라도 하듯 점점 빠른 걸음으로 달음질치듯 걸어갔다.

집이 보이자 엠마는 온 몸이 마비되는 것 같았다. 단 한 걸음도 내디딜 힘이 없었다. 그러나 역시 걷지 않으면 안 되었다. 이제 와서 어디로 도망친다는 말인가?

펠리시테가 문 앞에서 기다리고 있었다.

"어떻게 됐어요?"

"틀렸어."

두 사람은 그 후 15분 동안 용빌르에서 엠마를 도와줄지도 모를 사람들을 생각해 보았다. 그러나 펠리시테가 이름을 댈 때마다 엠마는 대답했다.

"설마, 그 사람이 들어줄라고?"

"하지만 곧 주인님이 돌아오실 시간이에요."

"알고 있어…… 잠시 혼자 있고 싶구나."

엠마는 자신이 할 수 있는 모든 일은 다 해보았다. 하지만 이제 더이상 어떻게 할 수가 없었다. 그녀는 샤를르가 돌아오면 이렇게 말하기로 마음먹었다.

"물러서세요! 당신이 밟고 있는 그 융단은 이제 우리들의 물건이 아니에요. 이 집에 있는 가구 하나, 바늘 하나, 지푸라기 하나도 당신 것은 없어요. 당신을 파산시킨 건 바로 나예요!"

남편은 몹시 흐느끼며 한없이 눈물을 흘리겠지만 그 놀람도 어느 정도 가라앉으면 마침내는 용서해 줄 것이다.

"그래!"

엠마는 어금니를 꽉 깨물며 중얼거렸다.

"그이는 나를 용서해 줄 것이다. 나를 알게 된 대가로 나에게 백만 금을 주어도 내가 용서할 수 없는 그 남자가…… 아니야, 아니야, 정말 싫은 일이야!"

샤를르가 자기 앞에서 콧대 세울 것을 생각하자 엠마는 화가 나 견딜 수가 없었다. 자기가 고백을 하든 안 하든 이 사실은 지금, 아니면 오후, 적어도 내일까지는 남편에게 알려질 터였다. 그러므로 그 끔찍한 장면을 기다리고 있다가 남편이 무겁게 배푸는 관용을 견디지 않으면 안 되는 것이다. 다시 한 번 뢰르에게 가보고 싶은 생각이 들었다. 하지만 가서 무엇을 어떻게 한다는 말인가? 아버지에게 편지를 할까도 생각했지만 이미 때가 늦었다. 엠마는 조금 전 그 남자에게 몸을 맡기지 않은 것을 후회했다.

그때 오솔길에서 말발굽 소리가 들려왔다. 드디어 남편이 돌아온 것이었다. 울타리 문을 여는 그의 얼굴은 회칠한 벽보다도 더 창백했다.

성당 앞에서 레스티부드와와 신부와 이야기하고 있던 면장 부인이 엠마가 비네 씨 집으로 들어가는 것을 보았다. 면장 부인은 카롱 부인에게 뛰어가 그 사실을 알렸다. 두 사람은 다락방 창고로 올라가 막대기에 걸쳐놓은 빨래 뒤에 숨어서 비네의 방 안 전체가 잘 내려다보이는 곳에 자리를 잡았다.

비네는 다락방에 혼자 처박혀 뭐라고 형용할 수 없는 기묘한 상아 세공품을 본따 나무 깎는 일에 열중하고 있었다. 초생달 모양을 서로 엇갈리게 놓아 전체적으로 오벨리스크 같은 곧은 막대기를 이루는 아무 쓸모도 없는 세공품이었다. 그는 마지막 남은 조각을 깎으며 완성품을 눈앞에 보고 있었다.

어두컴컴한 작업장에는 마치 달리는 말발굽에서 이는 불꽃처럼 뽀얀 먼지가 그의 연장에서 날리고 있었다. 두 개의 바퀴가 빙빙 돌면서 요란한 소리를 냈다. 비네는 턱을 내리고 콧구멍을 벌름거리며 만족한 웃음을 띠었다. 그 모습은 마치 대단한 노력을 깃들이지 않는 일로 지적 만족을 느낄 수 있고, 완성되고 나면 헛된 생각이 전연 개입될 수 없는, 소일거리에서만 맛볼 수 있는 충만한 행복감에 몰입하고 있는 듯했다.

"봐요, 봐요, 저기 왔어요!"

튀바슈 부인이 말했다. 그러나 선반 소리 때문에 그녀가 하는 말을 거의 알아들 수가 없었다.

두 여자는 겨우 '프랑'이라는 말을 알아들었다.

"저 여자, 세금 납부 좀 늦춰달라고 부탁하러 온 모양이지요."

튀바슈 부인이 작은 소리로 소곤거렸다.

"글쎄, 그런 것 같군요."

상대가 말을 받았다.

엠마는 방 안을 왔다갔다하며 벽에 걸린 냅킨 집게와 촛대, 난간의 둥근 손잡이를 쳐다보고 있었다. 한편 비네는 만족한 듯 수염을 쓰다듬고 있었다.

"혹시 뭘 주문하러 온 건가?"

튀바슈 부인이 말했다.

"하지만 저 남자는 아무것도 팔지 않아요."

비네는 상대의 말을 잘 알아들을 수 없는 듯 눈을 둥그렇게 뜨면서 귀를 기울이고 있는 듯했다. 엠마는 애원하는 듯한 태도로 말을 계속하고 있었다. 그녀는 가까이 다가갔다. 가슴이 두근거렸다. 그들은 이제 아무 말도 하지 않았다.

"남자를 설득하고 있는 건가?"

튀바슈 부인이 말했다.

비네는 귀까지 새빨개졌다. 그때 엠마가 남자의 손을 잡았다.

"어머나, 어쩌면 저런 짓을."

엠마가 그에게 뭔가 부당한 부탁을 하고 있는 것이 틀림없었다. 보첸과 뤼첸 전투에 참가한 일이 있고, 프랑스군의 한 사람으로 '레종 도뇌르 훈장'[141]까지 받은 용사 비네는 갑자기 뱀이라도 본 듯 뒷걸음질을 치며 외쳤다.

"부인, 그것은 천부당만부당한 얘깁니다!"

"저런 여자는 채찍으로 후려쳐야 해요!"

튀바슈 부인이 말했다.

"어, 어디로 갔지요?"

카롱 부인이 소리쳤다.

그녀들이 말하고 있는 동안 엠마는 모습을 감추었다. 잠시 후 그랑뤼로 나온 엠마가 묘지에라도 가는지 오른쪽으로 꺾어지는 것을 보자, 두 여자는 마음대로 온갖 추측을 해댔다.

"롤레 아주머니."

---

141) 프랑스의 훈장 중 가장 명예로운 훈장이다 — 옮긴이

엠마는 유모의 집에 닿자 말했다.

"숨이 가빠서…… 옷 좀 풀어주세요."

침대 위로 쓰러진 엠마는 어깨를 들먹거리며 울었다. 롤레 아주머니는 그녀에게 페티코트를 덮어주고 그 옆에 우두커니 서 있었다. 그러나 아무리 기다려도 말이 없었기 때문에 그곳을 떠나 물레를 잡고 실을 잣기 시작했다.

"아아, 좀 그만두세요!"

비네의 선반 소리가 들리는 것 같아 엠마는 소리쳤다.

'무슨 걱정이라도 있나?'

유모는 이상하게 생각했다.

'이곳에는 갑자기 왜 찾아왔을까?'

엠마는 공포감에 쫓겨 집에 있지 못하고 이곳으로 달려온 것이다. 반듯이 누워 꼼짝도 하지 않은 채 눈을 똑바로 뜬 엠마는 백치처럼 집요한 주의력을 발휘했지만 주위의 사물들은 희미하게만 보일 뿐 도무지 식별할 수가 없었다. 그녀는 벽의 벗겨진 자국, 포개어져 연기를 내고 있는 두 개의 장작, 머리 위 대들보 틈 사이로 기어다니는 기다란 거미 따위를 멍하니 바라보고 있었다. 이내 조금씩 머릿속이 정리되어 갔다. 그리고 생각이 났다…… 어느 날 레옹과…… 아아, 그 일은 벌써 아득한 옛날의 일이다…… 햇빛은 강물 위에서 빛나고 어디에선가 작약 냄새가 진하게 풍겨왔다……. 급류에 떠내려가듯 추억 속을 헤매는 엠마의 머리에 이윽고 어제 저녁의 일이 떠올랐다.

"지금 몇 시예요?"

엠마가 물었다. 유모는 밖으로 나가 하늘이 좀 더 밝게 빛나는 쪽에 오른손을 쳐들어보고 천천히 들어왔다.

"곧 3시쯤 되겠네요."

“고마워요, 고마워.”

‘조금 있으면 레옹이 올 것이다.’

엠마는 생각했다.

‘꼭 올 거야! 하지만 내가 여기로 온 줄 모르고 곧장 집으로 갈지도 몰라.’

엠마는 유모에게 빨리 집에 가서 그를 데려오라고 부탁했다.

“빨리 가줘요.”

“네, 곧 갑니다. 곧 가요.”

엠마는 처음부터 그 사람을 잊고 있었던 것이 이상했다. 어제 그 사람은 약속했다. 약속을 어길 리 없었다. 그녀의 눈에는 벌써 뢰르의 집에 가서 책상 위에 지폐 석 장을 늘어놓는 자신의 모습이 보였다. 그다음에는 샤를르에게 사건의 전말을 납득시킬 이야기를 지어내지 않으면 안 된다.

‘뭐라고 거짓말을 할까?’

하지만 시간이 꽤 흘렀는데도 유모는 좀처럼 오지 않았다. 그녀는 이 집에 시계가 없기 때문에 그렇게 느껴지는 것이 아닌가 생각했다. 엠마는 뜰로 나가 천천히 걷기 시작했다. 울타리 옆 오솔길을 따라 올라가던 그녀는 혹시 유모가 다른 길로 올지도 모른다는 생각에 급히 돌아왔다. 마침내 기다림에 지친 그녀는 아무리 떨쳐버리려 해도 떨쳐버릴 수 없는 갖가지 의혹에 쫓기면서, 자신이 아주 오래전부터 이곳에 있었던 것인지 아니면 조금 전에 온 것인지조차 구별할 수 없게 되었다. 그녀는 한쪽 구석에 털썩 주저앉아 눈을 감고 귀를 틀어막았다. 그때 문이 열리는 소리가 들렸다. 엠마는 벌떡 일어났다. 그녀가 입을 열기 전에 유모가 말했다.

“댁에는 아무도 안 오셨는데요.”

“뭐라고?”

"네, 아무도 없어요. 보바리 나리는 울기만 하시고, 아씨를 찾고
계세요. 모두가 아씨를 찾고 계세요."

엠마는 아무 말도 하지 않았다. 그녀는 숨을 헐떡이면서 주위를
둘러보았다. 그런 표정을 대하자 겁을 먹은 유모는 그녀가 혹시 미
친 것이 아닌가 하는 생각에 본능적으로 뒷걸음질쳐 물러섰다.

갑자기 엠마는 자기 이마를 때리며 소리를 질렀다. 마치 캄캄한 어
둠 속의 번갯불처럼 로돌프의 생각이 그녀의 머릿속을 스치고 지나
간 것이었다. 그는 친절하고, 자상하고, 마음이 넓은 사람이었다. 설
령 그가 처음에는 그녀의 부탁에 다소 주저하더라도, 곧 교태를 부
려 옛사랑을 상기시켜 주면 부탁을 들어주지 않을 수 없을 것이다.
엠마는 당장 위세트 저택을 향해 출발했다. 하지만 그녀는 지난날
그토록 아픈 상처를 주었던 그 장본인에게 스스로 몸을 던지려고 달
려가고 있다는 것도, 또한 그것이 바로 몸을 파는 일이라는 것도 전
혀 깨닫지 못했다.

8

엠마는 걸음을 옮기면서 생각했다.

'어떤 말을 할까? 무슨 말부터 시작할까?'

걸어갈수록 언젠가 본 적이 있는 언덕 위의 풀숲과 나무숲, 그리고 골풀과 멀리 저택이 나타났다. 그녀는 처음 느꼈던 사랑의 감각들이 되살아났다. 그리고 짓눌렸던 가련한 마음은 이 감각 속에 한껏 부풀어올랐다. 한줄기 훈훈한 바람이 엠마의 얼굴을 스쳐 지나갔다. 녹은 눈이 나무에 움튼 싹에서부터 풀잎 위로 물방울이 되어 떨어지고 있었다.

엠마는 옛날처럼 정원의 조그마한 문으로 들어가 두 줄의 우거진 보리수 울타리가 둘러쳐져 있는 마당에 이르렀다. 우수수 바람 소리를 내면서 나무들이 긴 가지를 흔들고 있었다. 개집 안에 있던 개들이 일제히 짖어댔다. 그 소리가 사방으로 울려퍼졌으나 아무도 모습을 보이지 않았다.

엠마는 나무 난간이 달린 넓고 곧은 큰 계단을 올라갔다. 계단은 먼지투성이인 돌로 바닥을 깔아놓은 복도와 통했고, 거기에는 수도원이나 여관처럼 많은 방 입구가 한 줄로 늘어서 있었다. 로돌프의 방은 왼쪽의 마지막 방이었다. 문의 손잡이에 손을 대자 그녀는 갑자기 온 몸에 맥이 빠지면서 혹시 그가 방에 없을지도 모르겠다는 생각도 들었다. 그러면서도 한편으론 그가 없기를 바라는 심정도 있었다. 하지만 이 사나이야말로 유일한 희망이었고 마지막 구원의 기회였다. 한동안 마음을 진정시킨 그녀는 눈앞에 닥친 절박한 사정을 생각하고 용기를 내어 들어갔다.

로돌프는 두 다리를 난로의 가름나무 위에 올려놓고 파이프를 빨고 있는 중이었다.

"아, 당신이었군요."

로돌프가 벌떡 일어나며 말했다.

"네, 저예요…… 당신에게 의논하고 싶은 일이 있어서 왔어요."

그렇게 말했을 뿐, 아무리 애를 써도 엠마는 더 이상 말문을 열 수가 없었다.

"당신은 조금도 달라지지 않았군요. 여전히 아름답구려."

"오오! 하찮은 아름다움인걸요. 어차피 당신에게 경멸당한 것이니까요."

엠마는 씁쓸하게 대꾸했다. 로돌프는 지난날 자신이 취한 행동에 대해 변명하기 시작했다. 그러나 그럴 듯한 교묘한 말이 생각나지 않아 애매한 말만 되풀이했다.

엠마는 그의 변명에 끌려가고 있었다. 아니, 그보다는 오히려 그 목소리와 풍채에 마음이 끌려가고 있었다. 그래서 그녀는 인연이 끊어진 일에 대한 남자의 변명을 진지하게 받아들이는 것 같은 태도를 취했다. 어쩌면 진심으로 받아들였는지도 몰랐다.

"다른 사람의 명예, 아니 생명에 관계되는 비밀 때문에 어쩔 수 없이 그렇게 되었습니다."

"하지만 저는 무척 괴로워했어요."

엠마는 슬픈 듯이 남자를 바라보면서 말했다

"인생이란 그런 것입니다!"

로돌프는 잘 알고 있다는 표정으로 대답했다.

"우리가 헤어지고 나서도 당신의 삶은 행복했나요?"

엠마가 물었다.

"좋을 것도 없고…… 그렇다고 불행할 것도 없었지요."

"어쩌면 헤어지지 않았던 편이 더 좋았을지도 모르겠군요."

"글쎄요…… 그럴지도 모르지요."

"그렇게 생각하세요?"

엠마는 그에게 가까이 다가가면서 말했다. 이내 그녀는 한숨을 내쉬었다.

"오오, 로돌프! 제 마음을 이해한다면…… 저는 당신을 많이 사랑하고 있었어요……."

엠마는 그의 손을 잡았다. 두 사람은 서로의 손을 각지 긴 채 한동안 잠자코 있었다. 처음 만났던 날 농사 공진회가 열렸던 때처럼. 남자는 자존심 때문에 감상적이 되려는 자신과 싸우고 있었다. 그러나 엠마는 남자의 가슴에 바싹 몸을 붙이면서 말했다.

"저는 당신 없이 살아갈 수는 없어요. 행복이라는 것을 한번 알고 나니 잊혀지지 않더군요. 눈앞이 캄캄한 그때의 마음을 어떻게 설명해야 할지, 이제는 그대로 죽는구나 했어요. 나중에 그 심정을 모두 얘기해 드리겠어요. 당신은…… 당신은 참 무정한 분이에요……. 당신은 제게서 달아나버린 거예요!"

사실 2, 3년 동안 로돌프는 남성의 특질인 타고난 비겁함으로 한결같이 엠마를 피해왔던 것이다. 엠마는 애교스럽게 머리를 흔들면서 매달리는 고양이보다 더 아양을 떨며 말을 이었다.

"당신은 지금도 많은 여자들을 사귀고 있겠죠? 솔직히 고백하세요. 저에게도 그랬듯이 그 여자들을 유혹했겠군요. 그 여자들의 마음을 알 것 같아요. 그래요, 이해해 주겠어요. 당신이 조금만 끌어당기면 모두 당신에게 꼼짝 못할 테니까요. 당신은 남자다운 남자예요. 게다가 여자들의 마음을 끄는 것은 뭐든지 다 갖추고 계세요. 하지만 우리 다시 새롭게 시작해요, 네? 서로 사랑하기로 해요. 자, 저는 웃고 있어요. 행복한 거예요! 뭐라고 말 좀 해주세요.”

한 차례 소나기가 지나간 뒤 파아란 꽃잎에 매달린 물방울이 떨리는 것처럼 눈물방울을 눈에 가득 담은 엠마는 정신을 빼앗길 만큼 아름다웠다.

로돌프는 그녀를 무릎 위로 끌어당기고 윤기 흐르는 머리를 손으로 쓰다듬었다. 그 머리에는 저녁놀의 마지막 햇빛이 황금빛 화살처럼 빛나고 있었다. 그녀는 얼굴을 숙이고 있었다. 로돌프는 입술 끝으로 그녀의 눈꺼풀 위에 살그머니 키스했다.

“이런, 당신 울었군요. 무슨 일 있나요?”

로돌프가 말했다.

엠마는 갑자기 더 서럽게 울기 시작했다. 로돌프는 여자의 그리움이 한꺼번에 폭발한 것이라고 생각했다. 그녀가 잠자코 있었기 때문에 그 침묵을 마지막 부끄러움이라고 생각했다.

“아아, 용서해 주구려! 내가 사랑하는 사람은 당신뿐이오. 내가 어리석었고, 나빴어요! 나는 당신을 사랑하오. 언제까지나 말이오! 자, 무슨 일인지 말해 봐요.”

로돌프는 무릎을 꿇고 말했다.

“저, 사실은…… 저 파산했어요. 로돌프! 저에게 3천 프랑만 빌려주세요!”

“아니…… 하지만…….”

로돌프는 천천히 일어나면서 말했다. 동시에 그의 표정이 심각하게 변했다.

"사실은……."

엠마는 재빠르게 말을 이었다.

"제 남편이 어느 공증인에게 재산을 전부 맡겨두었답니다. 그런데 그 남자가 달아나버렸어요. 환자들이 좀처럼 돈을 지불하지 않기 때문에 우리는 빚을 졌던 거예요. 아직 시아버지의 유산 결산이 끝나지 않았으니까 그것이 끝나면 그 가운데서 얼마 가량은 들어오겠죠. 어쨌든 지금은 3천 프랑이 없어서 차압을 당하게 생겼어요. 당장 그렇게 될 거예요. 그래서 저는 당신의 호의를 믿고 찾아온 거예요."

'아하! 결국 그 때문에 나를 찾아온 것이었구나!'

갑자기 얼굴이 새파래진 로돌프는 생각에 잠겼다. 마침내 그는 침착한 표정으로 말했다.

"부인, 내게는 그만한 돈이 없습니다."

로돌프는 거짓말을 하는 것이 아니었다. 일반적으로 그런 선행을 한다는 것이 그리 유쾌한 일은 아니지만, 지금 그만한 돈을 가지고 있었다면 그는 틀림없이 주었을 것이다. 돈을 요구한다는 것은 사랑 위에 엄습하는 태풍 가운데서도 가장 차갑고 가장 피해가 큰 것이다.

엠마는 한동안 상대의 얼굴을 지켜보고 있었다.

"없으시다고요!"

엠마는 자기의 말을 몇 번이나 되풀이했다.

"없으시다고요! ……아아, 이렇게 심한 창피를 당할 줄 알았더라면 찾아오지 않는 편이 훨씬 좋았을 텐데……. 당신은 저를 한번도 사랑한 적이 없었군요. 결국 당신도 다른 남자들과 조금도 다를 게 없어요."

엠마는 그만 정신없이 본심을 드러내고 말았다. 더 이상 어떻게 해야 할지 몰랐기 때문이었다.

“저도 지금 돈 때문에 몹시 곤란한 지경이랍니다.”

로돌프는 그녀의 말을 가로막으면서 분명하게 말했다.

“그래요? 그것 참 딱한 일이군요. 정말 안됐어요.”

엠마가 말을 받았다. 그리고 벽에 걸린 무기 장식 속에 반짝이는, 은으로 세공한 기병소총에 시선을 던지면서 말을 이었다.

“하지만 그렇게 가난하다면 총 손잡이를 은으로 장식하지는 않을 거예요! 거북이 등껍질을 끼운 시계도 살 수는 없었을 거고요!”

엠마는 금속면에 무늬를 새겨 금을 박은 시계를 손가락으로 가리키면서 계속했다.

“그리고 말 채찍에 다는 도금한 은 호각도.”

엠마는 거기에 손을 댔다.

“회중시계 줄에 다는 보석 장식도 여간해서는 구입하기 힘들 텐데요. 오, 없는 것이 없군요! 방안에 술병을 놓는 대까지 있잖아요. 이것들이 모두 당신이 자기 자신을 사랑하고 사치를 즐기는 증거가 아니겠어요? 별장도 농장도 숲도 가지고 있고, 개를 끌고 다니면서 사냥도 하시고 파리 여행도 가시고…… 이것만 하더라도…….”

엠마는 벽난로 위에 있는 커프스 버튼을 집어들면서 소리쳤다.

“이런 하찮은 물건이라도 팔면 돈이 될 수 있어요! 아뇨, 이런 것은 조금도 부럽지 않아요! 소중히 간직하세요!”

엠마는 두 개의 커프스 버튼을 멀리 던져버렸다. 커프스 버튼에 달려 있던 금테 줄이 벽에 부딪치며 끊어져버렸다.

“만약 저라면 당신에게 모든 것을 바쳤을 거예요. 이것도 저것도 모두 팔아버렸을 거예요. 그리고 이 두 팔로 노동을 하고 길거리에 나가 거지처럼 동냥이라도 했을 거예요. 당신이 던져주는 한 가닥 미소를 위해서 말이에요. ‘고맙구려’ 라는 단 한 마디 말을 들으려고 그렇게 하겠어요. 그런데 당신은 한가하게 안락의자에 앉아 있군요, 여태까지 저를 괴롭힌 일은 전혀 없었던 사람처럼 말이에요! 당신만 아니었다면 저도 행복하게 살 수 있었어요. 아시겠어요? 누가 시켜서 억지로 그런 짓을 했나요? 누구하고 장난 삼아 내기라도 걸었던가요? 그러면서도 당신은 저를 사랑한다고 하셨어요. 바로 조금 전에도 그러셨어요…… 아아, 차라리 처음부터 저를 내쫓아버렸다면 좋았을 것을! 아직도 제 손은 당신의 키스로 따뜻해요. 그리고 제 무릎에 매달려 영원한 사랑을 맹세하신 것도 바로 그 융단 위란 말이에요. 당신은 제게 그것을 믿게 하셨어요. 2년 동안 당신은 너무나 화려하고 너무나 기분 좋은 달콤한 꿈속으로 저를 이끌어주셨어요. 지난번 우리 둘이 여행하려고 계획했던 것을 당신은 기억하고 계시나요? 오오! 당신의 편지, 그 편지! 그것은 제 마음을 갈기갈기 찢어놓았어요. 그런 일이 있고 나서 오늘 저는 다시 당신을 찾아왔어요. 부유하고 행복하고 자유로운 그 남자에게로 돌아와 간절히 애원하며 있는 애정을 다해 누구라도 해줄 만한 도움을 청했는데 저를 뿌리친 거예요. 3천 프랑이 아까워서요!"

"나에게는 지금 그만한 돈이 없어요."

로돌프는 마치 꾹 참은 분노를 방패로 가리듯 태연하게 말했다.

마침내 엠마는 방을 나와버렸다. 벽이 흔들리고 천장이 내려앉으며 당장이라도 자신을 덮칠 것만 같았기 때문이었다. 바람에 흩어지는 낙엽 무더기에 채여 비틀거리면서 현관 앞 긴 가로수 길을 되돌아서 왔다. 간신히 그녀는 철책문 앞 물 없는 도랑까지 왔다. 서둘러 자물쇠를 열려다 손톱이 부러졌다. 백 발자국을 더 가자 숨이 막혀 쓰러질 것 같아 걸음을 멈추었다. 그녀는 뒤돌아서서 그 무정한 저택을, 농장을, 정원을, 세 개의 안뜰을, 그리고 정면에 늘어선 창문 하나하나를 다시 한 번 바라보았다.

엠마는 넋이 나간 채 멍하니 서 있었다. 고막을 때리는 듯한 맥박

뛰는 소리만이 살아 있다는 것을 의식하게 할 뿐 이미 자신에 대한 의식은 없었다. 그 소리는 몸 안에서 뛰쳐나와 들판을 가득 채우며 귀청을 찢을 것처럼 울려퍼졌다. 발밑의 땅은 물결보다도 부드러웠고 밭이랑은 밀려와 부서지는 파도처럼 보였다. 머릿속의 기억과 모든 생각들이 마치 무수한 불꽃처럼 한꺼번에 뿜어져나왔다.

아버지의 모습, 뢰르의 가게, 아득한 먼 곳에 있는 그들의 방, 그 밖의 풍경이 눈에 보였다. 이대로 미쳐버릴 것 같아 무서웠지만 간신히 정신을 차렸다. 그래도 역시 분명한 의식은 아니었다. 그녀를 이토록 비참한 상태로 만든 원인, 돈에 대한 문제를 완전히 잊어버렸기 때문이었다. 그녀의 마음에는 사랑의 상처만이 남았다. 그리고 마치 중상을 당한 사람이 피가 흐르는 상처를 입고 생명이 꺼져가는 것을 느끼는 것과 같이 자신의 몸에서부터 영혼이 사랑의 추억을 통해 빠져나가는 것을 느꼈다.

해가 넘어가고 있었고, 까마귀 떼가 날아다녔다.

갑자기 수많은 불빛의 조그마한 구슬들이 작렬하는 총알처럼 공중에서 폭발하여 옆으로 퍼지고 빙글빙글 돌면서 나뭇가지 사이의 눈 속에 녹아 들어가는 것 같았다. 그 하나하나의 구슬 한복판에 로돌프의 얼굴이 보였다. 그 수가 점점 늘어난 구슬들이 가까이 다가와 엠마의 몸속으로 파고 들어가더니 이내 사라져버렸다. 엠마는 멀리 안개 속에서 빛나는 집들의 불빛을 알아볼 수 있었다.

그때 엠마의 현재 처한 입장이 심연과도 같은 모습을 나타냈다. 그녀는 가슴이 터질 것처럼 숨이 가빴다. 하지만 모든 것을 팽개쳐버린 비장한 마음이 지금은 기쁨에 가까운 기분으로 변해 소들이 건너는 판자 다리를 건너 오솔길과 가로수 길과 시장을 지나 약제사의 가게 앞에 당도했다.

아무도 없었다. 안으로 들어가려던 엠마는 초인종 소리가 나면 사람이 나올지도 모른다는 생각에 사립문으로 살짝 들어가 숨을 죽이고 벽을 더듬어 부엌 입구까지 갔다. 난로 위에 촛불이 하나 타고 있었고, 쥐스텡이 셔츠바람으로 요리 접시를 나르고 있었다.

"아, 지금 저녁식사 중이구나. 조금만 기다리자."

이내 쥐스텡이 돌아오자 엠마는 유리창을 두드렸다. 쥐스텡이 나왔다.

"열쇠를! 다락방 열쇠를……."

"뭐라고요?"

쥐스텡은 어둠 속에 하얗게 떠오른 엠마의 얼굴이 창백한 것을 보고 깜짝 놀라면서 그녀를 가만히 지켜보았다. 그에게는 그녀가 예사롭지 않은 아름다움이었고, 환영처럼 장엄해 보이기까지 했다. 그녀가 원하는 것이 무엇인지 알 수는 없었지만 쥐스텡은 무언지 알 수 없는 무서운 것을 예감했다.

엠마는 상대를 녹일 듯한 부드럽고 나지막한 목소리로 재빠르게 말했다.

"열쇠가 필요해서 그래. 그것을 내게 좀 빌려주렴."

칸막이 벽이 얇았기 때문에 접시에 닿는 포크 소리가 식당에서 들려왔다.

엠마는 쥐가 시끄럽게 해서 잠을 잘 수가 없어 잡으려는 것이라고 변명을 했다.

"주인나리께 말씀드리고 오겠습니다."

"아니, 그만둬!"

엠마는 아무렇지도 않은 듯 계속 말했다.

"그럴 것까지 없어. 나중에 내가 말씀드릴 테니까. 자, 내게 불 좀 비춰줘!"

엠마는 약국 입구로 통하는 복도로 들어섰다. '창고'라는 표찰이 달린 열쇠가 벽에 걸려 있었다.

"쥐스텡!"

그때 약제사의 신경질적으로 목소리가 들려왔다. 아마 꾸물거리는 것에 화가 난 모양이었다.

"올라가자!"

쥐스텡은 하는 수 없이 엠마의 뒤를 따라 올라갔다.

열쇠가 채워져 있는 자물쇠 속에서 돌아갔다. 엠마는 곧바로 세 번째 선반으로 다가갔다. 그녀의 기억은 정확했다. 선반에서 파란 병을 집어든 그녀는 마개를 뽑고 그 속에 손을 집어넣었다. 그리고 하얀 가루를 한 줌 집어내자 갑자기 먹기 시작했다.

"안 됩니다!"

쥐스텡이 그녀에게 달려들면서 소리질렀다.

"쉿, 누가 온다!"

혼자 힘으로 어떻게 할 수가 없어 쥐스텡은 사람을 부르려고 했다.

"아무 말도 하지마. 모두 네 주인 책임이 되니까."

마침내 집으로 돌아가는 엠마의 기분은 갑자기 침착해지고, 어떤 의무를 다 한 것처럼 평온한 마음이었다.

차압 소식을 듣고 몹시 놀란 샤를르가 집으로 돌아왔을 때는 엠마가 막 나가버린 뒤였다. 그는 고함을 치고 울다가 기절했다. 그러나 그녀는 돌아오지 않았다.

'도대체 어디로 간 것일까?'

샤를르는 아내의 소식을 알기 위해 오메 씨 집으로, 튀바슈 씨 집으로, 뢰르의 가게로, '황금 사자'로 펠리시테를 보냈다. 그리고 간헐적으로 고통이 가라앉는 순간이면 세상의 존경은 끝나고, 재산은 한 푼도 없고, 베르트의 장래가 엉망진창이 되어버린 암담한 광경만

이 떠올랐다.

'도대체 무엇이 원인이란 말인가? 전혀 영문을 알 수가 없으니!'

샤를르는 저녁 6시까지 기다렸다. 마침내 인내심이 바닥난 그는 혹시 아내가 루앙에 갔을지도 모른다고 생각해 큰길로 나갔다. 5리쯤 나가보았지만 아무도 만나지 못했다. 그래도 한참을 더 기다리다 다시 되돌아왔다.

집에는 이미 엠마가 돌아와 있었다.

"어찌 된 일이오? 왜 그랬소? 설명을 좀 해보구려……."

엠마는 책상 앞에 앉아 편지를 써서 천천히 봉하고 날짜와 시간을 덧붙여 써넣었다. 그리고 엄숙한 어조로 분명하게 말했다.

"내일 이것을 읽어주세요. 그때까지는 제발 아무 것도 묻지 말아주세요! 정말 한 마디도!"

"하지만…… 여보."

"아아…… 저를 그냥 내버려두세요. 자야겠어요."

엠마는 침대에 길게 드러누웠다.

입 속에 맵싸한 맛을 느낀 엠마는 눈을 떴다. 그녀는 샤를르를 힐끗 보고 나서 다시 눈을 감았다.

엠마는 고통이 느껴지는지 어떤지를 알아보려고 주의해서 자신의 몸 상태를 살펴보았다. 하지만 아무렇지도 않았다. 시계의 똑딱 소리도, 불이 튀는 소리도, 그녀의 침대 옆에 서 있는 샤를르의 숨소리도 들렸다.

'아! 죽음이라는 게 별 것이 아니로군.'

엠마는 생각했다.

'이제 잠들고 나면 모든 것이 끝나는 거야!'

엠마는 물을 한 모금 마시고 벽 쪽으로 돌아누웠다. 하지만 잉크를 핥았을 때와 같은 언짢은 뒷맛이 계속되었다.

“목이 말라! ……아아, 목이 타!”

엠마는 신음을 토했다.

“아니, 왜 그래요?”

샤를르가 유리컵을 내밀면서 물었다.

“아무것도 아니에요! 창문을 좀 열어주세요……. 아아, 숨이 막힐 것 같아요!”

갑자기 엠마는 구역질이 치밀었다. 베개 밑에서 손수건을 꺼낼 사이도 없었다.

“이것을 치워줘요!”

엠마는 단숨에 말했다.

“버려주세요!”

샤를르가 왜 그러냐고 다시 물었지만 엠마는 대답하지 않았다. 조금만 움직여도 토할 것 같아 꼼짝하지 않았다. 그러는 동안 그녀는 발에서부터 심장까지 얼음 같은 냉기가 치밀어오르는 것을 느꼈다.

“아아! 드디어 시작했구나!”

엠마는 중얼거렸다.

“뭐라고 했소?”

엠마는 괴로워서 견딜 수 없다는 듯 천천히 머리를 가로저었다. 그리고 마치 혓바닥 위에 아주 무거운 것을 올려놓은 것처럼 쉴 새 없이 입을 크게 벌리고는 했다. 8시에 또 구토가 시작되었다.

샤를르는 사기로 된 대야 밑바닥 안쪽에 하얀 모래알 같은 것이 붙어 있는 것을 발견했다.

“이거 이상한데? 아무래도 이상해!”

샤를르가 되풀이해 말했다.

“아니에요, 아무것도 이상한 것은 없어요!”

엠마는 단호한 어조로 대꾸했다.

샤를르는 쓰다듬듯 아내의 배 위에 가만히 손을 대보았다. 엠마가 날카로운 비명을 지르자 샤를르는 깜짝 놀라 뒷걸음질쳤다.

잠시 뒤에 엠마는 신음 소리를 내기 시작했다. 처음에는 희미했지만 격렬한 전율이 그녀의 양어깨를 흔들었고, 그녀의 얼굴은 손가락이 꽉 움켜쥔 시트보다도 더 창백했다. 불규칙한 맥박은 이제 거의 느껴지지 않을 만큼 약해졌다.

엠마의 해쓱한 얼굴에 땀방울이 맺혔다. 마치 그 얼굴은 금속에서 발산하는 증기에 싸여 굳어버린 것 같았다. 이가 맞부딪치며 소리를 내고 커다랗게 뜬 두 눈은 멍하니 주위를 둘러보고 있었다. 그리고 모든 질문에는 그저 고개를 저을 뿐이었다. 심지어 두서너 번 미소를 띠기까지 했다. 점점 신음 소리가 커져갔다. 이따금 나지막한 비명도 새어나왔다. 잠시 후 그녀는 이제 좀 나은 것 같으니 곧 일어나겠다고 했다. 그 순간 경련이 엄습하자 엠마는 비명을 질렀다.

“아아, 괴로워요, 살려줘요!”

샤를르는 그녀의 침대 곁에 무릎을 꿇었다.

“말해 봐요! 무얼 먹었소? 제발 대답 좀 해봐!”

샤를르는, 엠마가 지금까지 한번도 본 일이 없는 애정이 담뿍 담긴 눈으로 그녀를 바라보았다.

“저 말이죠, 저기에…… 저기에!”

엠마는 꺼질 듯한 목소리로 말했다. 샤를르는 책상 쪽으로 뛰어가 봉투를 찢고 큰소리로 읽었다.

“아무도 탓하지 말아주세요…….”

샤를르는 잠시 읽기를 멈추고 눈을 비빈 다음 다시 읽었다.

“이런! 이거 큰일났군! 여기 누구 좀 와주시오!”

그리고 샤를르는 다만 ‘독약을 먹었다! 독약을 먹었다!’ 하고 되풀이할 뿐이었다. 그 즉시 펠리시테는 오메의 집으로 달려갔다. 오메는 그 말을 듣고 광장에 나가 고함을 쳤다. 르프랑수와 부인은 '황금 사자'에서 그 소리를 들었고, 몇몇 사람이 일어나서 그 소식을 이웃사람들에게 전했다. 그리고 마을 사람들은 밤새도록 긴장을 늦추지 못했다.

정신이 뒤집힌 샤를르는 알 수 없는 말을 지껄이며 쓰러질 듯한 상태로 방안을 왔다갔다했다. 그는 가구에 부딪치고 머리카락을 쥐어뜯었다. 오메는 이런 끔찍한 광경을 보게 되리라고는 상상도 하지 못했다.

오메는 자기 집으로 돌아와 카니베 선생과 라리비에르 박사에게 편지를 썼다. 머릿속이 혼란스러워 열다섯 번 이상을 다시 써야 했다. 이폴리트는 이 소식을 알리기 위해 뇌샤텔로 출발했다. 쥐스텡은 샤를르의 말을 타고 달렸는데, 얼마나 심하게 박차를 가했는지 브와 기욤 언덕에 이르자 지친 말은 거의 죽을 듯한 모습이었다. 어쩔 수 없이 거기서부터는 걸어야 했다.

샤를르는 의학사전을 보려 했지만 마치 글자가 춤을 추는 것처럼 헷갈려서 아무것도 보이지 않았다.

"침착하세요! 뭔가 아주 강한 해독제를 처방하면 돼요. 독은 무엇이지요?"

오메가 말했다. 샤를르는 아내의 편지를 보여주었다. 비소였다.

"그렇다면, 이것은 정밀분석을 할 필요가 있군요."

오메는 어떠한 음독의 경우에도 분석할 필요가 있다는 것을 잘 알고 있었다.

"아, 그렇게 해주십시오! 부탁합니다. 아내를 살려주시오!"

샤를르는 오메의 말뜻을 잘 이해하지 못한 채 대답했다. 그러고는 엠마 곁으로 가서 융단 위에 무릎을 꿇고 침상 가장자리에 머리를 기댄 채 흐느껴 울었다.

"울지 말아요. 이제 조금만 더 있으면 저는 당신을 더 이상 괴롭히지 않을 거예요."

엠마가 말했다

"어째서? 어째서 이런 일을 해야 했단 말이오?"

"하는 수 없었어요."

엠마는 대답했다.

"당신은 행복하지 않았단 말이오? 내가 나빴다는 거요? 나는 그래도 내 힘으로 할 수 있는 만큼은 했다고 생각했소."

"네, 당신 말씀대로예요. 샤를르, 당신은 참 좋은 분이에요."

엠마는 천천히 남편의 머리를 쓰다듬었다. 아내의 애정어린 손길이 닿자 샤를르는 더욱 큰 슬픔이 복받쳐올랐다. 그 어느 때보다도 더한 사랑을 고백하고 있는 지금 오히려 아내를 잃어야 한다는 생각이 들자 자신의 모든 존재가 절망으로 무너져내리는 것 같았다. 그러면서도 아무것도 알 수 없었고, 아무것도 할 용기가 나지 않았다. 당장 결정을 내려야 하는 긴급한 상황에 몰려 그는 완전히 정신을 잃고 만 것이다.

엠마는 이제까지의 수많은 배반과 비열했던 행위 그리고 자신을 괴롭혔던 무수한 욕망들도 다 끝났다고 생각했다. 이제 그녀는 아무도 원망하지 않았다. 희미한 황혼이 가슴속으로 밀려들었다. 지상에서 나는 모든 소리 중에서 이제 엠마의 귀에 들리는 것은 멀어져 가는 교향악의 마지막 메아리처럼 다정하고 희미한 가엾은 남편의 가슴에서 간헐적으로 나오는 한탄하는 목소리뿐이었다.

"베르트가 보고 싶어요."

엠마는 한쪽 팔꿈치로 몸을 일으키면서 말했다.

"아까보다 기분이 나아진 거지? 그렇지, 여보?"

샤를르가 물었다.

“네, 그래요!”

기다란 잠옷 밑으로 맨발을 드러낸 채 하녀에게 안겨 들어온 베르트는 뭔가 심각한 표정이었고, 잠에 취해 아직도 꿈속을 헤매고 있는 듯했다. 아이는 어수선하게 흩어진 방 안을 이상스러운 듯이 바라보았다. 그리고 여기저기 가구들 위에서 타고 있는 촛불에 눈이 부신지 눈을 가느다랗게 뜨고 있었다. 아직 채 밝지 않은 새해나 사순절의 이른 아침에 깨어나면 아이는 꼭 이렇게 촛불을 보고는 했다. 그리고 어머니의 침대로 가서 선물을 받곤 했었다. 아이는 촛불을 보자 그 생각이 났는지 어머니를 찾았다.

“그거 어디 있어, 엄마?”

사람들이 모두 잠자코 있자 다시 아이가 말했다.

“엄마, 내 예쁜 구두가 보이지 않아.”

펠리시테가 아이를 안은 채 침대 쪽으로 몸을 구부렸으나 베르트는 여전히 벽난로 쪽을 바라보았다.

“유모가 가져갔나?”

베르트가 물었다.

유모라는 말을 듣자 엠마는 자신이 저지른 불륜과 괴로웠던 일들이 다시 기억 속에 되살아나서 얼굴을 홱 돌렸다. 마치 또 다른 더욱 강렬한 독이 입 속에 달라붙어 구역질이라도 날 것 같았다. 베르트는 침대 위에 앉은 채 가만히 있었다.

“엄마, 왜 그렇게 눈이 커? 왜 얼굴이 파래? 왜 그렇게 땀을 흘려?”

엠마는 딸아이를 지켜보고 있었다.

“아이, 무서워!”

베르트가 뒤로 물러났다. 엠마가 손을 잡고 키스하려 하자 아이는 몸부림쳤다.

“그만 됐어! 아이를 데리고 나가!”

그때 한쪽 구석에서 흐느껴 울던 샤를르가 소리를 질렀다.

이윽고 증세는 잠시 호전되는 듯했다. 그녀는 편안한 것 같았다. 그리고 샤를르는 아무 의미도 없는 말 한 마디가 아내의 입에서 흘러나올 때마다, 조금 가라앉은 것 같은 가슴의 숨소리를 들을 때마다 희망을 가졌다. 카니베 박사가 들어오자 그는 울먹이면서 그의 팔에 매달렸다.

"아아, 선생님이시군요! 이렇게 와주셔서 감사합니다! 이제 모든 것이 좋아지고 있습니다. 좀 봐주십시오."

카니베의 의견은 샤를르와 전혀 달랐다. 그는 복잡한 설명은 하지 않고 위장을 깨끗이 씻어내기 위한 구토제를 바로 처방했다.

엠마는 잠시 후 피를 토했다. 그리고 입술과 손발에 경련을 일으키며 온 몸에 갈색 반점이 나타났다. 맥박은 팽팽하게 잡아당긴 실처럼, 당장이라도 끊어질 것 같은 하프의 줄처럼 손가락 밑을 달렸다.

이윽고 엠마는 처절한 소리를 지르기 시작했다. 그녀는 독약을 저주하고 욕하면서 어서 결말을 지어 달라고 애원했다. 그녀 이상으로 괴로워하던 샤를르가 무엇이든 먹이려고 하면 뻣뻣해진 팔로 모두 밀쳐냈다. 샤를르는 손수건을 입에 대고 숨가쁘게 흐느껴 울면서 발뒤꿈치까지 떨릴 만큼의 오열로 숨이 막혀 서 있었다. 펠리시테는 어쩔 줄을 모르고 방 안 여기저기를 뛰어다녔다. 오메는 꼼짝도 하지 않고 깊은 한숨만 짓고, 카니베 박사도 겉으로는 침착했지만 마음속으로는 당황하기 시작했다.

"이거 야단났는데…… 그러나 해독제를 써서 위장은 깨끗해졌을 테고, 원인이 없어진 이상……."

카니베 박사가 말했다.

"결과도 없어지겠지요. 틀림없습니다."

오메가 박사의 말에 대답했다.

"어떻게든 살려주십시오!"

샤를르가 소리쳤다.

"아마 이것은 좋아지기 전에 일어나는 발작이겠죠."

오메가 말했다. 하지만 카니베 박사는 약제사가 늘어놓는 역설에
는 귀를 기울이지 않고 아편성 해독제를 투여하려 했다. 바로 그때
채찍질하는 소리가 들려오면서 모든 유리창이 흔들렸다. 그리고 역
마차 한 대가 귀밑까지 진흙을 뒤집어쓴 세 마리의 말에 이끌려 공
동시장 모퉁이를 한걸음에 달려왔다. 바로 라리비에르 박사였다.

하느님의 출현도 이 정도의 감동을 자아내지는 못했을 것이다. 샤
를르는 양손을 쳐들었고, 카니베는 동작을 멈추었으며, 오메는 박사
가 들어오기도 전에 모자를 벗어들고 있었다.

라리비에르 박사는 비샤[142] 계통의 위대한 외과학파에 속해 있었
다. 지금은 없어졌지만 열광적으로 의술을 사랑하고 열성적이고 또
한 총명하게 의술을 베푼 그 철학자 의사들 중 한 명이었던 것이다.
그가 화를 내면 병원 내 모든 사람들이 겁을 먹었다. 그를 존경하는
제자들은 개업을 하면 되도록 스승을 닮으려고 노력했다. 때문에 가
까운 마을에서는 제자들이 박사의 것과 같은 메리노[143] 솜을 넣은 긴
외투와 똑같이 커다란 검은 예복을 입고 있는 것을 볼 수 있었다. 예
복의 단추를 채우지 않은 소매 끝은 보기 좋게 살이 찐 박사의 매우
아름다운 손을 살짝 덮고 있었다. 그 손은 조금이라도 빨리 병고(病
苦) 속으로 들어가려는 듯 장갑 따위는 낀 일이 없었다.

훈장이니 직위니 신분이니 아카데미니 하는 것을 경멸하고, 가난
한 자에 대해서는 친절하고 인자하며, 덕의 보답을 의식하지 않고 덕
을 실천하는 박사는 거의 성자로 통할 만도 했지만 너무나도 날카로

---

142) 1771~1802, 프랑스의 유명한 해부학자로 조직학과 일반 병리학을 확립하였다 ─ 옮긴이
143) 스페인이 원산지인 가늘고 고운 양모를 생산하는 양(羊)의 품종이다 ─ 옮긴이

운 정신의 소유자인 그를 사람들은 악마라도 보는 듯 두려워했다. 수술용 메스보다도 날카로운 그의 눈빛은 곧장 사람들의 마음을 꿰뚫어보고 여러 가지 변명이나 수줍음을 파헤치고 그 속의 모든 거짓을 드러냈다. 이렇듯 박사는 위대한 재능에 대한 자각과 재산의 뒷받침과 근면하고 나무랄 데 없는 40년의 생애가 안겨준 부드럽고 따뜻한 위엄에 가득 찬 인물로 지내고 있었다.

입을 벌리고 똑바로 누워 있는 죽은 것 같은 엠마의 형상을 보자 라리비에르 박사는 문턱에서부터 눈살을 찌푸렸다. 그리고 카니베의 설명에 귀를 기울이는 척하면서 코밑을 집게손가락으로 쓰다듬으며 말했다.

"그래, 좋소. 잘됐군."

그러나 박사는 눈에 띄지 않을 만큼 어깨를 으쓱했다. 샤를르는 그 동작을 놓치지 않았다. 두 사람의 눈이 서로 마주쳤다. 환자의 신음하는 광경에 익숙한 박사도 이때만은 자신의 셔츠 가슴 장식 위로 떨어지는 한 방울의 눈물을 막을 길이 없었다.

그는 카니베를 옆방으로 데리고 가려고 했다. 샤를르가 그 뒤를 따랐다.

"중태인가요, 네? 겨자고약을 개서 붙여보면 어떻겠습니까? 저로서는 어떻게 하면 좋을지 모르겠습니다. 어떻게 무슨 수가 없겠습니까? 제발 가르쳐주십시오. 선생님께서는 많은 인명을 구하지 않으셨습니까! 부탁합니다!"

샤를르는 두 팔로 박사를 껴안고 거의 실신할 사람처럼 그의 가슴에 쓰러지면서 겁에 질려 애원하는 표정으로 박사를 쳐다보았다.

"자, 용기를 내게! 이제는 어쩔 도리가 없네!"

라리비에르 박사가 돌아섰다.

"가시는 겁니까?"

"다시 오겠네."

박사는 마부에게 이를 말이 있는 것처럼 카니베 씨와 함께 밖으로 나갔다. 카니베도 엠마의 최후를 지켜보는 일은 사양하고 싶었던 것이다.

오메는 광장에서 두 사람에게 따라붙었다. 그는 천성적으로 명사에게서 떨어질 수가 없었던 것이다. 그는 라리비에르 박사에게 간청해 카니베 씨와 함께 점심에 초대할 수 있는 영광을 누리게 해주십사고 애원했다.

오메는 서둘러 '황금 사자'에서 비둘기를 몇 마리를 가져오고, 고깃간에서는 가장 좋은 고기를, 튀바슈 집에서는 크림을, 레스티부드와의 집에서는 계란을 가져오게 하여 스스로 준비를 거들어주었다.

"정말 죄송합니다, 선생님. 이런 시골에서는 전날 미리 기별을 받지 않으면 이렇게……."

오메 부인은 윗도리의 끈을 잡아매면서 말했다.

"다리가 달린 컵을 갖다주오."

오메가 낮은 소리로 귀띔했다.

"적어도 여기가 시내라면 돼지다리 요리라도 장만할 수 있었겠지만……."

"그만해요…… 박사님, 식탁으로 가시지요."

첫 번째 음식이 나오자 몇 점을 집어먹은 오메는 이번 불행한 사건에 관해 몇 가지 자세한 내용을 들려줘도 좋겠다고 생각했다.

"처음에는 인후에 건조 현상이 있었습니다. 다음에는 상복부에 심한 통증을 느끼고 다시 또 심하게 설사를 하고 혼수상태에 빠졌습니다."

"대체 그 부인은 왜 독약을 먹었나요?"

"그것을 모르겠습니다, 박사님. 게다가 어디서 비소를 구했는지조차 도무지 알 수가 없습니다."

그때 마침 접시를 한아름 포개 안고 들어온 쥐스텡은 갑자기 와들와들 떨기 시작했다.

"왜 그러는 거냐?"

오메의 물음에 쥐스텡은 그만 손에 들고 있던 접시들을 와르르르 마룻바닥에 떨어뜨렸다.

"바보 같은 녀석! 허술하고 둔한 놈! 경솔한 놈!"

오메가 소리쳤다. 하지만 갑자기 화를 꾹 누르며 말을 이었다.

"그래서 저는 분석을 해봐야겠다는 생각에 우선 시험관 속에 조심조심 넣은 것은……."

"그보다는 오히려……."

외과의사는 약제사의 말을 자르면서 계속했다.

"그녀 목구멍에 당신의 손가락을 넣어주는 편이 좋았겠는데요."

카니베는 조금 전에 자신이 처방한 구토약 때문에 은밀히 책망을 들었던 터라 잠자코 있었다. 안짱다리를 수술할 때에는 그처럼 거침없고 말이 많았는데 오늘은 극히 얌전했고, 끊임없이 고개를 끄덕이며 동의를 표하는 미소만 보이고 있었다.

오메는 식사 초대의 주인 노릇을 하는 것이 대단히 만족스러운지 벙글벙글 웃고 있었다. 가엾은 보바리를 생각하고, 그와 자신을 비교해 보고는 막연하게 내심 흐뭇해했다. 게다가 박사와 나란히 자리를 함께 한 것 또한 기뻤다. 그는 자신의 박식함을 늘어놓았고, 칸타리스 약이며 유파스 나무, 독이 있는 만치닐 나무, 살모사 등 독이 있는 것을 생각나는 대로 열거했다.

"박사님! 그것뿐만이 아닙니다. 저는 여러 사람들이 과다하게 훈증한 소시지를 먹고 중독되어 그 자리에서 졸도했다는 예를 읽은 적도 있습니다. 그것은 우리 약학계의 스승이시며 권위자의 한 사람이

신 유명한 카데 드 가시쿠르 선생이 쓴 논문에 보고된 것입니다!"

그때 오메 부인이 알코올을 연료로 사용하는 건들건들하는 난로를 들고 다시 나타났다. 오메가 식탁에서 커피를 끓이고 싶어했던 것이다. 더욱이 커피도 손수 볶고 가루로 만들어 섞어놓은 것이었다.

"설탕입니다, 박사님. 넣으십시오."

오메는 설탕을 권하면서 말했다. 그러고 나서 아이들의 체력에 대해 훌륭한 외과의사의 고견을 듣고 싶다면서 2층에서 아이들을 모두 내려오게 했다.

마침내 라리비에르가 돌아가려 하자 이번에는 오메 부인이 남편을 진단해 달라고 부탁했다. 남편은 매일 저녁만 먹으면 조는데, 분명 혈액순환이 점점 나빠진 탓이라는 것이었다.

"아아! 그를 괴롭히고 있는 것은 '상(Sang)'[144]이 아닙니다."

박사는 이런 재담이 통하지 않는 것을 보고 살짝 웃으면서 문을 열었다. 그런데 약국 문 앞에는 아내가 재 속에 가래를 뱉는 버릇이 있는데 폐병이 아니냐고 걱정하는 튀바슈 씨를 비롯해 때때로 심한 허기증을 느낀다는 비네 씨, 몸이 바늘로 찌르는 것처럼 쑤신다는 카롱 부인, 현기증이 난다는 뢰르 씨, 류머티즘에 걸려 있는 레스티부드와, 위산과다의 르프랑수와 부인 등 많은 사람들이 진을 치고 있었다. 이 사람들을 쫓아버리는 것은 이만저만 힘든 일이 아니었다. 가까스로 세 마리의 말이 가볍게 달리기 시작했다. 그러자 모두들 박사는 친절이 모자란다고 이구동성으로 말했다.

그때 성유를 들고 시장 지붕 밑을 지나가는 부르니지앙 신부가 나타나자 사람들은 그에게 주의를 기울였다.

오메는 평소 자신의 신조에 따라 신부들은 죽은 사람의 냄새를 맡

---

144) 불어로 '피'를 뜻하는 Sang과 '감각'을 뜻하는 Sens의 발음이 같은 것을 이용하여 오메의 뻔뻔스럽고 둔감한 성격을 라리비에르 박사가 점잖게 풍자한 것이다 ― 옮긴이

고 모여드는 까마귀와 같은 것이라고 했다. 그는 신부를 보면 천성적으로 불쾌한 기분이 들었다. 신부복은 그에게 죽은 사람의 수의를 연상시켰고, 그는 수의를 무서워했기 때문에 자연히 신부복을 두려워했던 것이었다.

아무튼 오메는 자신의 '사명' 앞에서 한 발짝도 물러서지 않고 카니베 씨와 함께 보바리의 집으로 되돌아갔다. 라리비에르 박사가 출발하기에 앞서 카니베에게 그렇게 하도록 권했기 때문이었다. 그리고 오메는 아내가 만류하지만 않았더라면 두 아들도 데리고 가려던 참이었다. 이런 특별한 장면에 아이들을 익숙하게 하여 훗날까지 기억에 남는 하나의 교훈과 훈계가 되고 장엄한 장면이 되도록 하려던 것이었다.

두 사람이 들어갔을 때 방 안은 음산하고 장엄한 분위기에 휩싸여 있었다.

흰 수건을 덮어놓은 재봉대 위에는 불이 켜진 두 개의 촛대가 놓여 있고, 두 개의 촛대 사이에 위치한 커다란 십자가 옆의 은접시에는 대여섯 개의 조그마한 솜뭉치가 담겨 있었다. 가슴까지 턱을 내려뜨린 엠마는 눈을 부릅뜨고 있었다. 그리고 보기에도 가련한 두 손은 이미 수의를 입으려는 것 같은 임종에 다다른 사람의 불길하고 조용한 몸짓으로 침대 위에서 꿈틀거렸다. 조각상처럼 창백하고 숯불처럼 눈이 빨갛게 부은 샤를르는 이제 울지도 않고 침대 다리 밑에서 움직이지 않고 있었다. 한쪽에서는 신부가 무릎을 꿇고 나직한 목소리로 기도를 하고 있었다.

엠마는 천천히 얼굴을 돌렸다. 그리고 신부의 옷에 걸려 있는 보랏빛 영대를 보고 갑자기 기쁨의 미소를 지었다. 아마도 이상한 평화 속에서, 지난날 그녀가 처음으로 느꼈던 신비로운 황홀감을 잃어버린 쾌감과 더불어 이제 새로 시작되려는 영생의 비전을 다시 발견하고 있는 것인지도 몰랐다.

신부는 일어서서 십자가를 집어들었다. 그러자 엠마는 마치 목마른 사람처럼 목을 내밀었다. 그리고 그리스도 상에 입술을 갖다대고 있는 힘을 다해 일생을 통해 가장 열렬한 사랑의 키스를 표했다. 이어서 신부는 '천주께서 불쌍히 여기소서'와 '용서하여 주옵소서'의 기도를 올린 다음 오른쪽 엄지손가락을 성유에 적셔 종부성사를 시작했다. 먼저 지상의 모든 영화를 그토록 갈망하던 두 눈 위에, 다음은 훈훈한 미풍과 사랑의 향기를 즐겨 맡던 코에, 다음에는 거짓말을 하기 위해 열리고 또 오만 때문에 울고 음란한 기쁨을 부르짖었던 입에, 다음으로는 상쾌한 감촉을 즐기던 두 손에, 그리고 욕망을 충족시키기 위해 뛰어다닐 때에는 그처럼 민첩했건만 이제는 걸을 수조차 없게 된 양쪽 발바닥에 마지막으로 성유를 발랐다.

신부는 손가락을 모두 씻은 다음 기름을 묻힌 솜조각을 불 속에 던져버렸다. 그리고 죽어가는 여자의 옆으로 돌아가 앉아, 이제 고통을 예수 그리스도의 고통과 하나로 합치고 신의 자비에 몸을 맡기도록 하라고 타일러주었다.

마침내 설교를 마친 신부는 잠시 후 엠마를 감싸게 될 하늘의 영광의 상징인 촛불을 그녀의 손에 쥐어주려고 했다. 그러나 약해질 대로 약해진 엠마는 손을 움켜쥘 힘도 없었다. 부르니지앙 신부가 도와주지 않았다면 촛불은 떨어져버렸을 것이다.

그렇지만 엠마의 얼굴은 전처럼 창백하지 않았고 마치 신비로운 기적에 의해 치유되기라도 한 듯 고요하고 밝은 표정이었다.

신부는 그 사실을 지적하는 것을 빠뜨리지 않았다. 주님께서 영원한 구원을 위해 필요하다고 생각하셨을 때에는 사람의 생명을 연장시키실 때도 있다고 보바리에게까지 설명했다. 샤를르는 엠마가 지금처럼 빈사 상태에 빠졌을 때 성체를 배수했던 날을 기억했다.

'어쩌면 절망할 필요가 없었는지도 몰라.'

샤를르는 생각했다.

사실 엠마는 마치 꿈에서 깨어난 사람처럼 가만히 주위를 둘러보았다. 그리고 또렷한 목소리로 거울을 갖다달라고 말한 그녀는 잠시 동안 거울을 들여다보고 있더니 마침내 두 눈에서 굵은 눈물방울을 뚝뚝 떨어뜨렸다. 그러고는 한숨을 크게 내쉬고 머리를 젖히며 다시 베개 위에 푹 쓰러졌다.

이내 엠마의 가슴이 갑자기 가쁘게 뛰기 시작했다. 혀는 입 밖으로 축 늘어졌고, 두 눈은 빙빙 돌면서 꺼져가는 두 개의 램프 등피처럼 빛을 잃어갔다. 몸에서 영혼이 빠져나가려고 몸부림을 치듯 늑골이 심한 숨결에 흔들려 움직이고 있었다. 차차 속도를 빨리 하는 그 움직임이 보이지 않았더라면 이미 죽었다고 생각될 정도였다.

펠리시테는 십자가 앞에 꿇어앉아 있었다. 심지어 약제사도 무릎을 약간 굽혔지만 카니베는 멍하니 뜰을 바라보고 있었다. 침대 모서리에 얼굴을 기울인 부르니지앙 신부는 다시 기도를 시작했다. 그의 등뒤로 검은 신부복 자락이 길게 꼬리를 끌며 마룻바닥에 펼쳐져 있었다. 샤를르는 반대 쪽에 무릎을 꿇고 앉아 엠마에게 두 팔을 내밀고 있었다. 그는 아내의 손을 움켜쥐고 그녀의 심장이 고동칠 때마다 폐허가 무너지는 충격을 받은 것처럼 몸을 떨었다. 헐떡이는 숨소리가 거칠어짐에 따라 신부의 기도문을 외는 속도도 빨라졌다. 그 소리는 보바리의 절박한 흐느낌과 뒤섞여 이따금 조종(弔鐘)처럼 은은하게 울리는 라틴어의 낮은 중얼거림 속으로 사라지는 것 같았다.

그때 갑자기 보도 위에서 무거운 나막신 소리가 지팡이를 질질 끄는 소리와 함께 들려왔다. 그리고 노래하는 목소리까지 들렸다. 그것은 목쉰 소리로 이렇게 노래하고 있었다.

화창한 날의 후끈한 열기에 못 이겨
젊은 아가씨도 사랑의 꿈을 꾼다네.

일순 전기가 통한 시체처럼 엠마가 벌떡 일어났다. 머리는 헝클어
지고 눈길은 꼿꼿한 채 입을 커다랗게 벌리고 있었다.

낫으로 베어진 보리이삭들
그것을 열심히 거두어 모으려고,
보리가 무르익은 밭이랑에서
나의 나네트 아가씨 애를 쓰시네.

"거지 장님이군!"
엠마가 부르짖었다. 그리고 웃기 시작했다. 마치 거지의 추악한 얼
굴이 무시무시한 괴물처럼 지옥의 영원한 암흑 속에서 솟아오르는
것이 보이는 듯 소름이 오싹 끼치도록 미친 듯한 절망적인 웃음 소리
였다.

그날은 몹시도 바람이 거세게 불어
짧은 치마가 날려버렸네!

엠마는 한바탕 경련과 함께 다시 침대 위로 쓰러졌다. 모두 그녀
에게 가까이 다가갔다. 그녀는 이미 이 세상 사람이 아니었다.

9

언제나 사람이 죽은 뒤에는 정신을 잃고 어리둥절하는 상태가 일어난다. 돌연하게 엄습하는 허탈감이 있다는 것을 알고 그것을 체념하며 받아들이기란 그만큼 어려운 것이다. 엠마가 꼼짝도 하지 않는다는 것을 깨달았을 때 샤를르는 아내의 몸 위에 자신의 몸을 던지면서 소리를 질렀다.

"잘 가오! 정말 이것이 이별이란 말이오?"

오메와 카니베는 그를 방 밖으로 데려고 나갔다.

"좀 진정하세요! 이제 단념해야 해요!"

"아, 알았어요."

샤를르는 몸부림치면서 말했다.

"괜찮아요, 조용히 하겠습니다. 쓸데없는 짓은 하지 않아요. 하지만 나를 좀 내버려두세요! 저 사람 얼굴이 보고 싶은 겁니다. 저 사람은 내 아내란 말이오!"

샤를르는 울었다.

"실컷 우십시오."

오메가 말했다.

"인간의 본성이 하는 대로 하세요. 울고 싶은 만큼 울고 나면 마음
도 한결 편해진답니다!"

어린아이보다도 더 마음이 약해진 샤를르는 얌전하게 아래층 방
으로 이끌려 갔다. 오메 씨는 잠시 후 자기 집으로 돌아갔다.

오메는 광장에서 거지 장님에게 붙들렸다. 거지는 소염 연고를 구
하겠다는 마음에 불편한 다리를 질질 끌면서 용빌르까지 와서는 지
나가는 사람마다 붙들고 약제사가 어디에 사느냐고 묻고 있었다.

"아이고, 허구한 날 놔두고 하필이면 이런 때 왔어! 나는 지금 몹
시 바빠서 자네를 돌봐줄 겨를이 없단 말이네! 안됐지만 나중에 다
시 오게!"

오메는 말을 마치자마자 약국으로 뛰어들어 갔다. 그는 편지를 두
통 써야 했고, 보바리에게 진정제를 만들어주어야 했다. 또한 보바
리 부인이 독약을 먹었다는 사실을 감출 수 있는 거짓말을 생각해내
어 〈루앙의 등불〉에 투고할 기사를 추려야 했다. 그 밖에도 자세한
소식을 들으려고 그를 기다리고 있는 사람들이 있었다. 결국 오메는
보바리 부인이 바닐라 크림을 만들면서 비소를 설탕으로 잘못 알고
넣었다는 이야기를 용빌르 사람들에게 들려준 다음 다시 보바리 집
으로 되돌아갔다.

샤를르는 혼자서(카니베 씨는 방금 돌아가고 없었다) 창가의 팔걸이
의자에 앉아 넓은 방의 바둑판 무늬를 멍하니 바라보고 있었다.

"이제 식을 치를 시간을 정해야겠는데요."

오메가 말했다.

"식을 치르다니요? 무슨 식 말인가요?"

깜작 놀란 샤를르는 분명하지 못한 목소리로 계속했다.

"아니, 안 됩니다! 그렇지 않아요? 그것은 안 될 말입니다! 저 사람
은 집에 놓아두어야 합니다!"

샤를르가 강하게 반발하자 오메는 잠시 시간을 가져야겠다는 생각에 선반에 있는 물병을 가져와 제라늄 화분에 물을 주었다.

"아아, 고맙소! 이렇게까지 세심한 신경을……."

샤를르는 말을 마칠 수가 없었다. 약제사의 행동을 보자 되살아나는 수많은 추억들이 가슴속으로 밀려왔던 것이다.

오메는 그의 기분전환을 위해 원예에 관한 이야기를 해보면 어떨까 생각했다. 그가 식물에는 수분이 필요하다고 하자 샤를르는 찬성하는 뜻으로 고개를 끄덕였다.

"이제 곧 봄이 올 겁니다."

"아, 봄 말이죠!"

샤를르가 대답했다. 이내 할 말이 없어진 오메는 유리창의 조그만 커튼을 살짝 젖혀보았다.

"아, 저기 튀바슈 씨가 지나가는군."

샤를르는 기계처럼 그의 말을 따라했다.

"튀바슈 씨가 지나가는군."

오메는 장례식 준비에 대한 이야기를 다시 그에게 꺼낼 용기가 없었다. 간신히 샤를르를 설득하여 결심을 하게 한 것은 신부였다.

샤를르는 서재에 틀어박혀 펜을 들었다. 그리고 한참을 흐느껴 울고 나서 이렇게 썼다.

엠마에게 결혼할 때의 옷을 입히고, 흰 구두를 신기고, 머리에는 꽃으로 만든 화관을 씌워서 묻어주기 바랍니다. 그녀의 머리카락은 어깨 위로 늘어져 퍼지게 해주십시오. 관을 세 겹으로 하고 그중 하나는 참나무, 하나는 마호가니, 하나는 납으로 해주시기 바랍니다. 저에게는 아무 말도 하지 말아주시기 바라며 정신은 또렷하므로 절대 이성을 잃지는 않을 겁니다. 그녀의 몸 위에 커다란 초록빛 벨벳 천을 덮어주시기 바랍니다.

이것은 제가 원하는 바입니다. 그렇게 해주시기 바랍니다.

내용을 읽은 오메와 신부는 너무나 환상적인 보바리의 생각에 적잖이 놀랐다. 오메는 곧 샤를르에게 가서 말했다.

"이 벨벳은 아무래도 필요 없는 것 같은데요. 그리고 무엇보다 비용이……."

"제 아내의 장례입니다!"

샤를르는 큰소리로 말했다.

"그것은 당신이 상관하실 일이 아닙니다. 제가 하는 대로 내버려두십시오! 당신은 그 사람을 사랑한 일이 없는 사람입니다! 돌아가주십시오!"

신부는 샤를르의 팔을 끼고 뜰 안을 한 바퀴 돌면서 산책을 시켰다. 그러면서 신부는 이 세상 모든 것이 다 허무한 것이라고 말해 주었다. 신은 진정 위대하시고 은혜로우신 분이니 신의 명령에 복종해야만 하고, 또 감사해야만 한다고 했다.

"당신께서 말씀하시는 그러한 신이 저는 제일 싫습니다!"

그 순간 샤를르는 큰소리로 신을 저주했다.

"아직 당신에게는 반항심이 깃들어 있군요."

신부는 한숨을 내쉬었다. 샤를르는 그 자리를 떠나 담을 따라 과일나무 울타리 옆을 성큼성큼 걸으면서 이를 물고 저주하는 눈빛으로 하늘을 향해 눈을 부릅떴다. 하지만 그런 행동으로는 나뭇잎 하나 까딱할 수 없었다.

보슬비가 내리기 시작했다. 샤를르는 앞가슴을 열어젖히고 있었기 때문에 이내 떨려왔다. 그는 부엌으로 되돌아와서 앉았다.

6시가 되자 쇠가 덜거덕거리는 요란한 소리가 광장에서 들려왔다. '제비'가 도착한 것이다. 샤를르는 유리창에 이마를 대고 차례차례로 내리는 승객들을 바라보았다. 펠리시테가 그를 위해 거실에 잠자리를 마련해 주었다. 샤를르는 그 위에 몸을 던지고 잠이 들었다.

오메는 비록 합리주의자이기는 해도 죽은 사람에게는 경의를 표할 줄 아는 사람이었다. 그는 가엾은 보바리를 책망하지 않고 그날 밤 세 권의 책과 기록을 위한 노트 한 권을 가지고 밤을 세우기 위해 다시 보바리 집으로 갔다. 이미 부르니지앙 신부도 와 있었다. 원래 놓여 있던 자리에서 침대를 끌어냈고, 그 베갯머리에는 촛불 두 개가 타고 있었다.

오메는 아무 말도 하지 않고 가만히 있는 것이 괴로워 마침내 불운한 이 젊은 여자에 대해 추도하는 말을 늘어놓기 시작했다. 신부도 지금은 그녀의 명복을 비는 것이 최선이라고 했다.

"그렇지만……."

오메는 다시 말을 이었다.

"두 가지 중 하나일 겁니다. 만약 부인께서 (성당에서 사용하는 말을 빌리면) 신의 은총을 받고 돌아가셨다면 구태여 우리들의 기도는 필요없는 것입니다. 또 만약 부인께서 회개하지 않고 돌아가셨다면 (아마 신부들은 그렇게 말씀하시는 것 같습니다만) 그런 경우에는……."

"그래도 기도는 반드시 드려야 한답니다."

부르니지앙 신부가 그를 가로막으며 무뚝뚝하게 대꾸했다.

"그러나 우리들의 모든 요구를 신께서 다 알고 계신다면 기도라는 것이 무슨 소용이 있다는 겁니까?"

오메가 반대 의견을 제시했다.

"뭐라고요? 지금 기도가 소용없다고 말씀하시는 겁니까? 그렇다면 당신은 그리스도 신자가 아니군요!"

"아뇨, 아뇨! 저는 그리스도를 높이 받들며 찬미하는 사람입니다.

그리스도는 우선 노예를 해방시키고 이 세상에 하나의 도덕을 이루어 놓은⋯⋯."

"그런 것은 아무래도 좋아요! 모든 성경의 귀절은⋯⋯."

"오오! 성경에 대한 얘기라면 역사책을 펼쳐보십시오. 예수회 성직자들이 그것을 날조했다는 것은 누구나가 다 아는 사실입니다."

그때 샤를르가 들어와 침대 쪽으로 다가가더니 가만히 커튼을 열어 젖혔다.

엠마는 오른쪽 어깨로 머리를 기울이고 있었다. 벌려져 있는 입매가 얼굴 아래쪽으로 난 어두운 구멍처럼 보였고, 양쪽 엄지손가락은 손바닥 안으로 접혀 들어가 있었다. 흰 가루 같은 것이 눈썹 여기저기에 붙어 있었고, 두 눈은 마치 거미가 그줄을 친 것처럼 엷은 막 같은 끈적끈적하고 창백한 빛깔 속으로 사라져가고 있었다. 그녀를 덮은 홑이불은 젖가슴부터 무릎까지 움푹 들어갔다가 다시 발가락 끝에서 불룩해져 있었다. 샤를르에게는 무한히 크고 엄청나게 무거운 힘이 엠마를 누르고 있는 것처럼 생각되었다.

성당의 종소리가 새벽 2시를 알렸다. 어둠 속을 뚫고 정원의 동산 밑을 흐르는 개울 소리가 크게 들려왔다. 부르니지앙 신부는 이따금 요란스럽게 코를 풀었고, 오메는 종이에 펜을 끄적이며 소리를 내고 있었다.

"자, 선생께서는 가서 좀 쉬세요. 보고 있으면 가슴만 아플 뿐이니까요."

오메가 말했다. 마침내 샤를르가 나가자 두 사람은 또다시 토론을 시작했다.

"볼테르를 읽으세요! 올바크[145]도 읽으시고요. 그리고 〈백과전서〉

---

145) 1723~1789, 무신론과 유물론을 주장한 프랑스의 철학자로 1751년에 시작된 〈백과전서〉의 집필에 참여하였다 — 옮긴이

를 읽으세요!"

오메가 말했다.

"〈포르투갈 유대인들의 서간집〉[146]을 읽으시오! 재판관 출신인 니콜라스가 쓴 〈그리스도의 교론〉을 읽어보세요!"

부르니지앙 신부가 맞섰다.

두 사람은 흥분으로 얼굴이 새빨개지면서 토론에 열중해 있었다. 그들은 상대방의 말은 듣지도 않고 동시에 떠들어댔다. 신부가 감히 어떻게 그런 터무니없는 말을 하느냐고 눈살을 찌푸리면 오메는 그런 어리석은 일은 없다면서 기가 막힌다고 했다. 드디어 두 사람이 서로 욕설을 주고받으려는 형국이 되었을 때 갑자기 샤를르가 다시 모습을 나타냈다. 어떤 정체를 알 수 없는 힘에 이끌리는 것처럼 그는 2층으로 올라온 것이었다.

샤를르는 아내를 좀 더 자세히 봐두려고 엠마를 정면으로 마주보며 서 있었다. 그 바라보는 눈길이 너무나도 깊게 파고드는 것 같아 이제는 더 이상 슬픈 기색조차 없는 듯했다.

샤를르의 머릿속에는 전신 경직에 대한 이야기와 최면의 기적이 떠올랐다. 그리고 만약 진정으로 한결같이 갈망한다면 엠마를 소생시킬 수 있을지도 모른다고 생각했다. 심지어 아내의 시신을 향해 몸을 굽히고는 나지막하게 "엠마! 엠마!" 하고 불러보기도 했다. 격렬하고 강한 그의 한숨이 촛불의 불꽃을 벽 쪽으로 흔들리게 했다.

새벽에 보바리 노부인이 도착했다. 샤를르는 어머니를 얼싸안고 다시 한 차례 울음을 터뜨렸다. 노부인은 오메가 그랬던 것처럼 장례식 비용에 관해 아들에게 몇 가지 의견을 말하려고 했다. 하지만 샤를르가 몹시 화를 냈기 때문에 입을 다물고 말았다. 더욱이 샤를르는

---

146) 앙트완느 게네(1717~1803) 신부가 1769년에 펴낸 것으로 성서에 대한 볼테르의 공격을 반박하는 내용으로 되어 있다 — 옮긴이

시내에 가서 필요한 물건들을 사와 달라고 그녀에게 부탁까지 했다.

그날 오후 동안 샤를르는 혼자 남아 있었다. 베르트는 오메 부인에게 맡겨두었고, 펠리시테는 르프랑수와 부인과 함께 2층 방에 있었다.

저녁이 되자 샤를르는 여러 사람의 조문을 받았다. 그는 말은 하지 못하고 그저 손님들과 악수만 했다. 손님들은 난로를 둘러싸고 앉아 있는 사람들 틈에 끼어 앉았다. 모두 고개를 숙이고 다리를 꼰 채 이따금 생각난 듯 커다란 한숨을 쉬면서 다리를 흔들고 있었다. 그들은 어느 누구 할 것 없이 모두 지루해했지만 자리를 뜨지 않으려고 참는 내기를 하는 것 같은 모습이었다.

9시에 다시 오메가 돌아왔을 때는(이틀 동안 그만이 혼자서 광장을 뛰어다녔다) 장뇌며 안식향이며 향초들을 잔뜩 안고 있었다. 그리고 또 독기를 빼기 위해 클로르 수를 가득 넣은 병도 가지고 왔다. 마침 그때 하녀와 르프랑수와 부인과 보바리 노부인나 엠마의 수의를 갈아입히는 중이어서 매우 바쁘게 움직이고 있었다. 그녀들은 뻣뻣한 긴 베일을 엠마의 공단 구두의 끝까지 덮어주었다.

"아아, 참으로 불쌍한 우리 마님! 가엾은 우리 마님!"

펠리시테는 흐느껴 울었다.

"저걸 좀 보세요."

여관집 여주인이 한숨을 쉬면서 말을 이었다.

"아직도 저렇게 아름다우시다니. 당장이라도 곧 자리를 털고 일어날 것만 같아요."

여자들은 엠마에게 화관을 씌워주기 위해 몸을 굽혔다. 시신의 머리를 조금 들지 않으면 안 되었다. 일순 구역질이라도 하는 것처럼 엠마의 입에서 시꺼먼 액체가 흘러나왔다.

"아아, 어쩌면 좋아! 옷이 더러워지겠어요, 조심해야지!"

르프랑수와 부인이 큰소리로 말했다.

"여기 좀 도와주세요!"

르프랑수와 부인이 약제사에게 도움을 청했다.

"왜 그래요? 겁이 나시는 모양이지요?"

"내가 겁을 낸다고요?"

오메는 어깨를 으쓱하면서 대답했다.

"이거야 원! 약학 공부를 할 때 이런 것은 시립병원에서 신물이 나
도록 봐왔어요! 우리는 해부학 교실에서 펀치를 만들어 마시기도 했
다고요! 합리주의를 신봉하는 사람은 죽음의 허무를 무서워하지 않
아요. 내가 늘 하는 얘기지만, 내가 죽으면 학문상의 도움이 되도록
내 유해를 병원에 기부할 작정이에요."

신부는 방 안에 들어오자 샤를르의 안부를 물었다. 그는 약제사의
대답을 듣고 덧붙였다.

"당신도 아시다시피 심리적 충격이 채 가시지 않았으니 무리도 아
니지."

오메는 신부에게, 사랑하는 반려자를 잃을 걱정이 없어서 좋겠다
고 했다. 그말을 도화선으로 성직자의 독신생활에 대해 다시 한바탕
논쟁이 벌어졌다.

"남자가 여자 없이 산다는 것은 매우 부자연스러운 일이에요! 그
래서 갖가지 범죄가 생기고……."

오메가 말했다.

"또 무슨 이상한 소리를 하는 거요!"

신부는 큰소리로 외쳤다.

"결혼생활에 시달리는 인간이 예를 들면 고해의 비밀 같은 것을
착실하게 지킬 수 있다고 생각할 수 있겠소?"

오메는 고해에 대하여 비난했고, 신부는 그것을 변호하며 고해가

인간을 올바른 마음으로 이끈다는 것을 길게 역설하고, 도둑이 별안간 참된 사람이 된 여러 가지 예를 증거로 끌어냈다.

"군인들이 고해실에 가까이 와서야 간신히 혼미한 생각에서 깨어난 일도 있었소. 또 프리브르에서는 어떤 장관이……."

상대방은 졸고 있었다. 이윽고 너무 무거운 방 안 공기에 약간 숨이 답답해진 신부는 창문을 열었다. 그 소리에 오메가 눈을 떴다.

"자, 코담배 한 대 어떠십니까?"

신부가 권했다.

"한 대 피우세요. 머리가 맑아집니다."

멀리서 개 짖는 소리가 이어지며 길게 꼬리를 끌고 있었다.

"개 짖는 소리가 들리십니까?"

약제사가 물었다.

"개는 사람이 죽으면 냄새를 맡는다더군요. 마치 꿀벌처럼 말이죠. 꿀벌은 사람이 죽으면 한꺼번에 벌통에서 날아 나옵니다."

신부가 대답했다. 오메는 그런 미신에 대하여 시비를 걸지 않았다. 그는 또다시 잠들었던 것이다.

신부는 오메 씨보다 건강했기 때문에 한참 동안 조용히 입술을 움직이면서 낮은 소리로 뭔가 외고 있었다. 하지만 자기도 모르는 사이에 점점 턱을 드리우며 들고 있던 검은색의 두꺼운 책을 손에서 떨어뜨리고 코를 골기 시작했다.

두 사람은 배를 쑥 내밀고 무뚝뚝한 표정의 부어오른 얼굴로 마주 앉아 있었다. 그토록 옥신각신한 끝에 드디어 인간의 공통적인 약점에서 서로 화합한 셈이었다. 두 사람은 옆에서 잠들어 있는 것 같은 시신과 마찬가지로 조금도 움직이지 않았다.

샤를르가 들어와도 두 사람은 깨어나지 않았다. 그것이 마지막이었다. 샤를르는 아내에게 작별을 고하러 온 것이다.

향초는 아직 연기를 피웠고, 푸르스름한 연기의 소용돌이가 창문 쪽에서 들어오는 안개와 뒤섞였다. 별이 몇 개 반짝이는 평온한 밤이었다.

촛대의 촛농이 커다란 눈물방울처럼 시트 위에 떨어졌다. 샤를르는 노란 불빛에 눈의 피로를 느끼면서 촛불이 타는 것을 가만히 지켜보았다.

달빛처럼 흰 비단옷 위에 물결 무늬가 지면서 떨렸다. 엠마의 모습은 그 밑에 숨겨진 채 보이지 않았지만, 샤를르에게는 엠마가 자신의 몸 밖으로 펴져나와 침묵 속으로, 어둠 속으로, 지나가는 바람 속으로, 피어오르는 축축한 향기 속으로, 주위의 모든 것들 속으로 녹아 들어가는 것처럼 생각되었다.

갑자기 샤를르의 눈에 토트의 뜰 안 가시울타리를 따라 놓여진 의자에, 루앙의 거리에, 이 집 문턱에, 베르토의 안뜰에 있는 엠마의 모습이 보였다. 그의 귀에는 지금도 사과나무 그늘에서 춤추던 발랄한 소년들의 웃음소리가 들려왔다. 그때 방 안에는 엠마의 머리 카락 냄새로 가득 차 있었고, 그녀의 옷은 샤를르의 두 팔 안에서 불꽃처럼 소리를 내며 떨고 있었다. 그런데 엠마는 바로 지금 그때의 옷과 같은 옷을 입고 있는 것이다!

샤를르는 지나가 버린 모든 행복을, 엠마의 태도와 몸짓과 목소리를 오랫동안 회상했다. 하나의 절망 뒤에 또 다른 절망이 따라오면서 끝없이 밀려드는 조수의 물결처럼 이어졌다.

문득 샤를르의 마음속에 어떤 무서운 호기심이 일었다. 그는 가슴을 두근거리며 손가락 끝으로 그녀의 베일을 천천히 걷어올렸다. 그러나 어쩔 수 없이 밀려드는 공포에 비명을 질렀고, 그 목소리가 오메와 신부를 깨어나게 했다. 두 사람은 샤를르를 다시 아래층으로 이끌었다.

잠시 후 펠리시테가 와서 주인어른이 마님의 머리카락을 갖고 싶어한다고 말했다.

"잘라 가렴!"

오메가 대답했다. 겁을 먹은 하녀가 멈칫거리자 그는 손수 가위를 들고 시신 앞으로 다가갔다. 하지만 떨리는 것은 마찬가지였는지 그도 부들부들 떨리는 손으로 시신의 관자놀이께 피부를 여기저기 찔러댔다. 간신히 마음의 떨림을 억누른 오메는 손에 잡히는 대로 두세 번 뭉텅뭉텅 가위질을 했다. 그 때문에 아름다운 까만 머리칼에 몇 군데 허연 자국이 생겼다.

오메와 신부는 다시 그들의 일에 몰두했다. 때때로 두 사람은 졸지 않을 수가 없었고, 눈을 뜰 때마다 잠든 것에 대해 서로를 책망했다. 그럴 때면 부르니지앙 신부는 방 안에 성수를 뿌렸고, 오메도 질세라 마룻바닥에 끌로르 수를 조금씩 뿌렸다.

펠리시테가 눈치 빠르게 두 사람을 위해서 옷장 위에 브랜디 한 병과 치즈와 커다란 빵을 놓아두었다.

새벽 4시가 되자 오메는 이제 더 이상 견딜 수가 없다는 듯 한숨 섞어 말했다.

"이쯤에서 영양 섭취를 좀 해야 되지 않을까요?"

신부는 사양하지 않고 찬성했다. 그는 성당의 미사 시간에 나갔다가 서둘러 돌아왔다. 그리고 슬픈 자리에 오랫동안 함께 있던 끝에 느끼는 막연하고 들뜬 기분에 젖어 까닭도 없이 웃으면서 두 사람은 먹고 마셨다. 마지막 잔을 들었을 때 신부는 약제사의 어깨를 두드리며 말했다.

"우리들도 그러는 동안에 결국 서로 이해하게 될 겁니다."

두 사람은 아래층 현관에서 막 들어오는 일꾼들과 마주쳤다. 그로부터 두 시간 동안 샤를르는 관의 널빤지 위에 울리는 망치 소리를 고통스럽게 견디지 않으면 안 되었다. 마침내 엠마는 참나무 관 속에 넣어졌고, 그 관 위에 또 다른 두 개의 관이 덧씌워졌다. 그러나 맨 바깥의 관이 너무 커서 침대의 양털로 빈틈을 메워야 했다. 마지막으로 세 개의 뚜껑에 대패질을 하고 못을 치고 땜질이 끝나자 관은 대문 앞으로 옮겨졌다. 대문을 활짝 열자 용빌르 사람들이 모여들기 시작했다.

루올 노인이 도착했다. 하지만 노인은 관을 덮은 검은 천을 보자 그 자리에서 기절하고 말았다.

10

루올 노인은 사건이 일어난 지 36시간이 지난 뒤에야 비로소 약제
사의 편지를 받았다. 오메가 노인이 놀라지 않도록 에둘러서 편지를
썼기 때문에 무슨 말인지 도무지 알지 못했던 것이다.

처음에 노인은 편지를 읽고 뇌일혈이라도 일으킨 것처럼 쓰러졌
다. 다음에 그는 엠마가 아직 죽은 것은 아니라고 생각했다. 아니, 이
미 죽었는지도 모르는 일이었다……. 결국 노인은 부랴부랴 작업복
을 걸치고 모자를 쓰고 구두에 박차를 걸고 전속력으로 말을 몰았다.
먼 길을 오는 동안 루올 노인은 숨을 헐떡이고 심한 불안에 시달렸
다. 한번은 부득이 말에서 내려야만 했다. 눈이 보이지 않고 주위에
사람들 목소리만 들려 정신이 돌아버릴 것 같았기 때문이다.

해가 떠올랐다. 세 마리의 검은 암탉이 나무 그늘에서 졸고 있는
모습이 보였다. 노인은 이 흉조에 몸서리를 쳤다. 그때 그는 성모마
리아님께 성당의 제례복 세 벌을 바칠 것과 베르토의 묘지에서 바송
빌르의 예배당까지 맨발로 참배할 것을 맹세했다.

노인은 마몸므 마을에 들어서기가 무섭게 여관 사람을 불러대며
문을 어깨로 떠밀고 들어가 여물통에 귀리와 달콤한 사과주를 한 병

부어준 뒤 다시 말 위에 올라탔다. 말은 네 개의 편자에서 불꽃을 일으키며 내달렸다.

'반드시 내 딸은 살아날 것이다. 의사가 좋은 치료약을 발견해 줄 것이다. 틀림없이 그럴 것이다.'

노인은 생각했다. 그리고 기적으로 병이 나았다는 사람들의 이야기를 머릿속에 떠올렸다.

그러다가 다시 죽은 모습으로 딸이 나타났다. 바로 그의 눈앞에, 길 한복판에 반듯이 누워 있는 것이었다. 노인이 고삐를 잡아당기자 이내 환상은 사라져버렸다.

노인은 켕캉푸아 마을에서 기운을 내기 위해 커피 석 잔을 연거푸 마셨다. 어쩌면 편지에 이름을 잘못 적은 것인지도 모른다는 생각도 해보았다. 주머니 속에서 편지를 찾아 손으로 만져보았지만 차마 그것을 펴볼 용기는 나지 않았다.

드디어 노인은, 어쩌면 이것은 장난이 아닐까 생각하기에 이르렀다. 누군가의 앙갚음이거나 아니면 어느 장난꾸러기가 한잔 마신 김에 한 장난이라고 상상했다. 만약에 정말 딸이 죽었다면 어떤 낌새가 어디엔가 있었을 터였다. 그런데 아니었다! 주위의 들판은 무엇 하나 달라진 것이 없었다. 하늘은 푸르고 나무들은 여전히 흔들거리고 양떼가 지나갔다. 마침내 용빌르가 보였다. 마을 사람들은 노인이 말에 바짝 엎드려서 달려오는 것을 보았다. 노인이 얼마나 힘껏 채찍질을 했는지 말의 뱃대끈에서 피가 흐르고 있었다.

정신을 차린 루올 노인은 눈물을 흘리며 사위의 양팔에 쓰러졌다.

"내 딸! 엠마가! 내 딸이! 어떻게 된 일인가?"

상대방도 흐느껴 울면서 대답했다.

"모르겠어요, 저도 모르겠어요! 생각지도 못한 일이었으니까요!"

약제사가 그들 사이에 끼어들었다.

"이런 끔찍한 얘기를 자세히 해보았자 소용없는 일입니다. 이분에게는 제가 말씀드리지요. 손님들이 많이 와 계십니다. 마음을 굳게 먹고 침착하게 행동하세요."

가련한 샤를르는 굳세게 보이려고 노력했다. 그리고 몇 번이나 되풀이했다.

"네네…… 마음을 단단히 먹어야죠!"

"그래!"

루올 노인은 소리쳤다.

"나도 기운을 차려야지! 저 애를 보내는 동안 끝까지 정신을 차리고 있어야 해!"

종소리가 울리고 있었다. 모든 준비는 끝났고 마침내 출발해야 할 시간이었다.

이윽고 두 사람은 성당 앞자리에 나란히 앉았다. 세 명의 성가대원이 성가를 부르면서 그들 앞을 왔다갔다했고, 뱀 모양의 관악기를 부는 나팔수는 힘껏 나팔을 불었다. 부르니지앙 신부는 예복을 차려입고 있는 힘을 다해 노래하면서 성궤에 예배하고 두 손을 높이 들어 팔을 뻗었다. 레스티부드와는 고래뼈 단장을 들고 성당 안을 돌아다녔다. 성가대 옆에는 큰 촛불로 둘러싸인 관이 안치되어 있었다. 샤를르는 일어서서 촛불을 꺼버리고 싶었다.

그러나 샤를르는 스스로 신앙심을 돋우려 애썼고, 엠마와 다시 만나게 될 내세의 희망 속으로 빠져보려고 노력했다. 아내는 오래 전부터 아주 먼 나라로 여행을 떠나 있는 것이라고 상상해 보았다. 하지만 아내는 지금 저 밑에 있었다. 이제 모든 것은 끝났다. 엠마는 땅속에 묻혀버리는 것이다. 이렇게 생각하자 샤를르는 거칠고 캄캄하며 절망적인 노여움에 사로잡혔다. 그러나 어떤 때는 아무런 감각도 느껴지지 않는 것 같기도 했다. 그는 자신을 불쌍한 인간이라고 여기면서도, 자신의 고통이 조금씩 누그러지는 것을 음미하고 있었다.

그때 끝에 쇠가 달린 단장으로 일정한 간격을 두고 포석을 두드리는 것 같은 메마른 소리가 들려왔다. 성당 안쪽에서 들려온 그 소리는 옆 복도에서 갑자기 멈췄다. 두꺼운 갈색 재킷을 입은 사나이 하나가 힘들게 무릎을 꿇었다. 그는 '황금 사자'의 하인인 이폴리트였는데, 새 의족을 달고 있었다.

성가대원 한 사람이 헌금을 거두기 위해 성당 안을 한 바퀴 돌았고, 동전들이 소리를 내며 차례차례 은접시 위로 떨어졌다.

"빨리 좀 해주세요! 괴로워서 견딜 수가 없어요!"

보바리는 화가 난듯 5프랑짜리 금화를 던져주며 말했다. 성가대원은 정중하게 인사를 하며 감사함을 전했다.

그들은 성가를 부르기도 하고 무릎을 꿇고 앉았다가 다시 일어서 기도 하는 등 도무지 끝날 기미가 보이지 않았다. 샤를르는 결혼 초에 엠마와 함께 미사에 참석했던 일을 떠올렸다. 그때 두 사람은 반대편 오른쪽 벽 옆에 앉아 있었다. 다시 종이 울리기 시작했고, 여러 개의 의자가 덜컹 소리를 내며 흔들렸다. 이어 관을 나르던 사람들이 관 밑으로 세 개의 막대기를 집어넣었다. 그리고 모두들 성당 밖으로 나왔다.

그때 약국 문 앞에 쥐스텡이 나타났다. 하지만 갑자기 파랗게 질려 비틀거리면서 다시 약국으로 들어가 버렸다.

사람들은 장례 행렬이 지나가는 것을 보려고 창가에 나와 있었다. 샤를르는 행렬의 맨 앞에 서서 몸을 젖히고 걸었다. 그는 억지로 태연한 척하면서 골목이나 문에서 나와 한 줄로 늘어서 있는 사람들에게 일일이 가벼운 눈인사를 건넸다. 관 양쪽으로 세 사람씩 여섯 명의 남자가 약간 숨차하면서 잰걸음으로 걸음을 옮기고 있었다. 사제들과 성가대원들과 두 명의 소년 찬양대원이 애도하는 노래를 되풀이해 부르고 있었다. 그들의 목소리는 높았다 낮았다 하며 물결치듯 벌판으로 퍼져갔다. 이따금 오솔길 모퉁이에 이르면 그들의 모습이 사라지고는 했다. 그러나 커다란 은십자가는 언제나 나무숲 사이에 우뚝 솟아 있었다.

두건을 뒤로 젖힌 소매 없는 검은 망토를 입은 부인들이 행렬의 뒤를 따르고 있었다. 그녀들은 저마다 타고 있는 큰 촛불을 손에 들고 있었다. 샤를르는 끊임없이 계속되는 기도와 촛불과 신부복에서 풍기는 매슥매슥한 냄새 때문에 정신이 아득해지는 것 같았다. 시원한 산들바람이 불어오고 보리와 채소들은 파릇파릇했다. 길가 가시나무 울타리에 작은 이슬방울들이 맺혀 떨고 있었다. 바퀴 자국을 따라 덜컹거리며 굴러가는 짐마차 소리가 멀리서 들려왔고, 연달아 울어대는 수탉 소리, 사과나무 그늘로 도망치는 망아지의 놀란 종종걸음 소리 등 갖가지 종류의 즐거운 소리들이 주위에 가득 차 있었다.

맑은 하늘에는 군데군데 장밋빛 구름이 걸려 있었다. 푸르스름한 연기의 소용돌이가 붓꽃으로 뒤덮인 초가지붕 위로 내리깔리고, 걸어가는 동안 눈에 보이는 남의 집 마당 뜰들이 샤를르에게는 모두 낯이 익었다. 아침나절 왕진을 마친 다음 이런 뜰을 거쳐 아내가 기다리는 집으로 돌아가던 때를 회상했다.

흰 눈물 무늬들이 군데군데 찍힌 검은 천이 이따금 바람에 날려 관을 드러내주었다. 관을 맨 일꾼들은 지친 나머지 가끔씩 걸음을 늦추었다. 관은 파도에 부딪칠 때마다 옆으로 흔들리는 배처럼 불규칙하게 흔들리면서 앞으로 나아갔다.

마침내 장례 행렬은 가까스로 묘지에 도착했다. 남자들은 잔디밭 속에 무덤 자리를 파놓은 곳까지 들어갔다.

사람들이 모두 무덤 구덩이 주위를 에워쌌다. 신부가 무언가를 외고 있는 동안 구덩이 가장자리에 파올려놓은 붉은 흙이 한쪽 구석에서 소리도 없이 자꾸 흘러 떨어졌다. 이윽고 네 가닥 밧줄이 준비되자 그 위에 관을 올려놓았다. 샤를르는 관이 내려가는 것을 지켜보았다. 마치 구덩이의 끝이 없는 듯 관이 내려지고 마침내 바닥에 닿았는지 덜커덕 하는 소리가 들려왔다. 밧줄은 스치는 소리를 내며 다시 올라왔다. 그때 레스티부드와가 건네주는 삽을 부르니지앙 신부가 받았다. 그리고 오른손으로 성수를 뿌리면서 왼손으로는 흙을 한 삽 크게 퍼올려 관에 뿌렸다. 작은 돌멩이가 관의 널빤지에 부딪치며 나는 소리는 마치 영원의 메아리처럼 울렸다.

신부는 관수기(灌水器)를 옆 사람에게 건네주었다. 그는 오메 씨였다. 오메는 엄숙한 표정으로 그것을 흔들고 다시 샤를르에게 내밀었다. 샤를르는 흙 속에 무릎이 파묻히도록 꿇어앉았다.

"잘 가오!"

샤를르는 두 손에 가득 흙을 담아 던지면서 소리쳤다. 그러고는 아내에게 키스를 던지고 자신도 함께 묻히겠다면서 구덩이로 기어들었다.

사람들이 모두 그를 끌어냈다. 그리고 다른 사람들과 마찬가지로 마침내 일을 끝냈다는 막연한 만족감을 느끼는지 샤를르는 곧 진정되었다.

루올 노인도 돌아가는 길에 한가하게 파이프 담배를 피우기도 했다. 오메는 내심 그것을 못마땅하게 여겼다. 그는 또한 비네 씨가 장례에 참석하지 않은 일이며, 튀바슈 씨가 미사를 끝내자 '도망친' 사실이며, 공증인의 하인인 테오도르가(예의로써 검은 옷쯤은 어떻게 마련할 수 있었을 텐데도) 푸른 옷을 입고 온 것을 그대로 보아 넘기지 않았다. 그는 자신의 입장을 말하기 위해 사람들이 모여 있는 곳을 여기저기 왔다갔다했다. 사람들은 모두 엠마의 죽음을 슬퍼하고 있었다. 특히 뢰르가 그랬다. 그는 묘지까지 의리를 지키며 따라왔던 것이다.

"정말 가엾은 부인입니다! 남편께서도 또한 얼마나 슬프시겠습니까!"

"말씀 마세요, 내가 신경 쓰지 않았다면 저 선생은 무슨 경솔한 짓을 했을지도 몰라요!"

오메가 뢰르의 말을 받았다.

"참으로 좋으신 분이었는데…… 지난 토요일에도 우리 가게에 오셨었는데 말입니다."

"정말 묘 앞에서 드릴 추도사를 생각해 둘 겨를도 없이 갑작스러워서 말이지요."

오메가 말했다.

집으로 돌아오자 샤를르는 옷을 갈아입었다. 루올 노인도 다시 푸른 작업복을 걸쳤다. 작업복은 새것이었는데 오는 도중에 몇 번씩이나 그 소매로 눈물을 닦았기 때문에 그의 얼굴에 퍼런 물이 들어 있었다. 그리고 먼지로 더럽혀진 얼굴에 눈물 자국이 몇 줄의 선을 긋고 있었다.

샤를르의 어머니도 함께 있었다. 세 사람 모두 아무 말이 없었다. 드디어 루올 노인이 한숨을 쉬며 탄식하듯 입을 열었다.

"자네, 생각나는가? 자네가 첫 번째 처를 잃은 직후에 내가 한번 토트에 간 일이 있었지. 그때는 내가 자네를 위로해 주었어. 위로할 말도 있었지. 하지만 이번에는……."

노인은 가슴 가득 북받쳐오르는 긴 신음 소리를 내면서 말을 이었다.

"아아, 이것으로 이제 나도 마지막이네! 안 그런가! 마누라도 앞서 가버리고…… 그리고 아들도…… 오늘은 딸까지!"

노인은 이 집에서는 도저히 잘 수 없을 것 같다면서 즉시 베르토로

돌아가겠다고 했다. 그는 손녀딸을 만나는 것까지도 거절했다.

"아냐, 아냐! 만나면 오히려 더 슬퍼지네. 자네가 손녀에게 잘 말해주게나. 그럼 잘 있게! 자네는 좋은 사람이야! 그리고 내 다리를 고쳐준 것은 평생 잊지 않겠네!"

노인은 자신의 넓적다리를 두드리며 말했다.

"염려 말게! 앞으로도 계속해서 칠면조는 보내주겠네."

루올 노인은 언덕 꼭대기에 이르자 그 옛날 딸과 헤어지면서 생 빅토르 길에서 돌아다보았을 때처럼 뒤로 고개를 돌렸다. 마을의 창문들은 들판에 지는 석양의 비스듬한 광선에 빨갛게 빛나고 있었다. 이마 위로 손을 올려 눈앞을 약간 가리자 지평선 저 너머로 담장을 둘러친 지대가 보였다. 그 담장 안 하얀 묘석들 사이로 나무들이 군데군데 검은 숲을 이루고 있었다. 말이 다리를 절었기 때문에 노인은 급히 서둘러 걸어갔다.

샤를르와 보바리 노부인은 지쳐 있었지만 그날 밤 상당히 오랫동안 이야기를 나누었다. 그들은 지난날과 앞으로의 일을 이야기를 했다. 노부인은 용빌르로 옮겨와 살림을 돌보며 살겠다면서 다시는 모자가 떨어지지 말자고 했다. 노부인은 오랫동안 잃어버린 애정을 되찾은 것을 내심 기뻐하며 매우 사근스럽고 다정하게 대했다.

자정을 알리는 종이 울렸다. 마을은 평소와 마찬가지로 고즈넉했다. 그러나 샤를르는 잠을 이루지 못한 채 아내 생각을 하고 있었다.

로돌프는 마음을 달래려고 그날 하루 종일 숲속으로 사냥을 다녔고, 지금은 편안히 집에서 잠들어 있었다. 그리고 레옹 또한 그 마을에서 역시 잠들어 있었다.

하지만 이 시각에 잠들지 않은 사람이 샤를르 외에 또 한 사람이 있었다.

전나무 숲속 무덤 위에서 한 소년이 무릎을 꿇고 울고 있었다. 흐

느낌으로 미어질 듯한 소년의 가슴은 달빛보다도 더 부드럽고 칠흑
같은 밤보다도 더 헤아릴 길 없는 회한에 짓눌려 어둠 속에서 헐떡이
고 있었다. 그때 갑자기 철책문이 삐걱 소리를 냈다. 레스티부드와였
다. 그는 낮에 잊어버리고 간 삽을 찾으러 온 것이었다. 담을 기어올
라 도망가는 쥐스텡의 모습을 본 그는 언제나 자기네 감자를 훔쳐가
는 도둑놈의 정체를 이제야 알아냈다고 생각했다.

11

다음 날 샤를르는 다시 어린아이를 데려오게 했다. 아이가 엄마를 찾자, 모두들 엄마는 밖에 나가셨는데 이제 곧 장난감을 많이 사가지고 올 거라는 대답을 해주었다. 베르트는 몇 번이나 같은 말을 되뇌었지만 나중에는 잊어버리고 말았다. 아무것도 모르는 아이가 명랑하게 떠들어대는 모습을 보면 보바리의 가슴은 슬픔으로 더욱 메어졌다. 게다가 귀찮을 만큼 늘어놓는 오메 씨의 위로의 말을 참고 들어야만 했다.

뢰르가 자신과 한패인 뱅사르 씨를 충동질했기 때문에 이내 돈 문제의 시비가 벌어졌다. 샤를르는 엄청난 액수의 부채를 떠맡게 되었다. 그는 아내가 가지고 있던 가구류는 아무리 하찮은 것일지라도 절대 팔지 않겠다며 고집을 부렸던 것이다. 어머니는 그 때문에 몹시 화를 냈다. 샤를르는 어머니 이상으로 화를 냈다. 샤를르는 완전히 딴 사람처럼 변해 버렸다. 어머니는 집을 나가버리고 말았다.

상황이 이렇게 되자 작은 것이라도 챙기자는 마음으로 저마다 덤벼들었다. 랑프뢰르 양은 엠마가 단 한 번도 레슨을 받은 일이 없음에도 불구하고 (엠마가 남편에게 영수증을 보인 적이 있기는 했지만) 6개월치 수업료를 청구했다. 하지만 그것은 두 여자 사이에 타협된 것이었다. 책방에서는 3년 분의 구독료를 청구했다. 유모인 롤레는 스무 통 가량의 편지를 배달해 준 대가를 달라고 했다. 샤를르가 무슨 소리냐고 묻자 그녀는 교묘하게 답변했다.

"부인께서 하신 일을 제가 어찌 알겠습니까!"

빚을 갚을 때마다 샤를르는 이제 이것으로 끝이려니 생각했지만 또 다른 것이 계속 나타났다.

샤를르는 밀려 있는 왕진료를 받아내려고 했다. 상대편은 엠마가 보낸 편지를 내보였다. 오히려 거꾸로 사과를 하지 않으면 안 될 형편이었다.

펠리시테는 이제 엠마의 모든 옷을 입었지만 전부는 아니었다. 샤를르가 그중 몇 벌을 간직해 놓고 아내의 옷방에 틀어박혀 그것들을 바라보고는 했기 때문이었다. 펠리시테의 몸집이 엠마와 거의 같았기에 샤를르는 하녀의 뒷모습을 보고 착각을 일으킨 나머지 소리를 치곤 하는 것이었다.

"아! 그대로 있어! 가만히 그대로 있어!"

성신 강림절 날 펠리시테는 테오도르의 꾀임에 빠져 옷장에 남아 있던 옷가지를 모두 챙겨 용빌르에서 자취를 감추어버렸다.

미망인 뒤퓌 부인이 샤를르에게 '이브토 마을의 공증인인 자기 아들 레옹 뒤퓌와 봉드빌의 레오카디 르뵈프 양의 혼약' 소식을 전하게 된 것은 바로 그 무렵이었다. 샤를르는 미망인에게 보내는 축하의 말들 가운데 다음과 같은 문구를 적어넣었다.

제 아내가 이 세상에 살아 있었다면 대단히 기뻐했을 것입니다!

어느 날, 하릴없이 집 안을 서성이던 샤를르는 지붕 밑 다락방까지 올라가게 되었다. 그때 덧신 밑에 밟히는 엷은 종이 뭉치 하나를 발견했다. 그는 종이를 펼쳐 읽어보았다.

엠마, 용기를 내요! 용기를! 나는 당신의 생활을 불행하게 하고 싶지 않습니다.

그것은 로돌프가 보낸 편지였다. 상자들 사이의 마룻바닥에 떨어져 내버려져 있던 것을 채광창으로 불어온 바람이 문 쪽으로 날려보낸 모양이었다. 샤를르는 꼼짝도 하지 않고 입을 멍하니 벌린 채, 그 옛날 엠마가 자신보다도 더 창백해진 얼굴로 절망에 죽으려 했던 바로 그 자리에 우뚝 섰다.

샤를르는 두 번째 페이지 끝에서 조그마한 R자를 발견했다.

'누구일까?'

로돌프가 아내에게 친절했던 일, 그가 갑자기 모습을 보이지 않게 된 일, 그리고 두세 번 만났을 때 거북한 태도를 보이던 일 등이 샤를르의 머릿속에 떠올랐다. 하지만 편지의 예절바른 말투에 속고 말았다.

'아마 두 사람이 플라토닉한 사랑을 했던가 보군.'

샤를르는 어떤 일에 깊이 파고드는 성격이 아니었다. 그는 증거를 보고도 뒤걸음질쳤으며, 애매한 그의 질투심은 현재의 무한한 비애 속으로 사라졌다.

사람들 모두가 엠마를 좋아했음에 틀림없다고 샤를르는 생각했다. 남자들은 모두 엠마에게 마음을 두었을 것이다. 이렇게 생각하자 죽은 아내가 한층 더 아름답게 느껴졌다. 그리고 새삼스럽게 아내에 대한 끈질긴 욕망이 미칠 듯 끓어올랐다. 그 욕망은 이미 채워질 수 없는 것이기에 더더욱 끝이 없었다.

샤를르는 마치 아내가 살아 있는 것처럼 그녀가 좋아하는 것들을 사들이고 사용했다. 그는 에나멜 장화를 샀고 언제나 흰 넥타이를 매고 다녔다. 콧수염에 포마드를 발랐으며 엠마처럼 약속어음에 서명했다. 이처럼 엠마는 무덤 속에서 그를 타락시키고 있었던 것이다.

샤를르는 은그릇을 하나씩 팔지 않으면 안 되었다. 다음에는 거실의 가구를 팔았다. 이렇듯 모든 방이 텅텅 비어갔다. 그러나 엠마의 침실만은 변함없이 예전 그대로 두었다. 저녁식사를 끝내면 샤를르는 그 방으로 올라갔다. 벽난로 앞으로 둥근 탁자를 끌어다 놓고 아내가 쓰던 팔걸이의자를 옆에 당겨놓았다. 그리고 자신은 그 맞은편에 앉았다. 촛불 한 자루가 도금한 촛대에서 타올랐고, 베르트는 그의 옆에서 그림에 색칠을 했다.

딸아이의 옷차림이 너무나 초라해 아버지로서 가슴이 아팠다. 목이 조금 긴 구두는 끈이 떨어져 있었고, 블라우스의 소맷부리는 허리께까지 찢어져 있었다. 가정부가 제대로 돌봐주지 않았던 것이다. 그러나 딸아이는 매우 얌전했고 아주 귀여웠다. 장밋빛 뺨 위에 소담스러운 금발 머리를 늘어뜨리고, 조그마한 머리를 갸웃이 기울이는 모습을 보기만 해도 샤를르는 무한한 기쁨이 차올랐다. 그것은 송진 냄새가 풍기는 잘못 빚어진 포도주처럼 조금 쓴 맛이 섞인 기쁨이었다. 그는 딸아이의 장난감을 고쳐주기도 하고 두꺼운 종이로 인형을 만들어주기도 했으며 인형의 찢어진 배를 꿰매주기도 했다. 그리고 반짓고리나 굴러다니는 리본과 탁자의 갈라진 틈새에 떨어져 있는 바늘만 보아도 멍하니 생각에 잠기고는 했다. 너무 슬픈 표정의 아버지 때문에 어린 베르트도 그와 함께 슬퍼지는 것이었다.

이제는 아무도 찾아오지 않았다. 루앙으로 도망간 쥐스텡은 식료품 가게의 점원이 되었고, 약제사의 아이들도 베르트와 노는 일이 점점 뜸해졌다. 오메는 서로의 사회적 신분이 달라진 것을 보고 친밀한 교제를 계속하고 싶은 마음이 없어진 것이었다.

　오메의 연고로 낫지 않은 거지 장님은 브와기욤 언덕으로 돌아가 약제사의 약은 엉터리여서 낫지 않는다고 오가는 사람들에게 떠들어댔다. 때문에 오메는 시내에 갈 때 거지 장님과 마주치는 것을 피하려고 '제비'의 커튼 뒤에 숨을 정도였다. 그는 거지 장님이 미워서 견딜 수가 없었다. 그리고 자기 자신의 평판을 위해서라도 어떻게든 거지를 쫓아버리려고 그의 깊은 지혜와 자만심에서 생기는 나쁜 근성을 드러내는 계획을 몰래 세우고 있었다. 그리하여 6개월 동안 계속적으로 다음과 같은 짧은 기사가 〈루앙의 등불〉에 실렸다.

　기름진 피카르디 지방으로 가는 사람은 누구를 막론하고 브와기욤 언덕 위에서 얼굴에 끔찍한 흉터가 있는 거지를 보았을 것이다. 이 거지야말로 사람들에게 달라붙어 귀찮게 조르며 마치 세금을 받아내는 것처럼 여행하는 사람들에게 금전을 강요한다. 우리는 아직도 옛날의 부랑자들이 십자군 원정에서 가지고 온 문둥병과 연주창을 공공연하게 사람들 앞에 드러내는 것을 허용했던 저 기괴하기 짝이 없는 중세시재에 살고 있는 것인가?

다음과 같은 내용도 있었다.

　또한 부랑을 금지하는 허다한 법령들이 존재함에도 불구하고 우리나라 대도시의 가까운 변두리는 여전히 거지 떼들에 의해 오염되고 있다. 그들 중에는 혼자 돌아다니는 자도 있으나 위험성에 있어서는 그들도 마찬가지이다. 시당국은 무엇을 하고 있는가?

그리고 오메는 여러 가지 이야기를 꾸며댔다.

어제 브와기욤 언덕에서 한 마리의 사나운 말이…….

그 뒤에는 문제의 거지 장님이 나타났기 때문에 일어난 우발적인 사건의 이야기가 계속되었다.

오메의 계획은 적중했다. 마침내 당국에서는 거지 장님을 구속했지만 다시 석방되었다. 장님이 다시 시작하자 오메 역시 다시 시작했다. 이 사태는 일종의 싸움으로 번졌고 드디어 오메가 승리를 거두었다. 그의 적은 빈민 구제소에 종신 감금을 선고받은 것이었다.

이 성공으로 오메는 대담해졌다. 그 이후에는 마을에서 개 한 마리가 치어 죽거나, 헛간에 불이 나거나, 어떤 부인이 매맞는 사건이 발생해도 즉시 그가 나서서 세상에 알렸다. 그것도 오로지 진보에 대한 사랑과 성직자에 대한 증오심의 발로에서였다. 그는 공립 초등학교와 신부가 가르치는 자선학교를 비교하여 후자를 맹렬히 공박하고, 성당에 1백 프랑의 보조금이 주어진 데 대해서는 성 바르톨로메오 축일의 학살을 들먹이며 사람들의 주의를 환기시켰다. 그는 온갖 비리를 고발했고 날카로운 풍자의 화살을 날렸다. 무엇이든지 깊이 캐고 넘어뜨렸다. 그는 점점 위험한 인물이 되어가고 있었다.

오메는 이제 신문이라는 조그마한 세계가 갑갑해졌다. 그는 저서의 필요성을 실감하고 〈용빌르 지구의 일반 통계 및 풍토학적 관찰〉을 저술했다. 그리고 통계학에서 머물지 않고 철학으로 나갔다. 사회 문제, 빈민 계급의 교육 문제, 양어법, 탄성고무, 철도 등의 거창한 문제에 몰두했다. 심지어 자신이 단순한 부르주아라는 사실이 부끄럽기까지 해서 예술가인 척하기를 즐기며 담배를 피우기 시작했다! 또한 로코코식의 세련된 조각 두 점을 사들여 거실을 장식했다.

그렇다고 오메가 약국을 등한시하는 것은 아니었다. 오히려 그 반대로 그는 여러 가지 새로운 발견에 정통했다. 엄청난 유행의 초콜릿에 예의 주시했고, '쇼카'나 '르발랑티아' 등 초콜릿 원료를 세느 앙페리외르 지방에 처음 도입한 것도 그였다. 또한 퓔베르마셰식 수력전기 건강벨트에 열을 올려 그것을 몸에 달고 다녔다. 밤에 오메가 플란넬 조끼를 벗으면 오메 부인은 남편의 몸을 감싸고 있는 황금빛 나선장치에 눈이 휘둥그레지곤 했다. 그리고 야만인인 스키티아인보다도 더욱 굳게 몸을 졸라매고 있는 베들레헴의 성직자처럼 장엄해 보이는 남편에 대한 자신의 사랑이 불타오르는 것을 느꼈다.

오메는 엠마의 무덤에 대해서도 몇 가지 명안을 생각해냈다. 처음에 그는 원주에 천을 감은 모양은 어떠냐고 했다. 다음에는 피라미드형을, 그다음에는 베스타 신전처럼 둥근 지붕형을, 그것도 아니면 '폐허의 산'은 어떠냐고 제안했다. 그리고 이 모든 제안들 중 어느 것이든 비애를 상징하는 수양버들이 꼭 필요하다고 주장했다.

샤를르는 오메와 함께 루앙에 있는 어떤 비석 집에 가서 갖가지 무덤 견본을 구경했다. 브리두의 친구이며 항상 재담만 뇌까리는 보프릴라르라는 화가가 두 사람을 안내했다. 백 장 정도의 도안을 검토하고 견적서를 뽑아달라고 하여 다시 한 번 루앙에 다녀온 샤를르는 앞뒷면에 '불꺼진 횃불을 손에 든 정령'을 새긴 커다란 묘를 만들기로 결정했다.

비문에 대해서 오메는 '나그네여, 발길을 멈추라(Sta viator)' 만큼 아름다운 것은 생각나지 않는다고 했다. 그는 머리를 짜내며 여러 가지 궁리를 해보았지만 '나그네여, 발길을 멈추라'는 말만 되풀이했다. 드디어 그는 '사랑스런 나의 아내, 이곳에 고이 잠들다(Amabilem conjugem calcas)!'라는 문구를 생각해내었고 그것이 채택되었다.

한 가지 이상한 점은 샤를르는 항상 엠마를 생각하는데도 그녀를 잊어간다는 사실이었다. 그녀의 모습을 잡아두려고 무척 애를 쓰고 있었지만 기억에서 자꾸만 빠져나가는 것 같아 여간 안타깝지 않았다. 그러면서도 매일 밤 그는 엠마의 꿈을 꾸었다. 언제나 똑같은 꿈이었다. 엠마에게 가까이 다가가 꼭 껴안았다고 생각하는 순간 품속에서 멀어지는 꿈이었다.

일주일 동안, 저녁이면 샤를르가 성당으로 들어가는 모습이 사람들 눈에 띄었다. 부르니지앙 신부는 두세 번 그를 찾아주었지만 이윽고 그만두었다. 오메의 말로는, 요사이 신부에게 점점 완고한 신앙과 광신의 경향이 보인다는 것이었다. 그는 시대정신에 대해 매우 분개하고, 두 주일에 한 번씩 하는 강론에서는 자신의 배설물을 먹으면서 죽었다는, 세상 누구나 잘 아는 볼테르의 죽음 얘기를 들려주곤 한다는 것이다.

검소한 생활에도 불구하고 샤를르는 도저히 옛 부채를 갚을 수가 없었다. 뢰르는 이제 어떤 어음으로도 갱신하는 것을 거절했다. 다시 차압이 다가오고 있었다. 샤를르는 어머니에게 울며 매달렸다. 보바리 노부인은 자기 재산의 일부를 저당 잡히는 것을 승낙했지만 동시에 엠마에 대한 욕을 한바탕 편지에 써보냈다. 그리고 자신이 희생하는 대가로 펠리시테가 훔쳐가고 남은 엠마의 숄을 하나 달라고 했다. 샤를르는 거절했고, 두 사람 사이가 틀어져버렸다.

마침내 어머니 편에서 먼저 화해를 청했다. 그리고 베르트를 데리고 있으면 노후에 위로가 될 것 같다며 손녀딸을 맡겠다고 했다. 샤를르는 승낙했다. 하지만 딸아이가 떠날 때가 되자 샤를르의 용기는 꺾이고 말았다. 그 계기로 모자간의 사이는 완전히 나빠져버리고 말았다.

애정을 쏟을 곳이 없어지자 샤를르는 딸아이에 대한 사랑에 더욱더 집착하기 시작했다. 그리고 아이의 건강이 걱정되었다. 아이는 기침을 자주하고 양 볼에 빨간 반점이 생긴 것이었다.

반면에 맞은편 약제사의 집안은 경기가 잘 풀리는 듯 매우 활발한

모습을 보이고 있었다. 나폴레옹은 이제 약국에서 아버지를 제법 도
왔고, 아탈리는 아버지의 모자에 수를 놓아주었으며, 이르마는 잼에
덮을 둥그런 종이를 오렸고, 프랭클린은 구구단을 단숨에 암송해 들
려주었다. 오메는 이 세상에서 가장 행복한 아버지였고 가장 운이 좋
은 사람인 것 같았다.

하지만 아니었다! 그것은 크게 잘못된 생각이었다! 오메는 남모를
야심 하나로 끊임없는 번민에 시달리고 있었던 것이다. 그는 훈장이
꼭 갖고 싶었다. 자격은 충분하다고 생각했다.

첫째, 콜레라가 유행했을 때 방역에 헌신적으로 봉사하여 인정을
받은 일. 둘째, 여러 가지 공공 이익에 도움이 될 각종 저서들을 자비
로 출판한 일. 예를 들면…… 오메는 〈사과주, 그 제조법 및 효능〉이
라는 연구논문을 비롯해 루앙의 아카데미에 제출한 〈잔털이 있는 진
딧물에 대한 관찰〉과 통계학상의 저서, 그리고 약제사 자격 논문에
이르기까지 증거로 끌어내 놓았다. 그리고 구태여 덧붙인다면 여러
학회(사실은 하나에 불과하지만)의 회원이라는 것이었다.

“요컨대…….”

오메는 한쪽 발끝으로 빙그르르 돌면서 소리쳤다.

“불이라도 나서 남들이 놀랄 만한 공을 세우면 되는 거야!”

오메는 권력 있는 사람들에게 접근하기 시작했다. 선거 때에는 도
지사를 위해 남모르게 충성된 일을 했다. 마침내 그는 몸을 팔고 지
조를 굽히는 일까지 했다. 심지어 국왕에게까지 탄원서를 보내 ‘공
정한 처리’를 간청했다. 그는 국왕을 ‘우리들의 어지신 국왕 폐하’라
고 부르고 성군인 앙리 4세와 비교했다.

약제사는 매일 아침 자기에게 훈장이 수여되는 기사가 실리지 않
았는지 보려고 신문에 달려들곤 했다. 하지만 그러한 기사는 도무지
실릴 기미가 보이지 않았다. 마침내 참을 수가 없게 된 오메는 훈장

의 별 모양을 본뜬 잔디를 자기 집 뜰에 만들게 하고, 그 꼭대기에 풀로 만든 꽈배기 모양의 두 가닥 리본을 모방하여 늘어뜨렸다. 그는 팔짱을 끼고 그 주위를 걸어다니면서 정부의 무능과 인간의 배은망덕함에 대한 깊은 명상에 빠져들었다.

샤를르는 죽은 사람에 대한 존중으로 소중하게 간직하고 싶었는지 아니면 찾아보는 일을 천천히 함으로써 맛보는 일종의 관능적 쾌감 때문인지 엠마가 평소에 사용하던 자단 책상의 비밀함을 아직 열어본 일이 없었다.

어느 날 샤를르는 드디어 자단 책상 앞에 앉아 열쇠를 돌리고 용수철을 밀었다. 그 속에는 레옹에게서 받은 편지가 전부 들어 있었다. 이번에야말로 의심의 여지가 없었다. 정신없이 마지막 한 통까지 읽은 샤를르는 흐느껴 울고 고함을 치며 마치 넋을 잃은 광인처럼 모든 구석구석과 가구와 서랍과 벽까지 파헤쳤다. 그리고 상자 하나를 발견하자 발로 밟아 부숴버렸다. 쏟아지는 사랑의 편지들 속에서 로돌프의 초상화가 튀어나와 그의 얼굴에 부딪쳤다.

샤를르의 넋나간 모습을 본 사람들은 놀라움을 감추지 못했다. 이제 그는 문밖에도 나가지 않고 찾아오는 손님도 만나지 않았으며 환자를 왕진하는 것도 거절했다. 그래서 사람들은 그가 '방구석에 처박혀 술이나 마시고 있다'고 수군댔다.

때때로 호기심 많은 사람들이 뜰 울타리 너머로 발돋움하여 들여다보고는 샤를르가 수염도 깎지 않은 채 더러워진 남루한 옷을 입고 마당을 거닐면서 소리 내어 울고 있는 모습에 깜짝 놀라곤 했다.

여름날 저녁이면 샤를르는 어린 딸을 데리고 아내의 무덤을 찾았다. 그들은 이슥한 밤이 되고, 광장에 비네 집 창문의 불빛밖에 보이지 않을 무렵에야 비로소 돌아오는 것이었다.

그러나 이런 행동도 슬픔에 잠기는 즐거움을 맛보기에는 충분하지 않았다. 주위에 슬픔을 함께 나누어 가질 사람이 아무도 없었기 때문이었다. 샤를르는 엠마의 이야기를 하기 위해 가끔 르프랑수와 부인을 찾아갔다. 그러나 여관집 여주인도 걱정거리가 있었기 때문에 그의 말을 그저 지나가는 말로밖에 들어주지 않았다. 드디어 뢰르 씨가 '파보리트 뒤 코메르스' 라는 승합마차 사업을 시작했고, 지금까지 일을 잘했기에 인기가 좋은 마부 이베르가 급료를 올려주지 않으면 경쟁 상대로 자리를 옮기겠다고 위협을 했다.

어느 날 샤를르는 돈을 마련할 마지막 방책으로 말을 팔려고 아르게유 시에 나갔을 때 로돌프와 정면으로 마주쳤다. 서로를 알아보자 두 사람 모두 얼굴이 파랗게 질렸다. 로돌프는 엠마의 장례식 때 명함만 보내 인사를 했던 처지라 처음에는 변명 비슷하게 중얼거렸지만 이내 대담해져서 뻔뻔스럽게도(8월이라 매우 더운날이었다) 맥주나 한잔 마시자며 그를 이끌었다.

자리를 잡고 샤를르와 마주앉은 로돌프는 팔꿈치를 괴고 이야기하면서 잎담배를 씹었다. 샤를르는 지난날 아내가 사랑했던 남자를 마주하자 여러 가지 생각이 오락가락했다. 그는 아내의 남겨진 어떤 면을 다시 보는 것 같은 느낌이 들었다. 그것은 거의 경이에 가까운 느낌이었고, 샤를르 자신이 이 사나이가 되고 싶었다.

상대방은 경작과 가축과 비료에 대한 이야기를 계속하면서 어떤 암시가 끼어들 수도 있는 틈을 슬쩍슬쩍 피했다. 샤를르는 하나도 듣고 있지 않았다. 그 사실을 알아차린 로돌프는 그의 표정에서 추억이 지나가는 것을 좇고 있었다. 샤를르의 얼굴은 점점 붉어지고 콧구멍이 벌름거리며 입술은 떨렸다. 어느 한순간 샤를르가 분노에 찬 눈길로 가만히 노려보자 로돌프는 공포에 사로잡힌 듯 입을 다물어버리기까지 했다. 그러나 곧 샤를르의 얼굴에는 언제나처럼 슬픈 듯한 권태의 빛이 나타났다.

"나는 당신을 원망하지는 않소."

샤를르가 말했다. 로돌프는 잠자코 있었다. 그러자 두 손으로 머리를 감싸쥔 샤를르는 무한한 고통을 견디는 듯한 꺼져 들어가는 목소리로 말을 이었다.

"그렇소, 이제는 더 이상 당신을 원망하지는 않소!"

샤를르는 태어나서 지금껏 한번도 입에 담아본 적이 없는 말까지 한마디 덧붙였다.

"이 모든 것은 운명 탓입니다!"

바로 그 운명을 이끌었던 장본인인 로돌프에게는 그 같은 입장에 놓인 남자가 하는 말로서는 너무나도 마음 좋게 들릴 뿐 아니라 우스꽝스럽기조차 했고 약간 비굴하게도 느껴졌다.

다음 날 샤를르는 덩굴을 올린 시렁 밑 의자에 가서 앉았다. 얽어맨 나무 틈 사이로 햇빛이 흘러 들어왔고, 포도 잎사귀들이 모래 위에 그림자를 만들었으며, 재스민 꽃이 향기를 풍기고 있었다. 하늘은 푸르고, 만발한 백합꽃 주위에는 벌레 일종인 땅가뢰가 윙윙 날개 소리를 내고 있었다. 샤를르는 슬픔에 잠긴 괴로운 가슴을 부풀게 하는 몽롱한 사랑의 충동에 사로잡힌 소년처럼 숨이 막혔다.

7시가 되자 그날 오후 내내 아버지의 모습을 보지 못한 어린 베르트가 저녁식사를 하라고 부르러 왔다. 머리를 뒤로 젖힌 아버지는 벽에 기대어 눈을 감고 입을 벌린 채 길고 까만 머리카락 한 묶음을 손에 쥐고 있었다.

"아빠, 어서 오세요!"

베르트는 장난을 치는 줄 알고 아버지를 가만히 밀었다. 아버지는 스르르 땅바닥으로 쓰러졌다. 그는 죽어 있었다.

36시간 뒤에 약제사의 부탁을 받고 카니베 씨가 달려왔다. 그는 샤를르를 해부해 보았으나 아무것도 발견되지 않았다.

살림살이 일체를 처분하자 12프랑 75상팀이 남았다. 남은 돈은 어린 보바리 양이 할머니에게로 가는 여비로 쓰였다. 노부인도 같은 해에 죽었다. 루올 노인은 중풍에 걸려 있었기 때문에 어린 보바리 양은 고모가 데려갔다. 가난한 고모는 생활비를 얻기 위해 베르트를 어떤 방직 공장에 보내서 일을 시켰다.

보바리가 죽은 후 세 명의 의사가 용빌르에서 차례로 개업했지만 오메에게 심하게 당하고는 해서 아무도 성공하지 못했다. 오메는 엄청나게 많은 단골손님을 만들었다. 당국에서도 오메를 좋게 보았고 사회 여론도 그를 옹호해 주었다.

오메는 최근 레종 도뇌르 명예 훈장을 받았다.

귀스타브 플로베르는 1821년 프랑스 파리의 북서쪽에 있는 지방 도시 루앙의 시립병원 외과부장이었던 아실 플로베르 박사의 둘째아들로 태어났다. 의사인 아버지의 영향으로 어려서부터 고통과 질병, 죽음의 분위기를 체득하며 인간에 대한 깊은 관심과 함께 염세적인 사고도 갖게 된다.

세르반테스의 〈돈키호테〉는 셰익스피어와 더불어 그가 가장 사랑하는 책이었고, 이들에 대한 존경심이 그의 정신을 뒷받침하는 양식이 되었다. 또한 염세주의와 해학 정신은 두 축을 이루며 플로베르의 사고 밑바탕에 끝까지 존재하게 된다. 고등학교에 입학한 플로베르는 우울한 낭만주의의 영향을 받고 광기와 자살 사이에서 방황하며 많은 습작을 한다.

플로베르는 파리의 법과대학에 등록하지만 적성에 맞지 않아 낙제를 하는 동안 〈감정교육〉의 초고를 쓰기도 한다. 그러던 중 1844년 간질로 추정되는 신경발작을 계기로 학업을 그만둔다. 이후 루앙으로 돌아와 병원에서 치료를 받는다. 아버지는 아들의 전지 요양을 위해 루앙 근교의 크루와세에 집을 한 채 장만한다. 병원에서 퇴원해 크루와세로 옮긴 플로베르는 집필을 시작했다가 중단한 〈감정교육〉의 초고를 다시 쓰기 시작하는데, 이때부터 십자가의 고행에 비유되는 예술가 생활이 시작된다. 〈성 앙투안느의 유혹〉도 이즈음에 쓰여졌다.

플로베르가 〈마담 보바리〉의 집필에 착수한 것은 30세인 1851년이며, 하루 12시간의 고된 작업 끝에 마침내 1856년에 탈고하기에 이르렀다. 그해 친구의 주선으로 〈파리평론〉 지에 10월부터 6회에 걸쳐 일부분이 연재되었다.

첫 회부터 세론이 들끓기 시작하여 당시로서는 놀랄 만큼 노골적으로 여주인공의 행동을 묘사한 이 소설은 잡지에 게재되고 있을 때부터 주목을 받았으며, 내용이 공중도덕에 악영향을 미치고 종교를 모독하고 미풍양속을 해친다는 이유로 플로베르와 발행인과 인쇄인이 모두 풍기문란죄로 기소되었다.

그러나 이 소설을 쓴 목적이 미풍양속을 침해하고 종교를 모독하기 위해서가 아니라 오히려 '주관의 개입없이 사실주의적 태도로 사실을 묘파함으로써 도덕과 종교의 의의를 더욱 강조하고, 현실을 외면한 채 이상만을 추구하는 한 여인의 운명이 얼마나 비참한가를 독자로 하여금 간취케함으로써 도덕적 자각을 갖게 하는 데 있다' 고 논박한 변호사의 훌륭한 변론에 힘입어 세계 문학사상 획기적인 센세이션을 일으킨 이 법정 투쟁은 플로베르의 승리로 마감했고, 그 이듬해인 1857년에 원본이 햇빛을 보게 되었다.

이 소송사건은 일반인의 호기심을 자극하기에 충분했고, 플로베르의 이름을 일약 문단에 높이는 계기가 되었으며, 다음 해에 단행본으로 간행되자마자 곧 베스트 셀러가 되었다 .

플로베르의 처녀작인 동시에 대표작인 〈마담 보바리〉는 당시 루앙 근처 리 마을에서 실제 일어났던 '들라마르 사건'을 모델로 쓰여진 작품으로 그 실화의 내용은 다음과 같다.

플로베르 부친의 제자인 들라마르라는 의사가 리 마을에서 개업을 했다. 샤를르와 비슷한 면모를 가진 그는 역시 엠마의 모델이 되는 델핀느라는 미모의 여인과 재혼을 했다. 허영과 사치가 몸에 배고 세련된 멋을 동경하고 있던 델핀느는 남편과의 무미건조한 생활에 권태를 느낀 나머지 외간 남자와 방탕을 일삼다가 빚을 진 채 음독 자살을 했다.

플로베르는 친구의 권유로 이 사건의 사실상 인물 및 환경에 대한 기초자료를 상세히 수집하여 작품 만들기에 전념했다.

노르망디 농부의 딸 엠마는 영원히 만족할 줄 모르는 영혼의 소유자이다. 농촌생활에서 벗어나고 싶은 그녀는 소박한 시골 의사인 샤를르 보바리와 결혼한다. 그러나 개성도 없고 능력도 보잘것없는 이 사나이의 평범함을 발견한 그녀는 최초의 미남에게 쉽사리 넘어가고 만다. 다음으로 엠마는 공증인의 서기를 사랑하게 된다. 이렇듯 단 한번 시작된 타락은 계속되지만 그녀는 그런 사실을 깨닫지 못한다. 즐거움의 회오리 속에 빠진 그녀는 자신이 소설 그대로 살고 있다고 생각하는 것이다. 경제적인 면과 정신적 사랑의 궁지에 몰린 엠마는 결국 비소를 먹고 자살을 택한다.

〈마담 보바리〉는 평범한 시골 여자를 주인공으로 하여 그 생활과 환경을 정밀하게 표현한 것으로 프랑스 사실주의 문학의 최초의 걸작으로 꼽히고 있으며 사실주의 운동의 기치가 된 작품이다.

플로베르는 〈마담 보바리〉의 로맨틱한 영혼에 대한 동경과 그녀를 둘러싼 지극히 평범하고 무의미한 일상생활에서 일어나는 대립과 파멸을 묘사함으로써 꿈과 현실의 차이가 빚어내는 환멸 그리고 그 환멸 속에서 출구를 찾아 몸부림치는 비극적인 인간상을 그리고 있다.

현실이 꿈을 감당하지 못하거나 꿈이 현실과 너무 먼 곳에 있을 때 인간은 파멸의 구렁텅이에 빠지게 되는 것이다.

〈마담 보바리〉를 통해서 플로베르가 하려던 말은 무엇이었을까?

인간이 자신의 꿈에 충실했을 때 맞게 되는 현실적인 파멸을 경고하려던 것일까? 아니면 결국은 파멸을 맞게 되더라고 꿈을 꾸게 되는 인간의 속성을 그려낸 것일까? 진실은 현실 세계에서는 초라하며 비극적일 수밖에 없음을 시사한 것일지도 모른다.

플로베르는 〈마담 보바리〉에 대해 의미심장한 한마디를 던졌다.

"보바리 부인은 바로 나 자신이다!"

내용과 형식이 분리되지 않는, 생명체처럼 완결된 작품을 꿈꾸던 작가는 1880년 5월 미완의 작품 〈부바르와 페퀴셰〉의 원고를 책상 위에 남긴 채 뇌일혈로 사망했다.

국립중앙도서관 출판시도서목록(CIP)

마담 보봐리 / 귀스타브 플로베르 지음 ; 김현식 옮김. -- 고양 : 현
대문화센타, 2010
    p. ;   cm. -- (세계명작시리즈)

원표제: Madame Bovary
원저자명: Gustave Flaubert
프랑스어 원작을 한국어로 번역
ISBN 978-89-7428-379-7 03860 : ₩12000

보바리 부인[--婦人]
프랑스 소설[--小說]

863-KDC5
843.8-DDC21   CIP2010003832

마담 보바리

초판 1쇄 인쇄일 | 2010년 11월 05일
초판 1쇄 발행일 | 2010년 11월 10일

지은이 | 귀스타브 플로베르
옮긴이 | 김현식
발행처 | 현대문화센타
발행인 | 양장목
출판등록 | 1992년 11월 19일
등록번호 | 제3-448호
주소 | 경기도 고양시 일산동구 백석동 1309
대표전화 | 031-907-9690~1   팩시밀리 | 031-813-0695
이메일 | hdpub@hanmail.net
ISBN 978-89-7428-379-7 (03860)

잘못 만들어진 책은 구입하신 서점에서 교환하여 드립니다.

브론테 자매 컬렉션

현대문화센타에서만 만나실 수 있습니다

빌레트(전 2권)

샬럿 브론테 지음/ 안진이 옮김

19세기의 사회적 제약 속에서 '여자가 한 남자의 아내로 살아가며 자유로운 삶을 추구하는 것이 가능한가?'
라는 시대를 앞선 문제의식을 던지는 〈빌레트〉는, 샬럿 브론테의 자전적 소설인 동시에
탄탄한 줄거리와 탁월한 심리묘사로 독자들을 매료시키는 최후의 걸작이다.

폭풍의 언덕

에밀리 브론테 지음/ 안진이 옮김

여성 특유의 섬세함과 돋보이는 서정성으로 셰익스피어의 리어 왕과 비교되는 폭풍의 언덕
음산하고 황량한 요크셔의 황야를 배경으로 악마적이라고 할 정도로 난폭한 인간의 애증을,
3대에 걸친 특이한 성격의 일가족이 펼치는 사랑과 증오와 복수를 강력한 필치로 묘사하고 있다.
고전(古典) 중의 3대 비극으로도 일컬어진다.

제인 에어(전 2권)

샬럿 브론테 지음/ 서유진 옮김

태어나자마자 부모를 잃게 된 제인 에어. 반항적인 기질을 타고난 그녀는 온갖 구박을 당하는 어린 시절을 보낸 뒤,
불우한 소녀들을 교육하는 로우드 기숙학교에 보내진다.
열여덟 살의 숙녀로 성장한 제인은 가정교사로 첫 걸음을 내딛게 되고,
그곳에서 저택의 주인이며 추남이지만 폭풍 같은 열정의 소유자인 로체스터를 만나게 된다.

아그네스 그레이

앤 브론테 지음/ 문희경 옮김

일인칭 화자의 목소리를 통해 위선적인 인간군상을 명쾌하면서도 익살스럽게 기록함으로써
빅토리아 시대의 여성과 계층문제를 사실적으로 다루고 있다.
특히 교육수준이 높아 자존심이 강하지만 하녀와 다를 바 없는 처우를 받아야 했던
가정교사의 고뇌가 이 작품 속에 고스란히 담겨 있다.

제인 오스틴 컬렉션

오만과 편견

사랑이 시작될 때 남자들은 '오만'에 빠지기 쉽고 여자들은 '편견에' 곧잘 빠진다는데……
아름답고 총명한 엘리자베스와 무뚝뚝해 보이지만 내면은 섬세하고 자상한 성격의 다아시,
그들의 오만과 편견 그리고 사랑의 행보는 어떻게 될 것인가.

엠마

엠마는 자신이 주변 사람들을 엮어주는데 천부적인 소질이 있다고 믿는다. 천진난만한 그녀는 친구와 이웃들의 삶에 감 놔라 배 놔라 사사건건 참견하면서
정작 자신이 사랑에 빠졌다는 사실은 깨닫지 못한다. 〈엠마〉는 사랑과 결혼에 관한 한 편의 놀라운 희극으로 평가받는 작품이다.

이성과 감성

거센 폭풍우에도 흔들리지 않는 지성의 표상 엘리너, 사랑하는 사람을 통째로 삼켜버려야만 직성이 풀리는 정열의 화신 메리앤.
서로 다른 삶의 방식을 통해 진실한 사랑을 찾아가는, 이성과 감성에 관한 두 자매의 고도의 역전 드라마가 펼쳐진다.

설득

한 번 헤어졌던 연인들이 8년 후 다시 만나면서 겪게 되는 복잡다단한 감정의 곡선을, 얽히고 설킨 남녀의 미묘한 감정선의 파장을
꼼꼼하면서도 무척 클래식하게 잘 그려내고 있다. 제인 오스틴의 여섯 작품 중에서 마지막 작품이다.

노생거 사원

그녀 특유의 아이러니와 유머, 그 시대 문학가들에 대한 풍자가 곁들여진 〈노생거 사원〉은 사랑과 결혼, 재산을 추구하는 젊은이들에 대한
흥미로운 주제를 담고 있다. 원제는 〈수잔〉인데, 완성된 지 13년 동안 방치되어 있다가, 후에 〈노생거 사원〉으로 개작되어 출간되었다.

맨스필드 파크(전 2권)

가난하지만 예리한 지성이 넘치는 여주인공 패니는 맨스필드의 부유한 친척 집에서 지내고 있다.
어느 날 매력적인 크로퍼드 남매가 등장해 곧 삼각관계를 형성하고, 한편 맨스필드 파크는 간통과 배반의 소용돌이에 휘말리게 된다.